SOPHIE JACKSON

Dunkle Liebe – Hoffnung

SOPHIE JACKSON

DUNKLE LIEBE

Hoffnung

Roman

Ins Deutsche übertragen von
Anita Nirschl

LYX
EGMONT

Die Originalausgabe erschien 2016 unter dem Titel *An Ounce of Hope* bei Headline Eternal, an imprint of Headline Publishing Group, London, UK.

Deutschsprachige Erstausgabe Mai 2016 bei LYX
verlegt durch EGMONT Verlagsgesellschaften mbH,
Gertrudenstraße 30–36, 50667 Köln

1. Auflage
Redaktion: Catherine Beck
Satz: Greiner & Reichel, Köln
Printed in Germany (670421)
ISBN 978-3-7363-0086-6

www.egmont-lyx.de

MIX
Papier
FSC FSC® C083411

Für die wunderbarste Fangemeinde,
meine Online-Familie. Jeder von euch ist fantastisch.
Bleibt, wie ihr seid.

Das Leben wird dich brechen. Davor kann dich niemand schützen und das Alleinleben ebenso wenig, denn auch die Einsamkeit wird dich brechen, mit ihrer Sehnsucht. Du musst lieben. Du musst fühlen. Deshalb bist du hier auf Erden. Du bist hier, um dein Herz aufs Spiel zu setzen. Du bist hier, um verschlungen zu werden. Und wenn du gebrochen wirst oder betrogen oder verlassen oder verletzt oder der Tod dich streift, dann setz dich unter einen Apfelbaum und hör, wie um dich herum zuhauf die Äpfel zu Boden fallen und ihre Süße verschwenden. Sag dir, dass du so viele von ihnen gekostet hast, wie du konntest.

– Louise Erdrich, *Der Klang der Trommel*

1

Zum ersten Mal dachte Max O'Hare darüber nach, sich das Leben zu nehmen, als man seinen Vater beerdigte. Es war einer dieser tristen Oktobermorgen gewesen, an denen einem der Wind ins Gesicht peitscht und es nicht regnet, sondern in Strömen gießt und selbst den sorglosesten Menschen dazu bringt, sich zu fragen, warum er überhaupt je fröhlich gewesen war.

Max hatte zugesehen, wie man den Sarg seines Vaters in die Erde hinabsenkte, gleich neben Hazel O'Hare, Max' Mutter. Der schöne Grabstein über ihrer letzten Ruhestätte, der mit goldenen Lettern verriet, dass sie bei ihrem Tod durch einen Frontalzusammenstoß auf dem Weg zur zweiten Geburtstagsfeier ihres Sohns erst sechsundzwanzig gewesen war, hatte nun einen Nachbarn bekommen. Im Alter von fünfundvierzig und nach qualvollen achtzehn Monaten hatte Connor O'Hare seinen tapferen Kampf gegen den Bauchspeicheldrüsenkrebs verloren und ließ Max als Waise zurück.

Eine Waise, die sich fragte, was zum Teufel sie mit ihrem Leben anstellen sollte.

Sicher, da war der Familienbetrieb, eine spezialisierte Autowerkstatt, in der Max voller Begeisterung und Heldenverehrung das Mechanikerhandwerk von seinem Vater erlernt hatte … doch als Connor schließlich nicht mehr arbeiten konnte, wurde dieser ganze Scheiß überflüssig. All die heißen Schlitten und brüllenden Motoren – nichts davon war mehr wichtig. Das einzig Wichtige war, wann die nächste Runde Chemo anstand und zu welch absurden Beträgen sich die Arztrechnungen auftürmten.

Nicht dass sich Max' Vater jemals darüber beschwert hätte. Als Max anfing, sich wegen Geld und Terminen zu stressen, hatte er nur gelächelt und gesagt, dass das Leben zu kurz sei, um sich über Kleinigkeiten den Kopf zu zerbrechen. Aber so war Connor O'Hare nun mal gewesen. Vielleicht war er deshalb nie ausgeflippt, wenn Max als Teenager von der Polizei nach Hause gebracht worden war oder als man ihn wegen Drogenbesitz und Autodiebstahl verhaftete. *Du wirst deinen Weg schon finden,* hatte sein Vater mit einem enttäuschten Schulterzucken gesagt, das Max vor Schuldgefühlen mit den Zähnen knirschen ließ, *das sind nur Schlaglöcher in der Straße des Lebens, Sohn.*

Max war sich da nicht so sicher. Er hatte keine Ahnung, warum er immer wieder solchen Mist baute. Aus Langeweile vielleicht? Verdammt, er konnte nicht mal beschissene Familienverhältnisse als Entschuldigung vorschützen. Sein Vater war ein guter Mann, der sein Bestes gab, um seinen Sohn allein großzuziehen. Nein, Max war sein eigener schlimmster Feind. Er wollte so stark sein wie sein Dad, so großmütig und engagiert, aber er versagte jedes verdammte Mal.

Erwartungsgemäß kämpfte Max' Vater wacker gegen seine Krankheit und blieb tapfer bis zum Ende, doch sein Tod war nicht der eines Kriegers. Er war nicht romantisch. Es gab keine geflüsterten liebevollen Worte, keine Lebensweisheiten oder Worte des Bedauerns, da er nicht mehr in der Lage gewesen war zu sprechen – der Krebs hatte schon seine Lunge und seine Kehle angegriffen. Max konnte einfach nur zusehen, wie sein Vater immer mehr von der Krankheit zerstört und dieser robusten Lebendigkeit beraubt wurde, die Max immer gekannt und geschätzt hatte. Alles, was blieb, war die gealterte Hülle eines Mannes, der still im Schlaf hinüberglitt, während Max am Krankenhausbett wachend seine Hand hielt.

Der Kummer hatte Max so fest im Griff, dass er nicht einmal weinen konnte. Seine Augen blieben hartnäckig trocken, so als blockiere die Trauer jeden Teil von ihm, jede Tränendrüse, jede Vene und Arterie.

Natürlich hatte er Freunde. Freunde, die eher wie eine Familie für ihn waren und sich für ihn ein Bein ausreißen würden. *Was immer wir tun können. Ich bin hier, wenn du reden willst.* Herrgott, er schaffte es kaum, morgens aus dem Bett zu kommen, und die erwarteten, dass er redete. Er wusste es zu schätzen, sicher, aber ihre Worte waren nichts als ein bloßes Flüstern in einem Wind, der Max mit der Zeit in eine tiefe Depression trieb. Diese Dunkelheit gipfelte darin, dass er eine Flasche Wodka kippte, ein Dutzend Linien Koks schnupfte und stumpf auf eine Packung Tabletten starrte, die er in den Sachen seines Vaters gefunden hatte.

Es wäre so einfach, hatte er gedacht.

So verdammt einfach.

Und schmerzlos.

Das wollte er mehr als alles andere: eine Existenz ohne Schmerzen.

Doch er hatte es nicht durchgezogen. Feigheit war nichts, auf das Max stolz war, aber wie sein bester Freund Carter ihm erklärt hatte: Er war zwanzig Jahre alt und hatte noch sein ganzes Leben vor sich. Und gelebt hatte er es. Er hatte sich zugedröhnt, Frauen gevögelt, sich auf Dinge eingelassen, die ihn nichts angingen, er wurde zum Dealer, angeschossen, verhaftet, auf Kaution freigelassen … und dann das Ganze wieder von vorne.

Weniger ein Leben als vielmehr ein endloser Kater, unterbrochen von Delirien. Er hielt die Werkstatt mit dem Geld über Wasser, das er durchs Dealen verdiente, bezahlte damit seine Angestellten und feierte von Sonnenuntergang bis Sonnenaufgang. Und während die Monate verstrichen, verebbte der Schmerz, den Max seit dem Tag der Beerdigung gespürt hatte, ganz allmählich. Zurück blieb eine Taubheit, in der er sich ungehemmt suhlte. Er spürte keinen Schmerz. Herrgott, er spürte überhaupt nichts mehr. Und das war gut so.

Er bezweifelte, dass er je wieder etwas spüren würde. Er war sich nicht einmal sicher, ob er das überhaupt wollte.

Bis *sie* in sein Leben stolperte …

Max schaute von dem hochwertigen cremefarbenen Teppich unter seinen Füßen hoch zu dem Mann, der ihm gegenübersaß. Elliot wartete geduldig, dass Max noch etwas sagte, aber Max wusste, dass er fertig war. Er hatte schon mehr gesagt, als er wollte. Er hatte schon lange nicht mehr über seinen Vater gesprochen, und an dieser speziellen Narbe zu kratzen war immer noch so qualvoll wie am Tag der Beerdigung vor acht Jahren.

Er griff nach dem Wasserglas auf dem kleinen Holztisch neben seinem Sessel und trank einen großen Schluck. Die erwartungsvolle Stille war erdrückend und ließ Max unruhig auf seinem Sitz herumrutschen.

»Deinem Schweigen nach nehme ich an, wir sind fertig für heute.« Elliot lächelte und kritzelte rasch etwas auf den Block, der wie immer auf seinen Knien lag.

Max antwortete nicht, sondern atmete tief durch, weil er wusste, dass Elliot ihn vom Haken gelassen hatte. Er hatte schnell erkannt, dass Dr. Elliot Watts ein hartnäckiger alter Bastard war. Ja, er war Therapeut, und dieser Mist war sein Job, doch er war von Anfang an unerbittlich gewesen. Nichtsdestotrotz musste Max zugeben, dass er den Doc mochte, ganz egal, welche dunklen Pfade der Vergangenheit er ihn zu betreten bat.

»Du hast heute wirklich gute Fortschritte gemacht, Max«, fuhr Elliot mit einem kleinen Nicken fort. »Ich weiß, es ist nicht leicht, über deinen Vater zu reden.«

Oh ja, ohne Scheiß.

Kritzel, kritzel. »Also, du bist jetzt seit fünfzehn Tagen hier. Wie kommst du mit den Medikamenten zurecht?«

Max zuckte mit den Schultern. Er hatte eine Unmenge bunter Pillen bekommen, die er jeden Morgen schlucken musste: Antidepressiva, Ritalin, Amantadin. Jede erfüllte eine spezielle Aufgabe und sollte ihm gegen die quälende Verzweiflung, die schlaflosen Nächte und den Suchtdruck helfen. Und das taten sie auch. Größtenteils. Verdammt, Medikamente waren schließlich auch nichts anderes als Drogen.

Es waren nicht die Drogen, die er wollte, die Drogen, von denen er wusste, dass sie seiner Unruhe in den Arsch treten würden, die Drogen, die verhindern würden, dass sein Schwanz nichts als schlaffe Zeitverschwendung war, die Drogen, die den ungeheuren Appetit unterdrücken würden, der ihn an Hüftspeck zulegen ließ, die Drogen, die jedes Mal wie mit dem verdammten Lockruf einer Sirene nach ihm riefen, wenn er nachts versuchte, ein Auge zuzutun.

Aber Medikamente waren auch nichts anderes als Drogen.

Bei jedem halbherzigen Schlag seines Herzens floss das Blut nur träge durch seinen Körper. Es sehnte sich nach dem Feuer einer Line, dem Leben, dem euphorischen Losgelöstsein. Herrgott, er brauchte einen Hit. Nur einen einzigen verdammten Hit.

Elliot setzte sich ein wenig aufrechter, als spüre er den Hunger, der Max praktisch von innen lähmte. »Was machen die Albträume?«

Durchdringende Furcht erfasste Max. Er schluckte und rang nervös die Hände. Sein Unbehagen sprach Bände. Die Albträume waren genau das: albtraumartig und so lebhaft und beängstigend, dass es Max schon beim bloßen Gedanken an Schlaf eiskalt wurde. Sie hatten nur wenige Tage nach seiner Einweisung eingesetzt, wenige Tage nachdem er vom Stoff runter war, und trotz Elliots verordneter Medikation ließen sie nicht nach. Die Ringe unter seinen Augen waren der Beweis dafür.

»Wir können deine Dosis erhöhen, wenn es nötig ist, Max«, sagte Elliot leise. »Du brauchst deinen Schlaf.«

Max seufzte mit einem kaum wahrnehmbaren Nicken. Die Angst vor dem, was ihn erwartete, wenn er schlief, wog schwerer als sein Stolz.

»Okay. Dann werde ich das für dich veranlassen.«

»Danke.« Max' Stimme war leise, doch seine Dankbarkeit unermesslich.

»Möchtest du über die Albträume reden?«

»Nein.« Max rieb sich die Schläfen, hinter denen die grotesken Bilder, die ihn nachts überfielen, hevorzubrechen drohten. Elliots Schweigen brachte ihn dazu, den Kopf zu heben. »So schlimm.«

Max zog die Kapuze seines Sweatshirts tiefer ins Gesicht. Er trug die Kapuze sowohl bei seinen Einzelsitzungen als auch bei den Gruppengesprächen, und merkwürdigerweise schien es Elliot nicht zu stören. Max war sich nicht ganz sicher, warum er es tat, aber es half ihm dabei, die Anspannung ein wenig zu lindern, die er bei dem Gedanken empfand, mit Fremden über Dinge zu reden, die vor Jahren passiert waren. Die Kapuze war ein Kokon, eine Schutzmauer, die ihm seinen Aufenthalt in der Entzugsklinik ein wenig leichter machte.

»Vielleicht könntest du etwas über deine Albträume in das Notizbuch schreiben, das ich dir letzte Woche gegeben habe. Ich weiß, dass es immer noch leer ist.« Elliot lächelte trocken über den spöttischen Blick, den Max ihm daraufhin zuwarf.

In ein Notizbuch schreiben? Nein, danke.

»Na schön.« Elliot beugte sich vor. »Hör mal, du weißt, wo du mich findest, wenn du weiterreden möchtest. Wir sind alle hier, um dir da durchzuhelfen. Du bist nicht allein, okay?«

Max schnaubte innerlich und verkniff es sich, die Augen zu verdrehen. Sicher, er war umgeben von Leuten, denen »nur sein Bestes am Herzen lag«. Sie wollten »ihm helfen, clean zu werden«, »das alles gemeinsam ausdiskutieren«, sichergehen, dass er »sich wohl fühlte«, »entspannt« war – und nicht völlig irre von dem Bedürfnis, aus diesem beschissenen Laden abzuhauen und den nächstbesten Dealer ausfindig zu machen.

Ja, er war von wohlmeinenden Leuten umgeben.

Und noch nie hatte er sich so allein gefühlt.

2

Sieben Jahre zuvor …

Die Party war wie üblich ausgeufert. Es war fast Mitternacht, und Riley Moore trank, flankiert von drei seiner Kumpels, Wodka-Shots von den nackten Brüsten zweier namenloser Mädchen – indem er die Schnapsgläser nur mit den Zähnen aufnahm. Die Jungs feuerten ihn johlend an, wann immer er ein Glas verschüttete und dem Rinnsal auf der herrlichen Haut der Mädchen mit eifriger Zunge folgte.

Max musste darüber lachen, wie begeistert er sie wieder sauber leckte. Er kannte Riley erst seit wenigen Jahren durch gemeinsame Freunde. Nichtsdestotrotz und obwohl er nicht viel über die Vergangenheit des Mannes wusste, hatte er ziemlich schnell gelernt, dass Riley immer strahlender Mittelpunkt jeder wilden Party und ein regelrechtes Tier war, wenn es ums Trinken ging. Er trank praktisch alles, solange es Alkohol war, trotzdem schien er immer bemerkenswert nüchtern zu bleiben, egal, wie viele leere Flaschen um ihn herumstanden. Riley war ein durchgeknallter Irrer, aber er rührte nie irgendwelche anderen Sachen an. Nicht einmal Gras. Jedes Mal lehnte er mit der Begründung ab, dass es ihn einfach nicht interessiere. Max hatte diese Selbstbeherrschung insgeheim immer bewundert.

Nein, Rileys Laster waren Autos und Frauen. Jede Menge Frauen.

Etwas rempelte Max hart gegen den Ellbogen. Als er sich umdrehte, sah er seinen besten Freund Carter, high und betrun-

ken, den Arm um eine süße, sehr spärlich bekleidete Brünette gelegt.

»Mach dich locker, Mann«, sagte Carter mit einem breiten Grinsen. »Komm schon. Das ist eine Party!«

Max nickte und prostete seinem Freund mit der Bierflasche zu. »Keine Sorge.« Er kippte sein Bier hinunter. Die Line, die er vor knapp einer Stunde gezogen hatte, ließ allmählich nach. »Hast du was für mich?«

Carter nickte, kramte in seiner Jeanstasche und zog ein kleines Tütchen hervor. »Nur zu, Kumpel, und dann lass dich volllaufen, flachlegen, irgendwas. Hauptsache, es zaubert dir ein Lächeln in deine hässliche Visage!«

Lachend schaute Max ihm nach, wie er zu einem der Sofas hinübertorkelte, sich mit seiner neuen Freundin darauffallen ließ und anfing, wild mit ihr rumzuknutschen. Aber der Mistkerl hatte recht. Max war fast zweiundzwanzig Jahre alt. Er musste mal ein bisschen die Sau rauslassen, richtig Spaß haben und diese Trauer loswerden, die ihm nach dem Verlust seines Vaters vor eineinhalb Jahren immer noch wie ein Mühlstein um den Hals hing. Er wusste nur nicht, wie er das ohne ein paar Lines und ein Bier anstellen sollte. Ihm war klar, dass seine Art, Party zu machen, ins Gefährliche abzukippen drohte, aber ironischerweise sorgte schon allein dieser Kitzel dafür, dass Max die Nase im Koks und einen Drink in der Hand behielt.

»Hey, du bist ja doch noch gekommen!« Bei dem freudigen Aufschrei eines der halb nackten Wodka-Girls blickte Max von dem Tütchen in seiner Hand hoch. Die dünne Rothaarige krabbelte vom Tisch, zog sich – sehr zur Enttäuschung der Männer in unmittelbarer Umgebung – ihr T-Shirt wieder über und lief quer durchs Apartment zur Tür, die sich geöffnet hatte.

Max sah ihr mit einem kleinen Lächeln hinterher, das ihm sofort aus dem Gesicht fiel, als er das Mädchen sah, das sie be-

grüßte. Herrgott! Sie war … groß und blond. Sehr blond. Und eine natürliche Blondine obendrein. Diese Farbe kam nicht aus der Tube. Wie Honig und Asche. Der blonde Schopf und darunter diese zierlichen Schultern in einem roten, kurzärmeligen Top. Sie trug eine schwarze Jeans, die sich an ihre Beine schmiegte wie eine zweite Haut. Sie war … Himmel, sie war bezaubernd.

»Komm, ich stell dir Riley vor! Wir trinken Body Shots!« Rotschöpfchen wippte auf den Zehenspitzen und schleppte den faszinierenden Neuzugang zurück in Richtung Küche.

Blondies Gesichtsausdruck, mit dem sie sich in dem Chaos umsah, verriet Max, dass sie nicht der Typ Frau war, der sich ausziehen und von irgendwelchen Typen Drinks von den Brüsten lecken lassen würde. Skurrilerweise empfand Max diesen Gedanken als ungewohnt tröstlich. Sie bewegte sich geschmeidig und elegant, und als sie das Zimmer durchquerte, ertappte sich Max dabei, dass er sich den Hals verrenkte, um ihr an den anderen Leuten vorbei hinterherzusehen. Leute, die er vergessen hatte und die ihn einen Scheiß interessierten.

»Riley, das ist meine beste Freundin Lizzie. Lizzie, das ist Riley.« Rotschöpfchen schmiegte sich an Rileys Arm, während Lizzie ihn anlächelte.

Und was für ein Lächeln das war.

Nichts als weiße Zähne, strahlendes Funkeln und verfluchte Regenbögen.

»Hey, Liz«, grinste Riley. »Möchtest du was trinken?«

»Ich heiße Lizzie, und nein, ich trinke nichts, wenn ich fahre«, bemerkte sie.

Max musste über ihre freche Antwort und den überraschten Ausdruck in Rileys Gesicht kichern.

Riley lachte schallend los. »Na, Scheiße, Lizzie, dann lass mich dir wenigstens eine Cola holen.«

Bevor sie antworten konnte, hatte Riley ihr eine Cola eingeschenkt und reichte sie ihr mit einem Augenzwinkern. Das Schmunzeln, das Lizzies Gesicht zierte, war verteufelt sexy. Völlig abgelenkt schob Max das vergessene Tütchen Koks in die Hosentasche und bewegte sich unauffällig näher zu der Stelle, an der sie alle standen.

Wie gebannt beobachtete er Lizzie während der ganzen vierzig Minuten, die sie auf der Party blieb. Sie war charmant und witzig und konnte ebenso gut austeilen wie einstecken, als das Geplänkel richtig losging. Sie schaute sogar ein paarmal flüchtig in Max' Richtung, worauf er ihr leicht lächelnd zunickte. Die rosige Farbe, die ihre Wangen daraufhin annahmen, war bezaubernd.

Normalerweise wäre Max längst an ihrer Seite und hätte sie mit den charmanten, blumigen Sprüchen angegraben, auf die die Weiber seiner Erfahrung nach standen.

Aber irgendetwas hielt ihn zurück. Etwas Unbekanntes und Beängstigendes. Etwas, das ihm sagte, dass diese Lizzie ihm die Eier abreißen würde, falls er versuchte, irgendetwas anderes als ehrlich und echt zu sein.

Also beobachtete er sie nur, und als sie ging, wusste er, dass er sie wiedersehen musste.

Das Gelände der Entzugsklinik war riesig. Sechs Hektar groß, um genau zu sein. Bevor der Schnee hier im mittleren Süden Pennsylvanias zu tief dafür geworden war, war Max auf dem Gelände umhergeschlendert, gelegentlich stehen geblieben, um eine zu rauchen, und wieder weitergeschlendert. Die Stille war ohrenbetäubend und machte ihn zappelig. Er war die Hektik und den Trubel von New York City gewohnt, und die ausgedehnten Felder und frische Luft waren eine drastische Umstellung.

Wenn er nicht gerade eine seiner fünfzehn Sitzungen pro Woche mit Elliot, seinem Suchttherapeuten, hatte oder ziellos umherwanderte, saß er in seinem Zimmer und las oder hörte Musik. Und das war während der Anfangsphase seines Kokainentzugs, die einfach *bombig* war und ihn auf Scheißschneckentempo runterbremste, völlig in Ordnung gewesen. Nach zwei Wochen allerdings fing er an, unruhig zu werden. Elliot hatte ihm versprochen, er könne anfangen, mit einem Personal Trainer Sport zu machen, sobald er gut auf seine Medikamente eingestellt war. Offen gesagt brannte Max darauf, in den Fitnessraum zu gehen, um die Anspannung und den Stress abzureagieren, die ihm die Schultern krümmten. Aber er musste warten. Als Alternative hatte Elliot ihm angeboten, einen Yogakurs mitzumachen.

Was Langsames. Was Leichtes.

Max hatte Elliot ins Gesicht gelacht. Nein, hatte er erklärt. Er war nicht der Yoga-Typ. Stattdessen hatte er sich wieder in sein Zimmer zurückgezogen.

Nicht, dass es ihn störte, in seinem Zimmer zu sein. Und ehrlich gesagt war »Zimmer« hier ein dehnbarer Begriff. Hotelsuite traf die Sache eher. Es war hübsch eingerichtet mit einem großen Bett, bequemen Sesseln, ansprechender Kunst an den Wänden und einem eigenen angrenzenden Badezimmer. Offensichtlich hatte Carter den Laden wegen seiner eher entspannten, heimeligen Atmosphäre ausgewählt, außerdem war die Klinik klein, mit nur maximal siebzehn »Klienten« gleichzeitig, was individuelle Betreuung und Unterstützung rund um die Uhr gewährleistete. Max wusste, dass Carter richtig tief in die Tasche gegriffen hatte, um ihn so kurzfristig hier unterzubringen.

Obwohl das Zwölf-Schritte-Programm der Narcotics Anonymous einen großen Teil von Max' Heilungsprozess darstellte, bot die Einrichtung auch eine ganzheitlichere Therapie an, von der Max überzeugt war, dass sie sicher irgendjemandem nützte. Nur nicht ihm. Er stand nicht auf diesen ganzen Geist-Körper-Seele-Hokuspokus. Er wollte nur so schnell wie möglich clean werden, damit er wieder nach Hause konnte.

Trotzdem musste Max nach fünfzehn Tagen ein wenig widerwillig zugeben, dass der Entzug gar nicht so schlecht war. Natürlich vermisste er seine Freunde und die Bequemlichkeiten von zu Hause wie verrückt, aber es war ein bisschen, wie im Gefängnis zu sein. Nur gemütlicher. Mit besseren Gerüchen, besseren Gardinen und freundlicheren Gesichtern. Sicher, die Sitzungen mit Elliot waren eine scheußliche Pflicht, bei der Max nichts anderes wollte, als sich in Embryostellung zusammenzukrümmen, und die Gruppensitzungen waren sogar noch schlimmer, aber die Jungs, die er in der Gruppe kennengelernt hatte, machten seinen Aufenthalt definitiv interessanter. So viel zum Thema Spinner.

Zum Beispiel Stan. Stan war achtundzwanzig Jahre alt und kokainabhängig. Wie Max hatte er immer wieder die Nase in den Schnee gesteckt, um das Leben und den ganzen Scheiß, der dazugehörte, zu vergessen. Er war ein zäher, eins achtundsechzig kleiner Puertoricaner, der einem Esel ein Ohr abkauen konnte. Und das tat er auch. Regelmäßig. Aber das war Max nur recht. Wenn Stan redete, hieß das, dass Lyle, der Gruppenleiter, und Hud, ein Drogenberater, nicht in Max' Richtung schauten und erwarteten, dass *er* etwas sagte.

Bisher hatten sie zehn Gruppensitzungen gehabt, und Max hatte noch kein einziges Wort gesagt. *Wollte* kein Wort sagen. Wusste nicht, wo zum Teufel er anfangen sollte, um den ganzen Mist in zusammenhängende, flüssige Sätze zu bringen. Herrgott, nüchtern und bei klarem Verstand zu sein führte nur dazu, dass seine zuvor ruhiggestellten Gedanken ihm erbarmungslos das Gehirn zermarterten, und zwar jeden Morgen, sobald er die Augen öffnete. Die dicke Decke aus Koks, mit der er schamlos mehrmals täglich das Chaos in seinem Kopf erstickt hatte, war nur noch eine ferne Erinnerung. Max zog sich einfach die Ersatzdecke – die Kapuze seines Sweatshirts – tiefer ins Gesicht, vergrub sich darunter und versuchte, sich zu entspannen.

Leichter gesagt als getan, wenn Stan endlos über seine Reue lamentierte. Oh, diese Reue!

»Ich schwör's bei Gott, Mann, hält der eigentlich jemals die Klappe?«

Max' Blick glitt hinüber zum Urheber der geflüsterten Beschwerde, Dom Hayes, einer weiteren Koksnase mit einer Vorgeschichte aus Drogendeals, kleinerer Vergehen, Knastaufenthalten wegen irgendwelchen Blödsinns und so weiter. Er war sechsundzwanzig und trotz seiner kriminellen Vergangenheit ein ziemlich patenter Kerl. An einem der ersten Tage hatte er seine Kippen mit Max geteilt, als der kurz davor gewesen war, die Kurve zu kratzen und quer durch den Staat Pennsylvania zurück nach Hause abzuhauen. Seitdem verstanden sie sich. Interessanterweise erinnerte Dom ihn sehr an Carter, was ebenso unerträglich wie tröstlich war.

Herrgott, Max vermisste seinen besten Freund.

Auch wenn Carter ein Arschloch war. Ein Arschloch, das fast zwanzig Jahre lang für Max da gewesen war. Ein Arschloch, das für Max in den Knast gegangen war, als alles den Bach runterging. Ein Arschloch, dem Max eine Knarre unter die Nase gehalten hatte, als er schließlich völlig am Ende gewesen war. Ein Arschloch, das am Ende seiner Geduld den bewusstlosen Max vom Badezimmerfußboden aufgehoben und angefleht und angeschrien hatte, sich endlich zusammenzureißen, auf Entzug zu gehen und clean zu werden. Ein Arschloch, das fast vier

Stunden lang gefahren war, um ihn in die Klinik zu bringen, ohne Fragen alles bezahlt und ihn zum Abschied mit Tränen in den Augen heftig umarmt und ihm gesagt hatte, dass alles wieder in Ordnung kommen würde.

Seufzend schloss Max kurz die Augen, um Stan und die anderen siebzehn Männer im Raum auszublenden. Max wusste, ohne Carter wäre er tot. Er wusste, dass die Autowerkstatt seines Vaters ohne Carters Finanzen und Rileys Business-Knowhow verloren gewesen wäre, zusammen mit dem guten Ruf, den sich sein Dad so verdammt hart aufgebaut hatte. Ohne Carter hätte Max es nie überlebt, Lizzie zu verlieren.

Wie immer, wenn er an sie dachte, durchschnitt stechender Schmerz seinen Bauch, stieg hoch in seine Brust und krallte sich um Herz und Lunge, bis er sich auf seinem Stuhl nach vorne krümmte. Er versuchte, die unerbittliche Qual wegzuatmen, dankbar dafür, dass die Aufmerksamkeit aller immer noch auf Stan gerichtet war.

Aller außer Dom. »Alles okay, Mann?«, murmelte er neben ihm.

Max nickte. Er räusperte sich und versuchte, so zu atmen, wie Elliot es ihm gezeigt hatte. Langsam und ruhig. Tief und gleichmäßig. Ein. Aus. Ein. Aus.

Früher eine so einfache Handlung und nun, ohne sie und ohne weißes Pulver, ein ständiger Kampf.

»Dann erzähl mir mal von deinem Zwischenfall in der Gruppe.«

Max ging allmählich auf, dass Dr. Elliot allwissend war oder so etwas. Ihm entging nicht das Geringste. Der Mistkerl musste in jeder verfluchten Ecke des Centers Kameras installiert haben. Er wusste einfach alles! Entweder das, oder Max' kleiner »Zwischenfall« in der Gruppe war nicht so unbemerkt geblieben, wie er gehofft hatte.

Er zuckte mit den Schultern. »Nicht der Rede wert.«

Gott allein wusste, warum er weiter log. Er fühlte sich dadurch jedenfalls ganz gewiss nicht besser, und ganz gewiss würde es auch nicht dafür sorgen, dass er schneller wieder nach Hause kam. Und war es nicht das, worauf es letztlich ankam? Wieder auf die Beine und dann nach Hause zu kommen?

Kritzel, kritzel. »Max, es wird helfen, darüber zu reden.« Elliot nahm einen Schluck aus seiner allgegenwärtigen Kaffeetasse mit dem Logo der Philadelphia Phillies. Max fragte sich, ob darin Kaffee war oder etwas Stärkeres, wie Cognac. Oder Whiskey. Ein Schluck Jack Daniels wäre jetzt etwas verdammt Feines.

Langsam stieß Max den Atem aus. »Es war dasselbe wie schon mal zuvor«, murmelte er.

Elliots Blick wurde weicher. »Lizzie.«

Beim Klang der beiden Silben wurde Max die Brust unangenehm eng.

»Erzähl es mir«, sagte Elliot leise. »Was immer du kannst. Erzähl es mir.«

Ob es an dem sanft beschwörenden Tonfall von Elliots Stimme lag oder an dem Wunsch, allen zu zeigen, dass er wieder auf die Beine kommen konnte, oder ob es das dringende Bedürfnis war, Carter nicht zu enttäuschen – die Risse in Max' emotionalem Damm begannen langsam, größer zu werden. Er erzählte Elliot von der Party, bei der er *sie* zum ersten Mal gesehen und nicht angesprochen hatte, weil er ein zu großer Schisser gewesen war. Davon, wie Riley und Carter ihn scherzhaft aufgezogen hatten, weil er wochenlang nicht zum Hörer griff und sie anrief, obwohl er sich verzweifelt danach sehnte, sie wiederzusehen. Gott, diese Sehnsucht! Die Sehnsucht, die ihn immer noch fertigmachte. Scheiße, und dann der sanfte Klang ihrer Stimme, als er endlich seinen Mut zusammengekratzt und die

Nummer auf dem zerknitterten Stück Papier gewählt hatte, das er seit Rileys Fete in der Tasche mit sich herumtrug. Ihr erstes Date in einer Bowlinghalle, wo sie ihn mit beinahe fünfzig Punkten Vorsprung weggeputzt und ihm dann erlaubt hatte, sie zu küssen. Der Kuss, ihre Lippen …

… Max konnte kaum atmen. Seine Brust zog sich zusammen, als die Erinnerungen auf ihn einprasselten, heftig und unnachgiebig. Sein Herz hämmerte so stark, dass sich sein Blickfeld verengte und sein Gesicht brannte. Er musste aus diesem verdammten Büro raus, doch sein Gehirn konnte die Signale nicht schnell genug an seine Füße weitergeben. Und da war dieser Schmerz in seiner Brust. Er rieb über die Stelle und versuchte, Elliot zu sagen, dass er glaubte, gerade mit ziemlicher Wahrscheinlichkeit einen Herzanfall zu haben. Aber aus seinem atemlosen Mund kamen keine Worte.

Max hatte nicht gesehen, dass sich Elliot bewegt hatte, doch er war da und kniete an seiner Seite. Ruhig umfasste er seinen Unterarm und beschwor ihn, tief durchzuatmen. Obwohl Max die drängenden Finger seines Psychologen spürte, konnte er nicht antworten. Die Panik schnürte ihm die Kehle zu. Es war beinahe zum Lachen. Da flehte sein Seelenklempner ihn an, zu reden, sich zu öffnen, und das eine Mal, wo Max es wollte, konnte er nicht. Wenn das keine Ironie war. Max sackte in seinem Sessel zusammen. Er nahm Stimmen wahr, war aber nicht fähig zu antworten. Es war beinahe, als befände er sich außerhalb seines Körpers, als schwebe er über dem Ganzen und sähe zu, wie der Tsunami aus Emotionen ihn ertränkte.

Und das war sein letzter Gedanke, bevor ihn der erstickende Schlund gänzlich verschlang: Ich sterbe.

3

»Ich hatte mich schon gefragt, wann du anrufst.«

Max blinzelte verblüfft. »Wirklich? Aber … woher wusstest du, dass ich deine Nummer habe?«

Sie lachte, ein voller, süßer Laut, der Max zum Lächeln brachte. »Riley hat es wohl Amber gesagt, und die hat es mir gesagt.«

»Amber?« Max runzelte die Stirn. »Ach, du meinst das Body-Shots-Mädchen.«

Sie lachte wieder. »Ja, genau die.«

Max lächelte. »Riley, dieser Mistkerl.«

Die Stille, die sich über die Leitung legte, war zurückhaltend, aber erwartungsvoll. Max' Mund wurde mit einem Mal staubtrocken. Er kniff sich in den Nasenrücken und bat stumm um einen Testosteronschub oder so was, damit ihm ein Paar Eier wuchsen und er sich traute, das Mädchen um eine Verabredung zu bitten.

»Also, du hast angerufen, weil …?«, bohrte Lizzie nach.

»Ja!«, rief Max hastig aus. »Ja, weil … Na ja, ich hatte auf der Party letztens keine Gelegenheit, mit dir zu reden, und …«

»Ja, du hast mich nur den ganzen Abend lang von der anderen Zimmerseite aus angelächelt und keinerlei Anstalten gemacht, rüberzukommen. Hast du auf eine schriftliche Einladung gewartet?«

Max lachte laut auf. Ihre Einstellung war unglaublich sexy. »Scheiße, Mädel, du machst es mir echt nicht leicht, was?«

Ihr Lachen wurde lauter. »Keine Sorge! Bin ich wirklich so furchteinflößend?«

»Nein! Nein, du bist toll, ich meine, du weißt schon, nicht furchteinflößend und, Scheiße, ich meine, ich wollte nur, na ja, du warst bei deinen Freundinnen, und da wollte ich nicht stören.«

»Max?«

Bei der Art, wie sie seinen Namen sagte, zogen sich seine Bauchmuskeln zusammen. »Ja?«

»Ich würde liebend gern mit dir ausgehen.«

Langsam kam Max wieder zu Bewusstsein. Geräusche, Gerüche und Gefühle ließen ihn allmählich wach werden, und zwei herrliche Sekunden lang vergaß er, dass er zigtausend Meilen von zu Hause fort in einem fremden Bett war. Moment mal. Er war im Bett? Er sah sich um. Jepp, er war wieder in seinem Zimmer. Was zum Teufel? Das Letzte, woran er sich erinnerte, war, dass er in Elliots Büro …

»Du hattest eine Panikattacke.«

Elliots Stimme ließ Max erschrocken zusammenzucken. Er hob den Kopf von dem üppigen Kissen und suchte mit müden Augen das Zimmer nach ihm ab. Elliot saß in einem der schicken Sessel auf der gegenüberliegenden Seite des Zimmers, ein Bein übers andere geschlagen, und beobachtete ihn aufmerksam.

»Ich habe dir Midazolam gespritzt, das hat dich einschlafen lassen.« Mit einer Geste wies er auf das Bett. »Ich dachte, hier hast du es bequemer als auf dem Sofa in meinem Büro.«

Max rieb sich das Gesicht. Hinter seiner Stirn pochte ein dumpfer Schmerz. »Toll.« Langsam setzte er sich auf. Um ihn herum verschwamm alles. »Ich hatte ganz vergessen, wie lustig die sein können.«

Elliot schaltete sofort. »Du hattest schon öfter Panikattacken?«

Nicht so.

Elliot nickte in der darauffolgenden Stille. An seinem Kiefer zuckte es. »Sie können durch eine Reihe von Dingen ausgelöst werden. In deinem Fall denke ich, hat eine Kombination aus niedrigem Blutzuckerspiegel und dem Gesprächsthema zu einem Anfall von beträchtlicher Stärke geführt.« Er beugte sich vor. »Du musst dafür sorgen, deine Unterzuckerung in den Griff zu bekommen, Max.«

»Ich weiß.« Max' Appetit war dank des Kokainentzugs und der Medikamente durch die Decke geschossen, und trotz der Bemutterung durch das Küchenpersonal aß er allen möglichen Mist und ließ seine Blutwerte nicht regelmäßig untersuchen. Er aß einfach. Und aß. Verdammt, wenn er wieder nach New York zurückkam, würde er aussehen wie das Michelinmännchen. *Juhu!*

»Blutwerte checken lassen. Besser essen«, murmelte er. »Kapiert. Noch was?«

»Ja«, antwortete Elliot scharf. Schnell stand er von seinem Sessel auf und trat ans Bett.

Er war es nicht gewohnt, Elliot so verärgert zu sehen, und da er sich alles andere als prächtig fühlte, blaffte Max: »Was ist dein Problem, Doc?« Elliot war normalerweise so ruhig, so passiv.

»Ich habe kein Problem«, antwortete der leise. »Sondern du.«

Max schnaubte verächtlich. »Nur eins? Du solltest echt auf dem Laufenden bleiben, Mann.«

Elliot ignorierte seinen Versuch, witzig zu sein. Er verschränkte die Arme vor der Brust und sah Max auf eine Art an, dass der sich am liebsten unter der Bettdecke versteckt hätte. »Ist dir bewusst, dass du heute zum ersten Mal seit deiner Einweisung etwas ausführlicher über deine Vergangenheit und über Lizzie gesprochen hast?«

Max schluckte das bittere Gefühl hinunter, das ihm in die Kehle stieg.

»Max, von kurzen Bemerkungen über deinen Vater einmal abgesehen hast du heute in fünfzehn Minuten ein ganzes Jahrzehnt an Kummer ausgeschüttet. Kummer, der in dir gegärt hat, begraben unter witzigen Bemerkungen, einer Tonne Koks und emotionslosem Herumvögeln.«

Trotz der Wahrheit in Elliots Worten wurde Max blass. »Herrje, Doc, nimm bloß kein Blatt vor den Mund.«

»Wie bei einem gebrochenen Damm sind deine Gefühle zu schnell aus dir herausgeströmt, als dass dein Verstand damit fertigwurde. Es hat dich überwältigt, und dein Körper geriet in Panik. Max, du hast kaum zusammenhängende Sätze herausgebracht.« Elliot wandte seinen ernsten Blick nicht ab. »Du kannst so nicht weitermachen. Du *musst* anfangen, dich zu öffnen, zu reden, dich auf *irgendeine* Weise auszudrücken.«

Schnaubend ließ Max den Kopf gegen die Wand sinken und wünschte sich, er könnte noch eine Dosis von diesem Wunderzeug haben, das Elliot ihm verabreicht hatte, nur damit er sich wieder im Vergessen verlieren konnte.

Das wäre ihm lieber, alles wäre ihm lieber, als über … na ja, das Ganze zu reden.

»Was, wenn ich nicht dafür geschaffen bin?« Max war überrascht, wie leise seine Stimme klang, als er die Frage stellte, die ihn schon seit seiner ersten Therapiesitzung quälte. Er schaute zu Elliot hoch. »Was, wenn ich es nicht kann?«

Bedächtig schüttelte Elliot den Kopf. »Du kannst es. Gemeinsam können wir es. Ich werde dir bei jedem Schritt zur Seite stehen, Max, wir alle. Aber du musst uns auf halbem Weg entgegenkommen. Lyle macht sich Sorgen, weil du dich hartnäckig weigerst, in der Gruppe zu sprechen …«

»Und was, wenn ich das einfach nicht will, Doc? Was, wenn

ich verdammt noch mal einfach mit keinem von euch reden will?«

Elliot blieb eine gefühlte Ewigkeit lang stumm, was Max nervös zappeln ließ. »Aber du willst es, Max«, murmelte er schließlich. »Du bist hier. Du bist hier, weil du gesund werden willst. Du bist nicht gegangen, weil Carter am Boden zerstört wäre, und du willst niemanden enttäuschen, am allerwenigsten ihn. Du bist hier, weil du tief in deinem Innern weißt, dass das deine letzte Chance ist, deine letzte Hoffnung, clean und glücklich zu werden und dich von all dem zu befreien, was dich jeden verdammten Tag niederdrückt.«

Na bestens. Max ließ das Kinn auf die Brust sinken und stieß einen langen, zitternden Seufzer aus. Er rieb sich übers Gesicht, um seine Tränen zu verbergen, die ihm plötzlich in die Augen traten. »Tu nicht so, als würdest du mich kennen«, brummte er, worauf Elliot kicherte.

»Morgen hast du einen Termin bei Tate Moore«, seufzte er.

Max schaute hoch, da es bei dem Namen irgendwo in seinem Hinterkopf klingelte. »Tate Moore?«

Elliot nickte. »Einer unserer Teilzeit-Assistenzärzte; er ist ausgezeichnet. Außerdem leitet er an drei Tagen in der Woche den Kunstkurs.«

Max verdrehte die Augen. »Kunstkurs.«

Toll. Also schob Elliot ihn an irgendeine Renoir-liebende Arschgeige ab, die zweifellos schon bei der bloßen Erwähnung des Wortes »abstrakt« auf stur schaltete. Nicht dass er was gegen Renoir hätte, aber trotzdem.

»Wenn es dir nicht gefällt, kannst du etwas anderes ausprobieren«, erklärte Elliot, als habe er Max' Gedanken gelesen. »Aber ich möchte, dass du dich einbringst, dich ausdrückst und kommunizierst. Außerdem erinnere ich mich, in deinem Aufnahmeformular gelesen zu haben, dass du gern malst.«

Max zuckte mit den Schultern. »Das hat Carter geschrieben. Ich hab das schon lange nicht mehr gemacht. Als ich noch jünger war, habe ich die Airbrush-Arbeiten an den Autos gemacht, die in die Werkstatt kamen. Dann hab ich mich auf die Gebäude New Yorks verlagert. Dad hat immer damit angegeben, dass sein Junge im Alleingang ganz Manhattan sprayen könnte …« Die Worte blieben ihm im Hals stecken.

Elliot legte ihm die Hand auf die Schulter und drückte sie sanft. »Mal, was du nicht sagen kannst, Max.«

Max tat die freundliche Geste mit einer hochgezogenen Augenbraue ab. »Und wenn ich es nicht tue?«

Elliot richtete sich auf. »Dann halte ich deine Erlaubnis für den Fitnessraum zurück.« Er drehte sich auf dem Absatz um und ließ einen Max zurück, der ihm mit offenem Mund hinterhersah.

»Aber … du hast gesagt, dass … Moment mal, Doc!«

»Zwei Wochen«, sagte Elliot ruhig von der Tür her. »Zwei Wochen mit Tate, Fortschritte in der Gruppe, dann genehmige ich, dass du unter Anleitung anfängst zu trainieren. Abgemacht?«

Max sackte zurück in die Kissen. Er mochte zwar schmollen wie ein Kind, aber er wusste, dass er kaum eine Wahl hatte. »Abgemacht.«

Das Atelier war völlig anders, als Max erwartet hatte. Es war groß, hell, luftig und roch nach Farbe und Seife, durchzogen von dem unterschwelligen, aber sofort wiederzuerkennenden Geruch nach Lösungsmittel. Es war ein zu Kopf steigender Geruch, der Max geradewegs in eine nostalgische Erinnerung katapultierte, wie er in der Werkstatt seines Vaters arbeitete und die Mustangs und Buicks airbrushte, während Rockmusik das gesamte Gebäude zum Beben brachte. Sein Vater liebte es, zu Pink Floyd und The Who abzurocken. Je lauter, desto besser, hatte er immer gesagt …

»Und du musst Max sein.«

Max drehte sich um. Der Mann in der Tür war zwar älter als er, aber jünger, als er erwartet hatte. Er war groß und breitschultrig, hatte dunkelblondes, kurz geschnittenes Haar, große haselnussbraune Augen und ein noch größeres Lächeln. Er streckte ihm die linke Hand hin, während er sich mit der rechten auf einen Gehstock aus dunklem Holz stützte.

»Ich bin Tate Moore.« Sie schüttelten sich die Hände. »Elliot hat unser Treffen für heute angesetzt.« Er bemerkte, dass Max den Stock musterte. »Ach, was soll ich sagen, die Weiber stehen eben auf Kerle, die am Stock humpeln.«

Mit argwöhnischem Blick schob Max die Hände in die Hosentaschen. »Bist du der Kunstfuzzi?«

Tate grinste. »Nicht ganz das, was du erwartet hattest, hm?«

Der Typ trug schwarze Jeans, Converse-Sneakers und ein T-Shirt, auf dem unter einem Bild der TARDIS »Trust me I'm the Doctor« stand.

Max schüttelte den Kopf. »Nicht ganz.«

Tate machte eine wegwerfende Geste. »Das höre ich oft.« Er ging an Max vorbei ins Zimmer. Fairerweise musste man sagen, dass der Mann gar nicht so schlimm humpelte. »Wir haben den Raum noch eine Weile für uns, bevor meine nächste Sitzung anfängt. Erzähl mir was über Kunst.«

Max runzelte die Stirn. »Hä?«

Tate lächelte. Er ließ sich auf einem Hocker mit Rollen nieder und lehnte den Stock an seinen Oberschenkel. »Wie sieht deine Erfahrung aus? Bist du Anfänger? Was ziehst du vor, Farben, Bleistift, Kreide?«

Max schaute aus den großen Fenstern, die auf das schneebedeckte Gelände des Centers hinausblickten. »Ich mag Farben. Als Junge habe ich gemalt. Autos mit Airbrush getunt. Ein paarmal wurde ich beim Graffitisprayen erwischt.«

Tate nickte lächelnd. »Ah, also hast du eine ruhige Hand und magst Farben.«

»Schätze schon.«

Tate bedeutete Max, sich zu setzen. »Dann muss ich dich fragen: Was erwartest du dir von der Sache hier, Max?«

Max lachte humorlos. »Dass der Doc mir nicht mehr auf den Sack geht.«

Tate prustete los. »Kann ich verstehen. Aber du musst es selbst wollen, damit es dir irgendeinen Nutzen bringt. Ich weiß, dass Dr. Watts die Sache arrangiert hat, und auch warum, aber ich möchte sicher sein, dass du dem Ganzen eine Chance gibst.«

Max musterte den weitläufigen Raum mit den hölzernen Staffeleien, Pinseln, farbbekleckststen Bögen und Leinwänden und verspürte einen kleinen Stich freudiger Erregung in der Brust. Er stieß den Atem aus. »Ich möchte in der Lage sein … mich besser auszudrücken. Es ist notwendig, mich besser auszudrücken, damit es mir besser *geht*.«

Als er wieder zu Tate sah, strahlte ihm ein breites Grinsen entgegen. »Das gefällt mir«, sagte Tate sanft.

Max lächelte. »Wann fangen wir an?«

Sie fingen am nächsten Tag an.

Max stellte fest, dass es ihm an diesem Morgen etwas leichter fiel, aus dem Bett zu kommen, obwohl er in der Nacht zweimal aus Albträumen hochgeschreckt war, und er fand sich fast fünf Minuten vor der verabredeten Zeit im Kunstsaal ein. Er würde nicht direkt sagen, dass er aufgeregt war, aber er freute sich zweifellos darauf, wieder einmal einen Pinsel in die Hand zu nehmen. Tate begrüßte ihn mit einem Lächeln, einem Händeschütteln und einem T-Shirt mit einem Bild von Leonard

Nimoy und der Aufschrift »Spock on«. Flüchtig dachte Max, dass Tate womöglich eine Sitzung mit Elliot noch dringender nötig hatte als er.

»Ich habe mir die Freiheit erlaubt, eine Staffelei für dich aufzustellen«, sagte Tate und führte Max zu einem großen dreibeinigen Stativ. »Meine Frage an dich ist: Willst du eine Leinwand oder möchtest du erst mal kleiner anfangen?«

Max dachte darüber nach. Er hatte noch nie wirklich auf etwas anderem als Ziegel, Beton oder Metall gemalt. »Leinwand«, antwortete er. »Wenn schon, dann richtig, oder?«

Tate schlug Max anerkennend auf die Schulter. »Hervorragend.«

Mit seiner Leinwand und einer Auswahl an Acrylfarben ausgerüstet setzte sich Max auf einen Rollhocker und dachte darüber nach, was er sagen, was er zeigen wollte. Elliot hatte ihm gesagt, er solle sich ausdrücken, aber wo zum Teufel sollte er anfangen? Die letzten paar Jahre hatten ihm alles ausgesaugt, was er an Inspiration besessen hatte. Die anderen beiden Typen im Raum waren damit beschäftigt, wie die Verrückten zu malen und zu skizzieren. Max saß zwanzig Minuten lang da und tat gar nichts, bis Tate zu ihm kam.

»Alles okay?«, fragte er, auf seinen Stock gestützt.

Max zuckte die Schultern und nahm einen Schluck aus seiner Wasserflasche.

»Sag mal, als du früher gemalt hast, wo warst du da, und mit wem?«

Max fuhr sich mit der Hand durchs Haar. »In der Stadt oder der Werkstatt mit meinem besten Freund oder meinem Dad.«

»Hattest du eine bestimmte Routine?«

Max' Augenbrauen trafen sich über seiner Nase. »Eine was?«

Tate hob die Schultern. »Ich weiß nicht, so was wie: Hattest du ein bestimmtes Hemd an, wenn du gemalt hast, Stiefel,

Handschuhe, hattest du spezielle Pinsel oder Materialien, irgendwelche Musik?«

Über Max' Erinnerungen ging ein Licht auf. »Mein Dad hat in der Werkstatt immer Rock gehört.«

Tate lächelte. »Warte mal kurz.« Er humpelte rasch davon und ließ Max verwirrt zurück. Gleich darauf kam er wieder, einen iPod in der Hand, von dem ein Paar weiße Ohrhörer baumelten. »Mein Musikgeschmack ist wahrscheinlich nicht das, was du Rock nennen würdest«, gestand Tate. »Das ist eher der Stil meines Bruders, aber wenn du mir ein paar Bands nennst, kann ich eine Playlist für dich zusammenstellen.« Er hielt ihm den Player hin. »Nimm. Hör mal rein, vielleicht bringt das ja was ins Rollen.«

Max starrte Tate an, als er den iPod nahm, und allmählich fügten sich die Teile des Puzzles in seinem Hinterkopf zusammen. »Moore«, flüsterte er, während er noch einmal Tates Größe, Breite und vertrautes Lächeln musterte. Schnell stand er auf. »Hol mich der Teufel! Du bist Rileys Bruder, der Arzt, der Kriegsheld!«

Tates Wangen färbten sich rosa. »Ich glaube, Held ist ein bisschen übertrieben. Ich ziehe schwarzes Schaf vor, aber ja, Riley ist mein Bruder. Es sei denn, er schuldet dir Geld, dann leugne ich jegliche Kenntnis und Verbindung.«

Max lachte. »Scheiße, Mann!« Er streckte den Arm aus und schüttelte Tate erneut die Hand. »Wir sind uns zwar nie begegnet, weil du immer unterwegs warst, aber Riley hat mir jede Menge über dich erzählt. Du hast erst Medizin studiert und warst dann im Irak, stimmt's?« Er warf einen Blick auf den Stock.

»Und Afghanistan.«

»Wow! Ich kenne Riley schon fast zehn Jahre. Er passt auf meine Werkstatt auf, solange ich hier bin. Ich weiß wirklich nicht, was ich ohne seine Hilfe getan hätte, und …« Als Tate allwissend lächelte, zog Max seine Hand zurück. »Aber das wusstest du schon.«

»Natürlich. Ich ziehe immer Erkundigungen über meine Patienten ein.«

»Wirklich?«, fragte Max zweifelnd.

»Ja.« Tate schaute zur Decke. »Außerdem habe ich Riley angerufen und ihn ausgefragt. Übrigens sagte er, dass dein Laden super läuft.«

Max kicherte und setzte sich. »Ich bin sicher, irgendwo gibt es eine Regel über ärztliche Schweigepflicht, deren Missachtung du gerade zugegeben hast.«

Tate machte eine wegwerfende Handbewegung. »Pfff, so was wie ärztliche Schweigepflicht gibt es doch heutzutage gar nicht mehr.«

Max lachte wieder. Ja, er war eindeutig Rileys Bruder. Er hielt den iPod fest in der Hand. »Danke dafür.«

Tate nickte. »Gern geschehen.«

4

Grace Brooks verfluchte ihren Bruder aufs Herzhafteste dafür, dass er so abartig groß war. Im Ernst, der Mann war ein Riese. Nicht dass sie verbittert über ihre durchschnittlichen einsachtundsechzig wäre, aber sie hatte wirklich Mühe, ihm die Augen zuzuhalten, während sie ihn die schneebedeckte ungepflasterte Auffahrt entlang zu der Überraschung führte, die sie fast eineinhalb Monate vor ihm geheim gehalten hatte.

»Hör mal, du hast mich den ganzen Weg hier rausfahren lassen, damit ich mir ansehe, was immer du mir da zeigen willst, und …« Kai stolperte. »Sind wir bald da?« Seine Haltung machte ihm eindeutig schwer zu schaffen. Und das war kein Wunder. Er musste sich beinahe hintenüberbiegen, um die mangelnde Körpergröße seiner Schwester auszugleichen.

»Ja«, antwortete Grace und blieb stehen. »Okay. Eins. Zwei. Drei.« Sie nahm ihre in Handschuhen steckenden Hände von Kais Augen und breitete die Arme aus. »Ta-da!«

Kai richtete sich zu voller Größe auf und rückte den grauen Schal um seinen Hals zurecht. Langsam kniff er die dunklen schokoladenbraunen Augen zusammen, während er das zweistöckige Haus musterte, das umgeben von dichtem Wald am Ende der Auffahrt stand. Sein Schweigen und der angespannte Zug um den Mund ließen Grace unruhig von einem Fuß auf den anderen treten.

»Na«, sagte Grace ermutigend. »Ist es nicht großartig?«

Bei der Wahl ihres Adjektivs zog er die Brauen hoch. Er verlagerte sein Gewicht auf das rechte Bein und verschränkte die

Arme vor der breiten Brust. »Es ist definitiv etwas Besonderes«, kommentierte er vorsichtig.

Enttäuschung keimte in Grace' Bauch auf.

»Ich hab es gekauft«, fuhr sie trotzdem fort. »Du sagst mir doch ständig, ich solle mein Leben weiterleben, etwas Verrücktes machen, nun … Da hast du etwas Verrücktes!«

Kai rieb sich den Nacken. »Ich weiß, ich dachte nur nicht, dass es *so* verrückt sein würde.« Er deutete auf das Haus. »Grace, es hat nicht mal eine Vordertür. Oder Fenster. Das Dach ist praktisch nicht vorhanden und – Moment mal, ist das da eine Kloschüssel auf der Veranda?«

Grace packte ihren Bruder am Unterarm und zerrte ihn zum Haus, dem ersten Ding, das sie in ihren sechsundzwanzig Jahren je besessen hatte. »Du musst deine Fantasie benutzen. Schau nicht auf das, was es jetzt ist. Stell dir vor, was es sein *könnte*.«

»Ich glaube, nicht mal die Gebrüder Grimm hätten so viel Fantasie.«

Mit einem verärgerten Schnauben blieb Grace vor der von Termiten verseuchten Veranda stehen. »Du sollst jetzt kein sarkastischer Arsch sein, sondern lustig und unerwachsen und …«

»Fantasievoll?«, schmunzelte Kai.

Grace schnippte mit den Fingern. »Genau! Fantasievoll.«

Schmunzelnd schaute ihr Bruder zum Haus hoch. Gewiss würde gerade er das Potenzial des Anwesens erkennen können, dachte Grace. Sicher, es war heruntergekommen, und wahrscheinlich würden eine Million Jahre und jede Menge Muskelschmalz nötig sein, um es in etwas Bewohnbares zu verwandeln, aber es gehörte ihr, und nach allem, was sie durchgemacht hatte, war das etwas, worüber Grace einfach begeistert sein musste.

Sie straffte die Schultern und setzte zu ihrer Argumentationskette an. »In seinem gegenwärtigen Zustand war es eindeutig ein Schnäppchen. Ich weiß, es wird einiges kosten, es herauszuputzen, aber das ist ja der Spaß daran. Ich möchte es weiß streichen, damit es sich von den Bäumen abhebt, mit einer blauen Tür, genauso wie Mamas Haus eine hatte. Was hältst du davon?«

Kai öffnete den Mund, doch sie redete weiter, bevor er Luft holen konnte. »Die Baufirma der Stadt hat schon meine Vorstellungen und die Maße, und, oh Mann, ihre Pläne sind fantastisch! Im neuen Jahr fangen sie an, je nach Wetter.« Sie zeigte auf das Obergeschoss. »Es hat drei Schlafzimmer, also ist genug Platz, um mich besuchen zu kommen, wann immer du dich vor deinem Harem an Frauen verstecken willst, und außerdem ist noch Platz für eine fantastische Dunkelkammer und, Gott, Kai, stellt dir nur vor, was für Fotos ich hier machen könnte!«

Sie schaute vom Haus zu ihrem Bruder und blinzelte verdutzt, als sie seine hochgezogene Augenbraue bemerkte. »Was denn?«

»Ich habe *keinen* Harem an Frauen.«

Sie schnaubte belustigt. »Kai, ich wohne jetzt seit achtzehn Monaten bei dir in Washington. Deine Wohnung ist das reinste Karussell aus Brüsten namens Charissa oder Sashina.« Sie zog die Vokale gedehnt in die Länge.

»Sasha.«

»Wie auch immer.«

Lachend schüttelte er den Kopf, obwohl er wusste, dass sie recht hatte. Grace war nicht so blind, nicht zu wissen, warum ihm die Frauen die Tür einrannten. Ihr kleiner Bruder war charismatisch, intelligent, witzig und eine Augenweide. Er war außerdem der allerbeste Mensch, den sie kannte.

Kai musterte sie einen Augenblick lang, bevor er sich näher zu ihr beugte. »Du *musst* nicht ausziehen, Grace. Es gefällt mir, dass du bei mir wohnst. Du sorgst in meinem Karussell aus Brüsten für Ordnung.« Sie versetzte ihm einen Klaps auf den Arm, und beide lachten. Doch schnell wurde sein Gesicht wieder ernst. »Bist du sicher, dass die Entfernung von Washington okay für dich ist, mit deinen Sitzungen in der Stadt und allem?« Er sah sich um. »Es ist ziemlich abgelegen hier draußen, und ich bin mir nicht sicher, ob es mir gefällt, dass du in einer Pension wohnst. Ich habe dir doch gesagt, du kannst so lange bei mir bleiben, wie du willst.«

Grace lächelte dankbar. »Ich weiß, und danke.«

»Aber?«

Grace zuckte mit den Schultern. »Aber ich habe das Gefühl, es ist an der Zeit. Es gefällt mir, wie ruhig es hier ist, und ich komme schon zurecht. Ich habe jetzt nur noch alle zwei Wochen eine Sitzung. Ich fühle mich hier nicht unsicher. Außerdem kommst du mich ja besuchen.« Sie schaute zurück zu ihrem Haus und stellte sich vor, wie schön es aussehen würde, sobald es fertig war. »Mama hat uns das Geld hinterlassen, damit wir etwas Großartiges damit tun. Und genau das will ich.«

Kai stieß ihre Schulter leicht mit seiner an. Sein Gesicht zeigte einen Ausdruck, den sie schon sehr lange nicht mehr gesehen hatte, sanft, zufrieden und, sie wagte zu sagen, beeindruckt. Sie zog ihren Pferdeschwanz, der unter der Wollmütze hervorlugte, über die Schulter nach vorne und spielte mit den dichten schwarzen Locken.

Kai erkannte die nervöse Geste und hielt ihre Hand fest. »Ich bin stolz auf dich, Schwesterherz«, murmelte er. Dann wurde sein Blick hart und abwesend. »Nachdem …«

Grace' Herz setzte kurz aus.

»Nachdem *all das* passiert war, dachte ich, ich würde dich nie mehr so begeistert oder leidenschaftlich bei irgendetwas erleben. Nie wieder.« Er lächelte, dabei hob sich das schimmernde Weiß seiner Zähne von der karamellfarbenen Haut ab, die der ihren glich. »Dich so zu sehen ist … fantastisch.« Er schaute zum Haus hoch. »Und ganz ehrlich, ich finde es *wirklich* großartig.«

»Also, fast zwei Wochen seit deinem Zwischenfall. Wie fühlst du dich?«

Max wusste, dass er sich viel besser fühlen würde, wenn alle aufhören würden, seine Panikattacke als verdammten Zwischenfall zu bezeichnen. »Ganz okay«, antwortete er mit einem Achselzucken. »Ich habe meinen Blutzuckerspiegel häufiger gecheckt und versuche, gesund zu essen. Ich male fast jeden Tag.«

Elliot strahlte. »Ja, Dr. Moore hat mir gesagt, dass du wirklich Gefallen an den Kunststunden gefunden hast.« Beim Lob seines Therapeuten spielte ein Lächeln um Max' Mundwinkel. »Möchtest du mir erzählen, was du gemalt hast?«

Die Wahrscheinlichkeit, dass Elliot und Tate bereits über Max' Werke die Köpfe zusammengesteckt hatten, war hoch, aber er war bereit, ihm den Gefallen zu tun, trotz des dumpfen Schmerzes in seiner Brust. Er holte tief Luft und hielt den Atem an. »Ich dachte dabei an … Chris- … Christopher. Meinen Sohn.« Hastig griff er nach dem Wasserglas neben seinem Sessel und trank einen großen Schluck, wobei er darum betete, dass es die brennende Säure ein wenig neutralisierte, die ihm aus dem Magen emporstieg.

Elliot blieb stumm und reglos, obwohl sein Blick weich und nachdenklich wurde.

Christopher war Max' und Lizzies Baby gewesen und hatte ihn zu den Blitzen in leuchtend blauer Farbe inspiriert, die aus seiner Leinwand hervorbarsten. Ein Baby, das nicht geplant, aber trotzdem geliebt worden war, wofür die roten und zartrosa

Kreise aus zärtlichen Pinselstrichen standen. Ein Baby, das ihn und Lizzie einander näher gebracht hatte als je zuvor, ein weiterer Grund, clean und auf dem Pfad der Tugend zu bleiben, wie er es Lizzie versprochen hatte, damit sie einwilligte, sein Mädchen zu werden. Ein Baby, das Max dazu bewogen hatte, Lizzie einen Antrag zu machen und ihr und ihrem ungeborenen Sohn mit einem Diamanten so groß wie sein Herz ewige Liebe zu schwören, da er wusste, dass er durch die Geburt seines Sohnes endlich zu dem Mann werden würde, der er immer hatte sein wollen. Ein Mann, der seinen Vater stolz gemacht hätte.

Christopher starb, als Lizzie kurz vor dem siebten Monat war.

Nachdem sie Christopher drei Tage lang nicht mehr gespürt hatte, kein Treten, kein Drehen, wurden ihre Wehen eingeleitet, und Max saß an ihrer Seite, während sie ihren leblosen Sohn zur Welt brachte. Lizzie hatte buchstäblich wie ein Tier geheult, so unerträglich waren die Schmerzen gewesen. Gott, solange er lebte, würde er diese Laute nicht mehr vergessen. Die Trauer über den Verlust von Christopher hatte sie beinahe zerbrochen. Max hatte versucht, stark zu sein, sie zu halten und ihr zu sagen, dass alles gut werden würde, aber er wusste, dass es das nicht würde, nicht werden konnte. An jenem Tag war ebenfalls etwas zwischen ihnen gestorben, etwas Gewaltiges und für ihre Beziehung Lebenswichtiges.

Das war das zweite Mal gewesen, dass Max daran gedacht hatte, sich das Leben zu nehmen. In dem Augenblick, in dem er seinen winzigen Sohn in den Armen gehalten hatte – das Vollkommenste, was er je erblickt hatte, die Augen geschlossen, als würde er einfach nur schlafen –, hatte er gewusst, dass der Himmel der wunderbarste Ort sein musste, erfüllt von Geschöpfen so schön wie Christopher. Ein Ort, an dem er viel lieber sein wollte.

Lizzie war nicht in der Lage gewesen, das Baby anzusehen. Sie hatte geschluchzt und geschrien, bis der Arzt ihr ein Beruhigungsmittel gab, damit sie einschlief. Obwohl sie die Augen einen Tag später wieder öffnete, wusste Max tief in seinem gebrochenen Herzen, dass sie nicht wirklich wieder aufgewacht war. Sie war für ihn ebenfalls verloren. Von diesem Moment an lebte sie nicht mehr, sondern existierte nur noch, und Max' Kummer begann, ihn zu erdrücken.

Die Beerdigung war unerträglich, ein weiterer Grabstein, der den Namen O'Hare trug, und die folgenden Wochen waren noch schlimmer. Zum ersten Mal seit der Nacht, in der er Lizzie zum ersten Mal gesehen hatte, stürzte sich Max wieder in die warmen, liebevollen Arme des weißen Pulvers. Da Carter im Arthur-Kill-Gefängnis saß und Max' Freunde wegen seiner unberechenbaren, hitzigen oder betrunkenen Launen Abstand hielten, fühlte er sich noch verlorener und einsamer denn je. Bis zu einem ganz bestimmten Morgen.

Es war das dritte Mal, dass Max mit allem Schluss machen wollte: der Morgen, an dem er aufwachte und feststellte, dass Lizzie fort war.

»Wie hast du dich gefühlt, als dir bewusst wurde, dass sie nicht zurückkommen würde?«, fragte Elliot.

Max verkniff sich die offensichtlichste, von Flüchen gespickte Bemerkung und zog seine Kapuze tiefer ins Gesicht. »Verwirrt. Wütend. Allein … Erleichtert.«

Elliots Miene veränderte sich nicht. »Erklär mir erleichtert.«

Max schloss die Augen und dachte an das leere, trauernde, todesähnliche Gesicht der Frau, die er so leidenschaftlich geliebt hatte. »Ich war erleichtert, weil ich wusste, dass ich ihr keine Hilfe war«, gab er zu, innerlich erstaunt über das Geständnis. »Ich war erleichtert, weil sie die Initiative ergriffen und die Ruine unserer Beziehung verlassen hatte.«

»Aber sie hat *dich* verlassen.«

Max schnaubte verächtlich. »Bei der ganzen Sauferei und dem Koks, das ich wieder gezogen habe? Da hätte ich mich auch verlassen.«

Elliot notierte sich etwas. »Und wenn du zurückblickst, im Hinblick auf dein Gemälde ... denkst du, sie hat die richtige Entscheidung getroffen?«

»Ich werde ihr nie verzeihen, dass sie ohne ein Wort gegangen ist«, spuckte Max aus. »Das ist es, was mich fertigmacht. Ich hatte mehr verdient als ihr Schweigen. Ich war mehr *wert*. Okay, sollte sie doch gehen, aber wir hatten zu viel gemeinsam durchgemacht, um einfach ohne ein Lebwohl oder ein Scheiß-auf-Dich abzuhauen. Wir hatten zusammen ein Kind, verdammt noch mal; wir waren verlobt!« Zorn wallte in Max auf und erhitzte sein Blut voller Enttäuschung und Kummer. »Sie hat sich davongeschlichen wie ein Feigling, als wäre sie die Einzige, die verletzt war, die weinte, die unseren Sohn vermisste. Das war verdammt egoistisch.« Er beugte sich vor und stützte die Ellbogen auf die Knie. Tränen kratzten in seinem Hals. »Aber wenn es ihr dadurch besser ging, wenn sie so darüber hinweggekommen ist, dass wir Christopher verloren haben ... dann hat sie für sich die richtige Wahl getroffen.«

Elliot schwieg so lange, dass Max den Kopf hob, um zu sehen, ob sein Therapeut überhaupt noch atmete. Was er tat. »Montag«, murmelte er. »Da trage ich dich für deine erste Trainingsstunde ein.«

Überrascht sah Max ihn an. »Okay.«

Tate stand hinter Max und kaute an der Lakritzschnecke, die er von Max bekommen hatte. »Mann«, rief er mit einem zufriedenen Stöhnen aus. »Diese Dinger machen süchtig, verdammt.« Er schlug Max auf die Schulter. »Nicht böse gemeint.«

Lachend kaute Max seine eigene Lakritze.

»Ich meine, die hatte ich nicht mehr, seit ich ein kleines Kind war. Und selbst da hat Riley sie mir weggeschnappt und vor mir versteckt.« Er seufzte schwer. »Ehrlich gesagt weiß ich gar nicht, warum ich überhaupt noch mit ihm rede.«

Max schaute zu seinem Kunsttherapeuten hoch und grinste über die Wahl seines T-Shirts, auf dem »No pants are the best pants« stand. Er fragte sich, wie es wohl wäre, die beiden Moore-Brüder tatsächlich zusammen zu erleben. Wenn er sich richtig erinnerte, waren es vier Brüder. Den Jüngsten, Seb, hatte er schon ein paarmal getroffen. Max war überzeugt, dass es ein einziges Chaos geben würde.

»Ich hab auch noch Dr. Pepper.« Er wedelte mit seiner Lakritzstange. »Carter ist der Größte.«

»Nicht gerade schäbig«, pflichtete Tate ihm bei. »Er hat dir ein Care-Paket geschickt?«

»Und er kommt mich im neuen Jahr besuchen.« Natürlich war Max begeistert über Carters Besuch, zugegebenermaßen aber auch verflucht nervös.

Der unerwartete, aber fantastische Karton voll süßer Leckereien war am Tag zuvor angekommen, eingewickelt in Weihnachtspapier und mit einer Karte von Carter und Kat. Auch alle Jungs aus der Werkstatt einschließlich Riley hatten unterschrieben und wünschten ihm alles Gute und Frohe Weihnachten. Ein paar Sekunden lang hatte Max sich herrlich gefühlt, gemocht und umsorgt, doch dann war ihm wieder eingefallen, dass er meilenweit von ihnen allen fort war und wie sehr er es vermisste, zu Hause bei seinen Freunden zu sein. Die Stimmungsschwankungen und nagende Unruhe waren nie fern, ganz egal, wie viel besser er sich fühlte. Nichtsdestotrotz hatte er sich mit der Lakritze auf jeden Fall ein paar neue Freunde gemacht. Und mit den M&Ms.

»Also«, säuselte Tate ungezwungen. »Im Flurfunk heißt es, dass du am Montag zum Fitness gehst. Cool.«

Max war ganz seiner Meinung. Er konnte es gar nicht erwarten, etwas von seiner unterschwelligen Wut an irgendeinem ahnungslosen Fitnessgerät abzureagieren.

»Mir gefällt es, was du da gemacht hast«, fügte Tate mit einer Geste auf den Wirbel aus hellbrauner Farbe vor dem schwarzen Hintergrund von Max' zweitem Gemälde hinzu. Sein erstes war fertig und stand in all seiner schrecklichen, wütenden Pracht in seinem Zimmer. Es fertigzustellen hatte den unterschwelligen Ärger in ihm nicht gezügelt, sondern stattdessen ein schlafendes Verlangen geweckt, noch mehr zu malen. Er war noch im Anfangsstadium, aber er fing an, sich auszudrücken, wie Elliot ihn gebeten hatte. Und es war ein gutes Gefühl. Befriedigend. Beinahe, als stille jeder Pinselstrich einen stummen Hunger in ihm. Er machte sich keine Illusionen; er wusste, dass er alles aus sich herausließ, seinen giftigen Zorn, seine Sucht und Trauer praktisch auf die Leinwand kotzte – die rohen Emotionen seines ersten Bildes waren der Beweis dafür. Aber das war okay. Wenn es ihm die Ärzte und Pfleger vom Hals und die Panikattacken in Schach hielt, dann war er mehr als bereit, weiterzumalen.

Tate kaute geräuschvoll auf seiner Lakritze. »Der Kontrast zwischen den Farben ist schön. Was bedeutet das?«

Mit schiefem Kopf betrachtete Max sein Werk. Nachdem er mit Elliot darüber gesprochen hatte, wie Lizzie ihn verlassen hatte, musste er einfach in den Kunstraum gehen und … irgendetwas malen. Mehr wusste er selbst nicht darüber. »Keine Ahnung, Mann«, antwortete er, während sein Blick den diagonalen Streifen aus Orange und Rot folgte. Er schmunzelte. »Du weißt, dass du keine so blöden Fragen stellen solltest.«

Tate grinste. »Ich weiß. Ich wollte dich nur ärgern.« Mit aus dem Mund baumelnder Lakritzschnecke drehte er sich um und schlenderte zum nächsten Maler. Lächelnd schaute Max ihm nach. Wenigstens sorgte Tate dafür, dass er sich hier nicht langweilte.

5

Max hätte wissen sollen, dass das lockere, leichtere Gefühl, das sich irgendwo zwischen den Gruppentreffen, den Gesprächen mit Elliot und dem Malen eingeschlichen hatte, nicht von Dauer sein würde. Die Weihnachtsdekoration, das üppige Essen, die fröhliche Musik und die von der Anstalt bereitgestellten Geschenke, Socken und Schokolade, sorgten dafür, dass Max zum ersten Mal seit Jahren die Feiertage genoss, auch wenn er fern von zu Hause und vertrauten Gesichtern war.

Zu schade, dass das warme oh-du-selige Wohlgefühl nicht anhielt.

Oh, Max O'Hare war und blieb ein in beinahe ungesundem Maße pessimistischer Bastard. Und doch, nachdem sich die Tage seines Klinikaufenthalts in Wochen verwandelt hatten, hatte er sich erlaubt, die Möglichkeit in Betracht zu ziehen, dass es ihm allmählich besser ging, dass seine Gedanken nicht mehr von Wut oder Angst diktiert wurden und dass das regelmäßige Pochen der Sucht in seinem Kopf mit jeder Stunde jeden Tages allmählich zu einem leichten Streicheln geworden war.

Ja, er war ein verdammter Idiot gewesen.

Und die Art, wie Elliot ihn ansah, so gönnerhaft und besorgt, war nicht das, was er in seiner gegenwärtigen Stimmung brauchte. Er konnte selbst nicht verstehen, was ihn so aus der Fassung gebracht, so nervös gemacht hatte. Und das nervte ihn. Er hatte sich an den Geräten im Fitnessraum abgerackert wie ein Irrer – was ihm anerkennende Blicke seines Trainers einbrachte – und war auf dem Laufband gerannt, bis er beinahe zusammengebrochen war, aber die Unruhe kribbelte immer noch auf seiner Haut wie Nesseln.

»Du hattest heute Nachmittag ein Telefonat«, setzte Elliot an und schaute ihn über den Rand seiner Phillies-Tasse hinweg an, während er einen Schluck daraus nahm. »Mit wem hast du gesprochen?«

Max lümmelte sich in seinen Sessel und holte tief Luft. »Carter.«

Elliot lächelte. »Großartig. Wie geht es ihm?«

Max knirschte mit den Zähnen. »Verlobt.« Das Wort schnellte aus ihm heraus wie eine Kugel aus dem Lauf einer Waffe, eingehüllt in eine Wolke aus Schmerz, Neid und Wut. »Er … Der Mistkerl hat sich verlobt.« Er rieb sich mit den Händen übers Gesicht, voller Hass auf das Wort und sich selbst, weil er so ein egoistisches Arschloch war.

Der Klang von Elliots Tasse, die wieder auf den Beistelltisch gestellt wurde, hallte laut durch Max' Schädel. Seinen müden, gequälten Schädel. Scheiße. Zum ersten Mal seit vier Wochen sehnte er sich nach einer Line.

Oder nach drei.

Und nach einer Flasche Tequila in der Hand einer Frau mit langen Beinen, tollen Titten und ohne Moral.

Ja, so ein heißer, verschwitzter, zugekokster Fick wäre jetzt echt nicht schlecht, um den Kopf freizubekommen.

»Du bist wütend.« Elliot formulierte es nicht als Frage, sondern unterstellte es ihm mit einer kleinen Handbewegung.

»Ja«, blaffte Max, ohne nachzudenken. »Nein. Gottverdammt, ich weiß nicht, wie ich mich fühlen soll.«

Ehrlich, seine Gedanken waren ein völliges Durcheinander.

Er stand von seinem Sessel auf und marschierte zum Fenster, das zu den ausgedehnten Gärten des Centers hinausging.

Die Schneedecke war dick und glitzerte in der Nachmittagssonne. Er schloss die Augen und lehnte die Stirn an das kalte Glas. Die Unterhaltung mit Carter war gut gewesen. Er hatte es geschafft, seinen Schock und den inakzeptablen Ärger über Carters Neuigkeiten zu verbergen. Er hatte ihm für den Karton mit Süßigkeiten gedankt, und sie hatten über Gott und die Welt gequatscht und darüber gescherzt, dass Riley bereits die Junggesellenparty plante, aber es war dennoch ziemlich gezwungen gewesen. Zumindest von Max' Seite aus.

»Ich weiß nicht, warum ich mich so fühle – ich kann es nicht einmal beschreiben.« Es war wie eine Sprungfeder in seinem Innern, die immer fester angezogen wurde.

»Das verstehe ich.«

Max drehte sich zu seinem Therapeuten um. »Wirklich?«

»Natürlich. Er ist dein bester Freund. Ihr habt eine gemeinsame Geschichte. Ihr habt einander während der schwersten Zeiten eures Lebens erlebt, und jetzt bist du hier. Sein Leben geht weiter, und du fühlst dich, als würdest du auf der Stelle treten.«

Verdutzt starrte Max ihn an. Scheiße.

»Aber du trittst nicht auf der Stelle, Max«, fuhr Elliot mit Nachdruck fort. »Die Veränderungen, die ich bei dir in den letzten Wochen beobachtet habe, sind bemerkenswert. Du öffnest dich.«

Max schob die Hände in die Hosentaschen. »Es kommt mir aber nicht so vor.« Seufzend schlurfte er zurück zu seinem Sessel und setzte sich wieder, schwer und müde. Unter Elliots unnachgiebigem Schweigen rutschte er unruhig herum und versuchte, sich unter seiner Kapuze zu verstecken. »Ich will, dass Carter glücklich ist«, sagte er schließlich. Er zupfte an der Nagelhaut seines Daumens. »Mir fällt niemand ein, der es mehr verdient hätte.«

»Wen heiratet er?«

»Kat. Sie haben sich kennengelernt, als er in Kill einsaß. Das Ganze ist eine lange Geschichte, denn eigentlich kennen sie sich schon ewig. Er hat ihr das Leben gerettet, als er so ungefähr elf war.« Max lachte humorlos. »Er ist verrückt nach ihr, total gaga.«

»Wie du es nach Lizzie warst.«

Max zuckte zusammen, obwohl der Schmerz, an den er sich so gewöhnt hatte, deutlich abgestumpft war. »Ja, genau so.«

Elliot verlagerte seine Haltung ein wenig. »Und das ist das Problem.«

»Vielleicht«, gestand Max leise.

Vielleicht war er neidisch, dass sein bester Freund gefunden hatte, was Max so verzweifelt hatte haben wollen. Vielleicht war er wütend, dass Carter sein Leben lebte, während er hier irgendwo am Arsch der Welt festsaß. Vielleicht war er ein Drecksack, weil er irgendetwas anderes als Glückwünsche für den Mann empfand, der ihn immer unterstützt hatte.

»Ich will meine Missgunst nicht durch meine Vergangenheit entschuldigen. Das ist schändlich«, murmelte er.

»Aber du musst dich damit auseinandersetzen, statt es zu verdrängen«, erwiderte Elliot. »Verarbeite den Neid und lass ihn hinter dir. Wenn du nach Hause kommst, kannst du mit ihm feiern und sein Glück genießen. Alles wird sich anders anfühlen, besser.«

Max war sich da nicht so sicher, aber er konnte es wenigstens hoffen.

»Außerdem«, fügte Elliot heiter hinzu, »bist du noch jung; du könntest jemanden kennenlernen und dich wieder verlieben.«

Max' Augen weiteten sich, während sein Herz hinter den Rippen hämmerte. »Auf keinen Fall«, zischte er.

Perplex zuckte Elliot mit den Schultern. »Warum denn nicht? Das Leben geht weiter, Max, wie Carter beweist. Auch du kannst wieder Liebe und Freude finden.«

Entschieden schüttelte Max den Kopf. »Vergiss den Scheiß! Ich werde mich nicht noch mal so an jemanden dranhängen. Nie wieder.«

Es würde ihn ganz sicher umbringen.

Außerdem wurde allen Süchtigen davon abgeraten, in den ersten zwölf Monaten ihrer Genesungsphase eine Beziehung einzugehen. Beziehungen waren zu unvorhersehbar, und die Höhen und Tiefen könnten potenzielle Auslöser dafür sein, sich wieder in ein Tütchen weißes Pulver oder eine Flasche Jack Daniels zu stürzen. Nicht dass Max überhaupt daran denken konnte, jemals wieder eine ernsthafte Beziehung zu führen. Seine Kontakte mit Frauen vor seiner Einweisung waren flüchtig und emotionslos gewesen. Schließlich war er ein Mann mit Bedürfnissen, und sein Reigen williger Körper war genau das gewesen, was er brauchte: distanziert und unkompliziert.

Elliot betrachtete ihn nachdenklich, bevor er nickte. »Vielleicht ist das eine Unterhaltung für ein anderes Mal.«

Er legte seinen Block auf die Armlehne des Sessels, stand auf und durchquerte das Büro zu seinem eleganten, maßgefertigten Schreibtisch. »Ich habe etwas für dich.« Er öffnete eine Schublade und nahm etwas heraus. Dann hielt er Max die Hand entgegen. »Hier.«

Mit wackligen Beinen ging er zu seinem Therapeuten hinüber. »Was denn?«

Elliot nahm Max' Hand und legte ein kleines rundes Stück Metall in seine Handfläche. Max brauchte einen Augenblick, um zu erkennen, was es war. »Das ist deine erste Medaille, Max. Gratuliere. Schon dreißig Tage clean.«

Max starrte das unscheinbare Abzeichen an. In der Mitte stand »1 Monat«, umgeben von den Worten, die er von den Gruppensitzungen her auswendig kannte: »Offenheit, Ehrlichkeit, Bereitschaft, Einigkeit, Dienst, Genesung«.

Herrgott, waren es wirklich schon dreißig Tage, seit er aufgenommen worden war?

»Dreiunddreißig, um genau zu sein«, sagte Elliot, als habe er seine Gedanken gelesen. Langsam schloss er Max' Finger um die Medaille und legte seine Hand darüber. Sein Ausdruck war nicht der eines Arztes, sondern der eines Freundes, liebenswürdig und bestätigend. »Mit dem neuen Jahr vor der Tür lass dir das hier, deine Entschlossenheit und Stärke, als Beweis dienen, dass ein Happy End möglich ist, Max. Das hier in deiner Hand ist ein Symbol der Hoffnung. Es kann geschehen. Selbst dir.«

Max wusste, dass ihm das eigentlich ein warmes, wohliges Gefühl verleihen sollte. Es sollte die Angst und den Pessimismus aus seinem Kopf und seinem geschundenen, vernarbten Herzen vertreiben. Doch obwohl er insgeheim stolz war, das Ergebnis seines Erfolges in der Hand zu halten, schüttelte er stur den Kopf.

»Danke, Doc, aber für mich gibt es kein Happy End«, bemerkte er leise, während er den Kopf hob, um Elliots Blick zu begegnen. »Bei all den Menschen, die ich in meinem Leben verloren habe, weiß ich, dass das eine gottverdammte Tatsache ist.«

Die Bar war nicht das, was Grace erwartet hatte.

Große Fenster und eine Glastür, die zur Rückseite des Gebäudes hinausführte, wo es im Sommer zweifellos unglaublich schön war, ließen das gesamte Lokal hell und freundlich wirken. Eine Jukebox im Fünfzigerjahre-Stil spielte Blues, und den Rest des hohen Raums füllten ein Billardtisch und Tische und Sitznischen verschiedenster Formen und Größen. Über allem hing der Geruch nach Fritten und Bier vom Fass, was ein wehmütiges Lächeln auf Grace' Gesicht zauberte.

Von außen, mit der Fassade aus dunkler Holzvertäfelung und dem verblassten Schild, das den Namen der Bar als »Whiskey and Wings« angab, hätte der Laden nicht weniger einladend wirken können. Als Kai und Grace auf ihrem Weg zum Abendessen daran vorbeigeschlendert waren, hatte er eine Bemerkung darüber gemacht, welche Sorte Stammgäste eine Bar wie Whiskey and Wings anziehen würde, und sie am Ellbogen weitergezogen, bevor sie *noch* etwas Verrücktes tun konnte.

Doch Grace hatte sich nicht entmutigen lassen. Entschlossen, ihr Leben zum ersten Mal seit Jahren wieder selbst in die Hand zu nehmen, hatte sie entschieden, auf ihr Bauchgefühl zu vertrauen und wegen des Schilds nachzufragen, das nachlässig in der Ecke des großen, schmierigen Fensters klebte und verkündete, dass eine Aushilfe gesucht wurde. Es war eine Weile her, seit sie hinter einer Bar gearbeitet hatte, aber sie hatte das Gelächter und den Trubel genossen, auch wenn der Job dazu geführt hatte, dass sie …

»Kann ich dir helfen, Schätzchen?« Der gedehnte West-Virginia-Akzent hüllte Grace ein wie eine herzliche Umarmung.

Die Frau, die hinter der Bar Gläser polierte, war blond und hatte einen Vorbau, der jede andere Frau in der Nähe dazu bringen würde, sich ein wenig gerader zu halten und sie nach dem Laden zu fragen, in dem sie ihre Push-up-BHs kaufte. Ihr von Falten durchzogenes Gesicht war attraktiv, trotz des dick aufgetragen Mascaras und Rouges. Sie lächelte, als Grace näher kam, und stellte das Glas ab.

Grace holte tief Luft. Sie zog die Wollmütze vom Kopf und befreite ihre wippenden Locken. »Hi. Ich wollte wegen dem Schild nachfragen.«

Blondie stützte die Hände an die Kante der Theke und blinzelte fragend. Grace schluckte. »Das Schild ›Aushilfe gesucht‹. Wie sind denn die Arbeitszeiten? Ich brauche nur ein paar Tage die Woche, aber …«

»Du bist neu in der Gegend, stimmt's?« Der Blick der Frau wurde kaum merklich forschender. Grace gewöhnte sich allmählich an die argwöhnischen Blicke und Fragen, die man in einer Stadt mit weniger als zehntausend Einwohnern zu erwarten hatte.

»Ja. Ich wohne in der Pension der Masens«, antwortete sie. »Ich bin in der Stadt seit …«

»Schon mal hinter der Bar gearbeitet?«

»Ähm, ja. Es ist zwar schon eine Weile her, aber ich habe gekellnert, als ich auf dem College war. Mein Bruder hat eine Bar in Washington, die …«

»Sei am Montag pünktlich um halb sieben da.«

Grace wurde bleich. »Das … Montag ist Silvester.«

Blinzel, blinzel. »Schon was vor?«

Nein, aber der gesunde Menschenverstand wusste, dass der Laden dann rammelvoll sein würde. Und voller Fremder.

Ein Hauch von Angst strich Grace über die Brust. »Ich … nein, das passt.«

»Gut. Ich weiß noch nicht, wann ich dich danach brauche, vielleicht jeden zweiten Tag abends oder tagsüber, vielleicht auch nicht, da musst du flexibel sein, aber ich brauche dich auf jeden Fall am Montag.« Tiefblaue Augen musterten Grace von Kopf bis Fuß. Ihre Winterstiefel, Jeans, Handschuhe und dicke Jacke wurden mit einem trockenen Lächeln quittiert. »Und zieh dir was Hübsches an.«

Grace schaute an sich hinunter. »Okay.«

»Lass' gut sein, Holly«, erklang eine tiefe männliche Stimme von der Tür her. »Sie sieht doch schon hübsch aus.«

Der Mann trug eine Polizeiuniform: ein dunkles Hemd, Krawatte und Khakihose. Er war groß und schlank, mit welligem kastanienbraunem Haar und einem gepflegten Kinnbart, der sich hob, als er sie anlächelte. Er sah sie einen Augenblick lang an, bevor er einen Schritt auf sie zutrat und ihr die Hand entgegenstreckte. »Ich bin Deputy Sheriff Caleb Yates. Ich glaube, ich hatte noch nicht das Vergnügen.«

Grace schluckte, und in ihrem Magen flatterten nervöse Schmetterlinge. Lächerlich, schalt sie sich. Er ist Polizist. Er ist keine Bedrohung. Und seine blauen Augen waren ungefährlich und aufrichtig. Sie atmete tief durch und erwiderte das Lächeln, als sie seine große Hand ergriff. »Ich bin die Neue in der Stadt, Grace Brooks.«

Er lachte höflich über ihren lahmen Witz. »Das habe ich schon gehört. Sie haben für ziemlichen Wirbel gesorgt. Wir bekommen hier in Preston County nicht viele neue Gesichter zu sehen, die länger als für einen Urlaub bleiben. Sie haben das alte Bailey-Anwesen gekauft, stimmt's?«

Er wusste eine Menge, was Grace augenblicklich nervös machte. Sie ballte die Hände, während ihr Blick an ihm vorbei zum Ausgang flog. Das Deputy-Abzeichen auf der linken Seite seiner Brust verpasste ihr eine kräftige Dosis »Bleib-ruhig-verdammt«. Natürlich wusste er von dem Haus. Er wusste wahrscheinlich über jeden Bescheid. Das war sein Job.

»Ja, habe ich«, bestätigte sie. Mehr wollte sie nicht sagen, weil sie sich unter dem prüfenden Blick der beiden Augenpaare unwohl fühlte.

Caleb wippte auf den Fersen und verschränkte die Arme vor der Brust. »Das ist toll. Wurde auch langsam Zeit, dass dieses Ungetüm von Gebäude mal von jemandem in Angriff genommen wird.«

Grace lachte kurz. »Nun, dieser Jemand bin ich.« Das Funkeln in den mandelförmigen blauen Augen des Deputys war schmeichelhaft, bewirkte jedoch, dass Grace den Rückzug antrat. »Jedenfalls, ich sollte besser wieder zurück. Danke … Holly. Ich werde Montag da sein.«

Ihre Hand zitterte, als sie über ihre Schulter zurückwinkte, und ohne auf Hollys Erwiderung zu achten, stolperte sie regelrecht zur Tür und auf die schneebedeckte Straße hinaus. So schnell es ihr die alten Verletzungen an der rechten Hüfte und den Rippen, denen die Kälte zusetzte, erlaubten, hastete sie den Gehweg entlang, dann blieb sie in der Einmündung einer kleinen Gasse stehen und lehnte sich mit dem Rücken an die feuchten Ziegel.

Den Kopf in den Nacken gelegt, atmete sie so langsam und tief durch, wie sie konnte, und kämpfte die Angst mithilfe der kalten, frischen Luft West Virginias nieder. Und damit, dass sich ihre Vergangenheit tausend Meilen weit entfernt am anderen Ende des Landes befand, in ihrem alten Apartment, auf Bewährung freigelassen und mit einem richterlichen Kontaktverbot. Als sein Gesicht vor ihrem geistigen Auge aufflackerte, schnürte sich ihre Kehle zu.

Vielleicht hatte Kai recht. Vielleicht war das doch keine so tolle Idee. Vielleicht *war* es zu früh für sie, allein an einem fremden Ort zu sein. Vielleicht war sie noch *nicht* stark genug, um unter fremden Menschen zu sein. Vielleicht sollte sie ihre Sachen packen, das alte Haus vergessen und zurück nach Washington fahren.

»Nein«, krächzte sie in den eiskalten Himmel hinauf. So leicht würde sie nicht aufgeben. Diese Momente waren unvermeidlich, sie musste sie einfach nur durchstehen. Ihr Atem beruhigte sich. Sie öffnete die Augen, wütend über die Tränen. »Na toll«, flüsterte sie, während sie sich die Mütze wieder aufsetzte. Jetzt hielten der Deputy und ihre neue Chefin sie für eine rasende Irre, nachdem sie sich so unhöflich benommen hatte.

Nun, wie ihre Mama immer gesagt hatte: Was passiert ist, ist passiert. Grace wusste, dass sie ihnen einfach zeigen musste, dass sie nicht völlig bekloppt war, wenn sie am Montag zur Arbeit kam. Ihr Herzschlag beschleunigte sich, diesmal vor Aufregung. Ein Job. Wenn auch nur für ein paar Stunden die Woche, aber sie hatte einen richtigen Job. Kai würde ausflippen. Sie lachte vor sich hin, als sie an die Unterhaltung dachte, die sie heute Abend zweifellos führen würden, wenn sie ihn anrief, um es ihm zu erzählen. Langsam verließ sie die Sicherheit der Gasse und machte sich auf den Weg zurück zur Pension.

Ja, die dunklen Wolken ihrer Vergangenheit verfolgten sie weiterhin jeden Tag, aber mit dem Haus und nun auch noch einem Job zeigte sich jetzt wenigstens ein Silberstreif am Horizont.

6

Durch das Malen, die Besuche im Fitnessraum – die eine beeindruckende Wirkung auf seine Arme, Brust und Taille hatten – sowie die Gruppensitzungen und Gespräche mit Elliot verging die Zeit für Max schnell. Die Tage flogen in einem Wirbel aus Reden, Laufen, Boxen und Malen dahin, bis er eines frischen Januarnachmittags seine zweite Medaille erhielt. Vierundsechzig Tage clean, und Max musste zugeben, dass er sich ziemlich gut fühlte. Er hatte sogar aufgehört zu rauchen.

Er hatte eine solide Freundschaft zu Tate aufgebaut und freute sich jedes Mal auf ihre Sitzungen. Und auch wenn er immer noch nicht redete wie ein Wasserfall, wurde seine Therapie mit Elliot allmählich ebenfalls zu einem immer geringeren Ärgernis. Er hatte mehr über Lizzie erzählt, über seine Abhängigkeit und deren Wurzeln – nicht dass man ein Genie sein musste, um das herauszufinden –, und er hatte sich sogar erlaubt, über die Zukunft und seine Zeit nach dem Entzug nachzudenken.

Sein Aufenthalt hatte keine zeitliche Beschränkung bekommen, allerdings hatte Elliot ihm geraten, er solle noch einen weiteren Monat bleiben. Er war zufrieden mit Max' Fortschritten, wollte aber auch, dass er wirklich bereit war, sich wieder der echten Welt zu stellen. Das Nachsorgeprogramm war unübertroffen, und Max würde so lange wie nötig Therapeuten und Sponsoren zur Verfügung haben. Dennoch hatte er eingewilligt, noch zu bleiben.

Er war noch nicht ganz so weit.

Um die Wahrheit zu sagen, erfüllte ihn der Gedanke, nach Hause zu gehen – so fantastisch es auch wäre –, mit einem merkwürdigen Gefühl der Beklommenheit. In der Einrichtung war er jeden Tag beschäftigt, umgeben von Leuten, die er im Lauf der Zeit kennen und in vielen Fällen mögen gelernt hatte. Von Letzterem abgesehen machte sich Max Sorgen, wie er seine Zeit ausfüllen sollte, wenn er wieder zu Hause war … wie er es von einem Tag zum nächsten schaffen sollte, ohne den straffen Zeitplan, nach dem er jetzt lebte. Geschäftigkeit war sein neuer Freund. Ohne sie würde er viel Zeit zur Verfügung haben; Zeit, um zu grübeln und sich den Kopf zu zerbrechen, wo er eine Line herbekommen könnte.

Er machte sich Sorgen, dass seine Freunde es nicht verstehen und nicht erkennen würden, wie hart Max kämpfte, um es durch jeden Tag zu schaffen, ohne sich dieses Gift in die Nase zu ziehen. Er wusste, dass sie ihn natürlich unterstützen würden, das taten sie immer … aber würde das ausreichen? Elliot erklärte ihm, dass seine Ängste verständlich und völlig normal waren, dennoch sorgte sich Max.

Das Spiegelbild, das ihm aus der Fensterscheibe der Eingangshalle entgegenblickte, zeigte ein viel gesünderes Gesicht, wenn auch immer noch von Falten des Kampfs gezeichnet. Sein braunes Haar war unordentlich gewachsen, und er hatte sich seit ein paar Tagen nicht mehr rasiert. Seine dunklen Augen beobachteten die Auffahrt wie ein Habicht.

»Bekommst du heute Besuch?«

Die Stimme neben ihm ließ Max erschrocken zusammenzucken. Als er sich umdrehte, erblickte er Dom aus seiner Therapiegruppe, der ebenfalls aus dem Fenster spähte. Er nickte. »Meinen besten Freund.« Er wandte sich wieder zum Fenster. »Es ist das erste Mal, dass ich ihn sehe, seit er mich hier abgeliefert hat.« Er schluckte. Nein, das war nicht fair. »Ehrlich gesagt hat er mir geholfen, hier aufgenommen zu werden. Hat alles bezahlt.«

»Stark!«, kommentierte Dom, wie immer ein Mann weniger Worte. Max bemerkte, um wie viel besser auch er im Vergleich zum ersten Mal aussah, als sie sich einander vorgestellt hatten, und war das nicht ein seltsamer Gedanke? Zwei Männer, zwei Abhängigkeiten, aber beide mit demselben Ziel: clean werden oder sterben.

Die beiden Männer hörten das Auto, noch bevor sie es sahen. Das unverwechselbare Röhren eines Maserati GranTurismo MC Stradale hallte durch die ländliche Umgebung.

»Mann!«, murmelte Dom, während sie zusahen, wie das mattschwarze Fahrzeug vor der Klinik hielt. »Netter Schlitten.«

Max schnaubte. Er wusste einfach, dass Carter jede Minute der Fahrt von New York bis hierher in diesem verdammten Ding genossen hatte. Der Junge hatte in Sachen Autos schon immer Geschmack besessen, und nun, da er CEO des Unternehmens war, das ihm von Geburts wegen zustand, besaß er auf jeden Fall auch die Kohle, um sie sich leisten zu können.

Max und Carter waren damit aufgewachsen, in der Werkstatt von Max' Vater zuzusehen und mitzuarbeiten, und hatten gelernt, was der Ausdruck »Muscle-Car« wirklich bedeutete, indem sie Motoren auseinandernahmen und wieder zusammenbauten. Gemeinsam bestanden sie ihre Prüfungen und schrotteten ihre ersten Autos, kauften Motorräder und fuhren zu jeder Veranstaltung für Motorfreaks im ganzen Land.

Das waren herrliche Zeiten gewesen, und während Max zusah, wie sich Carter aus dem Wagen schälte, wurde ihm bewusst, wie sehr sein bester Freund ihm gefehlt hatte. Sie hatten so viel zusammen durchgemacht. Wo jede normale Freundschaft in die Brüche gegangen wäre, hatten die beiden sich gestritten und dennoch immer stur zueinander gestanden. Dass

Carter vor mehr als drei Jahren an Max' Stelle ins Gefängnis gegangen war – damit Max bei der schwangeren Lizzie sein konnte, statt für etwas in den Knast zu wandern, das er nicht getan hatte –, war nur eins der Dinge auf der langen Liste, für die er bei seinem Freund tief in der Schuld stand. Sobald er wieder zurück in der richtigen Welt war, würde er sich jeden Tag bei Carter revanchieren.

Trotz seines anfänglichen Schocks und den Spuren hässlicher Eifersucht, die ihn immer noch gelegentlich durchzuckten, hätte Max nicht stolzer auf seinen besten Freund sein können. Carter war glücklich, gesund und verliebt. Offensichtlich war das Gewicht der Selbstzweifel und des Verlassenseins, das er schon von klein auf mit sich herumgeschleppt hatte, endlich von ihm abgefallen. Mit einem Schlag wurde Max bewusst, dass Carter seinen Platz im Leben gefunden hatte, und die Erleichterung, die sich daraufhin in ihm breitmachte, war mehr als willkommen.

Carter lächelte, als Max auf ihn zukam, aber es war ein unsicheres, vorsichtiges Lächeln, und Max konnte es nicht ausstehen. Tate und Elliot hatten ihn beide vorgewarnt, dass der heutige Tag verdammt unbeholfen und verlegen ablaufen würde, aber Max hatte gehofft, es würde nicht so kommen.

»Tut mir leid, dass ich ein bisschen spät dran bin«, setzte Carter an und zeigte dabei mit dem Daumen über die Schulter. »Aber ich musste mich erst an der Pforte anmelden.«

Max schüttelte den Kopf. »Schon okay.« Er blieb einen Schritt vor Carter stehen, die Hände tief in den Hosentaschen, und nickte mit dem Kinn in Richtung Maserati. »Musst du damit vielleicht was kompensieren?«

Carter lachte laut auf. Er zog die Augenbrauen hoch und warf einen Blick zum Wagen. »Was soll ich sagen, sie musste mal ausgefahren werden.«

»Eine richtige Schönheit. V8?«

»Von null auf hundert in vier Komma sechs Sekunden«, nickte Carter mit einem trockenen Lächeln. »Wäre doch unhöflich gewesen, das nicht zu testen, stimmt's?«

Beide Männer lachten nervös. Max wippte verlegen auf den Fersen, bevor er die Hand ausstreckte. »Es ist schön, dich zu sehen, Mann. Danke, dass du gekommen bist.«

Carter schob die Schlüssel in die Hosentasche und ergriff Max' Hand, schüttelte sie erst und drückte sie dann, bevor er sie wieder losließ. »Klar doch. Das würde ich mir nicht entgehen lassen. Danke, dass du mich eingeladen hast. Du siehst … gut aus. Besser. Viel besser.«

Max konnte nicht leugnen, dass er das überwältigende Bedürfnis verspürte, seinen Freund zu umarmen, denn es war verdammt schön, ihn zu sehen, doch stattdessen wies er mit einer Geste auf den Weg, der sich um das ganze Gelände der Klinik zog. »Ich möchte dich ein wenig herumführen, bevor ich dich den anderen vorstelle. Hast du Lust, spazieren zu gehen?«

Carter räusperte sich. »Klar.«

Seite an Seite gingen sie durch den schmelzenden Schnee, während Max durch die großen Fenster zeigte und Carter vom Kunstraum und seinen Gemälden, von seinen Gruppensitzungen und seinen Gesprächen mit Elliot erzählte. Es war merkwürdig, das alles zu erklären, aber Max war nicht so verlegen wie beim ersten Mal, als er mit Carter telefoniert hatte. Ihn zu sehen, während er mit ihm sprach, war definitiv einfacher.

»Riley hat mir erzählt, dass Tate hier arbeitet«, sagte Carter, als er in den Kunstraum spähte, wo Tate einen Kurs unterrichtete. »Ziemlich kleine Welt, was? Ich glaube, ich habe einmal kurz mit ihm telefoniert, aber ich bin ihm nie begegnet. Ist er genauso durchgeknallt wie Riley?«

Max grinste. »Von verrückten T-Shirts mal abgesehen? Er ist wie Riley, nur ein bisschen normaler. Siehst du den Stock? Er wurde als Arzt bei den Marines verwundet.«

»Ja, daran erinnere ich mich. Das war das einzige Mal, dass Riley New York je verlassen hat.«

»Tate schluckte haufenweise Tabletten und Schmerzmittel, nachdem er ehrenhaft aus der Truppe entlassen wurde. Alles wegen seiner Verletzung. Der Junge hat sich selbst am Schopf gepackt, einen Entzug und danach eine Ausbildung zum Therapeuten gemacht, und da ist er nun. Seit vier Jahren clean und hilft anderen Süchtigen.«

Carter lächelte. »Klingt, als wäre er ein toller Kerl.«

»Das ist er«, pflichtete Max ihm bei. »Er hat angeboten, die Patenschaft als Sponsor für mich zu übernehmen, wenn ich … wenn ich nach Hause komme.« In Max' Magen rumorte es vor Unbehagen.

Carters Miene dagegen erhellte sich. »Wann wird das sein, was denkst du?«

Max zuckte mit den Schultern. »Ich habe gerade meine Zwei-Monats-Medaille bekommen, darum …«

»Das ist ja fantastisch, Bruder!«, stieß Carter hervor, Stolz und Erleichterung in der Stimme.

Max zeigte ihm die beiden Marken auf seiner Handfläche. Er trug sie stets bei sich, wie es Suchtkranken geraten wurde, nur für den Fall, dass der Suchtdruck stärker wurde. Es war eine Erinnerung, eine greifbare Möglichkeit zu zählen, wie lange man schon nicht mehr Sklave seiner Sucht war.

Carter sah sie an, ohne sie zu berühren, und lächelte. »Ich wusste, dass du es schaffst.«

»Na ja«, meinte Max, während er die Faust langsam wieder um die Marken schloss, »ganz habe ich es noch nicht geschafft. Elliot meint, ich sollte noch einen Monat oder so bleiben.«

Carter runzelte die Stirn. »Und wie denkst du darüber?«

Max steckte die Medaillen ein und setzte sich wieder in Bewegung, da er es nicht ertragen könnte, Enttäuschung in Carters Gesicht zu sehen. »Ich … denke, dass ich das noch brauche«, gestand er. »Ich denke, ich habe noch eine Menge, an dem ich arbeiten muss … Lizzie, Christopher – der ganze Mist, der passiert ist. Ich bin immer noch nicht … ich kann immer noch nicht vergessen. Ich bemühe mich, Carter, aber das geht nicht über Nacht, und ich muss mit dieser Scheiße jeden Tag leben, sobald ich hier raus bin und …«

Carters Hand auf Max' Arm veranlasste ihn, stehen zu bleiben und sich umzudrehen. »Hey, Mann, schon okay«, murmelte Carter. Seine Augen blickten traurig, aber beschwörend. »Im Ernst, Kumpel, nimm dir so viel Zeit, wie du brauchst. Wir werden alle auf dich warten, wenn du nach Hause kommst. Mir ist es egal, wie lange es dauert. Wir alle wollen nur, dass du gesund wirst. *Ich* will, dass du gesund wirst.«

Max stieß den Atem aus und rieb sich mit der Hand übers Gesicht. Er trat gegen einen Schneehaufen, der sich hartnäckig weigerte zu schmelzen, und ließ zu, dass Carters beruhigende Worte das Unbehagen in seiner Brust linderten. »Danke.«

Sie setzten ihren Rundgang durch das Center fort. Die Unterhaltung war jetzt, wenn auch nicht gezwungen, so doch irgendwie anders. Carter sprach von Kat und seinem Heiratsantrag. Max lächelte, so gut er konnte, während Carter von seiner Peaches schwärmte, und Carter tat dasselbe, wenn Max flüchtig von seinen Sitzungen mit Elliot erzählte.

Es war ein verdammter Albtraum, wie unsicher sie beide waren, weil Max' Aufenthalt in der Entzugsklinik etwas Seltsames in ihre Freundschaft hineingebracht hatte. Max konnte nur hoffen, dass es leichter werden würde, wenn er endlich nach Hause kam. Er konnte nur ahnen, wie schwer es für seinen besten Freund sein musste. Carter hatte Max an seinem absoluten Tiefpunkt erlebt, halb nackt, bewusstlos und nicht ansprechbar auf dem Badezimmerfußboden. Max kannte Carter fast sein ganzes Leben lang und wusste, dass er sich die Schuld gab, was absurd war. Niemand hatte Schuld daran außer Max.

Und vielleicht Lizzie.

Aber er arbeitete jeden Tag an dieser Schuld.

Als Teil des Zwölf-Schritte-Programms war Max dazu angehalten worden, anzuerkennen, was seine Sucht den Menschen, die ihm nahe standen, angetan hatte. Den Menschen, die so lange versucht hatten, ihm zu helfen. Herrgott, Carter hatte sich so angestrengt, Max so dazu gedrängt, gesund zu werden, selbst als Kat ihn gebeten hatte, sich rauszuhalten und Max tun zu lassen, was er wollte. Selbst als Max – in einem Moment des Wahnsinns – Carter eine geladene Waffe an den Kopf gehalten hatte, hatte der nicht die Hoffnung verloren, sondern Max beschworen, sich die Hilfe zu holen, die er so dringend brauchte …

»Danke, Carter«, sagte Max, bevor ihm das Bedürfnis danach überhaupt bewusst geworden war.

Sie saßen im Besuchsraum, und die Wintersonne strömte durch die hohen Fenster, während die Worte um ihn herum widerhallten. Carter, der sich gerade angeregt mit Elliot unterhalten hatte, drehte sich zu ihm um. Er öffnete den Mund, um etwas zu sagen, doch Max fuhr fort, in seine Kaffeetasse murmelnd, die er in den Händen hielt. »Und es tut mir leid, was du alles wegen mir durchmachen musstest, du *und* Kat. Ich weiß, ihr habt meinetwegen oft gestritten, und dafür entschuldige ich mich. Es tut mir leid, was ihr wegen meiner Sucht ertragen musstet, und ich danke dir, dass du für mich da warst und mich nicht aufgegeben hast. Das wäre so leicht gewesen, aber du hast es nicht getan.«

Als er langsam den Kopf hob, bemerkte er als Erstes das breite Lächeln auf Elliots Gesicht. Der Bastard sah aus wie ein stolzer Vater, der die ersten Schritte seines Sohnes beobachtet. Was ja auch beinahe der Wahrheit entsprach, denn die Worte ließen Max auf neues Terrain stolpern.

Der Ausdruck auf Carters Gesicht war überrascht, aber warm, und seine Augen schimmerten plötzlich ein wenig feucht. Er nickte knapp und räusperte sich. »Kein Problem. Ich bin für dich da.«

Ja, das war er immer gewesen, und Max würde nie mit Worten ausdrücken können, wie sehr er das zu schätzen wusste.

Nach ein paar Stunden, in denen Carter endlich Tate kennenlernte, viel Aufhebens um Max' Gemälde machte und den Rest der Klinik begutachtete, brachte Max Carter wieder zurück zu seinem Wagen. Er fühlte sich leichter, nicht mehr so angespannt.

Carter drückte auf den Knopf der Zentralverriegelung, worauf die Blinker des Maseratis aufleuchteten. »Weißt du«, setzte er mit einem tiefen Luftholen an, »sobald du denkst, dass du bereit bist, nach Hause zu kommen, bist du mehr als herzlich eingeladen, bei mir und Kat zu wohnen.« Seine Worte kamen so schnell, dass sie sich beinahe überschlugen. »Du könntest bei uns im Strandhaus in den Hamptons wohnen, weg von der Stadt. Du könntest dich entspannen, es langsam angehen. Riley hat die Werkstatt im Griff. Der Laden brummt und ist wieder in den schwarzen Zahlen, du brauchst also nichts zu überstürzen, bis du wieder so weit bist.« Er hob die Schultern. »Bei uns zu wohnen, wäre vielleicht besser, als wieder zurück in deine leere Wohnung zu gehen. Wenigstens wärst du dann nicht die ganze Zeit allein.«

Max lächelte leicht, dabei fragte er sich, ob Kat bei Carters Angebot wohl ein Mitspracherecht gehabt hatte oder ob sie überhaupt davon wusste. »Danke, das weiß ich zu schätzen. Hört sich gut an.«

Carter lächelte. »Nun, das Angebot steht, Kumpel. Lass es mich einfach wissen.«

Max nickte, dann trat er einen Schritt zurück, als Carter die Autotür öffnete und in den Wagen stieg. Der V8-Motor erwachte dröhnend zum Leben, was die beiden Männer vor lustvoller Anerkennung aufseufzen ließ.

»Sobald ich zurück bin, werde ich dieses Baby mal fahren«, erklärte Max neckend, als Carter die Tür zuschlug und das Fenster herunterließ.

»Höchstens in deinen feuchtesten und wildesten Träumen, Freundchen«, gab Carter zurück. Er trat leicht aufs Gaspedal, um den Wagen schnurren zu lassen. Doch bei Carters nächsten Worten blieb Max das Lachen im Hals stecken: »Ich weiß, dass du es schaffen kannst, Mann.« Sein Gesicht war aufrichtig und hoffnungsvoll. »Ich weiß, es war heute irgendwie seltsam, und das tut mir leid. Du hast noch einen langen Weg vor dir, musst einen Haufen Scheiße verarbeiten wegen Lizzie und … Aber ich weiß, dass du es schaffen wirst. Ich weiß es einfach.«

Max steckte den Arm durchs Wagenfenster und drückte Carter die Schulter. »Danke, Bruder.«

7

Die Wohnung war dunkel, als Max hereinstolperte. Er stieß sich das Schienbein an dem verflixten Wohnzimmertisch, den Lizzie unbedingt hatte kaufen müssen, als sie zusammengezogen waren, und fluchte. Eigentlich war das Ding der Blickfang des Zimmers. Jetzt verursachte es nur blaue Flecken.

Murmelnd ermahnte er sich, leise zu sein, und kicherte, als der Kick seiner letzten paar Lines einsetzte, seine Haut warm werden und sein Hirn pulsieren ließ. Es war eine verrückte Nacht voll Laserlicht, Schnee und Tanzen gewesen. Schweißgeruch durchtränkte sein Shirt, und das Haar im Nacken klebte in nassen Strähnen auf seiner Haut. Eine Hälfte seines Gesichts pochte vom Kinn bis zur Schläfe, wo ihm irgendein Arschloch an der Bar eine reingehauen hatte. Max hatte eine abfällige Bemerkung über die Jacke des Kerls gemacht, und dann, als der nicht darauf reagierte, hatte sich Max über die Freundin des Trottels ausgelassen. Und dann – einfach so, weil Max eine Schlägerei und einen Adrenalinschub wollte, um die Leere zu bekämpfen, die sich in seinem Körper ausbreitete wie der Krebs, der seinen Vater umgebracht hatte – hatte er auch noch die Mutter des Typen ins Spiel gebracht, die Max zwar nicht kannte, aber ohne jede Bedenken eine ausgewachsene Hure nannte.

An Max' Hemdsärmel war Blut. Ach ja. Seine Nase hatte auch was abbekommen, bevor sein Freund Paul ihn am Kragen gepackt und in ein wartendes Taxi gesteckt hatte, gerade als die Nacht sich mit Polizeisirenen und blau flackernden Lichtern zu füllen begann.

Max schniefte und wischte sich betrunken über die Nasenlöcher. Es tat weh, aber solange er noch durch die Nase atmen konnte, würde er sich so viel Schnee reinziehen wie nur möglich, wenn das den Schmerz des Lebens verschwinden ließ. Scheiße, er wollte sich einfach nur betäuben. Er wollte vergessen. Er wollte so tun, als würde er anstelle der gebrochenen Frau in seinem Bett das kämpferische, sprühende Geschöpf vorfinden, in das er sich verliebt hatte. Statt der geschlossenen Tür, die all das Babyzeug verbarg, das sie gekauft hatten und keiner von ihnen auch nur ansehen konnte, wollte er sie weit offen sehen, seinen Sohn gesund und schlafend in der weißen Wiege …

Sehnsüchtig schnupfte er an seinem Handrücken nach einem letzten Rest Pulver, bevor er die Schlafzimmertür aufstieß.

Lizzie war genau da, wo er sie zurückgelassen hatte, zu einer Kugel zusammengerollt, ungewaschen, stumm und gebrochen von ihrer Trauer. Max konnte sie kaum ansehen. Er wollte es. Gott, wie sehr er es wollte. Er wollte sie in die Arme nehmen, von ihrem Schmerz befreien und sich in ihr verlieren. Er würde sie lieben, sie leidenschaftlich küssen, denn sie zu küssen war ihm das Liebste auf der Welt, und sie vergessen lassen, ihn selbst *vergessen lassen. Aber sie wollte ihn nicht in ihre Nähe lassen. Sie wollte nicht mit ihm reden.*

Und sie fehlte ihm. Sie fehlte ihm so verdammt unglaublich. Während er im Zimmer umhertorkelte, gelang es ihm, sich auszuziehen und neben ihr ins Bett zu schlüpfen. Verzweifelt sehnte er sich danach, sie in die Arme zu nehmen und sich an die Wärme ihrer Haut zu schmiegen. Trotz der wenigen Zentimeter zwischen ihnen waren sie noch nie so weit voneinander entfernt gewesen. Max streckte die Hand aus und ließ die Fingerspitzen leicht über die nackte Haut an Lizzies Arm tanzen. Er wusste, wie diese Stelle ihres Körpers schmeckte. Er wusste, wie jede

Stelle ihres Körpers schmeckte, obwohl es schon Monate her war, dass sie auf diese Art zusammen gewesen waren. Max verstand es. Zumindest versuchte er es, aber wenn sie nicht auf seine Worte der Liebe hören wollte, vielleicht sollte er ihr dann mit seinem Körper zeigen, was sie ihm bedeutete.

Bevor er noch darüber nachdenken konnte, wie sie reagieren würde, wenn er sie zu sich herumdrehen, sie küssen, ihren Mund kosten und sich an der ersehnten Intimität ihrer Lippen laben würde, zog sie ihren Arm fort.

»Nicht«, krächzte sie. »Du stinkst nach Bier und bist schon wieder high.«

»Ja«, blaffte er, weil der Rausch ihm die Zunge lockerte und ihn reizbar machte. »Scheiße, verdammt, irgendwie muss ich doch schließlich meine Kicks bekommen, oder? Wenigstens lebt einer von uns beiden.«

Sie seufzte und krümmte die Schultern noch weiter von ihm fort. »Das ist kein Leben, Max. Das ist kein Leben.«

»Was willst du von mir, Lizzie?«, fragte er. Er ließ die Hand auf die Matratze fallen, weg von ihrem Körper. »Sag mir, was zum Teufel ich tun kann, und ich tu's. Verdammt, rede mit mir!«

Doch sie tat es nicht. Das tat sie nie. Stattdessen schloss sie ihn aus, zog die Decke um ihren kleinen, zerbrechlichen Körper und schlurfte aus dem Schlafzimmer ins Wohnzimmer, wo sie ihr trostloses Schweigen auf dem Sofa wieder aufnahm. Max war sich nicht sicher, was schlimmer war: sie stumm neben sich im Bett zu haben, oder dass sie im anderen Zimmer war. So oder so wusste er, dass er dabei war, sie zu verlieren. Scheiße, er hatte sie schon verloren, und er hatte keine Ahnung, wie er sie zurückbekommen sollte.

Stunden später, sobald das Licht der Dämmerung durch einen kleinen Spalt zwischen den Vorhängen hereinsickerte und Max aus einem unruhigen Schlummer weckte, würde er sich fragen, warum er nicht gehört hatte, wie sie ging. Noch Tage, Wochen, Monate und Jahre später würde er sich damit quälen, dass er ihr ins Wohnzimmer hätte folgen sollen, sie stärker hätte drängen sollen, sich ihm zu öffnen, ihre Trauer mit ihm zu teilen.

Noch bevor er durch den Flur schlitterte und sah, dass ihre Schlüssel, Schuhe, Handtasche und Mantel fort waren, wusste er, dass sie gegangen war. Noch während er ihren Schrank nach einem Hinweis durchwühlte, wohin zum Teufel sie verschwunden sein könnte, und unablässig ihre Handynummer und die ihrer Familie und Freunde wählte, wusste er, dass sie nicht gefunden werden wollte. Und als er auf dem Schlafzimmerfußboden zusammenbrach und unter Schluchzen ihren Namen rief, wusste er, dass sein Herz für immer gebrochen war.

Max drehte die Drei-Monats-Medaille in seiner Handfläche – siebenundneunzig Tage clean. Unruhig trat er mit dem Fuß gegen seine gepackte Reisetasche und vermied es, Elliot oder Tate direkt anzusehen, die neben ihm auf Carters Ankunft warteten.

»Also, hast du alle deine Papiere, meine Nummer, deine Rezepte, die Termine deiner ersten Treffen mit …«

Max zog lächelnd eine Augenbraue hoch und sah Elliot an. »Ja, Doc. Hab ich. Genauso wie die ersten drei Male, als du mich danach gefragt hast.«

Tate gluckste hinter vorgehaltener Hand. Heute war sein T-Shirt leuchtend grün und verkündete: »Warnung: Falls uns Zombies verfolgen, stelle ich dir ein Bein«.

Lachend schüttelte Max den Kopf. Im Ernst, jeden Tag diese verdammten T-Shirts zu sehen würde ihm fehlen. Tate war zwar jetzt offiziell Max' Sponsor, und die beiden würden sich durch die Meetings öfter sehen, aber es wäre nicht dasselbe.

Max hatte aus tiefster Kehle gelacht, als Tate ihm sein eigenes lächerlich unangemessenes T-Shirt geschenkt hatte, auf dem ein Mops im Kapuzenshirt und die Aufschrift »Pugs not drugs« zu sehen waren.

»Als Teil meiner Patenschaft für dich«, hatte Tate trocken gescherzt, »musst du das hier ununterbrochen tragen.«

Max war überzeugt, dass es nie langweilig werden würde, Tate als Sponsor zu haben.

Fünf Minuten später fuhr Carter in einem roten Shelby GT vor. Er war prachtvoll und, das musste Max zugeben, zehnmal schöner als der Maserati. Carter sprang regelrecht aus dem Wagen und grinste vor Stolz übers ganze Gesicht. Die vier verstauten Max' Taschen und Gemälde im Kofferraum des Mustang, und sobald das erledigt war, schüttelte Carter Elliot und Tate die Hände und würdigte dann stumm Max' Bedürfnis nach ein wenig Privatsphäre, indem er sich rar machte.

Max räusperte sich und sah seinen Therapeuten an. »Danke, Doc«, brachte er heraus. »Für alles.« Er hielt ihm die Hand hin, die Elliot mit einem schiefen Lächeln schüttelte. Obwohl sie einen holprigen Start gehabt hatten, wusste Max, dass er ohne Elliot niemals den ersten Monat durchgestanden hätte, von den beiden folgenden ganz zu schweigen. Er würde es niemals offen zugeben, aber er war mehr als dankbar dafür, dass es Elliots Büro gewesen war, in dem er sich an jenem ersten Tag wiedergefunden hatte.

»Das ist nicht das Ende«, murmelte Elliot. »Das ist erst der Anfang. Du bist viel stärker, als du dir selbst zutraust, Max. Vergiss das nie. Und es gibt Hoffnung. In allen Dingen. Der härteste Teil ist vorüber.«

So kitschig sich das auch anhörte, Max nickte.

»Dr. Moir ist außergewöhnlich. Er ist ein guter Freund von mir und er wird dir dabei helfen, vorwärtszukommen. Nichtsdestotrotz, du weißt, wo du mich findest, wenn du reden möchtest.«

Und damit machte sich Elliot wieder auf den Weg zurück in die Klinik.

»Also, du hast die Nummer von meinem Handy, meinem Pager, von mir zu Hause. Ruf mich jederzeit an, egal wie spät es ist, ja?«, sagte Tate und musterte ihn mit ernstem Blick. »Wir werden unsere festgelegten Treffen haben, oder wann immer du mich brauchst. Jederzeit. Du bist nicht allein.«

Max nickte. »Verstanden.«

»Und hör nicht auf zu malen«, beschwor Tate ihn. »Bitte. Du hast zu viel Talent, um jetzt aufzuhören, Kumpel. Deine Arbeiten sind außergewöhnlich. Selbst wenn du es nur in deiner Freizeit tust. Es wird deine Gedanken beschäftigen und dich davon abhalten, über …«

»Schon verstanden.«

Tate lächelte. »Gut.« Er seufzte. »Also, umarmen wir uns jetzt, oder was?«

»Danke«, sagte Max aufrichtig, als sie sich umarmten und einander obligatorisch auf den Rücken klopften.

»Kein Problem.« Grinsend gab Tate ihn wieder frei und stützte sich auf seinen Stock. »Wir sehen uns bald. Sag diesem Arschloch von Bruder einen schönen Gruß von mir, ja?«

Mit einer intensiven, chaotischen Mischung aus Angst, Erleichterung, Freude und Traurigkeit, die ihn von Kopf bis Fuß erfüllte, winkte Max Tate noch einmal zum Abschied zu und stieg in den Wagen. Schwer ausatmend legte er den Sicherheitsgurt an.

Carter saß einen Augenblick lang schweigend da, bevor er den Zündschlüssel drehte. »Geht es dir gut?«, fragte er.

Max ließ ein letztes Mal die Umgebung seines vorübergehenden Zuhauses auf sich wirken und schluckte. Er konnte noch nicht ganz begreifen, dass er in die Welt zurückkehrte, fort von der Sicherheit seines geregelten Tagesablaufs und der Beziehungen, die er aufgebaut hatte. Sein Aufenthalt in Pennsylvania war, gelinde gesagt, schwierig gewesen. Er hatte sich mit seiner Vergangenheit, seinem Kummer und seinen Verlusten auseinandergesetzt, aber ohne das wäre er irgendwann nur zu einem weiteren Grabstein auf der Grabstelle seiner Familie geworden, und das weit vor seiner Zeit, so viel wusste er.

So schwer es auch sein würde, wieder zurückzukehren, verstand er doch endlich, dass er das nicht zulassen durfte. Seine zwölf Schritte drängten ihn dazu, anzuerkennen, wofür es sich zu leben lohnte. Und das tat er. Selbst wenn es nur durchs Malen, Gewichte stemmen und Laufen oder die Arbeit in seiner Werkstatt war, er hatte einen winzigen Funken Optimismus gereicht bekommen, und er würde mit aller Kraft daran festhalten. Er würde sich darauf konzentrieren, vorwärtszukommen, immer einen Tag nach dem anderen. Einen verdammten Fuß vor den anderen.

Elliots Worte hallten in seinem Kopf wider. *Das ist erst der Anfang.*

»Ja«, antwortete Max, bevor er sich zu seinem besten Freund umwandte. Er strich über die Medaillen in seiner Tasche. »Es geht mir gut.«

8

Carters Strandhaus in den Hamptons war so schön, wie Max es in Erinnerung hatte, trotz des strömenden Regens und des Windes, der sie umpeitschte, als er und Carter die Stufen der Veranda zur Eingangstür hochgingen. Drinnen flackerte ein Feuer im Kamin, und das Gästezimmer, in das Carter ihn führte, war eingerichtet, als erwarteten sie den Sultan von Brunei. Handtücher, Flachbildfernseher, Bambusjalousien an den Fenstern, eine riesige Bettdecke und flauschige Kissen, weich aussehender Teppich auf dem Fußboden und, Moment mal, war das ein Schminktisch?

Carter klatschte in die Hände. »Okay. Also, ich dachte, lass uns zum Abendessen Pizza bestellen.«

Max' Magen knurrte. »Super«, antwortete er. Er streifte seine Sneaker von den Füßen, plumpste auf die Bettkante und ließ seine bestrumpften Füße über den Teppich wandern. Jepp, das Ding war weich wie ein Babypopo. Er sah sich im Zimmer um. »Echt hübsch hier, Mann.«

Carter verschränkte die Arme vor der Brust. »Ja, Kat wollte, dass es perfekt ist, wenn du herkommst. Sie ist im Einrichtungsladen ein bisschen ausgeflippt. Ich konnte sie nicht mehr bremsen.« Misstrauisch beäugte er die flauschigen weißen Handtücher und den Bademantel. »Sorry.«

Max versuchte, seine Überraschung mit einem Lachen zu überspielen. »Wird sie mit uns essen?«

Carter schüttelte den Kopf. »Nee, Bruder. Heute Abend sind es nur wir zwei. Sie bleibt in der Stadt. Das ist wegen der

Arbeit einfacher für sie. Ich als Boss dagegen habe morgen frei.«

Mit einem Schnauben ließ sich Max aufs Bett fallen. »Fauler Sack.«

»Leck mich doch«, gab Carter fröhlich zurück und verließ das Zimmer. »Ich geh und bestell Pizza, bevor ich *Call of Duty* in die Xbox schmeiße«, rief er vom Treppenabsatz her.

Max grinste zur Decke hoch.

Ja, zwischen ihnen würde wieder alles in Butter sein.

Nachdem sie sich die Bäuche mit der besten Pizza aller Zeiten vollgeschlagen hatten und Max Carter auf der Xbox fertig gemacht hatte, folgte er ihm hinunter in den umgebauten Keller des Hauses. Carter nannte es eine Mischung aus Männerhöhle und Fitnessstudio, getrennt durch eine Wand, die mitten durch den Raum verlief. Max bewunderte die Fitnessgeräte, die Carter auf der einen Seite des Raums angesammelt hatte, und den großen Billardtisch, die Jukebox, Sofas und die Bar auf der anderen Seite.

»Willst du anstoßen?«, fragte Carter, während er die Kugeln aufbaute und zu den Queues an der Wand zeigte.

Zwei Stunden lang quatschten Max und Carter über alles Mögliche und brachten einander auf den neuesten Stand. Ohne den Druck der Entzugsklinik um sie herum und ohne irgendjemand anders, der sie störte, floss ihre Unterhaltung so mühelos dahin wie die Cola light, die Carter zusammen mit einer Packung Oreos aus einem kleinen, versteckten Fach unter der Bar hervorgezaubert hatte.

»Erzähl ja Kat nichts von diesem Geheimvorrat!«, drohte Carter mit gespielter Ernsthaftigkeit.

»Das nehm ich mit ins Grab«, versprach Max, während er sich einen weiteren Keks in den Mund stopfte. »Ich werde definitiv alle deine Fitnessgeräte brauchen.« Er klopfte sich auf den Bauch.

»Fühl dich ganz wie zu Hause«, bekräftigte Carter, während er eine Kugel anvisierte und in der oberen rechten Ecke versenkte. »Hier unten und in deinem Zimmer ist auch genug Platz, wenn du ein wenig malen willst.«

Max antwortete nicht. Er war zu sehr von Dankbarkeit überwältigt, um zu sprechen. Besorgnis auf die Stirn geschrieben, richtete Carter sich vom Tisch auf. »Das heißt, wenn du willst, Mann. Ich weiß nicht. Du solltest malen.«

Max nickte. »Das will ich auch. Es ist nur …«

Carter wartete schweigend.

»Die Sache mit dem Malen war merkwürdig. Doc wollte, dass ich es tue. Ehrlich gesagt hat er mich regelrecht bestochen, der Bastard. Tate hat mich ermutigt. Ich wusste, dass ich es wieder versuchen wollte, dass ich mich ausdrücken musste, wie Doc es formuliert hat, und als ich den Pinsel in die Hand nahm, war es, als ob … Ich habe mich einfach ausgekotzt, weißt du? Den ganzen Hass, die Wut und alles in mir, das so lange chaotisch war, auf die Leinwand geschleudert. An ein paar Sachen erinnere ich mich nicht einmal mehr.«

»Hat es geholfen?«

Max holte tief Luft, während er sich wieder an die Befriedigung erinnerte, als er sein erstes fertiges Bild gesehen hatte, die Last, die langsam mit jedem Pinselstrich von ihm gewichen war, und wie es es ihm leichter gemacht hatte, sich gegenüber Elliot und der Gruppe zu öffnen. »Ja«, antwortete er. »Es hat geholfen.«

Carter lächelte sanft. »Dann tu es.«

»Na, hol mich doch der Teufel, wenn das nicht Max O'Hare ist!«, schallte Riley Moores Stimme durch die Werkstatt und an all dem Metall und den Leuten, die daran arbeiteten, vorbei.

Lachend ließ sich Max von Rileys Bärenumarmung verschlucken. Er tätschelte Max kräftig die Wange. »Siehst gut aus, Mann! Mein Bruder Tate hat's drauf, was?«

Max lachte schnaubend. »Ja, er hat's drauf.«

All die anderen Jungs – Paul, Cam und ein paar Gesichter, die Max nicht kannte – kamen herbei, um ihm die Hand zu schütteln, ihn zu umarmen und zu beglückwünschen. Es war eine Woche her, seit er die Entzugsklinik verlassen hatte, aber es war das erste Mal, dass er wieder in der Stadt war und seine Firma besuchte. Er war erleichtert, aber nicht überrascht, dass der Laden großartig und verdammt geschäftig aussah. Als er im hinteren Teil der Werkstatt eine kleine blonde Frau bemerkte, die hinter einem Schreibtisch saß und völlig unbeirrt von dem ganzen Trubel durch Max' Ankunft an einem Stapel Papierkram arbeitete, schüttelte er mit einem schiefen Lächeln den Kopf. Carter hatte ihm alles über das junge hübsche Ding erzählt, das Riley in der Welt von O'Hare's »willkommen geheißen« hatte.

Er stieß Rileys Schulter an. »Verdammt, du änderst dich wohl nie, was?«

Riley schmunzelte. »Was denn? Ich hab nun mal Bedürfnisse.«

»Bist du sicher, dass alles in Ordnung ist?« Ausweichend sah sich Max in der Werkstatt um, ein eigenartiges Gefühl der Neutralität im Bauch.

»Auf jeden Fall«, antwortete Riley, der schnell wieder seine Geschäftsmiene aufsetzte. »Wir haben die Zahlen des letzten Quartals noch nicht hier, obwohl Carter sie vielleicht bei WCS hat, aber du kannst natürlich jederzeit gern einen Blick in die Bücher werfen, wenn du willst …«

Lächelnd schlug Max Riley auf die Schulter. »Nicht nötig. Ich vertraue dir. Und ich kann dir gar nicht genug danken.« Er senkte leicht die Stimme. »Carter hat dir mein Angebot gezeigt, richtig?«

Max war sich zwar nicht ganz sicher, aber Riley schien beinahe schüchtern zu werden. Auf jeden Fall aber wirkte er dankbar, und seine haselnussbraunen Augen wurden weich. »Ja, Mann, das hat er. Es ist fantastisch. Danke.«

Max und Carter hatten ausführlich darüber gesprochen, Riley zu einem festen Teil der Firma zu machen. Carters Firma WCS war Teilhaber von O'Hares geworden und hatte alle Schulden getilgt, als Max in die Entzugsklinik gegangen war, und durch Rileys geschäftliches Know-how, das den Laden während Max' Abwesenheit reibungslos am Laufen gehalten hatte, schien es nur angemessen, Riley einen stabileren Anteil an dem Laden anzubieten, ebenso wie ein höheres Gehalt. Max wusste, dass das Unternehmen seines geliebten Vaters mit seinen guten und vertrauenswürdigen Freunden am Steuer in guten Händen war. Dadurch konnte er es sich zumindest eine Weile lang leisten, sich ein wenig zurückzuziehen und genug Zeit zu nehmen, in der Welt außerhalb der Entzugsklinik wieder Fuß zu fassen – was die Last der Erwartungen, die auf seinen Schultern ruhte, beträchtlich linderte.

Das Wiedersehen mit den Jungs in der Werkstatt war merkwürdig. Alle wirkten glücklich, ihn zu sehen, besonders Paul, der ihn wie Carter monatelang, wenn nicht gar jahrelang angefleht hatte, sich helfen zu lassen, bis er schließlich in die Klinik gegangen war. Aber Max wurde das Gefühl der Distanziertheit nicht los, das ihn in den vergangenen sieben Tagen unablässig verfolgte.

Er hatte seine Zeit in Carters Strandhaus eifrig damit ausgefüllt, auf dem Laufband zu joggen – wenn das Wetter nicht gut genug war, um am Strand zu laufen –, Gewichte zu stemmen, Gitarre zu spielen, zu lesen und sogar ein wenig zu malen, aber das Gefühl der Rastlosigkeit lag ihm immer noch schwer im Magen. Er hatte weiter regelmäßig seine Medikamente genommen, genau wie er es sollte, an seinem ersten Treffen der Narcotics Anonymus außerhalb der Klinik teilgenommen, mit Tate darüber gesprochen und seinen ersten Termin bei Dr. Moir vereinbart. Dennoch kam Max einfach nicht zur Ruhe.

Carter hatte sich regelrecht dabei überschlagen, Max' Bedürfnissen entgegenzukommen und dafür zu sorgen, dass er alles hatte, was er nur irgend brauchen konnte, um seine Rückkehr in die reale Welt so leicht wie möglich zu gestalten. Kat war ebenfalls lieb gewesen. Sie hatte für sie alle drei gekocht und schien aufrichtig an Max' Genesung interessiert zu sein. Sie klammerte sich nicht wie eine Klette an Carter, wie Max angenommen hatte, nun, da er wieder zurück war, sondern war wie immer: attraktiv, tough und unabhängig. Selbst in der kurzen Zeit, die Max mit ihr und Carter in ihrem Zuhause verbracht hatte, war völlig offensichtlich, warum sie so gut zusammenpassten, auch wenn der Diamant an ihrer linken Hand immer noch dafür sorgte, dass sich Max' Magen vor Kummer verkrampfte.

Es war alles sehr bizarr und schwer zu verdauen.

»Das wird schon«, versicherte Tate ihm, als Max später am Abend in Carters Gästezimmer auf dem Bett lag und mit ihm telefonierte.

»Vielleicht sollte ich nach Hause gehen«, überlegte er laut, obwohl das Rauschen des Meeres ihn gewiss mehr beruhigte als der Lärm Brooklyns. »Vielleicht würde es helfen, wieder in meiner eigenen Wohnung zu sein?«

»Wenn du denkst, dass es hilft, dann tu es«, ermutigte Tate ihn. »Aber kapsel dich nicht ab.«

Max seufzte und fuhr sich müde mit der Hand übers Gesicht. »Ja. Herrgott, ich dachte einfach nur nicht, dass es so …«

»Anders sein würde.«

»Ja«, stimmte Max ihm enthusiastisch zu. »Alle sind so verflucht nett zu mir, so glücklich, dass ich wieder zu Hause bin, trotz der ganzen Scheiße, die sie wegen mir durchgemacht haben, aber ich kann einfach nicht … den Draht zu ihnen finden oder mich entspannen.«

»Hummeln im Hintern?«

»Schätze ja. Und ich versuche, mich zu beschäftigen und Dinge zu tun, die mich ablenken. Ich will, dass alles wieder so wird wie … vorher. Um die Wahrheit zu sagen, bin ich ständig unter Strom, seit ich zurück bin.« Und er war erschöpft, emotional und körperlich. So schön es auch war, all die vertrauten Gesichter seiner Freunde wiederzusehen, verstörte es doch einen tief verwurzelten Teil von ihm. Einen Teil, dessen Existenz ihm nicht bewusst gewesen war. Diese Menschen waren trotz ihres Lächelns Menschen, die er verletzt, verarscht, enttäuscht hatte, und das sogar, während er mit ihnen gefeiert hatte.

Tate seufzte. »Ein häufiger Fehler, den die Leute machen, sobald sie nach Hause kommen, ist, sich gleich zu viel vorzunehmen. Du kannst nicht alle Probleme in deinem Leben in einer Woche lösen, Max. Die ersten paar Jahre nach dem Entzug sind eine Zeit der Erholung. Du bist immer noch zerbrechlich, Mann.«

Das Wort ließ Max mit den Zähnen knirschen, aber er verstand, dass Tate nicht gönnerhaft sein wollte. Ein Teil von ihm würde auch weiterhin sehr zerbrechlich bleiben. Er hatte in Pennsylvania schon einen weiten Weg hinter sich gebracht, aber er würde immer nur einen winzigen Schubs davon entfernt sein, wieder zu straucheln. So war das Leben eines Suchtkranken. Alles, was er tun konnte, war, sich von allem und jedem fernzuhalten, der ihm schaden konnte.

»Geh immer nur einen Tag nach dem anderen an«, wiederholte Tate sanft. »Mehr kannst du nicht tun.«

»Es sieht unglaublich aus!«

Grace konnte sich das aufgeregte Quieken nicht verkneifen, das bei Kais Kompliment aus ihr herausplatzte, während er das Erdgeschoss ihres nicht länger baufälligen Hauses begutachtete. Es war immer noch weit davon entfernt, bewohnbar zu sein, aber durch eine Woche mit ungewöhnlich trockenem Wetter hatten die Zimmerleute – nachdem das Termitenproblem beseitigt war – ein nagelneues Dach errichtet, im Erdgeschoss neue Fußböden verlegt und Wände eingezogen sowie damit angefangen, die breite Treppe zum Obergeschoss zu bauen.

»Kannst du es dir jetzt vorstellen?«, fragte sie voller Zuversicht.

Lachend klopfte Kai mit der flachen Hand gegen eine der neuen Wände. »Ja, kann ich. Ich hatte zwar dran gezweifelt, aber ich kann es mir vorstellen.«

Grace stieß triumphierend eine Faust in die Luft.

»Außerdem ist es wirklich gute Arbeit«, bemerkte Kai. »Ich bin beeindruckt.«

»Natürlich ist es gute Arbeit.« Grace verdrehte die Augen. »Ich würde doch nicht irgendwen beauftragen. Ich bin nicht völlig hilflos, weißt du. Ich kann gute Entscheidungen treffen.«

Kai zog eine Augenbraue hoch, und sofort wusste Grace, was gleich kommen würde.

»Fang nicht damit an«, warnte sie.

Die Worte platzten in einem ungläubigen Schwall aus ihrem Bruder heraus. »In einer Bar zu arbeiten, Grace? Bei deinen Ängsten? Hast du überhaupt auch nur eine Minute lang darüber nachgedacht? In einem Laden voller Fremder zu arbeiten. *Betrunkener* Fremder! Dieselbe Umgebung, in der du dieses miese Stück Scheiße kennenge…«

»Kai!« Etwas Beleidigendes vor sich hinbrummend, drehte sich Grace auf dem Absatz um und stürmte aus dem Haus, hinaus in die kühle Frühlingsluft. »Warum kannst du nicht einfach …«

Kais schwere Schritte folgten ihr rasch.

»Das hat nichts mit ihm zu tun«, zischte sie, ohne stehen zu bleiben. »Ich wollte sehen, ob ich aus meiner Wohlfühlzone heraustreten kann, und ich bin mir ziemlich sicher, dass ich es in den paar Monaten, seit ich im Whiskey's arbeite, geschafft habe. Ich hatte keine Anfälle oder Flashbacks …«

»Ja«, stimmte Kai ihr immer noch verärgert zu und stolperte beinahe über sie, als sie abrupt stehen blieb. »Aber dir wurde doch gesagt, du sollst die Dinge langsam angehen.« Er wies mit dem Arm zurück zum Haus. »Immer eine verrückte Entscheidung nach der anderen.«

»Du sollst mich nicht bevormunden, Kai«, schäumte sie.

Kais wütende Miene schwand ein wenig. Ihre Worte hatten ihn überrascht. »Das war nicht meine Absicht, Grace.« Er schob die Hände in die Hosentaschen. »Ich … ich mache mir einfach nur Sorgen um dich. Ich möchte mich vergewissern, dass du in Sicherheit bist, und das kann ich nicht, wenn du so weit weg bist. Nach dem, was er dir angetan hat …«

Die Wut, die in Grace brodelte, kühlte deutlich ab, als sie sah, wie ihr kleiner Bruder niedergeschlagen die Schultern hängen ließ. »Es geht mir gut«, murmelte sie. Sie legte ihm eine Hand auf den Unterarm und drückte ihn. »Ich weiß, dass du anders darüber denkst, und dafür liebe ich dich sehr, aber es ist nicht deine Aufgabe, mich zu beschützen, Kai. Außerdem ist er sehr weit weg, und mir geht es gut. Wirklich. Sicher, ich bin immer noch nervös und schreckhaft, aber ich komme damit klar. Alle waren bisher so nett zu mir.«

»Besonders Deputy Colin, da bin ich mir sicher«, bemerkte Kai eisig.

Schnaubend schüttelte Grace den Kopf. »Er heißt Deputy Caleb und er ist harmlos.«

»Er sieht dich auf eine Art an, die anderes vermuten lässt, Grace.«

Trotz des leichten Unbehagens, das sie durchrieselte, zuckte Grace die Schultern. »Ich komme schon mit ihm klar. Er weiß, dass ich an nichts anderem als Freundschaft interessiert bin.«

Kai betrachtete sie aufmerksam. »Jetzt, wo du all das hier machst, glaubst du, dass du je wieder so weit sein wirst, also … *es* mit jemandem zu tun?«

Grace schluckte und holte tief Luft. »Ich weiß es nicht.«

Der Gedanke, mit einem Mann intim zu werden, verursachte ihr vor Angst Gänsehaut am ganzen Körper, aber sie konnte die Einsamkeit nicht leugnen, die sie erfasste, wenn sie glücklich verliebte Pärchen sah. Würde sie das je wieder haben? Vielleicht. Wenn sie vertrauen konnte. Würde es ihr Angst machen? Auf jeden Fall. Aber sie war im Herzen schon immer eine Romantikerin gewesen. Es lag ihr im Blut, trotz allem, was sie durch die Hände eines Mannes erlitten hatte, der geschworen hatte, sie zu schützen und zu ehren.

Kai legte ihr einen starken Arm um die Schulter und zog sie an sich, da er wusste, welche Richtung ihre Gedanken genommen hatten. »Komm«, sagte er und küsste sie auf die Stirn. »Du kannst mir deine umwerfenden Kenntnisse hinter der Bar zeigen, indem du mir ein Bier ausgibst, während Deputy Calvin so tut, als würde er dich nicht anschmachten.«

Darüber musste Grace einfach lachen.

9

Max schwitzte wie verrückt, als er die Küche von Carters Strandhaus betrat und geradewegs auf den Kühlschrank zusteuerte. Er nahm sich eine große Flasche Wasser und trank in großen Schlucken. Der Strandlauf war genau das gewesen, was er gebraucht hatte. Morgens war er mit der Gier nach Kokain aufgewacht, die ihn beinahe um den Verstand brachte. Auch die Albträume waren zurückgekommen, eine unablässige Abfolge von Bildern, die Max um zwei Uhr morgens schluchzend mit den Kissen kämpfen ließ. Es war das erste Mal in den drei Wochen seit seiner Rückkehr, dass er unter so heftigem Suchtdruck und Albträumen litt, und es hatte ihn zutiefst erschüttert.

Tate war am anderen Ende der Leitung zu seinem Lebensretter geworden. Er hatte ihm angeboten, zu ihm rauszufahren, hatte ihm zugehört und ihm alles gesagt, was er hören musste. Das Joggen war seine Idee gewesen, und Max hatte sich völlig verausgabt. Sein Körper schmerzte herrlich, was das Verlangen von einem ausgewachsenen Tsunami zu leichtem Wellengang abschwächte, obwohl die Unfähigkeit seines Verstands, abzuschalten und Ruhe zu geben, ihn bis auf die Knochen schwächte.

Abrupt setzte Max die Wasserflasche ab und blieb im selben Moment in der Tür zum Wohnzimmer stehen, als Carter vom Sofa hochsprang und hastig seine Kleider in Ordnung brachte. Eine sehr verlegene Kat versank beschämt in den Kissen. Max stand stocksteif da, weil er keine Ahnung hatte, was er sagen oder tun sollte.

Herrgott, das war wirklich das Letzte, was er mit ansehen musste.

»Hey«, stieß Carter hervor und fuhr sich mit der Hand über die kurzen Haare.

»Hey«, antwortete Max. Er blickte zwischen den beiden schuldbewussten Gesichtern hin und her.

»Wie war's am Strand?«

Bei Carters Lächeln stieg unerklärliche und doch hartnäckige Verärgerung in Max hoch. So sehr sie sich auch bemühten, es ihm nicht unter die Nase zu reiben, strahlten die beiden doch so viel Glück aus, dass Max davon regelrecht übel wurde. Und warum zum Teufel sollten sie auch nicht glücklich sein? Sie würden heiraten. Sie waren verliebt und zufrieden, wohingegen Max unablässig einen grausamen Kampf gegen seine Sucht austrug.

Er holte tief Luft. »Gut.«

Ohne ein weiteres Wort ging er zur Treppe. Verdammt, er musste duschen und mit sich selbst ins Gericht gehen. Sauer zu sein, weil Carter in seinem eigenen Haus mit seiner Verlobten auf Tuchfühlung ging, war absurd, aber Scheiße, er war es nun mal. Durch sein Verlangen nach Drogen und den Schlafmangel war er in seinen Grundfesten erschüttert, und das machte ihn reizbar. Er hatte gerade die Tür zu seinem Zimmer erreicht, als Carter ihn einholte.

»Tut mir leid, Mann«, sagte er, was Max dazu veranlasste, sich umzudrehen.

Er rieb sich den Nacken und stieß in dem hoffnungslosen Versuch, seinen Ärger zu zügeln, den Atem aus. »Kein Problem«, antwortete er leichthin. »Ist schließlich dein Haus, oder?«

Carter runzelte die Stirn. »Sicher, aber es ist nicht fair dir gegen … Geht es dir gut?«

Max zuckte gereizt die Schultern. »So gut wie an jedem Tag, an dem man für etwas töten würde, das man nicht haben kann.« Sein Tonfall war schneidend, und die Worte bezogen sich auf so viel mehr als nur das Koks, aber man musste Carter zugutehalten, dass er nicht darauf einging.

»Hast du mit Tate gesprochen?«

Max biss sich auf die Zunge und schluckte die gehässige Bemerkung hinunter, die aus der schwarzen Tiefe des Neids emporstieg, der in seinen Eingeweiden brodelte.

»Kann ich irgendetwas für dich tun?«

»Nein.« Die Antwort kam schnell und, obwohl sich Max dafür verachtete, voller Bitterkeit.

Die beiden Männer standen einen Augenblick lang schweigend da, bevor Carter einen Schritt näher trat. »Hör mal, ist gerade ein guter Zeitpunkt? Ich muss dich nämlich etwas fragen. Etwas Wichtiges.«

Das leichte Zittern in Carters Stimme ließ Max augenblicklich aufhorchen. »Was ist los?«

»Oh, nichts. Nein, alles gut. Ich meine, okay, es ist nur … Du hast uns gerade ein wenig beim Feiern erwischt.« Die Art, wie Carter jedes Wort mit Bedacht wählte, trieb Max beinahe in den Wahnsinn. »Kat und ich haben beschlossen, die Hochzeit im Spätsommer zu feiern. Hier. Am Strand.«

Max leckte sich über die Lippen und lehnte sich mit der Schulter an den Türrahmen. In seinem Innern rangen Freude und Ärger miteinander, verschlimmert durch das niederschmetternde Bedürfnis, zehn Tage am Stück durchzuschlafen und dann seinen Dealer anzurufen.

»Und ich möchte, dass du mein Trauzeuge bist.«

Die Bitte hätte Max nicht überraschen sollen. Verdammt, als er Lizzie den Antrag gemacht hatte, hatte er Carter um dasselbe gebeten. Sein Gesicht war ein Bild für die Götter gewesen.

Die Erinnerung erfasste Max mit quälendem, erdrückendem Griff wie ein Schraubstock. Sie ließ ihm den Atem stocken und schleuderte ihn kopfüber in die Albträume, die ihn die ganze Nacht gequält hatten. Was zum Teufel war los mit ihm? In seinem Schädel wirbelte alles durcheinander, und sein Blut schrie nach einer winzigen Kostprobe weißen Feuers.

»Würdest du das machen?«, fragte Carter vorsichtig. »Was hältst du davon?« Seine Nervosität war völlig untypisch und hätte für Max wie ein tadelnder Schlag auf den Hinterkopf sein sollen. Stattdessen machte es ihn wütend. Er hatte den plötzlichen und lächerlichen Drang, gleichzeitig zu weinen und zu kotzen.

»Ich, äh …« Verzweifelt presste Max seine Fingerspitzen in die Augenhöhlen, um den Druck zu lindern, der sich hinter seiner Stirn aufbaute. »Es ist nur … ich habe das Gefühl … Carter, ich kann nicht …«

»Max?«

Carters Stimme klang von weit her, als befände Max sich unter Wasser, genau wie damals in Elliots Büro. Eine starke Hand packte Max an der Schulter, während Worte, die er nicht verstehen konnte, auf seine dröhnenden Ohren einprasselten. Er versuchte wie verrückt zu atmen, erleichtert, dass sein Hintern etwas gefunden hatte, auf das er sich setzen konnte, bevor er Carter noch ohnmächtig vor die Füße fiel.

Und wäre das nicht vollkommen großartig?

Undeutlich war er sich bewusst, dass Carter neben ihm war. Max nahm den Kopf zwischen die Knie und bat Carter, ihm eine seiner Clonazepam zu holen. Eine Tablette und ein Glas Wasser wurden ihm unter die Nase gehalten. Max schluckte sie und lehnte sich zurück, legte den Unterarm übers Gesicht und betete darum, dass das Medikament schnell wirkte.

Max schreckte aus dem Schlaf hoch. Auf die Ellbogen gestützt schaute er an sich hinunter. Er lag halb zugedeckt auf seinem Bett, immer noch in Laufklamotten, und das schwache Licht im Zimmer ließ ahnen, dass es später Nachmittag war. Genauso wie bei seiner Panikattacke in Elliots Büro waren die Kopfschmerzen, die zurückblieben, grausam. Mit wackligen Beinen stand er auf, griff nach einer Schmerztablette und schluckte sie trocken hinunter.

Dieser Anfall war völlig aus heiterem Himmel gekommen. Zuerst seine Albträume, dann der Suchtdruck, dann die Panikattacke. Was machte er falsch?

Nachdem er sich Wasser ins Gesicht gespritzt hatte, starrte er sich im Badezimmerspiegel an. Er sah mitgenommen aus, ausgelaugt und so viel älter als seine achtundzwanzig Jahre. Seine braunen Augen lagen eingesunken in den Höhlen, er hatte sich seit drei Tagen nicht rasiert, und sein dunkles Haar war eine ungebändigte Katastrophe epischen Ausmaßes. Das Äußere war allerdings nichts im Vergleich dazu, wie er sich im Inneren fühlte. Aber was zum Teufel konnte er noch tun? Er nahm seine Medikamente wie ein braver Pfadfinder, er trainierte und tat genug, um sein Hirn daran zu hindern, sich in grauen Matsch zu verwandeln, und trotzdem drehte er durch. Ein Schauer aus Frustration und Erschöpfung lief ihm über die Haut.

Er schnappte sich sein Handy und schickte eine SMS an Tate, um ihn zu fragen, ob er ihn anrufen und sich vielleicht mit ihm treffen konnte, dann ging er langsam die Treppe hinunter, angezogen von dem köstlichen Duft nach Chili. Aus der Küche erklangen Stimmen, gedämpft und besorgt. Erst als er in der Küchentür stand und den SMS-Ton eines Handys klingeln hörte, wurde ihm bewusst, dass Tate an Carters Frühstücksbar saß.

»Hey, du bist auf«, begrüßte Kat ihn vom Herd her mit einem zaghaften Lächeln.

Sofort fuhren die Köpfe von Tate und Carter zu ihm herum. Max wand sich unter ihren prüfenden Blicken. »Ja. Tut mir leid. Die Sache wurde kurz mal brenzlig.« Er räusperte sich verlegen. Dann sah er mit einem Stirnrunzeln seinen Sponsor an. »Was machst du denn hier?«

Tate erhob sich und nahm den Stock, den er an seinen Barhocker gelehnt hatte. »Nach unserem Gespräch heute Morgen dachte ich, ich sollte mal vorbeikommen und nach dir sehen. Du klangst … komisch. Dann hat Carter mich angerufen.«

»Ich hab mir Sorgen gemacht«, platzte Carter heraus, was Kat dazu brachte, näher zu ihm zu treten. »Ich wusste nicht, was ich tun sollte.« Sie nahm Carters Hand.

Max seufzte. Schuldgefühle pochten quälend in seinen Schläfen. »Schon okay. Danke.«

»Hör mal, Carter«, unterbrach Kat das unangenehme Schweigen. »Warum gehen wir zwei nicht und besorgen etwas Brot fürs Abendessen und lassen die beiden allein, damit sie sich unterhalten können?«

Carters besorgter Blick blieb auf Max gerichtet, doch schließlich nickte er und verließ die Küche. Nachdem sich die Eingangstür hinter ihnen geschlossen hatte und das Geräusch von Carters Motorrad allmählich in der Ferne verschwand, saß Max Tate gegenüber und hielt mit einer Hand ein Glas Milch und mit der anderen seinen Kopf umklammert.

»Schlimmer Tag, was?«, hob Tate mit leiser Stimme an.

Max schloss die Augen und lauschte auf die Stille des Hauses, während die Erkenntnis ihn einhüllte. »Ich kann hier nicht bleiben.«

Tate lächelte traurig, als Max den Blick hob. »Läuft wohl nicht ganz so, wie du dachtest.«

Damit traf er den verdammten Nagel auf den Kopf. Max hatte so angestrengt versucht, wieder in sein Leben zu passen. Er hatte versucht weiterzumachen, ungeachtet des seltsamen Gefühls von Leidenschaftslosigkeit und Distanz in seiner Brust, doch es half nichts. Carter und Kat zusammen zu sehen, nach der Nacht, die er gehabt hatte, zusammen mit dem Verlangen, das immer noch in seiner Kehle brannte, hatte ihm den Rest gegeben. Er machte ihnen keinen Vorwurf. Herrgott, sie hatten beide alles getan, was sie konnten, um ihn in ihrem Haus willkommen zu heißen und es ihm so angenehm wie möglich zu machen. Und trotzdem war es einfach nicht genug.

»Ich will nicht wieder zurück in meine Wohnung«, erklärte Max. »Ich will einfach noch nicht wieder zurück in die Stadt.« Abgesehen davon, dass es ihm dort zu geschäftig und laut war, um damit fertigzuwerden, war der Ort randvoll mit Versuchungen und stank regelrecht nach schlimmer Vergangenheit und noch schlimmeren Angewohnheiten.

»Ich werde dich unterstützen, wie auch immer du dich entscheidest«, sagte Tate. »Du weißt besser als jeder andere, was für dich am besten ist. Aber entscheide dich so, dass es dir besser geht, und nicht weil du Angst hast und weglaufen willst.«

Max schnaubte verächtlich. »Aber ich *habe* Angst«, gestand er. »Ich habe eine Scheißangst!« Seine Stimme brach, und er knurrte vor wütender Verzweiflung. »Ich will niemanden hängen lassen oder verärgern. Das habe ich in meinem Leben schon zu oft getan.«

»Aber hier geht es darum, was am besten für dich ist, Max«, drängte Tate. »Für niemanden sonst. Wenn du egoistisch sein musst, dann sei egoistisch! Und glaub mir, deine Freunde wollen nur das Beste für dich.«

Max raufte sich die Haare. »Ich will nicht, dass sie denken, ich wäre nicht dankbar, denn das bin ich. Ich … ich brauche nur Abstand von dem Ganzen … für eine Weile.« Er schniefte.

»Ich dachte, ich hätte angefangen, mich wiederzufinden, aber jetzt fühle ich mich noch verlorener als ganz zu Beginn, verdammt. Ich weiß nicht, *wo* ich hingehöre.«

Tate legte Max die Hand auf den Arm. »Dann geh und finde es heraus.«

10

Die Bar war so voll, wie es an einem Abend, an dem ein Spiel übertragen wurde, zu erwarten war. Mit den Scherzen und Flüchen war es bereits ernsthaft losgegangen, als die Baltimore Orioles um drei Punkte zurückgefallen waren. Bei jedem Pitch wurden eifrig Bier und Essen bestellt. Nicht dass es Grace etwas ausmachte. Im Gegenteil, inzwischen mochte sie die Atmosphäre im Whiskey's, und die Tatsache, dass viele der Stammgäste allmählich mit ihr warm wurden, machte die Sache noch besser. Eine Zeit lang waren sie argwöhnisch gewesen, aber zum Glück hatte Holly wesentlich dazu beigetragen, dass Grace von der Meute akzeptiert wurde. Eigentlich zum Lachen, aber so lief es nun mal in einer Bar.

»Grace, könnte ich bitte noch eins vom Fass haben?«

»Klar, Earl«, antwortete sie mit einem Lächeln. »Schaust du dir gar nicht das Spiel an?«

Unbeeindruckt zog Earl eine Augenbraue hoch. »Nicht *den* Haufen Idioten«, schnaubte er verächtlich. »Lass es mich wissen, wenn die Washington Nationals spielen, dann reden wir weiter.«

»Kein Problem«, lachte Grace, während sie Earls Bier vor ihn hinstellte und gleichzeitig seinen Zehn-Dollar-Schein vom Tresen nahm.

»Hey, hübsche Lady! Wie geht's dir?« Bei Calebs Begrüßung lächelte Grace schüchtern. Er setzte sich neben Earl an die Bar und schnappte sich eine Handvoll Erdnüsse. Sie nahm eine Flasche Heineken aus dem Kühlschrank und reichte sie ihm.

»Gut. Und dir?« Sie war immer höflich zu dem Deputy, schließlich war er ein zahlender Gast und stets angenehm und charmant. Nichtsdestotrotz hatte Kais Abneigung gegen ihn einen alles andere als harmlosen Keim der Vorsicht in ihr gesät. Trotz ihres Bedürfnisses, sich zu beweisen und ihre eigenen Entscheidungen zu treffen, hatte ihre Mama ihr und Kai beigebracht, stets auf ihr Bauchgefühl zu hören. Nicht dass ihr Bauch dem Deputy misstraute, natürlich nicht, aber trotzdem war sie auf der Hut.

Caleb nickte grinsend. »Mir geht es großartig. Das Bailey-Anwesen sieht ganz schön beeindruckend aus. Dürfte nicht mehr lange dauern, bis du einziehst, was?«

Grace' Lächeln wurde breiter. Es stimmte. Das Gebäude begann allmählich, wie ein richtiges, waschechtes Haus auszusehen. Die Fußböden waren fertig, ebenso wie die Treppe, die Veranda und die Wände. Nächste Woche waren die Fenster dran, und Grace konnte ihre Aufregung kaum zügeln. »Ich kann dir gar nicht sagen, wie begeistert ich von Vince' Arbeit bin«, antwortete sie. »Seine Leute sind unglaublich, und …«

»Habe ich da gerade meinen Namen gehört?« Vince Masen, der Inhaber von Masen Construction und Masens Pension schlenderte schmunzelnd auf die Theke zu. Eine Gruppe von sechs Männern folgte ihm zur Tür herein. Grace hatte sie alle schon auf der Baustelle gesehen, bis auf einen. »Ich hoffe, Sie sagen nur Gutes über mich, Mrs Brooks«, scherzte er mit gedehntem Akzent. »Schließlich haben wir gerade eine Zwölf-Stunden-Schicht auf Ihrem Anwesen hinter uns.«

Grace errötete. »Bitte nennen Sie mich doch Grace. Und natürlich habe ich nur Gutes über Sie gesagt. Ich erzählte dem Deputy hier gerade, dass Sie und Ihr Team einfach nur außergewöhnliche Arbeit geleistet haben, und ich bin Ihnen mehr als dankbar dafür.«

Vincent Masen war ein stämmiger Mann mit einer breiten Brust, die von jahrelanger harter Arbeit zeugte, und grau meliertem Haar, das ihm ein distinguiertes Aussehen gab. Sie schätzte ihn auf Mitte fünfzig, aber nach allem, was sie gesehen hatte, seit seine Baufirma die Arbeit am Haus aufgenommen hatte, besaß er die Zähigkeit und Energie eines viel jüngeren Mannes. Er nahm ihr Kompliment mit einem Nicken an und hob das Bier, das Grace ihm zum Dank ausgegeben hatte.

Von den übrigen Männern bestellte sich jeder ein Bier und etwas zu essen, bis auf den Neuen, der sich im Hintergrund hielt. Groß und schweigend beobachtete er Grace aus braunen, von dichten Wimpern gesäumten Augen. Sie waren so dunkel, dass sie in ihrer Eindringlichkeit unendlich wirkten, wie zwei große, mit unausgesprochenen Geheimnissen gefüllte Schokoladenpralinen. Im schwachen Licht der Bar war sein Haar beinahe schwarz. Es war an den Seiten kurz, oben jedoch lang, mit ein paar Strähnen, die wild abstanden. Seine Züge waren hart und kantig und von Bartstoppeln überschattet, die ein paar Tage alt aussahen. Den Falten um Augen und Mund nach zu urteilen war er entweder deutlich älter, als Grace dachte, oder er hatte ein hartes Leben gehabt. So oder so war sein Gesicht nicht unangenehm. *Irgendwie wie ein zerzauster Colin Farrell*, dachte Grace.

Sie versuchte, ihn anzulächeln, doch er wandte schnell den Blick ab, während er Vince für den Orangensaft dankte, den er ihm reichte. Sie gingen zur anderen Seite der Bar hinüber, machten es sich in der Nähe des Billardtischs gemütlich und fingen an, sich zu unterhalten. Seine Schultern sanken nach vorne, als er sich setzte, so als würde er versuchen, sich kleiner zu machen, während die Männer um ihn herum lachten und plauderten.

»Ist dir da vielleicht was ins Auge gesprungen, Schätzchen?«

Hollys Stimme ließ Grace erschrocken zusammenzucken. Sofort wurde ihr voller Entsetzen bewusst, dass sie ihn angestarrt hatte. »Nein, ähm, eigentlich nicht. Ich hatte mich nur gefragt, wer der Neue in Vince' Team ist. Ich habe ihn auf der Baustelle noch nie gesehen.« Holly schaute zu den Männern hinüber und kniff die blauen Augen zusammen, als helfe ihr das, den Neuling besser zu identifizieren. Dann zuckte sie die Schultern und fuhr damit fort, die Gläser in die richtigen Regale zu räumen. »Keine Ahnung. Aber es wurde höchste Zeit, dass wir hier mal wieder was Neues, Männliches und hübsch Anzusehendes bekommen, hab ich recht?«

Grace kicherte hinter vorgehaltener Hand. Der Neuankömmling war definitiv was fürs Auge. Dieser Gedanke erstaunte sie, denn es war lange her, dass sie aufgrund des Leids, das ihre vergangenen Flirts und Intimitäten ihr eingebracht hatten, auch nur einen Hauch von Anziehung dem anderen Geschlecht gegenüber verspürt hatte. Ihre Erfolgsbilanz, im Zusammenhang mit Männern vernünftige Entscheidungen zu treffen, war nicht gerade glänzend – und nach allem, was in den vergangenen zwei Jahren passiert war, würde ihre Angst immer dafür sorgen, sich von jedem Mann fernzuhalten, der ihr auch nur eine Spur Aufmerksamkeit schenkte. Nicht dass dieser Typ das getan hätte. Er hatte nicht einmal zurückgelächelt.

Mit gerunzelter Stirn drehte sich Caleb wieder zum Tresen um. »Das ist Vince' Neffe«, schaltete er sich in die Unterhaltung ein. »Seinen Namen habe ich nicht mitbekommen. Ist vor ein paar Tagen aus New York eingeflogen. Er wohnt in der Pension hier in Preston County.« Caleb verstummte kurz. »Von dem würde ich Abstand halten, Ladys. Soweit ich gehört habe, hatte er Probleme. Saß im Gefängnis, war da oben in ziemlich übles Zeug verwickelt. Drogen und dergleichen. Offensichtlich ist er hier, um ›clean‹ zu werden.«

Der Deputy setzte das Wort mit den Fingern in Anführungszeichen, um zu unterstreichen, was er meinte, und Grace' Herz setzte einen Schlag lang aus.

Natürlich hatte der Neue eine zweifelhafte Vergangenheit. Zu wem würde sie sich auch hingezogen fühlen, wenn nicht zu Typen, die schon wenigstens einmal im Leben auf Bewährung raus waren oder mit illegalen Substanzen zu tun hatten? Herrgott, sie zog solchen Mist magnetisch an. Er folgte ihr überall hin. Verdammt. Stumm verfluchte sie ihr Bauchgefühl.

»Na okay.« Sie stieß ein humorloses Lachen aus, dann nahm sie ein Geschirrtuch, um den Tresen abzuwischen, während sie die letzten Stunden ihrer Schicht herunterzählte und sich von Vince' hübschem Neffen und seinen faszinierenden Augen fernhielt.

Max' Entscheidung, Carters Strandhaus zu verlassen und nach Preston County in West Virginia zu fliegen, stellte sich nach knapp einer Woche als gut heraus. Und dem Himmel sei Dank dafür! Er konnte bereits spüren, wie sich die engen Fesseln der Angst lockerten, während er durch den dichten Wald hinter der Pension seines Onkels joggte. Die Gesichter aus seiner Vergangenheit nicht täglich vor Augen zu haben linderte die Anspannung, die er wie einen Mühlstein mit sich herumgeschleppt hatte. Obwohl er sich unglaublich schuldig fühlte, weil er fortgegangen war, machte die Tatsache, dass ihm das Atmen ein wenig leichter fiel, das Ganze wett.

Genau wie Tate es vorhergesagt hatte, waren Carter und Kat beide darauf erpicht, dass er alles tat, damit es ihm besser ging. Und wenn das bedeutete, dass er gehen und für eine Weile bei seinem Onkel wohnen musste, dann sollte es eben so sein. Die Panikattacke hatte zweifellos gezeigt, wie weit Max tatsächlich noch von einer Genesung entfernt war. Nachdem Tate ein wenig recherchiert und ein NA-Meeting in der Nähe organisiert hatte, an dem Max teilnehmen konnte, sowie ihn wieder auf Elliots Liste von Dauerpatienten in seiner Praxis in Pittsburgh gesetzt hatte, war Max bereit, in wenigen Tagen aufzubrechen. Sofort fühlte er sich besser, weniger gestresst und wohler in seiner Haut.

Seine Füße trommelten über den Waldboden, und seine Knie und Beine brannten, während der Geruch frisch gefallenen Regens seine Lunge füllte wie ein kostbares Elixier. Er folgte dem Pfad hinunter zur Hauptstraße, dann wurde er langsamer und trabte in die Stadt, zurück zur Pension. Onkel Vince war mehr als überrascht gewesen, als Max ihn angerufen und gefragt hatte, ob er ihn besuchen konnte. Sie hatten sich beinahe acht Jahre lang nicht mehr gesehen – seit der Beerdigung seines Vaters –, aber Max wusste, dass er mit offenen Armen willkommen geheißen werden würde. Obwohl Vince kein Blutsverwandter war, waren er und Max' Vater zusammen aufgewachsen und hatten sich und ihre Familien stets behandelt, wie echte Brüder es tun würden.

»Maximus Arschgesicht!«

Der vertraute Spitzname ließ Max wie angewurzelt stehen bleiben. Er wandte sich nach links, von wo der Ruf gekommen war, und sah auf der anderen Straßenseite seine Cousine Ruby vor ihrer Autowerkstatt stehen, die Arme weit ausgebreitet.

»Ruby Tuesday!« Wie ein Geschoss flog er auf sie zu, was sie erschrocken aufquieken ließ. Bevor sie die Flucht ergreifen konnte, drückte er sie fest.

»Dad hat schon gesagt, dass du in der Stadt bist«, sagte sie mit einem Lachen und erwiderte die Umarmung. »Verdammt, wie geht's dir?«

»Gut«, antwortete er, während er sie wieder auf dem Boden absetzte. »Wie geht's dir? Was zum Teufel hör ich da – du hast geheiratet? Ich habe deinen Göttergatten getroffen, als ich gestern mit deinem Dad zur Arbeit bin.«

Sie lief feuerrot an und fuhr sich mit einem Nicken durch das kurz geschnittene braune Haar. »Vor drei Monaten.« Sie hielt ihm ihre linke Hand entgegen, an deren Mittelfinger ein kleiner, aber eleganter Diamant blitzte. »Josh und ich haben dir eine Einladung geschickt, aber … Ich schätze, du warst nicht zu Hause.«

Das Lächeln auf Max' Gesicht schwand kaum merklich. Er seufzte, da er wusste, dass all die schmutzigen Details der vergangenen acht Jahre, die er seinem Onkel am Tag seiner Ankunft erzählt hatte, wohl innerhalb weniger Stunden an Ruby weitergetragen worden waren. Nicht dass ihm das etwas ausmachte. Er zog es vor, dass seine Familie über die Scheiße, die er verbockt hatte, Bescheid wusste. Nichtsdestotrotz war es mit Kleinstädten eine komische Sache, und Varianten seiner Vergangenheit hatten seit seiner Ankunft zweifellos mehrfach die Runde gemacht. »Ja«, antwortete er. »Ich war … nicht zu erreichen. Tut mir leid.«

Ruby legte ihm eine Hand auf die Brust und senkte die Stimme. »Aber es geht dir schon besser?«

»Langsam, aber sicher«, lächelte Max zögerlich.

Rubys graue Augen wurden weicher. »Das freut mich.« Sie umarmten sich noch einmal.

Plötzlich stieß einer von Rubys Arbeitern einen lauten, bewundernden Pfiff aus. »Da ist sie ja«, rief der Kerl mit schulterlangem blondem Haar und tätowierten Fingerknöcheln und starrte zur anderen Straßenseite hinüber. »Meine kleine RiRi.«

Neugierig drehte Max sich um und sah dasselbe Mädchen, das am Abend zuvor in der Bar gearbeitet hatte, in die sein Onkel ihn und die anderen Arbeiter mitgenommen hatte. Sie eilte die Straße entlang, weiße Kopfhörer in den Ohren und eine große Tasche über der Schulter. Sie trug schwarze Jeans und einen gelben Pullover, der ihre dunkle Haut betonte. Ihr schwarzes Haar war zu einem Pferdeschwanz gebunden, der beim Gehen hin und her wippte.

»RiRi?«, fragte Max mit hochgezogener Augenbraue, während sein Blick dem des blonden Typen folgte.

»Ja«, antwortete der Mann und leckte sich anzüglich die Lippen. »Sie heißt Grace, aber sie sieht doch genauso aus wie Rihanna, stimmt's?«

»Nein, Buck«, warf Ruby ein und verdrehte die Augen. »Tut sie nicht.« Nachdenklich spitzte sie die Lippen. »Sie ist irgendwie weicher; weniger Sex, mehr herzliche Umarmung.« Sie versetzte Buck einen Schubs gegen den Arm. »Und jetzt hör mit deinem Geschrei auf und mach dich wieder an die Arbeit. Du erschreckst das arme Mädel noch zu Tode!«

»Oh Mann, du solltest sie mal aus der Nähe sehen«, fuhr Buck an Max gewandt fort. »Grüne Augen, kaffeebraune Haut. Verdammt toller Hintern.« Kopfschüttelnd schlenderte er zurück zu einem 89er Buick.

Max wusste zwar nicht genug, um die Sache mit dem Hintern zu kommentieren, da er ihn nicht genau gesehen hatte, aber die Bemerkung über Grace' Augen konnte er verstehen. Sie hatte ihn gestern Abend quer durch die Bar hindurch angesehen, das Grün ihrer Augen hell und atemberaubend. Als sie das Whiskey's betreten hatten, war er einen Augenblick lang wie hypnotisiert von ihr gewesen und erst wieder aus seiner Trance gerissen worden, als sie lächelte.

Es war ein sehr hübsches Lächeln, doch Max durfte sich nicht erlauben, zu lange darüber nachzudenken. Er war hier, um den Kopf freizubekommen, und nicht, um ihn sich noch mehr von einem fremden Mädchen verdrehen zu lassen. Natürlich hätte er nur allzu gern seine männlichen Bedürfnisse befriedigt, indem er ihr das Hirn rausvögelte, wenn sie ihn darum gebeten hätte, aber schon ein kurzer Blick hatte ihm verraten, dass sie nicht zu dieser Sorte Mädchen gehörte. Ruby hatte recht. Sie hatte etwas Weiches an sich. In diesen Augen lag zu viel Unschuld und vielleicht auch eine Spur von Angst, worüber er froh war, weil das bedeutete, dass sie Abstand halten würde.

Max wandte sich wieder zu Ruby um und verdrängte alle Gedanken an Sex oder grüne Augen aus seinem Kopf. »Also, wollen wir mal was zusammen unternehmen, solange ich hier bin?«, fragte er.

»Unbedingt. Ich kann uns was zum Abendessen kochen. Dann kannst du auch Josh kennenlernen.«

Max zog sie liebevoll am Haar. »Hört sich gut an.«

11

Max' Onkel Vince hatte die Pension zusammen mit seiner ersten Frau eröffnet, lange vor Max' Geburt. Bis zu ihrer Scheidung hatten sie zehn Jahre lang Besucher in der Stadt mit gutem Essen, Gastfreundlichkeit und einem anständigen Bett willkommen geheißen. Vince' zweite Frau Fern, Rubys Mutter, übernahm die Leitung der Pension ohne viel Aufhebens und mit einem ausgezeichneten Blick fürs Geschäft, während Vince das aufbaute, was einmal Masen Construction werden sollte. Die Masens stellten seit Langem eine unbestreitbar einflussreiche Kraft dar und brachten der Stadt mehr Geld ein als irgendjemand sonst. Zu behaupten, Onkel Vince wäre ein Held der Gemeinschaft, wäre noch eine Untertreibung.

Eine Dampfwolke quoll hinter Max aus der Badezimmertür, als er mit einem Handtuch um die Hüften wieder zurück in sein Zimmer trat. Ein Blick auf die Uhr an der Wand sagte ihm, dass es kurz nach sieben Uhr morgens war. Er nahm seine Unterwäsche und die Jeans vom Bett und zog sich an. Das Zimmer, in dem er wohnte, war sehr angenehm, mit einem großen Bett, Fernseher und Schränken. Die geblümten Vorhänge waren nicht ganz nach seinem Geschmack, aber er hatte gelernt, sich damit abzufinden.

Schnell trank er noch einen Schluck Kaffee, den er sich mit der einfachen Kaffeemaschine aufgebrüht hatte, die zur Einrichtung gehörte, bevor er Socken, Stiefel und ein schwarzes Sonic-Youth-T-Shirt anzog. Er arbeitete wieder für seinen Onkel – fest entschlossen, auf die eine oder andere Weise für seinen Aufenthalt zu bezahlen, selbst mit körperlicher Arbeit, obwohl sein Onkel eingewandt hatte, dass Max hier war, um es ruhig angehen zu lassen und sich zu erholen. Aber Max hatte die Bedenken seines Onkels weggewischt. Sein Stolz hinderte ihn daran, bei freier Kost auch noch umsonst zu wohnen, und weil sein Onkel ein sturer Esel war und kein Geld von ihm annehmen wollte, hielt die Arbeit ihn sowohl körperlich als auch geistig beschäftigt, und *das* war immer eine gute Sache. Seine Albträume blieben größtenteils aus, aber er wollte kein Risiko eingehen.

Max sprühte etwas Deo auf, rubbelte sich mit dem Handtuch die Haare trocken, steckte sich einen Kaugummi in den Mund und schnappte sich seine Jacke.

Als er die Tür öffnete und aus dem Zimmer trat, prallte er frontal gegen irgendetwas oder besser irgendjemanden, der sich schnell den Flur entlangbewegte. Geistesgegenwärtig hielt er denjenigen an den wild herumrudernden Armen fest, damit er nicht umfiel, und stieß einen stummen Fluch aus, als eine Schuhspitze heftig sein Schienbein traf.

»Oh Gott, das tut mir so leid!«

Als Max sich wieder gefangen hatte, schaute er auf den Trottel hinunter, der es so eilig gehabt hatte, und war sofort gefesselt von faszinierenden grünen Augen und einem völlig verblüfften Gesichtsausdruck. Grace. Er ließ sie los und trat einen Schritt zurück. »Schon okay. Kein Problem«, murmelte er und fuhr sich mit der Hand durchs feuchte Haar. Toll. Genau das, was er so früh am Morgen brauchte, verdammt.

»Ich hab Ihr Bein erwischt.« Betreten hielt sie sich die Hand vor den Mund. »Das tut mir wirklich leid. Ich habe nicht aufgepasst, wo ich hingelaufen bin.«

»Schon gut«, wiederholte er und wandte sich ab, um seine Tür abzuschließen.

»Ich hab verschlafen, weil ich gestern Nacht gearbeitet habe, und ich muss am Haus sein, bevor die Fenster kommen. Das habe ich Vince versprochen«, plapperte sie weiter, während sie sich bückte, um ihr Handy und die Tasche aufzuheben, die sie fallen gelassen hatte.

Verwirrt runzelte Max die Stirn. Fenster? Vince?

»Sind Sie sicher, dass Ihr Bein okay ist?«

Max stieß den Atem aus, raffte so viel Gelassenheit zusammen, wie er aufbringen konnte, und lächelte höflich. »Da hatte ich schon Schlimmeres.«

Sie schien seine Ungeduld zu spüren, denn sie nickte und wandte schnell den Blick ab. »Okay. Also, Entschuldigung noch mal.« Hastig huschte sie an ihm vorbei, beinahe wie ein nervöses Tier.

Max sah ihr nach und schüttelte mit einem schiefen Lächeln den Kopf, als er den Hintern bemerkte, von dem Buck ein paar Tage zuvor geschwärmt hatte.

Ja, er hatte recht.

Der war der Hammer.

Zum Glück war Grace nirgends zu sehen, als Max schließlich nach draußen trat und zu seinem gemieteten Truck ging. Es war ein bedeckter Aprilmorgen, und die Regenspuren der letzten Nacht sammelten sich in großen Pfützen auf der Erde. Max ließ den Motor an und fuhr aus der Stadt hinaus zu der Baustelle, auf der sein Onkel arbeitete. Das Projekt war ein großes Haus mit Potenzial, das ein wenig zurückgezogen im Grün des Waldes lag. Mit dem Truck dauerte die Fahrt nur zehn Minuten, und als Max ankam, war die Arbeit schon in vollem Gange.

Er winkte seinem Onkel, Josh und den anderen Jungs zu, als er aus dem Truck kletterte, und trabte zu ihnen hinüber, wo sie gerade einen Haufen Fenster abluden.

»Hast du Frühstück mitgebracht?«, fragte Vince hoffnungsvoll, während er mit der Hilfe zweier weiterer Arbeiter ein großes Fenster vom Lastwagen hievte.

»Leider nicht«, schmunzelte Max.

»Wofür zum Teufel bezahl ich dich dann eigentlich?«, schnaubte Vince mit gespielter Verärgerung.

Lachend machte sich Max an die Arbeit und schleppte Fenster, Bauholz und Werkzeug zum Haus, bevor er anfing, beim langsamen, aber stetigen Bau der Böden und Wände des Obergeschosses zu helfen. Wenn man so beschäftigt war, vergingen die Stunden wie im Flug.

Max' Muskeln brannten herrlich von all dem schweren Heben, und die Männer scherzten fröhlich miteinander. Sie wussten mit ziemlicher Sicherheit, wer Max war und warum er hier war, aber das war ihm herzlich egal. Sie schienen ihn bereitwillig in ihrem Team zu akzeptieren, weil er Vince' Neffe war, und das reichte ihm.

Als er sich mittags mit Rob, einem anderen Arbeiter, auf die Ladefläche seines Trucks setzte, um sein Sandwich auszupacken, bemerkte er verblüfft, dass sich Vince mit Grace unterhielt. Sie lächelte breit und lobte seinen Onkel offensichtlich für die Bauarbeiten. Max fiel auf, wie winzig sie neben Vince' bulliger Statur wirkte und dass sie komischerweise eine teuer aussehende Kamera um den Hals trug. Vielleicht machte sie irgendwelche Werbesachen für Vince' Firma.

Ihr Lachen hallte zu ihnen herüber, was ihr von ein paar der anderen Arbeiter verliebte Blicke und nicht gerade respektvolles Gemurmel einbrachte. Nicht dass Max es ihnen verdenken konnte. Sie sah heiß aus in ihren Yoga-Pants, Sneakers und Pulli. Er musste kichern, als er Robs scherzhaftes Murmeln hörte: »Ich bin ein verheirateter Mann. Ich bin ein verheirateter Mann.«

Max riss den Blick von Grace los und konzentrierte sich wieder auf sein Mittagessen.

»Alles okay bei euch?«, fragte Vince, als er herübergeschlendert kam und sich mit einem Hopser auf die Kante der Ladefläche setzte, um sein eigenes riesiges Sandwich auszupacken. Max nickte lächelnd, die Lippen an seiner Flasche Dr. Pepper. »Hab gehört, du warst gestern Abend bei Ruby und Josh zum Essen.«

Max schluckte die Limonade hinunter. »Ja, es war toll, sie wiederzusehen. Außerdem hatte sie Kekse gebacken, also konnte ich es gar nicht ausschlagen.« Vince lachte. »Josh scheint ein netter Kerl zu sein.«

»Das ist er auch«, stimmte Vince ihm zu. »Er behandelt mein kleines Mädchen gut.«

»Ist auch eine verdammt angenehme Aufgabe.« Erneut fand Max' Blick Grace, die Fotos von der Außenseite des Hauses und dem umgebenden Wald machte. Er wies mit dem Kinn in ihre Richtung. »Was macht sie eigentlich hier? Arbeitet sie für dich oder so was?«

Vince machte ein verwirrtes Gesicht. »Nein. Das ist ihr Haus. Hat es kurz vor Weihnachten gekauft.«

Na bestens.

»Ich weiß nicht viel über sie«, fuhr er fort. »Sie ist nett, bleibt aber ziemlich für sich. Ich weiß nicht viel mehr, als dass sie all das hier im Voraus bezahlt hat. Hat anscheinend Geld.« Vince warf Max einen Seitenblick zu und beugte sich zu ihm. »Ist außerdem eine Mrs, weißt du?« Er machte eine kurze dramatische Pause. »Aber es gibt keinen Mr Brooks, der mit ihr in der Pension wohnt. Da zahlt wohl jemand saftig Unterhalt, könnte ich mir denken.«

Max lachte schnaubend. »Du weißt doch, was man über Klatsch und Tratsch sagt, Onkel Vince.«

Vince lachte herzhaft und klopfte Max auf den Rücken. Dann verstummte er wieder und stieß ihn leicht mit dem Ellbogen in die Rippen. »Wir hatten noch gar keine Gelegenheit, uns richtig zu unterhalten, Max. Wie läuft's? Fühlst du dich hier wohl?«

»Ja«, platzte es aus ihm heraus, ohne nachzudenken. »Es geht mir gut. Ich fühle mich … besser. Weniger gestresst.« Und das war die Wahrheit. »Danke.« Obwohl er immer noch rastlos war, schlief er besser, und sein Appetit kehrte auch zurück. Er hatte noch nicht wieder gemalt, aber das würde noch kommen. »Morgen Vormittag bin ich bei meinem NA-Treffen, aber ich werde versuchen, rechtzeitig wieder zurückzukommen, damit ich dabei helfen kann …«

»Max«, tadelte Vince ihn. »Nicht dass ich den Gedanken nicht zu schätzen wüsste, mein Sohn, aber das ist schon in Ordnung. Du kommst einfach, wann du kannst. Du musst nicht nach Stechuhr arbeiten.« Er zuckte mit den Achseln. »Tu du nur, was du tun musst. Werde gesund. Das ist es, was im Moment wichtig ist. Deswegen bist du hier.«

»Ich weiß. Das werde ich, aber ich will für meinen Teil aufkommen und …«

»Hör mal«, unterbrach Vince ihn. Er wandte sich zu ihm, damit er ihn direkt ansehen konnte. »Als dein Daddy krank war, und sogar schon vorher, als er deine Mom verlor, habe ich ihm versprochen, dass ich dir helfen würde, wann immer ich kann oder wann immer du mich helfen lassen würdest. Ich habe ihm gesagt, dass ich für dich da sein würde, genauso, wie er mir versprochen hat, dass er für meine Ruby sorgen würde, falls mir irgendwas zustoßen sollte. Also, ich weiß, dass du genau wie er ein sturer Dickschädel sein kannst, wenn du willst.« Er lächelte liebevoll. »Besonders wenn es darum geht, Hilfe anzunehmen. Deshalb kannst du dir sicher vorstellen, wie überrascht ich war, als du angerufen hast.«

»Ja.«

»Aber du hast angerufen, weil du irgendwo tief in deinem Innern gewusst hast, dass ich für dich da bin. Das sind wir alle.« Er stieß ihn erneut in die Rippen. »Also lass mich das für dich tun, okay? Lass mich dir helfen.«

Max fiel das Ausatmen schwer, weil ihm die Kehle eng wurde.

»Dein einziger Job ist es jetzt, deinen Daddy stolz zu machen und wieder gesund zu werden. Hast du gehört, Sohn?«

»Ja, Sir.« Seine Worte waren sanft und von Dankbarkeit durchzogen.

»In Ordnung.« Vince knüllte das Einwickelpapier seines Sandwichs zusammen und sprang von der Ladefläche. »Und jetzt hör auf damit, faul rumzusitzen und meine Kundinnen anzuglotzen, und mach dich wieder an die Arbeit.«

Das NA-Meeting am nächsten Vormittag war genauso, wie Max erwartet hatte. Er saß im Gemeindesaal, umgeben von Fremden, zusammengebracht durch ihre Süchte und Abhängigkeiten. Er stellte sich vor und hörte dann zu, wie die unbekannten Gesichter ihre Geschichten von Leid, Reue und Genesung erzählten. Seit seinem Aufenthalt in der Entzugsklinik empfand Max ein wenig mehr Mitgefühl, wenn er die Geschichten anderer hörte.

Im Lauf der Monate seines Entzugs hatte er allmählich erkannt, warum er sich anfangs so davor verschlossen hatte, der Gruppe ein mitfühlendes Ohr zu schenken. Jeder Bericht, den er hörte, jede Geschichte darüber, wie jemand ohne Rücksicht geliebte Menschen verletzte, um an Stoff zu kommen, traf ihn. Ob er wollte oder nicht, er erkannte sich in jedem seiner Leidensgenossen wieder. Die Reue, das Verlangen, das nie mehr verschwinden würde, das Bedürfnis nach Vergebung und die Angst davor, was diese Vergebung bedeuten würde. Er hatte nie *so einer* sein wollen, der die Menschen verriet, die ihm am nächsten standen, einer, der sich in Selbstmitleid und Was-wäre-wenn suhlte, aber er war genau so einer.

Auf seiner nachdenklichen Heimfahrt nahm er sich einen Cheeseburger zum Mittagessen mit, ging nachmittags joggen und war bereits wieder seit über einer Stunde in seinem Zimmer in der Pension, als plötzlich aus dem Raum nebenan ein heftiger Knall, das Kreischen von Rohren in der Wand und ein lauter Schrei erklangen.

Sofort schoss Max vom Bett hoch, ließ sein Buch fallen und riss die Tür auf. Nach einem schnellen Blick über den leeren Flur rannte er zur nächsten Zimmertür und klopfte laut. Dahinter hörte er so etwas wie zischendes Wasser und gedämpftes Fluchen. Abrupt wurde die Tür aufgerissen und gab den Blick auf Grace frei, in nichts als ein Handtuch gehüllt, klatschnass und schwer atmend.

»Das Rohr ist geplatzt!«, rief sie und ließ die Tür offen, damit Max ihr verdutzt folgen konnte. »Ich kann es nicht mehr abdrehen!«

Max rannte hinter ihr her ins Bad, dabei platschten seine bestrumpften Füße in den Pfützen, die sich bereits gebildet hatten. Wasser spritzte mit Druck aus einem der Duschrohre quer durchs Badezimmer. »Verdammter Mist!«

»Ja, der Meinung bin ich auch«, rief Grace mit einem Lachen. »Hilfe!«

»Gehen Sie und suchen Sie Fern, ähm, Mrs Masen, und sagen Sie ihr, sie soll Wasser und Strom abdrehen«, befahl Max, während er schnell zurück in sein Zimmer marschierte. Er schnappte sich seinen Werkzeuggürtel, um den Schaden so gut wie möglich einzudämmen. Als Erstes versuchte er, mit einem Schraubenschlüssel das Verbindungsstück des Rohrs anzuziehen.

Wasser strömte ihm entgegen und durchtränkte sein T-Shirt und die Jeans, bis es nach einer gefühlten Ewigkeit endlich versiegte.

Zugleich ging das Licht aus, was das Bad in den schwachen Schein der Nachmittagssonne tauchte, die durch ein kleines Milchglasfenster hereinfiel. Erschöpft rutschte Max an der Badewanne entlang zu Boden. Wasser tropfte von seinem Kinn, während er fluchend an sich hinunter auf seine klatschnassen Kleider blickte.

»Was um alles in der Welt ist denn hier los?« Onkel Vince füllte den Türrahmen aus, die Augen weit aufgerissen und ein kleines Lächeln um die Mundwinkel, während er Max von oben bis unten musterte.

Grace steckte ihren Kopf an Vince' Schulter vorbei und konnte sich das undamenhafte Losprusten nicht verkneifen. »Ach du meine Güte!«

»Was zum Teufel, Max?«, rief Ruby kichernd aus. Das leise Kichern verwandelte sich schnell in schallendes Gelächter.

Max schüttelte den Kopf und stand auf, sorgfältig darauf bedacht, nicht auszurutschen. Er wischte sich mit einer triefenden Hand übers Gesicht. »Freut mich, dass ich euch alle so amüsiere.«

»Und ob! Aber mach dir deswegen keinen Kopf«, meinte Vince mit einem herzhaften Schlag auf Max' Schulter. »Na komm. Geh dich umziehen und lass dir von mir einen Orangensaft ausgeben.«

Wieder in frischen, trockenen Klamotten saß Max mit seinem Onkel, Tante Fern, Ruby und Josh an der Bar des Whiskey's, trank seinen Orangensaft und knabberte Kartoffelchips. Bis der Badezimmerboden und der Schlafzimmerteppich wieder instandgesetzt sein würden, war Grace in das Zimmer gegenüber dem von Max umquartiert worden, und allmählich fing er an, es von der lustigen Seite zu sehen.

»Der Held des Tages!« Neckend stieß Ruby ihn mit dem Ellbogen in die Rippen, was er ihr mit gleicher Münze zurückzahlte.

Dann zuckte er die Schultern, wobei er es vermied, Grace anzusehen, die emsig hinter der Bar arbeitete. Sie hatte sich überschwänglich bei ihm bedankt.

»Ich rette eben gern Jungfrauen in Nöten«, scherzte er. Es hatte ihm schon auf der Zunge gelegen, Grace für das Bild ihres nassen, in ein Handtuch gehüllten Körpers zu danken, er konnte es sich aber gerade noch verkneifen.

Aber verdammt, dieses Bild würde ihn sicher noch eine ganze Weile verfolgen: Das Mädel hatte tolle Beine.

»Na wenigstens weiß ich, wo du bist, für den Fall, dass noch mal irgendetwas schiefläuft«, bemerkte Grace, während sie den Tresen abwischte.

»Hey!«, warf Vince gespielt beleidigt ein und zeigte mit dem Finger auf sie. »Das war eine einmalige Angelegenheit. Ich wusste, dass diese verdammten Rohre … Schau, es wird nichts mehr vorkommen.« Tante Fern rieb ihm lachend den Rücken.

»Du weißt ja, wo du mich findest«, raunte Max Grace deutlich hörbar über den Tresen hinweg zu, die sich kichernd die Hand vor den Mund hielt.

Und so ging das Geplänkel weiter. Max hielt sich an seinem Glas Saft fest, schob sich gelegentlich Kartoffelchips oder Erdnüsse in den Mund, knabberte an den paar Chicken Wings, die Vince bestellt hatte, und ließ die herzliche Wärme der Menschen um ihn herum unter seine Haut sickern. Es war zu lange her, seit er sich so entspannt gefühlt hatte. Durch sein Treffen und das aufregende Rohrbruchabenteuer war er tierisch angespannt gewesen, aber die fröhlichen Gesichter, das Lachen und die Freiheit, die er empfand, während er seiner Familie und den anderen Gästen zuhörte, machten ihn locker. Und obwohl er in einer Bar war und ihn der unbestreitbar verlockende Geruch von Alkohol umgab, spürte Max, wie sich sein Körper entspannte und beruhigte.

»Hört sich an, als hättet ihr mächtig viel Spaß bei dir gehabt, Vince.« Ein großer Typ mit Kinnbart und misstrauischem Blick klopfte Vince auf die Schulter, ohne Max dabei aus den Augen zu lassen.

Glucksend erzählte Vince ihm von den Ereignissen des Tages, was eine weitere Runde Gelächter erntete.

»*Du* bist also Max«, sagte Ziegenbärtchen mit ausgestreckter Hand. »Deputy Sheriff Caleb Yates.«

Ah. Nun, das erklärte den bösen Blick.

Max schüttelte ihm die Hand und musste schmunzeln, weil der Deputy leicht zudrückte.

»Ich kenne unseren Caleb hier schon, seit er auf der Junior High war. Sein Daddy hat viele Jahre für mich gearbeitet«, erklärte Vince. »Hätte allerdings nie gedacht, dass ich mal sehe, dass der Kerl praktisch die ganze Stadt leitet.«

Der Deputy lachte. »Kann ich ein Heineken vom Fass haben, Grace?«, raunte er über den Tresen. Als sie das Bier vor ihn hinstellte, zwinkerte er ihr zu. »Du siehst süß aus heute Abend.«

Aus dem Augenwinkel beobachtete Max aufmerksam, wie Grace darauf reagiert, sah aber kein Erröten oder Wimperngeklimper. Wenn überhaupt, schien sie sich eher ein wenig anzuspannen, und ihre hübschen Züge verloren etwas von ihrer Weichheit.

»Schmeichelei bringt dir gar nichts, Deputy, das weißt du. Du kommst trotzdem nicht drumrum, mir Trinkgeld geben zu müssen«, erwiderte sie, was Max dazu brachte, verstohlen in sein Glas zu lächeln.

»Möchtest du noch was trinken?«, fragte sie unvermittelt mit einem Fingerzeig auf Max' fast leeres Glas. »Ich könnte dir als Dank für heute ein Bier ausgeben.« Sie verdrehte die Augen zur Decke und zog dabei liebenswert die Nase kraus. »Und als Entschuldigung für neulich.«

Lächelnd schüttelte Max den Kopf. »Kein Bier. Aber noch ein Saft wäre gut. Danke.«

»Neulich?«, fragte Fern. Neugierig schaute sie zwischen den beiden hin und her. »Was zur Hölle habt ihr beiden denn sonst noch angestellt?«

Grace kicherte. »Das war allein meine Schuld. Wieder mal. Ich habe Max beinahe umgerissen, weil ich so schnell den Flur entlanggerannt bin. Hab seinem Schienbein einen ziemlich heftigen Tritt verpasst, als er mich aufgefangen hat.«

Trotz des Lachens und der Kommentare konnte Max den brennenden Blick des Deputys auf seinem Gesicht spüren. Er machte zwar eine amüsierte Miene, doch seine Augen waren dunkel und misstrauisch.

»Sie aufgefangen, was?«, fragte er, den Ellbogen auf den Tresen gestützt.

Max zog eine Augenbraue hoch. Das Arschloch war so leicht zu durchschauen wie das Glas in seiner Hand. »Ja«, antwortete er.

Deputy Yates nickte langsam, dann warf er einen Seitenblick zu Grace. »Hört sich an, als wärst du Grace' Held der Stunde.«

Grace wurde rot. »Oh nein, so war das gar nicht, ich …«

»Hört sich so an«, fiel Max ihr ins Wort, weil er darauf brannte, den Deputy aus der Fassung zu bringen. Mit Erfolg. Ein Muskel am Kiefer des Mannes zuckte, und er schnaubte kurz. Dann nahm er einen Schluck von seinem Bier, legte einen Zehn-Dollar-Schein auf den Tresen, verabschiedete sich und ging.

Max konnte es sich zwar nicht erklären, aber der Anblick des beleidigt abziehenden Deputys und das kleine Lächeln auf Grace' Gesicht hinterließen ein mehr als zufriedenes Gefühl in ihm.

12

Max O'Hare war ihr ein Rätsel.

Seit Grace gegen ihn geprallt war und er sie vor dem teuflischen Wasserrohrbruch gerettet hatte, dachte sie regelmäßig an ihn. Im Lauf der Wochen, und trotz der Warnung des Deputys wegen seiner alles andere als glänzenden Vergangenheit, gestattete sich Grace allmählich, ihm mit zögerlicher Vertrautheit zu begegnen. Sie redete mit ihm, wenn er an der Bar saß, und wusste nun, dass Orangensaft sein Standardgetränk war. Wenn sie ihm in der Pension oder auf der Baustelle begegnete, grüßte sie ihn.

Er war nicht mehr so distanziert oder ausweichend wie bei ihrer ersten Begegnung, aber er war immer noch auf der Hut. Doch anstatt seine Distanziertheit als Grund zu betrachten, sich von ihm zurückzuziehen, faszinierte er sie dadurch seltsamerweise nur noch mehr. Mit gezwungener Gleichgültigkeit und einem gelegentlichen Lächeln hatte Grace sich bei den Stammgästen der Bar und sogar Max' Tante Fern umgehört und herausgefunden, dass Max mehr als drei Monate lang in einer Entzugsklinik gewesen war. Sie wusste nicht, weswegen – obwohl Deputy Yates etwas von Drogen erwähnt hatte –, und je mehr sie darüber nachdachte, desto mehr wurde ihr bewusst, dass es auch keine Rolle spielte.

Das einzig Wichtige war doch sicher, dass er sich Hilfe geholt hatte und gesund werden wollte. Wenigstens sagte sich Grace das, wenn sie nach einer Erklärung dafür suchte, warum sie sich für ihn interessierte.

Die Sache war die: Wenn Max mit seiner Familie zusammen war oder wenn er glaubte, dass keiner hinsah, ließ er seine Schutzmauern fallen. Nur für winzige Augenblicke zwar, aber wenn er es tat, zeigte sich dahinter ein zufriedenerer, entspannter Kerl, der, das ließ sich nicht leugnen, ein umwerfendes Lächeln hatte. Grace wusste ohne jeden Zweifel, dass er auf Fotos toll aussehen würde. Sie verbrachte einige Zeit damit, über die Bilder nachzudenken, die sie von ihm machen könnte.

Er war nie darauf aus, im Mittelpunkt der Aufmerksamkeit zu stehen. Selbst zu Ostern, als die Pension voller Leute, Essen und Lachen gewesen war, hatte er am Rand gesessen und alle anderen beobachtet und belauscht, was Grace … attraktiv fand. Es gab nichts Schlimmeres als einen nach Aufmerksamkeit heischenden Idioten, der sich selbst gern reden hörte. Max war ruhig, aber nicht grüblerisch, eher der Inbegriff des starken Schweigers. Und anders als der Deputy und andere, die sie in der Bar anmachten, flirtete Max nie. Er machte nie plumpe Bemerkungen darüber, wie sie aussah, oder nannte sie irgendwie anders als bei ihrem Namen. Gelegentlich hatte Grace ihn dabei ertappt, dass er sie auf seine verstohlene, eindringliche Art ansah, und jedes Mal hatte es ihrem Bauch einen kleinen Stich versetzt. Dennoch blieb er auf Abstand.

Grace war nicht ahnungslos, was ihr Aussehen betraf. Sie wusste, dass sie auf das andere Geschlecht attraktiv wirkte. Sie hatte das als Privileg empfunden, bevor ihr Ex-Mann in ihr Leben getreten war und sie glauben ließ, dass schön zu sein etwas war, für das man sich schämen musste. Nichtsdestotrotz fuhren die Männer fort, sie anzustarren, anzulächeln und manchmal Bemerkungen zu machen, aber nicht Max. Er blieb hartnäckig teilnahmslos. Er war höflich und freundlich, zeigte jedoch nie Interesse, und Grace bemühte sich zu verstehen, warum zum Teufel sie das so sehr störte.

Seufzend nahm sie einen Schluck von ihrem Wasserglas, nachdem sie das Ganze ihrer Therapeutin erzählt hatte.

Obwohl sie nach Preston County, dem Geburtsort ihrer Mutter, gezogen war, besuchte sie weiterhin alle zwei Wochen ihre Therapiesitzungen in Washington. Sie fuhr mit Bus oder Bahn hin, blieb über Nacht in Kais Wohnung und fuhr am folgenden Morgen wieder zurück. Ihr Bruder war eindeutig nicht glücklich über dieses Arrangement – er machte sich unablässig Sorgen, weil sie ganz allein unterwegs war –, aber Grace genoss die Zeit, die die Fahrt ihr schenkte. Manchmal las sie oder hörte Musik, manchmal machte sie unauffällig Fotos aus dem Fenster oder von anderen, interessant aussehenden Fahrgästen, andere Male nutzte sie die Zeit als Gelegenheit, über die vergangenen Jahre ihres Lebens nachzudenken – besonders über die Veränderungen und großen Fortschritte, die sie bei ihrer Genesung gemacht hatte.

Vor zwei Jahren hätte schon der Gedanke, allein zu reisen, ganz zu schweigen von öffentlichen Verkehrsmitteln, eine heftige Panikattacke bei ihr ausgelöst. Jetzt, solange sie ihre Medikamente rechtzeitig nahm, bekam sie nicht mal mehr Herzklopfen. Es war auf eine Weise befreiend, die sie nicht einmal beschreiben konnte.

»Lass mich dich etwas fragen«, sagte ihre Therapeutin Nina sanft. »Was erwartest du von diesem Interesse an Max? Was ist dein Ziel?«

Grace runzelte die Stirn. »Mein Ziel?«

»Ich meine, geht es dabei um Lust, um Kameradschaft? Möchtest du mit ihm schlafen oder möchtest du nur mit ihm befreundet sein?«

Grace rutschte verlegen auf ihrem Stuhl herum. »Er sieht gut aus, ja, aber … mit ihm schlafen?« Beunruhigt stellte sie fest, dass Gänsehaut ihre Arme überzog, wie meistens bei der bloßen Erwähnung von Sex. »Das kann ich nicht beantworten.«

»Liegt das an deiner unterschwelligen Angst vor Intimität oder an Max selbst?«

Grace war sich nicht sicher. Trotz seiner flüchtigen Blicke wusste sie nicht einmal, ob Max sie attraktiv fand. Abgesehen davon hatte er selbst schwere Zeiten durchgemacht und wohnte bei seinem Onkel, um wieder auf die Beine zu kommen. Sex war vermutlich das Letzte, woran er dachte.

»Ich würde ihm gern eine Freundin sein«, antwortete sie schließlich. »Bei allem, was er durchgemacht hat, könnte er eine gebrauchen. Ich jedenfalls könnte das.«

Nina hob das Kinn und musterte Grace auf ihre typische allwissende Art. »Grace, das ist das erste Mal, seit wir vor achtundzwanzig Monaten mit diesen Sitzungen angefangen haben, dass du einen anderen Mann als deinen Bruder oder deinen Ex-Mann erwähnt hast, und noch ermutigender ist, dass du ihn attraktiv findest. Ungeachtet dessen, wohin du das letztlich gehen lassen willst oder ob er dasselbe will, denk dran, es ist ein Schritt in die richtige Richtung.«

Dem musste Grace zustimmen. Ob es das Hausprojekt war oder die Luft West Virginias, die ihr Selbstvertrauen stärkten, allmählich kam sie zu der Erkenntnis, dass sie nicht länger vor dem Gedanken zurückscheuen wollte, eine Beziehung zu jemandem aufzubauen. Sie war nicht ganz sicher, wie diese Beziehung aussehen mochte, doch zum ersten Mal seit viel zu langer Zeit wirkte das Unbekannte plötzlich sehr aufregend.

Grace sah Max erst zwei Tage nach ihrer Therapiesitzung wieder. Er saß im Café allein an einem Fensterplatz, einen Bleistift in der Hand und ein kleines Skizzenbuch vor sich. Sein Haar fiel ihm ins Gesicht und verbarg seine Augen, während er schrieb oder zeichnete oder was zum Teufel er da auch tat. Ihren täglichen Caffè latte in der einen Hand und einen Schokoladenmuffin in der anderen trat Grace näher und machte sich mit einem leichten Hüsteln bemerkbar, um ihn nicht zu erschrecken. Er blickte hoch, Unsicherheit im Gesicht.

Seine Augen waren dunkler als sonst, umgeben von müden, bläulichen, beinahe blutergussähnlichen Schatten, so als habe er eine Woche lang nicht geschlafen.

»Hey«, sagte sie munter. »Wie geht's dir?« Es kam keine Antwort, außer der verwirrten Falte mitten auf seiner Stirn. Unbekümmert fuhr sie fort: »Ich stehe auf die Lattes hier. Sind auf jeden Fall um Klassen besser als der Mist, den sie einem in Washington vorsetzen.«

Er warf einen Blick auf ihre Tasse, dann auf seine eigene. Allem Anschein nach erwachte er allmählich aus seiner Benommenheit. Grace hielt den Atem an.

»Ich vermisse den Kaffee in New York«, murmelte er.

Erfolg!

»Das kann ich mir vorstellen.« Sie kniff die Lippen zusammen. »In New York gibt es tollen Kaffee. Und Bagels. Fantastische Bagels. Also … darf ich mich zu dir setzen?« Sie deutete auf sein Skizzenbuch, das immer noch offen auf dem Tisch lag. Sie konnte das Gekritzel auf den Seiten nicht genau erkennen. »Ich will dich nicht stören oder mich aufdrängen, wenn du lieber allein sein willst.«

Hastig klappte Max das Buch zu und zog es schützend zu sich. Dann nickte er langsam. »Nein, schon okay.«

Er steckte sich den Bleistift hinters Ohr, als sie sich setzte, und verschränkte die kräftigen Arme vor der breiten Brust. Seine Größe hätte eigentlich einschüchternd wirken sollen, und Grace bezweifelte nicht, dass sie das auf viele auch tat, auf sie seltsamerweise jedoch nicht. Sie hatte ihn auf der Baustelle gesehen, wie er seine Kraft einsetzte, um seine Arbeit schnell und effektiv zu erledigen, aber auch, dass er in geselligen Situationen das genaue Gegenteil war und stets versuchte, sich kleiner zu machen, so als wollte er sich verstecken oder in Luft auflösen. Sie fragte sich, was in seiner Vergangenheit vorgefallen war, um bei ihm dieses Bedürfnis zu wecken.

»Wollen wir teilen?« Sie schob den Muffin in die Mitte des Tischs.

Max zog eine Augenbraue hoch.

»Na komm«, sagte Grace mit einem Lachen. »Die sind wirklich gut. Ich esse jeden Morgen einen.«

Misstrauisch beäugte er den Muffin.

»Ich bin auch nicht ansteckend«, versicherte sie ihm, während sie ein Stück abbrach und es sich in den Mund steckte.

Max lächelte schief, und dann, nach einem kurzen Moment, tat er dasselbe. »Danke.«

Grace lächelte breit. »Gern doch. Ich hab dich seit ein paar Tagen nicht mehr gesehen. Ich bekam schon Panik, was ich tun soll, falls die Rohre in meinem neuen Zimmer platzen.«

Er lachte prustend.

»Du bist wohl ziemlich beschäftigt.« Sie rührte ihren Kaffee um, nachdem sie noch mehr Zucker hineingetan hatte. Ihr allmonatlicher Süßhunger hatte sie fest am Wickel.

Max zuckte mit den Schultern. »Eigentlich nicht. Mein Onkel meinte, dass er mich am Haus – deinem Haus – nicht braucht, also … hänge ich einfach nur rum.« Er starrte hinunter auf den Tisch. Die Traurigkeit, die sich wie eine schwere Decke um seine Schultern legte, war kaum zu übersehen.

»Rumhängen ist gut«, antwortete sie lächelnd. »Muss so schön sein, hier bei deiner Familie zu sein. Sie wirken alle supernett.«

»Das sind sie auch.«

»Besuchst du sie oft?«

»Nein.« Er sah aus dem Fenster. Das hereinströmende Sonnenlicht ließ sein dunkles Haar heller wirken und goldene Reflexe darin aufleuchten. »Ist schon eine Weile her. Hast du Familie hier?«

Überrascht von der Frage, aber ermutigt, weil er sich an der Unterhaltung beteiligte, fing Grace an zu strahlen. »Meine Mama war aus West Virginia, deshalb bin ich wieder hierher zurückgekommen, aber aufgewachsen sind wir in Kalifornien, wo mein Daddy herkam. Seit sie tot sind, gibt es nur noch mich und meinen Bruder, der in Washington lebt.«

Max' Gesicht verzog sich entschuldigend.

»Schon okay«, beruhigte sie ihn. »Sie fehlen mir zwar, aber das Leben geht weiter, nicht wahr?«

Seine Augen weiteten sich, und sein rechter Mundwinkel verzog sich zu dem Ansatz dieses herrlichen Lächelns, das Grace so mochte, aber nur selten zu Gesicht bekam. Er mopste sich noch ein Stück von dem Muffin. »Stimmt.«

Als er seine Tasse zum Mund hob, fiel ihr ein verschmierter schwarzer Farbklecks am Ellbogen seines grauen Langarmshirts auf. Sie deutete darauf. »Malst du?«

Unvermittelt bohrte sich sein eindringlicher Blick in ihren und nagelte sie an ihrem Stuhl fest. Erneut wies sie auf den Fleck und sah zu, wie er ihn inspizierte. Offensichtlich war ihm ihre Entdeckung unangenehm. Er stieß den Atem aus und versuchte, den Fleck zu entfernen, indem er mit dem Daumennagel daran kratzte. »Ja, so ein wenig.«

»Ich würde gern mal ein paar deiner Werke sehen.« Schnell sprach sie weiter, bevor er etwas einwenden konnte. »Ich war nie gut im Malen. Meine Mama schon. Mein Bruder Kai zeichnet, aber ich war immer die mit der Kamera.« Max schwieg, aber sein Blick blieb abweisend. Er hörte aufmerksam zu, wie er es auch stets tat, wenn sie im Whiskey's über den Tresen hinweg mit ihm plauderte. »Ich bin aufs College gegangen, habe Fotografie studiert und mich dann selbstständig gemacht, dann – na ja, habe ich irgendwie damit aufgehört. Aber meine Kamera nehme ich immer noch überallhin mit.« Sie öffnete ihre Tasche und zeigte ihm die Nikon, die in deren Tiefen schlummerte.

»Ich habe gesehen, dass du Fotos vom Haus gemacht hast. Warum hast du aufgehört?«

Die Millionen-Dollar-Frage. Grace zog den Kopf zwischen die Schultern und fuhr mit dem Finger den Rand ihrer Tasse nach, während sie versuchte, ihre Gedanken daran zu hindern, diesem besonders schrecklichen Pfad ihrer Vergangenheit zu folgen. So sehr sie Max auch besser kennenlernen wollte, war sie doch nicht bereit, ihm diesen Teil ihrer Geschichte zu erzählen. »Das Leben ist dazwischengekommen.«

Diese Antwort, so ausweichend sie auch war, schien Max' Neugier zu befriedigen. »Ja, das hat das Leben so an sich.«

»Auf jeden Fall«, pflichtete sie ihm bei. »Springt einen einfach aus heiterem Himmel an und zieht einem den Boden unter den Füßen weg, und dann liegt man da und fragt sich, was zum Teufel gerade passiert ist.« Obwohl sie sich bemühte, einen heiteren Ton beizubehalten, sah Grace, wie etwas Leidvolles und Gebrochenes über Max' Gesicht zuckte, bevor die allzeit gegenwärtige Schutzmauer wieder herunterrasselte und ihn erneut in eine Wolke der Düsternis einhüllte.

Verdammt. Die Plauderstunde war vorbei.

Er räusperte sich und nahm sein Skizzenbuch. »Ich muss los«, murmelte er und stand auf. »War schön, dich zu sehen. Danke für den Muffin«, sagte er höflich.

Grace lächelte, obwohl Enttäuschung in ihrer Brust aufkeimte. »Oh, klar, gern geschehen.« Er war nicht immer so nervös, so unruhig. Im Gegenteil, seine Ruhe war es, was sie an ihm so überaus faszinierend fand. Irgendetwas war anders.

Sie sah ihm nach, wie er rasch das Café verließ, die starken Schultern angespannt, und mit seinen langen Beinen zielstrebig über die Straße zu seinem Truck marschierte. Er fuhr sich einmal, zweimal mit der Hand durch sein zerzaustes Haar, bevor er in den Wagen stieg und mit quietschenden Reifen davonbrauste.

Sieben Stunden später war Grace mehr als überrascht, als Max mit zwei Jungs, die sie von der Baustelle kannte, das Whiskey's betrat. Er nickte grüßend in ihre Richtung und pflanzte sich auf einen Hocker an der Bar, während seine Freunde hinüber zum Billardtisch schlenderten.

»Orangensaft?«, fragte sie, während sie sich bemühte, seine düstere Miene nicht zu bemerken. Was auch immer ihn im Café gestört hatte, war anscheinend immer noch nicht wieder in Ordnung und hüllte ihn nun in gefährliches Schweigen. Er sah aus, als wäre er darauf aus, sich zu prügeln.

»Nein. Einen Jack Daniels«, sagte er und knallte einen Zwanziger auf den Tresen.

Bourbon? Das war neu. Und möglicherweise katastrophal. Grace hatte keine Ahnung, ob Max trockener Alkoholiker oder was auch immer war, und ein Whiskey wäre ein kolossaler Rückfall. Dafür wollte sie nicht verantwortlich sein. Rasch suchte sie die Bar mit den Augen nach Vince ab, aber er war nicht da. Ebenso wenig wie Holly in den nächsten zwei Stunden, da Grace für sie eingesprungen war. Abgesehen von Max' Freunden und zwei anderen Gruppen von Stammgästen war der Laden ruhig.

Sie trommelte mit den Fingern auf den Tresen. »Sicher?«

Max' Augen wurden schmal. »Ja. Warum?«

Grace kaute auf ihrer Unterlippe. »Ich dachte nur … Solltest du trinken?« Herrje, wie peinlich konnte das denn noch werden? »Weil … ich meine, du trinkst sonst immer Saft.«

Begreifen zuckte über Max' Gesicht, und ein knappes, humorloses Lachen platzte aus ihm heraus. Sein Blick war unfreundlich und verärgert und völlig anders als im Café. »Ich bin kein Trinker, Grace«, spuckte er aus. »Ich bin ein verdammter Junkie.«

»Oh.« Grace schluckte diese Information, als wäre sie eine Rasierklinge.

Sie wusste nur allzu gut, welchen Schaden Drogen anrichten konnten. Sie wusste auch, dass Max wirklich nicht trinken sollte. Eine Sucht durch eine andere zu ersetzen war etwas, worüber sie bestens Bescheid wusste.

»Also«, fuhr Max mit einer sarkastischen Geste in Richtung der Flaschen mit Hochprozentigem fort. »Wenn der Bourbon hier nicht gerade mit Rauschgift versetzt ist, was, um ehrlich zu sein, absolut scheißfantastisch wäre, dann hätte ich jetzt gern ein Glas davon, wenn's dir nichts ausmacht.«

Seine Worte waren nicht gemein, aber sein Ton war es. Er kroch Grace wie ein eisiger Schauer über den Rücken. Es war nicht so, als wären Max und sie Freunde, so sehr sie sich das auch wünschte, aber der Mann, der da vor ihr saß, war nicht der, den sie kennengelernt hatte. Er war bissig und reizbar und verstörte Grace zutiefst. Ohne ein weiteres Wort drehte sie sich um und schenkte seinen Drink ein. Dann stellte sie ihn auf den Tresen und sah zu, wie er ihn nahm und ihn anstarrte, als wäre er eine Handgranate, die jeden Moment explodieren konnte.

Minuten verstrichen, und immer noch starrte er das Glas an. Seine Lippen bewegten sich in lautlosem Gemurmel, bis er den Whiskey mit einem lauten »Scheiß drauf« hinunterkippte. Zischend zog er die Luft durch die Zähne und hustete fluchend, doch die Art, wie er das Glas wieder auf das Holz des Tresens knallte, war triumphierend. »Noch einen«, bestellte er.

Es tat Grace in der Seele weh, welcher Krieg offensichtlich in seinem Kopf tobte. »Max, Schätzchen, warum …«

»Bist du taub?«, blaffte er und starrte sie wütend an. »Mach deinen Job und schenk mir einen neuen ein, okay? Ich brauche keinen Freund oder Mitleid. Was ich brauche, ist Vergessen. Das ist alles.«

Verletzt von seiner scharfen Zunge schenkte Grace den Alkohol ein, und er kippte ihn hinunter. Und so ging es weiter.

Immer wieder saß er mit dem Drink in den Händen da, bevor er ihn hinunterstürzte, und jedes Mal wurde Grace' Drang, in Tränen auszubrechen, stärker. Seine Kumpel von der Baustelle waren dabei keine Hilfe. Sie bestellten mehrere Runden und luden eine Gruppe von drei Mädchen ein, ihnen Gesellschaft zu leisten. Sonst so desinteressiert an den Frauen im Whiskey's, sah Max die Mädchen heute Abend auf eine Art an, bei der Grace übel wurde. Wild und hungrig.

War das der gefährliche Fremde, vor dem Deputy Yates sie gewarnt hatte?

War *das* der wahre Max O'Hare?

Sie wusste es nicht.

Als Max Stunden später aus der Bar torkelte, den Arm um ein williges blondes Ding geschlungen, das ihn verklärt anschmachtete und die Hand auf seinem Hintern hatte, wusste sie nur eins: Das winzige Stück Hoffnung tief in ihr, das geduldig auf jemanden gewartet hatte, der gut genug war, um es mit ihm zu teilen, war in tausend Scherben zersprungen.

13

Irgendjemand hämmerte.

Hämmerte so verflucht laut, dass es durch sämtliche Gehirnwindungen in Max' ohnehin schon schmerzendem Schädel dröhnte. Er hob den bleischweren Kopf vom Kissen und kniff blinzelnd die Augen gegen das grelle Sonnenlicht zusammen, das durch die offenen Vorhänge hereinströmte.

»Max, mach die Tür auf.«

Verfluchte Scheiße.

Tate.

»Max.« Seine Stimme war schroff und wütend. »Mir scheißegal, ob ich ein Krüppel bin oder nicht, ich trete diese verdammte Tür ein! United States Marine Corps, Arschloch! Los, schwing deinen dämlichen Hintern aus dem Bett! Ob du was anhast oder nicht, ist mir auch egal. Wenn ich was sehe, was ich noch nicht kenne, erschieß ich es.« Er hämmerte weiter an die Tür. »Sofort, Max. Steh auf! Ich weiß, dass du da drin bist.«

Das Zimmer kippte wie eine Achterbahn, als sich Max aufsetzte, und in seinem Magen schwappte es entsetzlich. Mit wackligen Beinen stand er auf, zog eine Jeans an und stolperte zur Tür, dabei trat er einen Pizzakarton und eine leere Flasche Jack Daniels aus dem Weg.

»Is' ja schon gut«, krächzte er, während er die Stirn an die Tür lehnte und den Schlüssel umdrehte. Dann holte er tief Luft und machte die Tür auf. Als er Tates Gesichtsausdruck sah, wünschte er sich, er hätte es gelassen.

»Guten Morgen, Sonnenschein«, blaffte Tate. »Was. Zum. Verdammten. Henker?«

Max lehnte die Wange an den Türrahmen und versuchte, in Worte zu fassen, was genau er sich dabei gedacht hatte, als er letzte Nacht in die Bar gegangen war und sein Gewicht in Schnaps gesoffen hatte.

»Zieh dich an«, sagte Tate. »Wir gehen raus.«

Max warf einen Blick auf die Uhr. Es war früher Nachmittag, aber er hätte mühelos noch weitere zwölf Stunden schlafen können. »Tate, Mann, ich kann nicht. Ich brauche …«

»Nein«, bellte Tate. Aus seinen Augen sprühte eine Enttäuschung, bei der Max sich am liebsten in Embryohaltung zusammengekrümmt hätte. »Ich bin zwei Stunden gefahren, um herzukommen. Ich bin müde und brauche Kaffee, und mir ist scheißegal, ob du verkatert bist.«

Da Max die Energie fehlte, um zu widersprechen, und weil er wusste, dass er der Schwachkopf war, von dem Tate sprach, nahm er ein sauberes T-Shirt aus der Kommode, zog seine Stiefel an, schnappte sich Jacke und Brieftasche und schlurfte zur Tür hinaus. Dabei wünschte er sich, der Vorschlaghammer hinter seiner Stirn würde verdammt noch mal einfach Ruhe geben.

Max lotste Tate in die Stadt, da er nicht in der Verfassung war, selbst zu fahren. In dem Café, in das er oft ging, bestellte er den stärksten Kaffee auf der Karte und einen Schokoladenmuffin. Sie saßen am selben Tisch, an den sich am Tag zuvor Grace zu ihm gesetzt hatte. Beim Gedanken an sie wurden Max' Kopfschmerzen noch schlimmer. Gott, sie musste ihn für ein totales Arschloch halten. Er *war* ein totales Arschloch.

»Also, willst du mir jetzt erklären, warum du mich heute Nacht um zwei, um drei und um vier Uhr morgens angerufen hast?« Tate zeigte ihm die Liste entgangener Anrufe auf seinem Handy. »Und dann noch mehrere SMS, in denen du schreibst, wie gern du dich zu Tode saufen willst, dass du nicht clean bleiben kannst und aufgibst?« Tate warf das Handy auf den Tisch und verschränkte die Arme vor der Brust. Er wirkte ernst und streng, trotz seines T-Shirts mit dem Bild einer leeren Klopapierrolle und der Aufschrift »Was würde MacGyver tun?«.

Stöhnend legte Max die Stirn auf seine verschränkten Unterarme. Er hatte nur eine schwammige Erinnerung daran, mit Tate telefoniert zu haben. Was die SMS betraf, hatte er nicht den blassesten Schimmer. »Herrgott, Mann, tut mir leid«, murmelte er, bevor er sich wieder aufrichtete. »Falls es dir ein Trost ist, ich fühle mich miserabel. Tut mir wirklich leid, verdammt.«

»Hör auf, dich zu entschuldigen«, versetzte Tate energisch. »Sag mir lieber, was zum Geier passiert ist.«

Magensaft stieg Max in die Kehle. Er nahm einen großen Schluck von seinem Kaffee, um ihn wieder hinunterzuspülen. »Gestern war … Lizzie – gestern war der Tag, an dem sie mich verlassen hat.«

»Und anstatt mich anzurufen, beschließt du, mit diesem kleinen Detail fertigzuwerden, indem du dir die Kante gibst«, stellte Tate fest. »Ausgezeichnete Wahl. Wie ich sehe, hat dir deine Zeit in der Entzugsklinik wirklich dabei geholfen, goldrichtige Entscheidungen zu treffen. Du lässt dich volllaufen, während du Antidepressiva und all die anderen Pillen schluckst, die …«

Max fuhr aus der Haut. »Scheiße, verdammt! Ich hatte einen schlechten Tag und wollte einen Drink.« Sein Fluchen und die laute Stimme zogen die Aufmerksamkeit der anderen Gäste auf sich. Max warf einen schnellen Blick durch den Raum, schluckte und atmete tief durch. Als er wieder sprach, war er ruhiger, aber immer noch wütend. »Ich hätte es nicht tun sollen, aber ich hab's nun mal getan. Und ich weiß verdammt genau, dass ich nicht der Erste bin, dem das passiert ist. Du brauchst nicht so verflucht selbstgerecht dazusitzen, weil du genau dasselbe gemacht hast, das weißt du. Ich kann es nun mal nicht mehr ändern. Es ist, wie es ist.«

»Nein«, widersprach Tate. »Ist es nicht. Stimmt, ich hab auch Scheiße gebaut, kurz nachdem ich aus der Klinik kam. Und ich werde dir genau das Gleiche sagen, was mir mein Sponsor gesagt hat: *Du* hast die Wahl, Max. *Du* hast das Zeug dazu, gegen solche Tage wie gestern anzukämpfen. Du hast Menschen, die sich um dich sorgen, die das Beste für dich wollen, und du kannst es dir nicht leisten, das zu vergessen.«

Mit einem Seufzen kniff sich Max in den Nasenrücken. Das wusste er. Er wusste, dass er alle enttäuscht hatte; er wusste, dass es ein Rückfall war, nach Monaten voller Kampf und harter Arbeit. Es war nur so, dass seine Kraft an manchen Tagen einfach nicht ausreichte.

»Mach deine Brieftasche auf«, sagte Tate.

Zu benommen und müde, um zu fragen, warum, zog Max seine Brieftasche aus der Hose und reichte sie seinem Sponsor. Tate machte sie auf, nahm die fünf NA-Medaillen heraus, die Max bisher bekommen hatte, und arrangierte sie auf dem Tisch zu einem Kreis. »Die zeigen, wie weit du schon gekommen bist«, sagte er. Seine Stimme war nun leiser. »Die zeigen, welche Wahl du vor fünf Monaten getroffen hast, als du deine Sucht an den Eiern gepackt und gesagt hast: ›Scheiß auf dich, du Miststück, ich schaffe das, ich kämpfe dagegen an.‹«

Max ließ den Kopf in die Hände sinken. »Das ist manchmal schwer.«

Tate schnaubte. »Ach was! Es ist ständig schwer, Max. Ständig. Und es wird für den Rest deines Lebens schwer bleiben, weil es das ist, was wir als Süchtige zu überleben haben. Denkst du, ich hätte nicht immer noch schlechte Tage? Tage, an denen ich einfach nur meinen alten Dealer anrufen oder ein Rezept stehlen und mich zudröhnen will? Die habe ich.« Er starrte auf die Kaffeetasse in seinen Händen. »Aber dann erinnere ich mich daran, was ich damit meinen Eltern antun würde, meiner Familie und meinen Freunden. Mir selbst. Und genau das musst *du* auch tun.«

»Das habe ich getan«, murmelte Max. »Ich wusste, dass dieser Tag kommen würde. Ich habe die ganze Woche lang nicht geschlafen. Ich hatte Albträume, trotz meiner Medikamente. Ich habe zum ersten Mal wieder gemalt, seit ich hier bin. Ich bin laufen gegangen, habe versucht zu schlafen, zu lesen, ich habe Carter angerufen, Elliot, aber es war wie ein verdammter Mühlstein um meinen Hals. Ich konnte nicht atmen. Das Einzige, von dem ich wusste, dass es mir helfen würde, wäre Koks gewesen.« Er verzog das Gesicht zu einer Grimasse. »Also bin ich in die Bar gegangen und hab das Zweitbeste getan.«

Die Männer saßen schweigend da, beide erschöpft von ihren jeweiligen Kämpfen. »Max, das verstehe ich«, sagte Tate leise. »Und das weißt du auch. Aber solche Tage werden vorkommen. Sie knüppeln dich nieder, und du wirst dir verzweifelt wünschen, deine Medaillen wegzuwerfen. Aber, und das verspreche ich dir, eines Tages wirst du aufwachen und nicht mehr als Erstes an eine Line oder Pille oder irgendeine andere Art von Rausch denken. Du wirst etwas finden, das dich morgens aus dem Bett springen und sagen lässt: ›Na los, Leben, zeig mir, was du drauf hast, ich bin bereit.‹«

Max pulte ein Schokostückchen aus seinem Muffin und steckte es in den Mund. Grace hatte recht. Die waren gut, auch wenn man gerade mehr Alkohol als Blut in den Adern hatte.

»Versprich mir, dass du mich beim nächsten Mal anrufst, bevor du in eine Bar gehst, und nicht erst, wenn du wieder rausgehst«, drängte Tate.

»Beim nächsten Mal?«

»Da wird es noch viele geben, so viel steht fest.«

Und klang das nicht superlustig? Max nickte niedergeschlagen.

»Gut. Und jetzt ruf Elliot an wegen eines Notfalltermins.«

Mit offenem Mund starrte Max ihn an. »Das kann ich nicht. Heute ist Sonntag.«

»Als ob mich das interessieren würde. Außerdem habe ich ihn schon angerufen. Er erwartet dich und ist schon unterwegs. Na los.« Tate stand auf, eine Hand auf seinen Stock gestützt, in der anderen seinen Kaffee. »Ich fahre.«

Als Tate Max wieder bei der Pension absetzte, war es früher Sonntagabend. Die Sitzung mit Elliot war so hart gewesen, wie Max erwartet hatte, obwohl es ein Pluspunkt war, stärkere Schlafmittel verschrieben bekommen zu haben. Allerdings würde er schon allein wegen seines Katers, der ihn immer noch quälte, und wegen der Menge Burger in seinem Magen ohne Zweifel wie ein verdammtes Baby schlafen. Bevor er sich allerdings komplett angezogen wieder aufs Bett fallen ließ, musste er sich noch bei Grace entschuldigen, das wusste er. Er hatte sie mies behandelt und obwohl er sie nicht besonders gut kannte, war ihm klar, dass sie seine Laune nicht verdient hatte. Niemand hatte das.

Also klopfte er mit einem unbehaglichen Zucken in den Schultern und nervösem Grummeln im Bauch an ihre Tür.

»Einen Moment!«, rief Grace von drinnen.

Max wischte sich mit dem Handrücken über die Stirn und wartete.

Warum zum Teufel tat er sich das hier gleich noch mal an?

Ach ja.

Weil er ein Arschloch war.

Weil Elliot ihm erklärt hatte, wie wichtig es war, sich für seine Fehler zu entschuldigen, damit er ohne Bedauern durchs Leben gehen konnte.

Weil das Zwölf-Schritte-Programm der NA Süchtige lehrte, dass sie ihr Verhalten zugeben mussten.

Weil Grace ein nettes Mädchen war.

Die Tür öffnete sich schwungvoll und gab den Blick auf große grüne Augen frei, in die sofort Argwohn trat.

»Hey«, sagte Max, als sie stumm blieb.

Sie atmete heftig aus. Ihre Schultern sanken herab, und ihre Miene verhärtete sich.

Genau deshalb musste er sich entschuldigen.

»Hey.«

Unter ihrer finsteren Musterung trat Max unbehaglich von einem Fuß auf den anderen. Sein Blick wanderte von ihrem lockeren Pferdeschwanz über ihr ungeschminktes Gesicht und an ihrem Körper hinunter. Sie trug Laufklamotten, ein pastellrosa Trägertop und eine enge schwarze Laufhose, die sich auf eine Art an sie schmiegte, die verboten gehörte. Sie war barfuß, und der Nagellack auf ihren zierlichen Zehen passte zu ihrem Top.

»Ich, ähm … tut mir leid, wenn ich dich störe«, stammelte er. »Ich hoffe, du bist nicht beschäftigt, aber ich würde dir das hier gern geben.« Er hielt ihr einen Kaffeebecher-to-go und eine weiße Papiertüte hin.

Sie beäugte beides misstrauisch und verschränkte die Arme vor der Brust. »Und was soll das sein?«

Max zuckte mit den Schultern und hob den Kaffeebecher. »Ein Friedensangebots-Kaffee«, er hob die Tüte, »und ein Entschuldigungs-Muffin.«

Grace runzelte die Stirn, ohne eins von beidem zu nehmen. »Wofür entschuldigst du dich?«

Er seufzte, und seine Arme sanken unter dem Gewicht seiner Schuldgefühle herab. »Ich entschuldige mich dafür, ein schlecht gelauntes Arschloch zu sein. Ich hätte nicht so mit dir reden dürfen. Ich habe dich in eine wirklich blöde Situation gebracht und das hätte ich nicht tun sollen.« Mit einem schüchternen Lächeln hob er erneut seine Gaben.

Sie schien eine verdammte gefühlte Ewigkeit über seine Entschuldigung nachzudenken, bevor sie die Hand ausstreckte und beides mit einem leisen »Danke« entgegennahm.

»Gern geschehen«, antwortete er. Er schob die Hände in die hinteren Taschen seiner Jeans.

»Die hebe ich mir auf, bis ich wieder zurück bin.«

Er deutete mit dem Kinn auf ihr Outfit. »Gehst du joggen?«

»Ja.« Langsam kehrte die übliche Heiterkeit in ihre Stimme zurück. »Irgendwie muss ich die Schokoladenkalorien ja wieder loswerden.«

»Klar«, antwortete er. »Ich laufe auch. Da gibt es eine tolle Strecke unten am Fluss entlang.«

Ihre Miene wurde lebhaft, ihr Lächeln breit und verzückt. »Vielleicht kannst du sie mir zeigen. Ich habe gern Gesellschaft, wenn ich laufe, und ich muss die Gegend hier erst noch kennenlernen.«

Das Geräusch, das aus Max' Kehle kam, war kein gutes. »Da muss ich passen«, murmelte er. Verlegen scharrte er mit den Füßen über den Boden. »Ich fühle mich nicht so toll.«

Grace' Lächeln verschwand. »Ach ja. Nun, jeder, der so viel Whiskey schluckt, dürfte am nächsten Tag einen Mordskater haben.«

Max räusperte sich, um den betretenen Kloß in seiner Kehle loszuwerden. »Ja.«

»Und deine Freundin, ging es der heute Morgen auch mies?«

Max riss den Kopf so schnell hoch, dass er beinahe umgefallen wäre. Scheiße. Die Blonde. Natürlich hatte sie ihn mit ihr gesehen. Er hatte den Jungs gesagt, dass er kein Interesse daran hatte, mit irgendeiner was anzufangen, aber sie hatten nicht auf ihn gehört, was schon in Ordnung war. Nach dem siebten oder achten Drink hörte sich ein namenloser Fick auch für ihn ziemlich toll an.

»Ich hab nicht ... Nein, ich ... sie ist nicht ... wir haben nur rumgehangen. Es ist nichts ... es war nicht so.«

Er hatte keine Ahnung, warum er so rumfaselte oder warum er das Bedürfnis hatte, es ihr zu erklären. Um die Wahrheit zu sagen, *hatte* das Mädchen versucht, ihm an die Wäsche zu gehen, und er war ziemlich glücklich darüber gewesen, bis sie ihn auf den Mund küssen wollte und ihn Baby nannte. Da hatte seine Libido ziemlich schnell die Notbremse gezogen. Das war viel zu intim gewesen, zu nah an Erinnerungen, die er angestrengt auszulöschen versuchte. Außerdem hätte er bei den Litern Alkohol in seinem Kreislauf ohnehin keinen mehr hochbekommen.

Also hatte er sie nach Hause gebracht, sich eine Flasche Jack Daniels und eine Pizza geholt und auf den Rückweg in die Pension gemacht, von wo aus er Tate offensichtlich eine Million Mal angerufen hatte.

»Nun, danke dafür«, sagte Grace, seinem Blick ausweichend. »Ich weiß die Geste zu schätzen.«

Sie wandte sich zum Gehen, aber Max hielt die Tür mit der flachen Hand auf, was sie erschreckte. »Tut mir leid«, platzte er heraus. »Ich wollte nur ... ich bin mir sicher, morgen geht es mir besser. Dann könnte ich dir die Strecke zeigen. Wenn du willst. Wenn du nicht beschäftigt bist oder so.«

Was zum Teufel hatte diese Frau an sich, dass er bei ihr einen verdammten Knoten in der Zunge bekam? Und warum zum Teufel bot er ihr an, mit ihr zu laufen? Anders als sie liebte er die einsame Stille der Strecke, die er jeden Tag lief. Grace würde zweifellos die ganze Zeit über plappern und die Ruhe zerstören, die er so angestrengt festhalten wollte. Sie würde mit ihm reden wollen, und er wollte einfach nur laufen. Was zum Teufel hatte er sich dabei gedacht?

Sie blinzelte ein paarmal, bevor sich ihre Lippen zu einem weiteren Lächeln verzogen. »Hört sich gut an.«

Das ließ Max stutzen. Statt der Enttäuschung wieder ihr übliches sanftes Gesicht zu sehen, war es wert, einmal beim Laufen auf seine Ruhe zu verzichten.

»Na, also gut dann«, sagte er mit einem Nicken. Denn mal ehrlich, wie schlimm konnte es schon werden?

Sie trafen sich am nächsten Tag im Flur vor ihren Zimmern.

Verlegen trabten sie von der Pension aus los, wobei Max die Führung übernahm, durch die Seitengassen, den Wald und hinunter zum Fluss, der entlang der Stadt verlief. Seine Ohrhörer baumelten ungenutzt aus dem Ausschnitt seines T-Shirts. Er wollte nicht unhöflich sein und Musik hören, für den Fall, dass sich Grace unterhalten wollte, aber zu seiner Überraschung blieb sie an seiner Seite oder hinter ihm, wenn der Weg zu schmal wurde, still und konzentriert.

Und sie hielt mit ihm mit, Schritt für Schritt. Sie passte sich seinem Tempo an, und als sie anhielten, um etwas Wasser zu trinken, schien sie die Pause nicht so nötig zu haben wie er.

»Hier ist es wunderschön«, hauchte sie und ließ das hohe Blätterdach aus frischem Grün über ihnen auf sich wirken. »Da bin ich seit Monaten hier und hatte trotzdem keine Ahnung, dass das alles hier praktisch vor der Haustür liegt.«

»Ich bin gern hier draußen«, gestand Max, bevor er mit großen Schlucken sein Wasser trank. Das stimmte. Es war so ruhig, frisch und grün, besonders jetzt mitten im Frühjahr.

»Hier könnte ich ein paar fantastische Fotos machen.« Sie ließ ihre Hand hauchzart über das Moos an einem Baumstamm in der Nähe streifen.

Bevor Max überhaupt begriff, was sie tat, oder sie noch mehr über ihre Fotografie ausfragen konnte, langte sie in den Ausschnitt ihres Tops und zog ihr Handy hervor. Fasziniert stand er da und starrte sie mit offenem Mund an. »Hast du das gerade aus deinem BH gezogen?«

»Und noch dazu ist es ein Sport-BH, das ist alles andere als bequem, das kann ich dir sagen. Das Logo habe ich mit Sicherheit noch tagelang als Abdruck auf der Brust.« Grace lachte prustend über Max' sprachlosen Gesichtsausdruck und machte sich daran, Bilder von den Bäumen, Spinnweben und Blumen zu knipsen.

»Kann man mit dem Ding denn gute Fotos machen?«, fragte er und kratzte sich am Kopf, während er versuchte, das Bild loszuwerden, wie Grace in ihrem BH kramte, zwischen ihren mit einem Logo verzierten Brüsten. Himmel, sie war schon was Besonderes. Schlimm genug, sie in diesen hautengen Klamotten laufen zu sehen. Und natürlich hieß schlimm gut, nichts als kurvige, sanfte Rundungen, schlanke Beine und …

»Sie werden nicht schlecht«, antwortete sie, während sie sich bückte, um ein Foto von … irgendwas zu machen. »Aber das ist eher, um mir eine Vorstellung von Licht und Farbe zu geben. Ich komme noch mal mit meiner richtigen Kamera her.«

Fünf Minuten später liefen sie weiter. Ihr Tempo war gut, und keine Stunde später waren sie schon wieder auf dem Rückweg in die Stadt. Als Grace plötzlich aufkeuchte, blieb Max stehen und drehte sich um. Sie hielt sich die rechte Seite, dann die Hüfte und zuckte dabei zusammen.

»Alles okay?« Er trabte zu ihr zurück.

Sie winkte ab. »Ja, ja. Ich hab nur … ich habe eine alte Verletzung, die sich manchmal bemerkbar macht. Das geht schon wieder vorbei. Na los, lauf weiter, ich finde von hier aus schon wieder zurück.«

»Schon okay«, beruhigte er sie. »Für heute hab ich mein Pensum erfüllt. Es macht mir nichts aus, mit dir zurückzugehen.«

Den Rest des Wegs zurück zur Pension gingen sie in gemächlichem Tempo. Max hörte zu, wie Grace von ihrem Job im Whiskey's schwärmte, wie wichtig es ihr war, einen Job zu haben, und wie begeistert sie wegen des Hauses und über den Fortschritt der Bauarbeiten war. Während er ihr zuhörte, fragte er sich, wie sie eigentlich so viel Freude und Glück in allem finden konnte. Er hatte noch nie jemanden getroffen, der so viel Positives in den alltäglichen Dingen sah. Sogar sein mieses Verhalten schien bereits wieder vergeben und vergessen zu sein.

Ihre Sicht auf die Dinge war erfrischend und, das musste Max zugeben, ansteckend. Er ertappte sich dabei, dass er lächelte, während sie redete und wild gestikulierend beschrieb, wie sie ihr Haus einrichten und dekorieren wollte. Ohne ihre Hände würde sie zweifellos kein Wort herausbringen.

»Vielleicht könnte ich ja eins *deiner* Gemälde kaufen«, bemerkte sie. »Einen echten Max. Ich könnte ihm einen Ehrenplatz im Wohnzimmer geben.«

Max rieb sich nervös den Nacken. »Vielleicht.«

»Was malst du denn?«, fragte sie, nicht neugierig, sondern interessiert. Sie hielt den Blick auf den Weg vor ihnen gerichtet.

»So Zeug eben«, erwiderte er verdrießlich. Als er ihren genervten Blick bemerkte, fügte er hinzu: »Ich lasse dabei Dampf ab. Über Dinge, die ich durchgemacht habe. Als ich in … in der Entzugsklinik war, hab ich an Kunsttherapiesitzungen teilgenommen. Das hat mir geholfen, mich auszudrücken, was ich in der Gruppe oder bei meinem Seelenklempner nicht konnte.«

Max war selbst erstaunt über diesen Schwall an Informationen und darüber, dass er sich nicht verletzlich fühlte, weil er sie mit Grace teilte. Schließlich kannte er sie gar nicht so gut, und sich so offen mitzuteilen war neu für ihn. Sie antwortete nicht, aber sie sah sehr aufmerksam aus, wie immer, wenn er sprach.

»Es ist großartig, dass du das als Ventil hast«, sagte sie schließlich.

Sie erreichten die Pension, stiegen die Treppe zum ersten Stock hoch und blieben vor ihren Zimmertüren stehen, plötzlich wieder unruhig und verlegen.

»Es hat mir heute gefallen«, sagte Grace und tippte mit dem Finger auf ihren Türgriff. »Danke.«

»Mir auch«, antwortete Max, und eigenartigerweise war das die Wahrheit.

»Das müssen wir mal wieder machen.«

»Gern.«

»Vielleicht morgen?«

»Warum nicht? Also morgen.«

14

Tatsächlich liefen sie nicht nur am nächsten Tag miteinander, sondern auch am Tag darauf und am Tag darauf und am Tag darauf. An jedem Nachmittag der nächsten zwei Wochen, sobald Max auf der Baustelle fertig war, oder am Vormittag, bevor Grace zur Arbeit in die Bar ging, liefen sie dieselbe Strecke durch den Wald und am Fluss entlang. Sie liefen, Grace fotografierte noch ein wenig, und sie redeten, aber nie über irgendetwas zu Tiefgreifendes oder Ernstes. Es war lockeres Geplänkel und es machte Spaß.

Im Laufe der Tage erfuhr Grace, dass Max fast sein ganzes Leben lang in New York gelebt hatte. Sein bester Freund würde Ende des Sommers heiraten, und Max würde Trauzeuge sein. Er liebte Autos und besaß eine Autowerkstatt, spielte Akustikgitarre, mochte Rockmusik und trotz seiner Bescheidenheit, was künstlerische Talente betraf, kannte er sich besser mit Farben und Techniken aus, als er sich anmerken ließ. Sie wusste, dass seine Eltern tot waren, bohrte aber nicht nach Einzelheiten und mied alles, was mit seinem Entzug zu tun hatte, obwohl sie den Namen seines Therapeuten kannte, und er redete oft von seinem Sponsor Tate.

Seit er an ihre Tür geklopft und sie mit seiner Entschuldigung und einem Schokoladenmuffin völlig überrumpelt hatte, hatte Grace angefangen, die sonnigere Seite von Max O'Hare zu sehen. Mit jedem Tag, der verging, wurde er weniger düster und entspannte sich mehr, und das Lächeln, das ihr so gefiel, kam müheloser. Außerdem gefiel es ihr, ihn zum Lachen zu bringen – der Klang legte sich jedes Mal wie eine herzliche Umarmung um sie –, und sie bemühte sich, es so oft wie möglich zu hören. Er sah so viel jünger aus, wenn er lachte, weniger vom Leben niedergedrückt.

Anders als andere Männer, denen sie seit ihrem Ex begegnet war, war sie in seiner Gegenwart nicht ängstlich. Im Gegenteil, wenn sie mit Max zusammen war, fühlte sie sich ruhig und sicher. Sie konnte nicht bestreiten, dass der Abend in der Bar, an dem er sich so aggressiv verhalten hatte, schrecklich gewesen war. Aber je mehr Zeit sie mit ihm verbrachte, desto mehr verstand sie, wie untypisch diese Stimmung für ihn gewesen war. Sie wusste nur zu gut, wie unberechenbar und sprunghaft die Stimmungsschwankungen von Süchtigen sein konnten, und wenn Max und sie Freunde werden wollten, dann musste sie darauf vorbereitet sein.

Vielleicht *war* sie verrückt, weil sie ihn besser kennenlernen wollte, genau wie Kai ihr am Telefon vorgehalten hatte, als sie Max erwähnt hatte. Vielleicht *war* sie masochistisch veranlagt, weil sie sich wieder mit einem Mann abgab, der ein Drogensüchtiger auf dem Weg der Besserung war. Aber sie verspürte einfach weder Sorge noch Bedenken. Um die Wahrheit zu sagen, sie mochte ihn. Er war gut aussehend, witzig und ehrlich.

Eines Nachmittags, als sie noch mehr Fotos von ihrem Haus machte, das nur noch wenige Wochen vor der Fertigstellung stand, ertappte sie sich dabei, dass sie ihn beobachtete, wie er sich bewegte. Wenn er joggte, waren sein Kiefer hart, seine dunklen Augen konzentriert, und seine muskulösen Arme und Beine bewegten sich mit Schnelligkeit und Präzision. Auf der Baustelle dagegen waren seine breiten Schultern lockerer, und seine Hüften ebenso. Er war anmutig, leichtfüßig und zugegebenermaßen verteufelt sexy.

Wenn er sie sah, nickte er ihr zu, ein vertrauter Gruß, der Grace jedes Mal zum Lächeln brachte. Er verhielt sich ihr gegenüber zwar nicht mehr so gleichgültig wie früher, aber immer noch höflich distanziert. Und das gefiel Grace. Es gefiel ihr zu wissen, dass sie Zugang zu einer anderen Seite von ihm hatte, wenn sie beide unter sich waren. Es gefiel ihr, dass sie etwas hatten, das nur ihnen gehörte und niemandem sonst. Ihre täglichen Treffen waren zwar kein Geheimnis, aber falls jemand etwas davon mitbekommen sollte, würde er annehmen, dass da etwas zwischen ihnen lief. Etwas Schmutziges und Unzüchtiges, und das würde alles verderben.

»Das ist aber ein hübsches Lächeln«, bemerkte Deputy Yates von seinem Barhocker aus, als sie ihm an diesem Abend im Whiskey's ein Bier einschenkte. »Für wen ist es denn?«

Grace zuckte mit den Schultern, während sie das Glas vor ihm abstellte. »Das Leben ist im Moment einfach nur schön«, erwiderte sie. »Mein Haus sieht fantastisch aus, und ich habe ein paar tolle neue Freunde.«

Der Deputy nickte und nahm einen Schluck von seinem Bier, was eine dünne weiße Schaumlinie auf den Barthaaren seiner Oberlippe hinterließ. »Du scheinst diesen O'Hare ziemlich zu mögen. Ich habe euch letzte Woche zusammen im Café gesehen.«

Grace seufzte. »Ja, er ist ein netter Kerl«, bemerkte sie beiläufig.

»Und ob er ein netter Kerl ist!«, klang eine rauchige Stimme vom anderen Ende des Tresens herüber. »Und verdammt heiß noch dazu. Ich kann die zweite Runde mit dem Mann kaum erwarten.«

Die blonde Frau, mit der Max das Whiskey's verlassen hatte, stützte die Ellbogen auf den Tresen. Ihre Lippen waren in einem leuchtenden Rot geschminkt, das ihre Haut blass aussehen ließ. Sie lächelte Grace auf eine Weise an, die weder nett noch echt war. Es war eher ein spöttisches Grinsen, bei dem Grace unwillkürlich den Rücken straffte. Blondie lehnte sich auf ihre Unterarme gestützt vor, sodass sich ihre Brüste zusammenschoben und einen tiefen Einblick boten. In ihrem engen Trägertop und der noch engeren Jeans war sie ganz und gar Sex und Leidenschaft ohne Tabus. Sie war alles, was Grace nie sein würde.

Deputy Yates schnaubte. »Herrje, Fay, du änderst dich wohl nie. Er ist kein netter Kerl. Ich traue ihm nicht.«

Aber Grace hörte ihm gar nicht zu.

Sie war zu sehr damit beschäftigt, das Bild von Max und Fay aus ihrem Kopf zu löschen, das sich ihr rücksichtslos aufgedrängt hatte. Eifersucht durchzuckte sie, verkrampfte ihr den Magen und schnürte ihr die Brust zu. Sie lehnte sich an das Spülbecken hinter dem Tresen und atmete tief durch. Es war schließlich nicht so, dass sie eifersüchtig war, weil Fay mit Max zusammen gewesen war. Nein, das war es nicht. Grace war verdammt sicher, dass er schon haufenweise Frauen gehabt hatte – der Mann konnte nichts dafür, dass er so umwerfend war.

Es war der Gedanke, dass er mit einer Frau zusammen gewesen war, die ihn befriedigen konnte, die ihm eine Nacht schenken konnte, die er nicht vergessen würde. Mit einer Frau, die nicht in Tränen ausbrechen würde, sobald er versuchte, sie intim zu berühren, oder völlig erstarrte, wenn er sie festhielt. Einer Frau, die ihn leidenschaftlich reiten, die Kontrolle übernehmen und ihm erlauben würde, dasselbe zu tun. Sie war neidisch auf Fay und den puren Sex, den sie ausstrahlte, und darauf, wie offen sie ihn auslebte, ohne sich zu entschuldigen.

Es war so unfair. Es war unfair, dass ein einziger Mann, ein Mann, dem sie vertraut, den sie geliebt, ja sogar vergöttert hatte, ihr alles an sexuellem Selbstvertrauen genommen hatte, das sie je besessen hatte. Er hatte es ihr gewaltsam und besitzergreifend entrissen und dabei innere und äußere Narben hinterlassen.

Nein. Grace wusste, dass sie sich nie mit einer Frau wie Fay würde messen können.

Und das tat weh.

Es tat immer wieder von Neuem weh.

Max wusste, dass etwas mit Grace nicht stimmte, noch bevor sie am nächsten Morgen zu ihrer Laufrunde starteten. Sie wirkte so abwesend, in Gedanken verloren, was sie verstörend stumm machte. Er hatte sie beim Aufwärmen gefragt, ob alles okay war, und sie hatte genickt, aber er war nicht überzeugt. Sie sah … traurig aus. Das Smaragdgrün ihrer Augen wirkte weniger leuchtend, wie durch ihre Gedanken getrübt.

Sie liefen ihre Strecke wie immer, hielten an, um Wasser zu trinken, und joggten weiter. Doch es kamen von ihr keine Ausrufe über die Farben oder die Schönheit des Waldes wie sonst. Sie kramte nicht einmal in ihrem BH herum und holte ihr Handy hervor, um Fotos zu machen, was für Max inzwischen unbestreitbar zum Highlight des Tages geworden war.

Irgendetwas war ganz und gar nicht in Ordnung.

Er verlangsamte sein Tempo zu einem zügigen Gehen und wartete, bis sie es bemerkte und mit fragender Miene stehen blieb.

»Ist alles in Ordnung?« Sie musterte ihn von Kopf bis Fuß, um nach einer Verletzung zu suchen.

»Es geht mir gut«, antwortete er. »Ich hatte mir nur gedacht, vielleicht könnten wir heute mal einen Gang höher schalten. Ich kenne eine andere Strecke, die wir noch nicht gelaufen sind.«

Sie schaute sich um und zuckte mit den Schultern. »Okay.«

Max setzte sich wieder in Bewegung, verließ den Feldweg

und wandte sich tiefer in den Wald. Er kannte die Strecke, die er schon als Kind erforscht hatte, wie seine Westentasche. Sicher sprang er über umgestürzte Bäume und Pfützen vom Regen der letzten Nacht und wich den dicken Ästen aus, die nach ihnen zu greifen schienen, als sie vorbeiliefen. Je tiefer sie sich hineinwagten, desto dunkler wurde es. Das Blätterdach der Bäume schirmte die Sonne ab, wodurch es kühler und auch unheimlicher wurde.

»Max«, keuchte Grace neben ihm. »Wo zum Teufel laufen wir hin?«

»Wart's ab«, rief er zurück. »Na komm schon.«

Sie liefen noch ein paar Minuten weiter, bis Grace plötzlich aufschrie und abrupt stehen blieb, atemlos und verschwitzt. Ihr Blick schnellte unruhig umher.

»Wo bringst du mich hin, Max?«, fragte sie nachdrücklich. Nervös trat sie von einem Fuß auf den andern. »Ich habe keine Ahnung, wo wir sind! Das ist nicht witzig.«

Bei jeder anderen spärlich bekleideten, heißen Frau mit ihm allein im Wald hätte Max gescherzt, er wäre ein Kidnapper, der darauf brannte, über sie herzufallen. Aber etwas an ihrem Ton und dem nervösen Zittern in ihrer Stimme warnte ihn, dass das vermutlich keine gute Idee war.

Beschwichtigend hob er die Hände. »Es ist alles in Ordnung. Wir sind fast da. Schau.«

Er drehte sich um und zeigte zwischen die Bäume, durch die Sonnenlicht und das schwache Geräusch von fließendem Wasser drang. Max musterte Grace aufmerksam. Er sah die Anspannung in ihrem Nacken, die Vorsicht in ihrem Gesicht, und empfand augenblicklich Reue. Sie waren gerade erst dabei, einander kennenzulernen, und da ging er, ein Drogensüchtiger, einfach her und schleppte sie in einen tiefen, dunklen Wald. Kein Wunder, dass sie ausflippte.

»Scheiße, ich wollte dir keine Angst machen oder so was. Ich wollte dir nur etwas zeigen.«

Grace sah ihn einen Augenblick lang an, bevor sie sich mit der Hand übers Gesicht fuhr und geräuschvoll ausatmete. »Nein. *Mir* tut es leid. Ich … Es liegt nicht an dir. Ich bin nur … Beachte mich einfach gar nicht.«

Max nickte. »Es ist gleich hier entlang.«

Grace hob die Hand. »Dann lauf voraus.«

Max tat wie gebeten und lief noch ein Stück voran durchs Unterholz, dann schob er ein paar Zweige zur Seite, und sie traten hinaus auf eine Lichtung. Zwischen vereinzelten hohen Bäumen war der Boden mit kleinen gelben Blumen übersät, die in der leichten Brise wippten, und an der gegenüberliegenden Seite entlang verlief das Flüsschen und erfüllte die Luft mit seinem Plätschern und Gurgeln, während es den Hügel hinabströmte, den sie erklommen hatten.

»Wo sind wir hier?«, keuchte Grace an seiner Seite. Ihr Blick blieb an den Überresten einer steinernen Hütte hängen. Fenster, Türen und Dach des kleinen, nur aus einem Raum bestehenden Gebäudes waren bereits den Elementen zum Opfer gefallen, und sie sah aus wie aus einem Disneymärchen entsprungen.

»Ist es nicht toll hier?«, fragte Max. »Die Hütte habe ich entdeckt, als ich in den Ferien mit meinem Dad hier war. Ich glaube, sie wurde schon vor langer Zeit von allen vergessen, zusammen mit deinem Haus.« Er deutete in die Ferne. »Das übrigens nur zehn Minuten von hier entfernt liegt.«

Ihre Augen wurden groß, und das vertraute Funkeln kehrte zurück. »Machst du Witze?«

Max kicherte. »Ich dachte, es könnte dir hier gefallen, weißt du. Um paar coole Fotos zu machen oder was auch immer.« Er rieb sich den Nacken, weil die Erkenntnis, etwas Nettes für einen anderen Menschen getan zu haben, ungewohnt auf seiner Haut kribbelte.

Ihre Hand berührte leicht seinen Unterarm. »Es ist unglaublich.«

Grace wanderte zwischen den Blumen und Bäumen umher, berührte sie, erkundete die Ruine und tauchte die Füße in den Fluss. Max saß auf einem umgestürzten Baumstamm und trank sein Wasser, während er lächelnd dabei zusah, wie ihre ansteckende Freude schleichend zurückkehrte. Er grinste, als sie mit viel Trara ihr Handy aus dem BH zog, ein Foto nach dem anderen machte und sich fest vornahm, mit ihrer Nikon wiederzukommen. Die Arme hinter sich auf den Stamm gestützt lehnte er sich zurück, hob das Gesicht in die warme Maisonne und ließ die Ruhe und Stille in seine Knochen dringen.

»Findest du mich eigentlich attraktiv?«

Stirnrunzelnd öffnete er langsam ein Auge. »Wie bitte?«

Grace stand am Fluss, die Arme locker an den Seiten hängend, und sah mehr als unbehaglich aus. »Findest du mich attraktiv, ja oder nein?«

Max machte beide Augen auf und räusperte sich. »Ist das eine Fangfrage?«

»Keine Fangfrage.«

Max war sich da nicht so sicher. »Es klingt aber nach einer Fangfrage.«

»Wir sind doch Freunde, oder?«

Er lehnte sich nach vorne und stützte die Ellbogen auf seine nackten Knie. »Ähm, denke schon.«

»Okay, gut. Ich möchte nämlich, dass du ehrlich zu mir bist.«

Mit einem ungläubigen Lächeln stieß Max den Atem aus. »Ich bin mir nicht sicher, ob ich deine Frage beantworten kann, ohne *irgendetwas* Falsches zu sagen.«

Er wusste, wie Frauen tickten. Sie würde mindestens eine

Sache an seiner Antwort finden, die ihr nicht gefiel. Außerdem wollte er nicht wie ein sexistisches Schwein rüberkommen, was beinahe unvermeidlich war, wenn er sie so ansah, mit ihren Laufklamotten, dem unschuldigen Gesicht und ihrer wunderschön glänzenden Haut.

Grace kam auf ihn zu. »Okay. Lass mich das umformulieren. Würdest du Sex mit mir haben?«

Also *das* war eine Frage, die sofort die volle Aufmerksamkeit seines Körpers hatte. Unvermittelt war er froh, dass er lockere Laufshorts trug. Scheiße. Er verlagerte ein wenig seine Sitzhaltung. »Was? Bist du … warum fragst du mich das?«

Sie zuckte die Schultern. »Nur aus Neugier.« Sie verschränkte die Arme. »Schon okay, wenn es nicht so ist. Das verstehe ich.«

Max stieß ein kurzes Lachen aus. »Mein Gott. Frauen! Da hab ich noch nicht einmal geantwortet, und du nimmst schon das Schlimmste an.«

»Nun ja, ich bin nicht wie Fay aus der Bar«, wandte sie ein. »Also kann ich es verstehen, wenn du mich nicht auf dieselbe Weise willst, wie du sie wolltest.«

Ihre Worte waren weder trotzig noch bitter, ohne jede Spur von Eifersucht. Sie klang resigniert, als akzeptiere sie einfach, was sie für die Wahrheit hielt, und das ließ Max stutzig werden. Wie konnte sie den Mist nur glauben, den sie da verzapfte?

Er stand auf und trat zwei Schritte auf sie zu. »Nein. Du bist ganz und gar nicht wie Fay. Und dem Himmel sei dank dafür.«

Überraschung erhellte ihre Augen.

»Und nur damit das geklärt ist«, fügte er hinzu. »Ich wollte sie nicht, und ich hatte auch keinen Sex mit ihr.«

Verblüfft starrte Grace ihn an. »Hattest du nicht?«

Max schüttelte den Kopf. »An deiner Stelle würde ich nicht alles glauben, was du hörst.«

»Aber sie ist so sexuell«, stieß Grace hervor. »Und ihre Brüste sind fantastisch.« Sie sah aufrichtig perplex aus.

Max lachte schnaubend. »Das stimmt, aber erstens war ich viel zu besoffen, und zweitens finden Kerle alle Brüste fantastisch, besonders wenn sie ein Handy-Logo eingeprägt haben.«

Er wusste, wie seine Bemerkung klang, doch das Lachen, das aus Grace herausplatzte, machte sein Unbehagen völlig wett.

»Warum willst du das alles eigentlich auf einmal wissen?«, fragte er und hob die Schultern. »Ich dachte, zwischen uns wäre alles cool so, wie es ist.« Max war klar, dass er schnellstens die Notbremse ziehen musste, falls sie mehr von ihm wollte.

»Ist es auch«, bekräftigte Grace. »Oh Gott, das hier«, sie wedelte mit der Hand zwischen ihnen hin und her und schloss dann ihre Umgebung mit ein, »ist einfach großartig. Ich finde es toll, mit dir zu laufen und rumzuhängen, es ist nur …«

Max wartete, während ihr Mund sich unentschlossen verzog. Sie hatte einen tollen Mund.

Er rutschte unruhig umher. »Hör mal«, hob er an, weil er spürte, welche eigenartige Wendung ihre Freundschaft nehmen könnte. »Ich will offen zu dir sein: Ich bin nicht annähernd in der Verfassung, *irgendeiner* Frau eine Beziehung anzubieten. Ich bin völlig im Arsch. Ich habe ernste Bindungs- und Vertrauensprobleme. Ich bin ein Drogensüchtiger. Ich kämpfe jeden Tag darum, clean zu bleiben, und mich auf eine Beziehung mit jemandem einzulassen wäre für keinen von beiden fair.«

Ein kleines V trat zwischen Grace' Brauen. »Wer hat was von einer Beziehung gesagt? Ich hatte von Sex gesprochen.«

Lachend kniff Max sich in den Nasenrücken. »Auch wieder wahr.« Er sah ihr ernst in die Augen. »Aber trotzdem würde ich keinen Sex mit dir haben.« Der Mann in ihm schlug ihm sofort mit einem »Spinnst-du-Alter?« auf den Hinterkopf. Bevor

Grace noch niedergeschlagener aussehen konnte, gestand er: »Ich finde dich sehr, sehr attraktiv.«

»Wirklich?«

»Du hast doch einen Spiegel, oder?«

Sie lächelte schwach. »Aber trotzdem würdest du …«

»Weil du was Besseres verdient hast«, unterbrach er sie. »Du hast mehr verdient als irgendein Arschloch wie mich, das dir nichts als einen unverbindlichen Fick geben kann. Du verdienst jemanden, der dir mehr bietet und dich gut behandelt.« Er schüttelte den Kopf. »Das kann ich nicht. Dazu bin ich im Moment nicht fähig.« Er schluckte das Bedauern hinunter. »Ich glaube nicht, dass ich je wieder dazu fähig sein werde.«

Grace starrte ihn einen Augenblick lang an und suchte in seinem Gesicht nach Antworten, um die Lücken in seiner Vergangenheit zu füllen. Ihr Blick stellte komische Dinge in seiner Brust an. »Okay. Danke, dass du so ehrlich zu mir bist«, murmelte sie. »Das weiß ich zu schätzen.«

Er nickte knapp. »Klar.«

Sie rieb die Hände aneinander, dann setzte sie sich in Richtung ihres Hauses in Bewegung. »Aber jetzt weiß ich wenigstens, zu wem ich gehen kann, wenn ich einen unverbindlichen Fick will, stimmt's?«

Grinsend schaute Max ihren übertrieben schwingenden Hüften hinterher.

Verdammtes Weibsstück.

Das Whiskey's war voller, als Max es seit seiner Ankunft in der Stadt je erlebt hatte. Rubys Kollege Buck feierte seinen dreißigsten Geburtstag, und sie hatte Max eingeladen, mit ihnen zu feiern. Es war ein paar Wochen her, dass er seine Strähne der Enthaltsamkeit unterbrochen hatte, und seitdem hatte er die Bar und die zaghaften Einladungen seiner Freunde und Familie gemieden. Aber obwohl er ein sturer Mistkerl war, wusste er, dass er das Unvermeidliche nicht länger hinauszögern konnte. Er mochte die Atmosphäre des Ladens, er mochte die Leute darin und genoss es, Zeit mit seinem Onkel zu verbringen. Das Geplänkel mit ihm und das fantastische Essen lenkten ihn auf jeden Fall von den Verlockungen hinter der Bar ab.

Sein Blick glitt hinüber zu Grace, die gerade den Kronkorken von der Bierflasche eines Gastes hebelte, und räusperte sich.

Zu verdammt verlockend.

Um sich abzulenken, setzte sich Max zu seiner Cousine, ihrem Mann und ihren Freunden und hörte zu, wie sie sich in Erinnerungen an Buck als Kind ergingen, an sein alles andere als glänzendes Betragen in der Schule und seinen *Star-Wars*-Spleen.

Max trug Anekdoten über Ruby als Teenager bei, wofür er verlegene Klapse von ihr kassierte, sehr zur Freude von Onkel Vince, der das Ganze mit Begeisterung ausschmückte. Max schlürfte seinen Orangensaft, lächelte über die Geschichten, die er hörte, und versuchte sich nicht zu fragen, warum sein Blick immer wieder zurück zur Bar wanderte, wo Grace lächelnd Bier zapfte, Getränke und Essen servierte und allgemein einfach reizend aussah.

Es war zwei Tage her, dass sie ihn gefragt hatte, ob er sie attraktiv fand, und seit zwei Tagen dachte er über ihr Gespräch nach. Es hatte ihn völlig überrumpelt, obwohl es ihn im Nachhinein betrachtet eigentlich nicht überraschen sollte, nachdem er die Bar eng umschlungen mit Fay verlassen hatte.

Er hasste sich selbst dafür.

Er hasste es, dass Grace glaubte, weniger attraktiv zu sein als Fay – die ihn wie ein Raubtier von ihrem Platz in der Nähe des Billardtischs aus beobachtete. Zudem war er aufrichtig verblüfft, dass Grace nicht wusste, wie heiß sie war. So sehr sich Max sexuell auch distanzierte und ihre Beziehung so platonisch wie möglich hielt, er war nicht immun gegen Grace' Anziehungskraft.

Gott.

Noch vor einem Jahr hätte er sich einen Dreck um ihre Gefühle, seine Gefühle oder irgendetwas anderes geschert als um die Chance, sie ins Bett zu bekommen, auf den Rücksitz seines Wagens oder auf den Schreibtisch im Büro seiner Werkstatt. Aber nun war die Lage anders.

Seit seinem Entzug und dem Klinikaufenthalt hatte er Gefühle. Er wusste, dass auch Grace Gefühle hatte, und so sehr sie auch versichert hatte, dass sie nichts als Sex von ihm wollte, wusste er, dass keine Frau so schwarz oder weiß empfand. Es gab immer eine Grauzone, in der jemand verletzt, in der jemand enttäuscht werden konnte. Max war ein Typ gewesen, der von einer zur Nächsten gegangen war, ohne sich darum zu kümmern, was die Frauen empfanden oder wen er dabei verletzte. Er vögelte, um zu vergessen, und dadurch vergaß er, was seine Bettgefährtinnen fühlten oder wollten. Er war ein Arschloch gewesen.

Aber dieser Mann war er nicht mehr.

Grace gehörte zu den Guten. Sie strahlte nur so vor Optimismus, und das durfte er nicht nehmen. Wie er ihr schon gesagt hatte, verdiente sie mehr. Sie verdiente es, wie eine Königin behandelt zu werden, von einem Kerl, der nicht völlig kaputt war, der nicht ständig an seinen nächsten Trip dachte. Sie verdiente einen Mann, der vierundzwanzig Stunden am Tag an *sie* dachte, der sie zum Lachen brachte.

Grace plauderte an die Bar gelehnt mit Deputy Yates, der wie immer aussah, als wollte er gleich über sie herfallen. *Wichser.*

Max überlegte. Wenn er zwei Tage zurückdrehen und Grace'

Frage noch einmal beantworten könnte, würde er mit ihr schlafen?

Und ob, verdammt!

Natürlich würde er das.

Verflucht, er würde sie vögeln, bis sie schrie. Er würde es in jeder Stellung mit ihr treiben, die ihm einfiel. Er würde ihren Geschmack kosten und ihre Haut so zum Glänzen bringen, wie sie es tat, wenn sie joggten. Er würde ihr zusehen, wie sie kam, wohl wissend, dass es unglaublich sein würde, und dann würde er alles noch mal machen, bis sie ihn anflehte, aufzuhören. Grace war die Art von Frau, die es verdient hatte, durch und durch befriedigt zu …

»Alles okay bei dir?« Ruby schmunzelte in ihre Bierflasche hinein, da sie ganz genau wusste, wen Max angesehen hatte.

»Ja, mir geht's bestens«, antwortete er, ohne ihren anzüglich wackelnden Augenbrauen Beachtung zu schenken.

Buck schnaubte. »Klar geht's ihm bestens, er beobachtet schließlich RiRi.« Er stand auf und fing an, sich auf den wackelnden Hintern zu schlagen und dabei schief zu singen: »Bitch, better have my money!«

Alle lachten. Ruby verdrehte die Augen, bevor sie sich an ihren Mann schmiegte. »Ach, ihr Kerle.«

»Sie ist echt heiß, Ruby«, sagte Buck, während er sich wieder setzte, dann raunte er an Max gewandt: »Hab ich nicht recht?«

Max antwortete nicht, weil er plötzlich die Spitze seines Stiefels ungeheuer interessant fand.

»Ich würd' mit ihr schick essen gehen und ihr dann den prächtigen Hintern versohlen«, fuhr Buck fort. »Und dann mach ich's mit einem Kuss drauf wieder gut.«

Alle am Tisch kicherten. Max war klar, dass Buck völlig harmlos war, dennoch regte sich bei seinen Worten Unbehagen in seinem Bauch.

Buck setzte sich auf, ohne die Bar aus den Augen zu lassen. »Ich sollte sie fragen, ob sie mit mir ausgeht.«

»Lass es, Buck«, lachte Ruby. »Du bist betrunken.«

Buck stand auf und zog im Versuch, sich präsentabel zu machen, am Saum seines Black-Sabbath-T-Shirts. Dann fuhr er sich mit den Fingern durchs schulterlange blonde Haar und bahnte sich leicht schwankend seinen Weg hinüber zur Bar. Max und der ganze fünfzehnköpfige Rest der Gruppe sahen in erwartungsvoll gedämpftem Schweigen zu, wie Buck Grace anlächelte und sie das Lächeln erwiderte. Einen Moment später gab er ihr etwas Geld. Grace nahm es und gab ihm dafür etwas, das wie ein Stück Papier aussah. Max hoffte irgendwie, dass es nicht ihre Telefonnummer war. Buck zwinkerte ihr zu und ging wieder zurück zum Tisch.

»Was zum Teufel?«, rief Josh ungläubig aus.

»So behandelt man eine Frau, guter Mann!«, antwortete Buck mit einem breiten Lächeln, während er das Papier faltete, das Grace ihm gegeben hatte, um dann damit vor Joshs Nase herumzuwedeln.

Offensichtlich beeindruckt stieß Josh ein hüstelndes Lachen aus. »Ist das ihre Telefonnummer? Hast du sie wirklich gefragt, ob sie mit dir ausgeht?«

Jegliche Prahlerei verpuffte, als Buck sich wieder auf seinen Stuhl fallen ließ und den Zettel hochhielt. »Das hab ich versucht, aber dann hat sie mich gefragt, was ich will, also«, er faltete den Bon auseinander, »hab ich ein paar Chickenwings für unseren Tisch bestellt.«

Sogar Max lachte schallend.

Es war lange her, dass er ohne die Hilfe irgendwelcher illegalen Substanzen so viel Spaß gehabt hatte. Er war nüchtern und clean, und es fühlte sich gut an. Seine anfänglichen Bedenken, sich wieder in der Bar aufzuhalten, waren in der entspannten Atmosphäre verflogen. Im Verlauf des Abends wurde Buck immer betrunkener, und je mehr er trank, desto lustiger wurde er. Er spielte einen Rocksong nach dem anderen auf der Jukebox, was Max nur recht war, und tanzte auf seinem Stuhl, obwohl ihm immer wieder gesagt wurde, er solle es lieber bleiben lassen. Er schnallte sich seinen Gürtel um die Stirn, gab eine beeindruckende und energiegeladene Luftgitarreneinlage zum Besten und grölte jedes Wort zu jedem Led-Zeppelin-Song mit, der gerade lief.

»Sieht aus, als hätte er Spaß«, bemerkte Grace, als sie Max einen weiteren Orangensaft reichte.

Er lächelte, während Buck um den Billardtisch herumhüpfte, sich dabei jede Frau schnappte, die ihm über den Weg lief, und wirbelnd mit ihr durchs Lokal tanzte. »Der wird morgen einen gewaltigen Brummschädel haben.« Max nippte an seinem Getränk und wandte sich wieder zu Grace um, die auf seiner Seite der Bar leere Gläser einsammelte. »Wie geht's dir?«, fragte er.

»So la la. Müde. Ich schlafe zurzeit nicht besonders gut.«

Ihre Augen weiteten sich ein wenig, als habe sie zu viel gesagt. Max nickte nur, weil er nichts sagen wollte, was sie noch verlegener machen würde. Sie nahm das Geschirrtuch, das in ihrem Hosenbund steckte, und wischte um Max' Glas herum. Anscheinend beschäftigte sie etwas. Er wollte ihr zeigen, dass er wusste, wie es war, an Schlaflosigkeit zu leiden, aber er wusste nicht genau, wie. Er wollte nicht über Lizzie oder Christopher reden, obwohl sie der Hauptgrund für seine Albträume waren.

Gerade als er den Mund aufmachte, um zu erklären, dass er sie verstand, dass er zuhören würde, falls sie reden wollte, wurde er allerdings durch einen massigen Körper unterbrochen, der gegen ihn prallte. Ein verschwitzter Arm legte sich um seinen Hals, zusammen mit dem Gestank nach Bier.

»Maaaaaaaaaaaax!« Buck drückte ihn an sich. »Wusst ich doch, dass ich dich hier drüben bei der leckeren Grace finde.« Grace betrachtete die beiden mit einem kleinen Lächeln. Buck zeigte auf Max. »Er mag dich.«

»Buck«, warnte Max und schüttelte ihn ab. »Komm schon, Mann.«

»Siehst du!«, rief Buck aus. »Er ist ganz verlegen und so, weil er in dich verliiiiiieeeeebt ist.«

Max' Wangen wurden heiß. Ob vor Ärger oder Unbehagen, wusste er nicht genau, aber das Kichern, das von Grace kam, linderte es augenblicklich.

»Und warum sollte er dich auch nicht lieben, hm?«, fuhr Buck fort. »Du bist sehr hübsch.«

Grace errötete und senkte den Blick zu Boden.

»Bist du wirklich«, bekräftigte Buck mit einem leichten Schwanken. »Ich finde, du bist absu- … abso- … absolut umwerfend.« Er machte einen Schritt auf sie zu. »Und du solltest mit mir tanzen, weil ich heut Geburtstag hab.«

»Oh«, Grace schüttelte den Kopf und wich ein wenig zurück, »ich tanze nicht.«

»Dooooch!«, beharrte Buck und kam näher.

Sie legte Buck die Hände auf die Brust und schüttelte den Kopf. »Nein, wirklich nicht, Buck. Komm schon.«

Max sah die Panik in Grace' Augen, als sie mit dem Rücken gegen die Bar stieß. Er griff nach Bucks Unterarm. »Sie will nicht.«

»Doch, klar will sie.« Buck packte Grace' Hände, hielt sie an seiner Brust fest und wiegte sich summend mit ihr zum Takt. Dann zog er sie an sich und legte die Arme um sie. Sie wirkte winzig an seinem mächtigen Körper.

»Lass mich los«, protestierte Grace mit schwacher Stimme.

»Ach, komm schon, nur ein Lied, Schätzchen. Nur ein Lied.«

»Buck«, drängte Max und fasste den Mann nun an der Schulter.

»Bitte, lass mich los«, bat Grace. »Du hältst mich zu fest. Ich kann nicht …«, sie versuchte, sich aus Bucks Griff zu winden, »… ich kann mich nicht bewegen. Ich kann nicht atmen.«

Buck zog sie von der Bar fort und wirbelte sie herum, während Max versuchte, den betrunkenen Trottel dazu zu bringen, ihm zuzuhören.

Grace kniff die Augen zu. »Buck«, sagte sie erneut und wand sich zappelnd.

Buck lachte, weil er in seinem alkoholvernebelten Zustand glaubte, sie habe Spaß.

»Lass mich los.« Wieder versuchte sie, von ihm wegzukommen. Sie verzerrte das Gesicht, und ihre Lunge füllte sich mit einem zitternden Atemzug. »Buck! Geh runter von mir! Geh runter von mir, Buck!« Der Schrei hallte durch die Bar. Sofort fuhren Köpfe zu ihnen herum, während Grace gegen den Mann kämpfte, der sie festhielt. »Geh runter von mir! Geh runter von mir! Sofort! Sofort!«

Buck ließ Grace los, als habe er sich verbrannt, und stolperte rückwärts gegen einen Tisch. Er sah gleichzeitig reumütig und zu Tode erschrocken aus. Einen Moment später, während die ganze Bar unter den letzten Klängen von Def Leppard den Atem anzuhalten schien, streckte Max langsam die Hand nach Grace aus. Sie schlug sie fort. »Nein. Nicht!«

Ihre Schultern sackten nach vorne, ihre Knie zitterten, und sie hatte die Augen fest zusammengekniffen und die Arme schützend um sich geschlungen. Max musste hilflos zusehen, wie ihr Atem schneller wurde, hektisch und flach, und sie schrie, dass sie eine Panikattacke habe.

»Grace«, murmelte er. »Du bist okay.«

Sie schüttelte den Kopf, während sie zu atmen versuchte.

»Grace«, sagte er erneut und winkte dabei die Menge besorgter Stammgäste fort. »Hör mir zu, du bist in Sicherheit. Niemand wird dir etwas tun. Du bist in Sicherheit. Atme einfach tief durch.«

»Es tut mir leid, Grace«, lallte Buck. »Ich wollte dich nicht erschrecken. Ich wollte nur …«

Deputy Yates, der vom anderen Ende der Bar herübergekommen war, berührte Grace an der Schulter, was sie vor Schreck aufschreien ließ. Sie riss die Augen auf. Der wilde und panische Ausdruck in ihnen ließ Max den Atem stocken.

Was zum Teufel hatte das arme Mädchen durchgemacht?

Ihr verwirrter Blick traf den von Max.

»Es ist alles gut«, flüsterte er und versuchte zu lächeln. »Okay?«

Sie schluckte, ihr Atem ging immer noch hastig und keuchend. »Ich … ich kann nicht … Bitte?«

Max riskierte es, einen Schritt näher zu ihr zu treten. »Sag mir, was du brauchst.«

Ein Schluchzen entschlüpfte ihrer Kehle, mit zitternder Hand versuchte sie, es zu unterdrücken. »Bitte, ich … nach Hause. Max, bitte. Bring mich nach Hause. Ich muss nach Hause.«

Grace sagte kein Wort, während Max sie zurück zur Pension fuhr. Als er gehört hatte, dass sie aus der Bar raus musste, hatte er sie in seine Jacke gehüllt, weil er wusste, dass das Zittern ziemlich schnell einsetzen würde, und sie praktisch hinaus zu seinem Truck getragen, ohne auf die angepisste Miene des Deputys zu achten, der darauf beharrte, dass er sie fahren sollte.

Arsch.

Während der Fahrt warf Max immer wieder einen Seitenblick zu Grace hinüber. Sie sah so klein, so verängstigt und traurig aus, dass es ihm einen schmerzhaften Stich in die Brust versetzte. Die Frau neben ihm war nur noch ein bloßer Schatten der lebhaften, fröhlichen Grace, die er kennengelernt hatte. Er parkte den Wagen und stellte den Motor ab. Sie bewegte sich nicht. Vorsichtig berührte er mit den Fingerspitzen ihr Bein. Sie zuckte zusammen, wie er es erwartet hatte.

»Wir sind da«, sagte er sanft.

Sie sah aus dem Fenster und kehrte aus ihrem untypischen Schweigen in die Gegenwart zurück. Sie öffnete die Wagentür, bevor Max um die Motorhaube herumlaufen konnte, und begann über den Parkplatz zu schlurfen, die Hände so fest um die Aufschläge seiner Jacke geklammert, dass ihre Knöchel weiß hervortraten. Sie versank regelrecht darin, aber sie hielt Grace warm. Er folgte ihr die Treppe hoch und den Flur entlang, dankbar dafür, dass sein Zimmer direkt gegenüber von ihrem lag. Falls sie irgendetwas brauchen sollte, wusste er, dass er schnell bei ihr sein konnte. Sie holte ihren Zimmerschlüssel hervor, doch das Zittern ihrer Hände verhinderte, dass sie das Schlüsselloch traf.

Sie murmelte einen unterdrückten Fluch, bevor Max ihr den Schlüssel abnahm und die Tür für sie aufsperrte. Mit einem Seufzen trat sie ein und ließ Max hin- und hergerissen im Flur zurück. Er wusste, dass er sich vergewissern musste, dass es ihr gut ging, wenn sie ganz allein war. Sie hatte noch in der Bar zwei Pillen geschluckt, als wären es Bonbons, aber er wollte ihr nicht noch mehr Angst machen.

Ein Mann, der sich in ihrem Zimmer häuslich einrichtete, war nicht das, was sie im Augenblick brauchte. So viel war sonnenklar.

»Du kannst reinkommen«, murmelte sie. Sie schaltete die Nachttischlampe ein, streifte die Schuhe ab und ließ sich auf den Rand des Betts sinken.

Max tat, worum sie ihn gebeten hatte, schloss die Tür hinter sich und kam vorsichtig näher. Nach einem Moment des Schweigens, in dem sie nur auf den Fußboden starrte, ließ Grace das Gesicht in die Hände sinken und fing an zu schluchzen. Behutsam kauerte sich Max vor sie und legte ihr eine Hand auf den Arm.

»Ich bin so ein Idiot«, brachte sie unter Tränen hervor. »*So* ein Idiot!«

»Niemand denkt das«, beruhigte Max sie. Wenn überhaupt, dann waren alle in der Bar furchtbar darüber erschrocken, was sie gesehen hatten. Um die Wahrheit zu sagen, tat Buck ihm leid. Der Vorfall hatte ihn auf jeden Fall auf einen Schlag wieder nüchtern werden lassen.

»Es ist … so lange her, seit ich – das ist mir schon eine ganze Weile nicht mehr passiert. Ich dachte, hier zu sein, schien zu … Ich dachte, es würde mir helfen, zu vergessen.«

Max' Daumen strich über ihre Haut, ein zärtlicher Hauch einer Bewegung, um sie zu beruhigen. Sie rieb sich übers Gesicht und rieb sich unelegant die Augen. »Es tut mir so leid.«

»Dir braucht nicht das Geringste leid zu tun«, tröstete er entschlossen. »So was passiert, glaub mir.«

Zitternd stieß sie ein trockenes Lachen aus. »Ich schätze, wir sind beide verkorkst, was?«

Max nickte.

Grace schloss die geröteten Augen und atmete aus. »Ich bin einfach nur so müde.«

»Ich sollte gehen, damit du ein wenig Schlaf finden kannst«, sagte Max mit einer Geste zum Bett und stand langsam auf.

»Das ist es ja«, beklagte sie sich. Frustriert schlug sie sich mit den Händen auf die Oberschenkel. »Das kann ich nicht. Ich nehme meine Tabletten und liege trotzdem wach, oder die Albträume kommen, und ich habe zu viel Angst, die Augen wieder zuzumachen.« Ihr Gesicht verzerrte sich, Frustration ließ ihre Schultern steif werden, und die Tränen begannen wieder zu fließen.

Hilflos rieb sich Max den Nacken. »Was kann ich tun? Möchtest du was zu trinken? Ein Bad? Ich könnte dir ein Bad einlassen, wenn du willst.«

Grace schniefte und räusperte sich. »Könntest du … könntest du bleiben? Nur eine kleine Weile. Vielleicht hilft es mir beim Einschlafen, wenn du da bist, und ich … ich will nicht allein sein.«

Die Beschämung, ihn um etwas so Einfaches zu bitten, schien sie zu überwältigen und war deutlich in ihren flehenden Augen zu lesen.

»Klar«, sagte Max, ohne nachzudenken oder zu zögern. »Schlüpf ins Bett.«

Er ging durchs Zimmer und setzte sich in den Lehnsessel in der Ecke, dabei überfiel ihn eine Art Déjà-vu des Tages, an dem er nach seiner eigenen Panikattacke in der Klinik wach geworden war und festgestellt hatte, dass Elliot auf ihn aufgepasst hatte. Grace blieb vollständig angezogen, sie zog nicht einmal Max' Jacke aus. Sie schlüpfte einfach unter die Decke und kuschelte sich hinein.

»Danke, Max«, murmelte sie. Das Kissen dämpfte ihre Worte.

»Keine Ursache.«

Es dauerte eine Weile, bis ihr Atem regelmäßiger ging, bis ihre zierliche Gestalt ihre harten Kanten verlor und sie wohlbehalten in den Schlaf fiel. Seltsamerweise kam es ihm nicht merkwürdig vor, im schwachen Lampenschein zu sitzen und Grace beim Schlafen zuzusehen. Es kam ihm nicht aufdringlich oder unheimlich vor, sondern richtig. Es fühlte sich richtig an, dass sie ihn darum gebeten hatte, und es fühlte sich richtig an, dass er es tat. Er war verdammt sicher, dass er das keinem anderen anvertraut hätte, besonders nicht diesem Arschloch von Cop, dessen Augen verrieten, wie sehr er sie begehrte. Max lehnte sich behaglich zurück und warf einen Blick auf den Digitalwecker auf Grace' Nachttisch.

Es war Mitternacht.

Er würde noch eine halbe Stunde bleiben und dann gehen.

Ein Schrei, der ihm das Blut in den Adern gefrieren ließ, riss Max aus unerwartet tiefem Schlaf. Sofort schoss er hoch, verwirrt und erschrocken, und fragte sich, wo zum Teufel er war und was zum Geier vor sich ging. Als er sich wieder orientiert hatte, schaute er zum Bett hinüber und sah, dass Grace mit der Bettdecke rang. Sie schrie unverständliches Kauderwelsch und weinte so verzweifelt, dass es Max durch Mark und Bein ging. Auf schlaftrunkenen Beinen eilte er zum Bett. Schweißperlen bedeckten ihr verzerrtes Gesicht.

»Grace. Es ist alles okay.«

Ihre Stimme wurde vor Schreien heiser. »Rick, bitte! Nicht, bitte nicht!«

Max griff nach ihren wild um sich schlagenden Armen und nahm ihre Hände, bevor sie sich noch verletzen konnte. »Grace, du bist in Sicherheit.«

Aber sie kämpfte weiter.

Erst als Max – in einem Augenblick des Wahnsinns und ohne weiter darüber nachzudenken – zu ihr ins Bett kroch und sie an seine Brust zog, fing sie an, sich zu beruhigen. Der Kampf in ihr verebbte langsam, und sie klammerte sich atemlos an Max' T-Shirt wie an eine Rettungsleine.

»Es ist okay«, flüsterte er. »Ich hab dich. Ich lass nicht zu, dass er dir wehtut.«

Er strich ihr übers Haar und flüsterte beruhigende und

einlullende Worte, bis sie sich wieder entspannte und ihren kleinen Körper an ihn schmiegte wie eine Klette. Aber das war in Ordnung. Wenn ein warmer Körper das war, was sie brauchte, dann stellte Max ihn gern zur Verfügung, trotz des Echos ihrer Schreie, die immer noch in dem kleinen, dunklen Zimmer nachhallten. Sie murmelte nuschelnd an seinem Hals und bewegte sich rastlos. Max hielt sie fester im Arm und strich ihr übers Haar, bis die Erschöpfung ihn ebenfalls übermannte.

15

Max erwachte allein. Mit gerunzelter Stirn sah er sich in Grace' Zimmer um und suchte nach Anzeichen für ihre Anwesenheit. Er rief ihren Namen, zweimal, aber es kam keine Antwort. Gähnend streckte er sich, stand dann auf und griff nach der Jacke, in die er Grace am Abend zuvor gehüllt hatte. Max schlich sich hinaus, schaute den Flur entlang und betrat sein Zimmer.

Er musste lang und heiß duschen und ernsthaft nachdenken.

Schon vom ersten Augenblick an, als er und Grace einander begegnet waren, hatte er ihre Fähigkeit bewundert, so gefasst zu sein, so selbstsicher und positiv. Max hatte sich vor wenigen Wochen eingestanden, dass er es genoss, Zeit mit ihr zu verbringen. Sie sah eindeutig toll aus, aber es war mehr als das. Mit ihrer Fähigkeit, das Schöne überall zu finden, und ihrem Lachen linderte sie seinen Schmerz, und ihre Begeisterung für alles Mögliche brachte Max dazu, all die schlechten Dinge zu vergessen und sich auf das Gute zu konzentrieren.

Er mochte sie. Er würde sie mit Freuden eine Freundin nennen. Und zu sehen, wie seine Freundin so die Fassung verlor, sie so gebrochen zu sehen, war schwer zu ertragen.

Geduscht und frisch angezogen machte Max sich auf den Weg in die Küche der Pension, wo die Klänge von Lynyrd Skynyrd und das Klappern von Töpfen die Anwesenheit seines Onkels verrieten. Vince grinste, als er Max hereinkommen sah, und bot ihm sofort eine frisch gebutterte Scheibe Toast an.

»Wie läuft's, Sohn?«, fragte er, während er sich ein Geschirrtuch über die Schulter warf und in einer Pfanne voll … irgendetwas fantastisch Duftendem rührte.

»Ganz okay«, nuschelte Max an seinem Toast vorbei. »Hast du Grace heute Morgen gesehen?«

Vince' Miene verdunkelte sich. »Sie ist früh gegangen. Ich glaube, sie ist beim Haus. Hat nicht viel gesagt. War sie okay nach gestern Abend?«

Max zuckte die Schultern und wischte sich die krümeligen Hände an der Jeans ab. »Sie war ziemlich erschrocken.« Er berichtete, wie er sie in ihr Zimmer gebracht hatte, sagte aber nichts von ihrem Albtraum. Das war zu persönlich. Er wusste, dass Grace es nicht gutheißen würde, wenn die Leute dies über sie wüssten, und es stand ihm nicht zu, es zu erzählen.

Vince lehnte die Hüfte an die Küchenzeile. »Buck ist fix und fertig. Er hat die ganze Nacht davon gesprochen, ihr Rosen zu schicken, und Caleb immer wieder gefragt, ob er jetzt verhaftet wird.« Ein schiefes Lächeln kräuselte seine Lippen. »Ich habe ihn beruhigt.«

»Sie weiß, dass er nur betrunken war«, versicherte Max ihm. Er zeigte mit dem Daumen über die Schulter. »Ich werde mal gehen und nachsehen, ob es ihr gut geht.«

Vince' Lächeln wurde breiter. Er nickte. »Das ist nett von dir. Sag ihr, wenn sie irgendetwas braucht, soll sie es nur sagen, okay?«

»Mach ich.«

Max fuhr zu Grace' Haus und besorgte unterwegs Kaffee und Muffins, dann hielt er vor etwas, das nun ein schönes, frisch gestrichenes zweistöckiges Gebäude war. Es war zwar immer noch was zu machen, die Wände im Obergeschoss mussten verputzt werden, ein bisschen Elektrik und noch ein paar Pinselstriche Farbe hier und da, aber insgesamt sah es schon großartig aus.

Max klopfte einmal kurz an die Vordertür, bevor er eintrat. So wie er es sah, war das hier immer noch eine Baustelle, solange sein Onkel die Schlüssel noch nicht an Grace übergeben hatte. Und er war ein Arbeiter auf dieser Baustelle. Scheiß auf gute Manieren. Die Klänge von *I Heard It Through the Grapevine* drangen aus dem Wohnzimmer. Er fand Grace im Schneidersitz auf dem Holzfußboden, das Haar zurückgebunden, in einem weiten Kapuzenshirt, Yoga-Pants und Sneakers, umgeben von Tüten und Kartons. Sie schaute Fotos durch. Die Musik kam aus dem Handy neben ihr.

Er hob die Kaffeebecher und die Muffin-Tüte. »Ich bringe eine kleine Stärkung.«

Sie hob die Hand, ohne aufzublicken. »Psst, stör den guten alten Marvin nicht.«

Lächelnd kam er näher, als sie ihm bedeutete, sich zu ihr auf den Boden zu setzen. Er ließ sich nieder und stellte die Papiertüte ab.

»Danke«, stieß sie hervor. »Ich wusste, irgendwann würde jemand meinen Magen knurren hören.«

Er hob den Deckel von seinem Becher und nahm einen Schluck von dem Milchkaffee. »Was machst du da?« Neugierig warf er einen Blick auf die zahlreichen Pakete.

Sie seufzte und schaltete die Musik aus. »Ich habe mir ein paar Sachen für das Haus bestellt, Deko und so Zeug, und das ist alles heute angekommen. Das hatte ich völlig vergessen, nach … Na ja, wie dem auch sei. Ich bekam in aller Herrgottsfrühe einen Anruf des Paketboten, der mich fragte, wo zum Teufel ich bleibe.«

Max runzelte die Stirn. »Ich habe dein Handy gar nicht klingeln gehört.«

»Du schläfst ziemlich tief.« Grace wandte die Augen ab und öffnete die Tüte mit den Muffins.

»Offensichtlich.«

»Danke übrigens«, flüsterte sie. »Dass du bei mir geblieben bist. Ich … das hat mir viel bedeutet.«

»Kein Problem. Wie fühlst du dich?«

Sie zuckte die Schultern. »Wie ein Trottel. Verlegen.«

Max schüttelte den Kopf. »Das brauchst du nicht. Du hast nichts falsch gemacht.« Ein kleiner Seufzer entschlüpfte ihr, als sie den Kopf schüttelte. »Willst du darüber reden?«, fragte er.

Sie schien über sein Angebot nachzudenken, bevor sie den Blick abwandte. »Das ist eine sehr lange, sehr … schwer zu erzählende Geschichte.«

Max pickte an seinem Muffin herum und nahm ihre Weigerung, darüber zu sprechen, stumm zur Kenntnis. Er war nicht sicher, was er davon halten sollte. Er wollte ihr helfen, er wollte verstehen, und er wollte wissen, wer zur Hölle Rick war und was er ihr angetan hatte. Er wollte ihr ein Freund sein. Er wollte, dass sie ihm vertraute.

»Du weißt, dass Brooks nicht mein Mädchenname ist, oder?« Ihre Worte waren leise.

Max nickte. »Hab ich gehört.«

Grace biss sich auf die Unterlippe und fummelte an einem der Kartons herum.

»War Rick dein Mann?« Ihr Kopf fuhr so schnell zu ihm herum, dass Max erstaunt war, dass ihre Augen nicht in den Höhlen wackelten.

»Was? Woher … Warum fragst du das?«

»Gestern Nacht. Du hast im Schlaf seinen Namen gerufen, als hättest du Angst vor ihm.«

Grace schloss die Augen und verbarg ihr Gesicht in den Händen. »Gott«, murmelte sie. »Es tut mir so leid, dass du das sehen musstest, Max. Wirklich. Ich …«

»Wie wär's, wenn du damit aufhörst, dich zu entschuldigen«, verlangte er mit vollem Mund. »Im Ernst, das nervt.«

Schmunzelnd kräuselten sich ihre Lippen. Nach einem stummen Moment hob sie das Kinn, straffte die Schultern und sah ihm direkt in die Augen.

»Ja«, antwortete sie. »Rick war mein Mann.«

Max versuchte, keine Reaktion bei ihrer Bestätigung zu zeigen, war sich aber nicht sicher, ob es ihm gelang. Mit einem Mal nicht mehr besonders hungrig, bröselte er an seinem Muffin herum und wartete darauf, dass sie fortfuhr. Sie tat es nicht. Sie hielt ihren Kaffee, ohne ein Wort zu sagen, und ließ zu, dass sich der Raum mit schwerer Erwartung füllte. Unruhig rutschte Max herum, und ein beunruhigender Gedanke schoss ihm durch den Kopf. Vielleicht wartete sie darauf, dass er auch etwas von sich preisgab.

Scheiße, er wusste nicht, ob er das konnte. Es war schlimm genug, sich Elliot zu öffnen, ganz zu schweigen von Grace. Er warf einen Blick zu ihr hinüber, während sie irgendwelche bunten Stoffe aus ihren Tüten zog, und begann zu verstehen, wie schwer es für sie gewesen sein musste, selbst dieses kleine Fitzelchen Information mit ihm zu teilen. Sie *vertraute* ihm. Da war es nur fair, wenn er sich bei ihr revanchierte.

Er wappnete sich und holte tief Luft. »Ich war mal verlobt.«

Grace klappte die Kinnlade herunter, als sie ihn ansah.

»Ihr Name war Lizzie.«

Da. Gleiches mit Gleichem. Nur zwei Freunde, die sich unterhielten. Sich austauschten. Eine einfache Sache.

Sein rasender Puls sagte etwas anderes.

»Und sie hat dir das Herz gebrochen.« Grace' Feststellung hing über ihnen wie dunkle, drohende Wolken und bewirkte ein knappes Nicken von Max. Mehr brachte er nicht fertig, da ihm zu viele Worte die Kehle verstopften.

»Rick und ich verlobten uns, nachdem meine Mutter gestorben war.«

Max schaute sie an und sah, wie sich Grace' vertraute Stärke unter der Oberfläche regte. Mit einem leichten Nicken bat er sie, fortzufahren.

»Mein Bruder Kai mochte ihn nie. Er meinte, er bedeute nur Ärger, aber … ich war wahnsinnig verliebt. Wir waren achtzehn Monate zusammen, nachdem wir uns in der Bar kennengelernt hatten, in der ich gearbeitet hatte, und ich war bereit, seine Frau zu werden.« Sie schob die Tüten und Kartons fort, hielt ihren Kaffee an die Brust gedrückt und sprach mit dem Fußboden. »Es war eine kleine Hochzeit, aber Rick behandelte mich wie eine Prinzessin. Wir kauften uns eine Wohnung, sprachen über Kinder, das volle Programm. Ich war irrsinnig glücklich.«

Max rückte näher, bis sich ihre Schultern leicht berührten. »Was hat sich verändert?«

Sie lächelte traurig. »Er wurde bei der Arbeit befördert … und nichts wurde je wieder so, wie es war.« Sie zog die Knie an die Brust. »Vor unserer Hochzeit hat Rick mir ständig gesagt, wie schön ich wäre, wie glücklich er sei, so eine fantastisch aussehende Frau zu haben. Er gab gern mit mir an, und das gefiel mir. Es gab mir ein gutes Gefühl, einen Mann zu haben, der mich begehrte.« Ihre Wangen verdunkelten sich bei dem Geständnis. »Er arbeitete in der Werbebranche, schon seit dem College, mit langen Arbeitszeiten und gewaltiger Belastung. Er feierte ebenso heftig, wie er schuftete, aber es kam mir nie in den Sinn, etwas dagegen zu haben. So war Rick einfach. Er war der Mittelpunkt jeder Party. Das war es, was mich an ihm anzog. Schließlich, nach Monaten, in denen wir uns kaum gesehen hatten, bekam er die Beförderung und damit die Verantwortung für einen wichtigen Auftrag. Er war völlig aus dem Häuschen. Zur Feier gab es eine Party in seinem Büro. Ich hatte mir ein neues Kleid gekauft. Ich wollte besonders hübsch für ihn aussehen, damit er stolz wäre, mich an seiner Seite zu haben.« Sie hielt kurz inne. »Im Nachhinein denke ich, ich habe es gekauft, weil ich wusste, dass etwas nicht stimmte. Er war distanziert geworden, launisch, weniger aufmerksam, aber ich schob das auf die viele Arbeit, die er hatte. Während er auf die Beförderung hingearbeitet hatte, hatte er angefangen, jeden Abend zu trinken. Immer stand irgendeine Flasche auf der Arbeitsfläche in der Küche, wenn ich morgens aufstand.«

Max wandte sich ihr zu.

»Den ganzen Abend über auf der Party machten Ricks Kollegen Bemerkungen darüber, was für ein tolles Paar wir wären, wie viel Glück Rick hätte, mich zu haben, wie bezaubernd ich aussähe. Er bedankte sich und lächelte, aber es erreichte nicht seine Augen.« Sie zog die Knie enger an sich und seufzte. »Jedenfalls, als wir von der Party nach Hause kamen, warf Rick mir vor, ich hätte mit seinen Kollegen geflirtet, ihn blamiert. Ich sagte ihm, er wäre verrückt und hätte Wahnvorstellungen, und da drückte er mich gegen die Wand und sagte, ich müsse Respekt lernen …« Mit geschürzten Lippen stieß sie einen langgezogenen Atemstoß aus. »Er war nicht sanft.«

Max drehte sich der Magen um. »Lieber Gott, Grace.«

»Ich kannte diesen Mann nicht, der mich da an die Wand drängte. Er war ein Fremder. Die ganze Zeit über sagte er, ich wäre ein aufreizendes Luder, ich hätte ihn blamiert, weil ich wie eine Nutte aussah, ich hätte es genossen, dass mir die ganze Aufmerksamkeit galt und nicht ihm.« Sie fuhr sich mit den Händen übers Gesicht. »Erst später fand ich heraus, dass er nicht nur betrunken, sondern high gewesen war.« Sie sah Max an. »Kokain.«

Max blinzelte. Er wusste, das hätte ihn nicht überraschen sollen, trotzdem war er erschrocken. »Scheiße.« Er ließ das Kinn auf die Brust sinken.

»Er hatte sich mit ein paar Typen eingelassen, die er über die Arbeit kennengelernt hatte, und angefangen, heftig zu koksen, um mit dem Stress seiner Beförderung klarzukommen. Er hatte es vor mir geheim gehalten. Er hatte es benutzt, um wach zu bleiben, damit er seine Deadlines einhalten konnte. Später fand ich heraus, dass er auch schon auf dem College Drogen genommen hatte, bevor wir uns kennenlernten. Jede Nacht war es dasselbe: Er ging aus, betrank sich, dröhnte sich zu, kam nach Hause und ließ es an mir aus.«

»Warum bist du bei ihm geblieben?«, fragte Max und bemühte sich angestrengt, die Ungläubigkeit aus seiner Stimme herauszuhalten, denn welches Recht hatte er schon, über schlechte Entscheidungen zu urteilen?

»Ich habe versucht, ihn zu verlassen, aber er hat sich immer wieder entschuldigt«, antwortete Grace zu nüchtern für Max' Geschmack. »Er versprach mir, dass er sich ändern würde, bettelte um eine weitere Chance. Er ging mit mir aus, liebte mich so zärtlich, wie ich es in Erinnerung hatte. Er wurde wieder zu dem Mann, in den ich mich verliebt hatte, dem Mann, den ich geheiratet hatte, für ein oder zwei Tage, und dann …«

»Und dann hat er dich wieder geschlagen.«

Grace' Gesicht war alles, was er an Antwort brauchte.

»Ich hoffe, der elende Wichser verfault irgendwo in einer Zelle«, knurrte Max und fuhr sich mit den Händen durchs Haar.

»Er ist auf Bewährung und wohnt in Kalifornien in der Wohnung, die wir zusammen gekauft haben.« Die unausgesprochene Frage musste Max deutlich ins Gesicht geschrieben stehen. »Er saß zwei Jahre im Staatsgefängnis wegen Körperverletzung, nachdem er mir in der Nacht, in der ich ihm gesagt habe, dass ich ihn verlasse, eine zerschmetterte Hüfte, drei gebrochene Rippen und eine kollabierte Lunge verpasst hatte.«

Abscheu durchwogte ihn. So vieles an Grace ergab jetzt einen Sinn. Ihre schmerzende Verletzung beim Laufen, ihre abgrundtiefe Angst vor Buck und seinem Verhalten, die darauffolgende Panikattacke und der Albtraum. Ihre anhaltende Vorsicht gegenüber Deputy Arschlochs Avancen und Flirtversuchen, ihr verzweifeltes Bedürfnis, unabhängig zu sein, diesem Wichser von einem Ex-Mann zu zeigen, dass sie ihr Leben im Griff hatte, trotz allem, was er ihr angetan hatte.

Was sie auch durch die Hände eines Mannes erlitten hatte, der sie eigentlich verehren und lieben sollte, sie lebte ihr Leben weiter. Sie war stark und fand das Gute in Dingen, die Max nicht einmal bemerkte oder beachtete. Sein Respekt für diese Frau wuchs ins Unermessliche.

Was das Ganze allerdings nicht erklärte, war, warum sie in Max' Nähe sein wollte. Warum wollte sie mit einem Drogensüchtigen in Therapie befreundet sein, wenn ein anderer ihr so viel Leid zugefügt hatte? War das ein Test für sie? War das einfach ihre eigene Art der Therapie, oder wollte sie ihn wirklich kennenlernen?

»Ich weiß, was du denkst«, murmelte Grace. »Und du irrst dich. Du hast nichts mit ihm gemeinsam. Nicht das Geringste, glaub mir.«

Max schnaubte und stützte die Unterarme auf die angewinkelten Knie. »Wir sind alle gleich«, antwortete er niedergeschlagen, die Augen auf den Boden zwischen seinen Füßen gerichtet. »Scheiß Süchtige. Unser Gehirn tickt identisch. Wir wollen dieselben Dinge und kümmern uns einen Scheiß darum, wen wir verletzen, um es zu bekommen.«

»Hast du die Frau, die du geliebt hast, geschlagen, vergewaltigt, mit so abscheulichen Worten misshandelt, dass sie Gott um dein Schweigen angefleht hat?«

»Nein«, wies Max entschieden von sich, beleidigt durch ihre Frage. »Das würde ich nie … Ich habe sie geliebt, verdammt. Ich würde … Niemals.«

Grace lächelte traurig. »Siehst du? Nicht im Geringsten wie er.«

Max' Hände fanden erneut sein Haar. »Es ist nicht alles so schwarz und weiß, Grace. Ich hab vielleicht diese Dinge nicht getan, aber ich habe jede Menge verbockt. Dinge, auf die ich nicht stolz bin, Dinge, die ich immer noch verarbeite.« Er stieß schwer den Atem aus. »Du solltest nichts mit mir zu tun haben wollen.«

»Ich bin ein großes Mädchen«, versetzte sie. »Ich kann das selbst entscheiden.«

Max war sich da nicht so sicher. Der Drang abzuhauen, sie vor seiner Vergangenheit zu beschützen, vor seiner Sucht, seinen Fehlern, wurde größer, doch er brachte es einfach nicht über sich, aufzustehen.

»Weißt du, was ich gesehen habe, als ich meinen Mann in diesem Gerichtssaal zum letzten Mal ansah?«, fragte Grace. »Ich sah Hass. Ich sah gewalttätige Wut und ein Monster, entfesselt durch all die Drogen und den Alkohol. Ich sah Geheimnisse, Bedrohungen. Ich sah einen Mann, der nur noch Sekunden davon entfernt war, sich selbst zu zerstören, einen Mann, der mich umgebracht hätte, wenn ein Nachbar, der mich schreien gehört hatte, nicht die Polizei gerufen hätte. Da war nicht einmal mehr der Schatten des Mannes, den ich geheiratet hatte.« Sie stieß ihn leicht gegen die Schulter an. »Weißt du, was ich sehe, wenn ich dich anschaue?«

Max schüttelte heftig den Kopf. »Das will ich lieber nicht wissen …«

»Ich sehe einen Mann, der sich sehnlichst bessern will, der seine Entscheidungen bereut, der Wiedergutmachung leistet und sein Leben weiterleben möchte. Ich sehe einen Mann, der Angst davor hat, ein Risiko einzugehen, zu vertrauen, es sich jedoch sehnlich wünscht. Ich sehe einen Mann, der gebrochen ist, aber sich bemüht. Ich sehe Hoffnung.«

Zu benommen, um zu sprechen, zu ängstlich, um ihr zu glauben, sah er sie nur von der Seite an.

»Du bist ein guter Mann, Max.« Ächzend stand sie auf und wischte sich den Staub vom Hintern. »Und jetzt hör auf, zu viel über alles nachzudenken, und hilf mir mit diesen Kartons.«

Und einfach so war die Unterhaltung vorbei.

Grace fühlte sich immer noch groggy im Kopf, wie immer am Tag nach einer Panikattacke. Es war, als schwimme man durch nassen Beton. Ihr ganzer Körper war steif und schwer, aber sie würde sich davon nicht ausbremsen lassen, nicht, wenn sie ihr neues Zuhause verschönern wollte. Sie schaute zu Max hinüber. Er balancierte auf einer Leiter, die er sich von seinem Onkel geholt hatte, und hängte ein großes Leinwandgemälde an die Wand. Auf seinem attraktiven Gesicht lag ein Ausdruck von Konzentration.

An jenem Morgen neben Max aufzuwachen war eine Überraschung gewesen, um es gelinde auszudrücken. Eine schöne zwar, aber nichtsdestotrotz eine Überraschung. Sie war mit so schlimmen Kopfschmerzen wach geworden, dass es ein Rhinozeros umgehauen hätte, völlig benommen und unfähig, sich zu bewegen. Max' Unterarm war eng um ihre Taille geschlungen gewesen, seine breite Brust an ihrem Rücken, seine Nase in ihrer Halsbeuge. Er war der Inbegriff des Löffelchens.

Sie erinnerte sich nicht einmal daran, dass er zu ihr ins Bett gekommen war, aber bei seinem Einfühlungsvermögen wurde ihr warm ums Herz. Er war fürsorglicher und mitfühlender, als ihm bewusst war. Selbst dass er mit Kaffee und einem Muffin für sie vorbeigekommen war, war etwas, worüber er vermutlich nicht eine Sekunde lang nachgedacht hatte. Er war es so gewohnt, die Rolle des großen, bösen Wolfs zu spielen, dass er nicht sehen konnte, wie gut er tatsächlich war. Sicher, er hatte noch viel aufzuarbeiten – sie war nicht ganz naiv –, aber er war so viel mehr, als er sich selbst zugestand.

»Ist das gut so?«, rief er. Er hielt das Gemälde mit weit ausgebreiteten Armen an die Wand, dabei spannte sich sein rotes T-Shirt köstlich über seinen breiten Schultern.

Grace verschränkte die Arme vor der Brust und bewunderte den Anblick. »Ähm, ein bisschen mehr nach links.«

Er tat, wie befohlen.

»Ein bisschen mehr nach rechts.«

Wieder gehorchte er.

»Nach oben.«

Er seufzte.

»Runter.«

»Grace.«

»Jetzt nach links. Rechts.« Sie kicherte in ihre Faust, als er sich umdrehte und sie finster anfunkelte.

»Willst du mich verarschen?«

»Ach komm, werd locker«, winkte sie ab.

»Ich werde locker, wenn du endlich mal eine Entscheidung triffst«, brummte er, aber Grace sah das kleine Lächeln, das er zu verbergen versuchte.

»Da, wo du es hattest, war es perfekt.«

Vor sich hingrummelnd machte er sich daran, die Haken in die Wand zu nageln. Sie hatten ihre übliche Laufrunde ausfallen lassen, da sie beide nach den Eskapaden der vergangenen Nacht zu müde waren. Weil keiner von beiden heute arbeiten musste, hatten sie sich daran gemacht, die Bilder, Spiegel und Kunstgegenstände aufzuhängen, die Grace gekauft hatte. Max hatte sie nicht mit Fragen gelöchert, als sie ihn bat, ihr zu helfen, und eifrig den ganzen Nachmittag gearbeitet. Er war sogar in die Stadt gefahren, um ihnen etwas zu essen zu holen.

Seine entspannte Haltung und das fraglose Akzeptieren ihrer Lebensgeschichte ließen sie nur noch mehr Zuneigung für ihn empfinden. Es war lange her, dass sie sich jemand Neuem geöffnet hatte, jemandem, der nicht zur Familie gehörte oder fürs Zuhören bezahlt wurde, aber es war nicht so schwierig gewesen, wie sie angenommen hatte. Max hatte aufmerksam zugehört, wie immer. Sie hatte kein Mitleid in seinen großen, dunklen Augen gesehen, nur Wut und Sorge und – wie vorherzusehen – Schuldgefühle.

Aber das war einfach lächerlich. Er konnte argumentieren, so viel er wollte – und zweifellos würde er das –, aber Grace wusste es, und ihr Bauchgefühl wusste es: Max war gut. Sie wusste nicht, warum er sich in Drogengeschichten hatte hineinziehen lassen. Doch sie sah, dass er nicht wie Rick war.

Nicht im Geringsten.

Summend hängte sie ein weiteres Bild auf. Ein ausgefranstes Stück Leinwand, auf das ein Zitat von Martin Luther King gedruckt war: »Wir müssen begrenzte Fehlschläge akzeptieren, aber wir dürfen niemals die grenzenlose Hoffnung verlieren.« Es war der Lieblingsspruch ihrer Mutter gewesen und bekam einen Ehrenplatz im Flur. Es wäre das Erste, was ihre Gäste sehen würden, wenn sie ins Haus traten.

Sie machte einen Schritt zurück, um die Platzierung zu begutachten, dabei wurde ihr unvermittelt bewusst, dass keine Geräusche von Max' Seite des Raums kamen. Als sie sich umdrehte, stellte sie fest, dass er sie beobachtete, mit verschränkten Armen und einem eindringlichen Ausdruck auf dem Gesicht.

»Was?«, fragte sie.

»Hast du mich deshalb gefragt? Wegen dem, was er dir angetan hat?«

Grace runzelte die Stirn. »Dich gefragt?«

»Letztens, als wir laufen waren … ob ich dich attraktiv finde, ob ich Sex mit dir haben würde. War das wegen dem, was er getan hat?«

Ach. Das. Grace' Wangen wurden heiß. »Irgendwie vielleicht.« Sie stieß den Atem aus. »Es ist ein bisschen komplizierter.«

Max blieb stumm, erwartungsvoll.

»Ich habe seit Rick zweimal versucht, mit einem Mann zusammen zu sein, und beide Male war es eine Katastrophe.«

Und das war noch milde ausgedrückt. Ihr erster Versuch hatte mit einem Besuch in der Notaufnahme geendet, weil Grace durch die Flashbacks, die auf sie einstürmten, als er sich auf sie legte, keine Luft mehr bekommen hatte. Ihr zweites Mal war ebenso schrecklich gewesen.

Langsam ging sie auf Max zu. »Ich kam nicht damit klar, dass sie … auf mir waren, mich niedergedrückt, zu fest gehalten hatten. Um die Wahrheit zu sagen, hatte ich mit allem zu kämpfen, was intim war. Da brauchte es keinen Therapeuten, um zu erklären, warum.«

»Also warum wäre es irgendwie anders, wenn ich dich berühre?«, fragte Max und zog fragend eine Augenbraue hoch.

Grace lächelte. »Weil du seit meinem Mann der Erste bist, dem ich näherkommen wollte. Nicht auf die Art«, fügte sie erklärend hinzu, als er sich unbehaglich wand. »Ich wollte dich kennenlernen, mit dir befreundet sein. Ich fühle mich in deiner Nähe sicher, und der Drang, wegzulaufen und mich in einem Zimmer einzusperren, verschwindet, wenn wir zusammen sind.« Mit einem verlegenen Gefühl im Nacken räusperte sie sich. »Ich dachte nur … weil ich damit klarkomme, mit dir zusammen zu sein, könnte ich vielleicht auch damit klarkommen, mit dir *zusammen* zu sein.«

Max' Augen wurden ganz groß. »Ich verstehe.«

Verlegen scharrte Grace mit dem nackten Fuß über den Boden. »Du hast gesehen, was passiert ist, als Buck mich angefasst hat. Denkst du, ich will, dass mir das für den Rest meines Lebens passiert, wann immer jemand mit mir herumalbern will?« Wut kochte in ihr hoch. »Ich hasse es, dass *er* noch immer Macht über mich hat, obwohl wir schon so lange getrennt sind. Ich hasse es, dass *er* mir immer noch vorschreiben kann, mit wem ich zusammen sein kann, mit wem ich befreundet sein kann. Diese Macht hat er nicht verdient. Er hat nichts getan, um sie zu verdienen.«

»Da bin ich deiner Meinung. Du solltest nicht zulassen, dass er dein Leben kontrolliert.«

»Ich will es wiederhaben.« Ihre Stimme wurde lauter. »Ich will wieder sinnlich sein. Ich will leidenschaftlich sein und mich nicht vor Sex fürchten.«

Ihre Augen trafen sich für einen Moment, bis Max mit einem tiefen Einatmen den Blick abwandte. Er rieb sich übers Gesicht. Das Geräusch, wie seine Bartstoppeln über seine Handfläche kratzten, stellte komische Dinge in Grace' Bauch an.

»Darf ich ehrlich zu dir sein?«, fragte er. Seine Miene war ernst und verriet seine Unsicherheit.

»Natürlich darfst du das.«

Er zögerte und öffnete ein paarmal den Mund, ohne etwas zu sagen. Dann dehnte er seinen Nacken und trat von einem Fuß auf den anderen. »Du bist schon echt heiß«, sagte er schließlich. »Und du bist verflucht sexy, darüber solltest du dir wirklich keine Sorgen machen. Und vor sechs Monaten hätte ich dich noch auf jede Art gevögelt, die du gewollt hättest.« Er sah sie an. »Scheiße, ich würde dich *immer* noch auf jede Art vögeln, die du willst.«

Grace schluckte. »Okay.«

»Aber wie ich schon sagte, du verdienst mehr.«

»Ich will nicht mehr, Max«, wandte sie ein.

Er wirkte skeptisch.

Grace trat einen Schritt vor. »Also gut«, hob sie an. »Nur mal hypothetisch, wenn du in das hier einwilligen würdest, was wären deine Bedingungen, deine Tabus?«

»Und mit ›das hier‹ meinst du, dass wir vögeln?«, fragte Max.

»Ja.«

Er hob das Kinn und ließ den Blick auf eine Art über ihren Körper wandern, dass ihr ganz heiß wurde. »Kein Kuscheln, kein schmalziges Geturtel, keine Kosenamen, kein Küssen.«

Grace legte den Kopf schief. »Kein Küssen, Punkt, oder …«

»Auf den Mund«, antwortete er schnell. »Das ist zu intim.«

Grace schmunzelte. »Wie überaus *Pretty-Woman*-mäßig.«

»Pretty was?«

Sie winkte ab. »Nicht so wichtig. Das scheinen mir faire Bedingungen zu sein.«

Selbst das Kuscheln. Sie würde ihm nicht verraten, dass er sie die ganze Nacht lang im Arm gehalten hatte. Das würde ihr kleines Geheimnis bleiben.

»Keine Versprechen, keine Erwartungen«, fügte er hinzu und zählte die Bedingungen entschlossen an den Fingern ab. »Wir benutzen Kondome.« Mit ernstem Gesichtsausdruck zeigte er auf sie. »Das wäre für mich ein Dealbreaker.«

»Natürlich. Etwas anderes hätte ich nicht erwartet.« Sie sah zu, wie sich Max wieder fasste. »Noch was?«

Er kniff die Lippen zusammen. »Ich glaube nicht. Solange

klar ist, dass es ist, was es ist, und nichts weiter. Wir sind Freunde. Keine Beziehung, keine Liebe, kein Bullshit.«

Bitterkeit durchzog jedes seiner Worte, doch Grace nickte trotzdem. »Klar. Du bist nur ein Freund, der mir dabei hilft, Fortschritte zu machen«, sagte sie, als lese sie aus einem Lehrbuch vor. »Wir probieren es mal und schauen, was passiert, richtig?«

»Richtig.«

»Okay.« Grace leckte sich die Lippen. Unterschwellige Erregung schwirrte durch ihre Adern.

Max räusperte sich und trat unruhig auf der Stelle. »Und wenn es dir beim ersten Mal nicht gut geht?«

Grace zog eine Schulter hoch und betete zu allem, was ihr lieb und teuer war, dass es ihr gut gehen würde. Sie würde sich zu Tode schämen, wenn sie vor Max eine weitere Panikattacke bekäme. »Dann können wir es noch mal versuchen«, bot sie an und hob ihre Stimme, um es wie eine Frage klingen zu lassen. Sie wollte nicht davon ausgehen, dass Max mehr als einmal mit ihr schlafen würde, trotz seiner gegenteiligen Worte. »Wir machen das, bis ich damit klarkomme, angefasst zu werden, ohne wie ein Idiot auszuflippen, und bis ich jemanden finde, der mich liebt, komplett mit Warzen und allem Drum und Dran.«

Sie lächelte, doch Max erwiderte es nicht. Sie verstand seine Zurückhaltung natürlich. Das hier war eine bedeutende Entscheidung. Doch Grace erlaubte sich keine Bedenken, dass ihre Freundschaft dadurch Schaden nehmen könnte. Er hatte deutlich gemacht, wo er stand, und das würde Grace akzeptieren. Außerdem vertraute sie sich genug, keine nichtplatonischen Gefühle in die Sache einschleichen zu lassen. Nein. Das würde sie nicht. Es war, was es war. Nichts weiter.

Sie sah Max offen in die Augen. »Es wird nicht merkwürdig werden. Versprochen.«

»Gut.« Seine Schultern sanken leicht herab, er war offensichtlich erleichtert. »Was ist mit dir?«, fragte er nach einem Augenblick des Schweigens. »Was sind deine Tabus?«

Überrascht von seiner Frage sah sie ihn an.

»Grace, ich will dich nicht in Panik versetzen, wenn ich dich anfasse«, fügte er ruhig hinzu. »Wenn das hier funktionieren soll, dann musst du mir sagen, was ich tun kann und was nicht.«

Grace fuhr sich mit der Zunge über die Lippen und dachte angestrengt nach, was sie in Panik versetzen, was ihr Angst machen *würde*. Wenn sie Max ansah, so ernst und verantwortungsvoll, dann wollte ihr nichts einfallen.

»Ich … mag es nicht, festgehalten zu werden«, sagte sie leise, als sie an den vergangenen Abend zurückdachte. »Wie du bei Buck gesehen hast, komme ich damit nicht zurecht – ich werde klaustrophobisch.« Sie strich sich das Haar nach vorne. »Ich muss meine Hände bewegen können.«

»Verstanden. Was noch?«

Ihr Herz setzte kurz aus, als eine Erinnerung an Rick sie durchfuhr. Seine wütende Stimme, ihre Tränen, seine Hände, die ihren Kopf an seinen Körper drückten. »Das könnte ein weiterer Dealbreaker für dich sein.« Sie schloss die Augen, da sie Max' Gesicht nicht sehen wollte, wenn sie es sagte. »Ich kann nicht … Ich mache es nicht mit dem Mund, das mag ich nicht.« Langsam öffnete sie die Augen.

Max' Gesichtsausdruck hatte sich nicht verändert.

»Er war nicht … Rick war nicht nett, wenn ich es getan habe …«

Ein Muskel an Max' Kiefer zuckte, sein Blick brannte. »Ich verstehe«, sagte er sanft. »Und ich kann damit leben.« Er zögerte kurz, dann hob sich sein Mundwinkel anzüglich. »Magst du es bei dir?«

Grace verschluckte sich hustend. »Ich, äh, ich hab nicht … ich kann, ähm, ja, ich hab nichts dagegen.«

Max lachte, und sein Gesicht gewann seine übliche Sanftheit zurück. »Gut zu wissen.«

Grace kicherte ebenfalls. Die Spannung im Raum löste sich. »Also, dann tun wir es?«

Sein Grinsen schwand. »Solange du weißt, dass ich dir nicht mehr als das geben …«

»Es ist nur Sex. Schon kapiert«, unterbrach Grace mit gespielter Verzweiflung. »Im Ernst, Kumpel, *so* heiß bist du auch wieder nicht. Man könnte ja meinen, dir rennt eine ganze Schar Frauen hinterher, um dir ihre unsterbliche Liebe zu erklären!«

Max lachte schallend auf, und seine Wangen färbten sich rosig. Er rieb sich den Nacken, eine nervöse Geste, an die sich Grace allmählich gewöhnte.

Sie streckte die Hand aus. »Besiegeln wir es mit Handschlag, nur um sicherzugehen, dass es keine Missverständnisse gibt? Dass wir nur Freunde sind, die sich gegenseitig helfen.« Verwirrung huschte über Max' Gesicht. »Oh, bitte«, lachte Grace. »Du brauchst das ebenso sehr wie ich. Egal, was du sagst.«

Er sah sie mit schmalen Augen an, antwortete aber nicht.

»Deal?«, fragte sie.

Er blickte von ihren Augen zu ihrer Hand und wieder zurück, bevor er sie nahm und leicht drückte. »Deal.«

16

»Du wirkst angespannt«, bemerkte Elliot, während er auf seinen Block kritzelte.

Max wand sich unter dem allwissenden Blick seines Seelenklempners.

»Willst du darüber reden?«

»Eigentlich nicht.«

Nun, seit Max beschlossen hatte, Grace bei ihrem … Intimitätsproblem zu helfen, fühlte er sich völlig durcheinander. Gleich am darauffolgenden Tag war Grace nach Washington gefahren. Sie hatte nach ihrer Panikattacke eine Notfallsitzung bei ihrer Therapeutin vereinbart. Außerdem wollte sie ein wenig Zeit mit ihrem Bruder verbringen, was Max nur recht war.

Ein wenig Abstand vor dem Unvermeidlichen konnte doch nur gut sein, oder?

Er atmete schwer aus und kniff sich in den Nasenrücken. Im Ernst, er verlor wirklich den Verstand, wenn er glaubte, Abstand von Grace zu brauchen. Eher noch vermisste er es zwei Tage lang, sie zu sehen. Seine Laufrunde machte allein nicht annähernd so viel Spaß. Es war nicht Abstand, den er brauchte. Es war die Gelegenheit, darüber nachzudenken, was ihre Abmachung bedeutete. Und nachdem er achtundvierzig Stunden lang darüber gegrübelt hatte, musste er sich eingestehen, dass ihm schon allein beim Gedanken, mit Grace zu schlafen, der kalte Schweiß ausbrach.

Es war verrückt. Schließlich hatte er schon mal Sex gehabt, Herrgott noch mal. *Haufenweise* Sex, und über den hatte er sich nie so den Kopf zerbrochen wie in den letzten sieben Tagen. Er hatte Frauen jeder Größe, Hautfarbe und Altersstufe gehabt und es genossen, aber mit Grace lag die Sache anders. Sie war nicht irgendeine Tussi, die er in einer Bar abschleppte ohne daran zu denken, sie wiederzusehen. Sie war eine Freundin.

Nachdem Grace deutlich entspannter aus Washington zurückgekehrt war, waren sie wieder in ihre alte Routine verfallen. Sie joggten, redeten und hingen in ihrem Haus herum, sogar wenn Max nicht arbeitete. Er half ihr beim Anstreichen, hängte noch mehr Bilder auf und fuhr sie sogar ins örtliche Gartencenter, um sich Pflanzen anzusehen, die sie für das Haus kaufen wollte. Es war genauso, wie es gewesen war, bevor sie nach Washington gefahren war, nur dass es eben nicht so war. Denn in der ganzen Zeit, seit sie ihren Deal besiegelt hatten, hatte keiner von ihnen etwas in der Richtung unternommen.

Nicht das Geringste.

Keine leichte Berührung, kein langer Blick, nicht einmal ein »Scheiß drauf, tun wir's einfach«.

Nichts.

Max hatte daran gedacht. Herrgott, und wie er daran gedacht hatte! Er hatte ihr auch vorher schon bei der Arbeit hinter der Bar oder beim Laufen zugesehen, aber jetzt stellte er sich dabei vor, wie es sein würde, sie unter diesem Rock zu berühren, den sie im Whiskey's trug, oder sogar den Schweiß zu kosten, der ihr übers Gesicht rann, wenn sie liefen. Er hörte zu, wie sie lachte, sah zu, wie sie den Kopf zurückwarf, und fragte sich, ob sie das auch tun würde, wenn sie kam.

Ja, »angespannt« war ein großartiges Wort dafür. Es war lange her, dass sein Schwanz sich so aktiv in sein tägliches Leben eingemischt hatte. Seit sein Körper Grace nicht mehr als tabu betrachtete, war er mehr als bereit, ihr zu »helfen«, wann immer sie es brauchte.

»Wirken deine Medikamente? Noch irgendwelche Albträume?«

Max begann, an seinem Daumennagel zu knabbern. Er schüttelte den Kopf als Antwort auf Elliots Frage und dachte darüber nach, ob er ihm einfach alles von Grace erzählen sollte. Er wusste, was der erste Impuls des Arztes sein würde. Er würde glauben, Max lasse sich auf eine Beziehung ein – was er nicht tat –, und würde ihm erklären, dass das eine schlechte Idee sei.

Vielleicht *war* es eine schlechte Idee. Aber der Anblick von Grace' Gesicht, als sie ihm davon erzählt hatte, was sie durchgemacht hatte und womit sie immer noch täglich kämpfte, war alles, was er als Anstoß brauchte, um ihr helfen zu wollen. Sie wollte sich zurückgewinnen, sich von diesem Arschloch befreien, das sie geschlagen hatte, und Max konnte ihr das sicher nicht verweigern.

»Ich hätte da eine Frage«, platzte er an seinem Daumennagel vorbei heraus. »Eine hypothetische.«

Elliots Brauen schnellten hoch. »Ich bin ganz Ohr.«

»Okay. Also«, setzte Max an und lehnte sich vor. »Beziehungen sind für genesende Suchtkranke schlecht, stimmt's?«

»Nicht unbedingt schlecht, das nicht, aber wir bemühen uns, Patienten davon *abzuraten*, neue romantische Bindungen einzugehen. Am Anfang einer Beziehung können die Gefühle einen überfordern und gelegentlich einen Rückfall auslösen.«

Max faltete die Hände und ließ sie zwischen seinen Knien baumeln. »Und was ist mit Sex? Ratet ihr Patienten davon auch ab?«

Elliot schwieg einen Moment, die Hand am Gesicht, den Stift reglos zwischen den Fingern. »Solange du dich schützt und deiner Partnerin gegenüber ehrlich bist, sehe ich kein Problem dabei.«

»Warum habe ich das Gefühl, da kommt gleich ein ›Aber‹?«, fragte Max trocken.

Elliot legte seinen Block auf die Armlehne des Sessels. *Oh-oh.* »Ich möchte einfach sichergehen, dass du nicht ein Verlangen mit einem anderen kompensierst, Max.«

»So ist es nicht, Doc«, sagte er ausweichend. »Sie ist … Wir sind nicht … Es ist kompliziert.«

Elliot nickte, drängte aber nicht weiter. »Und sie weiß Bescheid über deine Vergangenheit, deine Sucht?«

»Ein wenig. Sie weiß von meinem Entzug, von dir und Tate. Ich habe Lizzie erwähnt.«

»Das ist gut.« Sein Lächeln war stolz. »Das ist ein guter Anfang. Ehrlichkeit ist in *jeder* Beziehung, ob platonisch oder nicht, essenziell wichtig.«

Ja, das wusste Max auch. Ein wenig beruhigter durch Elliots Bestätigung, dass Sex okay war, lehnte er sich zurück. Nicht, dass er sich davon hätte abhalten lassen, wenn Elliot Nein gesagt hätte. Schließlich *war* er der größte Regelbrecher und Dreckskerl, den es gab. Aber die Worte seines Therapeuten beruhigten einen nervösen Teil von ihm, der ihn seit über einer Woche im Griff hatte.

Die Heimfahrt von seiner Sitzung war lang. Max kurbelte das Fenster seines Trucks herunter. Das angenehme Gefühl der warmen Abendluft auf seinem Gesicht half dabei, seinen Entschluss zu stärken, der in Elliots Sprechzimmer Gestalt anzunehmen begonnen hatte. Die ganze Sache mit Grace würde nur problematisch werden, wenn er es zuließ. Er hatte sich ihr geöffnet und Dinge mit ihr geteilt, bei denen er sich normalerweise tief in sich zurückgezogen hätte. Das hieß, der schwere Teil war aus dem Weg geräumt.

Sex war einfach. Mit Sex kannte er sich aus. Bei Sex war er gut. Sex mit Grace würde zweifellos fantastisch sein.

Er musste nur, wie Grace sagen würde, damit aufhören, zu viel darüber nachzudenken, und als er schließlich vor der Pension anhielt, hatte er das auch. Er würde eine heiße Frau vögeln, ohne jede Verpflichtungen. Jeder andere normale Typ würde vor Freude jubelnd durch die Gegend hüpfen, und es wurde höchste Zeit, dass er es auch tat. Entschlossen schlug er mit den Händen aufs Lenkrad.

Kein Druck, keine Sorgen, kein Getue.

Ja, er würde endlich anfangen, Spaß zu haben, verdammt.

Tate kam am folgenden Morgen mit seinem gewohnten breiten Lächeln und einem gelben T-Shirt an, auf dem ein –

»Was zum Henker ist das?«, fragte Max mit einem verwirrten Kopfschütteln, sobald sie sich Sandwiches gekauft und an ihren üblichen Platz im Café gesetzt hatten.

Tate sah an sich hinunter und zog eine Augenbraue hoch. »Das ist ein Minion als Wolverine verkleidet«, antwortete er, eindeutig angewidert von Max' mangelnden Comic-Kenntnissen. »Was zum Teufel sollte es denn sonst sein?«

Max lachte schnaubend. »Ich bitte um Entschuldigung. Offensichtlich hab ich heute einen schlechten Tag, was DC Comics –«

»Marvel! Herrgott!«

»Was auch immer.«

Tate schüttelte den Kopf und schaute mit vollem Mund kauend aus dem Fenster zum Himmel. »Ich weiß nicht, warum ich dich immer wieder besuchen komme. Wirklich nicht.«

»Weil du mich lieb hast«, gab Max zurück und biss ein gewaltiges Stück von seinem Chicken-Sandwich ab.

Tate zuckte mit den Schultern. »Irgendjemand muss es ja

tun, schätze ich.« Sie saßen in kameradschaftlichem Schweigen da und sahen zu, wie die Welt an ihnen vorbeizog, während sie aßen. »Also, wie läuft's so?«

»Ganz okay«, nickte Max. »Hab meine Sechs-Monats-Medaille bekommen.«

Max hätte nicht einen Augenblick lang geglaubt, irgendwann an diesen Punkt zu kommen, aber die goldene Medaille in seiner Tasche war der Beweis. Als er sie bei seinem letzten Gruppenmeeting verliehen bekommen hatte, hatte ihn zum ersten Mal ein stolzer Schauer durchrieselt.

Tate grinste. »Cool, Alter!« Sie machten eine Ghettofaust. »Noch irgendwelche ›schlechten‹ Tage?«

Max schüttelte den Kopf. Tate und er hielten engen Kontakt und schrieben sich wenigstens einmal am Tag SMS, manchmal auch öfter, und ebenso regelmäßig telefonierten sie miteinander. Seit Max' Alkoholeskapade war Tate ihm eine wahre Stütze gewesen. Die Tatsache, dass der Mann jede Woche nach Preston County fuhr, um Max zu sehen, war ein Beweis dafür, wie ernst er seine Rolle als Max' Sponsor nahm.

Wie immer quatschten sie über die Therapie, brachten sich über gemeinsame Freunde auf den neuesten Stand und tranken Kaffee. Mit Riley am Ruder brummte Max' Autowerkstatt, und Carter war gestresst von Kats Hochzeitsplanungen. Ohne Vorwarnung hielt Tate plötzlich mit der Kaffeetasse auf halbem Weg zum Mund inne und richtete seine Aufmerksamkeit auf etwas auf der Straße. Max folgte seinem Blick und schmunzelte.

Es war Grace.

In ihren Laufklamotten und herrlich verschwitzt ging sie die Straße entlang auf das Café zu und spielte dabei an ihrer Armbanduhr herum. Ohne Zweifel überprüfte sie ihre Laufzeit, wie sie es immer tat. Sie hatte ihre wippenden Locken zu einem Pferdeschwanz gebunden, und ihre Laufhose saß atemberaubend eng. Max' Schwanz zuckte anerkennend. Er ärgerte sich, dass er das Laufen mit ihr heute Morgen hatte absagen müssen.

»Gütiger Gott«, murmelte Tate. Mit offenem Mund starrte er sie durchs Fenster hindurch an und fuhr dann herum, um sie weiter anzustarren, als sie das Café betrat.

»Gefällt sie dir?«, fragte Max über den Rand seiner Kaffeetasse hinweg. Eine eigenartige und ungewohnte Wärme kroch über seine Haut, als er sah, wie sein Sponsor Grace anstarrte.

»Ja, ähm … Scheiße, sehen sie hier alle so aus?«

Max schaute zu Grace hinüber und fing ihren Blick auf. Strahlend winkte sie ihm zu. Er erwiderte ihren Gruß mit einem Nicken. »Nein«, antwortete er.

Wie Max vorhergesehen hatte, schlenderte Grace kurz darauf mit einem Kaffee und einem Muffin in der Hand auf sie zu. »Hey«, begrüßte sie ihn mit funkelnden grünen Augen.

»Selber hey. Wie war's beim Laufen?«

»Gut. Irgendwie langweilig ohne dich.« Ihr Blick flog zu Tate. »Hallo, du musst Tate sein, Max' Sponsor. Ich habe schon viel von dir gehört.«

Tate streckte ihr die Hand hin, und Grace ergriff sie nervös. »Nur Gutes, hoffe ich«, entgegnete er mit einem breiten, strahlenden Grinsen. Max verdrehte die Augen.

Grace lachte. »Oh ja, nur Gutes.«

Erwartungsvoll fuhr Tates Kopf zu Max herum. Der seufzte. »Das ist Grace«, stellte er sie vor. Tates Augenbraue schnellte hoch. »Sie ist meine Laufpartnerin.«

»Laufpartnerin, was?« Der Ausdruck auf Tates Gesicht zeigte, für welchen Bockmist er das hielt. Aber verflucht, sollte er doch denken, was er wollte.

»Ja«, sagte Grace. »Du hast heute eine wichtige Laufrunde gestört.« Ihre scherzhafte Miene war bezaubernd, und Max sah zu, wie Tate ihrem fesselnden Charme auf der Stelle erlag.

»Na, das geht ja wohl gar nicht!«, spielte Tate mit. »Vielleicht kann ich dir einen Kaffee ausgeben, um es wiedergutzumachen.«

Mit einem Räuspern verschränkte Max die Arme und richtete seine Aufmerksamkeit auf die Straße, weil er nicht wusste, wo er hinsehen sollte, während sein Sponsor seine … gute Freundin anbaggerte.

»Danke, aber ich hab schon meinen Caffè latte«, antwortete Grace und hob ihren Becher.

In der Fensterscheibe konnte Max ihr Spiegelbild sehen. Ihr Gesicht, lächelnd, aber schüchtern. Er würde allerdings nicht einschreiten, es sei denn, sie sah wirklich verängstigt aus. Außerdem war Tate harmlos. Ein Arsch, aber trotzdem harmlos.

»Hey, Max«, sagte sie plötzlich und zog dadurch seinen Blick wieder auf sich. »Könnten wir uns später an der Hütte am Fluss treffen? Ich arbeite bis nach Mittag in der Bar, aber ich kann um halb vier dort sein.« Sie wirkte nervös.

»Sollte ich mir Sorgen machen?«

»Oh nein, ich bräuchte nur deine Hilfe bei etwas.«

»Ich werde da sein.«

Sie lächelte, und die Zurückhaltung schwand. »Toll. Es war schön, dich kennenzulernen, Tate.«

»Das Vergnügen war ganz auf meiner Seite, Grace.« Tate ließ sie nicht aus den Augen, bis sie die Straße entlang verschwunden war.

Max wartete mit angehaltenem Atem.

»Okay«, befahl Tate mit auf die Tischplatte gepresstem Zeigefinger. »Spuck's aus, verdammt. Wer ist sie, und warum zum Teufel hast du noch nie von ihr gesprochen? Und komm mir nicht mit irgendwelchem Scheiß von wegen Laufpartnerin. Sie steht auf dich, und wenn du da nicht rangehst, dann entziehe ich dir auf der Stelle das Recht, dich einen Mann zu nennen.«

Gegen seinen Willen musste Max lachen. »Sie steht nicht auf mich. So ist das nicht.«

Entgeistert starrte Tate ihn mit offenem Mund an, die Hände mit den Handflächen nach oben ausgestreckt, und sah dabei seinem Bruder Riley unglaublich ähnlich. »Die steht so was von auf dich, wie kannst du … Na, wie auch immer. Warum klebst du nicht längst an ihr dran wie ausgelutschter Kaugummi?«

»Solltest du mir nicht stark von Frauen abraten?«

Tate wurde bleich. »Warum zum Teufel sollte ich so was tun?«

Max zuckte mit den Schultern. »Wegen dieser ganzen ›Beziehungen sind keine gute Idee während der Genesung‹-Sache?«

Tate blinzelte unschuldig. »Nun, ja, schon. Aber wer zum Geier redet denn von einer Beziehung?«

Schnaubend fuhr Max sich mit der Hand durchs Haar. »Wir sind Freunde.«

»Mit gewissen Vorzügen?«

Max starrte auf seine Tasse. »Irgendwie.«

Tate setzte sich aufrecht, nahm den Stock an seiner Seite und holte tief Luft. »Wir brauchen mehr Kaffee und einen von diesen Muffins«, er stand auf, »und dann wirst du mir *alles* erzählen.«

Das würde ein verdammt langer Vormittag werden.

Um halb vier kam Max an der Hütte an. Es war ein herrlicher Tag. Der Himmel war klar, und der Geruch des bevorstehenden Sommers betörte seine Sinne. Grace stand am Fluss, die Kamera wie üblich vor dem Gesicht, und machte Fotos vom Wasser. Sie trug einen Jeansrock, der bis zur Mitte ihrer Oberschenkel reichte, ein weißes Trägertop, das ihre Haut herrlich samtig wirken ließ, und Flip Flops. Das Deckhaar hatte sie zusammengenommen, sodass der Rest ihr in pechschwarzen Wellen und Locken über den Rücken fiel. Sie sah auf unaufdringliche Art sexy aus.

Max vergewisserte sich, dass er genug Lärm verursachte, um sie auf sich aufmerksam zu machen. Als sie hochschaute, lächelte sie breit und unbestreitbar glücklich. Tates Worte hallten in seinem Kopf wider. Stand sie auf ihn? Nun, es gab da eine gegenseitige Anziehung, so viel war klar. Sie hätte ihn nicht gebeten, mit ihr zu schlafen, wenn es nicht so wäre, oder? Er nahm die Sonnenbrille ab und versetzte sich im Geiste selbst eine Ohrfeige. Er musste sich verdammt noch mal entspannen. Schluss mit der Nachdenkerei.

»Du bist da«, sagte sie.

Er breitete die Arme aus. »Hab ich doch gesagt.«

Sie zog eine Grimasse. »Womöglich ändert sich das gleich wieder, wenn ich dir sage, warum du hier bist.«

Max runzelte die Stirn. »Schieß los.«

Nervös verknotete sie die Finger. »Also, letzte Woche, als ich meinen Bruder besucht habe, hat er mir gesagt, dass ich für eine Kunst- und Fotografie-Ausstellung Ende August beauftragt wurde.«

Max grinste. »Das ist ja fantastisch.«

Grace wurde rot. »Ja, das ist es. Es ist das erste Mal seit … Na ja, seit allem, und ich bin tierisch nervös. Mein Bruder hat bei ein paar Freunden zahlreiche Fäden gezogen, aber trotzdem ist es toll. Es ist eine große Fläche, die ich füllen muss, aber davon lasse ich mich nicht beunruhigen.«

»Also, wozu brauchst du mich?«

Sie holte tief Luft. »Ich hatte mich gefragt, ob du mich ein paar Fotos von dir machen lässt.« Max öffnete schon den Mund, um mit einem dicken, fetten »Keine Chance« zu protestieren, doch Grace kam ihm zuvor. »Es werden keine Portraits oder irgendwas in der Art«, versicherte sie ihm. »Tatsächlich werden die Leute nicht einmal wissen, dass du es bist. Es werden nur Teile von dir sein.«

Max stemmte die Hände in die Hüften. »*Teile* von mir?«

»Mmhm. Wie deine Arme.« Sie hob die Hand, ohne ihn jedoch zu berühren. »Deine Brust.« Die nervöse Haltung, die er im Café gesehen hatte, kehrte zurück, und ihre Miene war unsicher, auf der Hut.

So war sie Max gegenüber nie gewesen, und er würde nicht zulassen, dass sie damit anfing. Ohne nachzudenken, machte er einen Schritt auf sie zu, sodass ihre Hand auf seiner Brust zu liegen kam, direkt über seinem Herzen. Ihre Handfläche brannte sich heiß durch sein T-Shirt. Ein kleines Aufkeuchen entschlüpfte ihr, und im selben Moment schaute sie ihn aus großen Augen an, smaragdgrün leuchtend und wunderschön.

»Du kannst mich berühren«, sagte er ihr sanft. »Hab keine Angst. Nicht vor mir.«

Sie schluckte, zog die Hand jedoch nicht zurück. Stattdessen spreizte sie die Finger weiter und legte die Handfläche mit mehr Druck auf seine Brust. Ein Ausdruck der Entschlossenheit verhärtete ihre Züge.

»Also gut«, flüsterte sie. »Ich würde auch gern Fotos von deinem Gesicht machen.« Langsam hob sie die Hand, nahm sein Kinn zwischen Daumen und Zeigefinger und drehte seinen Kopf zur Seite. »Diese Stelle hier.« Sie zog mit der Fingerspitze eine unsichtbare Linie von seinem Augenwinkel bis zum Rand seines Munds. »Niemand wird wissen, dass du es bist.«

Max' Atem ging schwerer, sein Puls hämmerte. Das Gefühl von Grace' Fingern an seinem Kiefer, von ihrer Haut an seiner war unglaublich. Es war zu verdammt lange her, seit er die Berührung einer Frau erfahren hatte. Er war hart und außer Atem, und dabei waren sie beide noch völlig angezogen.

Scheiße.

»Okay«, krächzte er.

»Okay?«, wiederholte sie und ließ die Hand sinken. »Dann wirst du es tun?«

In Moment hätte er alles getan, was sie wollte, wenn sie ihn nur wieder berührte. »Klar.«

Während der nächsten Stunde machte Grace Fotos von Max' Gesicht, seinen Augen, seinem Mund und seinem Kiefer vor dem Hintergrund der alten Hütte, der Bäume und dem Fluss. Nach jeder Aufnahme zeigte sie ihm das Ergebnis, um ihm zu versichern, dass er nicht zu erkennen war. Max musste zugeben, dass sie sehr viel Talent hatte. Ihr Blick für Formen und Licht war außergewöhnlich.

»Ich brauche dich hier drüben«, befahl sie und zeigte auf den umgestürzten Baumstamm, auf dem er gesessen hatte, als sie bei ihrem morgendlichen Lauf eine Pause gemacht hatten. Er schwang ein Bein darüber und setzte sich rittlings darauf. Grace setzte sich neben ihn.

»Ich möchte Fotos von deinen Händen machen.« Ihre Stimme wurde leiser, als sie sein Handgelenk berührte. »Aber ich … ich möchte einen Farbunterschied zeigen.« Sie legte ihre Hand auf seine. »So etwa.«

Max leckte sich über die Lippen, als er ihre vereinten Hände betrachtete, ihre Haut ein erlesenes dunkles, warmes Karamell auf seiner nur leicht gebräunten Haut. Mit der freien Hand hob sie die Kamera und knipste zweimal. Sie setzte sich ein wenig zurecht, dabei rückte sie näher. Ihr Parfum, süß und blumig, schlug ihm entgegen. Sie neigte die Kamera und knipste, bewegte ihre Hand, bewegte seine, aber immer noch wirkte sie unzufrieden. Max allerdings war alles andere als das.

Mit einem genervten Schnauben lehnte sich Grace zurück und nahm ihre Finger von seinen. »Es funktioniert nicht.« Sie schloss die Augen und legte den Kopf in den Nacken. »Ich bekomme den Winkel nicht richtig hin.«

Max' Blick wanderte an ihrem Hals entlang, über ihren Puls, hinunter zu dem V-Ausschnitt ihres Tops und der Rundung ihrer Brüste und weiter zum Ansatz ihrer Oberschenkel, wo der Rock hochgerutscht war. Ihre Beine waren perfekt. Sie hatte die Beine einer Läuferin, schlank und stark. Flüchtig fragte er sich, wie sie sich anfühlen würden, wenn sie um seine Hüften geschlungen wären, um seine Rippen, um seinen Hals. Er wettete, sie schmeckte unglaublich.

»Du brauchst beide Hände, um die Kamera zu halten«, schlug er vor. Seine Stimme war tief und heiser, sein Blick unverwandt auf ihren Schoß gerichtet.

»Ja, aber das kann ich nicht, solange wir«, sie deutete frustriert zwischen ihnen hin und her, »so dasitzen.«

Entschlossen nahm Max ihre Hand. Er wartete, bis sie ihn ansah, was sie mit offener Überraschung über seine Direktheit tat. Doch Max war es leid, um den heißen Brei herumzuschleichen. Wenn sie wollte, dass er ihr half, dann war es an der Zeit, es zu beweisen.

»Vertraust du mir?«, fragte er leise.

Ihr Blick zuckte von seinen Augen zu seinem Mund, zu seinen Händen und wieder zurück. Es gefiel Max, wie ihr Blick sich auf ihm anfühlte, unschuldig und aufrichtig. Sie schwieg eine Ewigkeit lang, was ihm den Schweiß auf der Stirn ausbrechen ließ. »Tust du das?«

Sie nickte, ohne den Blick abzuwenden. »Ja«, antwortete sie. »Ich vertraue dir.«

Max atmete aus. »Gut.« Er lächelte. »Ich glaube, ich weiß, wie wir das hier leichter machen können.« Sie wartete. »Dreh dich um«, sagte er. »Damit du mit dem Rücken an meiner Brust sitzt.«

Sie zögerte einen Moment, dann holte sie tief Luft und drehte sich um, wie er gebeten hatte. Langsam lehnte sie sich zwischen Max' Beinen zurück und rutschte über den Baumstamm, bis ihr Kopf unter seiner Nase war. Ihr Haar duftete einfach umwerfend, wie frische Wäsche und Honig. Außerdem musste er unbedingt wissen, welche Bodylotion sie benutzte, denn das Zeug war einmalig. Nichts war so gut wie der Duft einer Frau, verdammt, das hatte ihm gefehlt.

»Stell deine Füße auf den Stamm«, wies er sie an. »Gut so. Und jetzt lege ich meine Hände auf deine Beine, okay? So kannst du die Kamera halten und das Foto machen.«

Sie räusperte sich, antwortete jedoch nicht. Max beugte sich vor und legte sein Kinn auf ihre Schulter, behielt seine Hände aber noch bei sich. »Wenn du das nicht willst, ist das in Ordnung«, flüsterte er. »Ich werde nichts tun, was du nicht willst. Das schwöre ich.«

Sie nickte.

»Rede mit mir«, drängte er. »Sag mir, ob du damit klarkommst.«

Sie atmete ein wenig schneller. »Ich … Es ist okay.« Sie schürzte die Lippen. Max erkannte die Beruhigungstechnik wieder, die Elliot ihm in der Klinik beigebracht hatte. »Nur … mach langsam. Bitte.«

»Was immer du möchtest.«

Max schluckte und veränderte seine Haltung hinter ihr ein wenig, weil er nicht wollte, dass seine Lust sich Grace in den Hintern bohrte. Herrje, er war angespannter als eine verdammte Sprungfeder. Unvermittelt nahm er alles an dieser Frau zwischen seinen Beinen überdeutlich wahr, ihren Atem, ihren Duft, das leichte Zittern, das ihr über den Rücken lief, als seine Handflächen endlich die Haut ihrer Beine berührten. Angestrengt musste er das Stöhnen unterdrücken, das ihm aus der Kehle zu steigen drohte. Sie war warm und so verdammt weich unter seinen Fingerspitzen.

Er hielt die Hände reglos auf ihre Oberschenkel gepresst, die Fingerspitzen knapp unter dem Knie. »Mach das Foto«, raunte er in ihr Haar und bemühte sich verzweifelt, die unvergleichliche Aussicht zu ignorieren, die er in ihren Ausschnitt hatte. »Mach es.«

»Ich kann mich nicht bewegen«, keuchte sie.

»Doch, das kannst du.« Max verschob leicht die Hände, ein zartes Flüstern von Haut auf Haut. »Ich halte dich nicht fest. Du hast die Kontrolle. Du kannst dich bewegen, du kannst mich wegstoßen …«

»Nein, nicht«, unterbrach sie ihn mit einem jähen Kopfschütteln. »Geh nicht weg.«

Max lächelte. »Keine Sorge.«

Er würde nirgendwo hingehen. Verdammt, was hätte er nicht darum gegeben, ihr die Beine zu spreizen und zu spüren, welche Freuden sich dazwischen verbargen. Er fragte sich, ob sie feucht war, ob sie rasiert war oder nicht. Er würde sie herumdrehen, auf seinen Schwanz setzen und sie so hart nehmen, dass sie alles und jeden vergaß, der ihr je Angst gemacht hatte. Oder noch besser: Er würde sie über den Baumstamm beugen, auf dem sie saßen, und sie seinen Namen schreien lassen. Immer wieder.

Aber er wusste, dass noch nicht die Zeit für irgendetwas anderes als klitzekleine Schritte gekommen war.

Kleine, langsame, sanfte Schritte.

Der Sex würde später kommen.

Er schloss die Augen und atmete tief durch, um seinen Körper zu beruhigen. Es war keine leichte Aufgabe. Nach einem Moment des Schweigens hob Grace die Kamera und fing an, ein Foto nach dem anderen von seinen Händen auf ihr zu schießen.

»Kannst du … die Hände mehr … hierher legen, an die Innenseite meiner Schenkel?« Ihre Stimme war schüchtern, warm und unglaublich sinnlich.

Max tat, worum sie ihn gebeten hatte, und biss sich auf die Lippen, als ein urtümlicher Drang ihn erfasste. Er wollte einfach nur noch zupacken. »Deine Haut ist so weich«, flüsterte er stattdessen und schmiegte die Nase an ihren Hals, ermutigt und wahnsinnig erleichtert, dass sie nicht ausflippte.

Sie machte noch ein paar Fotos und ließ dann den Kopf zurück auf seine Schulter sinken.

»Sie riecht auch so gut«, fuhr Max fort und atmete tief ein. »Verdammt, was ist das?«

Sie lachte, und die Bewegung sorgte dafür, dass sich ihr Körper fantastisch an seinem rieb. »Das ist Kakaobutter«, murmelte sie.

»Einfach umwerfend.«

Sie lachte wieder.

Max unterdrückte ein Stöhnen. »Du riechst zum Anbeißen.«

Der leise Seufzer, der Grace über die Lippen kam, war hungrig und lustvoll und brachte Max dazu, den Druck seiner Finger ein wenig zu verstärken.

»Du bist so heiß, Gracie«, sagte er ihr. »So verdammt heiß.« Seine Zunge schnellte hervor und zog eine Spur an ihrem Hals empor, bevor er überhaupt begriff, dass er das tun wollte.

»Oh Gott«, keuchte sie auf und neigte den Kopf zur Seite, um ihm besseren Zugang zu gewähren.

Die Lippen immer noch an der Linie ihres Kinns, riskierte Max es, seine Hände wieder zu bewegen, noch weiter zwischen ihre Schenkel. Er spreizte die Finger, sodass sein Daumen unter ihrem Rock verschwand. »Ich kann es nicht erwarten, dich zu spüren«, murmelte er an ihrem Ohrläppchen. »Hier.« Seine Hände glitten neckend weiter, nur noch Zentimeter von der

Stelle entfernt, die er so verzweifelt berühren wollte. »Ich werde dafür sorgen, dass es so gut für dich wird, Grace. Du hast ja keine Ahnung.«

Sie schob ihre Finger zwischen seine. »Das weiß ich.«

Gerade als Max anfing, sich zu fragen, was sie tun würde, falls er ihre Brüste berührte, wurde Grace unruhig. Max unterdrückte ein Murren, als sie langsam seine Hände fortnahm. Er konnte sich nicht beschweren. Sie hatte ihm erlaubt, so viel mehr zu tun, als er sich erhofft hatte. Sie setzte sich auf, stellte die Füße wieder auf den Boden und drehte sich zu ihm um.

Kurz huschte ihr Blick zu seinem Schritt und der Beule, die sich in seinen Cargo-Shorts gebildet hatte, und sie verbarg ihr wissendes, aber verlegenes Lächeln hinter ihrem Handrücken.

Max lachte leise. »Ich werde mich nicht dafür entschuldigen, dass du mich hart machst«, stellte er fest, während er aufstand und sich mit einem Ächzen streckte. Er musste dringend laufen gehen, um sich abzureagieren.

»Das würde ich auch nicht wollen. Es gefällt mir.«

Max zog eine Augenbraue hoch. Ihr flirtender Ton trug nicht gerade dazu dabei, seine Erregung zu dämpfen. »Ach ja?«

Sie zuckte mit den Schultern. »Natürlich. Es gibt mir ein gutes Gefühl, dass du mich attraktiv findest.«

Max schnaubte. »Na logo!«

Grace lachte nicht, wie Max erwartet hatte. Stattdessen schlang sie die Arme um sich und machte sich kleiner. Sie schlug die Augen nieder.

Max runzelte die Stirn. Panik strich über seinen Nacken. »Ich wollte dich nicht erschrecken. Du hättest es mir sagen sollen, wenn ich zu weit gehe. Bin ich zu weit gegangen?«

»Nein!«, schrie sie beinahe. »Nein. Max, es war … es … Es hat mir gefallen. Sehr sogar. Du hast nichts falsch gemacht.«

Langsam kam er näher und setzte sich neben sie. »Was ist es dann?« Sie biss sich auf die Lippe und seufzte. Max strich ihr das Haar über die Schulter. »Grace, sag es mir.«

»Ich möchte dir etwas zurückgeben«, flüsterte sie mit einem Blick auf seinen Schoß. »Ich möchte dich auch berühren.«

»Das kannst du doch«, beharrte er. War sie verrückt? »Hör mal, wie ich schon sagte, ich bin ein Kerl, also wenn du mich berühren willst, dann berühr mich. Scheiße, Mädchen, du willst mich in der Öffentlichkeit vögeln? Dann vögle mich in der Öffentlichkeit. Du willst die Hand in meine Hose stecken? Dann steck deine Hand in meine verdammte Hose.«

Nun lachte sie, was Max ebenfalls zum Lächeln brachte. »Ich bin mir nicht ganz sicher, ob wir das Stadium Vögeln-in-der-Öffentlichkeit schon erreicht haben.«

»Ha!« Max zeigte mit dem Finger auf sie. »Das war kein Nein! Heißt das, du würdest das tun?«

Sie schubste ihn spielerisch von sich. »Ach, halt die Klappe, du Perversling!«

Die warme Brise umwehte sie und ließ die Blätter der Bäume rascheln.

»Hab keine Angst davor, mich zu benutzen«, fügte Max hinzu und redete weiter, bevor sie gegen seine Wortwahl protestieren konnte. »Benutz mich, um herauszufinden, was du magst, wo deine Grenzen sind, was du genießt. Darum geht es hier, oder etwa nicht?«

Sie betrachtete ihn einen Moment lang mit intensivem Blick. »Okay.« Dann beugte sie sich vor und küsste ihn rasch auf die Wange. »Danke.«

17

Grace machte beinahe jeden Tag Fotos von Max.

Wenn sie joggten, wenn sie zusammen rumhingen, wenn er am Haus arbeitete. Okay, wenn Grace ehrlich war, dann waren die meisten Fotos äußerst verstohlen aufgenommen worden und eher für ihre eigene private Sammlung als für die Ausstellung bestimmt.

Max hatte einfach ein herrliches und absolut fotogenes Gesicht. Sie hätte ihn dafür gehasst, wenn sie ihn nicht so gern hätte. Er bestand fast nur aus harten Kanten, Narben – er hatte zwei, eine an seiner rechten Augenbraue und eine am Kinn – und männlichen Zügen. Sein Haar war so dunkel, dass es beinahe schwarz wirkte, ebenso wie seine Augen, aber wenn die Sonne den rauen Bartschatten auf seinem Gesicht einfing, dann leuchtete es golden und kastanienbraun, während seine Augen zwischen haselnuss- und schokoladenbraun hin- und herschimmerten. Er war wirklich schön.

Und besaß offenbar die Geduld eines Engels.

Die beiden hatten sich nicht mehr so berührt seit ihrem Tag bei der Hütte, einem Tag, an den Grace ständig denken musste. Es hatte leichte Berührungen an den Händen und sanftes Stupsen der Schultern gegeben, aber nichts, das sie so in Brand steckte, wie es seine Hände auf ihren Schenkeln getan hatten. Gütiger Himmel, Grace war erstaunt, dass sie nicht tatsächlich in Flammen aufgegangen war. Es war das erste Mal nach zu langer Zeit, dass sie nicht vor der Berührung eines Mannes zurückgeschreckt war.

Und was für eine Berührung das gewesen war!

Die raue, schwielige Haut und die langen, kräftigen Finger seiner Hände hätten sie zum Orgasmus bringen können, ohne auch nur in die Nähe ihres Höschens zu kommen. Seine Berührung war zärtlich, aber bestimmt, und selbst nachdem sie seine Hände fortgenommen hatte, konnte sie sie eine Woche später immer noch an ihren Schenkeln spüren.

So überrascht sie auch darüber gewesen war, dass Max die Initiative ergriffen und sie berührt hatte, sich selbst hatte sie noch mehr überrascht. Natürlich war da anfänglich Panik gewesen, die ihr die Brust zuschnürte und ihr Herz rasen ließ, aber der Anfall war so schnell wieder vorbei, wie er begonnen hatte. Als Max' Zunge an ihrem Hals entlangwanderte und er ihr sündige Worte ins Ohr flüsterte, hämmerte Grace das Herz aus einem völlig anderen Grund gegen die Rippen.

Sie war erregt.

Zum ersten Mal seit Jahren wirklich unsagbar erregt.

Max' Berührung, sein sinnliches Flüstern, sein Körper, der sich an sie drängte, hatten ihre Libido mit einem gewaltigen *›Na, wie geht's denn so?‹* aufgeweckt. Ihr Blut erhitzte sich, ihr Atem wurde schwer, und sie wusste, wenn sie seine Hände nicht fortgenommen hätte, wären sie noch viel weiter gegangen.

Aber das wäre zu schnell gewesen. Sie musste daran denken, immer nur einen Schritt nach dem anderen zu machen. Denn so stolz Grace auf sich auch war, gab es immer noch Elemente der Intimität, die ihr eine Todesangst einjagten. Sie hatte im Laufe der Jahre mit ihrer Therapeutin Nina versucht, daran zu arbeiten, aber immer noch versetzte sie der Gedanke, dass ein Mann sie unterhalb der Hüfte berührte, in Panik. Nina hatte sie gedrängt, es zu riskieren, als Grace ihre Abmachung mit Max erwähnt hatte. Lass los, hatte sie gesagt, hab keine Angst vor der Lust.

Und das wollte sie auch nicht haben. Zu sehen, dass Max ihretwegen so hart geworden war, war ebenso erregend wie nervenaufreibend. Sie wollte ihn berühren. Sehnte sich regelrecht danach, nur um zu spüren, wie er sich anfühlte, zu sehen, ob sie ihn kommen lassen konnte, aber jedes Mal, wenn sie daran dachte, es zu tun, wütete Unbehagen in ihr.

»Hey, Grace?«

Grace hörte damit auf, die Kissen auf ihrem neuen Ledersofa zu arrangieren, und drehte sich um. Buck und ein weiterer von Vince' Arbeitern stolperten durch die Eingangstür, zwischen sich eine riesige Kiste. So wie sie dabei in die Knie gingen, musste sie ziemlich schwer sein.

»Schminktisch ins Schlafzimmer?«, keuchte Buck.

Der Gute, er hatte sich nach seinem Geburtstag und ihrem peinlichen Anfall überschwänglich bei Grace entschuldigt. Er hatte ihr sogar Blumen gekauft. Margeriten. Er konnte gar nicht genug für sie tun. Durch seine rührende Aufmerksamkeit hatte er natürlich ihre Zuneigung gewonnen.

»Ja, bitte«, antwortete sie. »Vielen Dank!« Sie lächelte, als die beiden Männer schnaufend und ächzend ihren Weg die Treppe hoch antraten.

Das Haus war endlich fertig. Grace sah sich um, ein zufriedenes Lächeln im Gesicht. Sie hatte es geschafft. Endlich besaß sie etwas, das nur ihr gehörte, unbefleckt durch ihre Vergangenheit, etwas, dass sie allein geschafft hatte. Es war so schön und gemütlich und genau so, wie Grace es sich erträumt hatte. Sie war unablässig darin herumgeflitzt und hatte sich dabei ihr mädchenhaftes Quietschen vor Begeisterung über die Holzböden, die hohen Decken und die großen Fenster verkniffen. Sie konnte es nicht erwarten, dass Kai es sah. Es hatte sogar eine blaue Tür. Es war perfekt.

Die meisten ihrer Möbel waren vor über zwei Tagen angekommen, alle bis auf das Bett, doch die aufblasbare Matratze, die Ruby ihr geborgt hatte, war einstweilen ganz okay. Vince hatte ihr die Möbelpackerdienste seiner Arbeiter und aller anderen angeboten, die an jenem Abend, an dem sie die Fertigstellung des Hauses feierten, in der Bar gewesen waren. Sogar Ruby hatte ihr die Muskelkraft ihres Mannes offeriert sowie ihre eigenen Fähigkeiten, Sandwiches und Limonade zu machen, was gerade recht kam, als die Arbeiter in der Hitze schlappzumachen begannen. Es war ein tröstliches Gefühl, so viele fantastische Menschen um sich zu haben.

Max versäumte die Feier, da er bei einem seiner Meetings war, aber er half am nächsten Tag beim Aufstellen der Schränke, Sofas und Küchengeräte. Immer wieder fing Grace dabei seinen Blick auf. Dann lächelte sie, und er lächelte zurück, kaum merklich und verhalten, dennoch ließ es ihren Bauch kribbeln.

Als die letzten Helfer gegangen waren, jeder mit einem Sixpack Bier, das Grace als Dank gekauft hatte, machte sie sich auf den Weg zur Pension, um Max zu sehen. Sie klopfte an seine Zimmertür, so gut es mit vollen Händen ging. Als sie ihn rufen hörte, bemühte sie sich nach Kräften, das Flattern in ihrem Bauch zu ignorieren. Und als sie seine Schritte näherkommen hörte, lächelte sie, doch als er die Tür öffnete, fiel ihr das Grinsen aus dem Gesicht.

Heilige. Scheiße.

Wenn Grace Max angezogen schon attraktiv gefunden hatte, dann war es noch mal eine völlig andere Sache, ihn ohne Kleidung zu sehen. Er war barfuß und trug nur eine lockere schwarze Jogginghose, die ihm tief auf der Hüfte saß und mit bunten Farbspritzern übersät war. Sein V-förmiger nackter Oberkörper war definiert genug, um jedes Höschen in einem Umkreis von zehn Meilen in Flammen aufgehen zu lassen. Er hatte einen flachen Bauch mit gewölbten Muskeln und einem Pfad vereinzelter dunkler Haare, der von seiner breiten Brust nach unten führte. Seine Schultern waren dick und kräftig.

Und, oh mein Gott, war das ein *Tattoo* …?

»Es ist unhöflich, jemanden so anzustarren.«

Sofort flog Grace' Blick zu seinem Gesicht. Der arrogante Bastard lehnte schmunzelnd mit dem Unterarm am Türrahmen und zwirbelte einen Pinsel zwischen den Fingern. Er hatte sogar die Frechheit, anzüglich mit den Augenbrauen zu wackeln.

»Ich hab dich gar nicht angestarrt«, schwindelte sie. Sie räusperte sich und schüttelte leicht den Kopf, um ihn von dem lüsternen Nebel zu befreien, der plötzlich ihr Gehirn erstickte. »Das würde ich nie tun. Ich wollte nur … Weißt du, ich hatte gerade … Schau, ich hab Pizza mitgebracht.« Sie hielt den großen Karton in ihrer Hand hoch. »Salami, mit extra viel Zwiebeln. Und Dr. Pepper.« Sie hob die andere Hand mit den Limonadendosen.

»Na, dann komm besser rein«, meinte er mit einem Lachen und hielt die Tür für sie auf.

Grace trat ein und tauchte unter seinem Arm hindurch, dabei glühten ihre Wangen heiß unter seinem wissenden Blick.

Sein Zimmer war haargenau so eingerichtet, wie ihres es gewesen war, nur dass hier ein Paar schwer aussehende Hanteln in der Ecke lagen und eine große Leinwand auf einer Staffelei stand, umgeben von einer Auswahl an Farben und Pinseln. Ein großes Laken verhüllte das Bild, und es juckte Grace in den Fingern, einen Blick darunter zu werfen. Mehrere andere Leinwände lehnten umgedreht an der gegenüberliegenden Wand.

»Hast du gemalt?«, fragte sie, während sie die Pizza und die Limonade auf einen kleinen Beistelltisch stellte. »Habe ich dich deshalb nicht gesehen?«

Max fuhr sich mit der Hand über den Bauch, dabei beobachtete er jede ihrer Bewegungen. »Ein wenig. Nichts Aufregendes.« Er kam auf sie zu, legte den Pinsel weg und hob den Deckel der Pizzaschachtel an. »Ich bin am Verhungern.« Er nahm sich ein Stück und biss einen gewaltigen Bissen ab.

Grace bemühte sich sehr, nicht dabei zuzusehen, wie sich sein Kiefer und sein Hals bewegten, als er schluckte. Sie bemühte sich *wirklich*. Dann trat sie ein wenig näher zu den Gemälden und fuhr spielerisch mit dem Finger über die Oberkante der Leinwände. »Lässt du eigentlich auch mal jemanden deine Werke sehen?«, fragte sie beiläufig.

Max zuckte die Schultern und nahm sich ein zweites Stück Pizza. »Manchmal.« Er musterte sie einen Moment lang, bevor er die Augen verdrehte. »Du kannst sie dir ansehen, wenn du willst. Sie sind kein Staatsgeheimnis oder so was.«

Grace strahlte ihn an, dann fing sie an, die Gemälde umzudrehen. Sie waren alle sehr unterschiedlich, doch jedes bestätigte, was Grace bereits wusste: Max war ausgesprochen talentiert. Die Farben und Nuancen, die er benutzte, waren bei manchen Bildern kühn und aggressiv, wohingegen andere subtiler, vorsichtiger, ruhiger waren. Die asymmetrischen Formen und Muster, die er malte, lenkten den Blick über jeden Zentimeter des Bildes, flüsterten in hellem Grün, sanftem Braun und stummem Schwarz und schrien in Blutrot. Seine Stimme war in jedem von ihnen offenkundig, wütend in manchen, klug und empfindsam in anderen. Als Grace jedes Einzelne aufmerksam betrachtete, bemerkte sie, wie der Zorn von Bild zu Bild weniger offensichtlich wurde. Die Formen wurden weniger schroff, weniger kantig, sondern fließender, geschwungen und sanft. Sie lächelte.

»Die sind toll, Max«, sagte sie ihm, als sie sich aus ihrer kauernden Haltung wieder aufrichtete. »Wirklich. Du bist sehr gut.« Ihr Finger fuhr über die zarten rosafarbenen Striche auf dem Bild, das ihr am nächsten war, ihr Lieblingsbild. »Die sollten irgendwo ausgestellt werden.«

Mit einem Schnauben schüttelte Max den Kopf. »Die will doch keiner, nicht mal geschenkt.«

»Ich würde sie nehmen«, erwiderte sie schnell. »Zumindest das hier. Das finde ich toll.« Die schwungvollen Karamelltöne mit dem Hauch von Gold erinnerten Grace an die Augen ihrer Mutter.

»Dann gehört es dir«, antwortete Max mit einer beiläufigen Geste, ohne dem Bild große Aufmerksamkeit zu schenken. Er schnappte sich noch ein Stück Pizza. »Das ist echt super. Womit hab ich das verdient?«

Grace machte keine Bemerkung über den abrupten Themenwechsel, als sie zu ihm ging. Sie wusste, dass er ihr vermutlich erlaubt hatte, mehr zu sagen und zu tun, als er normalerweise dulden würde, und das wusste sie zu schätzen. Max war ein zurückhaltender Mensch, und als Künstlerkollegin verstand Grace, wie persönlich die eigenen Werke waren.

»Das ist nur ein kleines Dankeschön für all deine Hilfe am Haus«, erwiderte sie. »Den anderen Jungs habe ich Bier gegeben, aber ich dachte, du würdest das hier mehr zu schätzen wissen.« Sie ging ins Bad, um etwas Toilettenpapier als Serviettenersatz zu holen.

»Da hast du recht.« Max setzte sich auf eine Seite des Bettes, nachdem er sich eine Dose Dr. Pepper genommen hatte. »Ich liebe Pizza.«

Grace schnaubte leicht und setzte sich mit ihrem eigenen Stück Pizza und einer Dose zu ihm, sich übermäßig der Tatsache bewusst, dass er immer noch kein Shirt angezogen hatte und sie auf seinem zerwühlten Bett saßen. Unter dem köstlichen Aroma von Oregano und Salami um sie herum hüllte sie der unterschwellige Duft nach Mann ein. Ihr Pulsschlag beschleunigte sich, aber eigenartigerweise setzte keine Panik ein.

»Also, wie ist es heute Vormittag gelaufen?«

Max hatte einen Termin bei seinem Therapeuten gehabt und deshalb ihre Verabredung zum Laufen versäumt. Das machte ihr offensichtlich nichts aus, aber durch seine Abwesenheit hatte sich der Tag ein wenig länger hingezogen, obwohl es im Haus noch immer viel zu tun gab.

»Gut«, antwortete Max, nachdem er einen Bissen Pizza hinuntergeschluckt hatte. »Er hat meine Medikamente reduziert. Sagt, er ist zufrieden mit meinen Fortschritten.«

»Das ist ja toll«, rief Grace begeistert. »Ich bin stolz auf dich.«

Max wischte sich den Mund ab und sah sie zweifelnd an. »Wirklich?«

»Klar.« Sie zuckte mit den Schultern. »Es ist großartig, dass du dich so gut machst.«

»Du aber auch.« Er stieß ihren Ellbogen mit seinem an. »Du musst begeistert sein, dass das Haus fertig ist.«

»Ja. Obwohl ich es vermissen werde, dich nicht mehr gleich auf der anderen Seite des Flurs zu haben.«

Er lachte. »Na, du weißt ja, wen du anrufen musst, wenn deine Rohre den Geist aufgeben.«

Grace schluckte den letzten Bissen Pizza zusammen mit ihrer Nervosität hinunter, die ihr die Kehle zuschnürte. »Du kannst gern mal vorbeikommen«, murmelte sie. Sie fingerte an ihrer Limonadendose herum. »Wann immer du willst. Jederzeit. Ich könnte was für dich kochen.«

Sie riskierte einen Seitenblick auf Max. Er wirkte amüsiert. Seine Mundwinkel zuckten, als müsse er sich ein Grinsen verkneifen. »Klar, ich komme gern vorbei. Besonders wenn du kochst. Ein Mann muss schließlich auch mal was essen, oder?« Er schob sich ein weiteres Stück Pizza in den Mund.

Als er den Arm hob, bemerkte Grace eine lange Narbe, die von knapp unter seinem Brustmuskel quer über seine Rippen in Richtung Rücken lief. Sie streckte die Finger aus, um sie zu berühren, bevor sie sich zurückhalten konnte. Nicht dass es Max zu stören schien. Er schaute auf ihre Finger, die die tiefe Furche verheilten Fleisches nachzogen.

»Ach, das«, murmelte er mit vollem Mund.

»Was war das?«, fragte sie leise.

»Eine Kugel.«

Max' Antwort war so sachlich, dass Grace einen Augenblick brauchte, um zu begreifen, was er gesagt hatte. Als die Worte in ihrem Verstand ankamen, riss sie erschrocken die Hand zurück. »Eine Ku… Ist das dein Ernst?«

Immer noch kauend nickte er.

»Was ist passiert?«

»Mein bester Freund und ich wurden da in so eine Sache verwickelt.«

»Carter?« Max redete oft von seinem Freund. Er hatte ihn eindeutig sehr gern und sprach über ihn wie über einen Bruder.

»Ja.« Er legte die Hand auf die Narbe. »Das war von einem Autodiebstahl, der in die Hose ging.«

Grace lehnte sich zurück. Fassungslosigkeit ließ ihre Haut kribbeln. »Du sagst das so ungerührt.«

»Das war nicht meine Absicht. Es ist, wie es ist, und war vor langer Zeit.«

»Hat die Kugel irgendwelchen Schaden angerichtet?«

»Nur das, was du siehst. Ich hatte Glück. Der Doc meinte, weil ich Carter aus dem Weg gestoßen habe, hat die Kugel ihr wahres Ziel verfehlt.« Er klopfte sich auf die Brust. »Mein Herz.«

Grace runzelte die Stirn. »Moment mal. Du hast Carter aus dem Weg gestoßen?«

»Ja. Der Wichser mit dem Finger am Abzug hatte von der anderen Straßenseite aus auf meinen Kumpel gezielt.«

»Herrje.« Grace schlang die Arme um sich, da ihr trotz der Schwüle im Zimmer plötzlich kalt geworden war. »Du hättest getötet werden können.«

Max zuckte mit den Schultern. »Er ist mein bester Freund. Den darf niemand erschießen außer mir.« Lächelnd schaute er auf den Boden.

Allmählich verdichtete sich die Geschichte um Max O'Hare. Kugeln, Autodiebstahl und Drogen. *Du liebe Güte.* Für jeden normalen, *geistig gesunden* Menschen wären das Wörter gewesen, die sie zur Tür rennen und schnellstens die Flucht ergreifen lassen sollten. Doch die Bescheidenheit, mit der er davon sprach, seinem Freund das Leben gerettet zu haben, sorgte dafür, dass Grace blieb. Da war so viel mehr an ihm als cooles Gehabe und Drogenentzug, und Grace konnte nicht bestreiten, dass sie darauf brannte, alles zu erfahren. Die Gemälde waren nur ein flüchtiger Einblick in die Art, wie er tickte.

Max stellte seine Dose auf den Fußboden und drehte sich zu ihr um, die Hand auf das Bett gestützt. »Ich bin nicht stolz auf meine Vergangenheit, wie du sehr wohl weißt, aber ich kann sie nun mal nicht ändern. Diese Narbe ist nur eins der Dinge in meinem Leben, die mich daran erinnern, wer ich nicht mehr sein will.«

»Und dein Tattoo?« Sie zeigte auf die geschwungene schwarze Linie, die sich über seine Schulter und den oberen Bizeps seines rechten Arms zog. Grace wollte, dass er sich umdrehte, damit sie den Rest davon sehen konnte.

Er lächelte trocken und schüttelte den Kopf. »Das ist eine Geschichte für einen anderen Tag, denke ich.«

Enttäuscht nickte sie.

Grace konnte allerdings verstehen, dass er versuchte, von

seiner Vergangenheit wegzukommen. Die Narben auf ihren Rippen und der Hüfte waren eine hässliche Erinnerung an das, was sie nie wieder durchmachen wollte und auch nie wieder zulassen würde. Sie wollte ihn daran teilhaben lassen, deshalb verlagerte sie ihr Gewicht ein wenig und hob langsam ihr T-Shirt an.

Einen Moment lang wirkte Max verblüfft, bevor sein Blick auf den blassen Narben landete, die im Zickzack von unterhalb ihrer rechten Brust zur Hüfte verliefen. Er sog tief den Atem ein, und sein Kiefer zuckte.

»Was war das?«, fragte er, obwohl sein Tonfall ahnen ließ, dass er es bereits wusste.

»Ein Schuh Größe 44 und ein Küchenmesser.«

Das tiefe Grollen, das aus Max' Kehle drang, klang wie ein Knurren. »Dieser elende Wichser.« Er stieß den Atem aus und streckte die Hand aus. »Darf ich?«

Als Antwort starrte Grace ihn blinzelnd an. Seine großen Finger strichen hauchzart über ihre Narben, als wären sie aus Glas.

»Ziemlich hässlich, was?« Sie versuchte zu lächeln und schloss die Augen bei seiner Berührung, der Zärtlichkeit, mit der seine Fingerspitzen über ihre Haut strichen.

»Nein«, entgegnete Max entschieden. »Sind sie nicht.«

»Du brauchst nicht zu lügen. Das ist schon okay.«

Seufzend ließ Max die Hand sinken. »Als mein Dad Krebs bekam, wurde er unzählige Male operiert. Er hatte überall Narben, vom Scheitel bis zum Bauch. Ich habe ihn mal gefragt, ob er sich wegen ihnen schämte, ob er sie hasste. Er hat nur gelacht und gesagt ›Warum sollte ich sie hassen? Sie zeigen jedem, was ich überlebt habe.‹«

Erneut legte er ihr die flache Hand auf die Seite, und ihre Wärme drang Grace tief in die Knochen. Sein dunkler Blick nagelte sie fest. »Diese Narben zeigen allen, was du überlebt hast, Grace. Wag es nicht, dich ihretwegen zu schämen.«

Tränen brannten in Grace' Augen, und sie stieß zitternd den Atem aus. Mit seinen Worten hatte er Jahre der ängstlichen Hemmungen und Demütigung innerhalb weniger Sekunden zerschmettert. Seine Hand wanderte hinunter zu ihrer Hüfte. An ihrer schmalen Taille wirkte ihre Spannweite gewaltig. Mit herrlich rosiger Zunge leckte er sich über die Lippen. »Du bist so weich.«

Er rückte näher, bis sich ihre Knie berührten, und streifte mit den Fingern die Unterseite ihres BHs, was Grace' Atem verrückt spielen ließ. »Ich mag deine Hände auf mir«, hauchte sie, weil es die Wahrheit war, weil sie ihn das wissen lassen musste, weil sie sterben würde, wenn er sie wieder fortnähme.

»Zeig mir mehr«, murmelte er und sah sie unter seinen langen schwarzen Wimpern hervor an. »Es sind nur wir beide hier. Sei tapfer. Lass mich dich ansehen.«

Ohne einen Augenblick zu zögern, hob Grace den Saum ihres Tops und zog es über den Kopf, wodurch sie nur noch einen pinkfarbenen BH und Yoga-Pants trug. Max gab einen tiefen, genüsslichen Laut von sich, der Grace die Knie weich werden ließ, und berührte leicht ihr Schlüsselbein. Sie zuckte nicht einmal zusammen.

»So ist's recht«, wisperte er. »Sieh dich nur an.«

Seine Berührung war Feuer und Sicherheit zugleich und weckte einen schlafenden Teil von ihr, der sie dazu brachte, die Häkchen in ihrem Rücken zu lösen.

Max bemerkte ihre Bewegung und stieß geräuschvoll den Atem aus. »Nur, wenn du dich dabei wohlfühlst.«

»Ich will loslassen. Ich will, dass du mich siehst. Ich will tapfer sein«, flüsterte sie, dann öffnete sie die Haken und zog die

Körbchen von den Brüsten und die Träger von den Schultern, sodass sie beide mit nacktem Oberkörper dasaßen.

»Gütiger Himmel«, stieß Max hervor. »Du bist …« Seine Finger strichen über ihr Schlüsselbein und dann tiefer. Als er näher zu ihren Brüsten kam, suchten seine Augen vorsichtig ihren Blick. »In Ordnung?«

»Ja.«

Und das war es. Oh Gott, das war es. In seinen Händen fühlte sie sich lebendig, und als er schließlich ihre Brustwarzen berührte und sanft ihre Brüste wog, entfuhr ihr ein Laut, von dem sie nicht gewusst hatte, dass sie ihn noch von sich geben konnte. Es war Erleichterung, Dankbarkeit und Sehnsucht nach mehr. Er stöhnte ebenfalls, als er näher rückte und ihre Brustwarzen sanft mit Daumen und Zeigefingern kniff.

Seine Zungenspitze lugte zwischen seinen leicht geöffneten Lippen hervor. »Du hast so tolle Brüste.« Sein Daumen umkreiste sie. »Vollkommen. Schau nur, wie sie in meine Hände passen.« Erregt und hingerissen sah er zu, wie ihre Brüste sich unter seiner liebevollen Behandlung bewegten. »Verdammt, Grace, ich möchte … Lässt du mich … Darf ich an ihnen saugen?«

Seine Worte waren so unbeabsichtigt erotisch, dass Grace nur nicken konnte.

Er beugte sich näher. »Ich hab dich. Du bist in Sicherheit«, murmelte er. »Und so verflucht sexy.«

Und dann war sein Mund auf ihr.

Seine brennende Zunge wand sich um ihre Brustwarze, züngelnd, neckend, und sandte elektrisierendes Kribbeln durch ihre Adern. Es war feucht, schlüpfrig und brachte Grace dazu, leise aufzuschreien und sich ihm entgegenzuwölben. Mit einem genüsslichen Stöhnen an ihrer Haut saugte er stärker, packte sie fester, atmete heftiger. Grace' Körper zuckte, und sie wurde feucht. Sie sehnte sich verzweifelt nach Reibung, hatte jedoch Angst davor, seinen Körper auf ihrem zu haben, von ihm niedergedrückt zu werden. Sie fuhr mit den Händen in sein Haar und seufzte, als sie die dichte Fülle zwischen den Fingern spürte. Sie wollte nichts lieber, als ihre Nase darin zu vergraben und ihn einzuatmen, als sie seinen Kopf an sich drückte.

Sie war in Sicherheit, rief sie sich in Erinnerung. Er würde sie nicht verletzen.

»Fühlt sich gut an«, murmelte sie. Das schmerzliche Sehnen zwischen ihren Beinen verriet ihr, dass sie mühelos nur durch seinen Mund an ihrer Brust kommen könnte.

Max' Antwort klang gepresst, und als Grace die Augen öffnete, sah sie, dass er sich fieberhaft durch die Jogginghose hindurch mit dem Handballen massierte.

»Oh Gott«, keuchte sie, als Verlangen sie durchzuckte. »Bitte lass es mich sehen.«

Sein Mund ließ nicht von ihr ab, aber seine Augen wurden noch dunkler, als er zu ihr hochblickte.

»Könntest du kommen?«, fragte sie. Er nickte, dabei bewegten sich seine Lippen auf ihr. »Zeig es mir.«

Er zog den Bund seiner Jogginghose und die Unterhose schneller hinunter, als Grace Atem holen konnte. Die Spitze seiner Erektion schnellte gegen seinen Bauch, glänzend und unglaublich hart. Kein Schwanz, den sie je gesehen hatte, war hübsch gewesen, aber Grace würde sagen, dass der von Max prächtig war. Er war dick und lang, und als Max mit einer drehenden Bewegung der Faust die pralle Spitze massierte, stöhnte er auf und saugte fester. Das war gut zu wissen, wenn sie ihn einmal dort berührte.

Und sie *würde* ihn dort berühren.

Keine Frage.

Verlangen zog sich in ihrem Bauch zusammen, immer stärker, während Bilder von ihnen, wie sie noch mehr taten, noch weiter gingen, auf ihren Verstand einprasselten, bis sie ebenfalls die Hand in ihr Höschen schob. Sie war klatschnass und brannte vor Lust. Eine einzige Berührung ihrer Klitoris mit der Daumenspitze, und sie bog mit einem Aufschrei den Rücken durch, sodass sie mit dem Kopf gegen das Kopfteil des Bettes stieß.

Max gab ihre Brustwarze mit einem lauten Schmatzen frei und riss die Augen auf, als er sah, was sie tat. »Scheiße, machst du es dir gerade selbst?«

Sie biss sich auf die Lippen und nickte. Seine Worte waren wie Benzin auf ein bereits loderndes Inferno. »Kurz davor.«

Obwohl sie die Augen geschlossen hatte, wusste Grace, dass Max' Faust schneller wurde. Das Bett wackelte, sein Stöhnen wurde lauter. Sie spürte seinen Atem heiß und wild an ihrem Hals.

»Stellst du es dir vor?«, fragte er. Seine Stimme war sündig, dunkel und hungrig. »Stellst du dir vor, wie sich meine Finger auf dir anfühlen, in dir? Wie sich mein Schwanz anfühlen würde, wenn du ihn reitest?«

So kurz davor.

So kurz davor, zu fallen.

»Ja, das tust du. Das weiß ich. Du weißt, dass ich dich so gut ficken würde.« Er leckte ihren Kiefer. »Gleich nachdem ich dich da unten vernascht habe, gleite ich tief in dich und lasse dich meinen Namen schreien.« Er stieß einen tiefen Atemzug aus. »Ich würde alles tun, was du willst, verdammt. Wo immer du willst. *Fuck*, Gracie, darf ich auf dir kommen?«

Und das war alles an Worten, was sie brauchte, um in tausend Stücke zu explodieren.

Als sie den Rücken wölbte und weißglühende Ekstase sie regelrecht entzweiriss, spürte sie Wärme auf ihren Bauch spritzen, während Max' kehliges Stöhnen ausreichte, ihren Orgasmus durch jeden Zentimeter ihres Körpers wogen zu lassen. Sie wünschte sich, sie hätte sehen können, wie er kam, aber die Lust, die sie bis ins Mark erschütterte, ließ sie die Augen zukneifen, und grelles Licht blendete sie. Sie keuchte, während Max' Stimme rau und atemlos in ihr Ohr drang.

»Ich hab dich, Gracie«, raunte er heiser. »Es ist okay. Ich hab dich.«

Während sie sich beruhigte und ihr Körper wieder zur Erde zurückkehrte, zogen seine Hände und sein Gesicht sich langsam zurück. »Scheiße«, stieß Max einen Augenblick später hervor, als ihr schwerer Atem alles war, was man hören konnte. »Herrgott, das hab ich gebraucht.«

Grace konnte wieder klar sehen, gerade als Max sich rückwärts aufs Bett fallen ließ, sodass es wippte. Seine Hose saß wieder an Ort und Stelle. Er hatte die Arme weit ausgebreitet, und ein Lächeln spielte auf seinem Gesicht, als er die Augen schloss. Das schwache Glänzen von Schweiß auf seiner Brust sah zum Ablecken köstlich aus. Sie stellte sich vor, dass er herrlich schmeckte. Bei einem Blick nach unten sah sie die Überreste von Max' Orgasmus, die sich weiß von ihrem Bauchnabel bis zum Schlüsselbein erstreckten. Grace konnte sich nicht erinnern, schon jemals etwas so Sinnliches gesehen zu haben, etwas, das eigentlich schmutzig und eklig sein sollte, aber … es einfach nicht war.

Im Gegenteil, es war das Schönste, was sie je gesehen hatte. Es war Freiheit und Hoffnung. Es stand für alles, was sie überwunden hatte. Es stand für das Gefühl, das sie Max gegeben hatte, was sie für einen Mann, diesen Mann, tun konnte, und zum ersten Mal seit Jahren hob Grace' Selbstvertrauen zögernd den Kopf. Sie empfand nicht einmal das Bedürfnis, ihre nackte Brust zu bedecken.

»Geht es dir gut?«

Grace sah zu Max hinüber. Er hatte die Stirn leicht gerunzelt, als er bemerkte, worauf ihre Aufmerksamkeit gerichtet war.

»War es in Ordnung, dass ich das getan habe?«, fragte er. Er setzte sich auf und langte nach dem Toilettenpapier, das sie nicht als Serviette missbraucht hatten.

»Es war …« Grace nahm das Papier, das er ihr hinhielt, machte jedoch keine Anstalten, sich zu bewegen oder Max von ihrer Haut zu wischen. Sie sah ihn an. »Es war verdammt geil.«

Ein lautes Lachen legte Max' Gesicht in Falten und ließ seine Schultern beben. »Ein einziger Orgasmus, und schon hat sie ein Mundwerk wie ein Matrose.« Kopfschüttelnd fuhr er sich durchs Haar, das jetzt in alle Richtungen abstand. »Na, verdammt, dann müssen wir das womöglich irgendwann mal wieder probieren.«

Grace grinste.

Darauf kannst du deinen Arsch verwetten.

18

»Also, hast du schon Pläne für den vierten Juli?«

Grace schaute zu Ruby hinüber, die neben ihr lief. Sie hatte feuerrote Wangen und schnaufte heftig, hielt aber mit Grace Schritt, obwohl die beiden erst seit vier Tagen Laufpartner waren.

Max arbeitete jeden Tag von früh bis spät mit seinem Onkel Vince außerhalb der Stadt und war dadurch zu müde, um irgendetwas zu tun – am allerwenigsten laufen. Ruby war bereitwillig eingesprungen und hatte erklärt, dass sie dringend ihre Speckröllchen loswerden und sich bikini-fit machen musste. Grace konnte nicht die Spur eines Speckröllchens an Rubys zierlichem Körper entdecken, behielt das aber für sich. Ruby war immer nett zu ihr gewesen, und noch dazu war es wirklich lustig mit ihr.

»Den vierten Juli? Nicht dass ich wüsste.«

»Super! Willst du mit zur Hütte meines Dads kommen? Ein paar von uns fahren für ein paar Tage da hin. Das machen wir jedes Jahr. Sie liegt am See, also kannst du jeden Tag schwimmen, wir fahren mit dem Boot raus, grillen, rösten Marshmallows, betrinken uns und machen Blödsinn, außerdem ist das Feuerwerk unglaublich. Es macht jede Menge Spaß.«

Es hörte sich auf jeden Fall so an, dennoch kribbelte Vorsicht in Grace' Nacken. Sie arbeitete nicht, und sie hatte keine Pläne mit Kai gemacht, da sie wusste, dass er mit seiner neuesten Flamme oder seinen Kumpels irgendwohin fahren würde. »Ähm, ich weiß nicht recht.«

»Ach, komm schon!«, ermutigte Ruby sie. »Das wird super. Die meisten Leute dort kennst du schon.« Sie begann, die Namen an den Fingern abzuzählen. »Mich, Josh, Mom und Dad natürlich, Caleb, Buck und ein paar seiner Freundinnen und Max.«

Das weckte ihr Interesse. Grace verlangsamte ihr Tempo und stemmte die Hände in die Hüften. »Max fährt auch mit?« Sie versuchte, die offensichtliche Neugier in ihrer Stimme zu verbergen, aber dem Funkeln in Rubys Augen nach zu urteilen versagte sie dabei kläglich.

»Mmhm«, antwortete Ruby schmunzelnd, immer noch auf der Stelle laufend. Die schleifenförmigen rosa Haarspangen, mit denen sie sich den Pony aus dem Gesicht hielt, wippten dabei munter. »Was läuft da eigentlich zwischen euch?«

Grace schüttelte den Kopf, in dem das Bild seines Orgasmus auf ihrer Haut immer noch frisch und wahnsinnig sexy war. »Da läuft gar nichts. Wir sind nur Freunde.«

Rubys Lächeln wurde breiter. »Du magst ihn, nicht wahr?«

Grace räusperte sich und wich Rubys lächelnden Augen aus, indem sie so tat, als dehne sie sich. »Von wem reden wir gleich wieder?«

Ruby schnaubte. »Von meinem Cousin. Max. Du weißt schon, der Kerl, mit dem du immer rumhängst, der Kerl, den du ständig ansehen musst, der Kerl, der jedes Mal zu strahlen anfängt, wenn du den Raum betrittst.«

Grace' Kopf fuhr hoch. »Tut er nicht.«

»Aha!«, rief Ruby mit einem Grinsen und erhobenem Finger. »Aber das hättest du gern.«

Grace stieß den Atem aus, da sie nicht wusste, ob sie erleichtert oder gekränkt sein sollte, weil Ruby sie ausgetrickst hatte. Sie fuhr sich mit der Hand übers Gesicht und trat verlegen nach einem Stein. Verwirrung ließ ihre Kehle trocken werden.

Im Laufe der Wochen war langsam klar geworden, dass ihr Engagement bei der Vereinbarung, die sie mit Max getroffen hatte, zu etwas mehr als Nur-Freunde tendierte. Zu etwas Gefährlicherem, etwas Beängstigendem und Neuem.

»Ja«, murmelte sie mit gesenktem Blick. »Ich mag ihn.« Das Geständnis hätte befreiend sein sollen – schließlich war es die Wahrheit –, dennoch fühlte sich Grace bei den Worten leer. Sie blickte hoch.

Ruby war nähergekommen und lächelte sanft. »Max ist ein anständiger Kerl. Er ist total fertig, was nicht verwunderlich ist, wenn man bedenkt, was er durchgemacht hat, aber er hat ein gutes Herz.«

Grace nickte zustimmend. »Das stimmt.«

Ruby verschränkte die Arme. »Du könntest gut für ihn sein.«

»Ich weiß nicht«, seufzte Grace.

Er hatte ihr unmissverständlich gesagt, dass er ihr nichts als seinen Körper geben konnte. Noch vor ein paar Wochen war das für Grace in Ordnung gewesen – und das war es immer noch. Manchmal. Andere Male, wenn sie an seine Hände auf ihrem Körper dachte … Energisch schüttelte sie den Kopf und atmete tief durch. Sie wusste, dass sie sich lächerlich benahm. Es war nichts anderes als Begeisterung, was sie empfand. Begeisterung über ihre Fortschritte in Sachen Intimität, über die Riesensprünge, die sie darin gemacht hatte, mit einem Mann zusammen zu sein. Außerdem wusste sie tief in ihrem Innern, dass sie ebenfalls noch nicht bereit für irgendetwas Ernstes war. Es war nur … Max gab ihr das *Gefühl*, bereit zu sein.

»Hör mal, komm einfach mit zur Hütte«, sagte Ruby leise. »Schau, was passiert. Max ist immer relaxt, wenn er am See ist. Ihr zwei könntet vielleicht ein bisschen *Spaß* haben«, sie zog eine Augenbraue hoch, »wenn du verstehst, was ich meine.«

Grace lachte und hielt sich die Hände an die erhitzten Wangen. Ja, sie verstand, was Ruby meinte. Und sie musste zugeben, wenn der Ausflug zur Hütte bedeutete, dass sie und Max allein sein und ein wenig »Spaß« haben konnten, dann war sie voll und ganz dafür. Für den Moment wischte sie ihre Verwirrung und verräterischen Gefühle beiseite.

Ihre Gefühle zu verstecken, ob gute oder schlechte, war für ihr Herz nichts Neues.

Die Fahrt zur Hütte war lang und heiß wie immer. Max war dankbar dafür, dass er ausnahmsweise mal nicht selbst hinterm Steuer saß. Er belegte zusammen mit Ruby und Josh die Rückbank des Pick-ups seines Onkels, genoss die Aussicht und freute sich auf ein paar Tage voller Ruhe und Entspannung. Er konnte es kaum erwarten, in den See zu springen. Um diese Jahreszeit war das Wasser herrlich, und die Wanderwege in die Berge eigneten sich großartig für Spaziergänge oder zum Joggen. Er musste sie Grace zeigen. Sie würde sie wegen ihres fotografischen Potenzials zu schätzen wissen.

Als Max erfahren hatte, dass Grace mit ihnen zur Hütte fahren würde, hatte er sich gefreut. Er war aufrichtig glücklich darüber, dass sie sich mit Ruby angefreundet hatte und dass alle sie so uneingeschränkt willkommen hießen. Aber so war seine Familie eben. Sie waren einfach cool. Es gefiel ihm, dass sie Grace mochten und dass sie immer weniger schüchtern und stattdessen mutiger wurde und sich bereitwilliger neuen Herausforderungen stellte. Er war stolz auf sie, wenn sie ihm freche Antworten gab, solange sie unter sich waren.

Er mochte es nur nicht, wenn sie das mit Deputy Arschgesicht tat.

Max hatte keine verstohlenen Blicke zu dem Truck zurückgeworfen, der ihnen folgte. Er hatte es nun schon mindestens dreißig Minuten lang geschafft, sich das zu verkneifen, und er würde jetzt nicht schwach werden. Auf keinen Fall. Es interessierte ihn überhaupt nicht, dass Grace mit Buck und irgendwelchen zwei anderen Frauen in Deputy Arschlochs Wagen saß. Nicht die Bohne.

Unruhig rutschte er herum und sah prüfend auf sein Handy. Kein Empfang. Verdammte Berge.

Er warf einen Blick zurück.

Buck winkte wie wild zwischen den Vordersitzen und stieß Grace an, die lachte und ebenfalls winkte.

Blödmann.

Max bemerkte den verschlagenen Ausdruck des Deputys und ballte die Faust. Er verstand, dass Onkel Vince den Caleb schon lange kannte, aber musste der Wichser wirklich mit ihnen allen zum See kommen? Offensichtlich lautete die Antwort Ja, da er das, wie Ruby erklärt hatte, nun schon seit vier Sommern machte. Wie auch immer. Max widerstand nur knapp dem Drang, ihm den Mittelfinger zu zeigen oder eine SMS zu schreiben, die er dem Trottel später zeigen konnte und in der er detailliert beschrieb, wie Grace' Brüste schmeckten und sich unter seiner Zunge anfühlten, oder wie sein Sperma überall auf ihrer Haut ausgesehen hatte, oder ihren Geruch, nachdem sie gekommen war. Aber das wäre womöglich eine Spur zu übereifrig gewesen.

Nichtsdestotrotz hatten diese speziellen Bilder Max und seinen Schwanz tagelang ununterbrochen beschäftigt. Verdammt, er konnte es nicht erwarten, wieder allein mit Grace zu sein, um zu sehen, was noch unter dieser unschuldigen, stillen Oberfläche lauerte. Die leidenschaftliche Frau, auf die er einen flüchtigen Blick erhascht hatte, war unglaublich heiß, und Max wusste, sobald er einmal Gelegenheit hätte, ihr auch noch den Rest ihrer Furcht zu nehmen, wäre sie nicht mehr aufzuhalten.

Der Mann, der sie einmal bekommen würde, hätte es zweifellos mit einer Wildkatze zu tun. Er hoffte nur inständig, dass es nicht Deputy Arschgeige sein würde. Aus irgendeinem Grund ging der Typ Max gewaltig gegen den Strich, und die Art, wie er Grace ansah, als wäre sie ein Stück Fleisch, ließ Max mit den Zähnen knirschen. Caleb war nicht gut genug für sie, und Max war mehr als bereit, das dem Wichser zu verklickern, wann immer er wollte.

Dreißig Minuten später, unter jeder Menge Gejohle und Gebrüll von den Insassen des Trucks, fuhr Max' Onkel vor der Hütte vor. Der Ort hatte sich seit seinem letzten Besuch vor zwölf Jahren nicht im Geringsten verändert. Die größtenteils aus Baumstämmen gezimmerte und von Onkel Vince im Laufe der Jahre mit ein paar modernen Metall- und Glaselementen verschönerte Hütte hatte sechs Schlafzimmer und lag dreißig Meter vom Wasser entfernt, einem herrlichen, drei Meilen langen und eine Meile breiten See. Max hatte so manchen Sommer hier mit Schwimmen, Fischen und Bootsausflügen auf dem See mit seinem Onkel und seinem Vater verbracht, und als er aus dem Truck stieg und die Schönheit in sich aufnahm, durchströmte ihn Nostalgie. Die Erinnerungen, die er an die Hütte hatte, waren glücklich und sorgenfrei, so wie jedes Kind sie haben sollte.

»'nen Penny für deine Gedanken.«

Beim Klang von Grace' Stimme zuckte Max erschrocken zusammen. Sie stand neben ihm, in Jeansshorts, einem rosa Tanktop und passenden Flipflops. Wie immer waren ihre Zehennägel genau passend zum Outfit lackiert.

»Schöne Fahrt gehabt?« Hinter seiner Sonnenbrille zog er eine Augenbraue hoch.

Sie zuckte mit den Schultern. »Buck war total unterhaltsam. Caleb wollte uns keine Musik einlegen lassen. Gute Musik zumindest. Sein Geschmack lässt ganz schön zu wünschen übrig.«

»Ich bin schockiert«, murmelte er sarkastisch, worauf Grace losprustete.

Sie hob die Hand, um ihre Augen gegen das gleißende Licht vom Wasser her abzuschirmen. »Meine Güte, ist das schön hier!« Sie atmete tief ein. »Ich kann verstehen, warum es dir hier gefällt.«

Max warf ihr einen Seitenblick zu. Sie schloss die Augen und hielt das Gesicht der Sonne entgegen. Sie hatte das Haar zu einem unordentlichen Knoten hochgesteckt, aus dem sich eine Handvoll lockiger Strähnen gelöst hatte. Sein Blick wanderte über ihren Hals und die Schultern.

»Ja«, murmelte er. »Wunderschön.«

»Kommt schon, Leute!«, brüllte Ruby hinter ihnen, worauf sich beide umdrehten. »Schnappt euch eure Taschen und zieht euch um. Dad schmeißt den Grill an, während wir schwimmen gehen.«

»Wir machen besser, was sie sagt«, zischte Grace aus dem Mundwinkel. »Sie kann einem echt Angst machen.«

Lächelnd sah Max ihr hinterher, wie sie zurück zum Truck des Deputys hüpfte. Max wuchtete seine eigene Reisetasche von der Ladefläche und schlang sie sich über die Schulter. »In welchem Zimmer bin ich?«

Als Ruby zögerte und auf ihrer Unterlippe kaute, legte Max argwöhnisch den Kopf schief. Er kannte diesen verdammten Gesichtsausdruck noch aus der Zeit, als sie Kinder gewesen waren. »Was hast du getan?«

»Nun jaaa«, antwortete sie und zog dabei das Wort in die Länge. »Bucks Freundinnen wollen kein Zimmer teilen, also haben wir eins zu wenig. Du hast doch nichts gegen einen Zimmergenossen, oder?«

Er nahm die Sonnenbrille von der Nase, damit er sie besser anfunkeln konnte. »Wen?«

Ruby grinste. »Deinen Kumpel.«

Verwirrt zog Max die Augenbrauen zusammen. »Meinen was?«

»Hey, Grace!«, rief Ruby mit einer Lautstärke, die ihre zierliche Statur Lügen strafte. »Du hast doch nichts dagegen, dir mit Max das Zimmer zu teilen, oder?«

Als sich Max umdrehte, sah er, wie Grace den Kopf schüttelte und schnell zu Boden sah. Max wirbelte wieder zu seiner Cousine herum und machte den Mund auf, um eine heftige Tirade loszulassen, doch Ruby hob abwehrend die Hand. »Ach, hör schon auf«, verdrehte sie die Augen. »Du bist so eine Dramaqueen!«

»Eine Dramaqueen?«, stammelte Max ungläubig. »Bist du high oder was?«

Lachend schüttelte Ruby den Kopf. »Schau, es ist doch ganz einfach. Grace kann sich das Zimmer entweder mit dir teilen oder mit Caleb.«

»Das kannst du vergessen«, zischte er.

»Das dachte ich mir«, antwortete sie mit einem wissenden Lächeln. »Also immer schön ruhig, Brauner. Ist doch nur eine heiße Frau in deinem Zimmer, das ist alles. Entspann dich.« Ruby gab ihm einen Klaps auf den Bauch und lief zum Haus.

Max stieß langsam den Atem aus und dehnte den Nacken, dass es knackte.

Nun, das machte die Sache jedenfalls interessant.

Max öffnete die Schlafzimmertür und warf seine Tasche aufs Bett. Das riesige Bett. Das einzige Bett im ganzen verdammten Zimmer. Er stützte die Hände in die Hüften, während er zusah, wie Grace ihre Tasche neben seine stellte. Sie kniff die Lippen zusammen und zog die Schultern hoch, was sie klein und wahnsinnig nervös aussehen ließ.

»Hör mal«, setzte Max an und wies mit einer Geste auf das Zimmer. Es lag an der Vorderseite des Hauses, die Türen, die auf einen privaten Balkon hinausführten, boten einen malerischen Ausblick auf den See und die Berge. »Mach dir keine Sorgen wegen all dem hier. Ich besorge mir ein paar Decken und schlafe auf dem Fußboden.«

»Auf keinen Fall!«, erwiderte Grace entschieden. »Das ist auch dein Urlaub.« Sie räusperte sich und warf einen Blick auf das Bett und dann auf Max. »Ich vertraue dir. Es wird schon gehen.« Sie zupfte an der Bettdecke. »Irgendwie wie Freunde bei einer Pyjamaparty.«

Max starrte sie einen Augenblick lang an, bevor er in Gelächter ausbrach. »Klar, eine Pyjamaparty, aber glaub bloß nicht, dass ich mir mit dir in Unterwäsche eine Kissenschlacht liefern werde.«

Sie zögerte keine Sekunde. »Oh, meine Freundinnen und ich machen uns bei *unseren* Kissenschlachten nicht die Mühe, Unterwäsche zu tragen.«

Max blieb die Luft weg, und in seinem Schritt wurde es eng. Allmächtiger Gott. Völlig unschuldig sah sie ihn mit großen Augen an und wartete auf eine Antwort. »Mach mir keine falschen Hoffnungen«, brummte er mit einem kleinen Schmunzeln. »Das ist nicht nett.«

Sie lachte und holte eine kleinere Tasche aus den Tiefen der größeren. »Wer macht hier falsche Hoffnungen?«, fragte sie, während sie ins Bad schlenderte.

Max rieb sich übers Gesicht. Das verflixte Mädel machte ihn fertig. Er folgte ihr zum Badezimmer, lehnte sich an den Türrahmen und schaute ihr zu, wie sie alle möglichen Lotionen und Tinkturen auf die Regale um das Waschbecken herum platzierte. Kein Wunder, dass ihre Haut so weich und makellos war. Außerdem duftete sie unglaublich. Seine Augen blieben an der Rückseite ihrer Schenkel und an ihrem Hintern hängen. Er mochte ihren Hintern wirklich. Er fragte sich, ob er wohl ebenso weich war wie der Rest von ihr.

»Alles okay?«, lockte ihre Stimme ihn aus seiner Begutachtung. Provozierend sah sie ihn im Spiegel an.

»Ja«, antwortete er mit rauer Stimme.

»Weißt du«, meinte sie, während sie sich langsam umdrehte und gegen das Waschbecken lehnte. »Ich mag es, wenn du mich so ansiehst.«

Max schluckte. »Wie denn?«

»So.« Sie nickte in seine Richtung. »Als würdest du mich wollen.«

Angezogen von ihren großen Augen und dem Heben und Senken ihrer Brust trat er einen Schritt vor. Rasch lud sich die Atmosphäre im Badezimmer mit Erwartung auf. »Ich will dich«, antwortete er, denn warum zum Teufel sollte er lügen? Er sehnte sich danach, sie zu berühren, ihre Brustwarzen wieder unter seiner Zunge zu spüren.

»Gut.« Sie hob das Kinn, um ihn besser ansehen zu können. »Ich will dich nämlich auch.«

Max' Schwanz wurde noch härter. Er streckte die Hand aus und streichelte mit dem Fingerknöchel über ihre runde Wange. Flatternd schloss sie die Augen, gleichzeitig befeuchtete sie sich mit der Zungenspitze die Lippen. Sie hatte einen tollen Mund.

Max hatte sich schon oft vorgestellt, wie er sich anfühlen würde, wenn er sich küssend und saugend dort um ihn schloss, wo er ihn am sehnlichsten haben wollte.

»Das hier läuft alles nach deinen Regeln«, flüsterte er. »Du hast die Kontrolle. Du brauchst nur ein Wort zu sagen, und ich tue, was immer du willst.« Sein Finger glitt zu ihrem Kiefer, an ihrem Hals entlang und zwischen ihre Brüste. »Ich möchte dafür sorgen, dass du dich gut fühlst.«

»Das tust du«, hauchte sie. Sie griff nach seiner Gürtelschlaufe, zog ihn näher zu sich und sah zu ihm hoch. »Ich will dasselbe für dich tun.«

Sanft nahm er ihr Handgelenk und führte ihre Hand an seinen Schwanz. Der Druck ließ ihn leise aufstöhnen. »Ich hab es dir doch schon gesagt. Du kannst damit tun, was du willst.« Sein Atem bewegte das Haar an ihrer Schläfe.

Einen erstaunlichen Augenblick lang hätte Max schwören können, dass ihre Finger ihm entgegenzuckten, eine flüchtige Sekunde lang, in der er wirklich glaubte, sie würde die Kontrolle übernehmen und ihn richtig berühren, doch das Verlangen in ihren Augen versiegte langsam und ließ nichts als Unsicherheit zurück. Max gab sich große Mühe, die Zurückweisung nicht zu persönlich zu nehmen, und räusperte sich. Dann gab er ihre Hand frei und trat einen Schritt zurück, um ihr Freiraum zu geben.

»Es tut mir leid«, flüsterte sie, den Blick auf die Fliesen unter ihren Füßen gesenkt.

»Hey«, sagte er scharf. »Nicht. Tu das nicht. Es gibt nichts, wofür du dich entschuldigen müsstest. Verstanden?«

Sie kaute auf ihrer Unterlippe und seufzte.

»Grace?«, drängte Max weiter. Es gefiel ihm nicht, dass sie das Gefühl hatte, ihn befriedigen zu müssen. So einer war er nicht. Sicher hatte er einen Stich der Frustration verspürt, als sie ihre Hand fortgezogen hatte, aber das war nur sein Schwanz, der da sprach. »Kein Druck, okay? Im Ernst.« Sanft legte er ihr den Zeigefinger unters Kinn und hob ihr Gesicht an. Er lächelte leicht, als sie dabei nicht zusammenzuckte. Sie zuckte in seiner Nähe überhaupt nicht mehr zusammen. »Schau, vergiss es einfach. Und versuch es wieder, wenn du dich bereit fühlst.«

Mit feuchten Augen nickte sie. »Okay.«

Max rieb zärtlich ihre Oberarme. »Also, wie wär's, wenn wir mit diesen Knalltüten eine Runde schwimmen gehen?«

Sie verschränkte die Arme vor der Brust. »Ähm, geh du ruhig. Ich bleibe einfach noch eine Weile hier.«

Max biss sich auf die Zunge. Er hasste diese Niedergeschlagenheit, die sie einhüllte. Er hatte sie seit Wochen nicht gesehen, und ihre Rückkehr war nicht erfreulich. »Keine Chance, Lady. Wir sind hier, um Spaß zu haben, nicht, um Trübsal zu blasen. Also reiß dich zusammen.« Er nahm sie am Unterarm und zog sie aus dem Bad zurück ins Schlafzimmer. Erwartungsvoll drehte er sich zu ihr um.

Ein kleines Lächeln umspielte ihre Mundwinkel. »Okay, also schön, aber für Schwimmen bin ich nicht in der Stimmung. Außerdem bedeckt mein neuer Badeanzug nicht ganz …« Sie deutete auf ihre Seite, wo, wie Max wusste, ihre Haut vernarbt war. Die Brust wurde ihm eng.

»Grace, du weißt, dass sich alle, die hier sind, einen Scheiß dafür interessieren, oder?«

»Ich weiß«, entgegnete sie und hob schnell die Hand, um nervös mit ihrem Haar zu spielen.

»Und mich interessiert es ebenfalls nicht«, fügte er sanft hinzu, weil ihre Narben wenn überhaupt nur noch »Stärke« zu der ständig wachsenden Liste ihrer liebenswerten Eigenschaften hinzufügten.

Sie lächelte. »Ich weiß, ich weiß. Es ist nur … Vielleicht morgen. Was könnten wir sonst noch tun?«

Max dachte einen Augenblick lang nach, bevor ihn eine Idee den Mund zu einem breiten Grinsen verziehen ließ. »Hast du deine Kamera dabei?«

»Natürlich.«

»Na, dann los.«

Fast zwei Stunden lang zeigte Max Grace die Wanderwege rund um die Hütte, führte sie durchs Unterholz und zeigte ihr atemberaubende Ausblicke auf den See und die umgebenden Berge. Grace folgte ihm ohne Frage in stillschweigendem Vertrauen, machte Fotos von den Bäumen, Blumen, dem herrlichen Licht, das durch das Blätterdach der Bäume fiel, und ein paar von Max, wenn er gerade nicht hinsah, weil er zu sehr damit beschäftigt war, ihr von seinen Abenteuern als Kind in den Wäldern zu erzählen. Ruby hatte recht gehabt – hier war Max ein anderer Mensch. Er war immer noch der schöne, stille Mann, als den sie ihn kennengelernt hatte, aber hier löste sich die Anspannung in seinen Schultern in Luft auf, während ständig ein Lächeln auf seinem Gesicht lag. Er wirkte jünger, freier und eher bereit, sich zu öffnen. Seine Geschichten über seinen Vater und ihre gemeinsamen Angelausflüge waren zu niedlich und manchmal zum Schreien komisch, und Grace war völlig von ihnen hingerissen, besonders als sie am Abend um ein großes Lagerfeuer saßen, Steaks und Burger aßen, und Vince sich zu ihnen gesellte. Max lachte mehr, als Grace je gehört hatte, laut und herzhaft, während Erinnerungen und Anekdoten in der Gruppe hin- und hergeworfen wurden wie heiße Kartoffeln. Grace saß mit ihrem Glas Wein da und lauschte dem Geplänkel, und zum ersten Mal seit Jahren hatte sie das Gefühl, wirklich im Frieden mit sich zu sein. Und das war in nicht geringem Maße dem Mann zu verdanken, der neben ihr saß.

»Hey, Max, weißt du noch, die Nacht, in der wir uns zur Kühltruhe in der Garage geschlichen und die Eiscreme gestohlen haben, die wir nicht haben durften, und dein Dad überzeugt war, es wäre ein Bär?«, lachte Ruby über den Rand ihres Weinglases hinweg.

Max nickte schnaubend. »Oh mein Gott. Wir hatten furchtbare Angst, dass er herausfinden würde, dass wir es gestohlen hatten.«

Vince schüttelte den Kopf. »Ihr Kinder wart ein verfluchter Albtraum.«

Die beiden »Albträume« klatschten sich ab. »Gute Arbeit, Alter!«, grinste Ruby.

»Du sagst es!«, nickte Max ernst.

»Warum durftet ihr denn das Eis nicht haben?«, wollte Grace wissen.

Das brüllende Gelächter von Vince, Fern und Ruby und die Röte, die Max in die Wangen kroch, waren zu interessant, um es auf sich beruhen zu lassen. Grace stieß ihn leicht mit der Schulter an. »Was hattest du angestellt?«

Buck verschluckte sich fast an seinem Burger. »Mann, davon hab ich gehört! War das nicht dieses nackte Polizei-Dings?«

Ausgelassenes Gejohle erfüllte die laue Abendluft und trieb übers Ufer des Sees wie Blätter im Wind.

»Nacktes Polizei-Dings?«, fragte Caleb ungläubig von seinem Platz neben Vince.

»Verdammt, Junge, das Bild werde ich nie wieder los, solange ich lebe!«, bemerkte Ruby.

Max lachte in seinen Unterarm. »Ja, genau, als ob du das überhaupt wollen würdest«, zwinkerte er ihr zu und nahm einen Schluck von seiner Flasche Dr. Pepper.

»Also, kommt schon«, drängte Bucks blonde Freundin Carla ungeduldig. »Was ist passiert?«

Sie war hübsch, nahm Grace an, auf eine Falsche-Haare-falscher-Busen-strahlend-weiße-Zähne-Art, aber die Art, wie sie Max den ganzen Abend lang schöne Augen machte, war ganz sicher nicht schön.

Max stieß einen belustigten Seufzer aus. »Ruby hat mit mir gewettet, dass ich mich nicht traue, der Familie auf der anderen Seite des Sees den nackten Hintern zu zeigen.« Ruby begann, über die lauten Ahs und Ohs hinweg zu protestieren. »Und ob du das hast«, fuhr er fort und zeigte mit dem Finger auf sie. »Leugne es nicht. Es war alles deine Schuld.«

Grace lachte. »Und hast du's getan?«

»Na klar hab ich's getan, verdammt. Bei einer Wette habe ich noch nie gekniffen. Ich konnte sie doch nicht gewinnen lassen!«

»Das einzige Problem war«, kicherte Ruby, »als er auf dem Floß in der Mitte des Sees stand und die Hose runterließ, um die armen Leute zu begrüßen, machte die örtliche Bergpolizei gerade ihre Morgenrunde und hat ihn gesehen!«

Max ließ den Kopf in den Nacken sinken. »Mann, ich hatte eine Scheißangst.«

»Sie haben ihn am Genick zurück zur Hütte geschleppt«, fügte Vince hinzu. »Da stand er nun auf der Veranda, mit nichts als einer Polizeimütze, um seine unaussprechlichen Teile zu bedecken!« Die ganze Gruppe brach wieder in Gelächter aus.

»Wo war denn deine Badehose?«, fragte Grace kichernd.

»Die hatte ich«, lachte Ruby mit Tränen in den Augen. »Er hatte sie fallen gelassen, ich hab sie mir geschnappt und bin zurück ans Ufer geschwommen.«

»Also wurde ich nach einer saftigen Standpauke von meinem Dad ohne Abendessen und ohne Eiscreme ins Bett geschickt.« Breit lächelnd zuckte Max mit den Schultern, und seine dunklen Augen funkelten im Feuerschein.

»Wie alt warst du da?«

»Vierzehn.«

»Dein erster von vielen Zusammenstößen mit dem Gesetz, was?«, bemerkte Caleb. Sein Tonfall war nicht herablassend, hatte jedoch eine gewisse Schärfe, die Grace nicht einordnen konnte.

Der Deputy war seit ihrer Ankunft meistens stumm gewesen und hatte nur kurz in Grace' Richtung gelächelt, nachdem er ihr einen Teller für ihr Steak gereicht hatte. Er war den ganzen Tag über in der Nähe von Bucks anderer Freundin geblieben und hatte außerdem Vince mit dem Grill geholfen. Um die Wahrheit zu sagen, war Grace erleichtert. Er war wirklich nett, aber seine Aufmerksamkeiten machten sie nervös. Nicht, weil sie Angst vor ihm hätte. Er war immer supernett und höflich zu ihr gewesen und hatte ihr angeboten, sie von der Bar nach Hause zu begleiten, wenn sie Spätschicht hatte und Holly oder Max nicht da waren, was selten vorkam. Es war nur so, dass Max anscheinend irgendwie etwas gegen den Cop hatte, und sie wollte nicht verantwortlich für einen Streit zwischen den beiden Männern sein. Wie sie sich kannte, würde sie sicher *irgendetwas* Falsches sagen.

Max grinste zu Caleb hinüber, aber sein Blick über die flackernden Flammen des Lagerfeuers hinweg war alles andere als freundlich. Neben ihm rutschte Grace unbehaglich herum. Sie wollte ihn berühren, wusste aber nicht, wie. »Warum interessiert dich das?«

Caleb zuckte die Schultern und trank sein Bier. »War nur so 'ne Frage.«

Max öffnete den Mund, um irgendetwas zu sagen, was zweifellos von Kraftausdrücken gespickt wäre, wurde jedoch von den Klängen von Journey unterbrochen, die aus dem Radio dröhnten, das Buck mitgebracht hatte. Sofort sprang Buck auf seinen Stuhl und fing wie üblich an, Luftgitarre zu spielen, zusammen mit Josh, der es ihm gleichtat und, so laut er konnte, über small-town girls und midnight trains sang. Es dauerte nicht lange, da sangen alle mit, sogar Max, der Buck lachend ermutigte, wie ein richtiger Rockstar von seinem Stuhl zu springen.

Jubelnd feuerten sie die Jungs an, während sie tanzten und herumalberten. Es war eine Schande, dass Grace ihre Kamera in der Hütte gelassen hatte. Das waren Erinnerungen, die sie dokumentieren wollte, die sie nah an ihrem Herzen behalten wollte, um sie anzusehen, wann immer sie sich vom Leben angeschlagen fühlte. Sie schloss die Augen und nahm die Klänge und Gerüche des Augenblicks tief in sich auf, dabei konzentrierte sie sich auf das herrlich laute Lachen, das aus Max' Mund schallte. Ähnlich wie bei ihrem Lieblingslied ließ das Geräusch eine Gänsehaut über ihren Körper laufen, wie eine Welle durch ein Baseballstadion.

Max beugte sich dicht an Grace' Ohr, als der Song unter johlendem Applaus für Bucks Performance endete und AC/DCs »Back in Black« begann. »Alles okay?«

Sie lächelte Max an, während das legendäre Gitarrenriff über die Berge hallte. »Vollkommen.«

19

Grace wurde von der Sonne geweckt, die durch einen Spalt in den Vorhängen hereinströmte, und von einem lauten Summen, das unter der Badezimmertür hindurchdrang. Sie rieb sich die Augen und streckte sich, dabei stieß ihr Ellbogen an die Mauer aus Kissen in der Mitte des Betts, auf der Max bestanden hatte. Er hatte erklärt, dass sie ihr helfen würde, sich sicherer zu fühlen, aber irgendetwas sagte Grace, dass Max diese Kissen zwischen ihnen ebenfalls brauchte – nur aus anderen Gründen. Gründe, die ihr Herz schneller schlagen ließen.

Als sie sich aufsetzte und ihr Haar zu einem Knoten drehte, öffnete sich die Badezimmertür, und Max schlenderte heraus, gefolgt von einer köstlich duftenden Dampfwolke. Intensiv würzig und anders als jeder Duft, den Grace je gerochen hatte.

»Hey«, lächelte er. Er verknotete die Bänder seiner blauen Surfershorts und zog den Saum seines weißen gerippten Unterhemds herunter, was den kurz hervorblitzenden Streifen sonnengebräunter Haut unter seinem Bauchnabel wieder verdeckte. »Du bist wach.«

Als er sich rasch im Zimmer umherbewegte, war das Tattoo auf seiner Schulter besser zu sehen als an jenem Tag, an dem sie sich in seinem Zimmer berührt hatten. Ihr Herz krampfte sich bei der Erinnerung zusammen. Das Tattoo war schwarz, dicke schwarze Linien, die beinahe wie Flammen aussahen, Federn vielleicht?

»Hast du gut geschlafen?« Er legte seine Armbanduhr um

und schlüpfte in ein Paar schwarzer Flipflops, bevor er sich mit den Fingern durch das noch feuchte Haar fuhr. Grace gefiel es irgendwie, dass er nie eine Bürste zu benutzen schien, besonders wenn sein Haar so abstand.

»Ja«, antwortete sie. Sie stand auf und machte das Bett. »Und du?«

»Klar.« Er zuckte mit den Schultern. »Ich schlafe überall gut, wo ich in der Horizontalen liegen kann, weißt du?«

Grace lächelte. Die Art, wie sein Blick träge über ihr Spaghettiträgertop und die Schlafshorts wanderte, ließ einen leichten Schauer durch sie rieseln. »Kann ich duschen?« Sie griff nach dem Handtuch, das zusammengefaltet oben auf ihrer Tasche lag.

»Ja, klar. Buck, Josh und ich wollen runter zum See und das Badefloß verankern und vielleicht mit dem Boot rausfahren. Wäre cool, den Tag auf dem Wasser zu verbringen. Es ist heiß. Komm runter zu uns, wenn du fertig bist. Onkel Vince hat Frühstücksdienst.«

Sie nickte, das Handtuch eng an sich gedrückt. »Wir schwimmen heute?«

Max warf ihr einen Blick zu, der ihr unter die Haut ging und ihr Blut erhitzte. »Auf jeden Fall. Und du«, er machte einen großen Schritt auf sie zu, »musst dich in deinen Badeanzug werfen und diesen herrlichen Körper zur Schau stellen.« Seine Zähne gruben sich in seine Unterlippe. »Es wär eine verdammte Schande, wenn du es nicht tätest.«

»Oh, nun, ich«, stammelte sie. Ihre Wangen wurden heiß. »Ich … ja, ich meine, okay, mach ich vielleicht.«

Max nahm seine Sonnenbrille von der Kommode und setzte sie auf. »Das ist mein Mädchen.«

Ohne ein weiteres Wort verließ er das Zimmer und schloss sanft die Tür hinter sich. Doch diese letzten beiden Worte legten sich wie eine warme Umarmung um Grace und versetzten ihr Herz in einen verwirrenden Freudentaumel.

»Hey, Grace!« Ruby winkte wie verrückt vom Ufer her. »Komm rüber, Süße!«

Max hatte recht gehabt: Es war glühend heiß. Die Sonnenstrahlen kribbelten auf ihrer Haut, als sie zu der Stelle hinüberging, wo die Frauen des Hauses ihre eigene kleine Sonnenanbeteroase aufgebaut hatten. Handtücher, Liegestühle, Sonnenschirme und Kühlboxen standen einsatzbereit parat. Die Rufe und das Geplätscher, die an Grace' Ohr drangen, verrieten ihr, dass die Jungs im See waren und … irgendwas machten.

»Sie streiten über Badeinseln und verdammte Verankerungen.« Ruby verdrehte die Augen. »Die sehen wir vielleicht nie wieder.« Das Rot von Rubys Bikini brachte ihre grauen Augen zur Geltung, und von Speckröllchen war weit und breit nichts zu sehen.

Unvermittelt wurde sich Grace der halbnackten Körper um sie herum bewusst und warf einen Blick an sich herunter. Der Badeanzug, den sie trug, war gelb, eine Farbe, die ihr schon immer gut gestanden hatte. Gelb betonte den dunklen, warmen Ton ihrer Haut, hatte ihre Mama gesagt. Sie hatte ihren neuen Badeanzug in aller Eile zwei Tage vor dem Ausflug zur Hütte gekauft und ihn nicht anprobiert, bis es zu spät war, ihn zurückzugeben.

Der hohe Beinausschnitt zeigte ein paar der Narben an ihrer Hüfte, und der Rücken war so tief ausgeschnitten, dass man den Ansatz der Narben an ihrer Seite sehen konnte. Deshalb hatte sie sich hastig ein dünnes weißes T-Shirt übergeworfen, das zerknüllt auf Max' Tasche gelegen hatte. Sie hoffte, es machte ihm nichts aus, dass sie sich seine Klamotten ausborgte, aber beim Gedanken, nur in ihrem Badeanzug herumzulaufen, wurde ihr die Kehle trocken.

Das T-Shirt rutschte ihr über eine Schulter, und sie knotete es locker an der Hüfte, wodurch nur ein schmaler Streifen der unteren Hälfte ihres Badeanzugs zu sehen war. Sie hatte noch nie so wenig in Gegenwart anderer Leute getragen, noch dazu im Freien. Vor Monaten hätte sie nicht einmal im Traum daran gedacht, so mutig zu sein. Sie erinnerte sich daran, dass sie sich einmal an einem glühend heißen Sommertag im Garten hinter dem Haus im Bikini gesonnt hatte. Rick war high und genervt nach Hause gekommen und hatte sie mit seinem Schuh verprügelt, als er sie fand. Er hatte sie eine Hure genannt, weil Gott weiß wer hätte sehen können, wie sie ihren nuttigen Hintern in die Sonne hielt.

Ihr Garten lag abgeschieden. Niemand hatte sie gesehen. Aber Ricks Paranoia war vernichtend.

»Vielleicht sollte ich mich umziehen?«, murmelte sie plötzlich und griff nach der Sonnenbrille auf ihrem Kopf. Rubys Hand auf ihrer überraschte und erleichterte sie gleichermaßen.

»Nein. Nicht. Du siehst unglaublich aus.«

»Und ob!«, fügte Carla hinzu. »Mädchen, wenn ich solche Beine hätte wie du, dann würde ich dieses Outfit rund um die Uhr tragen.«

Okay, dann war diese Tussi eben doch nicht *soo* übel, auch wenn sie bei achtunddreißig Grad Hitze volles Make-up aufgelegt hatte. Und solange sie die Augen von Max ließ, würde Grace mit ihr zurechtkommen. Ihr plötzlicher eifersüchtiger Besitzanspruch, was Max betraf, war weder überraschend noch beunruhigend. Es lag in ihrer Natur. So hatte sie schon immer bei Familienmitgliedern, Freundinnen, Freunden reagiert …

Beim Klang von Vince' Stimme schaute Grace zur Mitte des Sees. Sofort entdeckte sie Max, die Sonnenbrille immer noch auf der Nase, mit nacktem Oberkörper und nass vom Wasser, wie er Buck angrinste, während er sich bemühte, das Floß an Ort und Stelle zu halten. Gütiger Gott, der Mann war gefährlich. Er war wahrhaftig eine Erscheinung. Unrasiert, die Surfershorts tief auf der Hüfte, der schlanke Läuferkörper von der Sonne geküsst. Grace wollte es ihr nachtun und ihn küssen. Sie wollte ihn überall küssen. Sie stellte sich vor, dass er göttlich schmeckte, dem Duft nach zu urteilen, den er in der Dusche hinterlassen hatte.

»Bier?« Ruby hielt ihr eine Flasche Heineken unter die Nase.

Grace warf einen Blick auf ihre Armbanduhr. Es war halb zwölf. »Klar. Warum nicht? Irgendwo ist es doch sicher schon nach fünf, oder?«

»So haben wir's gern«, bemerkte Max' Tante Fern, die im Bikini und mit einem Pareo um die Hüften näher kam. Sie trug ein Tablett mit etwas, das nach selbstgemachtem Eis am Stiel und Jello-Shots aussah. Unmöglich, dass in diesen Babys da kein Alkohol drin war. Die Sache würde ziemlich schnell ziemlich chaotisch werden.

»Das Floß sieht ja wie ein verdammtes Haus aus«, stellte Grace fest, während sie an ihrem Bier nippte und ihre Tasche auf einen der Liegestühle stellte. Das Floß war riesig und bot Platz für mindestens zehn Personen. Es war wie eine schwimmende Veranda, komplett mit Stufen, die ins Wasser führten.

»Es ist großartig, nicht wahr?«, erwiderte Tante Fern. »Vince und ich haben es vor ein paar Jahren gekauft. Der ganze See beneidet uns darum, weißt du?«

Mit einem tadelnden Schnauben schüttelte Ruby den Kopf, als ein mächtiges Platschen vom Wasser herüberschallte. Fünf Männer kraulten mit fliegenden Armen um die Wette in Richtung Ufer. Schreiend und johlend feuerte Ruby ihren Mann an, während Carla, deren blondes Haar in der Sonne leuchtete, Bucks Namen rief. Carlas Freundin – Anna? Ada? – lächelte.

»Hey, Adele«, rief Carla dem braunhaarigen Mädchen über die Schulter hinweg zu.

Ach ja, richtig. Adele.

»Sieht so aus, als wär dein Kerl in Führung.«

»Halt die Klappe«, versetzte Adele. Sie schloss die großen haselnussbraunen Augen und legte sich wieder zurück auf ihre Sonnenliege, ihr flacher Bauch in dem blauen Bikini war makellos und straff. »Es war nur ein einziger lausiger Kuss. Ist ja nicht so, als hätte ich mit dem Kerl geschlafen.«

Grace sah Ruby fragend an, worauf diese lautlos mit den Lippen »Caleb« formte.

Ah. Eindeutig hatte es da noch ein wenig Techtelmechtel gegeben, nachdem Max und sie ins Bett gegangen waren. Interessant.

Max stieg aus dem Wasser und strich sich das schwarze Haar aus der Stirn, während er Buck damit aufzog, dass er ihn beim Wettschwimmen schon wieder nass gemacht hatte. Sein ganzer Körper bewegte sich auf eine Weise, wie Grace es bisher nur aus Fernsehdokumentationen über Raubtiere in der Wildnis kannte. Wie ein Tiger oder so; er war durch und durch geschmeidig und sinnlich. Gott. Sie hielt sich ihre Bierflasche an die Wange. Die Sonne setzte ihr und ihrer Libido bereits zu. Was war das nur, dass der Sommer bei allen das Lustbarometer in die Höhe schnellen ließ?

Schmunzelnd kam Max näher. »Da bist du ja. Hast du schon was gegessen?« Als er ihr Outfit bemerkte, zog er eine Augenbraue hoch und hob den Saum des T-Shirts bis zu ihren Rippen an. »Das Ding kommt mir irgendwie bekannt vor.«

»Ja.« Hastig zog Grace das Shirt wieder nach unten. Sie senkte die Stimme. »Ich hoffe, du hast nichts dagegen. Ich hab es auf deiner Tasche liegen sehen, und es verdeckt die Stellen, die ich nicht … Du weißt schon, meine Haut, wo … ich wasche es auch und …«

Max unterbrach ihr Gestammel, indem er einen Finger auf ihre Lippen legte. Er lachte. »Ist schon gut. Worin immer du dich wohlfühlst.« Er nahm seinen Finger wieder fort und musterte sie von Kopf bis Fuß. »Denk dran, sie stehen für das, was du überlebt hast.«

Und einfach so raubte er Grace den Atem.

»Hey, Max, hilfst du mir hier mal kurz, Mann?«

Max drehte sich um und ging zu Josh hinüber, der mit einer Auswahl an Liegestühlen und Wasserspielzeug beladen war. Grace schnappte nach Luft. Das Tattoo, das sie auf Max' Schulter gesehen hatte, war nur ein winziger Teil eines Kunstwerks, das sich über den ganzen Rücken erstreckte, von einer Schulter zur anderen, wie Engelsflügel. Schwarze Federn, so detailliert, dass sie beinahe echt aussahen, spannten sich über seine Schultern, trafen sich am Rückgrat und verliefen bis hinunter zu seinem Kreuz, wo sich in einem geschwungenen Bogen der Name Christopher wölbte, darunter ein Datum und die Worte »ad infinitum«.

Abgesehen von der schwarzen Linie, die Grace schon gesehen hatte, erstreckte sich kein weiterer Teil der Tätowierung zur Vorderseite seines Körpers. Wie ein in Tinte geschriebenes Geheimnis, von dem nur wenige wussten, war Max' Tätowierung ebenso schön wie er und warf sogar noch mehr Fragen auf.

Mit zusammengekniffenen Lippen setzte sich Grace, streifte die Schuhe ab und lehnte sich zurück, um den Jungs beim Aufbauen zuzusehen. Sie wusste, die Fragen würden warten müssen. Heute ging es nur um Spaß und Sonnenschein.

»Kommst du heute eigentlich überhaupt noch mal ins Wasser?«

Max stand am Fußende von Grace' Liegestuhl, eine Flasche Pepsi in der Hand, bewunderte ihre langen Beine und verzweifelte an der Tatsache, dass sie in mehr als drei Stunden sein verdammtes T-Shirt noch immer nicht ausgezogen oder ihnen auf dem Floß Gesellschaft geleistet hatte. Und dass sie eines seiner Kleidungsstücke angezogen hatte, sorgte dafür, dass sich sein Bauch zusammenzog und seine Lenden zuckten. Oh ja, das war heiß. Die anderen Jungs hatten ebenfalls Bemerkungen darüber gemacht, wie heiß das war. Alle außer Deputy Arschgeige, der vor unverhohlener Eifersucht die Augen verdreht hatte. Sollte der sich doch selbst den Schwanz lutschen. Oder das die Brünette erledigen lassen, damit er sich endlich mal abreagierte.

Max schnippte das kalte Kondenswasser an seiner Flasche auf Grace' Fuß, worauf sie zusammenzuckte und von ihrem Handy aufblickte.

»Hey!« Lachend wischte sie sich den Fuß. »Mir geht's ganz gut hier«, sagte sie sanft. »Ich bin vollauf zufrieden damit, Angry Birds zu spielen. Ehrlich. Geh und hab Spaß. Ich liebe die Sonne. Mir geht's gut.« Sie zuckte mit den Schultern und zog die Nase kraus.

Ja, die Sonne machte sich bei ihr bereits bemerkbar. Ihre dunkle Haut fing an, leicht die Farbe zu verändern, und entlang ihres Haaransatzes schimmerten karamellfarbene und goldene Reflexe in ihrem Haar. Sie wirkte außerdem ein wenig beschwipst, was verflixt süß war. Max wusste, dass seine Tante Fern und Ruby dafür gesorgt hatten, dass sie immer einen frischen Drink neben sich hatte.

»Aber alle sind jetzt draußen auf dem Floß«, bemerkte er. »Du bist ganz allein hier.«

»Max, es geht mir gut. Versprochen.«

Er schnaubte. »Nun, kommst du dann wenigstens kurz mal her, damit ich dir etwas zeigen kann?« Er trat leicht mit dem Fuß gegen ein Bein der Sonnenliege.

Argwöhnisch zog sie eine Braue hoch. »Etwas?«

Er schmunzelte. »Nicht *dieses* Etwas.« Er wackelte anzüglich mit den Augenbrauen. »Zumindest nicht jetzt.«

Sie lachte und setzte sich auf. »Okay. Was willst du mir zeigen?«

»Komm her.«

Sie legte ihr Handy auf die Liege, rutschte näher und stand vorsichtig auf, konnte aber ein leichtes Schwanken nicht verhindern. Sie kicherte. »Diese Jello-Shots sind ganz schön hinterhältig.«

»Wem sagst du das?«, erwiderte Max mit einem Lachen. »Hey«, runzelte er plötzlich die Stirn. »Was ist das?« Er zeigte auf ihre Füße.

Als sie hinunterschaute, nutzte Max die Gelegenheit und packte sie um die Oberschenkel, warf sie sich über die Schulter, als wöge sie nichts, und rannte grinsend unter den anfeuernden Rufen der anderen hinunter zum Wasser, ohne auf Grace' protestierendes Quietschen zu achten. Ihr Tonfall war voller Belustigung, und solange er keine Panik hörte, würde er sie nicht loslassen.

»Max! Ich bring dich um! Lass mich runter!« Sie schlug ihm auf den Hintern. Hart.

»Oh, das kannst du gern noch mal machen.« Er watete ins Wasser. Sie kreischte auf, als es ihre Zehen berührte. Zweifellos war es verdammt kalt an ihrer erhitzten Haut. »Ich hab dich«, raunte er. »Keine Sorge.«

»Oh, du meine Güte, es ist eiskalt, Max! Bleib stehen!«

Max kicherte. Sogar mit Alkohol im Blut achtete sie immer noch darauf, nicht zu fluchen.

»Stehen bleiben?«, fragte er und hielt auf der Stelle an. Das Wasser schwappte um seine Taille.

»Danke«, keuchte sie. »Und jetzt lass mich runter!«

Er grinste in Richtung Floß. »Okay. Ich lass dich runter. Da drüben ist eine gute Stelle.«

Mit Leichtigkeit und begleitet von einem durchdringenden Schrei von Grace hob er sie hoch und warf sie ins Wasser. Sie tauchte vollständig unter. Mit einer schwungvollen Verbeugung winkte er zum Floß hinüber, wo alle aufgesprungen waren und lachend und pfeifend applaudierten.

»Du Mistkerl!«, schimpfte Grace prustend, als sie wieder an die Oberfläche kam. Sie stand auf, mit triefendem Haar, das weiße T-Shirt klebte herrlich an ihrem Körper. Sie wedelte mit den Händen, als könnte ihr die Bewegung dabei helfen, trocken zu werden.

Grinsend kam Max auf sie zu. »Ach, komm schon! Sei nicht sauer.« Er streckte die Hand aus. »Meine Klamotten sahen noch nie so verdammt gut aus.«

Sie schmunzelte. »Ach wirklich?«

Sein Blick tanzte an ihrem Körper entlang und zollte dabei ihren steifen Brustwarzen besonders große Aufmerksamkeit. »Scheiße, ja«, hauchte er, dankbar dafür, dass das Wasser kalt genug war, um seinen Schwanz im Zaum zu halten.

»Na dann«, schnurrte sie. »Komm näher und erzähl mir mehr darüber.«

Max hätte auf seinen Bauch hören sollen. Er hätte auf den vernünftigen Teil seines Gehirns hören sollen und nicht auf den in seiner Hose, denn kaum war er nah genug, stürzte sie sich auf ihn und tauchte ihn kopfüber in den See, immer wieder, bis er um Gnade flehte. Sie wand ihren geschmeidigen Körper um ihn wie ein schlüpfriger Aal. Max bekam sie einfach nicht zu fassen, aber Herrgott, ihren Körper so nah und fast nackt an seinem zu haben war unglaublich. Ihre Oberschenkel umklammerten ihn eng, während seine Wange sich an ihre Brust drückte.

Fantastisch.

Endlich ließ sie los und stieß sich mit einem wunderschönen Lachen von ihm ab. »Ich habe einen Bruder, Max«, spottete sie, rückwärts schwimmend. »Vergiss das nicht. Ich habe von dem Besten gelernt. Jungs wie dich tauche ich zum Frühstück.«

Und damit kraulte sie los zum Floß und ließ Max sprachlos und vor Stolz platzend zurück.

20

Es war später Nachmittag, als alle das Floß verließen, um die schattige Kühle des Hauses aufzusuchen. Da die Sonne immer noch höllisch heiß brannte und ordentlich Drinks gekippt wurden, war eine Siesta angebracht. Einen Arm hinter dem Kopf und einen Fuß auf dem Boden, um die zwischen zwei Bäumen gespannte Hängematte leicht zum Schaukeln zu bringen, sah Max zu, wie Grace näher kam, ein weiches, beschwipstes Lächeln auf ihrem von der Sonne geküssten Gesicht. Sie trug immer noch sein gottverdammtes T-Shirt, aber das war okay. Sie war den ganzen Tag nichts als die reinste Freude gewesen und hatte sich ihm und allen anderen gegenüber geöffnet und ihre natürliche Ängstlichkeit und Schüchternheit abgeschüttelt.

Als sie neben ihm stehen blieb, lächelte er. »Hi.«

»Hi«, antwortete sie. »Alles okay?«

Er nickte. »Und bei dir?«

Sie hob ihre halb leere Wasserflasche. »Ich versuche zu verdünnen. Könnte sein, dass ich einen klitzekleinen Schwips hab.«

»Könnte sein.« Er klopfte neben sich auf die Hängematte. »Lust, mir Gesellschaft zu leisten?«

Sie runzelte die Stirn. »Ist da noch Platz?«

Max rückte ein wenig, wodurch ein schmaler Streifen für sie entstand. »Jetzt schon.«

Grace stellte die Wasserflasche zu Boden und setzte sich mit null Eleganz schwer auf den Rand der Hängematte. Das Ding kippte scharf zur Seite und ließ Grace beinahe auf Max plumpsen.

»Oh. Scheiße!«, rief er aus.

Sie brach in lautes, schmutziges Lachen aus, während Max mit rudernden Armen und Beinen versuchte, die Hängematte wieder auszubalancieren und dafür zu sorgen, dass sie beide oben blieben. Es gelang ihm mit Mühe und Not, obwohl Grace dabei nicht die geringste Hilfe war.

Sie keuchte immer noch vor Lachen, als sie sich beide zurücklegten.

Max schüttelte den Kopf. »Du bist verrückt«, bemerkte er mit einem schiefen Lächeln.

»Ich fühle mich auch verrückt.« Um sich zu beruhigen, legte sie sich eine Hand auf die Brust. »Ich fühle mich großartig.« Sie schaute zu ihm hinüber, ihre Nasen nur noch Zentimeter voneinander entfernt. »Ich finde es toll hier. Ich habe so viel Spaß.«

»Das freut mich.« Max' Blick glitt träge über ihr Gesicht. »Die Sonne hat dich erwischt.«

»Dich auch.« Sie drückte den Zeigefinger auf seine Nasenspitze. »Du hast Sommersprossen.«

»Hab ich nicht!«

Grace kicherte wieder. »Keine Sorge, die sind anbetungswürdig.«

Max fuhr sich in einem Versuch, besagte Anbetungswürdigkeit loszuwerden, übers Gesicht. »Was auch immer.«

Sie grinste und schaute wieder in den Himmel, dabei streifte ihre Hand leicht die seine. »Es ist schön, dich so glücklich zu sehen.«

Überrascht sah er sie an.

Sie schloss die Augen. »Dein Lächeln ist viel zu schön, um nicht damit anzugeben.«

Ohne nachzudenken, schob Max seinen Arm unter ihren Kopf und zog sie an sich. Der Duft von sonnenheißer Haut, Sonnencreme und Wein erfüllte seine Sinne. »Du wirst ganz schön flirtlustig, wenn du was getrunken hast, was?«

Anscheinend unbeeindruckt davon, dass er sie im Arm hielt, nickte sie. »Offensichtlich.« Sie machte langsam ein Auge auf. »Stört dich das?«

Max schüttelte den Kopf. »Es ist bezaubernd.«

Sie lachte und bewegte die Hand so, dass sie auf seinem nackten Bauch zu liegen kam. Sofort zogen sich seine Muskeln zusammen. Er räusperte sich. »Du hast immer noch mein T-Shirt an.«

»Mmhm«, murmelte Grace als Antwort. »Du hast ein Tattoo.«

Er seufzte. »Ja.«

Grace' Augen öffneten sich langsam, der verhangene Ausdruck darin wich etwas Empfindsamerem. »Willst du darüber reden?«

Wollte er darüber reden? Eigentlich nicht. Aber Max wusste, es würde eine Zeit kommen, da würde er sich öffnen und den Leuten von seiner Vergangenheit und dem, was er durchgemacht hatte, erzählen müssen. Und mit wem sollte er da besser anfangen als mit Grace, mit ihren unschuldigen Fragen und dem offenen Gesicht. Außerdem hatte sie selbst einen dunklen und schmerzvollen Teil von sich mit ihm geteilt, als sie ihm von Rick erzählt hatte.

»Christopher war mein Sohn«, sagte er leise. Die Worte kratzten in seinem Hals wie zersprungene Stücke seines Herzens, die aus seiner Brust emporstiegen.

Grace wurde sehr still. Die einzige Bewegung war das sanfte Schwingen der Hängematte. »War.«

Max wandte den Kopf und sah ihr in die Augen. »Er ist gestorben.«

Ein kleines Keuchen entschlüpfte Grace. Sie nahm die Hand von seinem Bauch, doch er fing rasch ihr Handgelenk ein.

»Nicht«, drängte er und legte sie zurück. Er brauchte die Verbindung, während er seine Geschichte erzählte, die Geschichte von Christopher, die Geschichte von Lizzie, die Geschichte davon, warum er den Weg eingeschlagen hatte, den er gegangen war, und warum er der war, der er war.

Grace blieb die ganze Zeit über stumm, nur ihre Finger bewegten sich kaum merklich auf seiner Haut, während er beschrieb, wie er erst Christopher und dann Lizzie verloren hatte. Die Drogen, das Trinken, die Frauen, alles sprudelte aus ihm heraus, während sie in der Hängematte seines Onkels im Schatten der Bäume lagen.

Erst Minuten, nachdem er geendet hatte, sprach Grace wieder. »Das tut mir so unglaublich leid, Max.«

Er zuckte mit den Schultern. »Das muss es nicht.«

»Wie konnte sie dich einfach so verlassen?« Sie stützte sich auf einen Ellbogen hoch, schaute auf ihn herunter und legte vorsichtig ihre Hand auf sein Herz. »Das da wurde so sehr verletzt.«

»Deshalb funktioniert es nicht mehr.« Er fuhr sich mit der Zunge über die Lippen und schloss flatternd die Augen, als ihre Finger hauchzart über seine Brustwarze strichen.

»Natürlich tut es das«, widersprach sie mit einem leichten Schütteln ihres Kopfes. »Es ist dir nur nicht bewusst.« Ihre Hand wanderte an seiner Brust entlang nach unten und verharrte kurz über seinem Bauchnabel. »Du bist etwas sehr Besonderes, Max.«

Er drückte sanft ihre Taille und hoffte zu Gott, ihre Hand möge noch weiter nach unten gleiten. Trotz der Ernsthaftigkeit ihrer Unterhaltung war sein Bedürfnis, von ihr berührt zu werden, überwältigend.

»Gracie.« Ihr Blick blieb unverwandt auf den Bund seiner Shorts und die nicht zu verleugnenden Umrisse seines Schwanzes geheftet, der unter ihrer Aufmerksamkeit hart wurde. »Berühr mich.«

Langsam wanderte ihre Hand über den Stoff seiner Shorts und über seine Erektion, was ihn zischend den Atem einsaugen ließ. Ihre Berührung war zögernd, vorsichtig, und veranlasste Max dazu, die Hüften zu heben, um einen festeren Griff, ein härteres Streicheln zu bewirken.

»Ja, genau so«, ermutigte er sie, während er ihr mit der flachen Hand über den Rücken strich. »So ist es gut.«

Seine Worte schienen ihr Selbstvertrauen zu geben, denn sie verstärkte ihren Druck und umfasste ihn. Obwohl es sich fantastisch anfühlte, durchliefen Max Wellen der Frustration, da er sich wünschte, sie würde seine Kleidung beiseiteschieben und ihn heftig massieren. Doch er drängte sie nicht. Stattdessen zog er die Vorderseite ihres T-Shirts und den Rand ihres Badeanzugs herunter, sog gierig an ihrer Brustwarze und erntete dafür ein tiefes Stöhnen aus ihrer Kehle. Ihre Nippel waren so dunkel wie Schokolade und richteten sich wie beim letzten Mal perfekt unter seiner Zunge auf. Wie er gehofft hatte, umfasste Grace ihn fester und rieb stärker, bis sie beide auf der Suche nach noch mehr Reibung so mit den Hüften zuckten, dass die Hängematte ins Schaukeln geriet.

»Lass mich dich berühren«, keuchte Max an ihrem Hals. Das Salz auf ihrer süßen Haut brachte ihn um den Verstand. »Verdammt, lass mich dich streicheln.«

»Gott.« Bei seinen Worten fiel ihr Kopf zurück, worauf sein Mund saugend und leckend zu ihrem Ohr hoch und hinunter zu ihrem Schlüsselbein wanderte.

Max nahm ihre Reaktion als Erlaubnis. Er legte die Hand auf ihren Oberschenkel, der sich herrlich weich anfühlte, zog ihn zu sich und öffnete sie dadurch. »Ich werde zärtlich sein«, versprach er mit einem Stöhnen, während sie ihn weiter bearbeitete und einen Orgasmus aus den tiefsten Tiefen seines Bauchs emporlockte. Als seine Finger den feuchten Stoff zwischen ihren Beinen streiften, zuckte sie zusammen.

»Ich hab dich. Ich werde dafür sorgen, dass es so verdammt gut für dich wird, so …«

»Max?«, hallte Joshs Ruf vom Ufer her. Die Bäume versperrten jedem die Sicht, dennoch erstarrten sie beide sofort. »Bist du da drüben?«

Fluchend zog Max die Hände zwischen Grace' Beinen hervor, gleichzeitig rückte sie so aufgeregt von ihm ab, dass die Hängematte wieder einmal gefährlich kippte und beide wild mit den Armen ruderten, um nicht herauszufallen.

Josh kam gerade in dem Moment zwischen den Bäumen hervor, als sie das verdammte Ding wieder unter Kontrolle brachten. »Oh.« Seine Wangen verfärbten sich vor Verlegenheit. »Sorry, Kumpel, ich wusste nicht …«

»Schon okay«, winkte Max ab, obwohl es die größte verdammte Lüge seines Lebens war. Die Überreste seines Ständers pulsierten in seinem Schritt, und er betete, dass Josh es nicht bemerkte, während ihm das Herz wie ein Hammer in der Brust schlug. »Was gibt's?«

Josh zeigte mit dem Daumen über seine Schulter. »Also, wir wollen alle in die Stadt, noch ein bisschen was trinken, vielleicht noch in einen Club. Alle machen sich gerade fertig. Wir fahren so in dreißig Minuten. Seid ihr dabei?«

Wir waren gerade dabei.

Max sah Grace an und bemerkte dabei ihre geröteten Wangen und die Erregung in ihrem Blick. »Hast du Lust?«

»Klar«, antwortete sie ein wenig zu schnell, mit einer Stimme, die heiser und voller Verlangen war. »Hört sich gut an.«

»Wir sind dabei«, sagte er zu Josh und tippte sich salutierend mit den Fingern an die Schläfe, worauf der sich schnell wieder umdrehte und auf demselben Weg zurücktrabte, den er gekommen war.

Max fuhr sich mit der Hand über die Stirn. »Na, das dürfte Ruby für die nächsten hundert Jahre Gesprächsstoff geben.«

Stöhnend ließ Grace den Kopf auf seine Schulter fallen. »Das werde ich ewig von ihr zu hören bekommen.«

Max strich ihr übers Haar, bevor er sich sanft von ihr löste. Sie war einfach viel zu verlockend mit ihrer Hitze, ihrem Duft und ihrer Willigkeit, und sie würden nie rechtzeitig fertigwerden, wenn sie jetzt noch mal anfingen. Vorsichtig stand er von der Hängematte auf und streckte die Arme über den Kopf.

Als er sich wieder umdrehte, liebkoste ihn Grace mit ihrem Blick, der puren Sex versprach.

»Herrgott«, murmelte er und verbarg dabei ein Lächeln hinter seiner Hand. »Hör auf damit, sonst kommen wir nie los.«

»Womit denn?«, fragte sie unschuldig.

»Das weißt du genau.« Lachend bot er ihr seine Hand, die sie ohne zu zögern ergriff. »Komm schon, machen wir uns fertig. Ich brauche eine kalte Dusche.«

Das Wasser war eiskalt. Dennoch zog Max ernsthaft in Betracht, sich schnell einen runterzuholen. Dass Grace gleich im Zimmer nebenan war, so süß und sich ihrer eigenen sexy Ausstrahlung nicht bewusst, bewirkte, dass er sich bei der Aussicht auf dieses Vorhaben gleichermaßen erregt und unbehaglich fühlte. Nach einigem Überlegen entschied er sich dagegen und gab sich größte Mühe, an unerotische Dinge zu denken – die Entzugsklinik, Tate, Therapie –, was wunderbar funktionierte, bis er sich wieder angezogen hatte und zurück ins Zimmer ging, wo er Grace in nichts als ihrer Unterwäsche über ihren Koffer gebeugt vorfand.

Allmächtiger.

Ihr Hintern sah verflucht spektakulär aus, eingerahmt von roter Spitze, die den Karamellton ihrer Haut betonte. Wie betäubt von den lasziven Bildern, die unvermittelt durch sein Gehirn zuckten, sackte er gegen den Türrahmen.

Offenbar hatte er einen anerkennenden Laut von sich gegeben, denn Grace fuhr mit einem überraschten Aufschrei herum und versuchte, mit Armen und Händen den roten Spitzen-BH und das Höschen zu verdecken. Aber es war vergeblich. Max hatte schon alles gesehen, was nötig war, um seinen Körper wieder auf Touren zu bringen.

Er versuchte, ein Gentleman zu sein, das versuchte er wirklich, aber seine Augen verrieten ihn in jeder Hinsicht. Sie wanderten über ihre Schenkel und ihre Taille, bevor sie das köstliche Geheimnis zwischen ihren Beinen fanden. Er räusperte sich, murmelte eine Entschuldigung und schlenderte zur anderen Seite des Zimmers, um so viel Abstand wie möglich zwischen sie zu bringen. Als er sich wieder umdrehte, hielt sie ein Handtuch vor sich und sah so erregt aus, wie er sich fühlte.

Nach einem Moment angespannten Schweigens brach ein ungläubiges Lachen aus ihm heraus. »Scheiße, Weib, du machst mich fertig.«

»Tut mir leid, ich war in meiner eigenen Welt und dachte, du würdest länger da drin brauchen und …« Grace verstummte kurz, bevor sie in ansteckendes Kichern ausbrach. »Oh Gott, du solltest dein Gesicht sehen!«

Max musste einfach mitlachen, und es war ein verdammt gutes Gefühl. »Meins? Und was ist mit deinem?«

Er schüttelte den Kopf. In ihrer Gegenwart fühlte er sich völlig aus dem Gleichgewicht gebracht, er hatte keine Kontrolle, sein Verstand verflüchtigte sich. Doch er stellte fest, dass er es bereitwillig akzeptierte. Ihre Spontaneität und die offensichtliche Belustigung über sein anhaltendes Verlangen nach ihr waren frisch und neu und hinterließen eine Empfindung in ihm, die sich verdächtig nach Glück anfühlte. Es kroch in die dunkelsten Winkel seiner Seele.

Prustend atmete sie tief durch, um sich wenigstens wieder ein bisschen zu beruhigen, und fächelte sich mit den Händen das Gesicht. »Verdammt, ich hab mir gerade erst die Wimpern getuscht!«

»Okay, dann gehe ich mal so lange runter zu den Jungs, bis du fertig bist …«, er machte eine Geste in ihre Richtung. »Du weißt schon, mit anziehen.«

Grace lachte hustend. »Okay.«

In einem vergeblichen Versuch, die Bilder zu vertreiben, die sich in seinen Verstand drängten, fuhr sich Max mit den Händen durchs Haar und ging hinunter zu seinem Onkel und Josh, die im Wohnzimmer an der Bar saßen. Beide Männer flüsterten hitzig miteinander. Eindeutig führten sie irgendetwas im Schilde, doch als sie Max erblickten, verstummten sie schlagartig. Die Mistkerle. Onkel Vince zog argwöhnisch eine Augenbraue hoch und öffnete den Mund, um etwas zu sagen, doch Max hob abwehrend die Hand.

»Denk bloß nicht, nur weil du alt bist, würde ich dir keine reinhauen«, sagte er schlicht, worauf beide Männer in schallendes Gelächter ausbrachen. Lächelnd setzte sich Max neben sie.

»Na, wenigstens ist eine Hängematte kreativ«, murmelte Onkel Vince an der Öffnung seiner Bierflasche vorbei. »Das haben nicht mal deine Tante und ich je probiert.«

Josh und Max stöhnten beide angewidert auf, bevor Letzterer den Kopf auf die Unterarme sinken ließ. Sein Onkel klopfte ihm den Rücken. »Ach, komm schon, Maxie, nimm's locker! Wann war denn das letzte Mal, dass ich dich damit aufziehen konnte, dass du einem Mädchen an die Wäsche gegangen bist, hm? Gönn mir doch auch meinen Spaß!« Er richtete seinen Blick wieder auf Josh. »Ich weiß noch, wie sein Vater und ich ihn mit diesem Mädchen hinten in seiner Werkstatt erwischt haben.«

Ein ungläubiges Lachen platzte aus Max heraus. »Im Ernst? Das muss ich mir immer noch anhören?«

»Absolut, Junge.« Sein Onkel tippte mit dem Zeigefinger auf die Bar. »So lange, bis ich es nicht mehr erzählen kann!«

Josh kicherte. »Was ist denn damals passiert?«

Onkel Vince sah viel zu begeistert aus für Max' Geschmack. »Nun, sein Daddy und ich hatten …«

»Muss das sein?«, maulte Max schmunzelnd.

»… gerade an dieser tierisch heißen Corvette gearbeitet, als Connor bemerkte, dass Max verschwunden war.« Er zuckte mit den Schultern. »Normalerweise hätte das Connor nicht gestört, er hat Max viel Freiheit gelassen, aber diesmal sollte Max als Teil seiner Bestrafung für etwas anderes in der Werkstatt mithelfen. Der kleine Scheißer hat sich ständig in irgendwelche Schwierigkeiten gebracht.« Seine Worte entsprachen der Wahrheit, aber er lächelte Max liebevoll zu.

Josh grinste. »Wo hat er gesteckt?«

»Und mit *er* meinst du mich?«, fragte Max und hob eine Hand. »Hey, ich sitze direkt hier.«

Ohne sich zu ihm umzudrehen, winkte Onkel Vince ab. »Er war mit diesem blonden kleinen Ding auf der Motorhaube des Mustangs seines Daddys zugange und kämpfte gerade damit, ihren verdammten BH aufzubekommen!«

»Der hatte den Verschluss vorne!«, argumentierte Max, die Hände empört ausgebreitet. »Wie zur Hölle hätte ich das denn wissen sollen?«

Onkel Vince prustete los. »Connor und ich müssen wohl eine geschlagene Minute lang dagestanden und zugehört haben, wie er das elende Ding verflucht hat, bis das Mädchen uns entdeckte.« Er und Josh lachten noch heftiger. »Sie sprang auf und stürmte davon, feuerrot im Gesicht und mit Schimpfnamen um sich werfend, die selbst ich noch nie gehört hatte.«

»Wie alt warst du denn, dass du noch nichts von BHs mit Vorderverschluss gehört hattest?«, fragte Josh zwischen seinen Lachern.

»Fünfundzwanzig«, scherzte sein Onkel, bevor Max mit der richtigen Antwort *sechzehn* herausrücken konnte.

Bei der Erinnerung musste Max selbst lachen, während er sich ein Dr. Pepper einschenkte. Sein Vater hatte sich mehr Sorgen darüber gemacht, dass die Motorhaube seines preisgekrönten Mustangs eine Delle in Form eines Hinterns abbekommen haben könnte, als darüber, dass sein Sohn versucht hatte, irgendein Mädchen flachzulegen. Das besagte Mädchen, Sarah Miller, hatte ihn danach nie wieder auch nur angesehen. Nicht dass Max ihr das verdenken konnte. Tatsächlich, wenn er sich richtig erinnerte, war er ziemlich sicher, dass Carter sie nicht lange danach auf einer Party vernascht hatte.

»Oh, noch einmal jung sein«, sinnierte Onkel Vince. Zwinkernd rempelte er Max mit der Schulter an.

»Lass doch den armen Jungen in Frieden, Vincent.«

Beim Klang von Tante Ferns Stimme seufzte Max erleichtert. »Die sind schon wieder *gemein* zu mir, Tante Fern«, brummte er. »Sag's ihnen.«

»Gemein«, schnaubte Onkel Vince mit gespielter Empörung. Er zeigte mit seiner leeren Bierflasche auf Max. »Benutz meine Hängematte nicht mehr für deine ruchlosen Pläne, dann bin ich auch nicht gemein zu dir!«

»Ruchlos?«, lachte Max. »Tante Fern, ich glaube, Onkel Vince hat schon wieder zu viele Late-Night-Talkshows geguckt.«

Seine Tante drohte ihrem Mann und ihrem Schwiegersohn mit dem Finger. »Seid brav, ihr beiden!«, schalt sie. »Lasst Max in Ruhe.«

»Ja«, pflichtete Max seiner Tante mit einem scharfen Nicken bei und legte ihr einträchtig eine Hand auf die Schulter, während er mit der anderen sein Getränk zum Mund führte. »Lasst mich in Ruhe.«

Tante Fern lächelte breit. »Schließlich ist er verliebt, und das ist süß.«

Die Limonade schoss ihm als Sprühnebel aus dem Mund und verfehlte die lachenden Leute an der Bar nur knapp.

»Was?«, stammelte er und wischte sich mit dem Handrücken den Mund ab. »Tante Fern! Grace und ich, wir sind nicht … Es ist nicht so, wie ihr denkt, wir …«

Ihre Hand, die ihm die Wange tätschelte, stoppte sein Gestammel. »So niedlich.«

Joshs Gelächter wurde noch lauter. »Mann, das ist ja großartig!«

Max warf ihm einen Blick zu, der besagte, dass das hier ganz eindeutig *nicht* großartig war.

»Was soll denn der ganze Radau?« Ruby kam ins Zimmer geschlendert, ein Weinglas in der Hand und Buck, seine Freundinnen und Deputy Arschgeige im Schlepptau.

»Dein Vater und dein Mann sind Arschlöcher«, brummte Max, der sich immer noch das Gesicht wischte.

Ruby kicherte spöttisch. »Das ist doch nichts Neues.«

»Was ist nichts Neues?«

Max blickte hoch, als er Grace' sanfte Stimme hörte, und

einen Sekundenbruchteil lang vergaß er, dass er Josh für seine Klatschsucht und seinen Onkel für dessen peinliche Geschichten erwürgen wollte. Sie stand in der Tür, unruhig vor Verlegenheit, aber einfach bezaubernd. Ihr Haar war offen, schwarz und dicht, mit ein paar kurzen Babylöckchen, die sich perfekt an ihren Schläfen ringelten. Das rot-weiße Blümchenkleid spielte um ihre Schenkel, ließ durch den tiefen Ausschnitt den Ansatz ihrer Brüste erkennen und umschmeichelte ihre Figur auf eine Weise, die geschmackvoll sexy war. Langsam kam sie auf ihn zu, und das Funkeln in ihren Augen ließ ahnen, dass sie genau wie er immer noch an nichts anderes als ihre heiße Fummelei denken konnte.

Ein stolzer Schauer durchrieselte ihn. Ja, dachte er, *er* war der Mann, mit dem sie rummachte. Er war der Mann, dem sie vertraute, der sie kommen und sich gut fühlen ließ. Er war der Mann, von dem sie wollte, dass er sie berührte und ihr zeigte, wie sie wieder Intimität genießen konnte.

Scheiße, wenn er Federn gehabt hätte, dann hätte er ein Rad geschlagen wie ein verdammter Pfau.

»Du siehst toll aus«, sagte er, als sie neben ihm stehen blieb.

Sie strich sich mit der Hand über das Kleid und zuckte bescheiden mit den Schultern. »Danke.« Dann wandte sie sich ihm zu, und ihr Gesicht bekam einen angespannten Ausdruck. »Hey, ich wollte dich etwas fragen.« Sie sah sich um und sprach erst weiter, als sie überzeugt war, dass niemand außer Max zuhörte. »Ist es für dich okay, heute Abend auszugehen?«

Max legte die Stirn in Falten. »Klar.« Er hob die Schultern. »Warum sollte es das nicht sein?«

Sie räusperte sich. »Es ist nur, ich dachte … ich weiß, du bist oft im Whiskey's, aber das ist was anderes. Ich meine, wird es in Ordnung für dich sein, in einen Club zu gehen?« Ihre großen grünen Augen blickten besorgt. »Du weißt schon, wo es mehr … Versuchungen gibt. Kommst du damit klar? Falls nicht, bleibe ich gern mit dir hier. Wir könnten uns einen Film ansehen oder so.«

Niemand außer Tate und Elliot hatte Max wirklich auf seine Sucht angesprochen und ihn gefragt, was er in Bezug auf die Verlockungen um ihn herum tun konnte. Max wusste, es lag nicht daran, dass es seiner Familie und seinen Freunden gleichgültig war. Sie glaubten einfach an ihn und vertrauten ihm genug, um das seinem eigenen Urteilsvermögen zu überlassen. Sein Laster war nie der Alkohol gewesen, sondern vielmehr Kokain, aber er wusste, wie schnell man eine Sucht durch eine andere ersetzen konnte. Außerdem durfte er nicht trinken, solange er seine Medikamente nahm. Sein Zwölf-Schritte-Programm half natürlich, aber Max verstand, wie vorsichtig die Menschen darauf bedacht waren, nicht zu viel von ihm zu verlangen oder ihn zu verhätscheln, was er hasste. Doch offensichtlich war es etwas völlig anderes, wenn Grace ihn umsorgte, und es bewirkte ein warmes und tröstliches Ziehen in seiner Brust.

Er lächelte sanft. »Grace, es wird mir gut gehen. Die Clubs hier sind nicht so wie die, die ich in New York gewöhnt war. Ich bezweifle, dass es hier allzu viel gibt, worüber ich mir Sorgen machen müsste. Außerdem bin ich heute Abend der Fahrer.«

Eindeutig verlegen nickte sie, den Blick zu Boden gesenkt. »Oh. Okay. Ich dachte nur, ich frag mal. Ich wollte nicht, dass du dich unwohl fühlst.«

Max rückte näher und streichelte zart mit der Spitze seines Zeigefingers über ihren Unterarm. »Danke«, murmelte er. »Dafür, dass es dich genug kümmert, um zu fragen.«

Sie hob den Kopf und sah ihn an. »Keine Ursache.«

Der Club war völlig anders als die Lasterhöhlen, die Max in der City frequentiert hatte. Hier lief Popmusik, und von der Decke hing eine Diskokugel, um Himmels willen!

Max warf Josh einen genervten Seitenblick zu. »Was zum Teufel soll das denn?«

Josh zuckte als Antwort nur betrunken mit den Schultern, während Ruby begeistert aufkreischte, weil irgendein grässlicher Boyband-Song anfing, aus den Boxen zu plärren. Sie packte Josh am Arm und schleifte den armen Teufel quer durch den Club, damit sie mit ihm tanzen konnte. Max sah sich um und kämpfte den Drang nieder, einfach abzuhauen.

Die Wände waren mit Spiegeln und Bildern von Musikern aus jeder Ära geschmückt, von den Sechzigern bis in die Gegenwart, einschließlich Britney Spears und dieser anderen blonden Tussi, die Chaps trug und ihren Hintern zur Schau stellte, gleich neben dem Bild eines in Leder gekleideten Elvis. Der arme Kerl drehte sich wahrscheinlich im Grab um. Es war die Hölle auf Erden. Max wusste, falls Carter je erfuhr, dass er in so einem Laden gewesen war, würde er ihm augenblicklich die Freundschaft kündigen. Und Max würde es ihm nicht mal verdenken. Sogar Buck wirkte verloren in seinen Vans und einem Van-Halen-T-Shirt. Während die Mädels einschließlich seiner Tante zum Beat zappelnd um Josh herumhüpften, postierte sich Max neben seinem Onkel und dem Deputy an der Bar und schaute zu.

Der Laden war brechend voll mit Leuten, die den Unabhängigkeitstag feierten. Manche davon waren sogar verkleidet und trugen Kostüme, die von Mickey Mouse bis Darth Vader reichten, was für eine lockere Atmosphäre sorgte. Menschen lächelten, umarmten sich und sahen aus, als hätten sie einen Mordsspaß, was Max dabei half, nicht über die Tatsache nachzudenken, dass er eine Cola und keine härteren Sachen trank. Nicht dass er überhaupt so viel darüber nachgedacht hätte. Um die Wahrheit zu sagen, war sein Verstand den ganzen Abend mit einer ganz speziellen Frau auf der Tanzfläche beschäftigt, die einfach spektakulär aussah, wenn sie aus vollem Hals ABBA-Lieder sang. Er lächelte. Heute Abend bekam er auf jeden Fall eine andere Seite von Grace zu sehen. Mit jedem Drink wurde sie gesprächiger, körperlicher und sehr viel flirtlustiger. Sie stellte Max' Entschlossenheit eindeutig auf die Probe, aber er stellte fest, dass er ihre Aufmerksamkeiten genoss.

»Sie ist ein hübsches Mädchen.«

Max schaute von der Tanzfläche zu seinem Onkel und wieder zurück. »Fang nicht wieder damit an.«

Grinsend rückte sein Onkel näher. »Wer fängt denn hier was an?«

Max schnaubte. »So ist das nicht zwischen uns.« Er sah aus dem Augenwinkel, wie sein Onkel nickte und einen Schluck von seinem Bierglas nahm. »Wir sind Freunde.«

»Sie schaut dich aber nicht an, als wärst du nur ein Freund, Max.«

Max' Lächeln verblasste, als er den vorsichtigen Unterton in der Stimme seines Onkels hörte. Er war nicht ganz sicher, wie er sich bei den Worten seines Onkels fühlte, aber sie versetzten ihm definitiv einen Stich, der sich verdächtig nach Panik anfühlte.

»Schau«, fuhr Onkel Vince fort und drehte sich von der Tanzfläche weg zur Bar, Schulter an Schulter mit Max. »Ich will nicht wissen, was da zwischen euch beiden läuft. Das geht mich nichts an. Ihr seht glücklich zusammen aus, ob ihr nur Freunde seid oder mehr. Ich will nur sichergehen, dass sie dich gut behandelt. *Der* Scheiß *geht* mich nämlich was an.«

Verdutzt starrte Max ihn an. »Dass sie *mich* gut behandelt?«

Er stieß ein schallendes Lachen aus. »Sollte es denn nicht andersrum sein?«

Sein Onkel antwortete nur mit einem bedeutsamen Blick. »Du bist labil, Max. Du verbirgst es gut, aber ich kann es sehen, weil ich dich schon kenne, seit dein Daddy dich mir in die Arme gelegt hat, als du gerade mal zwei Tage alt warst.«

Max trat unbehaglich von einem Bein aufs andere, während sein Onkel wieder zur Tanzfläche sah.

»Sie hat dich gern, aber das hatte Lizzie auch.« Max schluckte heftig, weil ihm die Kehle eng wurde. »Ich sage nur, sei vorsichtig, Sohn. Verlier dich nicht in etwas, für das du noch nicht bereit bist. Das wäre für keinen von euch beiden fair.«

Max nickte. »Es ist alles okay«, versicherte er seinem Onkel. »Ehrlich. Wir wissen beide, wo wir stehen. Ich werde vorsichtig sein.«

Onkel Vince legte Max eine große Hand auf die Schulter und drückte sie. »Das ist alles, was ich hören wollte.«

Eine Ansammlung begeisterter Schreie ließ die Köpfe der beiden Männer zur Tanzfläche herumfahren, gleichzeitig erfüllten die vertrauten ersten Takte von *Ain't No Mountain High Enough* den Club. Nun, dachte Max, während die Mädels anfingen, noch wilder herumzuhüpfen, wenigstens war der Song eine Verbesserung im Vergleich zu dem Mist, der bisher gespielt worden war. Tatsächlich besaß er den Song auf Vinyl. Die Platte hatte seiner Mom gehört. Sein Dad hatte ihm einmal gesagt, dass sie, als sie mit Max schwanger gewesen war, den Song mindestens einmal am Tag angehört und dabei mitgesungen und ihren Babybauch gestreichelt hatte. Er war sicher, irgendwo in seiner Wohnung in New York hatte er ein Foto, das sein Dad davon gemacht und ihm später geschenkt hatte.

Das kleine Lächeln, das bei der Erinnerung um seine Lippen spielte, wurde breiter, als er sah, wie Grace auf ihn zutanzte, na ja, hüpfte. Sie sah unglaublich reizend aus mit ihren großen Augen und dem fliegenden Haar. Und das Kleid? Ja, das Kleid war immer noch sagenhaft. Max hatte die Blicke der anderen Männer in der Bar bemerkt, aber nach Kräften versucht, das schamlose Gefühl von Besitzanspruch in sich zu ignorieren. Sein finsterer Blick reichte aus, um diese Vollpfosten in Schach zu halten.

»Komm tanzen!«, rief sie über die Musik hinweg, gerade als Marvin Gaye sang: »Remember the day«. Bevor Max antworten konnte, schnappte sich Grace seine Hand und fing an, seinen Arm hin- und herzuschwingen, mitzusingen und wie ein verdammtes Kaninchen von einem Bein aufs andere zu hopsen.

Nicht in der Lage, ihrem fröhlichen Gesicht und ihrer noch fröhlicheren Tanzerei zu widerstehen, hob Max den Arm, damit sie sich darunter hindurchdrehen konnte. Sie strahlte. *»My love is alive way down in my heart!«*, sang sie lauthals und wackelte dabei mit dem Hintern.

Es dauerte einen Moment, bis Max bewusst wurde, dass er ebenfalls tanzte, nur ein wenig, von einem Fuß auf den andern wippend. Wieder einmal hatte Grace' ansteckendes Temperament ihn von allem fortgerissen, worüber sich sein Onkel Sorgen gemacht haben mochte, von allen Verlockungen und melancholischen Erinnerungen. Jede vorsichtige Zurückhaltung in den Wind schlagend, überließ er sich dem Refrain des Lieblingslieds seiner Mutter. Er legte Grace einen Arm um die Taille, nahm ihre freie Hand und begann, mit ihr zu tanzen – herrlich albern zu tanzen. Er kippte sie nach hinten, schwang mit ihr hin und her und wirbelte sie wild herum. Ihr lautes Lachen erfüllte den Raum und kroch langsam in die tiefen, kalten Winkel seines Herzens.

Kurz nach ein Uhr morgens, nachdem sie Pizzas, Burger und Fritten gekauft und noch im Auto auf der Heimfahrt zur

Hütte verschlungen hatten, hielt Max eine sehr beschwipste Grace fest, als sie die Treppe zu ihrem Schlafzimmer hinauftorkelte. Sie kicherte und summte auf seinen Arm gestützt vor sich hin und wiederholte immer wieder, was für einen fantastischen, unglaublich tollen, wirklich *fantastischen* Abend sie gehabt hatte. Max konnte nicht anders, er musste einfach über sie lachen. Um die Wahrheit zu sagen, sie war irrsinnig süß, wenn sie betrunken war.

»Und das Feuerwerk?«, nuschelte sie undeutlich. »Oh mein Gott, das war so hübsch! So hübsch. Hast du's gesehen?«

»Ich hab's gesehen.«

»Das war hübsch, nicht? Mit dem ganzen Bumm und Pfffffffftttt!« Sie wedelte mit den Armen, um Max zu zeigen, wie schön genau das Feuerwerk gewesen war, und kippte zur Seite.

Max hielt sie fest, während er die Tür aufstieß, froh darüber, dass sie kaum etwas wog, als sie mit ihrem ganzen Gewicht gegen ihn sackte. »So hübsch wie du«, murmelte sie an seinem Bizeps, als sie ins Zimmer taumelten.

Max schnaubte. »Du wirst doch hoffentlich nicht kotzen, oder?«, fragte er, als Grace zum Bett torkelte und alle viere von sich gestreckt bäuchlings auf die Matratze plumpste. Ihr Haar umgab sie wie ein schwarzer Heiligenschein. Als Antwort hielt sie wacklig beide Daumen hoch.

Max bemerkte anerkennend, wie ihr das Kleid an den Oberschenkeln hochgerutscht war, und rieb sich mit einer Hand übers Gesicht. »Ich geh ins Bad, okay?«

Die Bettdecke dämpfte ihre Antwort. »Mkay.«

Im Bad stützte Max die Hände aufs Waschbecken und dachte an das, was sein Onkel im Club zu ihm gesagt hatte. Die Bedenken seines Onkels sollten Max nicht überraschen. Er hatte dieses ganze »Sollte er, sollte er nicht« selbst in Gedanken immer wieder durchgespielt, hatte sich gefragt, ob das, was er da mit Grace tat, eine kluge Idee war.

Und er war immer noch nicht überzeugt davon.

Das Ganze war eine einvernehmliche Sache zwischen zwei – zugegebenermaßen ziemlich verkorksten – Erwachsenen, die einander attraktiv fanden. Es war eine körperliche Beziehung, nichts weiter. Dennoch hatten sowohl Tate als auch sein Onkel betont, dass Grace womöglich mehr wollte, dass sie Max mehr mochte, als sie sollte.

Er starrte sich im Spiegel an. »Scheiße.«

Wenn er vollkommen ehrlich zu sich war, mochte er Grace. Er mochte sie sehr, aber der vernarbte, geschundene und mitgenommene Muskel, der in seiner Brust schlug, war der Aufgabe, jemals wieder jemanden zu lieben, einfach nicht gewachsen.

Das Letzte, was er wollte, war, ihr wehzutun. Sie verdiente mehr als das. Es war nicht so, dass Max glaubte, Grace würde ihn lieben. Nein. Trotz der Worte von Tate und seinem Onkel wusste Max es besser. Sie mochte ihn mit Zuneigung betrachten, aber das lag nur daran, dass sie ihre Gefühle ungefiltert zeigte. Sie war wie ein offenes Buch, und ironischerweise war es das, was ihm besonders an ihr gefiel. Es gab keine Lügen. Sie sagte die Dinge, wie sie waren.

Und dann war da noch die Tatsache, dass er sie wollte. Scheiße, natürlich wollte er sie. Er konnte es nicht erwarten, in ihr zu sein und zu sehen, ob er sie zum Fliegen bringen konnte.

Er hatte deutlich seine Bedingungen genannt, als sie abgemacht hatten, einander zu helfen, deutlich gesagt, wofür er bereit war und wofür nicht, und Grace hatte das akzeptiert. Und nicht nur akzeptiert, sie war derselben verdammten Meinung gewesen. Er musste einfach darauf vertrauen, dass sie sich an die Grenzen halten würde, die sie gezogen hatten. Max war wirklich nicht sicher, was er machen würde, falls sie es nicht tat. Vielleicht mussten sie darüber reden.

Entschlossen stieß er sich vom Waschbecken ab und öffnete die Tür zum Schlafzimmer, doch dann verlor er jede Fähigkeit zu denken oder gar zu sprechen. Grace lag auf dem Rücken, den Kopf auf den Kissen, in nichts als dieser verdammten roten Unterwäsche. Und Scheiße, verdammt, wenn das nicht oberscharf war! Ihr Kleid lag zusammen mit ihren Schuhen als zerknüllter Haufen vor seinen Füßen.

Sie lächelte angetrunken und strich sich träge mit der Hand über den Bauch. »Hey.«

Max räusperte sich, während er sie von den Zehenspitzen bis zu ihren Brüsten mit seinen Blicken verschlang. »Hey.«

»Bist du endlich fertig mit Grübeln da drin ganz allein?«

Er kniff die Lippen zusammen, um ein Lächeln zu unterdrücken. Oh ja. Sie war sogar noch frecher, wenn sie getrunken hatte. Er verschränkte die Arme vor der Brust, denn verflucht, was konnte er sonst tun als sie ansehen? »Kann sein.«

»Gut.« Mit einem Nicken wies sie auf seinen Schritt, wo sich eine ordentliche Ausbuchtung zeigte. »Rückst du mit dem Ding rüber?«

»Benimm dich. Ich schlafe nicht mir dir, wenn du betrunken bist.«

»Ich weiß. Außerdem hab ich daran gar nicht gedacht«, murmelte sie. Sie ließ die Augen zufallen, während ihre Fingerspitzen hauchzart über ihre Brust strichen.

Großer Gott.

»Woran *hast* du denn gedacht?« Max machte zwei Schritte aufs Bett zu, zog sich das T-Shirt über den Kopf und warf es auf den Boden.

Grace summte anerkennend, als sie seine Brust sah, und grub die Zähne in ihre Unterlippe. »Du bist so schön.«

»Ich schätze, schön ist eine Verbesserung zu hübsch. Wie viel genau hast du eigentlich getrunken?«

Sie kicherte. »Genug.«

Ja, das wusste Max. Er hatte den ganzen Abend jeden Drink, den sie bestellt oder ausgegeben bekommen hatte, im Auge behalten, um sicherzugehen, dass sie okay war.

Sie leckte sich die Lippen. »Genug, um zu wissen, dass ich deine Hände auf mir haben will.«

Max kniete sich neben ihren Füßen aufs Bett. »Ach ja?«

»Ja. Und ich will meine Hände auch auf dir haben.«

Max strich mit der flachen Hand an ihrem Schienbein hoch. Es war so glatt und weich, wie er es sich vorgestellt hatte. Der Atem kam ihr als zitternder Hauch über die Lippen.

»Wo willst du mich denn berühren?«, fragte er. Ihr Blick glitt von seinem Gesicht zu seiner Jeans, und, Gott war sein verdammter Zeuge, sein Schwanz zuckte. »Ich hab es dir doch gesagt«, stöhnte er, eine Hand auf den Spann ihrer Füße gelegt. »Berühr mich, wann immer und wo immer du willst.« Er öffnete den Knopf seiner Levi's und zog den Reißverschluss auf, was den Blick auf graue Unterwäsche freigab. Dann beugte er sich vor und hauchte einen Kuss auf die Innenseite ihres Knies. Grace gab einen wimmernden Laut von sich. Er machte es noch mal, und sie stöhnte und ließ gleichzeitig ihre Beine auseinanderfallen.

Verflucht, er wollte einfach nur sein Gesicht in ihr vergraben und sich tagelang in ihrer feuchten Hitze verlieren. Stattdessen küsste er die Innenseite ihres Schenkels und bemerkte, wie ihr dabei der Atem stockte. Sie zuckte nicht zusammen. Er tat es noch mal, und sie wölbte den Rücken. »Oh Gott!«

Max stöhnte genüsslich an ihrer Haut, als er diese verdammte Kakaobutter roch und schmeckte, die er so sehr mochte. Seine Zunge wanderte an der Innenseite ihres Oberschenkels empor.

»Oh Gott«, wiederholte sie. Ihre Hände auf dem Bett bewegten sich unruhig.

»Es ist okay«, flüsterte Max, während er zärtlich mit der Hand über ihren Bauch strich.

»Nein, ich …«

»Ich hab dich, es ist okay.«

»Nein, Max.«

Er schmiegte die Nase in ihre Leistenbeuge. »Sag mir, was du möchtest. Was soll ich tun?«

»Beweg dich. Bitte!«

»Mich bewegen?«

»Mir wird schlecht!«

Max sprang auf, als stünde sein Hintern in Flammen, und entging nur knapp Grace' rudernden Armen und Beinen, als sie sich unbeholfen von der Bettkante rollte und ins Bad torkelte. Sie prallte gegen den Türrahmen und schaffte es gerade noch hindurch, bevor sie die fürchterlichsten Würgelaute von sich gab, die Max je gehört hatte.

Nach einer ungläubigen Schrecksekunde legte er eine Hand an die Stirn. So viel zum Thema Lustkiller. Mit einem Stöhnen schaute er an sich hinunter auf seinen nun halb erschlafften Schwanz. »Herrje«, murmelte er, während er vom Bett kletterte und seinen Reißverschluss wieder hochzog. Er spähte durch die Badezimmertür und sah Grace auf dem Boden knien, den Kopf in der Kloschüssel. »Alles okay?«

Sie stöhnte. »Nein.« Schniefend zog sie die Nase hoch und würgte wieder.

Vorsichtig kam Max näher, setzte sich auf den Rand der Badewanne und nahm ihr Haar, das ihr über den Rücken fiel, sowie die Strähnen, die in ihrer Eile, zur Toilette zu kommen, nach vorne gefallen waren, um es außer Reichweite zu halten.

»Scheiße, tut mir leid«, röchelte sie, bevor sie erneut kotzte.

Bei dem Anblick, wie sie in ihrer sexy Unterwäsche den Porzellangott anbetete, musste er kichern. »Mach dir keine Sorgen deswegen.« Natürlich hatte er sich vorgestellt, dass der Abend anders laufen würde, aber das war nicht wichtig.

Er hielt ihr das Haar zurück und streichelte sanft ihren Rücken.

21

Nashörner.

Nashörner, Elefanten und alle möglichen anderen großen, trampelnden Säugetiere waren offensichtlich gestern Nacht in Grace' Schlafzimmer eingedrungen und hüpften nun über ihrem Kopf hin und her. Wie sonst sollte sie den grausamen Schmerz erklären, der ihren ganzen Schädel wie ein Schraubstock umklammerte, oder das groteske Pochen hinter ihren Augenlidern? Ihre Augen hatten tatsächlich einen verdammten Puls. Sie öffnete eines davon, nur einen Spalt, und sofort verfluchte sie den strahlenden Sonnenschein, der ihre Pupillen durchbohrte. Heiliger Himmel, es war sehr lange her, dass sie so viel getrunken hatte. Um die Wahrheit zu sagen, war es sehr lange her, dass sie entspannt genug gewesen war, so viel Spaß zu haben. Und Spaß hatte sie gehabt. Sie bewegte sich träge und hob vorsichtig den Kopf vom Kissen, woraufhin sie schnell feststellte, dass sie nur ihre Unterwäsche trug und allein im Bett lag. Und das war kein Wunder bei dem abgestandenen Gestank nach Alkohol und Erbrochenem im Zimmer.

Oh Gott, wie hatte sie sich gestern Nacht blamiert! Erinnerungen an Max' herrliche Brust und das Gefühl seines köstlichen Munds auf ihr blitzten in ihrem Kopf auf und ließen ihn eine weitere schwindlige Karussellrunde drehen. Durch all diese Cocktails, die in ihr herumschwappten, war sie überzeugt davon gewesen, dass es die genialste Idee überhaupt wäre, Max zu verführen. Mitten während des Vorspiels zu kotzen, war allerdings nicht Teil ihres kühnen Plans gewesen.

»Toll gemacht, Grace«, murmelte sie vor sich hin, während sie die Bettdecke hob und die Beine vom Bettrand schwang. Verdammt, er hatte ihr sogar dabei das Haar gehalten. Ihr Gesicht wurde heiß vor Scham. Mit einem niedergeschlagenen Seufzen bemerkte sie ein Glas Wasser auf dem Beistelltisch und daneben zwei Tabletten, die verdächtig nach Aspirin aussahen. In Grace' Brust flatterte es. Max war immer rücksichtsvoll, und das gab ihr stets ein warmes, wohliges Gefühl.

Sie schluckte die Tabletten, dann schleppte sie sich unter die Dusche und betete zu Gott, dass das warme Wasser dabei helfen würde, die Schmach der letzten Nacht fortzuwaschen.

Als Grace schließlich geduscht und Shorts und ein ärmelloses Top angezogen hatte, waren alle entweder zum Schwimmen oder Sonnenbaden am See oder spielten Tennis, wie Ruby und Josh. Ruby sah nicht danach aus, als habe sie überhaupt Alkohol getrunken, geschweige denn Cocktail um Cocktail mit Grace mitgehalten. Der Teufel sollte sie holen. Max war nirgendwo zu sehen. Erleichtert stieß sie den Atem aus, da sie noch nicht bereit war, ihm gegenüberzutreten.

Tante Fern, Carla und Adele schauten von ihren Liegestühlen zu ihr herüber, als sie näher kam, und lächelten anzüglich.

»Du bist ja schon auf!«, sagte Adele mit einem Grinsen.

»Hey! Hey! Da ist ja unsere Dancing Queen! *Let's get this party started!*«, rief Buck vom Wasser her, wo er neben Caleb stand, der sie breit anlächelte.

Grace winkte beschämt.

Carla warf einen Blick auf ihre Armbanduhr. Es war nach Mittag. »Ich dachte mir schon, dass du von all dem Tanzen erledigt sein würdest.«

»Ja«, antwortete Grace. Sie erinnerte sich dunkel, dass sie und Carla im Laufe des Abends beste Freundinnen geworden waren und bekräftigt hatten, wie toll sie einander fanden. Offensichtlich war sie gar keine solche Zicke, wie Grace anfangs geglaubt hatte. »Ich glaube, der Alkohol hat dabei auch ein bisschen geholfen.«

Alle drei Frauen lachten, dann bot Adele ihr einen Liegestuhl an, den Grace dankbar annahm.

»Wir haben alle schon gegessen. Soll ich dir schnell was machen, Schätzchen?«, fragte Tante Fern.

Schon beim bloßen Gedanken drehte sich Grace der Magen um. »Nein, danke.« Sie hielt ihre Wasserflasche hoch. »Ich bin versorgt.«

Sich hinzulegen half. Grace lehnte sich zurück, schloss die Augen hinter der Sonnenbrille und genoss die Wärme und den Klang von spritzendem Wasser und Gelächter. Trotz ihres fürchterlichen Katers ließ sie die Ruhe und Zufriedenheit, die sie umgaben, auf sich wirken. Es kam dem Gefühl von Frieden so nahe, wie Grace es schon lange nicht mehr gespürt hatte, umgeben von guten Menschen – Freunden –, die sie ohne Frage akzeptierten.

Ein tiefer, anerkennender Pfiff verleitete Grace dazu, die Augen zu öffnen. »Verdammt, Mädchen, für diese Sahneschnitte würde ich alles geben!«, raunte Adele Grace zu. »Bitte sag mir, dass du es mit dem treibst, wann immer du kannst.«

Grace folgte Adeles bewunderndem Blick und sah Max und seinen Onkel am Ufer entlang auf sie zulaufen. Max trug kein Shirt und war eindeutig ins Schwitzen gekommen. Der glänzende Schweißfilm betonte die definierten Konturen von Bauch und Brust. Sein ganzer Körper spannte und entspannte sich unter dem Spiel der hart arbeitenden Muskeln, während er rhythmisch die Backen aufblies und sich auf jeden Schritt konzentrierte. Er war wahrhaftig ein Anblick für die Götter.

Eine tiefe Wärme sammelte sich in Grace' Bauch und zwischen ihren Beinen. Verdammt, wem machte sie da etwas vor?

Adele hatte recht. Es gelang ihr, eine ausdruckslose Miene aufzusetzen, als er langsamer wurde und auf sie zukam. Er hatte ein verschmitztes Lächeln im Gesicht und sah mit seiner sich schwer hebenden und senkenden Brust und dem schwarzen Haar, das ihm nass an der Stirn klebte, viel zu attraktiv aus. Er fuhr sich mit den Fingern hindurch, worauf es in alle Richtungen abstand, und schnappte sich eine Flasche Wasser aus der Kühlbox.

»Na, guten Nachmittag, Sonnenschein«, sagte er, bevor er mit großen Schlucken trank und sich die Flasche an die Wange hielt. »Was macht der Kopf?«

Sie verzog das Gesicht. »Dreht sich.«

Er lachte leicht und zog die Augenbrauen hoch. »Das glaub ich gern. So ist das, wenn man literweise Cocktails schlürft.« Er warf einen bedeutsamen Blick zu Carla, dann sah er Grace eindringlich an. »Was genau weißt du noch von gestern Nacht?«

Sie räusperte sich und zupfte am Saum ihres Tops. »Nur noch Bruchstücke … Kotzen, Tanzen, dass ich mich zur Idiotin gemacht habe.« Sie war sich hoffnungslos bewusst, dass drei Augen- und Ohrenpaare ihrer Unterhaltung neugierig folgten. Sie setzte sich auf, als wollte sie von ihrem Liegestuhl aufstehen, und nahm die Sonnenbrille ab. »Können wir uns unterhalten?«

Max' Miene verlor etwas von ihrer Verspieltheit. »Klar. Ich brauche ohnehin eine Dusche.« Er schaute zu seiner Tante hinüber. »Wird nicht lange dauern.« Er drehte sich um und ging zurück zum Haus, und Grace folgte ihm dicht auf den Fersen. Erst als sie schon halb die Treppe zu ihrem Zimmer hoch waren, sprach er wieder. »Geht es dir gut, von dem Kater mal abgesehen?«

Sie nickte. »Ja, ich wollte mich nur entschuldigen.«

Max blieb wie angewurzelt vor der Tür ihres Zimmers stehen. »Wofür denn?«

Mit einem lauten Seufzer trat Grace an ihm vorbei ins Zimmer. Sie spürte, dass er ihr folgte, und hörte die Tür ins Schloss fallen. »Es tut mir leid, was ich getan habe.« Am Bett drehte sie sich um und versuchte händeringend, die richtigen Worte zu finden. »Es war dumm und völlig unangebracht.«

Max starrte sie einen Augenblick lang an, bevor er mit den Schultern zuckte. »Kein Problem.«

»Und es tut mir leid, dass ich mich so betrunken habe. Es war dir gegenüber nicht fair, dass du mit mir als betrunkener Katastrophe klarkommen musstest, besonders bei allem, womit du *ohnehin* schon klarkommen musst. Das war rücksichtslos von mir, und es tut mir leid.«

Das war die Sorge, die am stärksten an Grace genagt hatte, während sie geduscht hatte. Sie verstand nur zu gut, welchem Kampf sich Max durch seine Sucht täglich gegenübersah, und dass sie ihm die Tatsache unter die Nase rieb, dass er nichts trinken durfte, war das Letzte, was er gebrauchen konnte.

Für einen kurzen Moment sah er aus, als wollte er widersprechen, doch dann schien er es sich anders zu überlegen. Er rieb sich das Kinn und nickte. »Das weiß ich zu schätzen, aber es ist schon okay.«

»Nein, ist es nicht. Ich war dir gestern Nacht keine gute Freundin. Du hast Besseres verdient, und ich verspreche, dass ich das nicht noch mal machen werde.« Er öffnete den Mund, um etwas zu sagen, doch sie fuhr fort. »Ich weiß, du wirst sagen, dass ich mich irre, aber du weißt, dass ich recht habe. Bitte, lass mich einfach zu Kreuze kriechen.«

Er lachte, ein entspanntes und schönes Lächeln, und winkte ab. »Na schön. Dann kriech los.«

Sie schob die Hände in die Taschen ihrer Shorts. Max betrachtete sie einen stillen, angenehmen Moment lang, bevor er zwei Schritte näher kam. Grace' Herz geriet ins Stolpern.

Das machte es immer öfter in seiner Nähe, und sie konnte sich nicht entscheiden, ob das herrlich oder beängstigend war.

»Ich muss zugeben …« Seine Stimme war tief und rau. Es war seine Lass-uns-fummeln-Stimme, die sofort verrückte Dinge mit ihrem Körper anstellte. Ihr Blut schien sich zu erhitzen, gleichzeitig zogen sich ihre Organe lustvoll zusammen. »Dich auf dem Bett ausgebreitet zu sehen, in nichts als Spitze, ist ein Bild, das ich noch lange vor mir sehen werde.« Seine Augen wanderten an ihrem Körper entlang, während er die Zunge an die Rückseite seiner oberen Schneidezähne drückte. Sie wollte wissen, wie diese Zunge schmeckte. »Du hast verflucht heiß ausgesehen, Mädchen.«

Ihre Worte klangen atemlos. »Freut mich, dass es dir gefallen hat.«

»Das hat es.«

»Vielleicht kann ich das ja mal wieder für dich tun.«

Er schmunzelte. »Versprochen?«

»Versprochen.«

»Wie wär's damit, sobald wir wieder zu Hause sind?«

Das Gefühl, das die beiden Wörter »zu Hause« in Grace' Brust auslösten, war fast zu wunderbar. »Ich bin sicher, das lässt sich einrichten.«

Er lächelte anzüglich. »Hervorragend. Und wenn du mich jetzt bitte entschuldigst. Ich brauche *noch mal* eine sehr kalte Dusche.«

Sie sah ihm nach, wie er ins Bad ging und etwas über Unterkühlung vor sich hin brummte. Sein muskulöser Rücken mit der herrlichen, vor Schweiß glänzenden Tätowierung ließ ihren Mund noch trockener werden. Die Badezimmertür schloss sich, und sie hörte, wie das Wasser aufgedreht wurde. Grace ließ sich aufs Bett fallen, schloss die Augen und fragte sich, wie es wohl wäre, ihm beim Duschen Gesellschaft zu leisten.

Die Beklommenheit, die bei dem Gedanken in ihr aufstieg, war verschwindend gering im Vergleich zu früher, dennoch blieb sie, wo sie war. Sie wusste, dass sie bereit war, mehr mit Max zu tun, nicht zuletzt, weil die elektrisierende Spannung zwischen ihnen ausreichte, um eine ganze Kleinstadt mit Strom zu versorgen. Nichtsdestotrotz wusste Grace auch, dass sich ihre rein freundschaftlichen Absichten allmählich in etwas völlig anderes verwandelten. Etwas Größeres, Beängstigenderes, etwas, von dem sie sich versprochen hatte, *ihm* versprochen hatte, dass sie es nicht zulassen würde. Still und leise wuchs es in einem kleinen Winkel ihrer Brust heran, neben der Hoffnung, dass Max eines Tages vielleicht ebenso empfinden würde.

Sie bedeckte ihr Gesicht mit den Händen und atmete tief durch, da sie in ihrem Innern wusste, dass das nie geschehen würde. Sie war in Schwierigkeiten.

»Ich halte das nicht mehr aus. Kann ich kommen und bei dir wohnen? Bitte!«

Max schnaubte als Antwort ins Telefon. Er lag auf seinem Bett in der Pension und zappte sich durch die Kanäle des an die Wand geschraubten Fernsehers. Carter hatte die letzten zehn Minuten über Kat und ihre verdammte Hochzeit gejammert. Anscheinend trieb Kats unablässiges Planen und Organisieren ihn langsam in den Wahnsinn.

»Ich liebe sie«, fügte Carter hinzu. »Wirklich, das tu ich. Aber ich kann einfach nichts mehr darüber hören, dass ich für den Anzug Maß nehmen lassen soll – was du übrigens auch immer noch tun musst. Glaub nicht, du kannst dich davor drücken, bloß weil du nicht hier bist – oder etwas über Blumen oder Gastgeschenke. Gastgeschenke, Max! Ich wusste nicht mal, dass die Gäste auch Geschenke bekommen! Wusstest du das? Geschenke! Ich meine, warum zur Hölle soll *ich* den Leuten was schenken, die zu *meiner* Hochzeit kommen? Wo liegt denn da der Sinn, verdammt? Das ist ja wie: Juhu, du bist gekommen, da hast du ein Zwanzig-Dollar-Geschenk für deine Mühe.« Es gab ein dumpfes Geräusch, als habe er sich auf etwas fallen lassen, gefolgt von einem lauten Seufzer. »Ich will, dass es perfekt wird, und ich will, dass sie glücklich ist, aber ich wusste nicht, dass Frauen so … ich meine, sie ist einfach …«

»Ein verfluchter Albtraum?«

»Ja!«, brach es aus Carter heraus. »Scheiße!«

Max rubbelte an einem frischen Farbfleck auf seiner Jogginghose. »Hättest eben Single bleiben sollen, Mann.«

»Nicht wahr? Was zum Teufel hab ich mir nur dabei gedacht?« Er verstummte. »Es ist so, wenn sie sich für all das begeistert … Mann, ihr Gesicht, es ist einfach … Das macht es die ganze Sache wert, weißt du?«

»Ich bin sicher, es wird toll.«

»Ja.« Carter räusperte sich. »Jedenfalls, genug davon, was gibt's Neues bei dir? Hattest du einen guten vierten Juli?«

»Ja, die Hütte war super.«

»Das wette ich. Es ist viel zu lange her, dass wir einen Ausflug dorthin gemacht haben. Wie geht's allen? Ist bei deinem Onkel alles okay?«

»Dem geht's großartig. Erzählt immer noch die alten Geschichten.«

»Lass mich raten, der verflixte Vorderverschluss-BH?«

»Arschloch.«

Carters Lachen wurde lauter.

Max musste grinsen. »Ich habe Spaß.«

»Ja, du klingst relaxt.«

Max atmete aus. Was das betraf, war er sich nicht so sicher, ob er mit seinem Freund einer Meinung war. Der Ausflug zum See *war* natürlich toll gewesen, wie immer, aber sein Stresslevel war nicht so niedrig, wie er vermutlich sein sollte, nachdem er vier Tage lang praktisch gar nichts getan hatte.

»Oh-oh«, murmelte Carter. »Das hört sich nicht gut an.« Eine Sekunde lang herrschte Schweigen zwischen den beiden Männern. Die Telefonleitung knisterte vor toter Stille. »Willst, ähm, willst du drüber reden?«

Als Antwort gab Max einen grunzenden, erstickten Laut von sich und warf die Fernbedienung neben sich, ohne auf die Leute auf dem Bildschirm zu achten.

»Hast du mit Tate gesprochen?«, bohrte Carter nach. »Oder Elliot? Max, wenn du irgendetwas brauchst …«

»Carter, es geht mir gut. Ehrlich«, unterbrach Max ihn. Die Sorge seines Freunds ließ seine Stimme sanfter werden. »Eigentlich hat es nichts mit alldem zu tun.«

»Hm. Okay. Also, was ist los?«

Stirnrunzelnd versuchte Max, eine einfache Antwort auf eine komplizierte Frage zu finden, doch die einzige, die ihm spontan einfallen wollte, war Grace. Max war nicht ganz sicher, ob er mit Carter über Grace reden wollte, denn offen gesagt wusste er nicht genau, was es da zu sagen gab, und außerdem wollte er nicht, dass Carter einen falschen Eindruck bekam.

Was zwischen ihm und Grace während des Trips vorgefallen war, war großartig gewesen, hatte ihn aber zugegebenermaßen auch ein bisschen durcheinandergebracht. Und obwohl sie vor drei Tagen zurückgekommen und wieder in ihre normale Arbeits- und Laufroutine zurückgefallen waren, hatten sie den gewaltigen Elefanten noch nicht angesprochen, der sich seitdem jedes Mal im Zimmer befand, sobald sie allein waren: Sie hatten noch immer keinen Sex gehabt.

Er konnte sich nicht erinnern, schon jemals unter einem so akuten Fall von Hormonstau gelitten zu haben, und es nervte ihn, dass seine Geduld allmählich am seidenen Faden hing.

Herrgott, das Mädchen hatte haufenweise Schlimmes durchgemacht, und Max verstand ihre Ängstlichkeit. Aber Grace' Blindheit für ihre eigene Attraktivität brachte ihn dazu, sie auf die nächstbeste horizontale Fläche werfen und vergessen lassen zu wollen, warum sie überhaupt Angst vor Sex hatte.

Seit sie versucht hatte, ihn in ihrer sexy roten Unterwäsche zu verführen und dann Alkohol im Wert etlicher Dollars hochgewürgt hatte, schien sie sich einen Schritt von ihm zurückgezogen zu haben. Sie war immer noch die umgängliche, verspielte Grace, die Max kennengelernt hatte, doch die Vorsicht, die er bei ihrer ersten Begegnung in ihren Augen gesehen hatte, war zurückgekehrt. Und wenn Max ehrlich zu sich war, tat das weh. Er hatte sie gefragt, ob alles in Ordnung sei, ob er irgendetwas getan hätte, um sie zu vergraulen, aber sie hatte nur gelacht, seine Bedenken mit einer wegwerfenden Handbewegung abgetan und ihm gesagt, dass alles prächtig sei.

Ja. Damit hatte sie recht. *Sie* war prächtig. Zu verdammt prächtig.

Er fuhr sich mit der Hand übers Gesicht und bemerkte einen weiteren Streifen blauer Farbe auf seiner Handfläche. Ja, er hatte sogar wieder angefangen zu malen, um seine lüsternen Gedanken zu zügeln und die Sehnsucht nach Grace zu unterdrücken. Aber es funktionierte nicht. Seine Gemälde waren wie immer wild und hastig in ihrer Entstehung, denn seine Frustration füllte die Leinwände so schnell, wie er sie aufstellte.

Vielleicht war das der Grund, warum Süchtigen gesagt wurde, sie sollten zu Beginn ihrer Genesungsphase keinerlei Beziehungen anfangen. Das würde jedenfalls Sinn ergeben. Max' Verlangen, sich in Grace' Körper zu verlieren, war ebenso stark, wie es sein Bedürfnis nach Kokain während der ersten Tage in der Klinik gewesen war.

»Scheiße.« Er setzte sich auf, das Handy immer noch am Ohr. »Hör mal, Mann, ich muss los. Ich hab da noch was zu erledigen.«

Carter schnaubte. »Na schön. Du weißt, wo ich bin, falls du deine Meinung änderst. Pass auf dich auf, hörst du?«

Gegen seinen Willen musste Max lächeln. »Mach ich. Bis bald, Bruder.«

Er beendete das Gespräch und warf sein Handy neben die Fernbedienung, bevor er sich eine saubere Hose anzog und in seine Vans schlüpfte. Er schob seine Geldbörse in die Hosentasche, nahm die Schlüssel des gemieteten Trucks und hob das Gemälde auf, das seit einigen Wochen an der Wand lehnte. Hoffentlich war es der Eisbrecher, den er und Grace brauchten.

Wie immer öffnete Grace die Tür ihres Hauses mit einem strahlenden Lächeln. Marvin Gayes »Got to Give It Up« lief im Hintergrund. Welche Ironie.

Max erwiderte das Lächeln, kribbelig und unerwartet nervös. »Hey.« Sein Blick wanderte von ihrem trägerlosen blauen Sommerkleid hinunter zu ihren nackten Füßen. Als er den blauen Nagellack auf ihren Zehen sah, musste er schmunzeln.

»Hatten wir uns heute zum Laufen verabredet?« Sie runzelte die Stirn. »Ich dachte, du musst mit Vince arbeiten.«

»Nein. Ich meine, ja, ich hab gearbeitet«, erwiderte Max ein wenig aufgeregt. »Wir waren früh fertig, deshalb, ähm, wollte ich dir das hier bringen.« Er hielt das Gemälde hoch, das sie an jenem Tag bewundert hatte, als sie mit Pizza in sein Zimmer gekommen war, dem Tag, an dem sie ihn ihre nackte Brust hatte sehen lassen, als er an ihren Brustwarzen gesaugt hatte und …

»Wirklich?«, rief sie aus, die Augen vor Aufregung weit aufgerissen. »Das kann ich haben?«

Max reichte es ihr mit einem Schulterzucken. »Klar. Hab ich doch gesagt, oder nicht?«

Grace grinste. »Danke. Es ist wunderschön.« Sie nahm sich einen Moment Zeit, die Gold-, Braun- und Karamelltöne auf der Leinwand zu betrachten, und ein weicher Ausdruck von etwas, bei dem sich Max' Bauch zusammenzog, huschte über ihr Gesicht. »Ich weiß ganz genau, wo es fantastisch aussehen wird.« Sie hob den Blick und deutete mit dem Kopf ins Innere des Hauses. »Ich muss in ein paar Stunden in der Bar sein, aber willst du reinkommen? Ich hab grad Limonade gemacht.«

Max holte tief Luft und nickte. »Hört sich gut an.«

Das Haus war wirklich traumhaft, nun, da Grace all ihre Möbel hatte. Ihr Fotografenblick sorgte dafür, dass alles geschmackvoll war, und sie hatte den Raum perfekt genutzt. Max nahm sich einen Augenblick Zeit, um die sanften Grün- und Cremetöne zu würdigen, in denen sie das Wohnzimmer gestrichen hatte, und das tiefe braune Ledersofa und den Beistelltisch aus hellem Buchenholz in der Mitte davon. Ein grüner Teppich lag auf dem Boden neben einem großen Bücherschrank aus demselben Buchenholz, und Sepia-Fotografien, die Grace vermutlich selbst aufgenommen hatte, führten an den Wänden entlang eine nackte Holztreppe zum oberen Stockwerk hinauf. Die Julisonne schien durch die doppelten Glastüren, die Grace aufgestoßen hatte, was die natürlichen Farben des umgebenden Waldes in ihr Heim holte.

Er bemerkte ein auf Leinwand gedrucktes Foto von zwei Kindern am Strand, ein Junge und ein Mädchen – Grace als Teenager. Keiner von beiden schien älter als sechzehn zu sein. Sie hatten die Arme umeinander gelegt, und die Zahnspange des Jungen war deutlich zu sehen, seine Beine waren lang und schlaksig wie sein Körper.

»Mein Bruder. Er sieht jetzt völlig anders aus. Er hat lange gebraucht, um auszuwachsen.«

»Ist er jünger als du?«, fragte Max.

»Ja, ein Jahr, aber er ist derjenige, der auf mich aufpasst.« Sie ließ den Blick über die anderen Fotos im Zimmer schweifen. »Ich muss noch ein paar aktuelle Fotos von ihm machen, aber er lässt sich in etwa genauso gern fotografieren wie du.«

Max' Blick wanderte zu einem anderen Foto, diesmal eines in einem hölzernen Rahmen. Es war schwarz-weiß und schien von der Sonne beschädigt worden zu sein, das Bild war an manchen Stellen ausgeblichen. Ein großer Mann mit einem außerordentlich coolen Afro in eng anliegendem Hemd und Jeans hatte den Arm um eine auffallend attraktive weiße Frau mit dunklen Haaren gelegt, deren Lächeln so breit war wie das, das Max auf Grace' Gesicht sah, wenn sie lachte.

»Mom und Dad«, sagte sie sanft. Sie sah das Bild liebevoll an. »Mom war aus Preston County. Sie hat Dad in Washington kennengelernt. Sie waren zwanzig Jahre zusammen, bevor er starb. Mom hat es geschafft, noch zehn Jahre ohne ihn weiterzuleben.« Sie hob den Blick und sah Max an. »Das Herz.« Sie schaute wieder auf das Foto. »Kai und ich haben immer geglaubt, dass sie an gebrochenem Herzen gestorben ist.«

»Sie war schön«, murmelte Max.

»Ja, das war sie.«

Max folgte Grace in die Küche, wo sie ihm ein Glas kalte Limonade reichte.

»Mom's Rezept. Hausgemacht«, sagte sie mit einem Augenzwinkern.

»Das will ich doch hoffen«, antwortete Max und trank einen großen Schluck. Die Stille dehnte sich zwischen ihnen aus, knisternd und prickelnd wie immer, wenn sie allein waren. Max fragte sich flüchtig, ob das der Grund war, warum Grace sich von ihm zurückgezogen hatte. Es war jedenfalls ein merkwürdiges Gefühl. Er lehnte die Hüfte an die Küchenzeile und beobachtete sie, wie sie so tat, als wische sie Kondenswasser von ihrem Glas. »Also«, setzte er an und stellte sein Glas ab. »Ich dachte, wir könnten vielleicht reden.«

Ihr Blick schnellte zu seinem, Beunruhigung kräuselte ihre Augenwinkel. »Reden?«

Max schluckte und räusperte sich. »Ich wollte sichergehen, dass immer noch alles okay ist. Du weißt schon, zwischen uns.« Er deutete zwischen ihnen hin und her.

Fragend starrte Grace ihn an. »Uns?«

»Ja.« Er stieß den Atem aus und ließ die Schultern sinken. »Ich meine, du wirkst … anders und – zwischen uns ist doch alles okay, oder?«

Sanft schüttelte Grace den Kopf. »Warum um alles in der Welt denkst du, es wäre nicht so?« Sie gab ihm gar keine Gelegenheit zu antworten. »Du warst nie etwas anderes als fantastisch, Max. Du bist ein guter Freund.« Sie fuhr sich mit der Zunge über die Lippen. »Ein *großartiger* Freund.«

Ein Lächeln spielte um Max' Mundwinkel. Grace stellte ihr Glas neben seines und trat näher, den Blick auf ihre Finger gerichtet, die die Kante der Küchenzeile entlangstreiften. »Ich weiß, ich war seit der Hütte ein wenig distanziert, und das tut mir leid. Es war mir einfach so verdammt peinlich, was in der Nacht geschehen ist, als wir unterwegs waren, dass ich nicht wusste, ob du noch willst, dass mehr passiert … oder wie ich das Thema überhaupt ansprechen sollte.«

Max stupste ihren Fuß mit seinem an. »Hey, ich hab dir doch gesagt, du kannst über alles mit mir reden.« Er sah, wie sich ihre Schultern entspannten. »Und im Ernst, Gracie, ich will immer noch, dass ›mehr‹ passiert.«

»Ja?«

Max verdrehte die Augen. »Pfff, also komm schon!«

Grace' bedrückte Miene entspannte sich. »Obwohl ich gekotzt und mich blamiert habe?«

»Sogar trotzdem. Und glaub mir, wenn du jedes Mal, wenn du kotzt, solche Unterwäsche trägst, wäre das absolut okay für mich. Dann habe ich was Nettes anzugucken, während ich dir die Haare halte, oder etwa nicht?«

Sie lachten beide. »Okay«, sagte Grace mit einem langen Seufzer und musterte ihn einen Augenblick lang. »Okay.«

Max spürte, wie seine Nervosität wegen ihrer Unterhaltung verflog und von der leichten Brise, die durchs Haus strich, mitgenommen wurde. »Also, das Haus sieht super aus.« Er deutete auf einen Teil der Küchenwand, die er neu aufgezogen und verputzt hatte. »Ganz besonders der Teil. Der Teil gefällt mir am besten.«

Grace trank von ihrer Limonade und verschluckte sich dann beinahe vor Aufregung. »Oh, hey! Ich muss dir was zeigen.« Sie stellte ihr leeres Glas in die Spüle, packte Max am Handgelenk und zog ihn zur Treppe. »Das hab ich ganz vergessen, dir zu sagen!«

Lachend folgte Max ihr in den ersten Stock des Hauses. Als sie ihn losließ und mit verlegener Miene rasch eine Tür schloss, die leicht angelehnt war, sah Max sie fragend an. »Leichen im Schrank?«

»Nicht ganz. Meine Dunkelkammer. Ich habe an den Fotos für meine Ausstellung gearbeitet.«

»Ach ja?«, fragte Max begeistert. »Die von mir? Darf ich sie sehen?«

Grace schüttelte energisch den Kopf. »Noch nicht. Die Auswahl ist noch nicht fertig. Ich habe was Besseres, das ich dir zeigen will.« Sie führte ihn den Flur entlang zu dem Zimmer, das, wie Max wusste, ihr Schlafzimmer war.

Besser, in der Tat.

Sie stieß die Tür auf, trat ins Zimmer und breitete die Arme aus. »Ta-da!«

Das letzte Mal hatte Max ihr Schlafzimmer gesehen, als er all die sauschweren Möbel für sie herumgeschleppt hatte. Damals war Grace' Schlafstelle eine aufblasbare Gästematratze auf dem Fußboden gewesen. Jetzt stand an ihrer Stelle ein schmiedeeisernes Bett mit weißer Bettdecke und Stapeln von Kissen. Das verdammte Ding war riesig.

»Wow«, murmelte er und trat näher.

»Nicht wahr? Ist es nicht toll?« Grace hüpfte um das Bett herum zur anderen Seite und kletterte darauf. Sie legte sich hin und klopfte auf die Stelle neben sich. »Hier. Versuch's mal.«

Sie mit nackten Armen und Beinen auf dem Rücken liegen zu sehen, stellte Max' Entschlossenheit wirklich auf die Probe. Fragend legte er den Kopf schief und zog eine Augenbraue hoch.

»Ach, hör auf«, tadelte sie ihn schmunzelnd. »Ich will nur, dass du es spürst.«

Max lachte laut auf. »Scheiße, es ist lange her, dass das mal eine Frau zu mir gesagt hat.«

Er streifte seine Schuhe ab, dann musterte er sie argwöhnisch und zeigte auf das Bett. »Aber im Ernst, machst du mich gerade an? Denn ich will ehrlich sein, da hätte ich wirklich kein Problem mit.«

»Halt einfach die Klappe und leg dich hin.«

Ein wenig entspannter setzte Max sich aufs Bett und schwang die Beine darauf. Er packte ein paar Kissen und warf sie hinunter ans Fußende, damit er nicht in ihnen erstickte, und brachte sich in eine bequeme Position: auf dem Rücken, die Hände auf dem Bauch verschränkt. »Verdammt«, murmelte er und rückte ein wenig umher. »Das Ding ist *wirklich* bequem.«

»Hab ich doch gesagt.« Ihre Worte waren durchzogen von Selbstgefälligkeit.

Max drehte den Kopf, um sie anzusehen. »Ich liebe es«, fügte sie hinzu und schloss die Augen. »Ich hatte noch nie zuvor ein großes Bett ganz für mich allein.«

»Wirklich?«

»Wirklich. Ich kann mich breit machen, und niemand hindert mich daran.«

Sie streckte den Arm aus, um Max zu zeigen, wie breit sie sich machen konnte. Tatsächlich hatte sie genug Platz, um alle viere von sich zu strecken, obwohl er neben ihr lag. Max tat es ihr gleich und bewegte wie sie Arme und Beine, als wollten sie Schneeengel auf der Bettdecke machen, dabei berührte ihre Hand die seine. Sie hielten beide inne. Grace schaute zu ihm hinüber und streichelte sanft Max' kleinen Finger mit ihrem.

Bei der Berührung zog sich das Verlangen in seinem Bauch zu einem Kloß zusammen, und ein Muskel an seinem Kiefer zuckte, als er die Zähne zusammenbiss. Er stieß heftig den Atem aus, rutschte noch tiefer in die ultrabequeme Decke und versuchte zu ignorieren, wie sich die Atmosphäre zwischen ihnen veränderte, verschärfte und seinen Pulsschlag hämmern ließ.

»Also, ich hätte da eine Frage«, flüsterte Grace.

»Schieß los.«

Sie rückte näher und rollte sich langsam auf die Seite, ihr Atem warm an seiner Wange. »Was, wenn's so wäre?«

Seine Augen wanderten zu ihren, obwohl ihr Blick auf seine Brust gerichtet war. Anscheinend fasziniert sah sie zu, wie sie sich bei jedem seiner schweren Atemzüge hob und senkte. »Was, wenn was so wäre?«

Langsam trafen sich ihre Blicke, und Max stockte der Atem.

»Was wäre …«, sie zog eine Schulter hoch, »*wenn* ich dich anmache?«

Er starrte sie einen Herzschlag lang an. Seiner Lunge schien es gerade wirklich verflucht schwer zu fallen, ihren Job zu erledigen. »Willst du mich wieder aufziehen?« Die Worte klangen kaum merklich bitter, was nicht Max' Absicht gewesen war, aber Scheiße, eine weitere Runde gucken-aber-nicht-anfassen verkraftete er nicht. Er wollte anfassen, er wollte sie *überall* anfassen.

Grace stützte sich auf den Unterarm, sodass sie über ihm war. »Nein«, flüsterte sie mit einem leichten Kopfschütteln. »Ich ziehe dich nicht auf.«

22

Es war, als wäre bei ihren Worten sämtliche Luft aus dem Zimmer gesaugt worden. Sprachlos ließ Max den Kopf zurück in die Kissen fallen und versuchte, in ihrem Gesicht über ihm irgendeinen Hinweis auf Unaufrichtigkeit zu entdecken. Doch wie immer bei Grace fand er keine Spur davon. Sein Blick wanderte über sie, beginnend bei ihren strahlenden Augen, die immer so aufrichtig waren, über ihren vollen und eifrigen Mund bis hinunter zu ihrem Hals und ihrer fantastischen Brust. »Bist du sicher?«

»Wenn du mich so ansiehst?«, hauchte sie. »Ja, dann bin ich mir sicher.«

»Wie sehe ich dich denn an?«

»Als würdest du mich wollen.«

»Das tue ich.«

Langsam setzte sie sich auf. »Ich weiß.« Max machte Anstalten, sich ebenfalls aufzusetzen, doch ihre kleine Hand auf seiner Brust schob ihn wieder zurück. »Bleib.«

Max konnte nichts anderes tun als nicken. Er sah zu, wie ihre Hand über seine Brust und hinunter zu seinem Bauch glitt, langsam und vorsichtig, bis sie den Saum seines T-Shirts erreichte. Sie zog ihn hoch und entblößte seine Haut, die sie ehrfürchtig berührte. Das hier war okay, dachte Max und atmete tief durch. Er war darauf vorbereitet. Sie hatte das schon mal gemacht.

Was sie allerdings noch nicht gemacht hatte, war, diese verflucht überwältigenden Lippen auf seinen Bauch zu drücken und ihn zu küssen. *Fuck*, ihr Mund war so verdammt weich. Er gab ein tiefes Stöhnen von sich, als sie es wieder tat und ihr Mund über seine angespannten Muskeln wanderte, um seinen Bauchnabel herum und hoch zu seiner Brust, während sie sein T-Shirt hochschob. Max hob den Oberkörper ein wenig vom Bett, zog sich das verdammte Ding über den Kopf und warf es zu Boden. Mit vorsichtigen Fingern schob er ihr Haar aus dem Gesicht, aber ohne sie festzuhalten, da er ihre Abneigung dagegen, in irgendeiner Weise eingeschränkt zu werden, kannte. Er wollte sie sehen, sehen, wie sie seinen Körper erforschte. Er wollte jeden Moment festhalten, denn, verflucht, er hatte noch nie etwas so Erotisches gesehen wie Grace, die die Kontrolle übernahm. Die freie Hand grub er in die Bettdecke, um nicht dem überwältigenden Bedürfnis nachzugeben, sie zu packen, auf den Rücken zu werfen und zu nehmen.

Als könnte sie seine Gedanken lesen, summte sie mit einem Lächeln an seiner Haut, und großer Gott, als ihre Zunge hervorschnellte, um seine Brustwarze zu kosten, wäre Max beinahe vom Bett gesprungen.

»Du schmeckst gut«, sagte sie an seiner Brust. Ihre Finger strichen durch die vereinzelten Haare darauf. Sie seufzte. »Ich will dich überall schmecken.«

»Verflucht«, stieß Max mit verzerrtem Gesicht wegen seines unbequemen Ständers hervor. Seine Hüften zuckten vor Verlangen nach irgendeiner Art von Reibung. »Tu, was du willst«, drängte er. »Bitte. Egal was.«

Sie warf einen Blick hinunter auf seine missliche Lage. »Kann ich … wäre es okay, wenn ich dich ausziehe?«

Max schnaubte und öffnete hastig den Knopf seiner Shorts, begierig darauf, dass sie damit anfing. »Grace. Frag nicht.« Er breitete die Arme aus und bot sich ihrem glühend heißen Blick dar. »Berühr mich einfach.«

Sie erhob sich auf die Knie, nahm den Zipper und zog ihn viel zu verdammt langsam herunter. Max hob die Hüften und schob die Finger im Rücken unter den Bund, um ihr dabei zu helfen, das gottverfluchte Ding über seine Oberschenkel hinunterzuziehen. Dann strampelte er es von den Füßen, sodass er nur noch seine vor Verlangen ausgebeulten Retroshorts trug. Er biss sich auf die Lippe, als sie mit dem Finger die Kontur durch die Unterwäsche hindurch nachzog.

»Du bist so hart«, murmelte sie.

»Du hast ja keine Ahnung«, antwortete er und unterdrückte ein ungläubiges Lachen. »Zieh sie mir aus.«

Einen Sekundenbruchteil lang sah Max sie zögern, sah ihre Angst und ihre Zweifel, und ihm wurde flau im Magen. Er öffnete den Mund, um sie zu beruhigen, um ihr zu sagen, dass es okay war, auch wenn er und sein Schwanz nichts lieber wollten, als dass sie ihn wild ritt. Trotzdem mussten sie nichts tun, konnten es langsam angehen, aber, Gott segne sie, er bekam nicht die Gelegenheit dazu.

Ohne große Vorrede schob Grace ihre zierlichen Finger unter den Elastikbund seiner Unterhose und zog sie herunter. Max zögerte nicht lange. Er hob die Hüften und strampelte sie von den Füßen zum Fußende des Betts.

Nackt und hart wie Stahl legte sich Max zurück und ließ sich von Grace betrachten.

Ihr glühender Blick wanderte von seinen Zehenspitzen bis zum Scheitel und wieder zurück und strich dabei auf eine Weise über seinen Schwanz, dass Max ziemlich sicher war, schon allein von diesem Blick kommen zu können.

»Du bist … herrlich«, flüsterte sie. Sie streckte eine Hand aus, um seine Erektion zu streicheln. Bei dem Gefühl, von jemand anderem als ihm selbst berührt zu werden, gab er ein leises Knurren von sich – es war viel zu lange her. Dieses zarte

Streicheln; dieses Pulsieren, das mehr wollte, es härter wollte, fester.

Er unterdrückte ein Stöhnen, als sie ihn umfasste und ihre Hand auf und ab bewegte, vorsichtig, aber entschlossen. »Verdammt, was ist an diesem Bild hier falsch?«

Die Augen immer noch auf seinen Schwanz in ihrer Hand gerichtet, antwortete sie: »Gar nichts.«

Er lachte sanft, was ihren Blick wieder zu seinen Augen lenkte. »Grace.« Er hob die Hand und streichelte ihren Oberschenkel. »Ich bin nackt und du nicht.«

Sie warf einen Blick an sich hinunter, als wäre sie überrascht.

»Lass mich dich ansehen«, drängte er. »Du hast hier die Kontrolle, Grace. Ich werde tun, was immer du willst, aber ich möchte dich ansehen.« Er drückte ihr Bein.

Immer noch auf den Knien, ließ sie ihn los und schien sorgfältig darüber nachzudenken.

»Ich hab dich«, murmelte er. »Vertrau mir.«

Sie holte tief Luft, dann zog sie sich das Kleid über den Kopf und trug nur noch ein schwarzes Höschen und sonst nichts. Das Haar fiel ihr über die Schultern und den Rücken, und ihre dunkle Haut war im weichen Licht, das durch die weißen Spitzenvorhänge vor ihrem Schlafzimmerfenster fiel, so verflucht schön. Ihre Narben – Tigerstreifen, wie Max sie inzwischen nannte – kräuselten sich wie Wellen auf einem Teich, als sie ihr Kleid auf den Boden warf.

»Vollkommen«, sagte er leise, als er sah, dass sie sich unter seinem anerkennenden Blick unbehaglich wand. Max konnte nicht anders, er musste sie einfach berühren. Er streckte die Hand aus und umfasste ihre Brüste. Es gefiel ihm, wie sie schwer in seinen Händen lagen und ihre Brustwarzen sich an seinen Handflächen aufrichteten. »Oh ja, verdammt.«

»Was möchtest du?«, fragte Grace keuchend. Sie bog den

Rücken durch, um sich seinem Griff noch mehr entgegenzudrängen.

»Was immer *du* möchtest, verdammt«, antwortete er, bevor er über ihren Bauch leckte.

»Max, sag es mir.« Das leichte Flehen in ihrer Stimme ließ Max den Kopf heben. »Ich will es wissen. Bitte.«

Max lehnte sich zurück, das Gewicht auf den Ellbogen gestützt. Er fuhr sich mit der Hand durchs Haar, als eine Flut schmutziger, heißer und verschwitzter Bilder auf seinen Verstand einprasselte. Er lachte nervös. »Grace, das hier läuft alles nach deinen Regeln. Ich glaube nicht …«

»Max«, unterbrach sie ihn und legte die Hand wieder auf seinen Schwanz.

Er schluckte und schloss die Augen, als er sprach. »Ich möchte, dass du dich auf mein Gesicht setzt. Ich möchte, dass du auf meinem Mund kommst, weil ich dich unbedingt schmecken will. Und dann möchte ich, dass du auf meinem Schwanz kommst, weil ich nicht glaube, dass ich es noch eine Sekunde länger aushalte, nicht in dir zu sein.«

Ein leises Stöhnen brachte Max dazu, die Augen zu öffnen.

»Gott, O'Hare«, keuchte Grace. »Du machst keine halben Sachen, was?«

»Du meinst … dir gefällt, wie sich das anhört?«

Sie biss sich auf die Lippe, ließ sich neben ihm nieder und streifte ihre Unterwäsche ab. Max hielt den Blick auf ihre Augen geheftet, obwohl er vor Verlangen, sie völlig nackt zu sehen, beinahe durchdrehte. Mit angehaltenem Atem sahen sie einander an, bevor Max sagte: »Du kannst aufsitzen, wann immer du so weit bist.«

Ein nervöses Lachen platzte aus ihr heraus, was Max noch ein wenig mehr entspannte. Er wusste, dass er sie beruhigen musste, dafür sorgen musste, dass sie sich wohlfühlte, stellte jedoch fest, dass er sich unbeholfen anstellte. Scheiße, er war wie eine verdammte Jungfrau, nervös und bereit, schon bei der bloßen Andeutung gespreizter Beine zu kommen.

»Hör auf damit.« Sanft legte Grace eine Hand über sein rasendes Herz. »Hör auf, zu viel darüber nachzudenken. Es geht mir gut.« Sie beugte sich vor und hauchte einen sanften, keuschen Kuss auf seine Wange. »Ich soll hier schließlich die Verrückte mit dem Intimitätsproblem sein, nicht du.«

Max lehnte sich zurück. »Wenn das so ist, dann nur zu.«

Sie erhob sich langsam, jede Bewegung ruhig und gemessen. Sie war verdammt atemberaubend anzusehen. Sie umklammerte das schmiedeeiserne Kopfteil des Betts, dann sah sie Max an, die Stirn gerunzelt, und öffnete den Mund, um zu sprechen.

»Nicht«, sagte Max leise. »Bitte. Es ist okay. Du siehst unglaublich aus.« Sie hob ein Bein über seine Brust, sodass sie breitbeinig über ihm kniete und Max eine großartige Aussicht auf alles an ihr hatte, nackt und vollkommen. Er strich mit flachen Händen an ihren Oberschenkeln empor zu ihrer Taille und wieder zurück, dabei achtete er darauf, dass seine Berührung leicht blieb, um sie nicht in Panik zu versetzen. »Komm her. Lass mich dich schmecken.«

Grace bewegte sich über ihn, und als seine Lippen endlich auf die zwischen ihren Beinen trafen, glaubte Max tatsächlich, Sterne zu sehen, und, o du heilige Scheiße, war sie feucht. Klitschnass. Er stöhnte. Nicht in der Lage, geduldig zu sein, schnellte seine Zunge über ihre Klitoris, worauf sie etwas Unverständliches quiekte und erschrocken zusammenzuckte.

»Max! Ich … Oh.«

Sie wand und hob die Hüften, als wäre das Gefühl zu viel für sie, aber Max hielt sanft ihre Beine fest und brachte sie mit einem genüsslichen Summen an ihrem Fleisch wieder dazu, sich zu entspannen. »Schon okay. Ich hab dich.«

Sie schmeckte herrlich, sahnig und säuerlich zugleich. Mit einem genießerischen Laut leckte er über ihre geschwollene Klitoris und verwöhnte jeden Zentimeter von ihr mit dem Mund. Grace wand sich und stöhnte laut auf. Schließlich verschwand seine schnelle und willige Zunge in ihr, wurde ein Teil von ihr, pulsierte mit jedem Heben und Senken ihrer Hüften in ihrer Enge.

Verdammt, sie roch auch noch fantastisch; der zarte Hauch von Kakaobutter zusammen mit ihren Geruch, wenn sie joggten, steckte ihn in Brand. Wieder kam ein tiefer Laut aus ihrer Kehle, als Max ihre Haut küsste und seine gierigen Lippen und Zunge über sie gleiten ließ. Er neckte ihre Klitoris zwischen seinen Lippen, streifte sie zart mit den Zähnen, worauf sie aufschrie.

Während sein Mund sie kostete, wanderten seine Hände langsam über ihren Bauch zu den Hüften, die in Form einer liegenden Acht kreisten und ihn absolut wahnsinnig machten. Er packte sie zärtlich und presste seinen Mund fest an sie. Ein herrliches Stöhnen entschlüpfte ihr, was Max dazu brachte, es zu wiederholen. Als er die Augen öffnete, sah er, dass ihr Kopf in den Nacken gefallen war. Ihr schwarzes Haar ergoss sich über ihren Rücken und kitzelte seinen Bauch, wenn er einatmete. Max hob die Hand und streichelte Grace' Hals, dabei spürte er, wie ihr Puls unter seinen zärtlichen Fingerspitzen pochte. Sie keuchte seinen Namen, spornte seine Zunge noch mehr an, bis sie stoßend und zitternd sein Gesicht ritt, genauso, wie er es gehofft hatte.

Unvermittelt griff sie mit einer Hand in sein Haar und drückte sein Gesicht noch fester an sich. Die Tatsache, dass sie ihn so begehrte, dass sie es genoss und mehr wollte, ließ Max' Schwanz zwischen seinen Beinen zucken.

Himmel.

»Ich … oh Gott!«

Verflucht, Max hatte schon fast vergessen, wie es war, eine Frau flehen zu hören, zu hören, wie sie auf ihm kam, seinetwegen. Er saugte und leckte, tauchte wieder mit der Zunge in sie ein, zuerst sanft, um ihre Reaktion zu prüfen, bevor er fester zustieß und spürte, wie ihr Körper nachgab, sich ihm öffnete, ihn willkommen hieß. Sein eigener Körper pulsierte, während er sich an ihr weidete. Sein Puls dröhnte ihm in den Ohren, und als Grace aufzuschreien begann, wünschte er sich inständig, er könne ihr Gesicht deutlich sehen, wenn sie kam.

»Ich kann nicht … es ist … ja, oh, ja!«, schrie sie, als sie zuckend auf seinen Lippen zerstob.

Er drückte sein Gesicht noch fester an sie und gierte förmlich nach mehr von diesem Nass, das ihm Mund und Kinn tränkte. Sie verflocht ihre Finger an seinem Hinterkopf und hielt ihn an ihrem Körper fest.

»*Fuck*«, murmelte er an ihrem Fleisch und verdrehte die Augen vor Verzückung.

Als er das Pulsieren ihres Orgasmus auf der Zunge vibrieren spürte, leckte er alles auf, was sie ihm gab. Es war herrlich. Ihr Aroma und das Gefühl ihrer nassen Haut reichten beinahe aus, um Max den verdammten Verstand verlieren zu lassen. Grace keuchte und fluchte leise, bis sie sich, unfähig, noch mehr zu ertragen, von seinem Gesicht zurückzog und ein wenig verlegen auf ihre Seite des Betts rutschte.

Max stieß einen langen Atemzug aus, leckte sich die Lippen und wischte mit dem Handrücken über sein von ihrem Orgasmus nasses Gesicht. Ihr Geruch war überall, und er gönnte sich ein paar stille, von schwerem Atmen erfüllte Augenblicke, es zu genießen. Sein Schwanz pochte und zuckte vor schmerzhaftem Verlangen nach Erleichterung, doch Max widerstand dem Bedürfnis, sich zu berühren, weil er darauf wartete, dass Grace etwas sagte oder tat. Als er zu ihr hinübersah, war ihr Gesicht von ihrem Haar verdeckt. Der Teil davon, den er durch die Strähnen hindurch sehen konnte, zeigte ein gelassenes Lächeln, das ihm selbst eins entlockte.

»Bist du okay?«, fragte er leise.

Sie nickte, immer noch lächelnd.

»Bei klarem Verstand?« Sie schüttelte den Kopf, was Max zum Lachen brachte.

»Dann ist meine Arbeit hier getan.« Als sie sich weder bewegte noch sprach, setzte er sich auf und griff nach seinen Klamotten und der Unterhose, die unter den Kissen steckten, die er ans Fußende des Betts geworfen hatte. Wieder wurde er durch Grace' Hand auf seinem Arm aufgehalten.

»Wo gehst du hin?«, fragte sie. Ihre Stimme war sinnlich und heiser von ihren Lustschreien, trotz ihres Gesichtsausdrucks, den Max, sobald sie ihr Haar zurückgestrichen hatte, nur als verwirrt und womöglich ein bisschen verletzt beschreiben konnte.

»Hey, ich renne doch nicht weg von dir.« Er sah an sich hinunter. »Ich wollte, ähm, mich sauber machen und dann nach Hause fahren, um mich um den hier zu kümmern.« Mit einer Handbewegung wies er auf seinen zuckenden Schritt. Er lächelte. »Ich dachte nur, du würdest …«

»Ich möchte dich kommen lassen, Max. Ich möchte ausprobieren, was du gesagt hast, du weißt schon … kann ich?«

Na, wenn er mal bei diesen Worten nicht am liebsten Freudensprünge gemacht hätte?

»Aber …« Mit einem Räuspern legte sich Max zurück. »Nicht dass ich bei der bloßen Vorstellung von dir als meinem persönlichen Cowgirl nicht absolut begeistert wäre, aber bist du dir auch wirklich sicher?«

Unbeeindruckt zog Grace eine Augenbraue hoch und

schürzte die Lippen. »Max, du hast mir gerade den ersten Orgasmus geschenkt, den ich seit sehr langer Zeit mit einem anderen Menschen hatte. Du hast mir über diese Hürde jahrelanger Unsicherheit und Angst hinweggeholfen, indem du diese *fantastische* Sache mit deiner Zunge gemacht hast. Ich meine, wie zum Teufel hat du das gemacht mit dem … du weißt schon, wie du …«

Stolz durchströmte ihn bei dem Gedanken, dass er ihr ein wirklich gutes Gefühl gegeben hatte. Sie war einfach bezaubernd.

Grace sammelte sich wieder und holte tief Luft. »Bitte, Max. Ich möchte den Gefallen erwidern. Wirst du mich lassen?«

Max hob in gespielter Resignation die Hände. »Okay, okay«, scherzte er trocken. »Ich nehme an, das kriege ich schon hin.« Er lachte, als sie ihm spielerisch einen Stoß versetzte, dann senkte er die Stimme und starrte auf die Stelle zwischen ihren Beinen. »Schätze, dann muss ich dich wohl einfach meinen Schwanz reiten lassen.«

Sie leckte sich über die Lippen. »Hast du … was dabei?«

»In meiner Brieftasche.« Max deutete auf seine Shorts und sah zu, wie Grace sich über ihn beugte, um sie zu holen. Max konnte einfach nicht widerstehen, er setzte sich auf, hielt sie an den Oberschenkeln fest und knabberte an ihrem Hintern.

Erschrocken zuckte Grace zusammen. »Was zum …?«

»Verdammt, dein Hintern ist einfach irre«, stöhnte er, während er sich zärtlich seinen Weg über ihre Pobacken biss und leckte.

»*Du* bist irre«, neckte sie. Sie scheuchte ihn weg und setzte sich wieder auf. Nachdem sie Max das kleine Päckchen gereicht hatte, sah sie zu, wie er die Plastikfolie aufriss, und bemerkte sein kurzes Zögern, als er das Kondom platzierte. »Es ist okay«, murmelte sie. Ihre Züge waren weich und wunderschön, ihre Entschlossenheit wankte nur kaum merklich. »Ich will es wenigstens versuchen.«

Max atmete aus. »Wir hören sofort auf, wenn du dich nicht wohl dabei fühlst, hast du verstanden?« Ihr Blick blieb auf seinen Händen, als er das Kondom abrollte. »Du hast die Kontrolle. Wir machen so schnell oder langsam, wie du willst.«

Sie nickte, dann setzte sie sich rittlings auf seine Oberschenkel, um interessiert mit seinen Hoden zu spielen, als habe sie noch nie zuvor welche gesehen. Nicht dass das Max etwas ausmachte. Herrje, wenn sie so weitermachte, dann würden sie nicht mehr tun brauchen. Er würde auf der Stelle kommen.

»Gracie«, flüsterte er.

»Ich mag es, wenn du mich so nennst.« Unter gesenkten Wimpern sah sie zu ihm hoch. »Kannst du … kannst du mir helfen …«

»Was immer du brauchst«, kam er ihr zuvor. Er hielt ihr eine Hand hin, die sie ergriff. Er drückte ihre Finger, als sie die Hüften hob, ihre andere Hand um seine Erektion legte und ihn an ihre Öffnung führte. Max' Brust brannte, während er mit angehaltenem Atem zusah. Seine Spitze strich zart über sie, was ihnen beiden ein heiseres Stöhnen entlockte. Ihre Blicke trafen sich, und Max stieß zitternd den Atem aus.

»Ich hab dich«, murmelte er. Er hob ganz leicht die Hüften an und drängte dem entgegen, wo er so sehnsüchtig sein wollte.

»Ich weiß.« Grace hob das Gesicht zur Zimmerdecke, die Augen geschlossen, die Unterlippe zwischen die Zähne gezogen, als sie seinen Schwanz losließ und sich auf ihn sinken ließ. Max stöhnte auf, als er sich in ihr verschwinden sah. Ihr Körper hüllte jeden Zentimeter von ihm ein, umklammerte ihn so verflucht eng, dass er es kaum ertragen konnte. Verdammt, wie lange war es her? Sie saß auf ihm, still und ruhig atmend, während sie sich mit winzigen Bewegungen ihrer Hüfte auf ihn einstellte, die glühende Hitze durch jeden Zentimeter seines Körpers rasen ließ.

»Gott«, brachte er zwischen zusammengebissenen Zähnen hervor und verzog das Gesicht, dass sich seine Augenbrauen über seiner Nase trafen. »Geht es dir gut?«

»Mmhm«, antwortet sie. »Max, es … du fühlst dich fantastisch an.«

Max kniff die Augen zu und packte mit einer Hand ihre Hüfte und mit der anderen die Bettdecke. »Beweg dich«, flehte er. »Um Gottes willen, bitte beweg dich.«

Max spürte, wie ihr Körper auf ihm erzitterte, bevor sie langsam die Hüften hob. Er stieß einen gutturalen Laut aus, als er sah, wie die Feuchtigkeit, die Grace' Körper auf dem Kondom hinterließ, im Licht glitzerte. Sie hob sich nicht allzu weit an, bevor sie sich wieder sinken ließ, geduldig und, das musste Max zugeben, wahnsinnig heiß. Ihr Körper nahm ihn auf, drückte ihn, als wäre er verdammt froh, ihn dort zu haben. Sie schnappte nach Luft, als er seine Hüften im selben Moment neigte, in dem sie niedersank, und noch tiefer in sie drang.

»Genau so«, murmelte er. Vor Anstrengung, nicht schneller in sie hineinzustoßen, brach ihm der Schweiß aus. »Du fühlst dich so gut an.«

»Ja«, keuchte sie. »Gott. Ich hatte vergessen, dass … oh, du füllst mich aus.«

»*Fuck*, Gracie.« Max biss die Zähne zusammen, während er sanft zustieß. »Mach weiter.«

Max atmete tief durch die Nase aus, als sie ihren Rhythmus fand und hebend und senkend ihre Hüften kreisen ließ. Sie vögelte ihn langsam, aber das hätte Max nicht gleichgültiger sein können. Ihr dabei zuzusehen, wie sie sich von ihm nahm, was sie brauchte, war mehr als genug, um seinen Orgasmus aus Bauch und Schenkeln aufsteigen zu lassen. Sie ließ seine Hand los und stützte sich auf seiner Brust ab, während sie ihr Tempo beschleunigte. Sofort fand sein Griff ihre Hüften. Für den Bruchteil einer Sekunde trafen sich ihre Blicke, als er nach ihrer Erlaubnis forschte, sie so zu halten. Lächelnd gab sie ihre Einwilligung – es ging ihr gut, flüsterte ihr Blick – und stöhnte, als das Klatschen ihres aufeinandertreffenden Fleischs durchs Zimmer hallte.

Mit geschlossenen Augen drückte er den Kopf in die Kissen, streckte den Hals durch und erlaubte seinem Körper, die Lust anzunehmen, die Grace in ihm heraufbeschwor. »Sag mir, dass du es dir vorgestellt hast«, stieß er stöhnend hervor.

»Ja«, antwortete sie. »So oft.«

»Sag es mir«, wiederholte er. Er wölbte den Rücken, als sie sich wieder auf ihn sinken ließ. »Wie?«

»Auf der Lichtung auf dem Baumstamm, an der Bar, wo die Leute uns hören können, uns sehen können.«

»Ja, verdammt.« Hitze durchzuckte Max beim bloßen Gedanken daran, dass andere hörten, wie sie seinen Namen schrie.

»Unter der Dusche«, fuhr sie fort und bewegte sich schneller. »In meiner Küche auf der Arbeitsplatte, auf meinem Sofa, vor dem Fenster, damit alle sehen können, was du mit mir machst. In deinem Truck, während du fährst.«

»Gott«, keuchte Max wie benommen von den Worten, die aus Grace' keuchendem Mund kamen. Ihre Fingernägel bohrten sich in seinen Bauch, was seiner Kehle ein Stöhnen entlockte und seine Hüften schnell emporstoßen ließ.

»Mehr«, wimmerte Grace. »Bitte, mehr.«

Max gehorchte und stieß härter zu. Er grub die Fersen in die Bettdecke und trieb seinen Schwanz tiefer und schneller in sie hinein, dabei drückten sich seine Oberschenkel an ihren perfekten Hintern, bis es im Zimmer heiß wurde und das Bett zu quietschen begann, gedämpft von den Geräuschen ihres Vögelns und den Lauten, die ohne Vorwarnung aus ihnen hervorbrachen. Max verlor sich in Grace' Hitze, ihrem nassen Fleisch, ihren gierigen Händen und ihren Schreien nach mehr. Er sah, wie sie sich vor seinen Augen auflöste. Ihre ängstliche, ruhige Hülle brach um sie herum zusammen und enthüllte eine Tigerin, ein sexuelles Geschöpf, das nicht in der Lage war, irgendetwas anderes als wild und lüstern zu sein. Sie war eine verdammte Vision. Sie ritt ihn und holte jedes Quäntchen herrlicher Gefühle aus ihm heraus, zu denen er sich in der Lage glaubte.

Seine Hände bewegten sich an ihrer Taille, als er noch tiefer hineinstieß und Grace einen Schrei aus den Abgründen ihrer Kehle entlockte.

»Ja?«, stöhnte er. »Ist es richtig so? Genau so, Gracie?«

»*Jaaa*«, schrie sie auf. Ihr Kopf wippte, weil ihr Hals ihn nicht mehr tragen konnte, während Max sie nahm.

Die Augen fest auf sie geheftet, stieß Max zu. Wieder. Und wieder. Stoß. Pause. Stoß. Pause.

Gott, sie fühlte sich so verdammt gut an. Sie umgab ihn wie eine zweite Haut, eng, perfekt, feucht und warm. Er stieß noch tiefer in sie hinein, was ihr den Atem stocken ließ.

Wieder.

Wieder.

Als Max spürte, wie sein Körper die Kontrolle zu übernehmen begann, packte er ihre Hüften fester. Er hielt sie fest und spürte, wie sich die Muskeln und Sehnen in seinen Unterarmen und Schultern bei jedem Stoß anspannten. Wieder keuchte sie und umklammerte mit den Knien seine Seiten. Mit einem tiefen Stöhnen und unter dem heftigen Klatschen seiner Schenkel gegen ihren Hintern sah Max zu, wie Grace herrlich auf ihm wippte.

»Hör nicht auf«, befahl er, bevor nur noch unverständliche Laute aus seiner Kehle kamen.

Er hielt sie. Er hielt sie so fest, während sie sich bewegte. Doch sie geriet nicht in Panik, sagte nicht, er solle aufhören. Sie nahm jeden Stoß seines Körpers auf und sah sensationell aus, wie sie den Kopf in den Nacken warf und ihre Brüste nach seinen Lippen bettelten. Unfähig, noch länger zu widerstehen, setzte sich Max mit einem lauten Stöhnen auf und sog ihren harten Nippel in den Mund. Er summte genüsslich an ihrer weichen Haut, als sie sich an ihm aufbäumte.

Sie schrie auf. »Mehr.«

Er gab ihr mehr. Sie schlang die Arme um seinen Hals, während sie das Becken so sinnlich kreisen ließ, dass er beinahe den Verstand verlor.

»Gleich«, krächzte er, als seine Hüften so heftig zu pumpen begannen, dass es ihre Knie von der Matratze hob. Sein Orgasmus baute sich auf, von tief in seinen Hoden bis zu seinem Bauch.

Als er spürte, wie all seine Energie in seine Lenden zu drängen begann, fiel er zurück in die Kissen und sah in atemlosem Staunen zu, wie Grace ihn immer weiter trieb. Sie hob und senkte sich, sie forderte und flehte, sie kreiste und klammerte, zog und stieß, bis Max mit einem wilden Brüllen in ihr explodierte.

So heftig, dass er den Rücken durchbog und die Sehnen an seinem Hals hervortraten. »Heilige Scheiße!«

Gleißendes Licht blendete ihn, als sein Körper zuckte und bebte.

Grace ritt ihn unablässig weiter. Sie stöhnte, als sein Schwanz in ihr zuckte und Wellen der Euphorie über Max hereinbrachen und ihn von Kopf bis Fuß erfüllten, bis er es nicht mehr ertragen konnte. Er hielt Grace fest und brachte ihre Bewegungen zum Stillstand, während er stöhnte, sie solle, bitte, oh Gott, aufhören. Der kleine Teil seines Gehirns, der sich immer noch in seinem Schädel befand und nicht wie der Rest an der Zimmerdecke klebte, zog eine Grimasse, als ihm bewusst wurde, dass Grace nicht noch mal gekommen war.

Schließlich brach ihr zierlicher Körper auf seiner Brust zusammen, und sofort spürte er, wie ihr Puls unter der zarten, weichen Haut raste. Max hielt sie mit schlaffen Armen, schwer atmend und völlig verausgabt. Er war erschöpft, geistig und körperlich, und seine Augen schlossen sich kurz wie von allein, obwohl er versuchte, sie offen zu halten.

Immer noch keuchend und mit sich überschlagendem Herzen hinter seinen Rippen tätschelte er ihr leicht den Rücken. »Könntest du …? Ich muss dieses Ding loswerden.«

Herrlich verschwitzt stützte Grace sich auf seiner Brust ab und hob langsam ihren Körper an. Mit einem Zischen hielt Max das Kondom an der Wurzel fest, dann setzte er sich auf, als Grace sich neben ihm auf die Matratze fallen ließ. »Ich bin gleich wieder da.«

Als Max frisch gewaschen, splitterfasernackt und mit einem ziemlich großartigen Gefühl zurück ins Schlafzimmer schlenderte, saß Grace im Schneidersitz in der Mitte des Betts. Sie trug ein großes schwarzes T-Shirt, das jeden umwerfenden Zentimeter von ihr bedeckte. »Spielverderber«, neckte er sie lächelnd. Er kniete sich neben sie und schob die Hand zwischen ihre Beine, um ihre Klitoris zu suchen. Grace' Finger auf seinem Handgelenk ließen ihn innehalten.

»Ist schon gut«, flüsterte sie mit einem hinreißend benommenen Lächeln. »Ehrlich.«

Max ließ die Hand mit einem dumpfen Laut aufs Bett fallen. Seufzend griff er nach seiner Unterwäsche. »Wenn du sicher bist«, murmelte er. Während er in seine Retroshorts schlüpfte, warf er ihr einen verstohlenen Seitenblick zu, um nach irgendwelchen Anzeichen von Panik oder Bedauern Ausschau zu halten. Zu seiner Erleichterung entdeckte er keine.

Sie beobachtete ihn, während er sich anzog. »Du bist supergründlich, was?« Als Max sie fragend ansah, warf sie einen bedeutsamen Blick in Richtung Bad. Das Kondom.

»Nun ja«, antwortete er, während er sich auf die Bettkante setzte, um seine Shorts anzuziehen. »Wir wollen schließlich keine Unfälle. So was kommt vor, glaub mir.«

»War Christopher ein Unfall?«

Beim Klang des Namens seines Sohns schluckte Max. »Er war nicht geplant.«

»Aber du und Lizzie, ihr wolltet ihn beide, stimmt's?«

Max zögerte, die Augen auf den Fußboden gerichtet. »Ja. Ja, wir wollten ihn beide sehr.«

»Aber ihr habt nicht mehr darüber nachgedacht, wieder Kinder zu haben?« Grace' Stimme war sanft. »Nie mehr?«

Max zog seine Shorts hoch, ohne sie zuzuknöpfen, und rutschte zum Kopfteil des Betts hoch, bis er mit dem Rücken dagegenlehnte. »Ich weiß nicht«, sagte er ehrlich. Seine Finger zogen Furchen durch sein Haar. »Ich … ich konnte das nicht noch mal durchmachen.« Sein Herz verkrampfte sich in der Brust. »Zu sehen, wie der Mensch, den du liebst, so zerbricht.«

Grace rückte näher. Der Geruch ihrer Vereinigung stieg um sie herum auf, als sich die Bettdecke bewegte, was ein interessiertes Zucken von Max' Schwanz bewirkte, trotz des Themas ihrer Unterhaltung. »Was mit Christopher passiert ist, ist tragisch, Max.« Sie drückte seine Hand. »Du solltest dich vor der Möglichkeit nicht verschließen …«

»Hör mal«, fiel Max ihr gereizt ins Wort. Seine Hochstimmung verwandelte sich in etwas Dunkleres, etwas, das nur deshalb schlief, weil seine Medikamente und seine Therapie dafür sorgten. Er zog seine Hand fort. »Ich weiß, was du sagen willst, aber diese Dinge, die Frauen wollen – Liebe, Babys, eine Zukunft –, ich bin nicht in der Lage, die zu geben.« Seine Stimme war schneidend, was Grace zusammenzucken ließ. Er hielt kurz inne und atmete aus. »Ich war es mal. Früher. Aber ich habe diese Dinge verloren, und sie kommen nie wieder zurück.«

Er hielt den Blick auf die Bettdecke gesenkt und betete zu allem Möglichen, dass Grace jetzt, da sie miteinander geschlafen hatten, nicht plötzlich anfing, mehr von ihm zu wollen. Tief in der leeren Höhle seiner Brust, in der ihre Frage nach Kindern nachhallte, wusste Max, dass er ihr oder irgendeiner anderen Frau unmöglich irgendetwas anderes als seinen Körper geben konnte. Als er aufsah, war der Ausdruck in Grace' Gesicht traurig, aber irgendwie verständnisvoll.

»Nun, wer weiß«, sagte sie leise. »Vielleicht kommen sie zurück, wenn du es am wenigsten erwartest.«

Max glaubte das keine Sekunde lang, trotzdem schenkte er ihr ein kleines Lächeln. »Ich gehe jetzt besser.«

Grace sah ihn mit großen Augen an. »Du darfst gern bleiben. Es tut mir leid. Ich wollte das Thema nicht …«

»Hey, schon gut«, unterbrach Max sie und stand vom Bett auf. »Ehrlich.« Er beugte sich zu ihr hinunter und küsste sie sanft auf die Wange. Dann richtete er sich wieder auf. »Ist wirklich alles okay? War ich … war es gut?« Er war nicht darauf aus, sich das Ego streicheln zu lassen. Er wollte einfach nur sichergehen, dass es ihr gefallen hatte und dass die Dämonen, die sie mit sich herumtrug, sie nicht hinter diesem umwerfenden Lächeln quälten.

Das Lächeln wurde breiter, und ihre Augen leuchteten auf, was ihn beruhigte. »Ja. Es geht mir … großartig. Du – es war … perfekt.«

»Gut.« Er zog sein T-Shirt über.

»Danke, Max. Wirklich. Danke.«

»War mir ein Vergnügen. Du warst wunderbar.« Er hob seine Vans vom Boden auf und räusperte sich. »Wir sehen uns später.«

Max schob die Schuldgefühle beiseite, die über seinen Nacken bis hinunter in seine dunkelsten Winkel huschten, und ließ Grace auf dem Bett sitzend zurück. Er konnte erst wieder richtig durchatmen, als er durch ihre Vordertür hinaus in den strahlenden Sonnenschein stolperte.

23

»Heilige Scheiße! Schau dich einer an!«

Grace lächelte, als die laute, aufgeregte Stimme ihr im Club ihres Bruders entgegenschallte.

»Du bist die reinste Augenweide, Baby!«

Sienna Kelly, Kais stellvertretende Geschäftsführerin, kam vom Haupteingang des Clubs quer über die Tanzfläche auf sie zu. Der tiefrote Lippenstift auf ihren Wahnsinnslippen wirkte auffallend und unbeschreiblich sexy auf ihrer ebenholzfarbenen Haut, und ihr Outfit war wie immer eng und überließ nur wenig der Fantasie. Sie war, ihren eigenen Worten nach, eine Fitnessfanatikerin, und das sah man. Ihr Körper war unglaublich. Mit ausgebreiteten Armen nahm Grace ihre stürmische Umarmung entgegen und lachte, als Sienna sie auf die Wange küsste.

»Du siehst wunderschön aus«, rief Sienna und hielt Grace auf Armeslänge von sich. »Warum zum Teufel habe ich dich schon so lange nicht mehr gesehen?«

»Weil eine von uns unterwegs war, um die Welt zu erkunden«, erwiderte Grace. »Wie war's in Europa?«

»Oh mein Gott, Mädel«, antwortete Sienna. »Es war unglaublich.« Sie drehte sich um und lehnte sich mit der Hüfte an den Kühlschrank unter der Bar. »Paris, Rom, London, es war alles fabelhaft. Ich wollte gar nicht wieder zurück.«

»Das kann ich dir nicht verdenken! Paris ist sicher um Klassen besser als Washington.«

Sienna nahm eine Flasche Corona, hebelte den Korken ab

und hielt sie Grace hin. »Das kann ich dir sagen, wenn dein Arschloch von Bruder nicht wäre, dann wär ich immer noch dort.«

Grace lächelte über die Zuneigung, die sie trotz ihrer derben Sprache aus Siennas Stimme heraushörte. Sie war ziemlich sicher, dass Sienna und Kai irgendwann mal etwas miteinander gehabt hatten und dass Sienna ein bisschen verknallt war, auch wenn es äußerlich nicht den Anschein hatte. Ihr Bruder könnte es deutlich schlimmer treffen. Sienna war temperamentvoll und scharfzüngig, aber sie war der treueste und vertrauenswürdigste Mensch, den Grace abgesehen von Kai kannte. Unter all dem Geplänkel und den Sticheleien waren die beiden perfekt füreinander.

»Also, dann erzähl mal von dir«, fuhr Sienna fort und nahm einen Schluck von ihrem eigenen Corona. »Wie ist es in West Virginia? Kai hat mir gesagt, dass du dir ein Haus gekauft hast.«

Grace nickte und trank von ihrem Bier. »Es ist toll. Das Haus ist fantastisch. Ich arbeite und habe ein paar wirklich nette Freunde gefunden. Ich fühle mich sicher dort.«

»Das ist super«, sagte Sienna. »Ich bin so stolz auf dich.« Sie drückte Grace erneut. »Also, was bringt dich hierher?«

»Ich habe morgen einen Termin bei meiner Therapeutin, und Kai meinte, er wäre unterbesetzt.« Grace trat leicht gegen den Kasten Bier, mit dem sie gerade den Kühlschrank füllte. »Ich dachte, ich helfe ihm ein wenig aus.«

In gewisser Weise war das die Wahrheit. Grace hatte tatsächlich einen Termin bei ihrer Therapeutin, und Kai *war* unterbesetzt, aber sie hätte eigentlich nicht vor morgen in Washington zu sein brauchen. Hätte jemand gefragt, hätte Grace gesagt, dass sie hier war, weil Holly sie nicht vor dem Wochenende im Whiskey's brauchte und Grace Zeit mit ihrem Bruder verbringen wollte. Doch die Wahrheit war, dass sie hier war, weil sie Abstand brauchte.

Seit jenem Nachmittag in ihrem Bett, als der Geruch und das Gefühl von Max' Körper neben ihrem ihre Panik vertrieben und nur noch Verlangen zurückgelassen hatten, dem Nachmittag, an dem sie die Kontrolle übernommen, ihre Hemmungen über Bord geworfen und den besten Sex ihres Lebens gehabt hatte, hatten sie und Max noch zweimal rumgemacht. Max nackt unter ihr zu sehen, mit offenem Mund, atemlos und feucht vor Schweiß, war Grace nun das Allerliebste. Er war herrlich animalisch in seiner Leidenschaft, und auch wenn er sie mit solcher Vorsicht behandelte, gab er ihr alles, was sie wollte, wenn sie ihn anflehte.

Nie hatte sie etwas so Schönes gesehen wie Max, als sie ihn beim zweiten Mal, als sie Sex hatten, auf ihrem Sofa ritt, den Rücken an seiner Brust, seinen Atem heiß an ihrem Hals und seine Hände fest an ihrem Hintern, wie er seine Flüche hinausschrie und heftig zusammen mit ihr kam. Sie liebte es, wie er sich anfühlte, so stark und fest, wie sich sein Gesicht verzog, wenn er kam, und wie ihr Name auf seinen Lippen klang, wenn er in ihr pulsierte.

Zu wissen, dass sie ihm geben konnte, was er ihr gab, erfüllte sie mit tiefem Glücksgefühl. Ihn satt und schläfrig zu sehen, dieses schiefe Lächeln und diese dunklen, verspielten Augen auf sie gerichtet, während sie sich zusammen bewegten, erfüllte sie allerdings mit noch etwas Weiterem, etwas Schwerem und Hoffnungsvollem.

Wie Max es ausdrücken würde, sie war wirklich und wahrhaftig am Arsch, und ein paar Tage Abstand von ihm und dem Verlangen, das sie jedes Mal überfiel, wenn sie im selben Raum waren, schien eine kluge Idee zu sein. Sie konnte nicht riskieren, dass Max spürte, wie sie für ihn zu empfinden begann. Bereits für ihn empfand. Herrgott, schon allein bei der bloßen Erwähnung, dass er in der Zukunft Kinder haben könnte, war er kreidebleich geworden und hatte die Flucht ergriffen. Gott allein wusste, was er tun würde, wenn er merkte, dass sie dabei war, sich in ihn zu verlieben. Grace wollte ihn zu sehr als Teil ihres Lebens haben – ganz egal, in welcher Eigenschaft –, um das, was sie hatten, aufs Spiel zu setzen. Seine Freundschaft war zu wichtig geworden, zu wesentlich für ihr tägliches Leben.

Die ruhigen Zeiten, die sie miteinander verbrachten, waren ebenso kostbar wie die sinnlichen Zeiten. Erst gestern, nachdem er auf ihrem Bauch gekommen war, hatten sie Seite an Seite auf dem pastellgrünen Teppich in ihrem Wohnzimmer gelegen und über Kunst, Musik und ihre Familie geredet.

Im Gegenzug sprach Max von seinen eigenen Eltern. Während Grace ihm zuhörte, verlor sie sich in seiner Stimme und der Art, wie sein Arm den ihren streifte, wenn er sich bewegte. Sie hatten Pizza bestellt, und als sie halb nackt zusammengesessen und sie gegessen hatten, hatten sie sich so wohl miteinander gefühlt, dass Grace sich nicht einmal die Mühe gemacht hatte, ihre Narben zu verdecken. Wozu auch? Außerdem, die Art, wie er ihren nackten Körper ansah, ließ Grace ohnehin alles andere vergessen. Noch nie hatte sie sich so begehrt, so gewollt, so schön gefühlt, wie wenn Max' Blick auf ihr lag.

Das war erst vor vierundzwanzig Stunden gewesen, und schon fing sie an, ihn zu vermissen.

»Es ist fantastisch, dass du dich bei Max so wohlfühlst«, sinnierte Nina, Grace' Therapeutin, am nächsten Nachmittag. »Das ist es wirklich. Du lässt dich wieder auf Intimität ein, und es ist wunderbar zu sehen, wie du Fortschritte machst, wieder die Kontrolle übernimmst, aber diese Gefühle, die du hast … die könnten nachteilig für euch beide sein.«

Das wusste Grace. Max war ein labiler Mensch, ein Suchtkranker, er war verletzlich und nervös, aber sie würde auf keinen Fall aufhören, mit ihm zu schlafen, nur weil sie ihre Gefühle nicht im Griff hatte. Sie würde es schaffen. Für ihn *konnte* sie es schaffen.

»Grace, diese Schritte, die du machst, sind ausgezeichnet, das sind großartige Neuigkeiten.«

»Aber?«

»Aber du musst dir klar darüber sein, was du empfindest.« Nina veränderte leicht ihre Haltung. »Sag mir, als er nach dem ersten Mal, als ihr Sex hattet, ging, wie hast du dich da gefühlt?«

Grace zuckte mit den Schultern. Sie zog den Rand der Kaffeetasse in ihrer Hand mit dem Finger nach und dachte an jenen herrlichen Nachmittag zurück. An Max' Worte und seine Sehnsucht nach ihr, die so deutlich in seinen großen Schokoladenaugen stand. Sein harter Körper, seine Haut unter ihrer Zunge, wie er wusste, ohne dass sie es überhaupt zu sagen brauchte, dass sie oben sein musste, um nicht auszuflippen. Die Geräusche, die er machte, und ihr niederschmetterndes Verlangen danach, ihre Lippen auf seine zu pressen und jedes Stöhnen und Keuchen zu kosten.

»Ich wusste, dass er gehen musste«, antwortete sie. Ihr Gesicht wurde heiß bei der Erinnerung. »Als wir diese Sache vereinbart haben, hatte er sehr deutlich gemacht, wie unsere Beziehung aussehen würde. Ich kann danach keine Umarmungen und Küsse erwarten.«

»War es das, was du wolltest?«

Nicht ganz. Es war sehr lange her, dass sie nach dem Sex gekuschelt hatte, deshalb erwartete sie es auch jetzt nicht. Grace hätte es natürlich gern gehabt, wenn Max ein wenig länger geblieben wäre. Ihn zur Tür hinausstürmen zu sehen war hart gewesen, auch wenn sie damit gerechnet hatte. Nicht dass sie ihm das je sagen würde. Nein, stattdessen hatte sie Max am folgenden Tag in der Pension mit Kaffee und einem Muffin geweckt und zu ihrer Laufrunde geschleppt. Routinen waren wichtig für sie beide. Es war ziemlich klar, dass nicht nur Grace das Potenzial zum Ausflippen hatte.

»Grace«, sagte Nina sanft. »Max näherzukommen und mit ihm befreundet zu sein, ist eine Sache. Eine sexuelle Beziehung zu haben und sich zu erlauben, mehr zu empfinden, ist etwas völlig anderes. Meine Frage ist, bist du wirklich bereit dafür? Und ebenso wichtig – ist Max es?«

Grace seufzte, da sie keine Antwort darauf hatte. »Das heißt also, ich sollte mir nicht erlauben, etwas für ihn zu empfinden?«

»Nein, Grace.« Ninas blaue Augen hinter der roten Brille blickten vorsichtig. »Ich will damit sagen, ich möchte, dass du nicht vergisst, dass ihr beide zerbrechliche Geschöpfe seid, die eine Menge seelischer Verletzungen durchgemacht haben. Vergiss nicht, dass es nicht *deine* Aufgabe ist, jeden in Ordnung zu bringen, und nicht jeder will in Ordnung gebracht werden. Ich will damit sagen, ich möchte, dass du dich darauf vorbereitest, was geschehen könnte.«

Was sie meinte, blieb unausgesprochen, war jedoch klar: Er wird dir das Herz brechen, Grace.

Aber das hätte Grace nicht gleichgültiger sein können.

»Oh Gott«, beschwerte Max sich kopfschüttelnd. »Musstest du denn unbedingt *den da* mitbringen?«

Lachend warf Tate einen Seitenblick auf Riley neben ihm, während sie über die Straße auf Max zugingen, der vor dem Café wartete.

»Komm schon her, du Arschloch!«, rief Riley aus, bevor er mit einem lauten Johlen auf ihn zustürmte.

Max machte sich auf den Aufprall gefasst, da er wusste, wie schwer und massig Riley war. Riley umarmte und drückte ihn so heftig, dass es Max mit einem lauten *Ufff* die Luft aus den Lungen presste und beinahe umriss. Er schaffte es nur mit Mühe, auf den Beinen zu bleiben und die Pilotensonnenbrille auf der Nase zu behalten, während er den Mistkerl herzhaft verfluchte.

»Du hast mir auch gefehlt, du hässlicher Kotzbrocken«, lachte Riley und zerraufte Max das Haar.

Lachend stieß Max ihn weg und schüttelte Tate die Hand. »Schön, dich zu sehen.«

»Dich auch.« Tate zog argwöhnisch eine Augenbraue hoch. »Du siehst gut aus und …«, er neigte den Kopf, »ausgesprochen selbstzufrieden.«

Riley kapierte sofort und schnappte nach Luft. »Du bist flachgelegt worden?«

Max musste über die beiden anscheinend telepathisch veranlagten Brüder lachen, die vor ihm standen und sich mit ihrer Körpergröße und den breit lächelnden Gesichtern ähnelten wie ein Ei dem andern. Wenn Riley keinen Bart hätte und Tates Haar länger wäre, könnten sie leicht als Zwillinge durchgehen.

»Grundgütiger«, brummte Max und schob sich an ihnen vorbei. »Könnten wir vielleicht etwas essen, bevor wir mit diesem Gerede anfangen? Ich bin am Verhungern.«

»Ha!«, rief Riley aus, während er Max durch die Tür folgte. »Siehst du, genau das da, Tate, war ein typisches O'Hare-Ablenkungsmanöver. Er verheimlicht etwas.«

»Oder jemanden«, fügte Tate hinzu.

Als Max sich zu seinem Sponsor umdrehte, sah er, dass der suchend die Gäste musterte, die bereits vor ihren Speisen und Getränken saßen. »Wo ist denn Running Girl?«

»Wer ist Running Girl?«, fragte Riley grinsend.

»Ihr Name ist Grace, soweit ich mich erinnere.«

»Cool. Ist sie heiß?«

»Verdammt heiß!« Tate biss sich genüsslich auf die Lippe und wies mit einer lässigen Handbewegung auf Max. »Die beiden sind anscheinend ›Laufpartner‹.«

Riley schnaubte. »Ja. Davon hatte ich auch schon jede Menge.«

»Ich hab sie kennengelernt, als sie gerade ihre Laufklamotten trug«, fuhr Tate fort.

Riley gab einen anzüglichen Laut von sich. »Enge Lauftights?«

»Supereng.«

»Guter Hintern?«

»Der Hammer. Kurvig, du weißt schon, winzige Taille, breite Hüften, und diese Lippen, die sind einfach …«

»Okay!«, brüllte Max so laut, wie es samstagnachmittags in einem Café gerade noch angemessen war. Er formte mit den Händen ein großes T. »Time-out!«

Die Brüder grinsten zufrieden, die Arme vor der Brust verschränkt.

Erschöpft ließ Max die Hände fallen. »Scheiße. Seid ihr immer so, wenn ihr zusammen seid?«

»Du solltest mal dabei sein, wenn wir zu viert sind«, prustete Riley, bevor er mit bierernster Miene hinzufügte: »Das ist großartig.«

»Vier Moore-Brüder.« Max nahm seine Sonnenbrille ab. »Herrje, eure arme Mutter. Erstaunlich, dass sie noch nicht im Irrenhaus gelandet ist.«

»Das kann noch kommen«, meinte Tate und klopfte Max lässig auf die Schulter. »Also, komm schon, was ist los?«

Störrisch schüttelte Max den Kopf. Er bestellte seinen Kaffee und ein Sandwich und nachdem er gezahlt hatte, setzte er sich mit seinem Tablett an seinen Stammplatz und gestattete sich einen stillen Moment, um an Grace zu denken und daran, was sie in Washington machte. Sie war seit ein paar Tagen fort, und obwohl sie sich ein paar SMS geschrieben hatten und Max sich durch die Arbeit bei seinem Onkel und seine Malerei ablenkte, schmerzte ihre Abwesenheit. Er war nicht sicher, ob ihm das gefiel.

Tate und Riley setzten sich ihm mit Essen, Getränken und fragenden Mienen gegenüber und sahen aus wie die verdammte Gestapo. »Also, spuck's aus, Kumpel, na los.« Riley stach einen Strohhalm in einen Orangensaftkarton. »Seit wann erzählen wir uns nichts mehr?«

»Haben wir noch nie«, meinte Max mit finsterer Miene. »Wir erzählen uns nie was, weil du ein Geheimnis nicht mal dann für dich behalten könntest, wenn du dafür stündlich einen Blowjob bekommen würdest.«

Tate prustete so laut los, dass er sich beinahe an seinem Bagel verschluckte, was ihm einen verletzten Blick von Riley einbrachte.

»Gar nicht wahr«, brummte Riley in Richtung seines Tellers mit Waffeln und Pfannkuchen.

»Und *ob* das wahr ist«, erwiderte Max.

»Schon okay, Riley«, meinte Tate lässig. »Es ist doch offensichtlich, dass Max und Grace inzwischen mehr als nur Laufpartner sind.« Er schlürfte seinen Kaffee. »Das steht ihm deutlich ins Gesicht geschrieben.«

Den Mund voll Sandwich ließ sich Max gegen die Lehne seines Stuhls zurücksinken. »Ja. Okay. Ich hab sie gevögelt. Na und?«

»Wie oft?«, fragte Riley schnell und lehnte sich vor.

Max runzelte die Stirn. »Was?«

»O'Hare!«

»Zwei Mal, warum?«

»Ha!«, dröhnte Riley und stieß Tate mit der Schulter an. »Lass die Kohle rüberwachsen.«

Mürrisch vor sich hinbrummend zog Tate seine Brieftasche heraus und reichte Riley einen Zwanziger.

Max starrte die beiden ungläubig an. »Wie … Was? Ihr habt gewettet, verdammt?« Sein Blick flog zurück zur Sandwichtheke, wo er die beiden nur wenige Sekunden allein gelassen hatte.

Riley lachte ungeniert. »Klar, Mann, kennst du mich denn überhaupt nicht?«

Nun schnellte Max' Aufmerksamkeit zu Tate. »Und du hast mitgemacht?«

Schulterzuckend ließ sich Tate seinen Bagel schmecken. »Er hat versprochen, mir einen Muffin zu kaufen, und ich bin nun mal süchtig nach Süßem.«

Max fuhr sich mit der Hand übers Gesicht. »Ihr seid echt bekloppt.«

»Das hör ich nicht zum ersten Mal«, bemerkte Riley, bevor er so heftig an seinem Saft schlürfte, dass der Tetrapack in seiner Hand zusammenschrumpfte. »Also, dann seid ihr beiden jetzt also so was wie ein Paar?«

Max schüttelte den Kopf. »Nein. Ganz und gar nicht.«

»Also Freunde mit gewissen Vorzügen?«, fragte Tate, die Augen immer noch auf sein Essen gerichtet.

Max nickte, dabei starrte er auf Tates rotes T-Shirt, auf dem in großen gelben Buchstaben »Genie, Milliardär, Playboy, Wohltäter« stand.

»Nein«, sagte Riley, der Max' Blick gefolgt war. »Ich kapier's auch nicht.«

»Gott sei Dank.«

»Ja«, fuhr Riley fort. »Ich meine, warum zur Hölle sollte man auf Marvel stehen, wenn DC das einzig Wahre ist?« Er hob sein graues T-Shirt an, um das schwarze langärmelige Shirt darunter zu zeigen, auf dem ein Batman-Symbol prangte.

»Fang nicht schon wieder damit an«, entgegnete Tate ruhig. »Die Unterhaltung hatten wir schon auf dem Weg hierher.«

»Ja, hatten wir«, antwortete Riley mit einem selbstgefälligen Lächeln, während er sein Shirt wieder zurechtzog. »Eine Unterhaltung, die *du* verloren hast.«

»Nun«, Tate tupfte sich geziert mit seiner Serviette die Lippen. »Das ist eine Frage der Definition, oder etwa nicht?«

Max' Blick flog von einem zum anderen, als würde er ein Tennismatch beobachten. »Will ich das überhaupt wissen?«

»Tate glaubt, dass Captain America Superman in einem Kampf schlagen würde, was, wie jeder echte Comic-Fan dir sagen wird, unmöglich ist.«

»Der Captain hat seinen Schild«, sagte Tate gleichgültig.

»Superman ist kugelsicher; was zum Geier sollte ein Schild da ausrichten?«

»Wen zum Geier interessiert das?«, rief Max dazwischen.

Nach einer Sekunde der Stille sahen die beiden Männer ihn an, als wäre er gerade nackt vom Himmel gefallen.

»Warum reden wir überhaupt mit dem?«, fragte Riley an seinen Bruder gewandt.

Tate seufzte, als wäre er aufrichtig ratlos. »Das frage ich mich auch jedes Mal, wenn ich herkomme.«

Max konnte sich das Lächeln nicht verkneifen. »Ihr zwei seid echt total durchgeknallt.«

»Fortsetzung folgt«, sagte Riley und zeigte mit dem Finger auf ihn, bevor er aufstand und quer durchs Café zur Toilette marschierte.

Tate wartete, bis die Tür hinter ihm zugefallen war. »Also,

sag schon.« Auf die Unterarme gestützt, lehnte er sich vor. »Bevor unser Wunderjunge wieder zurückkommt. Was ist wirklich los? Geht's dir gut?«

Max zuckte mit den Schultern. »Ja, mir geht's gut. Richtig gut, ehrlich gesagt.« Er schmunzelte. »Ich meine, wem ginge es nicht gut, wenn er eine heiße Frau zum Spielen hat, was?«

Tate stimmte nicht in sein Lachen mit ein. »Und denkt sie genauso darüber? Sie schien dich ziemlich zu mögen, als ich dich mit ihr gesehen habe.«

»Sie versteht das«, entgegnete Max und schluckte dabei einen Kloß hinunter, der sich wie eine Lüge anfühlte.

»Ist das eine gute Idee?« Tate schien Max' Unbehagen zu spüren. »Das mit euch beiden?«

»Du singst ja auf einmal ein völlig anderes Lied.« Max schüttelte den Kopf. »Außerdem gibt es da kein uns beide. Es ist nur Sex.«

Mit einem nachdenklichen Nicken zog Tate seine Unterlippe zwischen die Zähne. »Ich weiß, die Ärzte sagen, dass es eine schlechte Idee ist, während des ersten Jahres der Genesung eine Beziehung einzugehen, aber …«

»Herrgott!« Max stieß einen ungläubigen Laut aus. »Hab ich denn das nicht gerade gesagt? Es gibt keine Beziehung. Wir vögeln nur. Im Ernst, Mann, ich fange weder mit ihr noch mit irgendeiner anderen etwas an. Das will ich nicht.« Er leckte sich über die Lippen und schaute hinunter auf sein halb aufgegessenes Sandwich. Ihm verging allmählich der Appetit. »Das will ich nie mehr. Ich kann es nicht.«

Mit einem Räuspern lehnte sich Tate zurück und kniff den Mund zu einem schmalen Strich zusammen. »Okay.«

Argwöhnisch sah Max ihn an. »Okay?«

»Ja«, antwortete Tate und zog eine Schulter hoch. »Wenn das so ist, dann ist es eben so.«

Max neigte den Kopf schief. »Warum habe ich das Gefühl, dass du Psychospielchen mit mir spielst?«

»Das tu ich nicht, Max. Das würde ich nie tun.« Tate verschränkte die Arme vor der Brust. »Als dein Sponsor und Freund muss ich mich vergewissern, dass es dir gut geht und dass die Entscheidungen, die du triffst, deiner Genesung nicht im Weg stehen.« Er zuckte mit den Schultern. »Wenn du mir sagst, dass die Sache okay für dich ist, dass es das ist, was du willst, dann in Ordnung. Ich werde dich unterstützen.«

Max nickte und verdrängte das verdächtige Gefühl, das ihm auf der Haut kribbelte, während er Tates unterstützende Worte auf sich wirken ließ. Überrascht erkannte er, dass er sich dadurch besser fühlte, entspannter, als wäre Tates Segen irgendwie wichtig für das, was zwischen ihm und Grace vor sich ging.

Grace.

Max schlürfte seinen Kaffee und dachte darüber nach, wie sich die Dynamik zwischen ihnen in den letzten paar Wochen verändert hatte. Verdammt, sie war wirklich was Besonderes: leidenschaftlich, fordernd und einfach verteufelt heiß. Das Letztere war nichts Neues, aber in Kombination mit ihrer neu gefundenen inneren Sexgöttin war Grace wirklich unglaublich. Ihr gefiel alles, was er mit ihr gemacht hatte, und trotz ihres schüchternen Lächelns und der nervösen Hände hatte sie keine Angst davor, um das zu bitten, was sie wollte. Wie letztens, als sie ihn angefleht hatte, auf ihr zu kommen, genau so, wie damals auf seinem Bett in der Pension.

Max hatte sich Sorgen gemacht, dass Grace es als herabwürdigend oder erniedrigend oder, er schauderte bei dem Gedanken, beleidigend empfinden würde. Doch als er das Feuer in ihren Augen gesehen und die heisere Bitte von ihren Lippen gehört hatte, hatte er gewusst, dass es ihr gefiel. Beim zweiten Mal hatte es ihr sogar noch besser gefallen. Sie waren gerade vom Laufen zurückgekommen, als Grace sich schwitzend und außer Atem auf ihrem Teppich ausstreckte. Max kam auf sie zu, einen unübersehbaren Ständer in seinen Laufshorts, und massierte sich selbst, während er sie beobachtete.

Keiner von beiden sagte etwas, als ihr bewusst wurde, was er tat. Sie sah nicht einmal überrascht aus, eher zufrieden als empört. Es dauerte nicht lange, bis Grace' Hand zwischen ihre Beine wanderte und Max ihr dabei zusah, wie sie sich selbst zum Kommen brachte und ihn anflehte, dasselbe auf ihr zu tun.

Den Wunsch erfüllte Max ihr nur allzu gern. Als sein Orgasmus ihn durchzuckte, spritzte er knurrend und mit zuckenden Hüften seine Lust über ihren Körper. Das Weiß seines Spermas auf dem dunklen Karamell ihrer Haut ließ einen dicken, dunklen Kloß der Besitzgier in seiner Brust wachsen.

Max hatte sich nicht die Zeit genommen, ernsthaft darüber nachzudenken – aus offensichtlichen Gründen –, aber es war eigenartig intim gewesen, über ihr zu stehen und sich selbst anzufassen, während Grace dasselbe tat, das Zimmer still bis auf ihr Stöhnen und Fluchen.

»Wie läuft's mit der Malerei?« Tates ironische Stimme riss Max aus seinen Erinnerungen.

Er räusperte sich und rutschte unruhig auf dem Stuhl herum. »Gut. Ich male fast jeden Tag. Wenn ich Zeit dazu habe.«

Seit Kurzem waren seine Gemälde zu einer Kakophonie leuchtender Farben und unergründlicher Muster geworden. Er hatte angefangen, wärmere Farben zu bevorzugen; das übliche Schwarz und Grau seiner anfänglichen Werke trat allmählich in den Hintergrund, um den Gold-, Rot- und Grüntönen Platz zu machen, die sich auf seiner Leinwand austobten. Die verdammten Dinger schienen sich völlig von selbst zu erschaffen, mit nur wenig Hilfe von dem Mann, der den Pinsel hielt. Wie es schien, war flachgelegt zu werden, alles, was Max an kreativer Motivation gebraucht hatte. Er lächelte vor sich hin. Verflucht. Der Schwung von Grace' Hals, wenn sie beim Vögeln nach Gott rief, die glatte Haut an der Innenseite ihrer Schenkel und ihr Geschmack dazwischen waren absolut inspirierend. Er sah auf seine Uhr und fragte sich erneut, wann sie morgen von ihrem Ausflug nach Washington zurückkommen und ob sie wohl Lust auf eine weitere Runde haben würde.

»Das ist gut, Max«, bemerkte Tate. Sein Blick ruhte auf Max' Armbanduhr, als der aufschaute. »Bist du für irgendwas spät dran?« Er grinste feixend, als Max ihm den Mittelfinger zeigte.

»Okay«, Riley ließ sich wieder auf seinen Stuhl plumpsen. »Welche herrlich schmutzigen Sex-Details hab ich verpasst?« Er schaufelte sich eine gehörige Portion Waffel in den Mund.

»Gar keine.« Max lehnte sich vor. »Wie auch immer, vergesst das jetzt mal. Ich muss mit euch über Carters Junggesellenparty reden.« Er hob die Augenbrauen. »Irgendwelche Ideen?«

Das Lächeln, das sich auf Rileys Gesicht ausbreitete, war riesig. »Alter«, nuschelte er an seinem Essen vorbei. »Dass du da überhaupt fragen musst? Ich habe jede Menge Links auf meinem Handy.« Er begann, in der Tasche seiner Jeans zu kramen.

Max gluckste in seine Kaffeetasse und fühlte sich nicht im Geringsten schuldig, Rileys kurze Aufmerksamkeitsspanne zu seinem Vorteil ausgenutzt zu haben. Er wusste, dass er gerade einer Flut von Fragen entkommen war, die zu beantworten er weder die Geduld noch die Lust hatte, und mied Tates wissenden Blick, der ihn durchbohrte.

»Grace?«

Grace öffnete die Augen langsam, weil sie entsetzliche Angst hatte, dass das Zimmer fürchterlich schwanken würde. Sofort verzog sie das Gesicht. Das Hämmern in ihrem Kopf zusammen mit der Übelkeit, die ihren ganzen Körper im Griff hatte, veranlasste sie, die Bettdecke wie einen Kokon enger um sich zu ziehen. Das war das zweite Mal, dass sie aufgewacht war, weil sie glaubte, Max' Stimme zu hören. Zweifellos Halluzinationen durch die achtunddreißig Grad Fieber. Sie konnte das gar nicht verstehen; ihr war so kalt, dass ihre Zähne klapperten, obwohl sie Jogginghose, Socken und ein Kapuzenshirt trug.

»Grace?«

Die Stimme klang nun lauter, näher. Zitternd und murmelnd brummte sie in ihr Kissen und wünschte sich, dass Max *wirklich* da wäre, damit sie sich an ihn kuscheln und an ihm wärmen könnte, und ihn vielleicht ein bisschen betatschen.

»Grace, bist du da drin? Wir sollten uns doch zum Laufen … Heilige Scheiße! Was zum Teufel?«

Ja, das klang nach ihm, all die Schimpfwörter und Flüche. Moment mal. Laufen? Irgendein Teil von ihr verstand, was sie hörte, wusste, was die Worte bedeuteten, doch ihr Gehirn war einfach so müde. Sie konnte sich nicht aufraffen, ihm zu antworten. Stattdessen lächelte sie vor sich hin, als das Bild von Max beim Laufen vor ihrem geistigen Auge auftauchte.

Vom Fenster her kam ein Geräusch, und ein Schwall frischer Luft traf ihr Gesicht, was sie den Kopf tiefer unter die Bettdecke schieben ließ. »Hier drin ist es ja wie in einer verfluchten Sauna! Und Scheiße – ist das Kotze, was ich da rieche?«

Ja, wahrscheinlich war es das. Grace konnte sich dunkel erinnern, sich ein paarmal erbrochen zu haben, bevor es ihr gelungen war, genug Energie aufzubringen, um die Bettwäsche zu wechseln, aber nicht genug, um unter die Dusche zu kriechen. Dazu waren ihre Beine viel zu schwach gewesen. Sie konnte sich allerdings nicht erinnern, wie lange das her war. Könnte vor Tagen gewesen sein. Beinahe machte es ihr etwas aus, dass Max sie so sah, ob er nun eine Halluzination war oder nicht, aber sie brachte nicht genug Energie auf, um ihm zu sagen, er solle weggehen.

»Bist du wach?« Die Bettdecke wurde ihr sanft aus den Fingern gezogen, was einen weiteren heftigen Schauer durch sie hindurchrasen ließ. Sie keuchte auf, als etwas Großes und Eiskaltes ihre Stirn berührte. »Scheiße, Grace, du glühst ja!«

Vielleicht war er doch echt. »Max?« Die Bettdecke verschwand vollständig. Grace versuchte zu protestieren, danach zu greifen, aber ihr Körper wollte sich einfach nicht bewegen. »Nicht«, murmelte sie. Als sie die Augen einen schmalen Schlitz weit öffnete, sah sie verschwommen dunkles Haar und noch dunklere Augen. »Kalt.«

»Dir ist nicht kalt«, erwiderte er. »Du hast Fieber. Na komm.«

Sie schrie auf, als Hände sie packten und in starke Arme zogen. »Ich weiß. Es tut mir leid«, sagte er besänftigend. Es tat überall weh, wo er sie berührte. Gott, sie wollte nur schlafen.

»Schhhh«, flüsterte er an ihrer Wange. »Ich hab dich.« Seine Hand auf ihrem Gesicht war eisig. »Nicht weinen.«

»Es tut weh«, krächzte sie gegen die Übelkeit und sackte gegen ihn.

»Ich weiß«, murmelte er. »Ich werde versuchen, dich ein wenig abzukühlen, okay?«

»Max?«

»Ja.«

»Ich glaube, ich hab mich übergeben.«

Er lachte leise. »Ja, das glaube ich auch.«

»Riech nicht an mir.«

»Zu spät.«

»Oh Gott.«

»Mach dir darüber keine Sorgen. Wir werden jetzt duschen, okay?«

Duschen hörte sich kalt an. Sie schüttelte den Kopf. »Bitte nicht.«

»Es wird sich kälter anfühlen, als es ist, weil du so glühst. Herrgott, Grace, du zitterst ja! Warum zum Teufel hast du nicht angerufen?«

Sie wusste es nicht. Das Letzte, woran sie sich erinnerte, war, dass sie gestern Abend müder als sonst und mit rasenden Kopfschmerzen aus Washington nach Hause gekommen und gleich ins Bett gekrochen war. Dann war ihr das Abendessen wieder hochgekommen, und alles war ein einziges Elend.

»Ich werde dich jetzt hinsetzen. Halt dich an mir fest.«

Grace' Hintern traf auf etwas Kaltes, und sie kippte zur Seite, doch Max' Hand an ihrer Schulter richtete sie auf. Sie hatte nicht die Kraft, sich an ihm festzuhalten. Ihre Finger wollten einfach nicht funktionieren.

»Hey.«

»Hey«, murmelte sie zurück. »Es tut weh, Max. Kannst du …«

»Kannst du mir einen Gefallen tun?«

Einen Gefallen? War er verrückt? Sie konnte kaum sitzen. Als sie die Augen öffnete, sah sie, dass Max vor ihr kauerte. Sein schönes Gesicht war ganz ernst. Sie waren im Badezimmer. Sie saß auf dem Toilettendeckel. Er hatte ein Handy am Ohr. Was zum Teufel war hier los?

»Ich bin bei Grace. Ich hab sie im Bett gefunden. Sie hat wirklich hohes Fieber … Nein, sie ist nicht ganz bei sich.« Seine Hände fanden erneut ihr Gesicht. »Sie kann sich nicht aufrecht halten – nein, ist sie nicht. Ja, sie hat definitiv gekotzt. Ich wollte sie unter die Dusche stellen und versuchen, sie ein wenig herunterzukühlen … Die Nummer hab ich nicht. Kannst du ihn anrufen? Danke.«

»Es tut mir leid«, flüsterte sie, als er sein Handy wieder in die Tasche seiner Shorts steckte. Der Drang zu weinen kratzte ihr im Hals.

»Dass du krank bist?« Er stand auf. »Sei nicht dumm. Heb die Arme hoch.«

Ohne zu fragen, tat sie es und sog zischend die Luft ein, als die kalte Luft des Badezimmers auf ihre Haut traf. »Bitte, Max.« Sie zitterte. »Ich brauche meinen Pulli.«

»Nachdem du mit mir geduscht hast. Steh auf, damit ich dir die Jogginghose ausziehen kann.« Er stützte sie, als sie beim Aufstehen schwankte. »Du solltest begeistert sein«, fügte er vor ihr kniend hinzu. »Schließlich hast du mir gesagt, dass du mich in der Dusche haben willst.«

Stöhnend schloss sie die Augen, weil sich ihr Magen hob und das Zimmer sich drehte. »Max, du bist wirklich hübsch, aber ich glaube nicht, dass wir im Moment Sex haben können.«

Sein Lachen war wunderschön, tat ihr aber in den Ohren weh und ließ ihren Schädel pochen.

»Keine Sorge, Gracie, ich will dir nur helfen, dich besser zu fühlen.«

Sein Kosename für sie brachte sie zum Lächeln. Wieder hob er sie hoch, und sein Körper war wie Eis an ihrem, als er sie in die Dusche trug. Wimmernd klammerte sie sich an ihn, als er das Wasser aufdrehte, und der Sprühregen, der ihren Fuß traf, fühlte sich an wie eine Welle des Nordpolarmeers. Die Kälte war wie ein heftiger Schlag auf ihrer Haut, und sie schrie auf.

»Max, bitte«, flehte sie an seiner Schulter und versuchte angestrengt, an ihm hoch und vom Wasser fort zu klettern.

»Halt durch. Es dauert nur eine Minute. Ich mache es schnell. Du musst dich abkühlen, Liebling. Du bist viel zu heiß.« Seine Lippen pressten sich an ihre Schläfe. »Halt dich an mir fest.«

Wieder schrie sie auf, als er den Duschkopf nahm und rasch über ihren Körper führte, den Wasserstrahl dabei lange auf Nacken und Kopfhaut hielt. Es tat weh. Es tat weh und ließ ihre Knochen vibrieren, doch irgendwo tief in ihrem von Fieber gebeutelten Verstand wusste sie, dass es nur zu ihrem Besten war. Schniefend wimmerte sie an Max' Hals, dann hörte sie, dass er das Wasser abstellte und aus der Dusche trat. Er hielt sie immer noch in seinen Armen, und als sie die Augen öffnete, sah sie Gänsehaut auf seiner Schulter.

»I-ist dir k-kalt?«, stotterte sie mit klappernden Zähnen.

»Es geht mir gut. Mach dir um mich keine Sorgen.«

Aber sie konnte nicht anders. Sie hatte ihn gern, sehr sogar, also gehörte das Sorgen machen dazu.

»Wirklich?«

Sie schmiegte sich an seinen Hals und tat so, als habe sie das eben nicht laut gesagt. Mist. Ein Handtuch wurde rasch um sie gewickelt, und er setzte sie vorsichtig auf das kleine, runde Zweiersofa neben dem großen Schlafzimmerfenster, das er geöffnet hatte. Sie schlotterte.

»Bleib da, während ich deine Bettwäsche wechsle, okay?«

»L-laken s-sind im Sch-schrank.«

»Ich weiß«, flüsterte er, die Lippen nahe an ihrer Wange.

Sie wünschte sich, er würde sie küssen. Sie wünschte sich, er würde einfach bleiben und sie halten. Sie wünschte sich, sie könnte es entsprechend würdigen, ihn nass von der Dusche zu sehen. Moment mal. War er nackt? Sie versuchte, die Augen zu öffnen, aber sie wollten ihr nicht gehorchen. Stattdessen kuschelte sie sich in die Sofakissen und zog das Handtuch enger um sich, um sich warmzuhalten.

Max rollte sich herum und wurde von einer Faust begrüßt, die ihn hart an der Wange traf. »Au. Mensch!« Fluchend schnitt er eine Grimasse und hielt sich das Gesicht. »Scheiße, Grace.«

Überrascht blinzelte Grace ihn von ihrer Seite des Betts aus an. Ihre Augen waren müde und ihr Haar eine verfilzte Katastrophe.

»Ich hab nur hier geschlafen, um sicherzugehen, dass es dir gut geht«, erklärte er. »Kein Grund, mich zu schlagen.«

Immer noch starrte sie ihn offensichtlich verwirrt an, während sie versuchte, die letzten sechsunddreißig Stunden zu rekonstruieren. Max musterte sie aufmerksam, als er sich aufsetzte und an das schmiedeeiserne Kopfteil lehnte. Wenigstens hatte sie wieder ein wenig mehr Farbe als am Tag zuvor. Wenn all das Zittern und Schlottern und der gemurmelte Unsinn nicht gewesen wären, hätte Max sie für tot gehalten, als er sie gefunden hatte. Das verdammte Weibsstück hatte ihm beinahe einen Herzinfarkt beschert.

Grace fuhr sich mit der Hand übers Gesicht und rückte schwerfällig ein wenig, damit sie sich ebenfalls aufsetzen konnte. »Oh. Oje. Ich fühl mich beschissen.«

»Du siehst auch so aus«, stellte Max aufrichtig fest.

Grace schnaubte. »Danke.«

Er zuckte mit den Schultern. »Ich bin nur ehrlich. Falls es dir ein Trost ist, du siehst schon viel besser aus als gestern.«

Grace seufzte. Bei jeder Bewegung verzog sie das Gesicht. »Bin ich vom Bus überfahren worden?« Sie fuhr sich mit den Fingern durchs Haar und erstarrte mitten in der Bewegung. »Oh Gott, ich habe mich übergeben. Ich habe mich oft übergeben.« Sofort war ihre Miene zutiefst beschämt. »Max, das ist jetzt schon das zweite Mal, dass du mich sauber gemacht hast, nachdem ich gespuckt habe.«

»Wem sagst du das?«, erwiderte Max ernst. »Gut, dass wenigstens einer von uns beiden einen starken Magen hat.«

Sie sah ihn an, als würde sie gleich anfangen zu weinen. Das könnte Max nicht noch einmal ertragen. Einmal war schon schlimm genug. Es hatte ihm beinahe das Herz gebrochen, als sie in ihrem Fieberwahn nach ihrer Mutter gerufen hatte.

»Es tut mir so leid.«

»Ach, hör auf«, erwiderte Max mit einer Spur Belustigung. »Ist schon gut.« Er holte tief Luft. »Allerdings muss ich zugeben, dass ich schwer enttäuscht war, dass du nicht wieder diese rote Unterwäsche getragen hast, als ich dich ausgezogen hab.«

Grace' Augen wurden riesig. »Mich ausgezogen?«

»Mmhm.« Max streckte sich, dabei ertappte er sie dabei, dass sie seine nackte Brust anstarrte. »Für die Dusche.«

»Dusche?«

Max nickte kichernd. »Gemeinsam.« Er zwinkerte. »Zu schade, dass du zu krank warst, um dich dran zu erinnern.«

»Das kannst du laut sagen«, seufzte Grace mit ausgesprochen enttäuschter Miene.

»Nun ja, es gibt immer ein nächstes Mal.« Max grinste. »Ist dir noch übel?«

Bei seinen Worten kam ein lautes Knurren aus Grace' Bauch.

Er zog eine Augenbraue hoch. »Hunger?«

Grace sah sich um. »Wasser?«

Max deutete auf das Nachttischchen neben ihr, auf dem sich ein großes Glas Wasser, eine Flasche Gatorade und ein paar weiße Tabletten befanden. »Das ist nur Paracetamol. Der Arzt wollte dir irgendwas spritzen, aber ich wusste nicht, ob du dagegen allergisch bist oder ob es sich mit deinen Medikamenten verträgt, und ich hatte keine große Lust auf einen Ausflug in die Notaufnahme, also haben wir dir nur ein paar Ibuprofen und Paracetamol gegeben, um dein Fieber runterzubringen.«

Stirnrunzelnd leerte Grace das ganze Glas. »Arzt?«

Max lächelte. Ja, sie war völlig weggetreten gewesen. »Ich hatte Tante Fern angerufen, und die hat den Arzt verständigt. Es war nur eine Achtundvierzig-Stunden-Grippe. Er meinte, du wirst wieder. Gott sei Dank.« Er gähnte. »Ich glaube nicht, dass ich noch eine Nacht hier aushalte, bei deinem ganzen verdammten Gezappel und Gemurmel.«

Max war sich vorgekommen, als schliefe er in der Trommel einer verfluchten Waschmaschine, und er war aufrichtig erstaunt, dass er nicht mehr blaue Flecken davongetragen hatte. Anfangs hatte er sich ein paar Decken geschnappt und sein Lager auf dem Sofa aufgeschlagen, um Grace genug Platz zu geben, sich im Bett herumzuwälzen. Aber nach einer Weile hatte sie angefangen, im Schlaf zu schreien und Kauderwelsch zu murmeln, was ihn eine weitere Stunde lang wachgehalten hatte. Müde und gereizt war er kurz nach Mitternacht zu ihr ins Bett gekrochen und hatte sie beruhig, bis ihr Fieber brach. Wie nach ihrer Panikattacke in der Bar wurde sie erst ruhig, als er neben ihr lag und sie berührte. Eine Tatsache, die ihm ein warmes Gefühl tief in seinem Bauch verlieh.

Entgeistert starrte Grace ihn an. »Was zum Teufel hab ich denn ges… machst du Witze?«

Er schüttelte den Kopf. »Hauptsächlich unverständliches Zeug. Dann war da noch was darüber, wie toll du mich findest, und dass du nicht mehr ohne mich leben kannst …« Er lachte, als Grace schwach nach ihm schlug. Es entsprach beinahe der Wahrheit, aber das würde er ihr nie verraten. Während sie sich an ihn geschmiegt hatte, hatte sie ein paarmal genuschelt, wie viel er ihr bedeutete und wie attraktiv er war. Bei Ersterem war ein Teil von ihm vor Unbehagen zusammengezuckt, aber bei Letzterem hatte er gekichert und sie sanft beruhigt, bis sie leise schnarchte. Dann hatte der nächste Anfall von Gezappel und Kampf mit der Bettdecke begonnen.

Grace lächelte besänftigt, und die Sorge verschwand aus ihren Augen, doch dann runzelte sie die Stirn. »Moment mal. Welcher Tag ist heute? Ich muss arbeiten.«

»Montag. Ich bin seit Sonntagmorgen hier, als du nicht zum Laufen gekommen bist. Und keine Sorge, ich habe Holly angerufen.«

Erleichtert stieß sie den Atem aus. »Danke. Solltest du nicht bei der Arbeit sein?«

Max schüttelte den Kopf. »Onkel Vince meinte, ich solle blaumachen, um sicherzugehen, dass du noch atmest und so. Außerdem schuldet er mir was.«

»Ach ja?«

Max holte tief Luft und fuhr sich mit der Zunge über die Lippen. »Josh und ich und ein paar andere helfen ihm bei einem Auftrag in Philly. Ein Freund von ihm ist mit einem Termin in Verzug geraten und … Wir werden dort bleiben, damit wir schneller fertig werden. Es dürfte ungefähr eine Woche dauern, vielleicht zehn Tage.«

Grace nagte ein wenig an ihrer Unterlippe. »Oh.«

Max wusste nicht genau, warum er sich schuldig gefühlt hatte, als er seinem Onkel zugesagt hatte, ihm zu helfen, und warum er sich jetzt, als er es Grace sagte, erneut schuldig fühlte. »Ja, wir fahren Donnerstagmorgen in aller Frühe los.«

Er versuchte zu lächeln. »Hey, denk nur, wie viel Ruhe und Frieden du haben wirst, während ich fort bin.«

Grace gab ein kleines Lachen von sich, doch es verpuffte zwischen ihnen und ließ eine schwere Stille zurück, die sie beide wie eine Decke einhüllte. Max wand sich unruhig neben ihr, hin und hergerissen zwischen dem Bedürfnis, etwas zu sagen, und dem Drang, sie in den Arm zu nehmen. Ihre nächste Frage erlöste ihn von beidem.

»Wie bist du eigentlich hier reingekommen?«

Scheiße. Max hatte gehofft, dass ihr diese Frage irgendwie nicht in den Sinn kommen würde. »Mit deinem Ersatzschlüssel.«

Grace runzelte die Stirn. »Aber nur mein Bruder und Ruby wissen von dem.«

Max wand sich nervös. »Ja, was das betrifft … Schau, sei nicht sauer auf sie, okay?«

»Auf wen? Ruby?«

Er nickte. »Ich will nicht, dass du ausflippst, aber ich hatte mir Sorgen gemacht, weil du nicht aufgetaucht oder an dein Handy gegangen bist, und ich nicht wusste, ob du aus Washington schon zurück bist, weil du nicht angerufen hattest, also bin ich vorbeigekommen. Ich wusste nicht, ob etwas passiert war, weil es aussah, als wärst du zu Hause, aber du bist nicht an die Tür gekommen. Also habe ich Ruby angerufen, und sie hat mir gesagt, wo er ist, damit ich reinkommen und nach dir sehen konnte.« Er verstummte und schluckte. »Tut mir leid.«

Grace schmunzelte. »Du bist süß, wenn du so rumstotterst.«

»Bin ich nicht.«

»Bist du wohl.« Mit einer Geste hinderte sie ihn daran, noch weiter zu diskutieren. »Warum hätte ich ausflippen sollen?«

Max zuckte mit den Schultern. »Fremder Mann in deinem Haus ohne Erlaubnis. Ich meine, ich wollte nicht davon ausgehen, dass es okay für dich wäre, aber ich hatte mir …«

»Sorgen gemacht?«

Bei ihrem Lächeln machte Max eine finstere Miene und schnaubte. »Ja. Aber ich wünschte mir, ich hätte mir nicht die Mühe gemacht. Ich glaube nicht, dass ich den Gestank nach Kotze je wieder loswerde.«

Grace kicherte. »Fremder Mann«, prustete sie ungläubig.

Max schüttelte den Kopf. Sie fühlte sich definitiv besser.

»Wie auch immer. Ich werde uns mal etwas Kaffee machen.« Er schwang die Beine aus dem Bett und sprang auf.

»Max?«

In der Tür blieb er stehen und drehte sich um.

»Danke, dass du mir geholfen hast. Wirklich.«

Max nickte knapp. Ihre Aufrichtigkeit und ihre großen, unschuldigen Augen fegten seine Verdrießlichkeit fort und ersetzten sie durch etwas Wärmeres, etwas, das Grace nahezu mit allem davonkommen lassen würde. Es war so schön, sie zu sehen.

»Keine Ursache.« Er stieß den Atem aus und zeigte mit dem Daumen über seine Schulter. »Willst du irgendetwas?«

»Penizillin«, murmelte Grace.

»Was?«

»Ich bin allergisch gegen Penizillin, weißt du? Nur für den Fall, dass das noch mal vorkommt.«

Max schnaubte. »Herrgott, ich hoffe nicht! Aber danke. Gut zu wissen.«

»Jederzeit, Quasselstrippe.«

»Ach, halt die Klappe«, Max wandte sich zum Gehen, »du Kotzvulkan.«

24

Am Mittwoch fühlte sich Grace wieder wie sie selbst. Max war ein wahrer Engel gewesen und hatte sich fast ein Bein ausgerissen, um dafür zu sorgen, dass sie alles hatte, was sie wollte oder brauchte. Am Montagabend war er noch geblieben, bis sie eingeschlafen war, nachdem er ihr mittags Toast und Tee gemacht hatte und sie dann dösen ließ, während er fernsah. Er hatte ihr sogar ein Bad eingelassen, als Grace sich beschwerte, ihr eigenes widerliches, verschwitztes Selbst nicht mehr ertragen zu können. Das einzig Negative war, dass Max ihre nicht gerade subtile Bitte ignorierte, ihr in dem Lavendelschaumbad Gesellschaft zu leisten. Er hatte etwas davon gebrummelt, dass sie noch sein Tod sein würde, und sie dann ihrem Bad überlassen.

Als sie am Dienstagmorgen aufgewacht war, hatte sie eine handgeschriebene Notiz auf dem Kissen neben sich vorgefunden:

Hoffe, du hast geschlafen. In der Küche habe ich dir einen Muffin und einen Milchkaffee dagelassen. Ich helfe meinem Onkel, aber ich rufe später an, um zu hören, wie es dir geht. Max.

Grace versuchte, die Schmetterlinge zu zügeln, die in ihrem Bauch ausschwärmten, während sie die Nachricht immer wieder las und sich größte Mühe gab, in den fürsorglichen Worten nichts anderes zu sehen als einen Freund, der einem anderen Freund half, doch es war vergebens. Sie verliebte sich schneller und heftiger, als sie je wieder zu hoffen gewagt hatte, und sie hatte keine Möglichkeit, es aufzuhalten.

»Einen Penny für deine Gedanken.« Holly stupste Grace spielerisch mit der Hüfte an, während deren Gläsertuch unablässig Kreise auf der Bar zog.

Grace zuckte so erschrocken zusammen, dass sie ein halb volles Glas Heineken umstieß und es gerade noch auffangen konnte, bevor es völlig umfiel, was ihr ein Schmunzeln von Earl, ein Schnauben von Caleb und ein wissendes Kichern von Holly einbrachte. Grace hatte keine Ahnung, wie lange sie schon dagestanden und vor sich hingeträumt hatte. Sie spürte, dass ihre Wangen heiß wurden, und eilte hastig davon, um ein paar Stammgäste zu bedienen.

»Hey, Grace!«, schallte Rubys Stimme vom Eingang her. Beschwingt tänzelte sie herein. Ruby steckte immer noch in ihrem Blaumann und war über und über mit Öl verschmiert, da sie offensichtlich direkt von der Arbeit kam. In ihrem Haar wippte eine kleine rosa Schleife.

Grace lächelte. Sie hatte immer noch keine Ahnung, wie ein so mädchenhaftes Girlie wie Ruby sich so gern bei der Arbeit an Autos schmutzig machen konnte – ein Gegensatz, mit dem sie Grace rasch ans Herz wuchs.

»Also, nachdem Josh weg ist, weißt du hoffentlich, was das bedeutet, oder?« Vor Aufregung hüpfte Ruby regelrecht auf und ab. »Mädelsabend!«

Caleb drehte sich von seinem Stammplatz an der Bar zu ihnen um. »Weg?«

»Ja«, antwortete Ruby. »Sie helfen Dads Freund in Philly. Er hat ein ganzes Team mitgenommen.« Sie wandte sich wieder an Grace. »Na, wie sieht's aus?«

Lachend hebelt Grace den Korken von einer Flasche Pepsi light und stellte sie vor Ruby hin. »Klingt … interessant.«

Ruby verdrehte die Augen. »Ach, komm schon! Du kannst nicht die ganze Woche lang Trübsal blasen, während Max weg ist.«

Grace straffte die Schultern, als Holly und Ruby einen Blick wechselten. Caleb räusperte sich und musterte sie über den Rand seines Glases hinweg, während er es austrank. »Ich würde doch nicht … warum sollte ich? Sei nicht albern.«

Demonstrativ ignorierte sie das Gekicher der anderen an der Bar, die offensichtlich wussten, dass sie tatsächlich Trübsal blasen und Max wie verrückt vermissen würde, solange er fort war. Herrje, sie war so leicht zu durchschauen, und diese Stadt war einfach zu klein, verdammt. »Na schön«, sagte sie widerstrebend. »Ich bin dabei.«

Ruby grinste. »Super! Ich rufe die Mädels an und arrangiere was für dieses Wochenende. Für nächste Woche sind Unwetter vorhergesagt, also müssen wir vorher was planen.«

»Unwetter?«

Ruby winkte ab. »Nur ein bisschen Blitz und Donner. Die haben wir hier recht häufig. Reinigt ordentlich die Luft.« Sie trank den Rest ihrer Cola aus, warf einen Geldschein auf die Bar und wandte sich wieder zum Gehen. »Und jetzt entschuldigt mich bitte, ich muss gehen und meinen Mann auf jede erdenkliche Art missbrauchen, bevor er morgen wegfährt.«

Lachend schüttelte Grace den Kopf und fragte sich, ob sie wohl Gelegenheit haben würde, Max auf jede erdenkliche Art zu missbrauchen, bevor er fuhr. Doch bei diesem Gedanken überfiel sie statt Erregung plötzlich ein heftiges Gefühl von Wehmut. Dieser Außendienst mit Vince zeigte ihr deutlich die sehr reale Perspektive, dass Max nicht für immer in Preston County bleiben würde.

Grace wusste, dass er ein Leben in New York hatte, Freunde, die ihm nahe genug standen, um zu Recht als Familie bezeichnet zu werden. Sein bester Freund würde bald heiraten, und Max würde sein Trauzeuge sein. Er hatte ein Leben, das auf ihn wartete, und Grace musste sich fragen, ob sie irgendeinen Platz darin haben würde, sobald er sich entschied, wieder zurückzukehren. Natürlich wusste sie, dass das in romantischer Hinsicht unmöglich war, das hatte Max sehr deutlich gemacht. Aber konnten sie Freunde bleiben, oder würde Max einfach verschwinden, ohne einen Blick zurückzuwerfen?

»Grace, Schätzchen.«

Sie schluckte ihr Unbehagen hinunter, um es sich für einen anderen Tag aufzuheben, und sah Holly an, die den Zapfhahn im Neunzig-Grad-Winkel hielt und nichts als gurgelnden Schaum bekam. »Könntest du runtergehen und das Fass austauschen?«

Grace lächelte schwach. »Klar.«

Sie ließ ihr Geschirrtuch auf die Bar fallen und ging zu der steinernen Treppe im hinteren Teil des Gebäudes und hinunter in den Keller, dabei schaltete sie auf dem Weg nach unten alle Lichter ein. Der Ort war ihr schon immer unheimlich – Gott allein wusste, welche gruseligen Krabbeltierchen sich in den Nischen und Winkeln versteckten –, aber allmählich gewöhnte sie sich daran. Solange sie die Leute in der Bar oben hören konnte, geriet sie nicht in Panik.

Nach einem Kampf mit einem Karton Cola-Konzentrat fand sie schließlich das leere Fass, rollte ein anderes an seine Stelle, schloss die Leitung wieder an und rief ein lautes »Okay« nach oben, damit Holly wieder zu pumpen anfing.

»Bist ein lautes kleines Ding, was?«

Grace quiekte überrascht auf und wirbelte, eine Hand an die Brust gepresst, herum. Vor ihr stand Max, lässig an einen der Stützpfeiler des Kellers gelehnt, und schmunzelte auf seine typische umwerfend attraktive Weise. Er war schmutzig. Seine

Arme waren dick mit Staub überzogen, und sie sah Schmutzstreifen auf seinem Gesicht, wo er sich den Schweiß abgewischt hatte. Es war ein glühend heißer Tag gewesen. Seine blaue Jeans war schwarz vor Staub, ebenso wie sein graues T-Shirt, das sich herrlich über seiner Brust spannte. Sicher roch er unglaublich, nach Moschus und Mann. Er war das Heißeste, was sie je gesehen hatte.

»Was machst du denn hier unten?«, fragte sie. Ihre Stimme zitterte vor Adrenalin, das ihr immer noch durch die Adern strömte. Sie hatte natürlich keine Angst, aber bei der Art, wie Max sie anstarrte, spannte sich ihr Körper auf köstliche Weise an.

Sein eindringlicher Blick wanderte zurück zur Treppe, die hinauf zu der immer noch einen Spalt offenen Kellertür führte. Er schmunzelte und senkte mit raubtierhaftem Blick das Kinn. »Stell dir meine Freude vor, als Holly sagte, dass du hier unten bist. Mutter …«, er machte einen Schritt auf sie zu, »… seelen …«, noch einen, »… allein.«

Grace Rücken traf auf kalten Stein. Ihre Brust hob und senkte sich schwer. »Und warum sollte dich das freuen?«

Er schwieg kurz, und sein Blick schnellte von ihrem Jeansrock hoch zu ihrem Gesicht. »Weil ich mich lebhaft daran erinnere, dass du, als du mich geritten hast, sagtest, du hättest dir vorgestellt, dass ich dich hier nehme.«

Grace erinnerte sich ebenfalls. Gott, sie erinnerte sich an alles von diesem Tag. Daran, wie er zum ersten Mal in sie glitt und ihren Namen flüsterte, als wäre es ein Gebet. An das Gefühl seiner Hände so fest an ihren Hüften, an das klatschende Geräusch seiner Haut auf ihrer, und an das Zucken seines Orgasmus in ihr.

Ihre Erinnerung an diesen perfekten Tag musste wie Zögern gewirkt haben, denn das Feuer und die Begierde in Max' dunklen Augen erstarben ein wenig.

»Tut mir leid«, platzte er heraus. »Ich bin ein Idiot.« Hastig fuhr er sich mit der Hand durchs Haar. »Ich dachte nur, wir könnten, weil du gesagt hattest … aber wenn du nicht -«

»Max?«, fiel Grace ihm ins Wort, und ihre Hände wanderten zum Saum ihres Jeansrocks. Hitze kroch über ihre Haut.

Er beobachtete ihre Bewegungen wie ein Falke und schluckte, als sie den Rock hob und ihm ihre Unterwäsche zeigte. »Oh Scheiße, im Ernst?«

»Halt die Klappe und komm.«

Innerhalb von Sekunden war er bei ihr, riss ihr das Höschen herunter, fiel auf die Knie und vergrub sein Gesicht zwischen ihren Beinen. Grace schrie auf, bevor sie sich den Unterarm vor den Mund presste. Seine Zunge war vollkommen, so verdammt vollkommen, und als er … oh Gott, diese Sache an ihrem Kitzler machte, wäre sie beinahe in seinen Händen geschmolzen. Er war gierig, und wieder einmal stellte Grace sich vor, wie es wäre, seinen Mund auf ihrem zu haben. Sie wollte so sehnlichst seine Zunge kosten. Würde er ebenso hungrig sein? Wie würden sich seine Lippen anfühlen, wenn er kam? Würde er – sie schrie auf – sie küssen … ganz … genau … so?

»Ich will dich«, brachte sie keuchend hervor, sich nur schwach der Tatsache bewusst, dass Stimmen aus der Bar durch die offene Tür zu ihnen herunterdrangen.

Max' Augen leuchteten noch stärker auf. Er nahm seinen Mund von ihr. »Ja. Wie? Sag mir, wie.«

Seine tiefe Stimme und die Art, wie sie sie bebend vor Lust und Verlangen umschmeichelte, weckten etwas in Grace, das sie längst verloren geglaubt hatte. Sie straffte den Rücken und hob das Kinn, als Selbstvertrauen und Sinnlichkeit sie so rasch erfüllten, dass sie zu platzen glaubte.

Dieser Mann. Dieser schöne Mann auf Knien vor ihr *wollte* sie. Wollte sie *wirklich.* Er wollte sie befriedigen, wollte, dass sie sich gut fühlte. Und in diesem Augenblick war es Grace gleichgültig, für wie lange das sein würde. Nein, er würde nicht für immer in West Virginia bleiben, und das schmerzte und ängstigte sie fast mehr, als sie ertragen konnte, aber in genau diesem Moment, durch den Ausdruck in seinem Gesicht, nass von ihrem Verlangen nach ihm, wusste sie, dass er alles tun würde, worum sie ihn bat.

Grace drehte sich um, stützte sich mit den Händen an der Wand ab und bog den Rücken durch, sodass sie ihm den Hintern entgegenstreckte. »So.«

»Heilige Scheiße«, murmelte er, ohne sich zu bewegen, bis auf seine Hände, die so vorsichtig wie ein zarter Hauch über ihre Haut glitten und ihre Hüften umfassten. Seine Daumen glitten zwischen ihre Pobacken. Er atmete tief ein und knabberte stöhnend an ihrem Hintern. »Du spielst nicht fair«, murmelte er.

»Ich will nicht spielen«, antwortete Grace. »Ich will dich nur spüren.«

Sie spürte seine Lippen auf ihrem Po, bevor er abrupt aufstand. Das Geräusch seines schweren Gürtels, als er ihn öffnete, verursachte ihr Gänsehaut. Er drängte sich an sie, sein Schwanz hart an ihrem Schenkel.

»Kannst du leise bleiben?«, raunte er, bevor er die Kondomverpackung mit den Zähnen aufriss.

»Nein«, keuchte sie ehrlich.

Er lachte dunkel. »Gut, denn ich will, dass alle hören, was ich mit dir mache.«

Grace bebte am ganzen Körper.

»Schh, ist schon gut«, flüsterte er an ihrem Ohr. Seine Nase fuhr an ihrem Ohrläppchen entlang, während seine Zunge hervorschnellte, um an ihrem Hals zu lecken. »Ich hab dich.« Seine großen Hände legten sich an ihre Hüften, und für einen kurzen Augenblick verlor seine Stimme ihren heiseren Klang und wurde fürsorglich und besorgt. »Alles okay?«

Grace verdrehte die Augen. »Ja. Bitte«, wimmerte sie und drängte sich ihm entgegen. »Ich brauche dich.«

Die Spitze seines Schwanzes streifte sie. »Wie brauchst du mich?«

»Hart.« Das Wort schlüpfte ihr über die Lippen, bevor sie überhaupt das Bedürfnis verspürte, es auszusprechen, aber es war die reine Wahrheit. Sie wollte, dass er sie nahm, dass er sie hart nahm. Sie wollte ihn noch tagelang in sich spüren, damit sie sich nicht so verdammt leer fühlen würde, wenn er am Morgen fortging.

»So ist's recht.« Mit einer einzigen schnellen Bewegung, die ihnen beiden ein Stöhnen enlockte und Grace beinahe auf die Zehenspitzen hob, war er in ihr. Er war vollkommen und füllte sie vollständig aus, bis er die Hüften wieder zurückzog und erneut zustieß. Bei jedem Stoß wimmerte sie atemlos seinen Namen. Er achtete sorgsam darauf, sie nicht einzuengen, sie nicht gegen die Wand zu drücken, damit sie nicht in Panik geriet, und dafür vergötterte sie ihn umso mehr.

»Wirst du an das hier denken?« Wieder rammte er sich in sie, die Hände herrlich fest an ihren Hüften. »Während ich weg bin? Wirst du da an meinen Schwanz in dir denken?«

Grace liebte die herrlich schmutzigen Dinge, die aus seinem Mund kamen. Sie ließ den Kopf nach hinten auf seine Schulter fallen. »Ja.«

»Wird er dir fehlen?«

Du wirst mir fehlen.

»So sehr.«

Stöhnend ließ er seine Hände von ihren Hüften zu ihren Brüsten gleiten und kämpfte mit ihrem ärmellosen Top, um unter ihren BH zu kommen. Seine Finger kniffen sie in die

Haut. »Du fühlst dich so gut an meinem Schwanz an.« Er legte die Stirn auf ihre Schulter, als beobachte er sich selbst, wie er sich in ihr bewegte. »Schau dir an, wie du mich aufnimmst. Du bist so schön, Grace.«

Er raunte und flüsterte so schmutzige und unbeabsichtigt zärtliche Worte, dass Grace' Augen vor Tränen zu brennen drohten. »Oh.«

»Ja?«, nahm Max ihren verzweifelten Laut als Grund, seine Hüften zu neigen und die Stelle in ihr zu finden, von der er wusste, dass sie sie in wenigen Augenblicken kommen lassen würde.

»Mehr«, flehte sie, sich nur schwach der Tatsache bewusst, dass ihre Stimme lauter wurde. »Bitte, Max, mehr.«

Mit einem lauten Knurren stieß Max immer wieder in sie hinein, fluchend und stöhnend und schwitzend an ihrem Rücken. Seine Finger fanden ihre Klitoris, um sie zu reiben, zu reizen und sie noch schneller zum Gipfel zu bringen, bis er mit einem Aufschrei kam und sie so fest an seine Brust zog, dass sie nicht zu Boden sank, als ihr Orgasmus sie keine zwei Sekunden später ebenfalls überwältigte. Er hielt sie an sich gedrückt, sein Atem schwer und laut an ihrem Ohr, während sie ihn mit ihren Muskeln in sich festhielt, weil sie wusste, dass er sich rasch aus ihr zurückziehen würde, sie ihn jedoch länger in sich haben wollte, nein, *brauchte.*

Er vergewisserte sich, dass sie wieder in der Lage war, sich auf den Beinen zu halten, bevor er sich langsam von ihr löste. Sie lehnte die Stirn eine Sekunde lang an die Wand und lachte ihn über ihre Schulter hinweg an. Noch nie hatte sie sich energiegeladener gefühlt, trotz der Erschöpfung, die ihre Muskeln erfasst hatte. Max lächelte zurück, während er das Kondom zusammen mit einem Taschentuch, das er aus der Hosentasche gefischt hatte, in einem Abfalleimer entsorgte und dann seinen Reißverschluss wieder hochzog. Er trat dichter an sie und streichelte mit der flachen Hand über ihren Hintern. In seiner Brust grollte ein sattes und sinnliches Knurren.

»Sieh dich nur an«, murmelte er. »So sexy. Ich liebe es, dass ich der Einzige bin, der dich so sehen darf.«

Grace konnte nicht sicher sein, ob die Spur von Besitzgier in seiner Stimme real war oder nur ihrer eigenen Fantasie entsprang. Sein dunkler Blick senkte sich in ihren, bevor er sich vorbeugte und ihr einen zärtlichen Kuss auf den Mundwinkel hauchte. Es kam dem, sie richtig zu küssen, näher als je zuvor, und Grace stockte der Atem.

»Geht es dir gut?« Er trat einen Schritt zurück und half ihr, sich umzudrehen, während sie ihren Rock zurechtrückte.

Sie nickte lächelnd, dann sah sie, dass er sich bückte und ihr Höschen vom Boden aufhob. Er hielt es hoch und sah es mit einer Spur dunkler Schalkhaftigkeit an.

»Was?«

»Ich bin ein bisschen hin- und hergerissen«, gestand er. »Ich möchte nichts lieber, als das da in die Tasche zu stecken und mitzunehmen, damit ich es anfassen kann, während ich fort von dir bin.«

Grace sah ihn mit offenem Mund an.

»Aber bei der Vorstellung, dass du ohne Höschen arbeitest, während Deputy Arschgeige an der Bar sitzt, würde ich ihm am liebsten die Augen herausreißen.«

Er reichte ihr das Höschen mit einem kleinen, von Verlegenheit durchzogenen Lächeln. Ob das an dem lag, was er gerade gestanden hatte, war nicht ganz klar, hätte Grace aber auch nicht gleichgültiger sein können. Sie fühlte sich bei seinen Worten selig und absolut schamlos. Ihr Höschen *mitnehmen*? Gott, der Mann wusste genau, was er sagen musste, um sie wahnsinnig heiß zu machen.

Es war so eigenartig paradox. Rick war während ihrer Ehe ein kontrollsüchtiger, besitzergreifender Arsch gewesen, der Grace unablässig gesagt hatte, dass sie ihm *gehörte*, dass er sie behandeln konnte, wie er wollte. Es war schrecklich gewesen, erniedrigend, und hatte Grace das Gefühl gegeben, wertlos zu sein. Aber wenn Max seine besitzergreifende Seite zeigte, wie jedes Mal, wenn sie intim waren, entfachte das ein Glühen in Grace. Es war eine tiefe Wärme, die sie bis ins Mark durchdrang und in ihr den Wunsch weckte, mit ihm ins Bett zu gehen. Sie wollte ihm helfen zu erkennen, dass er wieder lieben konnte, wenn er sie nur in sein Herz ließ.

Wenn Max sie ansah, fühlte sie sich alles andere als wertlos.

Sie zog ihre Unterwäsche wieder an und brachte ihre Kleider, so gut es ging, in Ordnung. Max lachte leise hinter vorgehaltener Hand.

»Hör auf damit«, schalt sie ihn schmunzelnd, da sie wusste, dass sie immer noch nach heißem Sex aussehen würde, ganz egal, was sie tat. Nicht dass sie das interessierte. Auch wenn die Gäste der Bar sie nicht gehört hatten, waren Grace und Max schon lange genug fort, dass sie es sich zusammenreimen konnten. Sie seufzte und verschränkte die Arme vor der Brust, da sie ohne Max' Umarmung die Kälte spürte. »Wann fährst du morgen früh los?«

»Um sechs.« Max schob die Hände in die Hosentaschen und wippte auf den Fersen. »Ich werde dann mal zurück zur Pension fahren, ein bisschen was essen und früh ins Bett gehen.«

Grace nickte. »Okay.« Sie sah ihn aufmerksam an, als er den Mund öffnete und dann wieder zuklappte.

»Ist es okay für dich, heute Abend allein heimzugehen?«

Normalerweise brachte er sie nach Hause, wenn sie abends in der Bar arbeitete. Sie nickte lächelnd. »Kann ich … während du weg bist – kann ich dir da SMS schreiben?«

Max' Mundwinkel hob sich. »Klar. Ruf an, wenn du willst.«

»Okay.«

»Okay«, echote er. »Ich …« Er zögerte. Untypisch zappelig wischte er sich mit der Hand über die Stirn, und ein unsicheres Lachen platzte aus ihm heraus. »Scheiße, okay, also, ich verschwinde.« Halb wandte er sich von ihr ab. »Bist du sicher, dass es in Ordnung war, dass ich, dass wir … Es geht dir gut?«

Mit seinem Gestammel schaffte er es immer wieder, dass Grace ihn nur noch mehr ins Herz schloss. »Es war sehr gut.«

Max fuhr sich mit der Zunge über die Lippen. »Da hast du verdammt recht, Mädchen«, grinste er und ging. »Wir hören uns«, rief er noch, während er zwei Stufen auf einmal nehmend die Kellertreppe hochlief und von stürmischem Applaus, Pfiffen und Jubel empfangen wurde, als er die Tür aufstieß und zurück in die Bar trat.

Klopf, klopf.

Wer ist da?

Anna.

Anna wer?

An'na Tür hat wer geklingelt. Mach auf!

Grace. Ernsthaft.

Klopf, klopf.

Echt jetzt?

Na, komm schon. Klopf, klopf.

Wer ist da?

Ich.

Ich wer?

Ich wär gern drin!

Das wars, ich blocke dich jetzt.

Machst du doch eh nicht.

Da hast du vermutlich recht.

Grace grinste auf ihr Handy hinunter, bevor sie es wieder in die Tasche ihrer Schürze gleiten ließ. Sie nervte Max schon seit zwei Tagen mit den alten Klopf-klopf-Witzen ihres Dads, und er tat ihr immer noch den Gefallen und spielte mit, der Gute. Es war Samstag, und nachdem sie joggen gewesen war, hatte sie sich in ihrer Dunkelkammer eingeschlossen, um an ihrer Auswahl für die Galerie zu arbeiten, da die Deadline näher rückte.

Summend nickte sie mit dem Kopf im Takt zu Marvin Gaye's *Trouble Man*, ihrem Lieblingsalbum, wenn sie Fotos entwickelte. Sie nahm eine bestimmte Aufnahme mit der Zange aus der Schale und ließ die Entwicklerflüssigkeit davon abtropfen. Es war eines ihrer Lieblingsfotos, eines von Max, das sie unbemerkt aufgenommen hatte. Es war vom vierten Juli, als sie am See gelegen hatten. Er lächelte, dabei kräuselten sich seine Augenwinkel auf diese hinreißende Weise. Man konnte sein Lachen regelrecht hören, wenn man das Foto ansah. Da war keine Spur von dem Schmerz oder dem Kampf, den Max erduldet hatte. Er sah wahrhaft friedlich, wahrhaft wunderschön aus.

Grace befestigte es mit einer kleinen Klammer an der Leine, die sich von einer Wand der Dunkelkammer zur anderen spannte, und trat zurück, um die Aufnahmen zu begutachten – sowohl die, die sie für ihre Ausstellung verwenden würde, als auch die, die sie für sich behalten wollte. Letztere waren größtenteils von Max. Der Mann hatte ein Gesicht, das für die Kamera geschaffen war.

Ihr Handy vibrierte in ihrer Tasche. Max.

Klopf, klopf!

Wer ist da?

Will.

Will wer?

Will dir den Verstand rausvögeln!

Grace schnaubte.

Schön wär's. Aber du bist ja nicht hier. Schätze, dann muss ich es wohl selbst tun.

Die drei kleinen grauen Punkte auf ihrem Handybildschirm erschienen und verschwanden immer wieder, als tippe er etwas, um es dann wieder zu löschen, bevor schließlich seine Antwort kam: *Verdammt. Machst du das grad wirklich?*

Lachend tippte sie: *Nein. Keine Zeit, aber vielleicht mache ich es später. Ich muss mich für meinen Mädelsabend fertigmachen. Ich wette, du wünschst dir grad, du hättest mein Höschen doch mitgenommen, stimmt's?*

»Wow, Max, du siehst aus, als hättest du einen Geist gesehen. Alles in Ordnung?«

Max schaute von seinem Handy hoch zu Josh, der ihm gegenübersaß. Das Team hatte sich fürs Abendessen diesen Burgerladen ausgesucht, und sie saßen zu zwölft an einem langen Tisch in der Mitte, gut gelaunt und ausgehungert nach einem harten Arbeitstag. Max hatte Schmerzen an Stellen, an die er seit seinen Trainingsstunden in der Klinik nicht mehr gedacht hatte. Kein Wunder, dass ihm alles wehtat, wenn man bedachte, wie viel er in den letzten paar Tagen gehoben und geschleppt hatte.

»Was ist los?« Josh sah das Handy in Max' Hand an.

Max schob es zurück in die Tasche seiner Jeans, die dank Grace' SMS ein bisschen eng geworden war. Scheiße, er hatte ein Monster erschaffen. »Nur eine SMS von Grace.«

»Ja, und ich kann mir auch denken, was für eine. Ruby ist, was das betrifft, die reinste Qual, wenn ich nicht da bin, um was dagegen zu unternehmen.« Josh wackelte anzüglich mit den Augenbrauen.

Max schnitt eine Grimasse. »Alter, das ist meine Cousine!«

»Und meine Tochter!«, rief Vince drei Plätze weiter über den Lärm hinweg.

Josh ignorierte seinen Schwiegervater und beugte sich vor. »Also du und Grace, was?«

»Was soll mit mir und Grace sein?«

Josh zuckte gleichgültig die Schultern. Er wich Max' bedeutsamem Blick aus und lächelte stattdessen auf sein Ranch-Dressing hinunter. »Ich hab gehört, ihr hattet letztens viel Spaß im Whiskey's.«

»Das haben alle gehört«, warf Rob neben Max ein und stieß ihn scherzhaft in die Seite.

Die anderen Jungs in der Nähe schmunzelten. Sie hatten eindeutig auch von Max' und Grace' Kelleraktivitäten gehört.

Gegen seinen Willen grinste Max. Er wusste, dass die Scherze irgendwann losgehen würden, und um die Wahrheit zu sagen, machte es ihm nichts aus. Es war nicht so, als wäre es ihm peinlich. Von *wegen*!

Zu sehen, wie die Augen des Deputys gelodert hatten, als er aus dem Keller gekommen war? Das war Gold wert gewesen. Er war mit einem regelrechten Rundumlächeln an dem Wichser vorbeigeschlendert. Außerdem wusste er, dass es Grace nicht besonders unangenehm gewesen war, dass man sie gehört hatte. Sie hatte gewusst, dass die Möglichkeit bestand, und Gott, sie hatte ihn praktisch angefleht. Er nahm seine Gabel und atmete tief durch, als er sich an den verflucht heißen Blick erinnerte, den sie ihm über die Schulter hinweg zugeworfen hatte. Erfüllt von einer Herausforderung, einer Begierde und all den Dingen, die Max dazu brachten, verwerfliche Dinge mit ihr zu tun, wann und wo immer sie konnten. Die Frau war gefährlich, ohne es überhaupt darauf anzulegen.

Nachdenklich schob er das Essen auf seinem Teller herum. Tief drin wusste er, dass er eigentlich beunruhigt sein sollte, doch irgendwie kümmerte ihn das nicht – wegen dieses unvertrauten Gefühls von Zufriedenheit, das sich eingeschlichen hatte, seit Grace auf der Bildfläche erschienen war. Es machte Spaß, mit Grace zu schlafen. Sie war wunderschön und witzig, und er mochte es, mit ihr zusammen zu sein. Er mochte *sie*. Er mochte es, was sie taten, und zum ersten Mal seit einer Weile mochte er, wie es sich anfühlte. Ihr Arrangement funktionierte, und er hatte Spaß. Außerdem war er seit acht Monaten clean und nüchtern. Ohne Sorgen, ohne Verpflichtungen und weil die schwere Last seiner Sucht mit jedem Tag ein bisschen erträglicher wurde, war das Leben ziemlich fantastisch.

»Du bist ein gottverdammter Glückspilz«, murmelte Rob vor sich hin. »Sie ist rattenscharf.«

»Bist du nicht verheiratet?«, tadelte der Kerl auf der anderen Seite von Rob scherzhaft, dessen Name Max nicht einfallen wollte und der Cornrows und blendend weiße Zähne hatte.

»Ach bitte!«, konterte Rob mit einem Schulterzucken. »Nur weil ich schon esse, heißt das doch nicht, dass ich nicht mehr die Speisekarte lesen darf.«

Max nahm einen gewaltigen Bissen von seinem Cheeseburger und fühlte sich nicht im Geringsten schuldig wegen des kleinen Gefühls von Selbstgefälligkeit in seiner Brust.

»Also, ist das mit euch was Festes?«, wollte Josh wissen. Er nahm einen Schluck aus seiner Bierflasche.

Max schüttelte den Kopf. »Wir sind kein Paar oder so was. Es ist zwanglos, aber wir schlafen nicht mit anderen.«

»Verdammt. Das war's dann wohl mit meiner Chance.« Joshs Freund Aiden schnippte enttäuscht mit den Fingern. Er sah Max mit aufmerksamen grauen Augen an und zog scherzend die blonden Augenbrauen zusammen. »Moment mal. Wie lange bleibst du eigentlich in Preston County? Wann gehst du wieder zurück nach New York?«

Der ganze Tisch lachte über Aidens Andeutung, aber aus irgendeinem Grund fiel es Max schwer, mit einzustimmen. Mit einem schwachen Lächeln nahm er sein Glas und rieb sich mit dem Handballen die Brust, in der es plötzlich schmerzhaft brannte. Misstrauisch beäugte er seinen Burger.

Verdammte Magenverstimmung.

Ein paar Stunden später, nachdem die Mehrheit der Jungs sich in einer Whiskeybar in der Innenstadt volllaufen ließ, fuhr Max zurück in das kleine, aber komfortable Hotel, in dem sie untergebracht waren. Nicht dass es nicht superlustig wäre, anderen dabei zuzusehen, wie sie sich die Kante gaben, während man selber nüchtern blieb, aber Max konnte nur eine begrenzte Zeit lang widerstehen, bis sich der Geruch von Bourbon in den Lockruf einer Sirene verwandelte.

Er hatte Tate angerufen, während er die vier Blocks zu Fuß gegangen war, und ihm erzählt, wo er war und was er getan hatte. Es war eine zwanglose Unterhaltung – sie quatschten, er wich Fragen über Grace aus, und sie brachten einander auf den neuesten Stand –, aber Max konnte die unterschwellige Sorge hören, die sich in Tates Stimme schlich, wann immer Max unerwartet anrief. Vor Monaten hätte er bei dem Klang mit den Zähnen geknirscht, aber jetzt ertappte er sich dabei, dass er lächelte. Es war ein gutes Gefühl, Menschen an seiner Seite zu haben.

Max warf sich auf sein Hotelbett, schaltete den Fernseher ein und schaute auf die Uhr. Es war kurz vor Mitternacht. Mit dem Fingerknöchel klopfte er gegen den Bildschirm seines Handys und fragte sich, ob Grace wohl noch auf war. Sie hatte etwas von einem Mädelsabend gesagt, also war das durchaus möglich. Mit einem Schulterzucken fing er an, eine Nachricht zu tippen.

Bin wieder im Hotel. Wie war dein Abend?

Er schickte sie ab, warf das Handy aufs Bett und stemmte sich hoch, um ins Bad zu gehen und sich zu waschen, bevor er ins Bett ging. Als er gerade mit dem Zähneputzen fertig wurde, hörte er sein Handy vibrieren. Er schlenderte zurück ins Zimmer, zog sich sein Langarmshirt über den Kopf und schleuderte die Stiefel in die Ecke. Dann nahm er das Handy und starrte stirnrunzelnd auf die Nachricht.

Köopf Klpof

»Was zum …?« Max schmunzelte.

Da lässt sich anscheinend jemand wieder mal die Cocktails schmecken.

Jepl

Viel Spaß. Pass auf dich auf.

Wünshte du wärs hier. Och vernisse dich.

Lachend versuchte Max, das warme Gefühl zu ignorieren, das sich ihm um den Nacken legte.

Lass deinen Drink stehen und fahr nach Hause. Ich rufe dich morgen an.

Heh jetz geim. Du vermist mixh aaaauuuuch!!!!

Bei der Unmenge herzäugiger Emojis am Ende ihrer Nachricht musste Max lachen und schüttelte den Kopf. Er steckte sein Handy ans Ladekabel und widerstand dem Drang, ihr zurückzuschreiben.

Es machte ohnehin keinen Unterschied; sie wussten beide, dass sie recht hatte.

25

Wie vorhergesagt zog das Unwetter am folgenden Freitag um sieben Uhr abends auf.

Es begann mit einem wütenden Donnern und Blitzen, gefolgt von Regen, wie Grace ihn noch nie zuvor gesehen hatte. Die feuchte Schwüle, die sich in den vergangenen Tagen aufgestaut hatte, war brutal gewesen, so als atme man Wasser durch ein Sieb. Statt zu joggen hatte Grace die Klimaanlage aufgedreht und an ihren Fotos gearbeitet, um sich die Zeit zu vertreiben, wenn sie nicht hinter der Bar arbeitete.

Ein Blitz erhellte das Whiskey's und ließ das elektrische Licht flackern. Grace zuckte zusammen und sah von ihrem Platz neben dem Kühlschrank zum Fenster hinüber. Es schüttete seit gut einer Stunde wie aus Kübeln, ohne jedes Anzeichen, dass der Regen nachlassen würde. Der Heimweg würde heute Abend ein Heidenspaß werden.

Für einen Freitag war das Whiskey's so gut wie leer, bis auf Earl, Caleb, der gerade seine Schicht beendet hatte, und ein paar Stammgäste, die so viel Zeit im Whiskey's verbrachten, dass Grace nicht sicher war, ob sie überhaupt noch wussten, wo sie wohnten. Das drohende Unwetter hatte sich so schnell herumgesprochen, dass nicht einmal Chickenwings und Alkohol die Massen herbeilocken konnten, womit die Leute völlig recht hatten. Der einzige Grund, warum Grace arbeitete, war der, dass Holly krank war. Anscheinend war sie demselben gefürchteten Virus zum Opfer gefallen, der Grace vor gut einer Woche das Leben schwer gemacht hatte.

Donner erschütterte die Bar. Als Grace erschrocken die Augen aufriss, lachte Caleb. »Ach, mach dir nur keine Sorgen. Das ist noch zahm im Vergleich zu unseren üblichen Sommergewittern«, meinte er. »Dir passiert schon nichts.«

Grace war sich da nicht so sicher. Sie war nur erleichtert, dass sich Max und der Rest der Jungs nicht vor Sonntag auf den Heimweg nach Preston County machen würden. Im Moment waren die Straßen heimtückisch, und Grace würde sich die ganze Zeit über Sorgen machen, ob er sicher nach Hause kam. Sie schenkte sich eine Limonade ein.

Gott. Sie konnte es nicht erwarten, ihn zu sehen. Das schienen die längsten acht Tage ihres Lebens gewesen zu sein. Sie hatten sich SMS geschrieben und sogar ein paarmal telefoniert – obwohl Grace Max' Unbehagen dabei spüren konnte –, aber es war nicht dasselbe.

Ein mächtiger Donnerschlag, der klang, als käme er von direkt über der Bar, ließ für einen kurzen Augenblick das Licht ausgehen. Irgendwo draußen ging die Alarmanlage eines Autos los. Obwohl es Ende Juli war, war der Himmel schwarz vor Regen, der in Strömen auf die Erde niederprasselte.

»Vielleicht sollte ich den Laden schließen?«, murmelte Grace mit einem argwöhnischen Blick auf die flackernde Beleuchtung und schaute dann in die Gesichter, die an der Bar saßen. Überraschenderweise schienen alle derselben Meinung zu sein, obwohl es noch nicht mal neun Uhr war. »Zu Hause wären wir alle sicherer, nicht wahr?«

Caleb schlug mit den flachen Händen auf die Bar und schob seine Flasche Cola aus dem Weg. »Du hast recht. Ich gehe nach oben, sage Holly, dass wir Schluss machen, und fahre dann jeden von euch mit dem Streifenwagen nach Hause. Das Ding pflügt sich durch so ziemlich alles durch.«

Earl lachte mit einem pfeifenden Keuchen. »Streifenwagen,

was? Auf dem Rücksitz von so einem hab ich nicht mehr gesessen, seit ich jünger war als du.«

Grace wandte sich an Caleb. »Wenn es dir nichts ausmacht?«

Er schüttelte beruhigend den Kopf und verschwand über die Treppe nach oben zu Hollys Wohnung. Während er fort war, machte Grace sauber, dankbar dafür, dass in der Bar so wenig los gewesen war. Sie schaltete alle elektrischen Geräte bis auf die Kühlschränke ab, weil ihr wieder eingefallen war, dass ihre Mutter einmal etwas davon gesagt hatte, dass sich Steckdosen und Gewitter nicht vertrugen, und wartete dann mit den anderen Gästen geduldig an der Tür auf Caleb.

Nachdem sie abgeschlossen und die Schlüssel in den Briefkasten geworfen hatte, flitzte sie quiekend zum Streifenwagen, um auf den Beifahrersitz zu klettern, bevor der Regen sie völlig durchnässen konnte. Es war ein aussichtsloses Rennen. Sie wischte sich das Haar aus dem Gesicht, das ihr tropfnass vor der Nase hing, und staunte darüber, dass das Unwetter es innerhalb weniger Augenblicke geschafft hatte, sie aussehen zu lassen, als käme sie gerade aus der Dusche. »Ballerinas waren wohl keine so gute Idee«, kicherte sie und wackelte mit ihren durchweichten Zehen.

Calebs Mundwinkel hoben sich. »Bereit?«, fragte er mit einem Blick auf seinen Haufen begossener Pudel. Trotz des Wetters schallte ihm als Antwort eine Runde Johlen und Rufen entgegen.

Caleb fuhr vorsichtig und vergewisserte sich, dass jeder, den er absetzte, sicher seine Haustür erreichte, bevor er seinen Weg fortsetzte. Er war ein guter Fahrer, aber seinem angespannten Kiefer nach zu urteilen, verlangte der Regen, der in Strömen über Windschutzscheibe und Straßen lief, seine ganze Konzentration.

Schließlich hielt er vor Grace' Haus und stellte den Motor

des Streifenwagens ab. Der Regen prasselte laut auf Dach, Motorhaube und Windschutzscheibe. Er sah sie an und schnitt eine angewiderte Grimasse. »Auf drei?«

»Eins. Zwei. Drei!«

Beide sprangen aus dem Wagen und rannten schreiend und geduckt durch die Wassermassen zur Veranda. Grace steckte den Schlüssel ins Schloss und stieß die Tür auf, dabei rutschte sie auf dem nassen Boden aus, und Caleb fing sie auf. Einen kurzen Moment waren seine Hände an ihrer Taille, bevor er nach dem Lichtschalter tastete. Es klickte, aber kein Licht ging an.

»Oh nein«, brummte Grace und versuchte es selbst zweimal.

Caleb schloss die Tür hinter ihnen. »Scheiße. Das könnte die ganze Stadt erwischt haben.« Finster starrte er die nicht reagierenden Deckenlampen an, als wären sie irgendwie daran schuld. »Wo ist dein Sicherungskasten?«, fragte er und nahm seine Taschenlampe vom Gürtel.

Grace lachte nervös. Abgesehen von Max und Kai, denen sie vorbehaltlos vertraute, war sie noch nicht mit einem Mann allein im Haus gewesen. Langsam wich sie ein wenig zurück in Richtung Sofa. »Ähm, ich habe keine Ahnung.«

Caleb verengte leicht die Augen, als er sah, dass sie zurückwich. Er hob die Hand, als wolle er ein verschrecktes Tier beruhigen. »Hey, ich will mich nur vergewissern, dass du Strom hast, bevor ich wieder fahre, okay?« Er nahm sein Funkgerät vom Gürtel und hielt es ihr hin. »Willst du jemanden rufen, damit er herkommt, solange ich hier bin?« Seine Miene war völlig offen und wohlwollend, ohne die Spur einer Lüge oder eines Hintergedankens.

Grace verknotete die Fäuste vor dem Bauch, während das Unwetter über ihnen tobte. »Nein«, sagte sie schließlich. »Tut mir leid.« Sie machte eine wegwerfende Handbewegung. »Ich bin einfach nur … entschuldige, das Gewitter macht mich schreckhaft.«

Caleb lächelte leicht. »Keine Sorge. Das verstehe ich.« Er klemmte sein Funkgerät wieder an den Gürtel, schaltete die Taschenlampe ein und räusperte sich. »Dann machen wir uns mal auf die Suche nach dem Sicherungskasten, was?«

Nach einer Stunde war es Caleb endlich gelungen, Grace' Sicherungskasten ausfindig zu machen und den Strom wieder einzuschalten. Offensichtlich waren die elektrischen Leitungen ihres Hauses trotz der aufwendigen Arbeiten daran immer noch empfindlich, was Blitz und Donner betraf. Caleb hatte sich bald darauf verabschiedet und war wie immer höflich und nett gewesen. Grace konnte nicht leugnen, dass sie sich ein wenig albern vorkam, weil sie so ängstlich auf ihn reagiert hatte, doch wie Nina ihr erklärt hatte: Auch wenn sie in mancher Hinsicht Fortschritte bei Männern machte, brauchte sie in anderer Hinsicht noch Zeit.

Gegen Mittag des nächsten Tages hatte der Regen nachgelassen, und der Donner verklang zu einem gelegentlichen Grollen, das über die Berge rollte. Das Gewitter hatte die schreckliche Schwüle, die die Stadt tagelang niedergedrückt hatte, größtenteils gelindert, weshalb Grace nicht zögerte, sich ihre Trainingsklamotten anzuziehen und zur Hütte zu laufen, entlang des ausgetretenen Pfads, den sie und Max täglich nahmen, und wieder zurück in die Stadt, um sich ihren Kaffee und einen Muffin zu holen. Der Wetterbericht sagte für den Abend wieder Unwetter voraus, deshalb hatte Grace nicht vor herumzutrödeln.

»Hey, Grace!« Ruby stand in der Tür ihrer Werkstatt und winkte lächelnd. »Schön zu sehen, dass du den gestrigen Abend überlebt hast.«

Grace trabte zu ihr hinüber und wich dabei den großen Pfützen aus, die sich gebildet hatten. »Nur knapp. Und du?«

»Ja, ich schaue nur nach, ob mein Laden noch steht und nicht etwa weggespült wurde«, lachte sie.

Grace lächelte. »Hey, ist bei dir auch der Strom ausgefallen?«

Ruby schüttelte den Kopf.

»Bei mir schon. Caleb musste es wieder in Ordnung bringen.«

»Gott, da bin ich aber froh, dass er da war, um dir zu helfen. War Max denn nicht da?«

Grace runzelte die Stirn. »Er ist doch in Philly.«

Rubys Lächeln verblasste. »Nein, sie … sie sind gestern Abend zurückgekommen. So gegen acht Uhr. Hat Max dich nicht angerufen? Josh sagte, sie hätten beschlossen, es trotz des Wetters zu riskieren und zurückzufahren. Ich bin froh darüber. Es war so schön, ihn gestern Nacht bei mir im Bett zu haben. Ich hasse Gewitter.«

Grace atmete langsam aus, ein merkwürdiges, schweres Gefühl kroch ihr über den Rücken. »Das wusste ich nicht.« Sie versuchte das Gefühl mit einem Kreisen der Schultern zu vertreiben. »Er war wahrscheinlich erschöpft. Ich rufe ihn später an.« Ihr Blick wanderte zum Himmel. »Bevor der nächste Schub kommt.«

Sie verabschiedete sich von Ruby, schaute im Café vorbei, um Max' übliche Bestellung und ihre eigene zu besorgen, und machte sich auf den Weg zur Pension. Erregung machte sich in ihrem Bauch breit, als sie die Treppe hochstieg und den Flur entlang zu seiner Tür ging. Sie klopfte zweimal und hörte ihn rufen, bevor seine schweren Schritte näher kamen. Als der Riegel zurückgeschoben wurde, lächelte sie, und das Lächeln wurde breiter, als sich die Tür öffnete und ihn enthüllte. Er trug nichts als eine abgetragene Jeans, Oberkörper und Füße waren nackt, sein Haar chaotisch, und er hatte sich mindestens ein paar Tage nicht mehr rasiert. Er war wunderschön.

»Hey!« Grace bemühte sich nach Kräften, ihre Freude darüber, ihn zu sehen, zu zügeln, aber ihr hoher Tonfall verriet sie. »Willkommen zurück!« Sie hob ihre Gaben und hielt sie ihm entgegen. Erst da bemerkte sie seinen Gesichtsausdruck.

Seine Augen waren so dunkel, dass sie tiefschwarz wirkten. Der warme Schokoladenton, den sie so liebte, war nur noch eine schwache Erinnerung im Vergleich zu dem finsteren, obsidianschwarzen Blick, der ihr entgegenschlug. Ein Muskel an seinem Kiefer zuckte, und er hatte die Lippen zu einem schmalen Strich zusammengepresst, wie sie es bisher erst einmal gesehen hatte: In der Nacht, in der er sich im Whiskey's betrunken hatte.

Langsam ließ sie die Hände sinken, und ihr Lächeln verblasste. »Alles okay?«

Sein Adamsapfel zuckte, als er schluckte. »Bestens.«

Das Wort war knapp, kalt und ließ Grace zusammenzucken. Ihr Blick huschte über sein Gesicht in dem Versuch, hinter seine Wut zu blicken. Und wütend *war* er, es strahlte in Wellen von ihm aus. »Es wirkt aber nicht so.«

Er stieß ein Lachen aus, das nach Sarkasmus klang, und fuhr sich mit der Hand übers Kinn. Die andere Hand umklammerte den Türgriff so fest, dass die Knöchel weiß hervortraten. »Was willst du?«

Grace stockte der Atem. So hatte er noch nie mit ihr gesprochen. »Was meinst du damit?«

»Ich meine, was willst du? Warum bist du hier?« Er hatte die Nasenlöcher gebläht, und sein Blick funkelte hitzig.

Grace war völlig verwirrt. »Ich bin hier, weil ... ich dich sehen wollte und ... dir das hier geben wollte. Ich wäre schon eher gekommen, aber ich wusste nicht, dass du schon wieder zurück bist.«

»Ja, ich weiß.«

Verärgerung und Verwirrung ließen die Worte aus ihr herauspurzeln. »Was ist los mit dir? Was ist passiert?«

Max seufzte schwer und starrte auf eine Stelle über ihrem Kopf. »Nichts. Schau, ich hab was zu erledigen. Wir sehen uns, okay?«

»Max, warte.« Ihre Bitte wurde mit dem Zuschlagen der Tür quittiert. Sie klopfte erneut, so fest, dass ihr die Knöchel schmerzten, und rief zweimal seinen Namen, doch es kam keine Antwort. »Was zum Teufel?« Verloren und ratlos blieb sie eine gefühlte Ewigkeit im Flur stehen, bevor sie seinen Kaffee und den Muffin vor der Tür zurück ließ. Zu Hause krabbelte sie ins Bett und bemühte sich krampfhaft, nicht zu weinen.

26

Grace wälzte sich im Bett herum, während Blitze den Raum erleuchteten. Der Regen fiel immer noch heftig und prasselte wie Kieselsteine gegen ihr Fenster, während der Himmel alle paar Minuten wütend protestierte, als wäre er ebenso aufgebracht wie sie. Es war wieder warm; diese furchtbare, stickige Hitze, die einem die Kleidung an der Haut kleben ließ, und Grace hatte den Verdacht, dass das Schlimmste noch kommen würde. Sie lag schon seit einer Weile wach und warf sich bei jedem Donnergrollen herum, während Max' wütendes Gesicht hinter ihren geschlossenen Lidern aufblitzte.

Sie hatte keine Ahnung, warum er sich so abweisend verhalten, in so verletzendem Ton mit ihr gesprochen und sie mit solcher Verachtung angesehen hatte, während sie an nichts anderes denken konnte, als sich in seine Arme zu werfen und ihn anzuflehen, sie nie wieder loszulassen. Was es auch war, sie würde der Sache auf den Grund gehen, und wenn es sie umbrachte.

Sie hatte ihm zweimal eine Nachricht geschickt und ihn gebeten, mit ihr zu reden, aber er hatte noch nicht geantwortet, obwohl sie wusste, dass er jede ihrer Nachrichten gelesen hatte. Er ignorierte sie mit Absicht, und das traf sie bis ins Mark. Sie hatte so viel Vertrauen in das gesteckt, was zwischen ihnen war, dass es ihr nun den Atem raubte, als es ihr wieder entrissen wurde. Nie hätte sie damit gerechnet, dass er sie so behandeln würde, nach dem, was er durchgemacht hatte, und nachdem er wusste, was *sie* durchgemacht hatte. Es war grausam und machte Grace wütend.

»Idiot«, flüsterte sie in das leere Schlafzimmer hinein. Der Himmel grollte zustimmend.

Unvermittelt hob Grace den Kopf vom Kissen und lauschte angestrengt.

Sie war sich beinahe sicher, ein Geräusch gehört zu haben, eine Art Klopfen, möglicherweise das Klirren eines Schlüssels. Sie verharrte einen kurzen Moment, dann schaltete sie ihr Nachtlicht ein und seufzte vor Erleichterung, als es anging und die Dunkelheit verscheuchte.

Ein Dielenbrett knarrte.

»Oh Gott!« Wie gelähmt beobachtete Grace mit aufgerissenen Augen, wie sich der Türknauf der Schlafzimmertür drehte. Sie wusste, dass sie einen Baseballschläger unter dem Bett hatte – im Safe lag sogar eine Pistole, die Kai ihr gegeben hatte –, doch sie konnte sich nicht rühren.

»Halt«, brachte sie mit überraschend fester Stimme heraus. »Ich habe eine Waffe. Ich habe eine Wa…«

»Ich bin's.« Grace blieb beinahe das Herz stehen, als sich die Tür öffnete und Max erschien, tropfnass und mit ihrem Ersatzschlüssel in der Hand. »Nicht schießen!«

»Himmelherrgott noch mal!«, schrie Grace und schleuderte ein, zwei, drei ihrer Zierkissen nach ihm. Gleich das erste traf ihn mitten ins Gesicht. »Du hast mich zu Tode erschreckt! Was zum Teufel hast du dir dabei gedacht?«

Er hob die Arme, um etwaige weitere Wurfgeschosse abzublocken. »Ich dachte, dass ich mit dir reden muss.«

»Um zwei Uhr morgens?« Grace setzte sich auf ihre Knie.

»Ja, um zwei Uhr morgens, verdammt. Ich konnte nicht schlafen.« Sein Ton war scharf, ein Überbleibsel dessen, was auch immer ihn so aus der Fassung gebracht hatte. Er richtete sich auf, als das letzte Kissen zu Boden fiel, und starrte sie finster an. Normalerweise wäre Grace vor seinem Einschüchterungsversuch zurückgewichen, aber der Adrenalinschub hatte eingesetzt, und sie würde nicht klein beigeben.

Sie musterte ihn von oben bis unten und bemerkte, dass seine Laufschuhe und die Jogginghose bis zum Knie durchnässt und schlammbedeckt waren.

»Du bist hierher gelaufen?«, rief sie mit einem Blick zum Fenster.

»Ja, und?«, erwiderte er defensiv. »Ich kann besser denken, wenn ich laufe.«

Ja, das wusste Grace. Das hatte er ihr schon einmal gesagt. »Also.« Sie wies mit einer Handbewegung auf ihn. »Bist du hier, um mir zu sagen, was zum Teufel mit dir los ist und warum du dich heute wie ein Arschloch verhalten hast?«

Max atmete tief durch die Nase ein, und seine breiten Schultern hoben sich. Grace wusste aus der Zeit, die sie mit ihm verbracht hatte, dass er das tat, wenn er versuchte, seine Wut zu zügeln. Er rieb sich den Nasenrücken und schüttelte den Kopf. »Du bist echt unglaublich«, murmelte er, den Blick fest auf seine Schuhe geheftet.

»Ich?«, konterte Grace laut. »Du warst doch derjenige, der mir die Tür vor der Nase zugeschlagen hat.«

Max' Kopf fuhr hoch. Überraschung zuckte über seine Züge, bevor er sie rasch wieder unter Kontrolle brachte. »Schau, ich bin hergekommen, um zu sagen, was ich zu sagen habe, und dann verschwinde ich wieder, okay?«

Weiter auf dem Bett kniend, verschränkte Grace die Arme vor der Brust. »Na schön.«

»Ich weiß, ich bin ein Arschloch, okay, und ich weiß, unser Verhältnis soll nirgendwo hinführen. Schon kapiert. Aber wie dem auch sei. Ich hatte entschieden, dass ich ausschließlich mit dir schlafen würde, weil es das ist, was du verdienst.« Seine Stimme wurde leiser. »Ich weiß, ich habe dich nie gebeten, dasselbe zu tun. Erstens hatte ich das nicht von dir gedacht, und zweitens geht mich das auch gar nichts an.« Seine wachsende Wut ließ seinen Brooklyn-Akzent stärker werden. »Aber ich hatte nicht erwartet, dass du mich wie einen verdammten Idioten behandeln würdest. Ich bin keiner, und das hab ich *nicht* verdient.«

»Max.« Grace atmete tief ein und aus, um sich zu beruhigen. »Ich habe keine Ahnung, wovon du redest.«

Er trat einen Schritt zurück, den Blick auf seine Füße gesenkt. »Ich hab dich gesehen, Grace.« Er hob den Kopf, und zum ersten Mal entdeckte Grace Schmerz in seinem Gesicht. »Ich hab dich mit ihm gesehen.« Er fuhr sich mit der Zunge über die Lippen, dann schaute er zur Decke und presste den Mund zu einem Strich zusammen. »Ich hab gesehen, wie du gelacht hast … wie er dich angefasst hat, und ihr wart beide hier drin – was soll's, ist in Ordnung.« Er fuhr sich mit den Fingern durchs nasse Haar und murmelte etwas zur Wand. »Es wär mir nur lieber gewesen, du hättest es mir gesagt, bevor du mit diesem Wichser rumvögelst.«

Grace betrachtete ihn aufmerksam, während all die Puzzleteile anfingen, sich zusammenzufügen. Es gab nur eine einzige Person, die Max so reizen konnte, eine einzige Person, von der er mit so viel Aggression sprach.

»Du hast mich mit Caleb gesehen.«

Er stieß einen schnaubenden Laut aus, der zweifellos ein Fluch war, trotz des verletzten Funkelns, das sie in seinen Augen entdeckte. »Bingo.«

Grace ließ die vor Erschöpfung und Enttäuschung schweren Arme sinken. »Du hast mich mit Caleb gesehen«, wiederholte sie. »Und du denkst was? Dass ich mit ihm geschlafen habe?« Er antwortete nicht, sondern zog nur eine Augenbraue hoch, die Herausforderung war offensichtlich. Ihr Herz krampfte sich zusammen. Sie ließ den Kopf sinken und versuchte, sich zusammenzureißen. »Weißt du was, Max? Du hast recht.« Sie sah ihn an. »Du *bist* ein Arschloch.«

Max fuhr zurück, als hätte sie ihn geohrfeigt. »Wie bitte?«

Grace schüttelte den Kopf und kroch unter die Bettdecke. »Schließ bitte die Tür ab, wenn du gehst.«

»Machst du Witze?« Seine Stimme hob sich, was Grace dazu veranlasste, sich umzudrehen.

»Nein. Mach ich nicht«, antwortete sie ruhig und mit gepresster Stimme.

Wütend breitete Max die Hände aus. »Und das war's dann? Kein Leugnen, keine Erklärung, kein gar nichts?«

Grace schüttelte langsam den Kopf. Das einzige Leugnen, das sie sehen konnte, war sein eigenes. »Du hast gesehen, was du sehen wolltest, Max, nichts weiter. Ich könnte die nächste Stunde damit verbringen, dir zu erklären, was wirklich passiert ist, und warum, aber das würde keinen Unterschied machen.«

»Warum würde es keinen Unterschied machen?«, schnauzte er.

Grace' Herz pochte bei dem Feuer in seinen Augen. Er war zu verstockt, um zu erkennen, was er fühlte, zu blind, um zu sehen, was direkt vor seiner Nase war, aber jetzt war nicht der richtige Zeitpunkt, um es ihm zu zeigen. So sehr es Grace auch schmerzte, sie wusste, er würde von allein zu der Erkenntnis kommen müssen. »Würde es denn einen Unterschied für dich machen, Max?«

»Ja!«

»Warum?« Sie sprach leise, und er schwieg so lange, dass sie sich fragte, ob er sie überhaupt gehört hatte.

Der Moment wurde durch einen Donnerschlag über ihnen zerrissen, der das elektrische Licht schwächer werden ließ. Regen prasselte aufs Dach und wurde mit jeder Sekunde heftiger. Max starrte Grace an, immer noch stumm, doch sie bemerkte, dass das warme Braun seiner Augen allmählich zurückkehrte, und die Weichheit, die sie an seinem Gesicht so liebte, die wütenden Falten glättete, die es durchzogen hatten.

Erleichtert nickte sie in seine Richtung. »Zieh dich aus und komm rein.«

Er blinzelte und runzelte die Stirn. »Was?«

»Du bist total durchnässt, und da draußen ist es, als würde die Welt untergehen. Du bist nicht mit dem Truck hergefahren, und du wirst ganz sicher nicht zu Fuß nach Hause laufen, also komm rein, bis es vorüber ist.« Sie wartete nicht darauf, dass er antwortete, sondern legte sich hin und drehte ihm den Rücken zu.

Er bewegte sich nicht.

Grace kniff die Augen zu. »Max. Bitte.«

»Das sollte ich nicht.«

»Ich weiß.« Sie holte tief Luft. »Aber ich will nicht, dass du gehst.«

Wieder folgte Stille, bevor das unverkennbare Rascheln von Kleidung zu hören war. Er tappte durchs Zimmer, um seine Kleider auf den Heizkörper und seine Brieftasche und Schlüssel auf den Nachttisch neben ihr zu legen, und kroch schließlich ins Bett.

»Danke«, flüsterte sie. Bei dem Gefühl, ihn so nah bei sich zu haben, sanken ihre Schultern herab, als helfe ihr seine bloße Gegenwart, leichter atmen zu können.

»Nur, bis es vorüber ist«, erwiderte er. Seine Stimme war schroff.

Sie streckte den Arm aus, um die Lampe auszuschalten. »Okay.«

Es war noch vor der Dämmerung, als Grace wieder aufwachte, und immer noch dunkel. Der Donner hatte nachgelassen, aber es regnete weiterhin. Seufzend kuschelte sich Grace ins Kissen. Im Schlaf war Max näher gerückt, sein Körper schmiegte sich an ihren, seine Hand lag zaghaft auf ihrer Hüfte. Das hatte er schon einmal getan, als sie gemeinsam eingeschlafen waren, trotz seiner Behauptung, er wäre nicht der Typ für Umarmungen. Doch er war es durch und durch; der Mann war fürs Kuscheln geschaffen.

Trotz ihrer hitzigen Worte lächelte Grace, als sein Atem ihren Hals streifte. Er fühlte sich so gut an ihrem Rücken an, dass sie nicht widerstehen konnte, ein wenig nach hinten zu rutschen, um mehr von ihm zu spüren. Es war zu lange her, dass sie sich so sicher gefühlt hatte. Gewiss spürte er doch dasselbe wie sie, oder? Wie ihr jedes Mal das Herz aufging, wenn sie ihn sah, die Schmetterlinge im Bauch, wenn er lächelte, die wahnsinnige Lust, wenn sie zusammen kamen. Es musste echt sein.

»Hör auf zu zappeln«, brummte er verschlafen, die Nase in die Stelle hinter ihrem Ohr vergraben.

Die Art, wie er die Hüften an ihren Hintern drückte, verriet ihr klar und deutlich, warum seine Worte gepresst klangen. Wow. Angesichts dieses offensichtlichen Beweises, wie sein Körper auf den ihren reagierte, wurde Grace jedes Mal warm. Das Leben wäre so viel einfacher, wenn er seine Gefühle ebenso offen zeigen würde.

»Tut mir leid.«

»Nein, tut's dir nicht«, sagte er ihr auf den Kopf zu. Als sie sich erneut an ihn drängte, stieß er schnaubend den Atem aus. »Fang nichts an, was du nicht zu Ende bringen kannst.«

Grace fiel auf, wie perfekt diese Worte auf ihre Beziehung passten. Ihr Streit hatte nichts anderes getan, als zu unterstreichen, wie zerbrechlich sie beide immer noch waren. Das überwältigende Gefühl, dass sie unweigerlich auf eine ernste Unterhaltung zusteuerten, erfüllte Grace mit tiefer Furcht. Sie wollte ihn nicht verlieren. Das konnte sie nicht.

»Max.« Sein Name schlüpfte ihr über die Lippen, bevor sie es verhindern konnte, und sie legte ihre Hand auf seine, die träge zu ihrer Taille hoch und wieder hinunter zu ihrem Oberschenkel wanderte.

»Was willst du?« Seine Zunge schnellte hervor, um ihre Haut zu kosten.

Sie schluckte die vielen Dinge hinunter, die sie von ihm wollte, für ihn, für sie beide, und sagte schlicht: »Dich.«

Seine Finger tauchten neckend zwischen ihre Schenkel, gleichzeitig drängte sich seine Erektion an ihren Hintern. »Nur mich?«

Bei der unterschwelligen Andeutung in seiner Stimme riss sie den Kopf heftig herum. Als sie jedoch seinem müden, aber hoffnungsvollen Blick begegnete, schluckte sie ihre wütende Entgegnung hinunter. Sie war es so leid, vor ihm zu verbergen, was sie für ihn empfand, was sie mit ihm haben wollte. Sie konnte nur ehrlich sein und hoffen, dass er es mit der Zeit erwidern würde. »Ich wollte immer nur dich. Mit Caleb ist nichts passiert, Max. Er hat den Strom wieder angestellt und ist dann gegangen. Das schwöre ich dir.«

Er schloss kurz die Augen, als wären ihre Worte genau das, was er hören musste, dann ließ er die Hand zwischen ihre Beine und unter den Bund ihrer Schlafshorts gleiten. Grace wölbte sich ihm entgegen, als seine Finger sie fanden. Sie spielten perfekt mit ihr, fest, aber neckend, schnell, dann langsam, streichelten und rieben sie so, dass sie unzusammenhängenden Unsinn ausrief und seinen Unterarm umklammerte, nur um zu spüren, wie seine Muskeln sich dabei bewegten.

»Ja«, hauchte sie. »Bitte.«

Er ließ zwei Finger in sie gleiten und krümmte sie, um sie an Stellen zu streicheln, die sie laut seinen Namen rufen ließen.

»Wer?«, knurrte er in ihr Ohr. Seine Hüften kreisten an ihr, während seine Hand sich schneller zu bewegen begann. Seine Finger vögelten sie perfekt.

»Du, Max«, stöhnte sie. »Hör nicht auf!«

»Brieftasche«, ächzte er an ihrer Schulter.

Grace unterdrückte ihr Stöhnen, und während seine Finger damit fortfuhren, ihr die unglaublichste Lust zu entlocken, griff sie nach seiner Brieftasche und nahm schnell die beiden Kondome heraus, die darin waren. Sie warf die Brieftasche wieder zurück auf den Nachttisch und hielt ihm eines der Kondome hin. Er nahm es ihr mit dem Mund ab.

»Komm!«, stieß er hervor, das Kondom zwischen den zusammengebissenen Zähnen. »Ich weiß, dass du kurz davor bist.«

Da irrte er sich nicht. Er kannte ihren Körper ebenso gut wie sie selbst. Sie nickte stöhnend, entspannte sich von Kopf bis Fuß und ließ zu, dass er sie zu einem Höhepunkt brachte, der heftig, laut und absolut unglaublich war. Mit leisen Lauten beruhigte er sie und streichelte sie mit der flachen Hand zwischen den Beinen, bis sie in seinen Armen zitterte.

»Es ist schon gut. Ich hab dich.« Er zog sich leicht von ihr zurück, um seine Unterhose auszuziehen.

Grace entledigte sich ihres Hemdchens und der Shorts und sah ihm über ihre Schulter hinweg zu, wie er das Kondom überstreifte. Er war einfach so verdammt umwerfend anzusehen. Wartend schaute er zu ihr hoch, wie er es immer tat, damit sie ihm ihr Okay gab. Sie lächelte sanft und erhielt ein Lächeln als Antwort. Er hob ihren Oberschenkel und küsste sie sanft auf ihr Schulterblatt, während er von hinten in sie eindrang.

Dieses Gefühl. Dieses Gefühl genau dort, wo sie vereint waren, war etwas, das Grace nie würde erklären können. Er füllte sie aus, ja, aber es war mehr als das. Es war, als atme ihre Seele erleichtert auf, wenn er in sie drang, als habe sie endlich gefunden, wonach sie so lange gesucht hatte.

Er zog die Hüften zurück und stieß erneut zu, was Grace ein Stöhnen entlockte. Er hielt sie an sich gepresst, seine Hände auf ihren Brüsten, sein Mund direkt an ihrem Ohr. »Er will das hier«, sagte er. Wut durchzog seine Worte. »Er will dich genau so haben.«

Da sie wusste, dass mit »er« Caleb gemeint war, legte sie Max die Hand an den Hinterkopf und grub die Finger in sein Haar. »Er kann mich nicht so haben«, sagte sie ihm. »Er hat mich nie so gehabt. Er *wird* mich nie so haben.«

Max murmelte ihren Namen an ihrem Hals. »Warum nicht? Sag mir, warum nicht, Gracie.«

Sie wandte den Kopf, um ihn anzusehen. »Weil nur du mich so haben kannst.«

Der Laut, der aus Max' Kehle kam, war unverhohlener Besitzanspruch, der Grace die Haare auf den Unterarmen sträubte. Knurrend stieß er heftig zu und hielt sie so fest, dass seine Finger Abdrücke auf ihrer Haut hinterließen.

»Warte«, keuchte sie. »Max, warte.«

Er wurde langsamer. Seine Hüften bewegten sich immer noch, aber in seiner Stimme lag eine Spur von Panik. »War ich zu grob?«

»Nein.«

»Was ist es dann?«

»Ich will dich sehen.«

Er zögerte nicht. Sofort legte er sich auf den Rücken und wartete darauf, dass sie ihn ritt.

»Nein.« Sie verdrängte ihr Unbehagen, während ihr Blick gierig über seinen herrlichen Körper glitt. »Diesmal will ich dich oben haben.«

Überraschung, durchzogen von einer Spur Unsicherheit, zuckte über sein Gesicht, bevor er nickte. »Wenn du dir sicher bist.«

»Vollkommen.« Und das war sie. Sie vertraute diesem Mann, der sich über sie schob und zwischen ihre Beine legte, mehr als jedem anderen Mann, mit dem sie je zusammen gewesen war, und ob er es zugab oder nicht, sie wusste, dass er genug für sie empfand, um ihr nie wehzutun. Immer noch vorsichtig und sorgsam darauf bedacht, nicht zu viel Gewicht auf sie auszuüben, stützte Max die Hände links und rechts von ihren Schultern auf.

»Führ mich in dich ein.« Seine Bitte, wie immer so unbeabsichtigt erotisch ausgesprochen, ließ Grace dahinschmelzen.

Sie legte die Hand um seinen Schwanz und führte ihn. Perfekt wie immer glitt er in sie hinein, nur diesmal konnte sie die Beine um seine Taille schlingen. Dadurch zog sie sein Gewicht auf sich herab. Ihr Atem stockte, und Panik kratzte am Rand ihrer Psyche, was Max innehalten ließ. »Es geht mir gut«, drängte sie. »Ehrlich.«

Von langen Wimpern umrahmte Schokoladenaugen musterten prüfend ihr Gesicht. Anscheinend zufrieden mit dem, was er sah, begann Max sich wieder zu bewegen. Sein Atem ging schwer, er schloss die Augen, öffnete sie wieder und verdrehte sie dann vor Lust, während seine Lippen zuckten, wenn er sie nicht zwischen die Zähne zog. Zu sehen, wie sich die Muskeln in seinen Schultern wölbten und die Sehnen an seinem Hals hervortraten, war hypnotisierend. Er war herrlich. Ihre Blicke trafen sich, und er ließ stöhnend sein Gewicht auf die Unterarme und sein Gesicht auf ihren Hals fallen.

»Du fühlst dich so gut an.« Er schob ihren Oberschenkel an seiner Hüfte noch höher und stieß hart in sie hinein.

Zischend sog er den Atem ein und hob das Gesicht zu ihrem

Kiefer. Sein Bartschatten kratzte, während er sich unablässig bewegte, heiß und gierig. Er fühlte sich göttlich an. Seine Hüften kreisten aufreizend in Form einer Acht und stießen noch tiefer in sie.

»Ich will dich noch mal kommen lassen«, stöhnte er. »Ich will es an meinem Schwanz spüren.«

Bei seinem befehlenden Ton verdrehte Grace lustvoll die Augen. »Oh Gott«, wimmerte sie, während sie sich gemeinsam wiegten, nass und heiß.

Das Gefühl, wie er sich in ihr bewegte, machte es ihr unmöglich zu denken, geschweige denn Worte zu bilden. Sie war jenseits jedes zusammenhängenden Gedankens, und es war herrlich.

Ich liebe dich.

»Da«, keuchte sie, als er eine besonders lustvolle Stelle traf.

Er tat es noch mal und begann, sich schneller zu bewegen. Stöhnend klammerte sich Grace an seine Schultern, während ihr Bauch begann, sich zusammenzuziehen. Ihre Schenkel hielten ihn sicher fest, und sie wölbte den Rücken.

»Du fühlst dich so verdammt gut an«, keuchte Max. Er stieß so heftig mit den Hüften zu, dass es Grace vom Bett hob. »Spürst du, wie hart du mich machst?«

Sie stöhnte genüsslich an seiner Wange. Max schaute hinunter zu der Stelle, wo sich ihre Körper zuckend vereinten. »Heilige Scheiße, Gracie.« Lustvoll runzelte er die Stirn und schürzte die Lippen.

Sie bewegte sich wieder mit kreisenden Bewegungen, woraufhin Max ihre Hüften packte. Grace schlang die Arme um seinen Hals und vergrub die Nase in seinem Haar, atmete ihn ein, jeden Hauch seines Dufts, den sie bekommen konnte.

»Ich habe dich vermisst«, flüsterte sie. »Ich habe dich so sehr vermisst.«

Er hob den Kopf, nur Zentimeter entfernt. Er sprach nicht, aber sein Gesicht verriet ihr, dass ihre Worte zwar überraschend, aber dennoch willkommen waren.

»Das habe ich wirklich«, bekräftigte sie. »Ich habe an dich gedacht, so wie du mich gebeten hast.«

Mit einem Ächzen stieß er erneut in sie hinein. Grace bog den Kopf in den Nacken, während ihm bei jedem Stoß ein Stöhnen über die Lippen kam. Er war ihr so nah, sein Körper, sein Gesicht, seine Lippen, und ohne nachzudenken hob Grace den Mund und suchte seinen in einem verzweifelten Kuss.

Seine Reaktion kam augenblicklich.

Er erstarrte und wich zurück, als habe sie ihn verbrannt. »Nicht!«

»Es tut mir leid«, rief sie aus, aufrichtig verblüfft über das, was sie getan hatte, aber zugleich erleichtert, dass er sich nicht aus ihr zurückgezogen hatte. »Gott, es tut mir so leid!«

Max schlug mit der flachen Hand auf die Matratze neben ihrem Kopf. »Verdammt, Grace.«

»Ich wollte nicht – ich habe nicht einmal – ich habe nur …«

Er schluckte und musterte sie eindringlich mit zusammengebissenen Zähnen. »Nur was?«

Sie zwang sich, seinem Blick zu begegnen. »Es tut mir leid.« Ihre Hand glitt von seiner Taille zu seinem Hintern. »Wirklich. Ich habe nicht nachgedacht. Bitte. Hör nicht auf.«

Er zögerte einen Augenblick, dann, mit einem Seufzen, das sich anhörte, als habe er in der Angelegenheit keine große Wahl, tat er, worum sie ihn gebeten hatte.

Grace sog zischend den Atem ein, als er die Hüften genau im richtigen Winkel neigte. »Ja, genau so.« Er stöhnte, und sein Blick war so eindringlich, dass sie sich nicht länger beherrschen konnte. »Ich liebe es, wenn du in mir bist. Das hat mir gefehlt. Fester.«

Ihre Nägel fuhren über seinen Rücken und krallten sich in seinen Hintern, als er schneller wurde, tiefer und härter zustieß. Er stöhnte. »*Fuck*.«

»Ich will dich immer so haben, Max«, gestand Grace. Die Art, wie seine Hüften zwischen ihren Beinen kreisten, war einfach perfekt.

»Sag es mir.«

»Immer. Ich denke *ständig* daran.«

»Wie?«

»Ich stelle es mir vor … ich habe mich selbst befriedigt, weißt du? Wie du mich gebeten hast. Das habe ich. Ich konnte nicht anders. Ich -«

Ihre Worte brachen abrupt ab, weil Max' gieriger Mund sie verschlang, als er sie küsste.

Unter dem unerwarteten Druck seiner Lippen, dem rauen Kratzen seines unrasierten Gesichts und dem schweren Atem an ihrer Wange wand Grace sich kurz, doch dann fasste sie sich wieder und erwiderte seinen Kuss mit all der Leidenschaft und Hitze, die sie vor ihm verborgen hatte, seit sie ihm begegnet war. Sie packte sein Haar und zog ihn noch näher heran. Stöhnend drängte er seine Zunge in ihren Mund, suchte ihre und sog daran. Gleichzeitig stieß er härter und härter in sie hinein, Haut klatschte herrlich auf Haut, das Bett quietschte, und Grace' erstickte Schreie wurden lauter. Seine Lippen suchten die ihren, knabbernd und beißend, nass und verzweifelt, als wäre er ebenso ausgehungert danach gewesen wie sie, bis er mit einem letzten Stoß den Kopf in den Nacken warf, zur Decke brüllte und mit solcher Heftigkeit kam, dass seine Hüften Grace vom Bett hoben.

Die Augen fest geschlossen, stöhnte er bei jedem Ausatmen und Pulsieren seines Schwanzes in ihr und brach schließlich auf Grace zusammen, den Kopf unter ihrem Kinn, sein keuchender Atem an ihrem Schlüsselbein. Sie hieß sein Gewicht willkommen, umschlang ihn mit allem, was sie hatte, und küsste sein Haar, während sein Körper vor Nachbeben zitterte.

»Ich hab dich«, flüsterte sie, die Lippen an seiner Stirn. »Das verspreche ich. Ich hab dich.«

Er zitterte. Seine Atemzüge waren schwer und unregelmäßig, und als er sprach, war seine Kehle vor Überwältigung zugeschnürt. »Wa-was machst du mit mir?«

Grace schloss die Augen und streichelte sein Gesicht. »Wie fühlt es sich denn an?«

Er erschauderte. »Furchterregend.«

Grace' Herzschlag überschlug sich. Langsam hob Max den Kopf, und das Braun seiner Augen schimmerte vor unausgesprochener Emotion. Sie legte ihm die Hand an die Wange und küsste ihn erneut. Da war die Spur eines Zögerns, bevor er es sanft erwiderte, das Zittern in seinem Körper deutlich spürbar.

»Hab keine Angst«, sagte sie. Sie rieb die Nase an seiner. »Nicht vor mir. Ich will dich nur lieben.«

Sein Gesicht nahm einen Ausdruck an, als wäre das die schlimmste Nachricht, die er je gehört hatte. »Nicht«, flehte er. »Gracie, tu das nicht. Bitte.«

Sie lächelte ein melancholisches Lächeln, bevor sie sich einen weiteren Kuss stahl. »Zu spät.«

Sie war überrascht, dass er nicht protestierte. Er zog sich einfach nur aus ihr zurück und legte den Kopf auf ihre Brust. Obwohl sein Schweigen besser war als die Auseinandersetzung, die zweifellos kommen würde, gab es ihr ein entschieden ungutes Gefühl. Sie war stolz, dass sie so tapfer, so offen und ehrlich zu ihm gewesen war, und die Erleichterung, die sie erfasste, war ebenso berauschend wie willkommen. Max stand auf, um sich zu säubern, und verblüffte sie völlig damit, dass er, statt sich wie sonst anzuziehen und zu gehen, wieder zurück ins Bett kroch, sich an sie schmiegte und sie eng im Arm hielt.

Und als er sie ein paar Stunden später aufweckte, um sie erneut zu lieben, war sie sogar noch überraschter. Es war herzergreifend langsam und zärtlich, so wie die Küsse, die sie miteinander geteilt hatten. Seine Stimme war heiser vor Emotionen, als er ihr Gesicht in den Händen hielt und ihr Dinge zuflüsterte, als sie kam, kurz bevor er an ihrem Mund aufschrie, als sein eigener Orgasmus folgte. Es war wunderschön und vollkommen – was es nur umso schmerzhafter machte, als sie kurz vor Mittag wieder erwachte, um festzustellen, dass seine Seite des Bettes leer war, ohne jede Spur davon, dass er überhaupt dagewesen war.

27

Ungeachtet seiner Zeit in der Entzugsklinik war sich Max all der dämlichen Scheiße, die er in seinem Leben gebaut hatte, mehr als bewusst. Er hatte Leute verarscht und wie Dreck behandelt, impulsive Entscheidungen getroffen, die immer wie ein Bumerang zurückkamen, um ihn in den Arsch zu beißen. Er hatte andere, ohne mit der Wimper zu zucken, in die Pfanne gehauen und immer dafür gesorgt, dass er derjenige war, der unbeschadet aus der Sache rauskam, wenn die Kacke am Dampfen war, ganz egal, wer dabei verletzt wurde. Ja, er war ein Arschloch erster Güte, aber das war nichts Neues. Was neu *war* und seinen Verstand wirklich auf Touren brachte – während er auf seinem Bett in der Pension lag und sein Körper so schmerzte, wie er es nach einer Nacht mit unglaublichem Sex und sehr wenig Schlaf sollte – war: Max wusste, dass er sich am Ende selbst übertroffen hatte.

Letzte Nacht.

Scheiße. Letzte Nacht.

Was zwischen Grace und ihm passiert war, war …

Er stieß den Atem aus.

Es war fantastisch gewesen.

Schlicht und einfach. Es hatte keinen Sinn, das zu leugnen. Sex mit ihr war immer fantastisch, und die letzte Nacht war keine Ausnahme gewesen.

Herrgott, am Freitag war er rasend vor Wut gewesen, nachdem er sie und dieses Arschloch von Cop dabei erwischt hatte, wie sie lachten und sich berührten, während sie zu ihr ins Haus gingen. Während er von den Bäumen verborgen im strömenden Regen gestanden und sie beobachtet hatte wie ein billiges Hollywood-Klischee, war ihm bewusst geworden, dass er nicht bereit war, Grace mit irgendjemandem zu teilen. Am allerwenigsten mit Deputy Arschgeige. Er war um zwei Uhr morgens zu ihrem Haus gerannt, um ihr genau das zu sagen, und hatte seine Wut von dem Unwetter nur noch mehr anstacheln lassen, während er vor sich hingrummelte, wie dämlich es gewesen war, sich mit irgendjemandem einzulassen. Er versprach sich selbst, dass er sich bis auf weiteres von Frauen fernhalten würde, um diesen ganzen Stress zu vermeiden.

Doch so entschlossen er auch gewesen war, irgendwann hatte sich Max' Plan in Luft aufgelöst. Vielleicht hatte es etwas damit zu tun gehabt, wie scharf es gewesen war, Grace so aufgebracht zu sehen – wie sie sich behauptete und nicht von ihm einschüchtern ließ. Und eigenartigerweise konnte sich Max des Gefühls nicht erwehren, dass er auf irgendeine Art für ihr Selbstvertrauen, ihm die Stirn zu bieten, verantwortlich war. Ihr Feuer war verflucht sexy, und als sie ihn mit blitzenden Augen herausforderte, wusste er, dass er geliefert war.

Natürlich war sie mit dem Wichser nicht ins Bett gegangen. Tief in seinem Innern hatte Max das die ganze Zeit gewusst, sich aber stur geweigert zu hinterfragen, warum er so etwas überhaupt angenommen hatte. War es Eifersucht? Hatte er sich schon so sehr auf Grace eingelassen, dass Eifersucht eine Rolle dabei spielte? Er konnte es nicht sagen, aber er wusste, dass er bei dem Anblick von Calebs Hand an Gracies Körper ernsthaft an Mord gedacht hatte.

Und dann war da noch der Kuss.

Er fuhr sich mit der Hand übers Gesicht und gab sich verdammte Mühe, nicht an den Geschmack ihrer Lippen zu denken, nicht an ihren gierigen Mund und ihre leidenschaftliche

Zunge, die an ihm leckte, als wäre er eine Art kostbares Elixier oder so etwas. Er hatte sich geschworen, niemanden mehr so nah an sich heranzulassen, aber ihre Worte zu hören, ihr Bitten, ihr Flehen, ihr schmutziges Gemurmel, nachdem sie ihn mit ihrem impulsiven Kuss gereizt hatte, war einfach zu viel für ihn gewesen. Der Drang, mehr zu bekommen, war wie eine Flutwelle in ihm angeschwollen. Und er war so verdammt dumm gewesen, es zuzulassen. Küssen ließ die Dinge verschwimmen, erzeugte Gefühle, und das war ein Minenfeld, auf das sich Max nicht mehr begeben wollte. Und das hatte er auch nicht, lange Zeit nicht mehr.

Er hatte eine Frau nicht mehr so geküsst seit … Lizzie. Und selbst da hatte er Mühe, sich eine Zeit in Erinnerung zu rufen, in der sie beide so wild darauf gewesen waren, einander zu kosten. Er war zu dem Schluss gekommen, dass das irgendwie etwas anderes war. Er hatte Lizzie geliebt, Jahre mit ihr verbracht, und mit der Zeit, wie es bei den meisten Beziehungen der Fall ist, hatten sich ihre Leidenschaft und ihre Lust aufeinander von einem explosiven, knallenden und zischenden Feuerwerk in etwas Ruhigeres, Stilleres, aber nicht weniger Heißes verwandelt.

»Scheiße«, murmelte er zur Decke empor. Er hatte keine Ahnung, was er als Nächstes tun sollte. Er hatte sich aus Grace' Bett geschlichen und vermieden, sie anzusehen, so warm und schön im Schlaf. Dann hatte er das Haus verlassen wie der Feigling, der er war. Er hatte nicht einmal eine Nachricht dagelassen, aber andererseits: Was zum Teufel hätte er auch schreiben sollen? Sein Kopf war ein einziges Durcheinander, und bis er entschieden hatte, was er tun würde, musste er sich von ihr fernhalten.

Es war beinahe zu viel für ihn, damit fertigzuwerden. Sein Suchtdruck verhielt sich größtenteils ruhig, aber das konnte sich alles ändern, wenn er sein Leben nicht auf die Reihe kriegte. Seine Acht-Monats-Medaille der NA wirbelte funkelnd zwischen den Fingerknöcheln seiner rechten Hand. Dem Himmel sei Dank für seine angstlösenden Medikamente, dachte er trocken. Er schloss die Augen und versuchte, tief durchzuatmen, aber ein Klopfen an der Tür ließ sie wieder auffliegen.

Panik ergriff ihn.

Grace.

Was zum Teufel sollte er ihr sagen? Er hatte sich bereits Vorwürfe gemacht, weil er ihr die Tür vor der Nase zugeschlagen hatte … das konnte er nicht noch mal tun. Aber er hatte keine Antworten auf die Fragen, die sie zu Recht haben würde. Das Klopfen erklang erneut, kräftiger, und klang überhaupt nicht nach dem höflichen, schüchternen Klopfen von Grace. Mit einem Räuspern stemmte Max sich vom Bett hoch und ging zur Tür. Einen kurzen Moment lang lehnte er die Stirn dagegen und versuchte, so viel Mut wie möglich zusammenzukratzen, um sich dem zu stellen, was auf der anderen Seite auf ihn wartete.

Er hielt den Atem an, entriegelte die Tür und schwang sie auf.

»Carter!«

Er war so überrascht und erleichtert, seinen Freund und nicht Grace zu sehen, dass er sich nicht zurückhalten konnte, seinen Kumpel kräftig in die Arme zu reißen und ihm lächelnd auf den Rücken zu schlagen.

Carter taumelte ihm entgegen und erwiderte die Umarmung. Das war beruhigend – wenigstens war er nicht hier, um schlechte Neuigkeiten zu überbringen.

»Was zum Teufel, Mann?«, fragte Max. »Was machst du denn hier?« Er trat einen Schritt zurück und packte Carters Schultern. Er sah okay aus und war lässig gekleidet, mit einem grauen Langarmshirt, dunkelblauen Jeans und einer abgetragenen braunen Motorradjacke.

»Ich dachte, ich komme mal vorbei, um dich zu besuchen«, grinste Carter. »Du weißt schon, um mal zu sehen, wie's dir geht.«

Argwöhnisch sah Max ihn an. »Bullshit. Du versteckst dich hier vor Kat, nicht wahr?«

Carter schnaubte und rieb sich den Nacken. »Kann sein.«

Max winkte ab. »Na, wie auch immer, komm rein.« Er trat zur Seite, um Carter vorbeizulassen, und schloss dann die Tür hinter ihm. Es war schön, seinen besten Freund wiederzusehen, besonders angesichts des Chaos, das er angerichtet hatte. Vielleicht war ein wenig Normalität das, was Max brauchte, um seine Gedanken zu sortieren.

Die Hände in den Taschen seiner Jeans sah sich Carter im Zimmer um, dabei blieb sein Blick länger an den Leinwänden in der Ecke hängen. Er schlenderte hinüber und ging in die Hocke, um sie sich näher anzusehen. Carters Finger fuhren über die limettengrünen Muster eines bestimmten Gemäldes. »Die sind großartig«, bemerkte er.

»Sie sind ganz okay«, murmelte Max, während er nach einer abgetragenen Jeans griff, um sich umzuziehen. Nachdem er am Morgen in die Pension zurückgekommen war, hatte er geduscht und lümmelte seitdem in seiner Jogginghose herum.

»Bescheidenheit steht dir nicht«, erklärte Carter über die Schulter. »Das hier würde toll in meinem Apartment aussehen.«

»Dann nimm es«, murmelte Max wegwerfend. Er mochte das Grün sowieso nicht besonders.

Immer noch in der Hocke, drehte sich Carter halb zu ihm um. »Wirklich?«

»Betrachte es als Geburtstagsgeschenk.«

»Mein Geburtstag war im März«, schmunzelte Carter.

»Scheiße, im Ernst?« Max zögerte kurz. »Dann ist es eben ein verspätetes Geburtstagsgeschenk. Überraschung!«

Lachend schüttelte Carter den Kopf. »Danke.«

Nach einem Augenblick des Schweigens, in dem Carters Blick ihn nervös zu machen begann, kam sein Freund näher. »Alles okay?«

Max fuhr sich mit der Hand durchs Haar und überlegte kurz, ob er ihm einfach alles erzählen sollte, aber er begnügte sich damit, gleichgültig mit der Schulter zu zucken. »Klar.«

Carter neigte den Kopf auf eine Weise, die Max genau kannte. Er suchte nach einer Lüge. »Nun, du siehst gut aus, Kumpel. Die Luft von West Virginia wirkt wohl Wunder, was?«

Max stieß ein unbehagliches Lachen aus. »Ja, hör mal, was hältst du davon, wenn wir losziehen und uns ein bisschen Kaffee besorgen?«

»Was zu essen auch. Ich bin am Verhungern. Hab seit dem Frühstück nichts mehr gegessen.«

»Bist du hergefahren?«

»Vom Flughafen.« Bei Max' fragendem Stirnrunzeln verzog Carter das Gesicht. »Firmen-Privatjet.«

»Scheiße, Mann.«

»Ich weiß.« Carter zuckte die Schultern. »Aber entweder das oder vier Stunden Fahrt, und ich muss heute Abend wieder zurück.«

Max nickte, während er sich seine Schlüssel und Brieftasche schnappte. »Also ein Blitzbesuch.«

»Sieht so aus.« Carter ging vor Max aus der Tür und wartete, bis der abgeschlossen hatte. »Also, wie läuft's so?«

Max ging neben Carter den Flur entlang zur Treppe. »Es … geht mir gut.« Carter sah nicht überzeugt aus. Neugierig zog er eine Augenbraue hoch, was Max geflissentlich zu ignorieren versuchte. »Es ist nichts Großartiges. Ich bin nur ein verdammter Idiot.«

Carter schnaubte. »Das ist doch nichts Neues, Mann.«

Max lachte, als sie den Fuß der Treppe erreichten, und zog die Eingangstür der Pension auf, um Carter hindurchzulassen. Ein Körper prallte mit einem lauten »Tut mir so leid« gegen ihn.

Max packte weiche Arme, roch Kakaobutter und ließ sofort los. Er trat einen Schritt zurück. »Grace«, platzte er heraus.

Gott, es war genau wie beim ersten Mal, als sie sich begegnet waren und sie ihn fast umgerannt hatte, völlig nervös und verwirrt. Nur sah sie diesmal nicht nervös aus. Sie sah müde und unglücklich aus. Ihre grünen Augen blickten erwartungsvoll zu ihm hoch, aber Max hatte keine tröstenden Worte für sie. Er hatte überhaupt keine Worte. Die Stille in dem kleinen Vorraum wurde erstickend, dann warf Grace einen Blick auf Carter, der lächelnd die Hand ausstreckte.

»Ich stelle mich einfach selbst vor, soll ich?«, fragte er und stieß Max mit der Schulter an. »Carter.«

Sie schüttelten sich die Hände, und Max sah, wie sich Grace' Gesicht zu einem perfekten Lächeln kräuselte.

»Max' bester Freund«, sagte sie. »Ich habe schon viel von dir gehört.«

»Nichts davon ist wahr«, entgegnete Carter. »Na ja, manches davon. Okay. Womöglich alles.«

Grace lachte leicht, während Max unruhig von einem Fuß auf den anderen trat. Carter bemerkte die Spannung, und sein Blick flog zwischen den beiden hin und her. Herrgott, Max konnte sie kaum ansehen. Nicht dass er das nicht wollte. Sie sah umwerfend aus. Aber der Kloß aus Scham in seiner Brust, zusammen mit etwas, das sich sowohl schwer als auch fremd anfühlte, ließ ihn die Augen entschlossen auf den Boden geheftet halten. Er wünschte sich nichts mehr, als dass er sich unter ihm auftäte und ihn verschluckte.

»Wir sind gerade unterwegs zu einem späten Mittagessen«, fügte Carter hinzu. »Möchtest du mitkommen?«

Max schleuderte ihm einen Blick zu, der jeden anderen auf der Stelle hätte tot umfallen lassen. »Nein«, sagte er, bevor Grace antworten konnte. »Sie hat was zu erledigen.« Endlich sah er sie an. »Nicht wahr?«

Schuldgefühl und Frustration kribbelten brennend in seinem Rücken, als er das verletzte Flackern in ihren Augen sah. »Klar.« Sie holte tief Luft und sah Carter an. »Klar. Viel Spaß euch beiden. Es war schön, dich kennenzulernen.« Dann durchbohrte sie Max mit einem Blick, der keinen Widerspruch duldete. »Wir unterhalten uns später.«

Max nickte. Erst als sich die Tür hinter ihr geschlossen hatte, konnte er wieder atmen.

Carter stieß einen leisen Pfiff aus. »Alter, was zum Teufel war das denn?«

Max rieb sich die Schläfen. »Ich kann nicht – es ist nicht so, wie du denkst. Es ist nicht das, wonach es aussieht.«

Carter schmunzelte. »Ach nein? Denn deinem Gesicht nach würde ich schätzen, es ist haargenau das, wonach es aussieht.« Er schaute zur Tür, als könne er Grace durch sie hindurch noch immer sehen. »Warum zum Teufel hast du sie noch nie erwähnt?«

War das nicht die Millionen-Dollar-Frage? Max zog die Schultern bis zu den Ohren hoch und öffnete den Mund, um etwas zu sagen, aber es kam nichts heraus. Mit einem Knurren stieß er den Atem aus und riss die Tür auf. »Ich erzähl dir alles bei einem starken Kaffee.«

Und das tat er. An seinem üblichen Platz im spärlich besuchten Café berichtete Max seinem besten Freund von den letzten vier Monaten, jedem Moment zwischen ihm und Grace, ihrer Vergangenheit, der Vereinbarung, die sie getroffen hatten, dem vierten Juli, dem Keller, bis hin zu der letzten Nacht. Carter saß stumm da und nippte gelegentlich an seinem Espresso. Er stellte keine Fragen und urteilte nicht. Dafür hätte Max ihn noch mal umarmen können. Um die Wahrheit zu sagen, war es ein wirklich gutes Gefühl, sich alles von der Seele zu reden.

Max ließ sich in seinen Sitz zurückplumpsen und wartete darauf, dass Carter ihm einen glorreichen Rat servierte. Stattdessen seufzte dieser und fuhr mit dem Finger den Rand seiner Tasse entlang.

Er schien zu überlegen, was er sagen sollte, bis Max es nicht mehr aushielt. »Spuck's schon aus, bitte«, beschwerte er sich.

Carter runzelte die Stirn. »Ich bin mir nicht sicher, ob du hören willst, was ich denke.«

Max stützte die Ellbogen auf den Tisch und legte das Kinn in die Hände. »Doch, Mann, das will ich wirklich.« Wartend legte er die Finger über den Mund. »Ich … ich weiß nicht mehr weiter.«

Carter lehnte sich vor und nahm dieselbe Haltung ein wie Max. »Meine erste Frage ist, warum? Warum hast du das angefangen?«

Max hatte sich dasselbe gefragt, und die einzige Antwort, die ihm einfallen wollte, war, warum nicht, verdammt? Das sagte er auch Carter, dem diese Antwort nicht zu behagen schien. »Das ist ein beschissener Grund.«

Max nickte, aber so war es nun mal.

»Ich muss dich das fragen«, sagte Carter leise. »Geht es dabei nur um Sex?« Max öffnete den Mund, um zu antworten, aber Carter hinderte ihn daran. »Was ich meine, ist: Sie scheint ein nettes Mädchen zu sein, sie ist wunderschön. Sie hat dir genug vertraut, oder nicht? Könnte es mehr sein? Ist es das, warum du ausflippst?«

Max zögerte einen Moment, um darüber nachzudenken. »Ich mag sie«, gestand er zwischen seinen Fingern hindurch. »Aber nein. Mehr ist es nicht.«

Carters Augen verengten sich kaum merklich. »Hättest du das gern?«

Max ließ die Hände wieder auf den Tisch fallen und schüttelte den Kopf. »Das kann ich nicht, Mann. Das weißt du.«

»Lizzie«, sagte Carter, als wäre schon der bloße Gedanke eine Beleidigung. »Diese Frau …«

»Nicht. Das ist es nicht wert.«

»Ja, aber *du* bist es«, schnauzte Carter. »Ich wünschte, du würdest das einsehen.« Müde fuhr er sich mit der Hand über die Stirn. »Du bist es wert, Max. Du bist – du bist mehr wert als sie, mehr als die Tatsache, dass sie in dein Leben getreten ist, es völlig auf den Kopf gestellt hat und dich ohne ein verdammtes Wort, ohne Mitgefühl verlassen hat, damit du dich langsam, aber sicher umbringst.«

Max lehnte sich zurück und sah seinen Freund finster an. »Wow.« Carter hatte verständlicherweise auch früher schon seinen Hass auf Lizzie zum Ausdruck gebracht, aber das hier war etwas anderes. »Wo kommt das denn auf einmal her, verdammt?«

Carter stieß schwer den Atem aus und fuhr sich mit den unteren Zähnen über die Oberlippe. Finster starrte er seine Kaffeetasse an und versuchte, sich wieder zu sammeln. »Ich hasse es, was sie dir angetan hat«, knurrte er leise.

»Ich weiß.« Max' Stimme wurde weich angesichts von Carters Sorge. »Ich auch.«

»Verrat mir etwas.« Carter hob langsam den Blick. »Was würdest du zu ihr sagen, falls du sie jemals wiedersiehst?«

Max hatte sich in einer Million flüchtiger Momente dasselbe gefragt und war immer noch ohne Antwort. Er zog eine Schulter hoch. »Ich weiß nicht.«

»Würdest du sie überhaupt wiedersehen wollen?«

Etwas in Carters Stimme sorgte dafür, dass sich Max' Nackenhaare sträubten. Er legt den Kopf schief und versuchte, in Carters Augen zu lesen, was der ihm verheimlichte.

»Warum?« Er runzelte die Stirn. »Es ist ja nicht so, als bestünde diese Möglichkeit, oder?«

Carter antwortete nicht. Er starrte nur über den Tisch hinweg zurück. Seine blauen Augen hatten einen vorsichtigen Ausdruck angenommen.

»Carter?« Max lehnte sich vor. »Was ist los?«

Nach einem kurzen Moment, in dem Carter zu irgendeiner Art von Entscheidung zu kommen schien, leckte er sich über die Lippen und sah aus dem Fenster des Cafés hinaus auf die nasse Straße. Er griff in die Innentasche seiner Bikerjacke und zog einen zerknitterten weißen Umschlag hervor. Einen Herzschlag lang starrte er ihn an, dann seufzte er bedrückt und schob ihn zu Max hinüber.

»*Deswegen* bin ich hier. Er kam vor zwei Tagen.«

Max starrte den Umschlag mit seinem Namen und seiner Adresse auf der Vorderseite an, und sein Blick fiel auf die schwungvoll geneigte Schrift. Diese verfluchte Handschrift würde er überall wiedererkennen. *Lizzie.* Sein Herz setzte einen Schlag aus, als ihn die Erkenntnis traf wie ein gewaltiger Schwall Eiswasser. Mit einem scharfen Ausatmen ließ er sich zurück gegen die Lehne fallen. Er hob die Hände, als erfülle ihn schon der bloße Gedanke, den Umschlag zu berühren, mit Entsetzen.

»Ich wollte ihn dir persönlich geben, anstatt ihn an dich weiterzuleiten, wie ich es mit deinen Rechnungen mache.«

Max schluckte. Er war nicht ganz sicher, ob er sich übergeben oder ohnmächtig werden würde. Sein Kopf drehte sich. »Ha-hast du ihn gelesen?« Er bemerkte, dass die Lasche des Umschlags aufgerissen war.

»Ich mache deine gesamte Post auf, wie du mich gebeten hast, aber ich hatte keine Ahnung, von wem er ist, bis ich die ersten paar Zeilen gelesen und den Namen am Ende gesehen hatte.« Carter fuhr sich mit der Hand über sein kurzes Haar.

Schweigend saßen die beiden Männer da und starrten das verfluchte Ding an, als könne es jeden Augenblick explodieren. Max steckte den Daumennagel in den Mund und fing an, darauf herumzukauen. Es war eine nervöse Geste, der er nicht mehr nachgegeben hatte, seit er die Klinik verlassen hatte.

»Was … warum …«, murmelte er und sah Carter hilflos an. »Was soll ich tun?«

Carter runzelte mitfühlend die Stirn, in seinem Blick lag Besorgnis. »Das liegt an dir, Bruder.« Er kniff die Lippen zusammen. »Wirst du ihn lesen?«

Der Druck in Max' Brust riet ihm, es nicht zu tun, doch die Neugier war zu stark, um sie zu ignorieren. Angst oder nicht, Max wusste, dass er das verdammte Ding so oder so lesen würde.

Sein Gesicht musste Carter die Antwort gegeben haben, denn er nickte verständnisvoll. »Willst du, dass ich hier bleibe?«

So sehr Max das Angebot auch schätzte, er wusste, dass er sich dem, was der Brief enthielt, allein stellen musste. »Nein«, krächzte er.

Carter nickte. »Geh ein wenig spazieren, okay? Vielleicht rufst du Tate an. Mach deinen Kopf frei.«

Die Luft im Café war zweifellos stickig geworden. Max konnte kaum noch atmen. Er fuhr mit der Fingerspitze seinen Namen auf dem Umschlag nach. Carters Hand auf seiner

Schulter ließ ihn zusammenzucken. Max hatte nicht einmal bemerkt, dass er aufgestanden war.

»Ich gehe und warte in der Bar die Straße runter«, sagte er. Sein Blick wanderte zu dem Brief. »Komm, wenn du so weit bist, und dann reden wir, okay?«

Max nickte und schob seinen Stuhl zurück. Seine Beine hatten Mühe, sein Gewicht zu tragen, als er aufstand. Carter fasste Max am Oberarm, um ihn zu stützen, wartete einen Herzschlag lang und zog ihn in eine feste Umarmung. Max zögerte nicht, sie zu erwidern. Er war kein Idiot und wusste, wann er eine Umarmung brauchte. Und im Augenblick brauchte er so viele, wie er kriegen konnte.

Was zum Teufel konnte Lizzie nach all diesen Jahren wollen? Was konnte sie ihm nur zu sagen haben? Warum jetzt? Er legte die Stirn auf Carters Schulter und holte tief Luft, um die drohenden Tränen seiner Angst zurückzudrängen.

»Ich bin da«, murmelte Carter. Er legte ihm die Hand auf den Hinterkopf. »Du bist nicht allein. Wie auch immer du dich entscheidest, ich werde dich unterstützen.«

Max nickte und schlug seinem Freund auf den Rücken. »Danke.«

Er spürte Carters Nicken, bevor er einen Schritt zurücktrat. »Schreib mir eine SMS, wenn du so weit bist«, sagte er leise und ging ohne ein weiteres Wort.

Grace saß auf ihrem Sofa, von dem sie sich nicht mehr wegbewegt hatte, seit sie vor drei Stunden aus der Pension zurückgekommen war. Der Fernseher in der Ecke des Wohnzimmers war an, aber Grace hatte keine Ahnung, was gerade lief. Sie war viel zu beschäftigt damit, das Schuldgefühl und Bedauern, das sie so deutlich in Max' Augen gesehen hatte, im Geiste immer wieder auf Dauerschleife abzuspielen.

Grace hatte nicht gewusst, was sie erwartet hatte, als sie sich dazu entschieden hatte, zu ihm zu gehen, um zu reden. Seine schroffe Gleichgültigkeit und Kälte hatten allerdings nicht auf ihrer Liste gestanden. Es hatte so wehgetan, sein Unbehagen zu sehen, wie er schnell Abstand zu ihr gesucht hatte, wie er sich gewünscht hatte, im Erdboden zu versinken. Das hatte er nicht vor ihr verbergen können; dafür kannte sie ihn zu gut.

Sie hatte Stunden mit Nachdenken verbracht, mit dem Versuch zu verstehen, wie furchterregend das, was sie miteinander geteilt hatten, für Max sein musste. Herrgott, das hatte er ihr im Bett selbst eingestanden. Doch all das konnte den heftigen Stich seiner Zurückweisung nicht lindern oder das Echo seiner Worte auslöschen, als er sie so einfach weggeschickt hatte. Konnte er denn nicht sehen, wie viel Angst *sie* hatte? Sie hüllte sich enger in die Decke, die sie um sich gewickelt hatte. Trotz der warmen Juliluft war ihr kalt.

Mit einem Blick auf die Uhr stellte sie fest, dass es kurz vor sechs war, und sie dachte darüber nach, Max eine SMS zu schreiben. Zum hundertsten Mal drehte sie ihr Handy zwischen den Fingern, hin- und hergerissen zwischen dem Bedürfnis, ihre Therapeutin anzurufen und um Rat zu fragen, und Max anzurufen. Nein. Freiraum. Das war es, was er brauchte. Sie wollte ihn nicht einengen oder unter Druck setzen. Wie sie ihm gesagt hatte: Alles, was sie wollte, war, ihn zu lieben, ohne Ansprüche, ohne Erwartungen, und er hatte ihr bereits gesagt, dass er dazu nicht in der Lage war, trotz der Tatsache, dass er sie so zärtlich geliebt hatte. Grace wusste nur zu gut, dass bei ihm ernste Fluchtgefahr bestand, falls sie ihn um mehr bat, als er zu geben bereit war. Sie würde darüber nicht urteilen, sondern ihm Zeit geben, darüber nachzudenken. Sie wusste, dass er das brauchte. So war er nun mal.

Ein leises Klopfen erklang von der Eingangstür, und Grace überlegte kurz, es zu ignorieren. Sie wollte niemanden sehen. Es wäre nur eine kleine Frage nötig, ein mitfühlender Blick, und sie würde die Fassung verlieren. Mit einem Seufzen erhob sie sich vom Sofa und ging zur Tür.

Max stand auf ihrer Veranda, den Kopf gesenkt, die Hände in den Jeanstaschen, und sah so schlecht aus, wie Grace sich fühlte. Als sie die Tür öffnete, blickte er hoch. Bei seinem Anblick, das Haar zerzaust, eine Rasur bitter nötig, zusammen mit der Erinnerung an seinen Körper auf ihrem, zitterten Grace plötzlich die Knie, und sie lehnte sich haltsuchend an den Türrahmen.

»Hey«, sagte sie mit leiser Stimme und warf einen Blick auf die Stelle, wo der Ersatzschlüssel versteckt war. »Danke fürs Klopfen.«

Er schluckte und nickte knapp. Seine Augen blickten immer noch vorsichtig, immer noch verwirrt und verängstigt, und es brach Grace das Herz.

»Möchtest du reinkommen?«

Er schüttelte den Kopf. »Nein«, antwortete er hastig und zeigte mit dem Daumen über die Schulter auf ein äußerst protzig aussehendes Auto, in dem Carter saß. »Ich bleibe nicht.«

Grace ließ die tiefere Bedeutung seiner Worte in sich einsinken. Sie biss sich auf die Lippe, um ihre Panik zurückzuhalten. »Du bleibst nicht hier«, sie deutete vor sich auf den Boden, »oder nicht hier in Preston County?«

Max' Blick huschte zur Seite, bevor er sie wieder ansah. »Beides.«

Grace' Atem stockte. »Wo fährst du hin?«

Er leckte sich mit der Zunge über die Lippen, und einen Moment lang sah er aus, als wollte er es ihr nicht sagen. »Zurück nach New York.«

»Endgültig?«

»Ich weiß es nicht, Grace«, knurrte er. Er schaute zum Himmel, als wollte er Gott um Kraft bitten. »Ich bin nur … Scheiße. Ich muss gehen, okay?«

Grace' Pulsschlag beschleunigte sich. Sein Tonfall und die schroffe Haltung verletzten sie nicht mehr, sondern machten sie wütend. Das hatte sie nicht verdient. Sie hatte nichts anderes getan, als ihn gernzuhaben. »Ja, okay. Ich meine, es ergibt ja Sinn, dass du gehst.«

Max' Augen verengten sich argwöhnisch. »Warum?«

»Nun, du warst schon immer gut im *Weglaufen*«, bemerkte sie schneidend und zog eine Augenbraue hoch, als er verärgert die Schultern hob. »Was denn?«, fügte sie herausfordernd hinzu. »Denkst du, ich kapiere nicht, was du da tust?«

Max lachte humorlos, und seine Augen blitzten gefährlich. »Du kapierst überhaupt nichts. Du hast keine Ahnung.«

»Warum erklärst du es mir dann nicht?«, fragte sie unverblümt. Sie stand hochaufgerichtet da, die Tür brauchte sie nicht mehr als Stütze. »So viel schuldest du mir.«

Er blähte die Nasenlöcher und holte tief Luft. »Lizzie.«

Grace' Augen weiteten sich. »Lizzie?«

Max nickte. »Carter hat mir einen Brief von ihr gebracht …« Er hob den Kopf. Er sah so erschöpft aus. »Sie möchte sich mit mir treffen. Sie möchte reden.«

Grace war wie vor den Kopf geschlagen. Das war das Letzte, was sie erwartet hatte, und das veränderte alles. Gewaltig. Die Kampflust in ihr versiegte.

Nach allem, was Max ihr über Lizzie und das, was zwischen ihnen vorgefallen war, erzählt hatte, klang es natürlich plausibel, dass er zu ihr ging. Nach allem, was er durchgemacht hatte, brauchte er diese Möglichkeit, die Sache richtig abzuschließen. Das hatte er verdient. Dennoch konnte ein dunkler Teil von Grace nicht anders, als sich zu fragen, ob Lizzies Brief vielleicht die Gelegenheit war, die Max brauchte, um wegzulaufen, anstatt über das zu reden, was letzte Nacht geschehen war.

Unter dem Verständnis nistete sich kalte Erkenntnis in ihrer Brust ein. »Also wirst du sie treffen?«

Max rieb sich mit den Fingerspitzen über die Stirn. »Nein, werde ich nicht, ich … vielleicht. Ich weiß nicht einmal, ob ich das *will,* ich bin einfach …«

Grace schluckte, und als sie sprach, war ihre Stimme vorsichtig und leise. »Bist du hergekommen, weil du von mir hören wolltest, dass es okay ist, wenn du gehst?«

Max' Gesicht verzog sich ungläubig. »Was?«

Sie lächelte traurig. Resignation erfüllte sie.

Er wollte sie nicht. Nicht so, wie sie ihn wollte. Er war zu beschäftigt damit, sich an die Vergangenheit zu klammern, um zu sehen, was direkt vor seiner Nase war. Und um ehrlich zu sein, war sie einfach zu müde, um weiter zu versuchen, ihn davon zu überzeugen, dass sie die Richtige für ihn war.

»Ich verstehe das, Max, wirklich«, sagte sie aufrichtig. »Es ist wichtig, dass ihr zwei euch unterhaltet. Sie hat vieles zu erklären, vieles, wofür sie sich entschuldigen muss. Das hast du verdient.«

Er runzelte die Stirn, seine Augen blickten misstrauisch. »Ja, stimmt.«

Grace nickte. Sie presste die Lippen aufeinander, um die verzweifelten Worte zurückzuhalten, die ihr auf der Zunge lagen: *Ich liebe dich, komm zurück zu mir, hör auf, wegzulaufen.*

Stattdessen bat sie: »Sagst du mir noch etwas, bevor du gehst?«

Max seufzte und warf einen Blick zurück zu Carters Wagen. »Klar.«

»Sag mir, dass du gestern Nacht nichts empfunden hast. Sag mir, dass es dir nichts bedeutet hat.«

Max starrte sie einen Augenblick lang an, ein Muskel in seinem Kiefer zuckte. Sie wusste, sie hatte ihn in die Enge getrieben, und das gefiel ihm nicht, aber sie musste wissen, was er angesichts dessen, was sie miteinander geteilt hatten, empfand. Natürlich änderte es nichts. Sie gab sich keinen Illusionen hin. Er würde auf jeden Fall gehen, aber wenigstens würde sie wissen, dass die vergangene Nacht für sie beide etwas Besonderes gewesen war.

»Es war, was es war«, antwortete er schließlich. Seine Stimme klang ausdruckslos. Er zuckte gleichgültig mit den Schultern. »Ein Fick ist ein Fick, weißt du?«

Grace' Herz setzte aus, als seine Worte wie Projektile einschlugen. Sie wusste, dass er um sich schlug, weil er Angst hatte, dennoch traf es sie tief. »Das meinst du nicht so.« Ihre Stimme schwankte.

»Tu ich nicht?« Er schüttelte den Kopf auf eine Weise, die man nur als herablassend beschreiben konnte. »Scheiße. Ich wusste, das hier war ein Fehler.«

»Das hier?«, fragte Grace. Sie hasste es, dass ihre Knie zitterten, und umklammerte den Türrahmen.

»Du!«, stieß Max heftig hervor. »Ich hatte dir gesagt, dass ich nur Sex will«, fuhr er fort. Seine Stimme klang genervt, als erkläre er einem Kind etwas sehr Einfaches. »Ich war von Anfang an ehrlich zu dir, aber du wolltest das nicht hören.«

»Ich höre dich jetzt«, sagte sie nachdrücklich. Sie machte Anstalten, ihm die Tür vor der Nase zuzumachen, damit er nicht sah, wie sie zusammenbrach. »Ich höre dich klar und deutlich.«

»Na Gott sei Dank, verdammt!«, rief er aus und schlug sich mit den flachen Händen auf die Schenkel.

Grace blinzelte und hasste es, dass dabei eine Träne aus ihrem Auge schlüpfte. Sie erkannte den Mann, der da auf ihrer Veranda stand, nicht wieder. Von dem sanften, mitfühlenden, geduldigen Menschen, in den sie sich verliebt hatte, war in diesem Fremden vor ihr keine Spur mehr zu finden.

Sie kniff die Lippen zusammen. »Es tut mir aufrichtig leid, dass ich nichts anderes getan habe, als dich gernzuhaben und dir zu zeigen, dass du so viel mehr bist als Drogen und schlimme Erinnerungen.« Sie schluckte. »Aber ich kapier' schon: Das ist alles, was du kennst, und alles andere, alles Neue ängstigt dich zu Tode.«

Max starrte sie wütend an. Sein Blick bohrte sich wie Nadelstiche in ihre Haut.

Sie nickte mit dem Kinn in Richtung Carters Wagen. »Na, dann geh doch. Wenn ich wirklich ein Fehler war und du überhaupt nichts für mich empfindest, dann dürfte es dir doch kinderleicht fallen. Stimmt's?«

Max schnaubte mit blitzenden Augen. »Stimmt«, spuckte er aus. Seine Lippen zuckten, als wollte er noch mehr sagen, doch er atmete einfach nur aus und machte eine wegwerfende Geste. »Im Ernst, ich brauch' diesen ganzen Scheiß hier nicht.«

Er fuhr auf dem Absatz herum, polterte die Stufen der Veranda hinunter und marschierte zu Carters Wagen, wo er beinahe die Tür aus dem Rahmen riss. Er warf sich auf den Beifahrersitz und schlug die Tür zu. Grace sah zu, wie das Auto wendete und die Auffahrt hinunter verschwand, dann trat sie zurück ins Haus und schloss vorsichtig die Tür. Sie lehnte sich mit dem Rücken dagegen und rutschte zu Boden.

Erst dann zerbrach sie in tausend Scherben.

28

Max war still. Er war zu still, und offen gesagt machte das Carter eine Heidenangst.

Seit sie Grace' Haus hinter sich gelassen hatten, war er stumm. Seine tiefen Atemzüge und zitternden Hände waren offensichtliche Anzeichen der Wut, die ihn durchströmte. Carter hatte nicht gefragt, worauf oder warum. Er hatte beobachtet, wie Max mit Grace redete, hatte die lauten Stimmen durch die Fenster des Lexus gehört. Der Schmerz und die Angst waren bei beiden nicht zu übersehen gewesen.

Carter seufzte. Was zum Teufel dachte sich Max nur? Carter hatte es in Grace' Gesicht gelesen. Sie war bis über beide Ohren in ihn verliebt, und ob Max es nun zugab oder nicht, er hatte sie ebenfalls mehr als nur ein bisschen gern. Es brach Carter das Herz zu sehen, wie sein Freund es sich verwehrte, glücklich zu sein, und das wegen seiner Angst, wegen seiner Vergangenheit, wegen einer Frau, die er immer noch auf einen Sockel hob. Aber was hatte Carter für eine Wahl? Er würde Max unterstützen. Das hatte er schon immer getan, und das würde sich nie ändern.

Andererseits, Max so aufgewühlt zu sehen, war irgendwie eigenartig tröstlich. Es war zu lange her, dass Carter ihn so leidenschaftlich wegen etwas erlebt hatte, das weder alkoholisch war noch sich in einem kleinen, durchsichtigen Plastiktütchen befand. Grace schien einen Teil von Max geweckt zu haben, den Carter schon verloren geglaubt hatte. Es war einfach nur grausame Ironie, dass Lizzie gerade jetzt beschlossen hatte,

Max zu schreiben – ausgerechnet als der gerade anfing, sich dafür zu erwärmen, sein Leben zu leben.

Aber das Leben war nie einfach.

Carter drehte den Schlüssel im Türschloss des Lofts in Tribeca, das er sich mit Kat teilte, öffnete die Tür und trat zur Seite, um Max hineinzulassen. Dann schloss er die Tür hinter ihnen, und sofort fand sein Blick Kat, die an der über und über mit Hochzeitseinladungen bedeckten Frühstücksbar saß, umgeben von Umschlägen, Schleifen und ausgefallenen Kalligraphie-Utensilien, die sie unbedingt hatte haben müssen. Sie schaute hoch und lächelte breit.

»Peaches«, flüsterte er, bevor er zu ihr ging. Er beugte sich über die Bar und gab ihr einen zarten Kuss auf den Mund.

»Hey.« Sie lächelte an seinen Lippen. Dann schaute sie zu Max, der unbehaglich neben dem Sofa von einem Fuß auf den anderen trat. »Es ist schön, dich zu sehen, Max«, sagte sie sanft. »Du siehst gut aus.«

»Du auch.«

Carter hatte Kat angerufen, als Max sich entschieden hatte, nach New York zurückzukehren, und der Klang ihrer Stimme war genau das Mittel gewesen, das er gegen die Sorge in seinen Eingeweiden brauchte. Im Ernst, falls Max wegen Lizzie wieder in seine Drogensucht und Sauferei zurückstolperte, würde er die ganze Welt nach ihr absuchen und sie teuer dafür bezahlen lassen. Auf Carters nachdrücklichen Wunsch hin hatte Max vom Flugzeug aus Tate angerufen. Nicht dass er viel gesagt hatte, aber es beruhigte Carter ein wenig zu wissen, dass sein bester Freund Leute hatte, die sich bereitwillig um ihn scharen würden, sollte doch noch alles den Bach runtergehen.

Carter lächelte Max an. »Hast du Hunger? Ich könnte was machen.«

Max runzelte die Stirn. »Du und kochen?«

Kat schaute kichernd hinunter auf die Antwortkarte in ihrer Hand.

»Nun, nein«, antwortete Carter und kratzte sich die Wange. »Aber ich weiß, wie man Pizza bestellt.«

Max' Lächeln war schwach, aber es war da. »Nein, Mann. Ich … ich glaube, ich hau mich gleich aufs Ohr, wenn das okay ist?«

Carters Blick wanderte zu der Uhr an der Wand. Es war kurz nach neun. »Klar.«

»Ich habe frische Bettwäsche aufgezogen, und da ist ein Handtuch, falls du duschen willst«, bot Kat an.

Max nickte knapp. »Danke.«

Er nahm seine Tasche vom Fußboden neben der Tür, wo Carter sie hingestellt hatte, und ging durchs Apartment zum Gästezimmer. Carter atmete aus, als er hörte, wie die Tür hinter ihm ins Schloss fiel.

»Alles okay?«, fragte Kat. Sie schob ihre Hand in seine und drückte sie.

Carter schüttelte den Kopf. »Ich mache mir Sorgen um ihn.«

Kat stand von ihrem Platz auf und kam um die Bar herum. Sie schlang Carter die Arme um den Hals und hielt ihn fest. »Ich weiß, Liebling. Ich weiß.«

Um drei Uhr morgens lag Max immer noch wach.

Ein paar Stunden lang war er immer wieder eingenickt, hatte auf seinem Handy herumgespielt, eine Tablette genommen, aber nichts schien zu wirken. Anklagend starrte er den zerknitterten Brief auf dem Nachttisch an. Max musste ihn schon mindestens zwanzigmal gelesen haben, und jedes Mal schnürte es ihm die Kehle zu, und sein Herz hämmerte. Zeilen von dem, was dort geschrieben stand, flatterten taumelnd durch seinen

Kopf und kratzten an Wunden, die er längst verheilt geglaubt hatte.

Max, ich habe im Lauf der Jahre so oft den Stift in die Hand genommen und geglaubt, ich wäre bereit, diesen Brief zu schreiben … Ich würde dich wirklich gern sehen … Wenn wir reden könnten … Ich weiß, das willst du vielleicht nicht … Was ich getan habe, war unentschuldbar … Es gibt Dinge zu sagen. Ich werde eine Woche lang in New York sein …

Sein Verstand drehte sich wild im Kreis, ohne je langsamer zu werden oder verdammt noch mal lange genug die Klappe zu halten, damit er in einen tiefen Schlaf fallen konnte. Er war unerbittlich.

Das letzte Mal, als er gut geschlafen hatte, hatte er … Scheiße … hatte er neben Grace geschlafen.

Bei dem Gedanken schob Max frustriert die Bettdecke beiseite, schnappte sich eine Pyjamahose aus seiner Tasche, schlüpfte hinein und schlich sich aus dem Gästezimmer. Seine nackten Füße machten kein Geräusch auf dem Holzfußboden, als er zu dem Bereich ging, wo die Küche vom Wohnraum abgetrennt war. Unvermittelt blieb er stehen, als er bemerkte, dass Kat ebenfalls wach war. Sie saß an der Frühstücksbar, wo er und Carter sie schon bei ihrer Ankunft vorgefunden hatten. Das kleine Licht unter der Dunstabzugshaube war die einzige Beleuchtung. Sie blickte hoch, anscheinend nicht überrascht, ihn zu sehen.

»Hey. Alles okay?«, fragte sie, bevor er sich umdrehen und die Flucht ergreifen konnte.

Er verschränkte die Arme vor der nackten Brust. »Ähm … kann nicht schlafen.«

»Ich auch nicht.« Sie schaute wieder hinunter auf das Buch,

das aufgeschlagen auf der Bar lag, und blätterte eine Seite um. »Hochzeitsvorbereitungen sind nicht gerade förderlich für guten Schlaf.« Sie schmunzelte. »Außer man heißt Wesley Carter.« Ihr Blick wanderte in Richtung Schlafzimmer. »Der Mann könnte den dritten Weltkrieg verschlafen.«

Max lächelte. »Er hatte schon immer einen tiefen Schlaf.«

Kat seufzte. »Möchtest du was Warmes trinken? Ich habe Kakao. Ich hatte gerade überlegt, ob ich einen trinken sollte oder nicht, um besser einschlafen zu können.«

Erwärmt von ihrer Aufrichtigkeit trat Max einen weiteren Schritt näher. »Gern.«

Er sah ihr zu, wie sie aufstand, in der Küche herumkramte und Milch, Kakaopulver und Tassen zusammentrug. Währenddessen pflanzte er seinen Hintern auf den Barhocker ihr gegenüber und warf einen Blick auf das, was sie gerade gelesen hatte. Es war ein Hochzeitskatalog.

»Hat Carter dir gesagt, dass ich ihn mit all dem hier in den Wahnsinn treibe?« Sie wies auf einen Stapel getrockneter Blumen, Schleifen, Stoffmuster und anderer furchteinflößender hochzeitsmäßiger Dinge auf der Arbeitsplatte.

»Nein«, antwortete Max hastig.

Kat fing seinen Blick auf. »Du bist ein genauso schlechter Lügner wie er.«

Max schnaubte leise. »Kann sein, dass er da mal was erwähnt hat. Aber er will nur, dass du glücklich bist.«

Ein kleines Lächeln zuckte um ihre Mundwinkel, als sie heißes Wasser in die Tassen gab. »Das bin ich.« Sie trug die Tassen herbei und stellte eine davon vor ihn hin. »Siehst du die Schublade neben deinem Knie?«

Max schaute nach unten und bemerkte ein Loch im Holz der Frühstücksbar, das groß genug für die Spitze eines Zeigefingers war. »Ja.«

»Würdest du sie bitte aufmachen?«

Max tat es und grinste, als er sah, was drin war. Die Schublade war gefüllt mit Oreo-Packungen, Schokolade mit Oreo-Stückchen und allen möglichen anderen Keks-Köstlichkeiten. Mit großen, staunenden Augen schaute er zu ihr hoch. »Ist das sein geheimer Vorrat?«

Kat zuckte mit den Schultern, ein schelmisches Funkeln in den Augen. »Er *denkt* zumindest, er wäre geheim. Genauso wie der in seiner Männerhöhle im Strandhaus.«

Max nahm eine Packung Oreos heraus. »Der Mistkerl wollte nie verraten, wo er sie aufbewahrte. Es war immer ein Albtraum, wenn wir hier gefeiert haben und Heißhunger bekamen.«

Er riss die Packung auf, bediente sich und bot die anderen Kekse dann Kat an. Sie nahm einen und tunkte ihn in ihren Kakao.

»Wie hast du das aus ihm herausgekitzelt?«

Kat lächelte in ihre Tasse. »Gar nicht. Ich besitze einfach Fähigkeiten auf Ninja-Level.«

Max nickte beeindruckt. »Cool.«

»Ich werde ihn heiraten; ich weiß alles, was es zu wissen gibt.«

Ja, genauso, wie es bei ihm und Lizzie gewesen war. Max' Lächeln verblasste. Er schlürfte seinen Kakao, während ihm Panik und Nervosität einen Schauer über den Rücken jagten. So hatte er sich zuletzt vor der Klinik gefühlt.

»Ich bin sicher, es wird alles gut«, sagte Kat. Ihr Gesicht war offen und ehrlich. Anscheinend sah sie den Stress, den er so angestrengt zu verbergen versuchte. »Wie auch immer du dich entscheidest.«

Max schluckte und stützte die Ellbogen auf die Bar zwischen ihnen. »Carter hat dir alles erzählt, was?«

»Stört dich das?«, fragte Kat vorsichtig.

Max dachte einen Moment lang darüber nach, schüttelte dann aber den Kopf. »Ich bin froh, dass er dich hat.«

Dann saßen sie in einträchtigem Schweigen da, aßen Kekse und tranken Kakao, bis Max unvermittelt fragte: »Denkst *du*, ich bin ein Idiot?«

Kat sah ihn an, eindeutig überrascht. »Ein Idiot? Ich … ich bin mir nicht sicher – «

Max hob lächelnd die Hand. »Schon okay. Ehrlich.« Er zuckte mit den Schultern. »Ich weiß, wir haben uns nie wirklich … unterhalten oder so, aber ich würde gern hören, was du denkst. Ich weiß, Carter hält mich für verrückt, weil ich zurückgekommen bin.« Er legte die Finger um seine Tasse, und seine Schultern sanken herab, als laste das Gewicht der Welt darauf. »*Bin* ich komplett dämlich, weil ich überhaupt darüber nachdenke, es zu tun?«

Kat lehnte sich zurück, als wöge sie ihre Antwort sorgfältig ab. Ihre grünen Augen waren eindringlich auf ihn gerichtet, und einen Sekundenbruchteil lang blitzte Grace' Gesicht in seinem Kopf auf. Er blinzelte und wartete.

»Ich glaube …«, setzte Kat an. Sie sah auf ihre Tasse hinunter und lehnte sich langsam wieder vor. »Ich glaube, du musst tun, was *dir* richtig erscheint.«

Max atmete frustriert aus und machte den Mund auf, um Kat zu sagen, was für ein Haufen Scheiße diese Antwort war, doch sie hob abwehrend die Hand und zog eine Augenbraue hoch. »Ich bin noch nicht fertig.«

Er konnte deutlich sehen, was Carter so an ihr liebte: Sie war selbstbewusst und ließ sich nichts gefallen; Max war ziemlich sicher, dass sie Carter regelmäßig in seine Schranken wies.

»Ich finde auch, dass du sehr mutig bist«, fügte sie hinzu.

Das ließ Max stutzen. Mutig? Wohl kaum. Er hatte sich nie ängstlicher gefühlt. Er schüttelte leicht den Kopf.

»Du bist bereit, dich dem zu stellen, was dich beinahe zerstört hat«, murmelte Kat. »Das ist sehr mutig.«

Max biss die Zähne zusammen und verkniff sich die wütende Erwiderung. Dazu hatte er kein Recht. Schließlich hatte er sie um ihre Meinung gefragt. Eine Meinung, die juckte wie ein Insektenstich. Aber wie konnte er von sich weisen, was Kat gesagt hatte? Lizzie *hatte* ihn beinahe zerstört. Er war völlig abgestürzt ohne sie, wegen ihr. Wenn sie sich wiedersahen, würde er dann wieder den Halt verlieren? Im Laufe der vergangenen Monate hatte er sich so an das Gefühl gewöhnt, wieder im Gleichgewicht zu sein, dass er nicht sicher war, ob er auch nur den kleinsten Schubs von ihr überleben würde.

»Hat Carter dir je etwas von meiner Großmutter Nana Boo erzählt?«, fragte Kat.

Max nickte, ohne aufzublicken. »Ja, er hat sie erwähnt. Sie ist diejenige, die ihm diese hammermäßigen Oreo-Käsekuchen backt, stimmt's?«

Kat lachte. »Genau. Jedes Mal, wenn sie uns besucht. Ich schwöre dir, er sollte eigentlich mindestens hundertfünfzig Kilo wiegen.«

Gegen seinen Willen musste Max kichern.

»Sie ist der allerbeste Mensch, den ich kenne. Ich frage sie immer noch bei allen möglichen Sachen um Rat. Als ich im letzten Schuljahr war, hatte ich meinen ersten festen Freund. Ich war achtzehn und wahnsinnig verliebt, während er anscheinend hinter meinem Rücken wahnsinnig in drei andere Mädchen verliebt war.« Max' Blick fand ihren. »Autsch.«

Kat zog die Augenbrauen hoch. »Nicht wahr? Also haben wir Schluss gemacht. Drei Monate später rief er mich an und flehte mich an, ihn zurückzunehmen, es täte ihm leid, er würde es nie wieder tun, bla, bla, bla. Ich ging zu Nana Boo und fragte sie, was ich ihrer Meinung nach tun sollte.«

Max lehnte sich vor. »Und was hat sie gesagt?«

Kat nahm einen Schluck Kakao. »Sie sagte, ›Katherine, Engelchen, geh nie an die Tür, wenn die Vergangenheit anklopft‹.« Ihre Stimme wurde weicher. »Sie hat nie etwas Neues zu sagen.«

Max holte tief Luft, während das Echo ihrer Worte in ihm nachhallte. Er sank auf seinem Hocker zurück, starrte die Bar an und fühlte sich mit einem Mal besiegt. Er war so verdammt durcheinander und kam sich vor wie in zwei Hälften zerrissen. Sein Verstand wollte das eine – der Sache den Rücken kehren, die ihn beinahe umgebracht hatte –, und sein Herz wollte etwas anderes. Es war aufreibend. Irgendwo am Rand regten sich quälende Kopfschmerzen, und zum ersten Mal seit Monaten sehnte er sich nach einer Line.

Wütend auf sich selbst drückte er die Handballen auf seine Augen, bis er kleine weiße Sterne hinter den Augenlidern tanzen sah.

»Tu mir einen Gefallen, ja, Max?«

Kats Bitte veranlasste Max, den Kopf zu heben und die verschwommene Dunkelheit fortzublinzeln. »Klar.«

»Sei vorsichtig.« Kat legte ihre kleine Hand auf seinen Unterarm und drückte ihn. »Du hast viele Leute, die dich gernhaben und sich um dich sorgen. Vergiss das nicht, okay? Du bist nicht allein.« Sie lächelte sanft. »Wir sind eine Familie.«

Max' Kehle wurde unglaublich eng. Er nickte knapp.

Kat drückte seinen Arm noch ein letztes Mal und sah dann auf die Uhr. »Verdammt. Ich muss ins Bett. Ein paar von uns müssen morgen arbeiten.«

Lächelnd stand sie auf, nahm die Tassen und stellte sie in die Spüle, während Max die Packung Oreos zurück in Carters nicht-besonders-geheime Schublade steckte. Er stand auf, als Kat an ihm vorbeiging. »Hey, Kat?«

Mit einem kleinen Lächeln drehte sie sich um.

»Danke.«

Sie nickte. »Gern doch, Max. Jederzeit.«

Drei Tage vergingen, und mit jedem schrumpfte Max' Zeitfenster, Lizzie zu treffen. Sie würde nur noch vier Tage in der Stadt sein.

Er lenkte sich ab, indem er sich mit Tate traf, eine Sitzung mit Elliot hatte und zu einem Meeting einer örtlichen NA-Gruppe ging, die Carter im Internet aufgetan hatte. Max konnte die Sorge in den Augen der Menschen um ihn herum sehen, die Anspannung, während sie darauf warteten, dass er eine endgültige Entscheidung traf. Er hoffte, dass es ihre Sorge ein wenig milderte, wenn sie sahen, dass er sich aktiv um den Fortschritt seiner Therapie bemühte. Sie hatten jedes Recht, besorgt zu sein. Die kalten Finger der Sucht waren wieder da. Der alte Drang war zurück und flüsterte Max wie ein verdammtes Teufelchen auf seiner Schulter süße Nichtigkeiten ins Ohr, wenn er allein war.

Er hing in der Werkstatt rum und half Riley sogar, einen coolen Ferrari 250 GT zu reparieren, der sich nur so nach Max' Fuß auf seinem Gaspedal sehnte. Der Geruch nach Schmieröl und Metall und das Hämmern von Rockmusik waren eine willkommene Ablenkung von den Gedanken, die ihm seit Tagen im Kopf herumschwirrten. Beides half ihm zu erkennen, wie sehr er diese Arbeit liebte. Er ging den Papierkram durch, begann damit, Carters Junggesellenparty zu organisieren, und joggte.

Er joggte viel. Er lief durch den Central Park und am Hudson entlang, er lief überall, wo er konnte, um den Kopf freizubekommen. Es war wenig überraschend, dass er bei diesen Gelegenheiten am häufigsten an Grace dachte. Sie war monatelang seine Laufpartnerin gewesen, also war das zu erwarten.

Zumindest sagte er sich das, während seine Füße über den Asphalt trommelten.

Er hatte nichts mehr von ihr gehört, seit er Preston County verlassen hatte, und ein Teil von ihm, ein sehr kleiner Teil, war erleichtert. Er hatte dem Drang widerstanden, ihr zu schreiben oder sie anzurufen, da er ohnehin keine Ahnung hatte, was er sagen sollte. Um ehrlich zu sein, brütete er immer noch über ihren letzten Worten … Aber er bemühte sich nach Kräften, nicht an sie zu denken, oder an das, was sie gerade tat. Immer wieder sagte er sich, dass er kein Recht dazu hatte. Dennoch wanderten seine Gedanken immer wieder zurück zu ihr.

Es war am Nachmittag des vierten Tages, während er lief, als er endlich seine Entscheidung traf.

Nachdem er in Carters Büro angerufen hatte, machte er sich auf den Weg nach Downtown zu WCS Communications, Carters Firma. Bewundernd musterte er die schicke Einrichtung der Lobby und dachte mit einem Blick auf seine Laufklamotten, dass er sich vorher vielleicht doch besser umgezogen hätte, dann fuhr er mit dem Aufzug hoch in den vierzigsten Stock.

Carters persönliche Assistentin Martha lächelte, als er an ihren Schreibtisch trat. »Max?« Max nickte, und Martha wies zu einer Tür. »Er erwartet Sie bereits.«

Als Max die große Holztür aufstieß, stand Carter an einem Fenster, das eine mordsmäßige Aussicht über das Bankenviertel bot. Es war ein herrlicher Sommertag in der City, und Max war irgendwie erleichtert, dass er nicht unter Höhenangst litt. Von hier oben ging es wirklich verflucht weit nach unten. Carter drehte sich um, als er hörte, wie die Tür ins Schloss fiel. Seine Miene war nervös. Er versuchte, es wegzulächeln, aber nach zwanzig Jahren Freundschaft durchschaute Max diesen Mist.

»Du wirst dich also mit ihr treffen«, sagte Carter, als Max den Mund öffnete.

Offensichtlich war Max ebenso durchschaubar. Er schob die Hände in die Taschen seiner Laufshorts. »Ich glaube nicht, dass ich eine andere Wahl habe, Mann.«

Carter rieb sich mit der Handfläche übers Kinn. »Die hast du, Max. Die hast du. Aber ich weiß, dass du dir ewig Vorwürfe machen wirst, wenn du es nicht tust.«

Max hob die Schultern. »Ich muss es wissen«, gestand er leise. »Ich muss wissen … warum.«

»Ich weiß.« Carter kam näher.

Max spürte die Enttäuschung seines Freundes, aber er konnte sich davon nicht verunsichern lassen. Er hatte eine Entscheidung getroffen und würde daran festhalten, um seines eigenen Seelenfriedens willen.

»Also, wie lautet der Plan?« Carter führte Max zu einem Ecksofa aus braunem Leder. »Wie willst du es machen?« Er öffnete den Knopf seines marineblauen Jacketts und setzte sich.

Max ließ sich neben ihm nieder und holte sein Handy hervor. »Ich werde ihr eine SMS schreiben. Ich dachte daran anzurufen, aber … ich weiß nicht, was es mit mir machen wird, ihre Stimme zu hören.«

Carter schwieg so lange, dass Max von dem Telefon in seiner Hand aufblickte. Carter lehnte sich zurück, den Blick auf den Teppich gerichtet, die Finger auf die Lippen gepresst, und sah haargenau so ängstlich aus, wie Max sich fühlte. »Bist du dir wirklich sicher?«, fragte er leise.

Max nickte. Er zog den stark mitgenommenen Brief, in dem Lizzies Telefonnummer stand, aus der Tasche, holte tief Luft und begann zu tippen. Seine Nachricht war kurz und sachlich: *Ich kann dich treffen. Morgen. Max.*

Als er fertig war, schwebte sein Daumen unentschlossen

über dem »Senden«-Button. Er zögerte. Unvermittelt hallten Grace' Worte durch seinen Kopf: *Sag mir, dass du gestern Nacht nichts empfunden hast. Sag mir, dass es dir nichts bedeutet hat …* zusammen mit dem hoffnungsvollen Ausdruck auf ihrem Gesicht, der in sich zusammengefallen war, als er zurückgeschossen hatte, so wütend und stur.

Er biss die Zähne zusammen, weil es ihn quälte, weil das, was sie ihn gefragt hatte, an einen Teil von ihm rührte, der ihn zu Tode ängstigte. Was er zu ihr gesagt hatte, war unverzeihlich und vollkommen unwahr gewesen. Mit einem tiefen Grollen in seiner Brust schüttelte er die Schuldgefühle ab.

Trotzig ließ er den Daumen auf das Display fallen und tippte auf »Senden«.

Weil scheiß drauf.

Er versuchte, das dröhnende Pulsieren in seinen Ohren wegzuatmen, während Carter stocksteif und anscheinend sprachlos neben ihm saß. Beide Männer starrten auf das Handy. Die Anspannung im Raum war greifbar.

Lizzies Antwort kam innerhalb einer Minute: *Ich wohne im Hilton Midtown. Um ein Uhr in der Lobby?*

Das war nicht gut. Vertrautes Terrain war wichtig, wenn das funktionieren sollte.

Ein Uhr. Sam's Diner gegenüber vom Hilton.

Okay. Danke, Max.

Hastig schaltete Max den Handybildschirm aus und ließ sich mit geschlossenen Augen nach hinten fallen. Übelkeit lief in Wellen durch ihn hindurch, als wäre Lizzies SMS ein verdammt großer Stein, der in seine relativ friedliche Welt hineingeworfen worden war. Er konnte es sich nicht erklären. Sicher sollte er doch irgendeine Art Befriedigung empfinden, irgendeine Art Erleichterung, nach so langer Zeit mal wieder Kontakt mit ihr zu haben.

Aber nein, alles, was er empfand, war Verstörung. Der Druck auf seiner Brust versetzte ihn wieder zurück in ihre alte Wohnung, zu dem Tag, an dem Lizzie gegangen war und er auf Knien fieberhaft alle anrief, die er kannte, um sie zu finden. Die Erinnerungen sickerten erst langsam zu ihm durch, bis der Damm brach und sie ihn überrollten, schnell und schwer, wie schäumende Stromschnellen, die ihn unter Wasser zogen, umherwirbelten und ihm keine Gelegenheit gaben, Luft zu holen.

»Es ist alles in Ordnung«, raunte Carter neben ihm. »Atme tief durch.«

Merkwürdigerweise schob sich bei Carters Worten ein Bild von Grace vor das Chaos: Wie sie am Wochenende des vierten Juli am mondbeschienenen See tanzte. Zusammen mit dem Echo ihres Lachens, ihren hoch über den Kopf erhobenen Armen und der Erinnerung an ihre Haut unter seinen Fingerspitzen war Carters Hand auf Max' Schulter das Einzige, was ihn dazu brachte, auf dem Sofa sitzen zu bleiben und nicht zur Tür hinausstürmen, um den nächstbesten Dealer zu finden.

29

Am nächsten Tag stand Max vor dem Diner und fragte sich, ob sein Herz wohl wirklich heftig genug schlagen konnte, um ihm die Rippen zu brechen. Es hämmerte so stark, dass es beinahe schmerzte, und jedes Mal, wenn er versuchte, einen Schritt vorwärts zu machen und den Laden zu betreten, schien es kurz auszusetzen. Er war todmüde, da er die ganze Nacht lang kein Auge zugetan und Vermutungen angestellt hatte, was zur Hölle Lizzie zu sagen haben könnte … und was *er* sagen würde.

Widerstrebend stieß er die Tür auf. Sofort schlug ihm der Geruch nach Kaffee und Pfannkuchen entgegen, und sein Magen verkrampfte sich. Schweiß lief ihm in den Nacken, während er sich umschaute. Sie war noch nicht da. Erleichtert, dass er noch ein wenig Zeit hatte, sich wieder zu sammeln, besetzte er eine leere Nische und rutschte auf die Bank, die Hände geballt auf dem Tisch. Eine Kellnerin kam mit einem breiten Lächeln und einem Namensschild mit der Aufschrift »Grace« auf ihn zu. Max stieß ungläubig den Atem aus. Das war das Letzte, was er sehen wollte.

»Scheiße, Herrgott«, brummte er in seine Hände, bevor er schluckte und einen Kaffee bestellte. Dabei wünschte er sich, er würde mit einem gewaltigen Schuss Alkohol serviert, um seine Nerven zu beruhigen und die Erinnerung an Grace auszulöschen. An den konzentrierten Ausdruck auf ihrem Gesicht, wenn sie ihre verdammten Fotos machte – dieser Ausdruck, der ihn schon quälte, seit er heute Morgen aufgewacht war.

Unruhig rutschte er auf seinem Platz herum. Er musste sich ernsthaft zusammenreißen. Vielleicht hätte er einwilligen sollen, als Carter ihm angeboten hatte, mit ihm zu warten, bis Lizzie kam. Wenn er so weitermachte, würde er sich noch in ein frühes Grab zappeln. Er konnte einfach nicht stillsitzen. Grace, die Kellnerin, stellte seinen Kaffee im selben Moment vor ihn hin, in dem die Glocke über der Tür des Diners bimmelte.

Ohne überhaupt aufzublicken, wusste Max, dass es Lizzie war. Seine Haut fühlte sich mit einem Mal zu eng an, schnürte ihn ein und raubte ihm den Atem.

Langsam schaute er hoch und fing ihren Blick auf.

Gott.

Sie war die Frau, an die er sich erinnerte, und doch irgendwie anders.

Sie kam näher, ruhig, aber befangen. Ihr blondes Haar, das sie immer lang getragen hatte, war nun zu einem schicken Bob frisiert, der bis knapp unters Kinn reichte. Ihr Gesicht war immer noch dasselbe, klein und schmal, zeigte nun aber Falten, die früher nicht da gewesen waren. Ihre blauen Augen, die er so geliebt hatte, waren weniger funkelnd, sondern ruhiger und reifer. Er war mehr als getröstet, dass der tote Ausdruck, den er während der letzten Monate ihrer Beziehung darin gesehen hatte, nirgends zu entdecken war.

Ihr Blick ruhte auf ihm, bis sie neben dem Tisch stehen blieb. Max hatte nicht einmal die Kraft, aufzustehen. Er lehnte sich zurück und sah zu ihr hoch, ohne zu wissen, was er sagen oder tun sollte.

»Hi«, sagte sie leise und strich sich das Haar hinter die Ohren.

Das war ein guter Anfang, nahm er an.

Er räusperte sich. »Hi.«

Ihre Lippen verzogen sich zu einem zitternden Lächeln. »Darf ich mich setzen?«

Max nickte. »Sicher.«

Sie ließ ihre rote Handtasche auf die Bank gegenüber fallen und rutschte hinein. Max nahm sich Zeit, sie zu betrachten, und versuchte, die Frau zu sehen, die er so lange im Herzen behalten hatte. Er war nicht sicher, ob es ihm gelang. Sie war immer noch umwerfend schön. Ihr weißes, ärmelloses Top unterstrich ihre makellose Haut und die zarten Schlüsselbeine, während ihre am Knie zerrissene Stonewashed-Jeans betonte, wie zierlich sie immer noch war.

Es war ein merkwürdiger Widerspruch, mit diesem Teil seiner Vergangenheit konfrontiert zu werden. Einem Teil, der zu einem gewissen Zeitpunkt alles gewesen war, was er kannte, alles, was er schätzte, begehrte und liebte. Und doch, als er nun hier saß und Lizzie vor sich hatte, senkte sich die surreale Unvertrautheit des Ganzen über ihn wie ein bleiernes Gewicht.

Grace, die Kellnerin, erschien wieder an ihrem Tisch, bevor einer von ihnen etwas sagen konnte. Lizzie sah Max' Tasse an.

»Kaffee«, sagte er.

Lizzie nickte, dann wandte sie sich an die Bedienung: »Dasselbe, bitte.«

Inmitten der Geschäftigkeit der anderen Gäste saßen sie da und sahen einander an, weder liebevoll noch unbehaglich. Lizzie drehte einen Ring an ihrem Zeigefinger. Max bemerkte, dass sie keinen Ehering trug. Flüchtig fragte er sich, was aus dem Verlobungsring geworden war, den er ihr geschenkt hatte.

»Danke, dass du hier bist«, sagte sie leise. »Ich war mir nicht sicher, ob du kommen würdest.«

»Ich war mir auch nicht sicher«, gestand Max. Seine Stimme war schroff vor Nervosität.

Sie neigte den Kopf und goss Milch in ihre Tasse. »Ich hätte es dir nicht verübelt, wenn du nicht gekommen wärst.« Sie stellte die Milch ab und sah ihn wieder an. Langsam wanderte ihr Blick über sein Gesicht und seine Brust. »Du siehst gut aus. Anders, aber gut.«

Max schaute an sich hinunter und fragte sich, welche Veränderungen sie sah. »Du auch«, antwortete er stattdessen und ärgerte sich darüber, wie seine Stimme bei jedem Wort stolperte.

Sie errötete ein wenig. Das hatte er sie nie tun sehen, als sie noch zusammen gewesen waren. Sie war immer so selbstbewusst gewesen, so stark und einschüchternd. Er war sich nicht sicher, ob ihm das gefiel, aber er musste akzeptieren, dass es bei allem, was sie durchgemacht, was sie beide durchgemacht hatten, zwangsläufig Veränderungen geben musste. Sie waren nicht mehr dieselben Menschen, und das erfüllte Max mit einem tiefen Gefühl der Traurigkeit.

»Ich bin froh, dass du meinen Brief bekommen hast. Ich war mir nicht sicher, ob du immer noch in der Stadt wohnst. Hast du die Autowerkstatt noch?«, fragte Lizzie.

Max nickte. »Selbe Werkstatt, selbe Wohnung.« Er nippte an seinem Kaffee. Der Smalltalk war so unangenehm, dass es kaum zu ertragen war. »Und du?«

Sie schüttelte den Kopf. »Ich bin vor einer Weile nach Florida zurückgezogen und habe bei meiner Familie gewohnt. Jetzt arbeite ich und habe eine kleine Wohnung.« Sie lächelte. »Es gefällt mir. Ich bin glücklich.«

Max schluckte, ohne ihr Lächeln zu erwidern. Immerhin hatte er ihr trotz ihrer gemeinsamen Vergangenheit immer nur Gutes gewünscht. »Es freut mich, dass es gut für dich läuft.«

Obwohl es die reine Wahrheit war, lief ihm ein verärgerter Schauer über den Rücken. »Also, bin ich hier, damit du damit angeben kannst, wie glücklich du bist?«

Trotz seiner größten Bemühungen klang seine Stimme schroff und verbittert, aber er musste Lizzie zugutehalten, dass sie nicht darauf einging und nur den Kopf schüttelte.

»Nein«, antwortete sie leise. »Das ist nicht der Grund, warum ich geschrieben habe.« Sie holte tief Luft und zögerte dann. »Ich … habe geschrieben, weil ich nach allem, was zwischen uns passiert ist, nachdem wir … ihn verloren haben, Gelegenheit haben wollte, es zu erklären.«

»Dann erkläre«, sagte Max wenig mitfühlend.

Lizzie fuhr sich mit der Zunge über die Lippen. »Nachdem er gestorben ist, war ich nicht mehr die Person, die du kennengelernt hast, die Person, die du geliebt hast. Ich mochte den Menschen nicht, der ich geworden war.« Ihr Blick wanderte zu Max' Händen. »Ich war so verloren. Ich war so … zerstört.«

Max atmete scharf ein und lehnte sich zurück. »Und ich war das nicht?«

»Ich weiß, dass es dir genauso ging«, antwortete sie leise. »Deshalb konnten wir uns gegenseitig nicht helfen. Deshalb musste ich gehen.«

So sehr Max auch verstehen und akzeptieren wollte, was sie sagte, konnte er nicht anders, als sich betrogen zu fühlen. »Ja, du bist gegangen«, sagte er zu seiner Tasse. »Nach allem, was zwischen uns passiert ist. Du hast mich ohne ein Wort verlassen, ohne einen Brief, ohne Nachricht, ohne eine Postkarte von da, wo zum Teufel du auch immer hingegangen bist. Nichts.« Obwohl seine Wut sich zu regen begann, blieb Max' Stimme ruhig und gleichmäßig.

»Ich weiß.« Lizzie schloss langsam die Augen, was Max mit den Zähnen knirschen ließ. Wenn sie anfing zu weinen, wusste er nicht, was er tun würde. Aufzustehen und zu gehen schien die beste Reaktion zu sein, aber er war nicht sicher, ob er dazu in der Lage wäre. »Du hast keine Vorstellung davon, wie schwer es mir gefallen ist zu gehen, Max. Das schwöre ich. Ich wollte mich mit dir in Verbindung setzen, aber … Ich hatte solche Angst, und dann schien es zu spät zu sein.«

»Und jetzt?«

Lizzie seufzte. »Ich wusste, dass ich in New York sein würde. Und ich schätze, ich kam an den Punkt, an dem ich dich wiedersehen musste, um dir zu sagen, warum. Es schien die perfekte Gelegenheit zu sein. Und ich denke, auch du brauchst das.« Sie fuhr sich mit einer Hand durchs Haar. »Ich wollte die Gelegenheit haben, dir zu sagen, wie leid es mir tut.«

Und dann sah sie ihn an, die blauen Augen wunderschön und leuchtend, als habe sie das, was sie gleich sagen würde, schon tausendmal geprobt. »Es tut mir so leid, Max«, flüsterte sie. »Es tut mir so leid, dass ich ihn verloren habe. Es tut mir so leid, dass ich dir nicht helfen konnte, dass ich uns nicht helfen konnte, das durchzustehen, und dass ich dich allein gelassen habe, obwohl ich wusste, dass es dich zerstören würde. Mir tut einfach alles so leid, und ich weiß, ich habe es nicht verdient, aber ich hoffe, du wirst eines Tages in der Lage sein, mir zu vergeben.«

Max öffnete den Mund, um zu antworten, doch es kamen keine Worte heraus. Der Kloß, der unvermittelt in seiner Kehle anschwoll, versperrte ihnen den Weg. Lizzie verschwamm, als ihm Tränen in die Augen stiegen. Wütend schaute er zur Decke des Diners, um sie zurückzudrängen, und atmete konzentriert. »Du hast mich beinahe umgebracht«, stieß er hervor, den Blick immer noch zur Decke gerichtet, bevor er sie wieder ansah. »Ist dir das klar? Du hast mich beinahe *umgebracht*.« Er schüttelte den Kopf. »Christopher zu verlieren war das eine, aber dann auch noch dich zu verlieren – ich … Herrgott, Lizzie, es war, als wäre ich gestorben.«

Tränen liefen ihr über die Wangen, doch das war Max egal. Es war mehr Emotion, als er seit dem Verlust ihres Sohns bei ihr gesehen hatte, und auf seltsame Weise war das tröstlich. Es bedeutete, dass sie innerlich wieder lebendig war, etwas wahrnahm, atmete. »Du hast seinen Namen gesagt«, krächzte sie und lächelte unter Tränen.

Max runzelte die Stirn. »Natürlich. Er war mein Sohn.«

»Du warst nie in der Lage, ihn auszusprechen. Es ist gut, das zu hören.«

Max schnaubte. »Schätze, der Entzug und die Therapie sind doch zu was nütze.«

Lizzies' Augen weiteten sich. Sie nickte langsam. »Therapie hat mir auch geholfen.« Sie lachte humorlos. »Obwohl ich immer noch Probleme mit seinem Namen habe, würde ich ohne sie nicht hier sitzen.«

Max' Wut kühlte allmählich ab, während er zusah, wie sie sich mit einer Serviette die Tränen vom Gesicht wischte. »Hast du überhaupt mal an mich gedacht?« Die Worte schlüpften ihm über die Lippen, bevor er es verhindern konnte.

Anscheinend überrascht von seiner Frage schaute sie hoch. »Jeden Tag«, antwortete sie leise.

Max nickte knapp.

»Und du?«

»Ja«, sagte er, den Blick auf den Tisch gesenkt. »Und ich habe dich dafür gehasst.«

»Ich verstehe.« Sie lehnte sich zurück und schien nicht verletzt zu wirken. »Wie geht es dir, Max, also … wirklich?«

Er zuckte die Schultern. Er wollte ehrlich sein. »Es geht mir … ganz okay. Ich überlebe. Lebe von einem Tag zum nächsten.«

»Und hast du jemanden, jemanden, der dich glücklich macht?«

Sofort blitzte Grace' lachendes Gesicht vor ihm auf und raubte ihm den Atem. »Ich … ich bin nicht …« Er schüttelte den Kopf. »Es ist nicht …«

Lizzie lächelte. »Ist schon gut.« Sie rieb die Handflächen an ihren Oberschenkeln. »Es gibt da seit ein paar Monaten jemanden, mit dem ich ausgehe. Nichts Ernstes. Aber … es ist schön. Es gefällt mir, dass ich mich wieder verabreden möchte.«

Max wappnete sich gegen die vernichtende Wirkung, die diese Worte haben würden, doch eigenartigerweise kam der Schmerz nicht. Wie konnte das sein? Er hatte diese Frau geliebt, Jahre mit ihr verbracht, ihren Körper verehrt, jeden Zentimeter von ihr eingeatmet, und doch war die Gleichgültigkeit, die sich bei dem Wissen, dass sie mit einem anderen zusammen war, über ihn legte, wie eine warme Decke und linderte den Druck, der sich in seiner Brust angestaut hatte, seit er ihren Brief bekommen hatte.

Sie saßen noch eine Stunde beisammen und redeten. Es war steif und unbehaglich, wie ein Pärchen beim ersten Date. Sie teilten ihre Erfahrungen mit der Therapie, wie ihre Genesung voranschritt, und wie es alten Freunden ging. Sie fragte nach Carter, er fragte nach ihrer Familie. Sie erzählte ihm von dem Umzug in ihre neue Wohnung, und er erzählte ihr von Preston County, ließ dabei aber gewisse Details aus, obwohl sie durch seinen Kopf trieben wie Blätter im Wind. Sie entschuldigte sich wiederholt, doch trotz der Aufrichtigkeit, mit der sie ihr Bedauern vorbrachte, fühlte sich Max weder getröstet, noch machte es für ihn einen Unterschied.

»Also, ich habe etwas für dich.« Lizzy zog ihre Handtasche heran und wühlte stirnrunzelnd darin herum. »Verdammt. Ich muss sie liegen gelassen haben.«

»Was denn?«

»Sie sind in meinem Hotelzimmer«, brummte sie. »Ich war so gestresst wegen heute, dass ich … würde es dir was ausmachen, wenn ich gehe und sie hole?«

»Was ist es denn?«

Mit einem Mal sah sie verlegen aus. »Nur etwas, von dem ich möchte, dass du es bekommst.«

Neugierig zog Max eine Augenbraue hoch. »Okay.«

Sie zögerte einen Moment und sah ihn aufmerksam an. »Warum kommst du nicht mit? Es dauert nicht lange.«

Auf ihr Hotelzimmer? Max schüttelte den Kopf, bevor er sprach. »Ich glaube nicht, dass das …«

Lizzies Lachen war laut und unerwartet. »Was denkst du denn, das passieren wird?«

Ehrlich gesagt war sich Max nicht sicher, aber bei dem Gedanken, allein mit ihr in einem Hotelzimmer zu sein, fühlte er sich nicht so wohl, wie er es vermutlich sollte. Er fuhr sich mit der Zunge über die Lippen. »Na schön«, sagte er, als ihm bewusst wurde, wie lächerlich er sich anhörte. »Ich sollte ohnehin langsam zurück.«

Sie stand von ihrem Platz auf. Max warf einen Geldschein auf den Tisch und folgte Lizzie ins Hilton.

Die Fahrt im Aufzug zu ihrem Zimmer verlief still bis auf das kleine Klingeln bei jedem Stockwerk. Max erblickte Lizzies Spiegelbild im glatten Stahl der Tür und bemerkte, um wie vieles ruhiger sie aussah. Viel ruhiger als zu Anfang, als sie ins Diner gekommen war. Die Falten in ihrem Gesicht waren so gut wie verschwunden, und sie hielt sich aufrechter, gerader, als habe ihre Unterhaltung etwas Schweres von ihr genommen. Wenn er ehrlich war, fühlte er sich genauso. Weniger niedergedrückt, weniger von der Vergangenheit belastet.

Der Aufzug erreichte den zwanzigsten Stock, und Max folgte Lizzie hinaus und den Flur entlang zu ihrem Zimmer. Sie schloss die Tür auf und bedeutete ihm, einzutreten. Er tat es, dabei atmete er einen Hauch von ihrem Parfüm ein, süß und unvertraut. Die Hände in den Hosentaschen schaute er von Lizzie, die die Tür schloss, zum Fenster, zum Bett und wieder zu ihr zurück. Sein Puls ging schneller, als ihn Panik erfasste.

Was zum Teufel machte er da?

»Hier«, erklang Lizzies Stimme neben ihm.

Als er den Blick senkte, sah er, dass sie ein großes Bündel Briefe in der Hand hielt, von einer blauen Schleife zusammengeschnürt. Argwöhnisch nahm er sie und bemerkte, dass auf dem obersten Brief sein Name und seine Adresse standen.

»Was ist das?«

»Ich habe dir jeden Tag, den ich in der Therapie war, einen Brief geschrieben. Das war Teil meines Genesungsprozesses«, murmelte sie, den Blick auf die Briefe geheftet. »Jeder davon sagt dir, was ich durchgemacht habe, was ich in Bezug auf dich, auf den Verlust von … Christopher empfunden habe.«

Max stockte der Atem, als er die Briefe fest umklammert hielt, überwältigt und traurig. »Ich weiß nicht, was ich sagen soll«, gestand er und begegnete ihrem Blick.

»Du brauchst überhaupt nichts zu sagen«, erwiderte sie. »Ich möchte, dass du sie bekommst. Ich möchte dir alles erklären, und sie sagen dir, was ich im Moment nicht sagen kann.«

Er drehte die Briefe in den Händen und nickte. »Okay.« Nach einem Augenblick sah er zur Tür. »Hör mal, ich sollte jetzt besser gehen.«

Sie nickte und trat langsam zur Seite, um ihn vorbeizulassen. »Max?«

Er drehte sich um, und einen Sekundenbruchteil lang sah er

das Mädchen, an das er sich erinnerte, bezaubernd und bereit, das Leben bei den Hörnern zu packen. »Ja?«

»Könnten wir … ich meine, du hast meine Nummer, kann ich – ich würde gern mit dir in Verbindung bleiben, dich vielleicht wieder mal sehen.«

Max stieß verwirrt den Atem aus. »Ich weiß nicht, Liz. Ich meine«, er breitete die Arme aus und wies auf sie und das Zimmer, »das ist … das ist alles –«

»Zu viel?«

Er ließ die Arme fallen. »Ja.«

Sie nickte. »Schon verstanden.«

Max starrte sie an, denn er kannte sie gut genug, um zu sehen, dass sie noch mehr zu sagen hatte. Er wartete.

»Könnten wir …« Sie trat von einem Fuß auf den anderen. »Es wäre schön, wenn wir uns umarmen könnten.«

Sie sah so ernst aus, so hoffnungsvoll, dass Max nickte, bevor er weiter darüber nachdenken konnte. Zögernd kam sie näher, hob die Arme um seinen Hals und zog ihn an sich. Max legte seine Arme um ihre Taille und erwiderte die Umarmung vorsichtig. Erst als Lizzie die Nase an seinen Hals schmiegte und ihren Griff verstärkte, gab er sich der Umarmung hin, schloss die Augen und legte seine Wange an ihre. Er verstand, dass es eine Umarmung der Entschuldigung für sie beide war, eine Umarmung des Vergebens, eine Umarmung, die stumm und respektvoll anerkannte, welch grauenvolle Reise sie beide hinter sich hatten.

»Danke«, murmelte sie an seiner Haut. »Danke für heute.«

Max nickte. Ihre Finger spielten mit dem Haar in seinem Nacken, genau wie früher.

Sie summte genüsslich. »Du riechst immer noch wie früher.«

Ihre Worte weckten etwas in seinem Innern, das sich wie Bedauern anfühlte. Sie roch nicht genauso wie früher, sie roch wie nichts, das er wiedererkannte oder wiedererkennen wollte. Alles war so anders. Mit einem tiefen Atemzug hob er den Kopf, lockerte jedoch nicht seinen Griff. »Lizzie?«

Sie öffnete die Augen.

»Ich muss gehen.«

»Ich weiß.« Sie biss sich auf die Lippe, und ihr Blick wurde vorsichtig. »Aber ich habe Angst, dich wieder gehen zu lassen.«

Mehr als überrascht von ihrem Geständnis starrte Max sie an. Sie starrte zurück, holte tief und entschlossen Luft und küsste ihn.

Ihr Mund verweilte an seinem Mundwinkel, weich und zärtlich. Ohne nachzudenken, wandte Max ihr den Kopf zu und fing ihr leises Keuchen auf, als er den Kuss erwiderte. Vor Jahren hätte dieser Laut Max ganz wild darauf gemacht, sie zu nehmen, gern auch an die Wand gedrückt, aber nun wurde ihm bei dem Laut ganz flau im Magen. Es war, als befände er sich am höchsten Punkt einer Achterbahn, kurz davor, in die Tiefe zu stürzen. Der Kuss brachte ihn aus dem Gleichgewicht, machte ihn schwindlig, als könne sein Körper nicht ganz akzeptieren, was passierte.

Er verstand es nicht. Lizzies Lippen sollten ihm eigentlich vertraut sein – schließlich hatte er sie schon eine Million Mal geküsst –, aber nun fühlten sie sich seltsam an, ganz fremd, und schmeckten nicht so, wie er es wollte. Ihr Duft war nicht der von Kakaobutter, sondern anders und, gottverflucht noch mal, warum zum Teufel dachte er an Grace, wenn Lizzie ihn küsste?

War es denn nicht das, was er wollte? War es denn nicht das, worauf er gehofft hatte? Wollte er denn nicht die Chance haben, wieder mit Lizzie zusammen zu sein, nach allem, was früher gewesen war?

»Nein«, murmelte er an ihrem Mund und beantwortete damit laut seine unausgesprochene Frage.

Das wollte er nicht. Es war nicht richtig. Nicht mehr. Sie waren andere Menschen, wollten andere Dinge. Da war nicht einmal ein Funken von süßer Nostalgie, von glücklicheren Momenten, in denen sie sich stundenlang aneinander erfreut hatten. Ihr Kuss erinnerte ihn nur an eine Zeit in seinem Leben, die er zwar nie vergessen würde, die er aber nun hinter sich zu lassen bereit war.

»Nein«, wiederholte er. Er umfasste Lizzies Taille und schob sie sanft von sich, dabei bemerkte er die Röte ihrer Wangen und die Lust in ihren Augen.

»Oh Gott, Max«, rief sie aus, hielt sich die Hand vor den Mund und wich zurück. »Es tut mir so leid. Das hätte ich nicht – das hätte ich niemals tun sollen … Ich weiß nicht, was ich mir dabei gedacht habe.«

Max schloss die Augen, da ihr Protest ihn daran erinnerte, wie Grace sich dafür entschuldigt hatte, ihn geküsst zu haben, ihr Gestammel, ihre Betroffenheit und ihren Geschmack auf seiner Zunge, als er den Kuss mit mehr Leidenschaft erwidert hatte, als er in seinem Leben je gespürt hatte.

Wie er so dastand und Lizzie anstarrte, mit dem eigenartigen Gefühl ihres Mundes immer noch kribbelnd auf seinen Lippen, hätte Max, so wahr Gott sein Zeuge war, alles dafür gegeben, dass Grace an ihrer Stelle wäre. Er hätte alles gegeben, um die Chance zu bekommen, sie noch einmal zu küssen, sie so zu küssen, wie sie es verdiente, in sie hineinzustoßen und zu hören, wie sie seinen Namen rief, sie zu halten und sie zum Lachen zu bringen.

Er hustete, weil ihn diese Erkenntnis beinahe erstickte, als sie ihn durchflutete, all die Panik und Angst der letzten Woche fortspülte und nichts zurückließ als Hoffnung und Entschlossenheit und etwas, das sich verdächtig nach Liebe anfühlte.

Er schaute an sich hinunter, als begreife er erst jetzt, wo er sich befand, und platzte heraus: »Ich muss gehen.«

Lizzie verschränkte die Arme vor der Brust. »Okay.«

Max fuhr sich durchs Haar. Sein Herz hämmerte wild, erfüllt von dem Bedürfnis, von hier wegzukommen, zurück nach Preston County, zurück zu Grace. Er schaute auf die Briefe, die er immer noch in der Hand hielt. So leicht es wäre, die Antworten zu bekommen, die er zu brauchen geglaubt hatte – sie kamen zu spät. Stumm legte er sie auf einen Tisch neben der Tür.

»Die lasse ich hier«, sagte er sanft, während er den jüngsten Brief aus der Gesäßtasche seiner Jeans zog und oben auf den Stapel legte.

»Bist du sicher?«, fragte Lizzie, obwohl ihre Miene aufkeimendes Verständnis zeigte.

»Ja«, antwortete Max mit einem kleinen Lächeln. »Ich denke, wir haben alles gesagt, was zu sagen war.«

Lizzies Mundwinkel hob sich. »Sie ist ein Glückspilz, Max.«

Er erschrak.

»Wer auch immer sie ist, zu der du zurückgehst. Ich bin froh, dass du gelernt hast, wieder zu lieben«, gestand sie. »Du hast es verdient.«

Ihre Worte berührten einen kalten, dunklen Teil von ihm, hauchten ihm neues Leben ein und fegten zugleich die Spinnweben von all den anderen Bereichen fort, die er für leblos gehalten hatte, die Teile, die Grace wollten, Grace brauchten, Grace unvermittelt mehr vermissten, als er es je beschreiben könnte.

Max trat einen Schritt vor und gab Lizzie einen kleinen Kuss auf die Wange. »Pass auf dich auf, ja?«, flüsterte er.

»Das werde ich. Du auch.«

Ohne ein weiteres Wort drehte Max sich um und verließ das Zimmer. Das Geräusch der Tür, die sich hinter ihm schloss, hallte den langen Flur entlang wie eine willkommene Totenglocke für all den Mist, der Max zu dem gemacht hatte, der er war. Er wusste, indem er fortging, konnte er endlich die Vergangenheit loslassen und ein neues Leben beginnen, und je mehr der Abstand zwischen ihm und Lizzie wuchs, desto entschlossener wurde er, Grace bei jedem Schritt an seiner Seite zu haben.

30

Max schlug die Tür von Carters Apartment zu, sein Handy in der Hand, und verfluchte das verdammte Ding. Er war so in seinen Streit mit dem leblosen Stück vertieft, dass er Carter und Riley nicht bemerkte, die vor Schreck vom Sofa hochgefahren waren und ihn überrascht anstarrten. Als er sie sah, blieb Max wie angewurzelt stehen und schaute sich verwirrt in der Wohnung um. »Ich dachte, du wärst arbeiten?«

»War ich auch«, erklärte Carter, »und dann habe ich mir den Rest des Tages frei genommen für den Fall, dass du mich brauchst. Und Riley ist vorbeigekommen …«

»Weil er völlig ausgeflippt ist«, fiel Riley ihm ins Wort. »Und rumgegackert hat wie eine Glucke.«

»Ich bin nicht ausgeflippt«, protestierte Carter und warf Riley einen finsteren Blick zu. »Ich habe mir nur Sorgen gemacht.« Carter sah wieder Max an, und sein Gesichtsausdruck ließ vermuten, dass er erwartete, Max über und über voller Blut und anderer Kampfspuren zu sehen. »Also, was ist passiert? Wie ist es gelaufen?«

Max holte blinzelnd tief Luft und starrte auf sein Handy. »Ich muss Grace erwischen.«

Carters Gesicht legte sich verwirrt in Falten. »Grace?«

»Grace?«, echote Riley. »Oh! Running Girl! Deine Sexfreundin.«

Carter stieß Riley mit dem Ellbogen in die Rippen. »Alter!« Er wandte sich wieder an Max. »Warum musst du Grace erwischen? Was ist mit Lizzie? Was hast du – ?«

»Grace!«, sagte Max laut und wedelte mit seinem Handy, als würde das alles erklären. »Ich habe sie angerufen, aber ihr Handy ist aus, oder sie hat mich blockiert, was durchaus möglich ist, und ich würde es ihr nicht mal verdenken. Ich habe im Whiskey's angerufen, aber Holly will mir nichts sagen, und Onkel Vince sagte, sie hat Preston County einen Tag nach mir verlassen und irgendetwas von ihren Fotos gesagt. Ich weiß nicht, wo sie hingegangen sein könnte, außer nach Washington, aber was zum Geier soll ich tun, um …«

»Max!«

Max' Mund klappte zu, als sein Name laut durchs Apartment schallte. Er rechnete damit, Carter genervt zu sehen, doch stattdessen stellte er völlig überrascht fest, dass ein breites Lächeln auf dem Gesicht seines Freunds lag. Nervös trat Max einen Schritt zurück. »Was?«

»Du willst mit Grace sprechen?«, fragte Carter, den Kopf zur Seite geneigt. »Du musst sie sehen?«

»Ja.« Max fuhr sich mit der Hand durchs Haar. »Als ich Lizzie gesehen habe und mir klar wurde, dass ich … ich muss mit Grace reden – ich will ihr einfach nur erklären, dass ich … ihr sagen, dass ich – du weißt schon, dass …«

Carters Lächeln wurde weicher. »Dass du sie liebst.«

Max' Blick flog zu Carter, dann zu Riley und dann wieder zurück, und seine Augen verengten sich rasch. Anklagend zeigte er mit dem Finger auf die beiden. »Ihr habt es gewusst, verdammt!« Riley kicherte, und Carter lachte laut auf. »Natürlich haben wir es gewusst, verdammt. Ich wusste es in der Minute, in der ich euch beide in der verdammten Pension zusammen gesehen habe, mit verliebtem Hundeblick und all dem Scheiß.«

»Und es war ziemlich offensichtlich, als Tate und ich dich besucht haben«, stimmte Riley mit ein und sah verflucht zufrieden aus.

»Und warum zum Teufel habt ihr mir das nicht gesagt?«, fragte Max ungläubig.

Carter verschränkte die Arme vor der Brust. »Hätte das denn einen Unterschied gemacht?«

»Natürlich!«

Carter zog eine Augenbraue hoch, Riley schnaubte spöttisch. Alle drei wussten, dass diese Antwort völliger Blödsinn war.

Max verlagerte das Gewicht von einem Fuß auf den anderen. »Ich meine … vielleicht.«

Carter trat einen Schritt näher. »Du hast es selbst gesagt. Du musstest Lizzie sehen. Ich kenne dich, Bruder. Du lässt dich nie zu etwas drängen oder überreden und musstest selbst zu dieser Erkenntnis kommen.«

Max rieb sich mit den Fingerspitzen die Augen, schlurfte zum nächsten Sessel und ließ sich darauffallen. »Erkenntnis«, murmelte er. Er ließ den Kopf in den Nacken fallen und starrte an die Decke. »Ist es das?«

Carter und Riley setzten sich ihm gegenüber auf das Sofa. »Sag du's mir«, meinte Carter. »Liebst du sie?«

Max schluckte. Was auch immer da in ihm herumwirbelte, fühlte sich verdammt noch mal so an. »Ich glaube schon«, sagte er leise.

Doch es war merkwürdig. Als er sich in Lizzie verliebt hatte, hatte es ihn wie ein Vorschlaghammer gegen die Stirn getroffen. Er hatte es von der ersten Minute an gewusst. Dieses Gefühl für Grace allerdings war subtiler, weniger aufdringlich, weniger *Kabumm* und mehr wie ein zartes Kribbeln, das seinen gesamten Körper überzog und von innen wärmte, als habe sie sich im Lauf der Zeit still und zaghaft eingeschlichen und sich in all den dunklen, verdorrten Stellen festgesetzt, die Max aus Angst davor, wieder verletzt zu werden, verborgen hielt. Es war ein durch und durch befriedigendes Gefühl, von dem Max bis zu diesem Augenblick nicht bewusst gewesen war, dass er es wollte.

»Ich … ich vermisse sie«, gestand er. »Scheiße, ich kann nicht aufhören, an sie zu denken, und als Lizzie mich geküsst hat, konnte ich an nichts anderes denken als an Grace, und wie sehr ich mir wünschte, es wäre sie.«

»Was zum Teufel?«, rief Riley aus, während Carter gleichzeitig schrie: »Lizzie hat dich *geküsst*?«

Max stöhnte auf und warf die Arme in die Luft. »Konzentriert euch, Jungs! Herrgott!«

Carter hob die Hände, um sich und Riley, der plötzlich geradezu mordlustig aussah, zu beruhigen. »Na schön, na schön.« Er fuhr sich mit beiden Händen durchs Haar.

Max beugte sich vor, die Unterarme auf die Beine gestützt und die Hände zwischen den Knien. »Es ist nur … Was sich mir immer wieder aufdrängt, ist, was kann ich ihr eigentlich wirklich bieten?« Er schaute seine Freunde an. »Ich meine, woher weiß ich, ob ich ihr überhaupt geben kann, was sie will? Ob ich immer noch *bin*, was sie will.« Er dachte an die schrecklichen Dinge, die er ihr gesagt hatte, und ließ das Gesicht in die Hände sinken. »Scheiße.«

Carter lehnte sich zurück und räusperte sich. »Sag mir mal was, wenn ihr zusammen wart und euer Ding gemacht habt, hat sie da je gesagt, was sie empfindet oder was sie will?«

Max lächelte den Fußboden an und nickte. »Sie sagte, alles, was sie will, ist, mich zu lieben.«

Riley zuckte die Schultern. »Dann lass sie. Das ist ein Geschenk, Mann.«

»Das will ich ja«, gab Max ihm recht. »Wirklich.«

Carter bewegte sich erneut und rückte näher an den Rand des Sofas. »Ich weiß, du denkst, du hättest niemandem etwas zu bieten, Max, aber vertrau mir, das hast du. Wenn dieses Jahr irgendetwas bewiesen hat, dann, dass du ein verdammt starker Hurensohn bist, der praktisch alles schaffen kann.«

Max wurde es warm in der Brust. »Aber eine Beziehung?«

Carter zog eine Schulter hoch. »Warum muss man es denn so nennen? Keine Labels, oder? Rede einfach mit ihr und schau, was ihr beide empfindet. Immer nur einen Schritt nach dem andern.«

Max' Blick kehrte zurück zu seinem Handy. »Dazu muss ich sie erst mal finden.«

Entmutigt lehnte er sich zurück, gleichzeitig stand Riley auf. »Warum zum Teufel sitzt du dann noch hier rum?«, fragte er und schlug Max auf die Schulter. »Na los, holen wir dir dein Running Girl!«

An diesem Nachmittag durchforsteten Max, Riley und Carter das Telefonbuch und das Internet, um den Club von Grace' Bruder ausfindig zu machen. Es war die einzige Spur, die Max hatte. Die Suche dauerte fast zwei Stunden, da der Name Kai und Washington das Einzige waren, wonach sie suchen konnten. Sobald sie vier mögliche Adressen gefunden hatten, quetschten sich die drei in Rileys Jeep und machten sich auf den Weg. Max musste zugeben, dass die ganze Sache irgendwie aufregend war. Der Gedanke, Grace wiederzusehen, war ebenso beängstigend wie berauschend, und Max verbrachte den Großteil der Autofahrt damit, in Gedanken durchzugehen, was er ihr überhaupt sagen wollte.

Der erste Club, den sie erreichten, war dichtgemacht worden, und das schon vor einer ganze Weile, jedenfalls nach den an die Mauern gesprühten Graffitis zu urteilen. Entschlossen fuhren sie den zweiten Club an und erreichten ihn am frühen Abend.

Kais Name, der deutlich lesbar als Inhaber auf dem Schild über der Tür stand, erfüllte Max mit so geballter nervöser

Energie, dass er regelrecht hineinstürmte. Nichtsdestotrotz war alles, was sie fanden, ein freches Ding mit einem unglaublichen Afro und knallroten Lippen hinter der Bar, die ausplauderte, dass Kai in New York war. Als sie hörte, nach wem sie suchten, sagte sie ihnen, sie sollten verschwinden, bevor sie sie von der Security rausschmeißen ließe. Das war so ziemlich alles, was Max an Bestätigung brauchte, um zu dem Schluss zu kommen, dass die Frau Grace kannte. Aber was konnte er noch tun? Selbst Riley schien nicht mehr aus ihr herauslocken zu können, trotz seines breiten Lächelns und überwältigenden Charmes.

Unverdrossen hinterließ Max seine Handynummer und eine Nachricht für Grace mit der Bitte, ihn anzurufen, in der stillen Hoffnung, dass die Frau sie auch wirklich weitergab. Er gab sich verdammte Mühe, Carter und Riley seine Enttäuschung nicht merken zu lassen, die ihm die Schultern verkrampfte und das Herz eng werden ließ.

Das war vor mehr als zwei Wochen gewesen, und Max war seinem Ziel, Grace zu finden, immer noch nicht näher gekommen. Sein Handy blieb stumm. Obwohl er seine Familie und Freunde in Preston County bat, ihn auf dem Laufenden zu halten, sollte Grace zurückkommen, begann er allmählich, sich damit abzufinden, dass er sie womöglich nie wiedersehen würde. Das erfüllte ihn mit tiefer Hoffnungslosigkeit.

Um sich von dem hohlen Schmerz abzulenken, der sich in seiner Brust eingenistet hatte, stürzte Max sich wieder in die Arbeit. Er kam jeden Tag schon in aller Herrgottsfrühe in die Werkstatt und blieb bis spät in den Abend. Außerdem entschied er, wieder zurück in seine eigene Wohnung zu ziehen. Er wusste, Carter machte sich Sorgen darüber, dass Max auf sich allein gestellt war, aber um die Wahrheit zu sagen, brauchte er Platz zum Nachdenken. Da die Hochzeit nur noch wenige

Wochen entfernt war, konnten Carter und Kat es ohnehin nicht gebrauchen, ihn ständig im Weg zu haben. Er besuchte seine Meetings und ging joggen, und dabei fragte er sich ständig, was Grace gerade machte, mit wem sie zusammen war und ob sie überhaupt an ihn dachte.

Der einzige Lichtblick in dem ganzen Mist war, dass seit seinem Abschied von Lizzie der Drang, loszuziehen und high und betrunken zu werden, schwächer geworden war und sich von einem lauten Brüllen in ein schwaches Flüstern verwandelt hatte. Max wusste, dass er schon genug Schaden angerichtet hatte, um alle mit einem verdammten Rückfall zu enttäuschen. Wenn er nicht arbeitete, lief oder zu Meetings ging, dachte er an die Enttäuschung auf Grace' Gesicht, als er sich an jenem Abend in der Bar betrunken hatte. Richtig oder falsch, dieser Gedanke schaffte es immer, seinem Suchtdruck die Schärfe zu nehmen.

Nach einem langen, harten Tag in der Werkstatt lag Max lümmelnd auf dem Sofa, aß Pizza und schaute einen dämlichen Horrorfilm, als es an der Tür klopfte. Neugierig warf Max den Pizzarand in die Schachtel und tappte auf nackten Füßen durch das Apartment.

Er spähte durch den Türspion und öffnete schnell die Tür. »Hey, Mann. Alles okay?«

Riley lächelte. »Ja, bestens.«

»Komm rein.« Max trat zur Seite, um ihn hereinzulassen. So angenehm es auch war, Riley zu sehen, war es doch auch ungewöhnlich. Normalerweise kündigte er sich vorher mit einer SMS oder einem Anruf an. »Kann ich dir irgendwas bringen? Ich habe natürlich nichts Alkoholisches, aber ich habe Saft, Wasser, Kaffee.«

Riley schüttelte den Kopf. »Nein, Bruder, schon okay. Ich bleibe nicht lange.«

Max runzelte die Stirn. »Hört sich verdächtig an.«

Riley lächelte, aber diesmal verblasste es schnell wieder. Er schob die Hände in die Hosentaschen, und sein Blick wanderte vom Fußboden zu einer Stelle über Max' Schulter und wieder zurück.

Max trat einen Schritt näher. »Wie war dein freier Tag? Alles okay?«

»Ich, äh … ich habe etwas für dich, aber vorher wollte ich gern noch ein paar Dinge sagen.«

Max nickte langsam. »Okay. Schieß los.«

Riley stieß schwer den Atem aus. »Ich weiß, wie das ist«, murmelte er auf seine Schuhe hinunter.

»Du weißt, wie was ist, Mann?«

Rileys haselnussbrauner Blick fand den seinen. »Ich weiß, wie es ist, die Frau zu verlieren, die man liebt.«

Im ersten Moment hielt Max das für einen Witz und wollte schon lachen und eine unangebrachte Bemerkung machen, doch beides blieb ihm im Halse stecken. Dem Ausdruck auf Rileys Gesicht nach meinte er es todernst.

»Was? Die man liebt? Wie – du … Du?« Max wollte nicht absichtlich begriffsstutzig oder gemein sein, aber in den beinahe zehn Jahren ihrer Freundschaft hatte Riley niemals auch nur angedeutet, irgendetwas anderes zu lieben als schnelle Autos und One-Night-Stands.

Riley stieß ein niedergeschlagenes Lachen aus. »Ja, ich.« Seufzend fuhr er sich mit der Hand über den gepflegten Bart. »Das ist eine lange Geschichte, eine, von der nur wenige Leute wissen, aber … ja.« Er zuckte mit den Schultern. »Ich weiß, die Leute halten mich einfach nur für einen hirnlosen Womanizer, dem alles egal ist, und teilweise stimmt das auch, aber es gab mal eine Zeit, in der ich das nicht war, in der mir jemand … nicht egal war.«

Max schüttelte den Kopf. Seinen Freund so untypisch ernst zu sehen, war mehr als beunruhigend. »Warum ... wie kommt's, dass wir nie – warum hast du nichts gesagt?«

Riley lächelte schief. »Und die Illusion zerstören?« Er räusperte sich. »Außerdem bin ich selbst schuld.« Er runzelte die Stirn. »Und es ist längst Vergangenheit.«

Max war sich nicht ganz sicher, ob das die Wahrheit war, aber er nickte, um ihn zu beruhigen.

»So eine zweite Chance zu bekommen passiert nicht vielen, Max.«

»Ich weiß.«

»Ein Typ kam gestern in die Werkstatt, als du bei deinem Meeting mit Elliot warst«, fuhr Riley fort. »Hat einen netten 67er Mustang für einen Ölwechsel vorbeigebracht, und wir sind ins Reden gekommen. Wie sich rausstellt, gehört ihm uptown eine Galerie. Das ist eine Art Hobby von ihm, weißt du, jungen Talenten in der Gegend dabei zu helfen, bekannt zu werden.« Er griff in seine Gesäßtasche und zog einen zerknitterten Flyer heraus. »Er hat mich zu einer Foto- und Kunstausstellung eingeladen, die er dieses Wochenende dort veranstaltet, und, na ja, seien wir mal ehrlich, Carters hässlicher Arsch sieht in einem Anzug nicht halb so gut aus wie du. Also hatte ich mich gefragt, ob du mein Date sein willst.«

Er reichte ihm den Flyer. Trotz seiner Verwirrung musste Max lachen. Er nahm den Flyer mit dem unbestimmten Gefühl, dass ihm gerade irgendetwas entging, und als er ihn ansah, blieb ihm der Mund offen stehen. »Heilige Scheiße!«

»Ja. Ich dachte mir, dass du das sagen würdest.«

Grace' Name prangte oben auf dem Flyer, neben einem Foto, das Max aus ihrem Wohnzimmer in West Virginia kannte. »Ihre Ausstellung«, flüsterte er. »Verdammt, sie hat all diese Fotos für diese Ausstellung gemacht, von der sie geredet hat und … ich hatte vergessen … Ich wusste nicht mal, dass sie in New York stattfindet.«

»Sie wird dort sein«, sagte Riley vorsichtig. »Das könnte die Chance sein, auf die du gewartet hast.«

Max war sprachlos. »Ich … Ich bin mir nicht sicher, ob … soll ich?« Er wusste nicht genau, ob es das Richtige war, unerwartet an Grace' großem Abend aufzutauchen. Er hatte keine Ahnung, wie sie reagieren würde.

Riley streckte die Hand aus und drückte Max die Schulter. »Das lasse ich dich entscheiden.« Er versetzte ihm einen freundschaftlichen Klaps und ging an ihm vorbei zur Tür. »Lass mich wissen, was du tun wirst, okay?«

Max nickte, ohne den Blick von dem Flyer in seiner Hand zu lösen. »Mach ich.« Er schaute hoch. »Hey, Riley. Danke, Mann.«

Riley nickte. »Gern.«

»Wirst du hingehen?«, fragte Tate, bevor er einen Schluck von dem Mangosaft trank, den Max ihm gerade eingeschenkt hatte.

»Natürlich.« Max setzte sich in seinen üblichen Sessel, während Tate sich aufs Sofa lümmelte. Sein T-Shirt war verwaschen schwarz und trug in der bekannten gelben Schrift die Worte: »Jedi on the streets. Sith in the sheets.«

Max blinzelte verwundert, bevor er fragte: »Findest du, ich sollte hingehen?«

Tate schüttelte den Kopf. »Da bin ich der gleichen Meinung wie Elliot. Ich finde, du solltest hingehen, aber ich frage mich, was du erwartest.«

Nachdenklich stieß Max den Atem aus und ließ dabei seine Lippen vibrieren. »Wer weiß? Alles, was ich tun kann, ist hoffen, dass sie mir eine Chance gibt und mich anhört.«

»Und wenn sie es nicht tut?«

»Dann würde ich es ihr nicht verdenken. Ich war …«

»Ein verdammtes Arschloch.«

»Ja.« Max schnaubte.

»Aber bist du ein verdammtes Arschloch, das sich die Lichter ausschießt, um den Schmerz zu betäuben, falls sie dich abblitzen lässt?« Die ernste Sorge in Tates Stimme wurde noch durch die Art unterstrichen, wie er Max ansah, der unbehaglich auf seinem Sessel herumrutschte. »Tut mir leid, aber ich muss das fragen, Kumpel.«

Max fuhr sich mit der Zunge über die Lippen. »Soll ich ehrlich sein? Ich habe nicht mehr an einen Drink oder Koks gedacht, seit ich Lizzie gesehen habe.« Er schaute zum Wohnzimmerfenster seiner Wohnung und auf den klaren blauen Himmel dahinter. »Es ist, als könnte ich jetzt, nachdem wir uns Lebewohl gesagt haben, wieder atmen. Als hätte ich damit abgeschlossen oder so.«

Tates Mund verzog sich zu einem wissenden Lächeln. »Ja, Mann. Versteh ich.«

Die beiden Männer saßen einen Moment lang schweigend da, bevor Max sich vorbeugte und die Stimme senkte, obwohl sie allein waren. »Also, erzählst du mir mal was über Riley?«

Tate blinzelte langsam. »Falls das irgendetwas damit zu tun hat, dass Seb und ich ihm mal rotes Getränkepulver in den Duschkopf gefüllt haben, dann weiß ich von nichts.«

Max wusste, dass Seb der jüngste der Moore-Brüder war. »Rotes Getränkepulver?«

»Ja«, kicherte Tate. »Als er die Dusche aufgedreht hat, sah das Bad aus wie eine Szene aus *Carrie.* Mom ist total ausgerastet, und er hat sich fast eine ganze Woche lang geschrubbt, bis er wieder sauber war. Mann, das war der Hammer!«

Lachend rieb sich Max die Augen. »Nein, das war's nicht, aber danke für das Bild. Ich hatte mich gefragt, ob du weißt, wer es war, die er verloren hat.« Tate wirkte verdutzt. »Die Frau«, erläuterte Max. »Als er gestern Abend vorbeikam, sagte er etwas davon, dass er wisse, wie es ist, die Frau zu verlieren, die man liebt.«

Es war nicht so, dass Max neugierig wäre. Seit Rileys Besuch machte er sich aufrichtig Sorgen um den Mann und war beunruhigt, dass er nichts über Rileys Vergangenheit und den offensichtlichen Schmerz, den er erlitten hatte, wusste.

Tate holte tief Luft und lehnte sich langsam zurück. Jeder Gedanke an Scherze und Streiche war vergessen. Er legte einen Fußknöchel über sein Knie. »Ja, ich weiß, wer es war.« Max wartete, aber Tate ging nicht weiter darauf ein. Seine Miene war entschlossen. »Es steht mir nicht zu, diese Geschichte zu erzählen, Mann.«

»Verstehe«, antwortete Max. Er wusste, dass der Beschützerinstinkt und die Loyalität eines großen Bruders nichts waren, womit man sich anlegte. »Aber es geht ihm doch jetzt wieder gut, oder?«

Tate nickte. »Ich denke schon.« Er schmunzelte. »Riley ist wie ein Gummiball. Ganz egal, wie hart man ihn zu Boden wirft, er springt immer härter und schneller wieder hoch.«

Am nächsten Samstagabend um sieben Uhr saß Max in schwarzer Anzughose, weißem Hemd und mit einer dünnen schwarzen Krawatte, die er sich von Carter geborgt hatte, auf dem Beifahrersitz von Rileys Jeep.

»Alles okay?«, fragte Riley zum vierten Mal, seit sie Max' Wohnung verlassen hatten.

»Abgesehen davon, dass ich geschniegelter bin, als ich mich für einen Gerichtstermin anziehen würde, geht's mir gut«, antwortete Max mit einem schelmischen Grinsen.

»Arsch«, murmelte Riley kopfschüttelnd und fummelte an

seiner eigenen Krawatte herum. »Auf dem Flyer stand, man solle sich schick anziehen, also haben wir uns schick angezogen, verdammt.« Er betrachtete sich selbst im Rückspiegel. »Verdammt schick, Baby, ich sehe rattenscharf aus!«

Lachend schüttelte Max den Kopf. Seine Herzfrequenz stieg immer höher, je näher sie Greenwich Village kamen. Er strich sich über die Krawatte und atmete tief durch.

»Du siehst gut aus, schätze ich«, murmelte Riley, dann grinste er. »Und weißt du, wenn das hier nichts wird, können wir immer noch ein paar Schwulenclubs unsicher machen. In der Gegend wären wir. Du würdest perfekt dazu passen.«

Max verdrehte die Augen und zuckte mit den Schultern. »Ich nehm das mal als Kompliment.«

»Solltest du auch«, pflichtete Riley ihm ernst bei. »Ich würd's mit dir treiben.«

Max lachte, da er wusste, dass Rileys ständiges Herumalbern ein Versuch war, sie beide zu beruhigen. Max war aufrichtig erleichtert, dass Carter nicht mitgekommen war. Er war sich nicht sicher, ob er damit fertiggeworden wäre, wenn die beiden sich im Doppelpack um ihn Sorgen machten. Er wandte sich zu Riley um. »Danke, dass du das für mich tust.«

Riley nickte knapp. »Jederzeit, Bruder. Das weißt du.«

Riley parkte den Jeep, dann saßen die beiden eine Minute lang da und lauschten dem Ticken des abkühlenden Motors. Max ging stumm noch einmal seine wohldurchdachte Rede durch, schluckte seine Angst hinunter und stieg dann aus dem Wagen. Riley an seiner Seite zu haben war irgendwie tröstlich. Er war sich ziemlich sicher, dass er es allein nicht geschafft hätte.

Das Gebäude, dem sie sich näherten, wirkte unauffällig, bis auf die vier Meter breiten Fenster, die Einblick ins Innere boten, und ein gewaltiges Banner über die gesamte Fassade, das die Ausstellung für eröffnet erklärte und die Namen der vier ausstellenden Künstler auflistete, darunter auch Grace'. Ein Typ an der Tür mit einem Klemmbrett und einem Schnurrbart, der Salvador Dalí vor Neid hätte erblassen lassen, lächelte ihnen entgegen, als sie näher kamen. Riley nannte ihm seinen Namen und dann einen, den Max noch nie gehört hatte, vermutlich den des Galeriebesitzers, den Riley in der Werkstatt kennengelernt hatte.

»Ah, Ehrengäste«, rief Dalí mit einer übertriebenen Geste aus. »Natürlich, natürlich, meine Lieben, nur hinein! Viel Vergnügen!«

Die beiden lächelten nervös, dann traten sie, Max voran, in die klimatisierte Eingangshalle. »Was zum Teufel war das denn gerade?«, fragte Max leise lachend.

»Ich habe keine Ahnung«, antwortete Riley mit einem Blick zurück zur Tür und sah aus, als wäre er bereit, auf der Stelle den Rückzug anzutreten. »Aber ich glaube, er hat mir gerade einen Klaps auf den Hintern gegeben.«

Max hielt sich glucksend die Hand vor den Mund und schob Riley zu einer Sammlung von Gemälden mit dem Titel *Wonne des Todes.* Die beiden kicherten beinahe wie Schulkinder, doch dann kamen sie abrupt zum Stehen und beäugten skeptisch die dunklen Farbflecken vor den weißen Wänden der Galerie.

»Das nenn ich mal eine Spaßbremse«, murmelte Riley, während er zwei Gläser Orangensaft vom Tablett eines vorbeigehenden Kellners wegnahm.

Max nickte, verkniff sich jedoch seine Ansicht über die Kunstwerke, da er sie gar nicht übel fand, und sah sich unauffällig um. Er konnte Grace zwischen den etwa hundert Besuchern nicht entdecken, und seine gespannte Erwartung steigerte sich weiter. Solange er noch die Gelegenheit dazu hatte, konnte er ebenso gut versuchen, sich zu entspannen. Also nippte er an seinem Saft und schlenderte zwischen den Gemälden herum, blieb vor einigen stehen und verlor sich stumm in den Farben, Motiven und Botschaften. Eigentlich war er trotz seiner Affinität zum Malen nie der Typ gewesen, der sich wirklich Zeit nahm, um Kunst zu würdigen, doch er stellte schnell fest, dass es ihm gefiel. Riley dagegen neigte ratlos den Kopf hin und her, während er versuchte, aus den zahlreichen Gemälden, an denen sie vorbeikamen, schlau zu werden … sehr zu Max' Belustigung.

»Ich kapier das nicht«, brummte Riley, nachdem er intensiv auf eine nackte Leinwand mit einem einzigen orangefarbenen Kreis in der Mitte gestarrt hatte.

Max zog ebenso ratlos eine Augenbraue hoch. »Ja, da bin ich mit dir einer Meinung.«

»Also, die hier gefallen mir.« Riley verschwand um eine Ecke.

Max folgte ihm und fand ihn vor einer mit Fotografien bedeckten Wand wieder. Ein paar davon waren klein, nicht größer als eine Postkarte, während andere fast einen Meter breit waren. Sofort erkannte Max den Wald, die Berge und die Felsen wieder, die in der Umgebung einer kleinen Hütte in Preston County lagen. Max schaute auf das Schild mit dem Titel *Körper, Geist und Seele* von Grace Brooks. Er lächelte, bevor es ihm überhaupt bewusst wurde, gleichzeitig schwoll Stolz in seiner Brust.

»Das sind ihre«, flüsterte er.

Die Farben waren außergewöhnlich. Grace' Auge für Strukturen und Licht war in jeder Aufnahme völlig offensichtlich. Die Winkel waren präzise und durchdacht und hinterließen den Betrachter bei manchen orientierungslos, aber beruhigt bei anderen. Das hier war definitiv der Teil ihres Werks, der den Geist repräsentierte. Schon bei ihrer ersten Begegnung hatte sie diese Wirkung auf ihn gehabt, ihn völlig verwirrt und aus dem Gleichgewicht gebracht.

»Die sind großartig«, sagte Riley nach einem stummen Augenblick. Langsam ging er weiter um die nächste Ecke, wo das Licht, wie Max bemerkte, gedämpfter war als in der übrigen Galerie.

Über dieser Sammlung von Fotos, in kursiven schwarzen Lettern direkt auf die Wand der Galerie geschrieben, standen die Worte: »Hoffnung für die Seele.« Als Max' Blick über die Schwarz-Weiß-Bilder dieser Wand wanderte, zog sich das stolze Gefühl in Max' Brust zurück und wich dem niederschmetternden Gewicht seiner Schuldgefühle.

»Oh Gott«, murmelte er. Er legte einen Arm um seinen Bauch und eine Hand auf seinen Mund.

»Was denn?« Riley blickte von einer Aufnahme hoch, an deren Entstehung Max sich noch so deutlich erinnerte, als wäre es gestern gewesen.

»Das bin ich«, krächzte er.

Riley runzelte die Stirn. »Ist das dein Ernst?«

Max nickte und trat näher an die Wand heran. Die Fotos waren an dem Tag entstanden, an dem er sich an der Hütte mit ihr getroffen hatte, dem Tag, an dem sie auf dem umgestürzten Baumstamm gesessen hatten und er sie zum ersten Mal berührte, seine Hände auf ihren Schenkeln. Da waren Aufnahmen von Max' Gesicht, Armen, Händen, aber für jeden anderen, einschließlich Riley, war da nur irgendein Mann zu sehen. Grace hatte recht. Niemand würde wissen, dass das Max war, außer ihnen beiden. Erstaunt betrachtete Max jedes Bild, dabei bemerkte er einige, bei denen er sich nicht daran erinnerte, dass Grace sie gemacht hatte. Auf manchen war an den Fältchen neben seinen Augen zu erkennen, dass er lachte. Auf den wenigen Aufnahmen, die seine Augen zeigten, bemerkte Max, selbst in Schwarz-Weiß, wie glücklich er aussah, wie jung und entspannt, und, wenn er das sagen durfte, verliebt.

»Ich bin so ein verdammter Idiot«, murmelte er.

Riley lächelte mitfühlend, doch dann glitt sein Blick über Max' Schulter. »Alter!«

Max erstarrte, da Rileys Miene ihm verriet, wen er gesehen hatte. »Ist sie es?«

»Nun, ich hab sie nie gesehen«, entgegnete Riley und trat ein wenig näher an Max heran. »Aber ich kann mich an Tates Beschreibung nur zu gut erinnern.«

»Scheiße«, keuchte Max. Sein Puls begann zu rasen.

Riley legte Max in einer Geste stummer Ermutigung die Hand auf die Schulter. »Mach dich auf was gefasst, Mann«, sagte er sanft. »Sie sieht absolut fantastisch aus.«

Bei der Bemerkung wandte Max den Kopf und sah über die Schulter. Und tatsächlich, da war Grace, und gütiger Gott, Riley hatte recht. Ihr Haar war auf dem Oberkopf zu einem engen Chignon gedreht, und ein paar weiche Locken umrahmten kunstvoll ihr Gesicht. Durch das hochgesteckte Haar wirkte ihr Hals unglaublich lang. Eine umwerfende Halskette funkelte und glitzerte unter den grellen Strahlern der Galerie. Ihr Kleid war … *unglaublich.* Es war ein bodenlanger Traum in Kanariengelb mit trägerlosem, an der Taille anliegendem Oberteil. Es betonte all ihre herrlichen Kurven und den erlesenen warmen Ton ihrer Haut.

Sie war wie eine Vision, und Max raubte es den Atem.

»Wirst du rübergehen?«, fragte Riley.

»Ja, bleib du hier«, antwortete Max, ohne nachzudenken. Er drehte sich um, ließ Riley stehen und machte den ersten von fünfzehn wackligen Schritten auf sie zu. Während er näher kam, starrte er auf Grace' Schulterblätter, beobachtete, wie sie sich bewegten, während sie wie immer lebhaft gestikulierend redete. Er erinnerte sich daran, wie sie sich unter seinen Händen und an seinem Mund angefühlt hatten, während er sich in ihr bewegte.

Leise blieb er ein, zwei Schritte hinter Grace stehen, während sie ihre Unterhaltung zu Ende führte. Die Frau, mit der sie sprach, schaute verführerisch über Grace' Schulter in Max' Richtung, was Grace auf seine Anwesenheit aufmerksam machte. Sie drehte sich um, ein strahlendes Lächeln im Gesicht, bis sie ihn erkannte. Das Lächeln verblasste und nahm Max' ganzen Mut und Hoffnung mit sich. In ihren grünen Augen blitzte zuerst Schreck und dann etwas, das Max nicht benennen konnte. Nichtsdestotrotz gab es ihm das Gefühl, winzig zu sein.

»Was machst du hier?«, fragte sie, ihre Stimme zitterte leicht.

Max räusperte sich und knackte nervös mit den Fingerknöcheln. »Ich bin hergekommen, um dich zu sehen.«

Er warf der Frau und ihrem männlichen Begleiter einen bedeutsamen Blick zu. Sie verabschiedeten sich murmelnd und wanderten weiter zu einem anderen Teil der Ausstellung.

Grace sah ihnen nach, bevor sie sich wieder zu Max umwandte, Fassungslosigkeit ins Gesicht geschrieben. »Wie bist du … was? Warum?«

Max stieß ein nervöses Lachen aus. »Warum?«, echote er. Seine einstudierte Rede verpuffte, je länger er dastand und sie ansah. »Nun, ich wollte sehen, ob es dir gut geht, und … ich, ähm, ich dachte, wir könnten reden. Vielleicht. Wenn du willst.«

Grace starrte ihn an, als habe er in einer Sprache gesprochen, die sie nicht kannte. »Reden?«, wiederholte sie. »Worüber?« Sie fuhr sich mit der Zunge über die Lippen, und ihre grünen Augen blickten traurig, als sie die Schultern zuckte. »Was gibt es denn noch zu sagen?«

»Da gibt es noch eine Menge zu sagen«, erwiderte Max. Er

schluckte schwer. »Dinge, die ich sagen muss, sagen will.« Er seufzte. »Ich habe versucht, dich zu finden.«

Sie nickte, den Blick auf ihre Füße gesenkt. »Ich weiß. Sienna hat mir gesagt, dass ihr im Club wart. Ich habe deine Nachricht bekommen. Ich habe überlegt, anzurufen, aber …«

Sie sah ihn an, und ihr aufrichtiger Blick legte sich wie eine warme Decke um seinen ganzen Körper.

Gott, er vermisste sie.

»Aber ich kann das jetzt nicht, Max«, flüsterte sie.

Max trat einen Schritt näher, als sie sich zum Gehen wandte. »Gracie«, flehte er.

Ihre Miene verkrampfte sich. »Bitte, nenn mich nicht so.«

Der Schmerz in ihren Worten und der Kummer in der angespannten Haltung ihrer Schultern trafen ihn wie ein Faustschlag in den Magen. »Es tut mir leid«, brach es aus ihm heraus. »Es tut mir leid. Ich wollte dir nur eine Frage stellen – was ich da an jenem Tag zu dir gesagt habe –«

»Hat mich mehr verletzt als –«

»Ich weiß.«

»Ich hatte dich nie um etwas anderes gebeten, als dass du mich hereinlässt.«

»Ich weiß. Ich habe … ich werde nie …«

»Alles okay hier bei dir, Grace?«

Der Mann, der neben Grace trat, war groß, stark und ekelerregend attraktiv. Max' Rücken straffte sich, als er sah, wie der Mann schützend den Arm um Grace' Taille legte. Glühende Eifersucht durchzuckte Max so jäh, dass er schwankte. Die Haut des Mannes hatte dieselbe Farbe wie die von Grace, betont durch das Weiß seines Hemds, und die Art, wie er Max anstarrte, wirkte eigenartig vertraut. Seine dunklen Augen nagelten Max fest, bevor Erleichterung und Begreifen langsam in seine Knochen sickerten.

Kai. Das musste ihr Bruder sein.

»Alles in Ordnung«, sagte Grace leise.

»Und Sie sind …?«, fragte Kai, die Hand an Grace' Seite zur Faust geballt.

»Ich bin Max«, antwortet Max. Nicht einmal ansatzweise eingeschüchtert straffte er das Rückgrat. »Und ich bin hier, um mit Grace zu sprechen.«

»Sieht nicht so aus, als wolle sie mit dir reden …«

»Kai, bitte«, seufzte sie und drehte sich zu ihrem Bruder um.

Mit zusammengebissenen Zähnen schaute Max auf Grace hinunter und ignorierte den bohrenden Blick ihres Bruders, während sie begann, Kai fortzuscheuchen.

»Es ist schon gut«, sagte sie. »Wirklich.«

Kai schnaubte. »Bist du sicher?«

»Ich bin sicher.«

Kai schleuderte Max einen weiteren vernichtenden Blick zu und blieb noch einen Moment standhaft an der Seite seiner Schwester stehen, bevor er schließlich wieder zurück auf die andere Seite der Galerie ging.

»Es tut mir leid«, erklärte Grace. »Er hat einen ziemlich ausgeprägten Beschützerinstinkt.«

»Schon okay«, meinte Max. »Ich bin froh darüber. Ich brauche nur fünf Minuten. Ich muss dich fragen …«

»Max«, unterbrach sie ihn und rang nervös ihre Hände. »Ich weiß, du hast etwas zu sagen, aber ich bin noch nicht bereit …« Sie schloss langsam die Augen.

Zu sehen, wie ihre Miene bröckelte, während sie so angestrengt versuchte, ihre Gefühle im Zaum zu halten, riss Max entzwei.

Was zum Teufel hatte er sich nur dabei gedacht?

Er sah sich um. Dass er hier war, war ein Riesenfehler. Er wusste mit absoluter Sicherheit, dass er nicht gut für sie war.

Er war schließlich auch nur ein Mensch, und falls sie zusammen wären, würde er es zweifellos verbocken und sie wieder verletzen – und niemand hatte das verdient. Am allerwenigsten Grace.

Er nahm einen tiefen Atemzug, der höllisch schmerzte, und riskierte es, einen weiteren Schritt näher zu kommen.

Sie sah zu ihm hoch, ängstlich und wunderschön.

»Es tut mir leid«, wiederholte er leise und prägte sich jedes Detail ihres Gesichts ein. »Das tut es wirklich.« Er fuhr sich mit der Hand durchs Haar. »Das musste ich dir einfach sagen.« Er schaute zu ihren Fotos hinüber. »Die sind wirklich etwas Besonderes, Grace.«

Er griff nach ihrer Hand, überglücklich, dass sie sie ihm nicht entzog, und küsste zärtlich ihre Fingerknöchel. »Du bist grandios. Meinen Glückwunsch.«

Und mit diesen Worten lächelte Max sie ein letztes Mal traurig an, ließ ihre Hand los, drehte sich um und ging davon.

31

Riley setzte Max bei der Werkstatt ab.

Er fühlte sich völlig zerrissen, aber er wusste, dass der Geruch nach Öl und Benzin ihn von dem Bedauern ablenken würde, das ihn in den Klauen hatte. Die Fahrt im Jeep verlief schweigend, dennoch spürte er alle paar Sekunden Rileys besorgte Blicke auf sich.

»Bist du sicher, dass ich dich nicht nach Hause fahren soll, oder vielleicht zu Carter?«, fragte Riley beunruhigt. »Scheiße, Mann, du kannst auch mit zu mir kommen, wenn du willst.«

Max lächelte schwach und schüttelte den Kopf. »Es geht mir gut«, sagte er. Er öffnete den Sicherheitsgurt. »Ich muss einfach nur eine Weile allein sein.«

»Wenn du meinst. Melde dich, wenn du irgendetwas brauchst«, sagte Riley. »Ich kann Tate anrufen …«

»Nein, es geht mir gut.« Er seufzte. »Ich werde schon nichts Dummes machen. Ich weiß, sie hat was Besseres verdient als mich.« Er legte seinem Freund eine Hand auf die Schulter. »Aber ich weiß zu schätzen, was du für mich getan hast.«

Riley nickte knapp.

Max kletterte aus dem Jeep, holte seine Schlüssel aus der Tasche und schloss die Werkstatt auf, dann schlüpfte er leise hinein. Sofort beruhigten die vertrauten Gerüche und die kühle Luft einen Teil von Max, der sich nach einer Zeit zurücksehnte, in der alles einfacher gewesen war. Damals war er jünger gewesen, weniger kaputt, und sein Vater war das Einzige, worüber er sich Sorgen machen musste. Er schaltete die Lichter ein, ging um die drei Autos herum, an denen die Jungs zurzeit arbeiteten, und nach hinten ins Büro. Er zog den Ledersessel vom Schreibtisch zurück und ließ sich hineinfallen, dann legte er den Kopf in den Nacken, um an die Decke zu starren. Er schloss die Augen, um den Schmerz auszublenden, den er auf Grace' Gesicht gesehen hatte, und atmete tief durch.

Er hatte es ernst gemeint: Grace hatte etwas Besseres verdient als ihn. Er hatte sich wie ein komplettes Arschloch benommen; er hatte sie verletzt, noch dazu sich selbst, und nun hatte er sie verloren. Max war nicht auf das Gefühl von Verlust vorbereitet, das sich in ihm ausbreitete, dennoch nahm er es bereitwillig an. Etwas zu fühlen war immer noch besser, als innerlich taub zu sein. Und wie Tate stets sagte, erinnerte es Max daran, dass er lebte. Trotz allem, was geschehen war, einschließlich des heutigen Abends, *wollte* Max leben.

Dieser letzte Gedanke war es, mit dem Max, emotional völlig erschöpft, langsam in den Schlaf hinüberdämmerte.

Mit einem Ruck fuhr Max hoch und stöhnte, als sein Nacken bei der schnellen Bewegung protestierte. Er rieb sich die steife, schmerzende Stelle und gähnte leicht orientierungslos, dabei riskierte er einen Blick auf die Uhr an der Wand des Büros. Es war nach ein Uhr. »Scheiße.«

Er zog an seiner Krawatte, um sie zu lockern, und nahm sie ab, dann öffnete er die obersten beiden Knöpfe seines Hemds und rollte die Ärmel bis zu den Ellbogen auf. Das war der Moment, in dem er ein Klopfen hörte. War es das gewesen, was ihn geweckt hatte?

Lauschend legte er den Kopf schief. Wieder klopfte es, diesmal stärker und länger. Verschlafen stand Max auf, fuhr sich mit den Fingern durchs Haar und ging vorsichtig zur Tür. Wer zum Geier klopfte um diese Nachtzeit an die Tür einer Autowerkstatt? Neben einem großen Schraubschlüssel blieb er stehen und überlegte ernsthaft, ob er ihn aufheben sollte oder nicht, für den unwahrscheinlichen Fall, dass auf der anderen Seite der Tür Ärger auf ihn wartete. Er nahm ihn und lehnte ihn griffbereit an die Wand. Er schob den Sicherungsbolzen zurück, entriegelte das zweite Schloss und öffnete die Tür einen Spalt.

»Grace.«

Sie stand auf dem Bürgersteig, immer noch in ihrem gelben Kleid. Max öffnete die Tür weiter. »Was machst du hier?«

Grace schüttelte den Kopf. »Ich weiß es nicht.«

»Komm rein.« Max trat zurück, während sie einen Blick über die Schulter zu einem Taxi warf, das auf sie wartete, wie Max jetzt erst bemerkte. Sie hob die Hand, die Finger weit gespreizt, um fünf Minuten anzudeuten, dann trat sie an Max vorbei in die Werkstatt.

Er schloss die Tür hinter ihr. Wenn fünf Minuten alles war, was er mit ihr hatte, dann wusste er, dass er keine Sekunde davon vergeuden durfte. »Kann ich dir irgendwas anbieten?«

»Nein«, antwortete sie rasch. »Mein Taxi wird nicht warten.«

Max nickte, doch sein Verstand war immer noch schlaftrunken. »Moment mal. Woher hast du gewusst, wo ich bin?«, fragte er verwirrt.

»Dein Freund kam noch mal zurück in die Galerie. Er hat mir gesagt, wo du bist, falls ich meine Meinung noch einmal ändern würde.«

Riley. Also damit hatte er nicht gerechnet. »Bist du deswegen hier? Weil du reden willst?«, fragte Max zögernd.

Grace leckte sich über die Lippen und holte tief Luft. »Ich wollte wissen, warum du heute Abend gekommen bist.«

Max nahm sich einen Augenblick Zeit, um sie zu betrachten; sie sah so wunderschön aus in ihrem Kleid. »Ich wollte … deine Arbeit sehen. Dich sehen.«

»Warum?«

Max biss die Zähne zusammen. Nervosität kroch durch seine Adern. »Weil ich … es ist eine Weile her, seit ich dich gesehen habe, seit wir miteinander geredet haben, und ich wollte dich fragen, ob …«

»Nein«, spuckte sie aus und schnitt Max das Wort ab. »Du verstehst nicht. Siehst du, es geht mir gut. Heute Abend ging es mir *gut*. Ich *dachte*, es ginge mir gut. Und dann … dann habe ich *dich* gesehen.«

Obwohl er nicht überrascht sein sollte, durchschnitt ihn dennoch Schmerz. »Ich wollte nicht alles wieder versauen, Grace. Ich wollte mich nur vergewissern, dass es dir gut geht«, sagte er leise. »Nachdem ich gegangen war … nach dem, was ich gesagt hatte.« Max schob die Hände in die Hosentaschen und trat leicht nach einer unsichtbaren Stelle des Werkstattbodens. »Ich wollte nur …«

»Was? Was willst du?«, fragte sie. Ihre Stimme war weich und erwartungsvoll.

Max konnte ihr nicht in die Augen sehen. »Ich will … ich will einfach nur, dass du glücklich bist.«

»So hat es sich aber nicht angefühlt, als du gegangen bist. Es hat sich angefühlt, als würde ich entzweigerissen.« Unbewusst verschränkte sie die Arme und umklammerte ihre Ellbogen, als versuche sie, sich selbst zusammenzuhalten. »Ich war bereit, dich loszulassen – zu versuchen … ohne dich zu atmen.«

Ihre Worte raubten Max selbst den Atem. »Ich weiß, mein Entschuldigen, Betteln, zu Kreuze kriechen macht nichts von dem, was ich gesagt oder wie ich mich verhalten habe, ungeschehen, aber du musst wissen, dass nichts davon wahr war. Ich habe nichts davon ernst gemeint.«

»Warum hast du es dann gesagt?«

Max stieß schwer den Atem aus und hob die Schultern.

»Weil … Als ich in West Virginia ankam, hatte ich diesen perfekten Plan. Ich war ziemlich zufrieden damit, mein Leben zu leben, jeden verdammten Tag aufzuwachen und meine Dämonen zu bekämpfen, bei meinem Onkel zu arbeiten und weiterzumachen, so gut ich konnte.« Er sah sie an, sie war so rein und bezaubernd. »Und dann … dann kamst du einfach hereingewirbelt wie ein verdammter Hurrikan und hast alles geändert.«

Schuldbewusst starrte sie hinunter auf seine Füße. »Das wollte ich nicht. Ich wollte nie –«

»Nein«, unterbrach er sie laut. »Du verstehst nicht. Du hast es zum Besseren verändert.« Er nahm die Hände aus den Taschen und kam auf sie zu. »Ich wusste einfach nicht, was zum Teufel ich tun sollte. Ich hatte mir geschworen, dass ich nie wieder etwas für irgendjemanden empfinden würde, und dann empfand ich verdammt noch mal alles auf einmal und wusste nicht mehr, wo oben oder unten ist. Ich weiß es immer noch nicht.«

Ihre grünen Augen hoben sich, zögernd und hoffnungsvoll.

»Du bist anders als alle, die ich je kennengelernt habe«, fügte er sanft hinzu. »Du siehst in allem und jedem das Gute, selbst in mir.«

»Aber du bist davongelaufen, Max. Nach allem, was wir miteinander geteilt haben, allem, was ich dir erzählt, mit dir getan habe.« Sie schüttelte den Kopf. »Ich habe dir vertraut, und du hast diese abscheulichen Dinge zu mir gesagt, als ich dich gefragt habe, was du empfindest.«

Max stieß den Atem aus.

»Ich weiß, du brauchtest einen Abschluss, Max. Und ich hoffe, du hast ihn gefunden.«

»Das habe ich.«

Sie lächelte leicht. »Das freut mich. Aber du warst so schnell bereit, mich fortzustoßen, um ihn zu bekommen.«

Max stöhnte frustriert auf. »Ich brauchte Abstand von dir, um meinen Kopf von dem freizubekommen, was wir getan hatten und wie ich mich fühlte. Und hierher zurückzukommen, war das Einzige, was ich kannte. Es war das einzig Vertraute, was ich in all dieser völlig unbekannten Scheiße hatte.« Er raufte sich die Haare, bevor er geschlagen die Arme fallen ließ. Sein Puls hämmerte. »Grace, ich … Ich habe noch nie so empfunden wie in dieser Nacht mit dir. Für niemanden.« Er wagte es, sie anzusehen, aber ihre Miene war unergründlich.

»Trotzdem hast du mir wehgetan«, flüsterte sie.

Unvermittelt schnürte es Max die Kehle zu, während er niedergeschlagen nickte. Er machte einen taumelnden Schritt nach rechts und lehnte sich an die Seite des kirschroten Mustang. Er hatte keine Ahnung, wie es für ihn und Grace weitergehen sollte. Was zum Teufel sollte er sagen? Er hatte keine Ahnung, wie er den Schaden wiedergutmachen konnte, den er angerichtet hatte, oder ob sie das überhaupt wollte.

»Ist das die Werkstatt deines Vaters?«

Ihre Frage brachte ihn dazu, überrascht den Kopf zu heben. »Ja.«

»Schöne Arbeit.« Sie deutete auf die Graffiti, mit denen die Wände übersät waren.

Max hatte letzte Woche damit angefangen, den Laden ein bisschen aufzupeppen. »Danke«, sagte er. »Ich dachte, ich setze meine neu gefundene Liebe zur Malerei nutzbringend ein. Es ist therapeutisch, zumindest behauptet Doc das.«

Ihr Lächeln wurde ein wenig breiter. Sie schien sich zu sammeln, bevor sie wieder sprach. »Ich hatte mir geschworen, dich das nicht zu fragen, weil ich kein Recht dazu habe, aber nachdem ich dich jetzt gesehen habe, muss ich es wissen.« Sie schloss die Augen. »Hast du mit ihr geschlafen?«

Max' Antwort kam schnell und klar. »Nein.«

Sie öffnete die Augen wieder und suchte in seinem Gesicht nach einer Lüge.

»Ist irgendetwas zwischen euch passiert?«

Max' Blick wanderte zur Tür, und er hoffte verzweifelt, dass sie nicht gehen würde, wenn er ihr die Wahrheit sagte.

»Was ist passiert, Max?«

»Als ich ging«, setzte er an, »hat sie mich gebeten … Wir haben uns umarmt, und sie hat mich geküsst.«

»Und du hast den Kuss erwidert.«

Es war keine Frage.

»Ja.«

Sie stieß langsam den Atem aus. »Ich schätze, ich wusste es irgendwie. Sie war deine erste Liebe. Damit könnte ich nie konkurrieren.«

»Das verlangt niemand von dir«, erwiderte Max. »*Ich* verlange das nicht von dir.«

»Nein«, murmelte sie. »Es fühlt sich nur so an.«

Max trat erneut näher, was Grace veranlasste, das Kinn zu heben, um ihn ansehen zu können.

»Ich schwöre es dir«, beteuerte er. »Es war genauso schnell vorbei, wie es angefangen hatte, und es hat mich dazu gebracht zu erkennen, dass … ja, sie war die Frau, in die ich mich vor all den Jahren verliebt hatte, aber ihre Lippen waren nicht die, die ich wollte. Da war nichts, nur Erinnerungen an eine Zeit, die nie zurückkommen wird, und mir wurde bewusst, dass der Mann, der sie geliebt hat, nicht mehr existiert.«

Er hob eine Hand und ließ seinen Finger zart über ihr Handgelenk streifen. Sofort sah er Gänsehaut entstehen. »Wir sind andere Menschen geworden, sie und ich. Wir wollen andere Dinge. Das weiß ich jetzt. Ich weiß, dass ich die Vergangenheit hinter mir lassen muss. Ich muss in die Zukunft sehen, statt über meine verdammte Schulter zu schauen und darauf zu warten, dass irgendwelche Scheiße passiert, Scheiße, die aus gutem Grund Vergangenheit ist.«

Entschlossen nahm er ihre Hand und drückte sie fest, als könne ihm das dabei helfen weiterzureden und sie dazu zu bringen, ihm zu glauben. »Ich weiß, ich habe dir wehgetan, und das wird mir für immer leidtun. Ich werde immer ein Suchtkranker sein, aber das kann ich ebenfalls nicht ändern. Alles, was ich tun kann, ist, dir zu versprechen, dass ich jeden Tag dagegen ankämpfen werde. Für uns. Für dich.«

»Max, ich …«

»Weißt du, was passiert ist, als ich dich heute Abend gesehen habe?«, fuhr er fort. »Nach so langer Zeit … Du warst … Herrgott, Gracie, du hast den ganzen verdammten Raum ausgefüllt. Ich konnte nichts anderes mehr sehen als dich. Ich sehne mich nur nach dir.«

Sie starrte ihn an.

»Du hast mir gesagt, alles, was du willst, ist, mich zu lieben. Bin ich zu spät?«

Sanft entzog Grace ihm ihre Hand. »Ich weiß es nicht«, antwortete sie. Ihre Worte klangen entschieden. »Das ist eine Menge zu verarbeiten, Max. Ich hatte keine Ahnung. Ich hätte nie gedacht, dass du …« Sie schüttelte den Kopf. »Ich kann kein Ersatz sein, und ich werde nicht deine zweite Wahl sein.«

Max runzelte die Stirn. So was sollte sie nicht einmal denken. »Du warst niemals zweite Wahl.«

Sie rieb sich mit den Fingerspitzen die Stirn und wandte sich zur Tür. Dann drehte sie sich noch einmal um. »Ich kann keine Krücke sein. Du musst für *dich selbst* kämpfen, Max. Niemand sonst.«

»Das tue ich«, entgegnete er. »Das werde ich. Du machst das Kämpfen nur so viel leichter.«

Ihre Miene wurde weicher.

»Sag mir, was du willst, Grace.«

Sie öffnete ein paarmal den Mund, doch es kamen keine Worte heraus. »Ich weiß es nicht.«

Max nickte langsam.

»Zeit«, bot sie an. »Ich will Zeit zum Nachdenken.«

Er hätte ihr alles gegeben, worum sie ihn bat. »Natürlich.«

Sie öffnete die Tür, bevor sie noch einen Blick zurückwarf. »In der Galerie und gerade eben hast du gesagt, dass du mich etwas fragen möchtest. Was denn?«

Max lächelte leicht. »Das kann warten.«

32

Es dauerte eine Woche, bis Max wieder von Grace hörte, durch eine kurze SMS, in der sie fragte, wie es ihm ging.

Es war wirklich lächerlich, wie es in seinem Bauch zu flattern anfing, als er ihren Namen auf seinem Handy aufleuchten sah. Er antwortete ebenso kurz, aber hoffnungsvoll, und war überglücklich, dass sie überhaupt miteinander kommunizierten. Nach der Nacht, in der sie ihn in der Werkstatt zurückgelassen hatte, hatte er keine Ahnung gehabt, ob diese Möglichkeit überhaupt bestand.

Sie schrieben sich ein paar Tage lang hin und her, bis sich die Tage in eine weitere Woche verwandelten. Immer waren es lockere Unterhaltungen darüber, wie sie ihre Zeit verbrachten – sie war wieder in Preston County –, Einzelheiten über eine weitere Kunstausstellung in Philly, für die sie aufgrund ihres umwerfenden Erfolgs in New York beauftragt worden war, und Max' Meetings. Obwohl er darauf brannte, sie zu fragen, ob sie darüber nachgedacht hatte, was sie wollte, unterließ er es, sie zu drängen. Er wusste, was sie da tat. Sie lernte wieder, ihm zu vertrauen, sich ihm langsam, aber sicher zu öffnen und ihm die zweite Chance zu geben, die er sich so verzweifelt wünschte.

Und er *war* verzweifelt. Je mehr er darüber nachdachte, Zeit mit ihr zu verbringen, desto mehr wünschte er es sich. Carter hatte recht gehabt: Sie brauchten keine Labels. Max wollte nur mit Grace zusammen sein, in jeder Weise, die sie zuließ. Trotz seiner Ungeduld blieb Max in New York und widerstand dem

Drang, zurück nach West Virginia zu fahren, sondern respektierte ihre Bitte um Zeit, so schwer es ihm auch fallen mochte. Es war das Mindeste, was er tun konnte.

Max verbrachte seine Tage mit dem, was er tat, seit er Preston County verlassen hatte: laufen, arbeiten, zu seinen Meetings gehen, clean bleiben, den gerechten Kampf führen und sich dabei ständig auf seine täglichen Nachrichten von Grace zu freuen.

An einem heißen Abend, zwei Wochen, nachdem er sie zuletzt gesehen hatte, rief Grace an. Die Unterhaltung verlief nicht so unbehaglich, wie Max erwartet hatte. Er ertappte sich dabei, dass er beim Klang ihrer Stimme und der Begeisterung, die sie verströmte, lächelte, während sie ihm von ihren neuen Fotos erzählte und ihn über Onkel Vince und den Rest der Familie auf den neuesten Stand brachte, obwohl Max regelmäßig mit ihnen telefonierte. Zuerst rief sie zweimal in der Woche für zehn Minuten an. Dann rief sie dreimal an, bis sie keine Woche später jeden Tag eine Stunde miteinander redeten. Die Routine spielte sich ebenso mühelos ein wie damals, als sie angefangen hatten, miteinander zu laufen. Sie passten zusammen, nicht nur körperlich, sondern auch seelisch.

Es war während einer ihrer Unterhaltungen gewesen, dass Grace die heikle Situation ihres Bruders Kai zur Sprache gebracht hatte. Max machte sich keine Illusionen. Er wusste, dass Kai ein ernstes Problem mit Max' Verhalten hatte und deshalb seine Bedenken darüber äußerte, dass Grace irgendeine Art von Beziehung zu Max unterhielt, ob übers Telefon oder sonst wie.

Max saß auf seinem Sofa, das Handy am Ohr und die nackten Füße auf dem Couchtisch. »Kann ich irgendetwas tun, um zu helfen?«, fragte er. »Ich könnte … keine Ahnung, vielleicht mit ihm reden.«

Grace lachte nervös. »Ich bin mir nicht sicher, ob das eine gute Idee ist, aber ich weiß das Angebot zu schätzen. Er wird seine Meinung schon ändern. Wenn er weiß, wie glücklich und sicher ich mich fühle, wird er drüber wegkommen.«

»Du bist bei mir sicher.«

»Ich weiß.«

Max hatte geschluckt, da er spürte, dass sie an einer Grenze entlangschwankten, die Grace vor Wochen gezogen hatte. »Mache ich dich glücklich?«

Sie hatte gezögert, bevor sie antwortete. »Ja.«

Max und Riley stürzten sich in die Vorbereitungen für Carters Junggesellenparty, die am Ende eine wilde zweitägige Angelegenheit in Las Vegas wurde. Max war mehr als warm ums Herz geworden, weil Carter, Riley und natürlich Tate darauf verzichteten, in seiner Gegenwart zu trinken. Am zweiten Abend allerdings, nach einem Tag am Pool, drängte Max Carter einen Tequila in die Hand und neckte ihn gnadenlos damit, dass er den verdient habe, weil er eingewilligt hatte, sein Leben in Knechtschaft zu verbringen. Nach einer männlichen Umarmung mit vielen Rückenklopfern hatte Carter das Zeug hinuntergekippt, als habe er den Drink bitter nötig.

Es folgten fünf weitere.

Wie Carter es sich gewünscht hatte, gab es keine Stripperinnen, sehr zu Rileys Empörung. Stattdessen genossen die zehn Teilnehmer der Party gutes Essen, guten Wein, glühend heißes Wetter und jede Menge Glücksspiel. Max konnte nicht leugnen, dass er Spaß hatte, auch wenn es hart gewesen war, in einem Club zu sein, ohne zu trinken. Aber seine Freunde waren nie weit und ermutigten und unterstützten ihn. Max verstand, dass sein Leben nun immer so sein würde, in guten wie in schlechten Zeiten, und während er Riley dabei zusah, wie der sich tanzend an einer Gruppe Mädchen rieb, wobei die anderen lachten und ihn anfeuerten, wurde Max bewusst, dass das okay für ihn war.

Es machte ihm nichts aus, der nüchterne Fahrer zu sein, und es machte ihm nichts aus, Carter dabei zu helfen, Kats Handynummer zu wählen, damit er sie anrufen und ihr sagen konnte, wie sehr er sie vermisste. Einen flüchtigen Moment lang, während Carter ausschweifend ins Telefon nuschelte und Kats Lachen aus dem Lautsprecher drang, fragte sich Max, was Grace empfinden würde, wenn er sie anriefe, um ihr dasselbe zu sagen.

Drei Tage, nachdem sie alle sicher nach New York zurückgekehrt waren, rief Max Grace entschlossen und mit einer Scheiß-drauf-was-solls-Einstellung an und fragte sie unumwunden: »Wann kann ich dich sehen?«

Die Leitung blieb einen Herzschlag lang still, bevor sie antwortete. »Du willst mich sehen?«

Max schnaubte und ließ sich aufs Sofa fallen. »Grace«, seufzte er. »Ich *muss* dich sehen.« Er spielte mit einem losen Faden, der vom Saum seiner T-Shirts hing. »Es ist Wochen her, und ich weiß, ich habe dir gesagt, dass ich dir Zeit gebe, aber …«

»Aber was?«

Max legte eine Hand auf die Stirn. »Ich vermisse dich.«

Ihr Atem stockte. »Ich vermisse dich auch.«

»Dann komm«, drängte Max und setzte sich auf. »Komm nach New York. Oder ich kann zu dir kommen, wann immer du willst.«

»Wie denn? Ich arbeite. Es ist Donnerstagabend. Ist nicht Carters Hochzeit dieses Wochenende?«

Max schlug mit der flachen Hand auf die Sofalehne. »Scheiße.« Wie hatte er das vergessen können? Ein schöner bester

Freund war er. Morgen hatten sie das Probeessen, und am Samstag war die Hochzeit. Er musste immer noch seine Rede als Trauzeuge durchgehen.

Grace lachte leise. »Schon okay.«

»Sonntag?«

»Ich kann nicht. Da bin ich in Washington bei Kai.«

Max ließ sich wieder zurück in die Lehne fallen. »Dann also nächste Woche.«

Grace summte zustimmend. »Nächste Woche also.«

Max konnte an den Fingern abzählen, wie oft er gesehen hatte, dass Carter die Nerven verlor. Trotz seines Rufs war Max' bester Freund bei den meisten Dingen ziemlich gelassen. Sein Hochzeitstag allerdings gehörte nicht zu diesen Dingen. Max konnte sich nicht erinnern, Carter je so aufgeregt erlebt zu haben, und ehrlich gesagt war das verdammt lustig.

»Hört auf zu lachen und helft mir lieber!«, rief Carter vor dem großen Spiegel aus, vor dem er seit mindestens fünfzehn Minuten mit seiner pfirsichfarbenen Krawatte kämpfte. »Ich bin völlig nutzlos, was solche Sachen angeht.«

Prustend sah Max zu Riley, dann trat er hinter Carter und griff ihm über die Schultern, um seine Finger wegzuschlagen und die Krawatte für ihn zu binden. Breit lächelte er seinen Freund im Spiegel an.

»Ach, verpiss dich«, brummte Carter und verdrehte die Augen. »Ich weiß, es gefällt dir, mich so zu sehen.«

»Darauf kannst du deinen Arsch verwetten«, bemerkte Max. Er rückte den perfekten Knoten an Carters Hals zurecht und klopfte seinem Freund dann zweimal auf den Bauch. »Fertig.« Carter atmete aus und nickte, während Max einen Schritt zurücktrat.

»Nimm dir noch einen Drink«, bot Max an, griff nach einer

halbleeren Champagnerflöte und reichte sie ihm. Davon standen überall im Strandhaus Hunderte herum, stehen gelassen von den zahlreichen Gästen, die überall umherwanderten. Max war sich nicht sicher, ob er jemals so viele geschäftige Leute auf einem Haufen gesehen hatte.

Carter stürzte den Champagner hinunter und seufzte. Dann warf er einen Blick auf die große Uhr an seinem Handgelenk und schluckte hörbar. In fünfzehn Minuten war Showtime. Max lachte und reichte ihm sein graues Jackett. »Entspann dich! Man könnte meinen, du hast gleich einen Gerichtstermin.«

»Nein.« Carter deutete ihm mit dem Finger ins Gesicht. »Da wäre ich auf keinen Fall so nervös.«

Max und Riley lachten. Max warf Riley einen Blick zu und signalisierte, dass die beiden besten Freunde das Bedürfnis hatten, einen Augenblick allein zu sein. Mit einem Nicken schlich er sich aus dem Zimmer und schloss die Tür hinter sich.

»Warum bist du so nervös, Mann?«, fragte Max Carter, der sein leeres Glas auf ein Regal in der Nähe stellte und in sein Jackett schlüpfte. »Ist das denn nicht das, was du willst?«

»Doch!«, platzte Carter heraus. »Doch, natürlich, ich kann es nicht erwarten, sie zu sehen, sie zu heiraten, aber …« Er sah aus dem Fenster hinaus auf den Strand, wo sich Stuhlreihen mit Gästen füllten und vor einem weißen, mit pfirsichfarbenen und weißen Blumen geschmückten Spalierbogen ein sehr offiziell aussehender Mann stand und darauf wartete, dass die Hochzeit begann.

»Du hast nur Angst, dass du es vermasselst?«

Carter nickte. »Eine Scheißangst«, flüsterte er.

Lächelnd trat Max zu seinem besten Freund. »Du schaffst das schon, Bruder, okay? Sie liebt dich. Der Teufel weiß, warum«, sie lachten beide, »aber sie tut es.« Er drückte Carter die

Schulter. »Also, dann geh da runter und zeig allen, warum sie sich für dich entschieden hat.«

Carters Augen glänzten auf eine Weise, die Max verlegen von einem Fuß auf den andern treten ließ. »Ich bin stolz auf dich, Max«, sagte er leise. »So verdammt stolz.«

Max hatte keine Zeit zu antworten, bevor Carter ihn in eine enge Umarmung zog. Es gab keine Schläge auf den Rücken, keine männlichen Erklärungen, nur zwei Männer mit einer zwanzig Jahre währenden Freundschaft, die stumm wertschätzten, wie weit sie beide gekommen waren.

Danach wankte Carter nicht mehr.

Während er Kat, die in ihrem elfenbeinfarbenen Kleid umwerfend aussah, das Jawort gab, stand Max stolz an seiner Seite, wo er immer gewesen war und immer sein würde. Die Eheversprechen der beiden waren bewegend und wurden mit solcher Inbrunst gesprochen, dass es Max ein paar Mal vor Sehnsucht nach Grace einen heftigen Stich versetzte. Nichtsdestotrotz war Max der Erste, der aufstand, klatschte und jubelte, als Kat und Carter sich zum ersten Mal als Mann und Frau küssten.

Auf dem Sandstrand vor dem Strandhaus waren eine Tanzfläche und ein Barbereich errichtet worden, umgeben von weißen Tischen, an denen die Hochzeitsgäste aßen und der Braut und dem Bräutigam zuprosteten. Das sanfte Schwappen der Brandung war die einzige Untermalung für Max' Rede als Trauzeuge, bevor der DJ die Frischvermählten zu ihrem ersten Tanz auf die Tanzfläche bat. Während das glückliche Paar zu Otis Redding tanzte, erinnerte sich Max daran, wie er mit Grace in dieser gottverdammten Bar getanzt hatte, in die Ruby sie alle am vierten Juli geschleppt hatte. Bei der Erinnerung lächelte er. Sie hatte in jener Nacht so verdammt schön ausgesehen.

Riley ließ sich auf den Stuhl neben Max plumpsen, während

sich die Tanzfläche allmählich zu füllen begann. »Coole Rede. Hast du gut gemacht, Mann«, sagte er, die Augen auf eine junge Brünette geheftet, die keine drei Meter entfernt tanzte.

Max grinste. »Danke, Kumpel.«

Riley zwinkerte ihm zu. »Also du und Running Girl – seid ihr bereit für all das hier?« Er deutete in die Richtung, in der Kat und Carter sich inmitten der anderen, überschwänglicheren Tänzer auf der Tanzfläche langsam im Takt wiegten. Die beiden Frischvermählten sahen einander an, als wäre die ganze Welt um sie herum stehen geblieben.

Max schüttelte den Kopf. »Nicht für eine Hochzeit.«

Er sah, wie Carter den Kopf in den Nacken warf und herzhaft über irgendetwas lachte, das Kat gesagt hatte. Max' Brust wurde eng. Er freute sich so für seinen Freund, rasch gefolgt von einem sehnsüchtigen Schmerz wegen Grace. »Aber glücklich zu sein? Ja, dafür bin ich mehr als bereit.«

»Amen, Bruder«, murmelte Riley. Er wandte sich von der Brünetten ab, die ihm schöne Augen machte, und stützte die Ellbogen auf den Tisch.

Max nahm dieselbe Haltung ein. »Alles okay?«

Riley nickte. Er lockerte seine Krawatte und öffnete den obersten Knopf seines Hemds. »Ja. Es ist nur … Manchmal frage ich mich, wo ich wäre, wenn ich mich anders entschieden hätte, weißt du?«

Obwohl Max nicht wusste, von welcher Entscheidung Riley sprach, wusste er nur zu gut, wie sich Bedauern anfühlte, und er verabscheute den Gedanken, dass sein Freund auch nur ansatzweise etwas Ähnliches verspürte. Rileys grünbraune Augen waren betrübt.

»Willst du darüber reden?«

Riley lächelte, aber es war nur flüchtig. »Nee, Mann.« Er hob sein Glas und stieß damit an Max' Glas mit Dr. Pepper.

»Der heutige Tag ist zum Feiern da, nicht zum Bemitleiden.« Er kippte den Champagner hinunter und stand auf, die Arme weit ausgebreitet. »Zeit zu tanzen!«

Mit einem Schnauben sah Max ihm zu, wie er schwungvoll schlurfend auf die Tanzfläche und die Brünette zusteuerte und dabei aus seinem Jackett schlüpfte. Es erstaunte Max immer wieder, wie unverwüstlich Riley zu sein schien. Tate hatte recht, er war wie ein Gummiball, dennoch machte Max sich Sorgen.

Mit seiner Limonade in der Hand schlenderte Max um die Tanzfläche herum und unterhielt sich lächelnd mit Freunden und Mitgliedern von Kats Familie. Ihre Mutter war ein wenig stachelig, wie Carter ihn bereits vorgewarnt hatte, aber ihr Stiefvater schien cool zu sein. Ihre Großmutter Nana Boo allerdings war einfach nur genial und tanzte mit Max zwei geschlagene Songs lang, bevor sie sich auf die Suche nach einem Glas Sherry machte. Es beruhigte Max zu wissen, dass Carter eine neue Familie um sich hatte, Menschen, die ihn aufrichtig gernzuhaben schienen und ihm und Kat nur Gutes wünschten.

Er schaute hinaus aufs Meer, so blau wie der Himmel, den es am Horizont berührte, und schloss die Augen, da er wusste, dass es Grace gefallen hätte. Liebend gern hätte er hier mit ihr getanzt, im Mondlicht, und sie unter den Sternen geküsst.

»Max?« Erschrocken drehte er sich zu Kat um. Ihre Wangen waren gerötet, und ihre grünen Augen leuchteten glücklich. »Alles okay?«

Lächelnd schüttelte er den Hauch von Melancholie ab, den seine Gedanken an Grace geweckt hatten. »Ja. Es geht mir gut. Was ist mit dir?« Er nickte zur Tanzfläche, wo Carter mit Nana Boo tanzte, ihre kleinen, nackten Füße balancierten auf seinen großen glänzenden Lackschuhen. »Fühlt es sich schon komisch an?«

Kat lachte. »Nein. Es ist perfekt.«

»Gut.«

»Bist du sicher, dass es immer noch für dich in Ordnung ist, hier über Nacht zu bleiben, nachdem wir in die Flitterwochen aufgebrochen sind?«

Er nippte an seiner Limonade. »Auf jeden Fall.«

»Großartig.« Schmunzelnd sah sie ihn von der Seite an. »Weißt du, ich hatte mir gedacht, vielleicht könntest du Grace fragen, ob sie dir hier Gesellschaft leisten will.«

Max runzelte die Stirn, da er an so ziemlich dasselbe gedacht hatte, und daran, wie fantastisch das wäre. »Sie ist in Preston County«, murmelte er.

»Wirklich?« Kat sah ihn an und nickte mit dem Kopf in Richtung des Hauses.

Sofort flog sein Blick zum Strandhaus, und dort, in der Terrassentür, im selben roten Kleid, das sie damals am See getragen hatte, stand Grace. Sein Herz schlug einen waschechten Salto, als sie nervös lächelte, und er starrte sie an und wusste, dass sie das verdammt noch mal Vollkommenste war, das er je gesehen hatte.

Max war nicht sicher, wie er zu ihr gekommen war, nicht sicher, ob er gegangen oder über die Tanzfläche zu ihr geschwebt war. Er merkte erst, dass er sich bewegte, als er nur noch wenige Schritte von ihr entfernt war. Er blieb stehen und nahm alles an ihr in sich auf, ihr schwarzes Haar, das ihr offen ums Gesicht und über die Schultern fiel und im sanften Wind wehte. Ihre wunderschöne Haut, die sich herrlich von der leuchtenden Farbe ihres Kleids abhob, und ihre langen Beine, perfekten Füße und die passend lackierten Zehennägel.

Er fuhr sich mit der Zunge über die Lippen. »Was … wie … was machst du …?«

Sie lachte. »Ist das wichtig?«

Sprachlos schüttelte er den Kopf. »Nein. Nicht im Geringsten. Du bist hier. Ich dachte …«

»Das dachte ich auch, aber … ich habe dich zu sehr vermisst.« Mit einer kleinen Handbewegung deutete sie auf seinen grauen Anzug. »Du siehst toll aus.«

Max verzog das Gesicht. »Das sollte eigentlich mein Text sein.«

Schmunzelnd zuckte Grace mit den Schultern. »Nun, jetzt ist es jedenfalls meiner.« Wieder lachte sie, als Max stumm blieb, weil er nichts anderes tun konnte, als sie anzusehen. »Was denn?«

»Einfach nur du«, antwortete er und trat einen Schritt näher. »Wie du den ganzen Raum erfüllst.«

»Ich stehe in der Tür«, meinte sie neckend. »Ich bin praktisch draußen.«

»Es ist ganz egal, wo du bist«, versicherte er ihr. »Du bist alles, was ich sehe.«

Bei seinen Worten schien Grace' Gesicht weicher zu werden und sich zu entspannen. »Max.« Sie trat vorwärts und überwand den Abstand zwischen ihnen. Der Duft von Kakaobutter wehte über ihn hinweg. »Bevor wir noch irgendetwas anderes sagen oder tun, müssen wir reden.«

Max nickte. Sein Puls raste vor Erwartung, und er wusste nicht, ob er lachen oder weinen sollte.

»Du hast mich gebeten, dir zu sagen, was ich will«, fuhr sie fort. »Und das kann ich dir nun sagen.«

»Okay.« Max wappnete sich innerlich.

Grace fuhr sich mit der Zunge über die Oberlippe und zog sie leicht zwischen die Zähne, während sie die Schultern hob. »Ich will, dass du mir sagst, dass das hier echt ist«, sagte sie vorsichtig. »Ich will, dass du mir sagst, dass du das hier willst; dass du mich willst; nicht, dass du mich brauchst, denn du brauchst mich ebenso wenig, wie du es brauchst, zu trinken oder high zu werden. Ich will, dass du mir versprichst, dass du nicht wieder davonlaufen wirst, dass du mit mir reden, ehrlich zu mir sein wirst, dass wir beide unsere Dämonen für uns selbst bekämpfen, nicht für den anderen. Und falls du das kannst, falls du all das tun kannst, dann schwöre ich dir, werde ich dasselbe tun.«

Max musste schlucken, als ihre Bitte sich eng um sein Herz legte, und seine Antwort blieb ihm im Hals stecken. Er atmete tief durch, biss die Zähne zusammen und sagte: »Ich werde nicht mehr davonlaufen. Nie mehr. Und ich will dich wirklich. Ich will dich, Grace. Das *ist* echt, das verspreche ich. Ich lie… ich …«

Grace drückte seine Hand und unterbrach damit seinen Kampf mit Worten, die er schon verdammt lange zu niemandem mehr gesagt hatte. »Keine Labels«, murmelte sie lächelnd.

Seine Schultern sanken erleichtert herab. Es war nicht so, dass Max die Worte nicht sagen *wollte*. Gott, er wollte sie ihr sagen; er wusste nur nicht, ob er es konnte. Sie hatten ihn so lange Zeit über alle Vernunft hinaus verängstigt, dass es Zeit brauchen würde, sie Grace gegenüber auszusprechen, auch wenn er ihre Bedeutung mit jeder Faser seines Körpers empfand.

»Keine Sorge«, fügte Grace hinzu, als lese sie seine Gedanken. »Das wird noch kommen. Hab keine Angst.«

»Es ist furchterregend«, gestand Max und wiederholte damit seine Worte vom letzten Mal, als sie sich geliebt hatten.

»Ich weiß. Aber wir werden unseren Weg finden.« Sie verschränkte die Finger mit seinen. »Gemeinsam.«

Er legte zärtlich seine Stirn an ihre und schloss die Augen, während sich das Gewicht dessen, wofür sie sich gerade entschieden, wohlig über ihn legte wie eine warme Winterdecke.

»Sag mir etwas«, bat sie leise.

»Was du willst.«

»Was wolltest du mich fragen? An dem Abend in der Galerie, was wolltest du mich da fragen?«

Max hob den Kopf. Er legte Grace eine Hand an die Wange und lächelte, als sie sich hineinschmiegte. Sein Daumen wanderte träge über ihr Gesicht, die weiche Haut.

»Du hast gesagt, dass du verstehst, dass Lizzie meine erste Liebe war«, murmelte er. »Und du hast recht, das war sie.«

Grace nickte mit ernster Miene. »Ich weiß.«

Max wurde völlig ruhig. »Und meine Frage an dich ist: Willst du meine letzte sein?«

Grace sog keuchend den Atem ein und stieß ihn zitternd wieder aus. Ihr Mund hob sich zum bezauberndsten aller Lächeln, als sie leicht unter Max' Fingerspitzen erschauderte. Sie schloss die Augen, Tränen quollen hervor. »Unter einer Bedingung«, sagte sie und sah zu ihm hoch.

Max schmunzelte, brachte seine Züge aber schnell wieder unter Kontrolle und spielte mit. »Okay, Gracie. Wie lautet die Bedingung?«

»Dass du mich küsst«, antwortete sie, ohne zu zögern.

»Jetzt gleich?«

»Jetzt gleich.«

Max schaute auf ihren herrlichen Mund, die feuchten, leicht geöffneten Lippen, und zog eine Augenbraue hoch, während er so tat, als denke er darüber nach. Gespielt verärgert sah sie ihn an, aber noch bevor sie irgendetwas sagen konnte, nahm Max ihr Gesicht in die Hände, beugte sich vor und küsste sie. Mit einem genüsslichen Laut kam sie ihm entgegen, umklammerte seine Arme, und Max verlor sich aufs Neue in ihrem Geschmack und ihrer Berührung.

Undeutlich war er sich johlender Rufe und Pfiffe bewusst,

die sich verdächtig nach Riley, Tate und Carter anhörten, aber das hätte ihm nicht gleichgültiger sein können.

Alles, was ihm wichtig war, war die Frau in seinen Armen, die ihm flüsternd ihre Liebe gestand. Und die überwältigende Hoffnung, die in ihm wuchs, weil er ganz seiner Grace gehörte.

Danksagung

Wie immer gilt mein besonderer Dank meinem unglaublichen Team – einer Gruppe von Frauen, die mich täglich inspiriert und dafür sorgt, dass ich nicht durchdrehe: Lorella und Louise, das großartigste Agentenpaar; Micki, Marla und Kristin bei Gallery Books; und Kate und Jo bei Headline Eternal. Meine Dankbarkeit für euch alle ist unermesslich.

Meiner Familie, meinen Freunden und allen anderen, die diese Bücher gelesen, rezensiert, gelikt, retweetet, über sie gebloggt und sie weiterempfohlen haben: Eure Liebe und Begeisterung für diese Figuren machen es zur reinsten Freude, über sie zu schreiben.

Ihr seid die Milch zu meinen Oreo-Keksen, und ich liebe euch alle.

Leseprobe

MEREDITH WILD
Hardwired – verführt

Die Empfangsdame der Angelcom Venture Group bedachte mich mit einem zweifelnden Blick, bevor sie mich in den Konferenzraum am Ende des Flurs geleitete. Unauffällig überprüfte ich mein Outfit und vergewisserte mich, dass alles dort saß, wo es hingehörte. So weit, so gut.

»Machen Sie es sich bequem, Miss Hathaway. Die übrigen Teilnehmer sollten in Kürze eintreffen.«

»Danke«, erwiderte ich höflich und war froh, dass der Raum fürs Erste noch leer war. Ich holte tief Luft und ließ im Gehen die Fingerspitzen über den Konferenztisch gleiten, bis ich an einer Fensterwand mit Blick über den Bostoner Hafen angelangte. In mein wachsendes Lampenfieber mischte sich Ehrfurcht. In wenigen Augenblicken würde ich mich von Angesicht zu Angesicht einer Handvoll der wohlhabendsten und einflussreichsten Investoren der Stadt wiederfinden. Ich war so weit außerhalb meines Wohlfühlbereichs, dass es schon nicht mehr witzig war. Ich holte tief Luft und schüttelte aufgekratzt die Hände aus, in der Hoffnung, mein Körper würde sich wenigstens ein bisschen entspannen.

»Erica?«

Ich fuhr herum. Ein junger Mann kam auf mich zu, etwa in meinem Alter, mit sauber gescheiteltem blondem Haar, dunkelblauen Augen und angetan mit einem beeindruckenden Dreiteiler. Wir reichten einander die Hand.

»Sie müssen Maxwell sein.«

»Ach, nennen Sie mich doch bitte Max.«

»Professor Quinlan hat mir viel von Ihnen erzählt, Max.«

»Glauben Sie ihm kein Wort.« Mit seinem Lachen enthüllte er strahlend weiße Zähne, zu denen seine Bräune einen solchen Kontrast darstellte, dass ich mich fragte, wie viel Zeit er überhaupt in Neuengland verbrachte.

»Nur Gutes, versprochen«, log ich.

»Das ist sehr freundlich von ihm. Da schulde ich ihm wohl was. Gehe ich recht in der Annahme, dass das Ihr erster Pitch ist?«

»Unverkennbar.«

»Sie machen das schon. Denken Sie einfach immer daran, dass die meisten von uns auch irgendwann mal in Ihren Schuhen gesteckt haben.«

Ich lächelte und nickte, obwohl meiner Einschätzung nach die Wahrscheinlichkeit, dass Max Pope, Erbe des Großreeders Michael Pope, schon mal bei irgendwem anders als seinem Vater um mickrige zwei Millionen geworben hatte, äußerst gering war. Nichtsdestotrotz war er der Grund, weshalb ich heute Vormittag hier sein durfte, und dafür war ich dankbar. Quinlan hatte genau den richtigen Gefallen eingefordert.

»Bedienen Sie sich. Die Teilchen sind köstlich.« Er wies auf das üppige Frühstücksbuffet, das an der Wand aufgebaut war.

Der Knoten in meinem Magen sah das anders. Ich musste meine Nervosität in den Griff bekommen. Heute früh hatte ich nicht einmal einen Kaffee hinunterwürgen können. »Danke, ich bin so weit zufrieden.«

Als nach und nach die anderen Investoren eintrafen, stellte

Max mich vor, und ich gab mir redlich Mühe, Small Talk zu machen. Innerlich verfluchte ich währenddessen Alli, meine beste Freundin, abwesende Geschäftspartnerin und Marketingexpertin. Sie hätte selbst mit einer Dosensuppe eine anregende Unterhaltung führen können, während ich kaum etwas anderes als die Zahlen und Fakten im Kopf hatte, die ich gleich präsentieren würde. Nicht gerade ideal für den Austausch von Belanglosigkeiten mit Menschen, denen ich noch nie begegnet war.

Als die Anwesenden sich langsam am Konferenztisch niederließen, nahm ich auf der anderen Seite Platz, um zum zwanzigsten Mal mit prüfendem Blick meine Papiere zu ordnen. An der Wand gegenüber fand ich eine Uhr. Mir blieben weniger als zwanzig Minuten, um dieses kleine Grüppchen von Fremden davon zu überzeugen, dass ich eine Investition wert war.

Das Gemurmel verstummte, doch als ich für den Startschuss zu Max blickte, wies er auf den leeren Platz mir gegenüber. »Wir warten noch auf Landon.«

Landon?

Die Tür schwang auf. *Heilige Scheiße.* Mir blieb die Luft weg.

Hereinmarschiert kam mein geheimnisvoller Unbekannter – gute eins achtzig männlicher Pracht –, der sich nicht deutlicher von seinen anzugtragenden Kollegen hätte unterscheiden können. Sein schwarzes Shirt mit V-Ausschnitt unterstrich seine perfekt austrainierten Brust- und Schultermuskeln, und die ausgewaschene Jeans saß wie angegossen an seinem Traumkörper. Unvermittelt wurde mir eng in meiner Haut, als ich mir vorstellte, noch einmal diese Arme um mich zu spüren, ob zufällig oder aus anderen Gründen.

Bewaffnet mit einem riesigen Eiskaffee ließ er sich auf den Stuhl auf der anderen Seite des Tisches fallen, offenbar ungerührt von seiner Verspätung oder dem Mangel an formellem Auftreten, und warf mir ein wissendes Lächeln zu. Wenn ich an den gepflegten Geschäftsmann zurückdachte, in den das Glück mich vorgestern hatte hineinrauschen lassen, war er heute ein völlig anderer Mensch. Sein dunkelbraunes Haar war umwerfend zerwuschelt und stand in alle Richtungen ab, als wäre er gerade erst aufgestanden – es schrie förmlich nach meinen Fingern. Ich biss mir auf die Lippe, um mir nicht anmerken zu lassen, wie anziehend ich ihn fand.

»Das ist Blake Landon«, stellte Max ihn vor. »Blake, das ist Erica Hathaway. Sie ist hier, um ihr fashionzentriertes soziales Netzwerk vorzustellen, Clozpin.«

Landon hielt einen Moment inne. »Cleverer Name. Du hast sie hergeholt?«

»Ja, wir haben einen gemeinsamen Bekannten in Harvard.«

Blake nickte und bedachte mich mit einem durchdringenden Blick, bei dem ich augenblicklich rot wurde. Er leckte sich die Lippen. Auch diesmal hatte die schlichte Geste eine kaum weniger durchschlagende Wirkung auf mich als am Abend unserer ersten Begegnung.

Ich holte tief Luft und schlug die Beine übereinander, wobei ich mir nur allzu bewusst war, welche Empfindungen er dazwischen auslöste. *Reiß dich zusammen, Erica.* Das Knäuel nervöser Energie, das noch vor Sekunden in meinem Bauch gelauert hatte, war zu einer lodernden sexuellen Energie explodiert, die mich pulsierend von den Fingerspitzen bis in den Unterleib erfüllte.

Ich ließ langsam den Atem entweichen, strich das Revers meiner schwarzen Kostümjacke glatt, während ich mich innerlich dafür schalt, zu einem derart unpassenden Zeitpunkt in eine solche Schwärmerei zu verfallen. Stotternd begann ich meine Präsentation. Ich erklärte das Grundprinzip der Website und fuhr fort mit einem kurzen Überblick über unser erstes Jahr mit einfachstem Marketing und dem daraus resultierenden exponentiellen Wachstum. Verzweifelt versuchte ich, die Konzentration zu wahren, doch jedes Mal, wenn Blake und ich Blickkontakt hatten, gab es einen Kurzschluss in meinem Gehirn.

Schließlich unterbrach er mich. »Wer hat die Website entwickelt?«

»Mein Mitgründer Sid Kumar.«

»Und wo ist der?«

»Leider konnten meine Geschäftspartner heute nicht kommen, auch wenn sie sehr gern dabei gewesen wären.«

»Sie sind also im Moment die Einzige in Ihrem Team, die sich dem Projekt voll widmet?«

Mit erhobener Augenbraue lehnte er sich lässig auf seinem Sessel zurück und gestattete mir damit einen besseren Ausblick auf seinen Oberkörper. Ich zwang mich, nicht hinzustarren.

»Nein, ich …« Mühsam versuchte ich, eine ehrliche Antwort zusammenzukriegen. »Wir haben gerade unseren Abschluss gemacht, deshalb hängt der Umfang unserer Beteiligung über die kommenden Monate stark von der finanziellen Stabilität des Projekts ab.«

»Mit anderen Worten: Das Engagement Ihrer Kollegen hängt vom Geld ab.«

»Gewissermaßen.«

»Ihres ebenfalls?«

»Nein«, entgegnete ich scharf und ging bei dieser Unterstellung augenblicklich in die Defensive. Monatelang hatte ich mein gesamtes Leben diesem Projekt gewidmet und an nichts anderes gedacht.

»Fahren Sie fort.« Er wedelte mit der Hand.

Ich atmete tief durch und warf einen Blick auf meine Notizen, um zurück in die Spur zu finden. »Zu diesem Zeitpunkt bemühen wir uns um eine Kapitalzufuhr, um unser Marketing ausbauen und damit das Wachstum und den Umsatz ankurbeln zu können.«

»Wie ist Ihre Konversionsrate?«

»Von Besuchern zu registrierten Usern etwa zwanzig Prozent …«

»Okay, aber was ist mit zahlenden Usern?«, fiel er mir ins Wort.

»Etwa fünf Prozent unserer User machen das Upgrade auf einen Pro-Account.«

»Wie gedenken Sie das zu steigern?«

Ungeduldig trommelte ich mit den Fingern auf den Tisch und versuchte, meine Gedanken zu ordnen. Jede seiner Fragen klang wie eine Herausforderung oder eine Beleidigung und machte gründlich jede Motivationsrede zunichte, mit der ich mein Selbstbewusstsein im Vorfeld dieses Termins zu pushen versucht hatte. Am Rande der Panik suchte ich mit einem Blick zu Max nach einem Hoffnungsschimmer. Er wirkte leicht amüsiert. Offenbar hatte er nichts anderes von Mr Landon erwartet. Die anderen starrten ausdruckslos von ihren Notizblöcken zu mir und wieder zurück und ließen keinerlei Interesse durchblicken – ob nun vorhanden oder nicht.

Für den Bruchteil einer Sekunde hatte ich geglaubt, unser Zusammenstoß vor ein paar Tagen könnte bedeuten, er würde Nachsicht zeigen, aber offensichtlich war das nicht der Fall. Der geheimnisvolle Unbekannte stellte sich als Arschloch heraus.

»Bisher haben wir uns darauf konzentriert, die generellen Mitgliedszahlen auszuweiten und zu pflegen, die wie erwähnt viral wachsen. Mit einer soliden Basis potenzieller Konsumenten hoffen wir mehr Händler und Marken aus der Branche anzuziehen und somit unsere bezahlten Mitgliedschaften zu steigern.«

Ich hielt inne und wappnete mich schon für die nächste Unterbrechung, doch glücklicherweise leuchtete Blakes Handy stumm auf und lenkte ihn ab. Erleichtert, endlich nicht mehr unter seinem Röntgenblick zu stehen, schloss ich mit der Konkurrenzanalyse und einigen Finanzprognosen, bevor meine Zeit um war.

Über den Raum senkte sich ein unbehagliches Schweigen. Blake nahm einen Schluck von seinem Kaffee, schaltete das Display seines Telefons ab und legte es zurück auf den Tisch. »Sind Sie in einer Beziehung?«

Das Herz hämmerte mir in der Brust und mein Gesicht wurde heiß, als wäre ich unerwartet im Unterricht drangenommen worden. *Ob ich in einer Beziehung bin?* Schockiert starrte ich ihn an, unsicher, ob ich wirklich verstand, worauf er hinauswollte. »Wie bitte?«

»Beziehungen können zeitraubend sein. Wenn Sie die benötigten Mittel von Angelcom erhalten sollten, könnte das ein Faktor sein, der Ihre Wachstumsfähigkeit beeinflusst.«

Ich hatte ihn nicht missverstanden. Als wäre es nicht schon genug Druck, die einzige Frau im Raum zu sein, musste er auch noch meinen Beziehungsstatus ins Rampenlicht stellen. *Frauenfeindlicher Drecksack.* Ich biss die Zähne zusammen, diesmal, um ihm nicht eine Flut von Beleidigungen entgegenzuschleudern. Auch wenn ich um jeden Preis die Contenance wahren musste, ich hatte nicht vor, einfach mit einem Lächeln über sein unangemessenes Verhalten hinwegzugehen.

»Ich kann Ihnen versichern, Mr Landon, dass ich mich diesem Projekt zu einhundert Prozent verschrieben habe«, erklärte ich langsam und mit fester Stimme. Ich hielt seinem Blick stand und versuchte ihm zu zeigen, wie wenig beeindruckt ich von seiner Vorgehensweise war. »Haben Sie noch weitere Fragen bezüglich meines Privatlebens, die Einfluss auf Ihre heutige Entscheidung hätten?«

»Nein, ich denke nicht. Max?«

»Äh, nein, ich glaube, das wäre weitestgehend geklärt. Meine Herren, sind Sie so weit, eine Entscheidung zu treffen?« Max grinste und machte eine Geste zu den restlichen Anwesenden.

Die anderen drei Anzugträger nickten und äußerten dann der Reihe nach ihre Anerkennung für meine Bemühungen sowie ihren Beschluss, auf eine Beteiligung zu verzichten.

Blake sah mir in die Augen und hielt einen Moment inne, bevor er ebenso lässig sein Urteil ergehen ließ, wie er auch schon meinen restlichen Morgen in eine Katastrophe verwandelt hatte. »Ich verzichte.«

In mir schrillten die Alarmglocken, und Tränen drohten. Dicht gefolgt von meiner inneren Stimme, die eine Abschiedsrede für Mr Landon formulierte, in der ich ihm genau sagen würde, wohin er gehen konnte und wie er da hinkommen sollte. Ich blickte zu Max und wartete auf den Todesstoß.

»Nun, Erica, ich finde, Sie haben da eine wirklich großartige Community geschaffen, und ich würde gern mehr darüber hören. Lassen Sie uns innerhalb der nächsten zwei Wochen einen Folgetermin vereinbaren, dann sehen wir uns die Logistik des Ganzen mal genauer an. Danach entscheiden wir, ob wir Ihnen einen Deal anbieten wollen. Wie klingt das?«

Dem Himmel sei Dank. Am liebsten wäre ich über den Tisch gesprungen und Max um den Hals gefallen. »Das wäre klasse. Ich freue mich schon darauf.«

»Super. Ich denke, dann sind wir hier fertig.«

Max stand auf und unterhielt sich noch kurz mit den anderen, bevor sie den Raum verließen, sodass ich mich Blake allein gegenüber wiederfand, dessen umwerfendes Gesicht mich selbstgefällig angrinste. Ich wusste nicht, ob ich ihm eine scheuern oder seine Haare in Ordnung bringen sollte. Und ein paar andere Sachen hatte ich da auch noch im Kopf. Dieser Ansturm der widersprüchlichsten Gefühle für eine einzelne Person innerhalb derart kurzer Zeit ließ mich ernsthaft an meiner geistigen Gesundheit zweifeln.

»Das haben Sie gut gemacht«, sagte er und beugte sich vor.

Seine Stimme war tief und heiser. Ein Kribbeln glitt über meine Haut.

»Wirklich?«, entgegnete ich zittrig.

»Wirklich«, versicherte er mir. »Darf ich Sie zum Frühstück einladen?« Sein Blick wurde weicher, als hätten wir nicht die vergangenen zwanzig Minuten miteinander im Clinch gelegen.

Verwirrt schob ich meine Notizen zurück in meine Tasche. Blake war ein schöner Mann, aber wenn er glaubte, ich würde mich nach dieser Darbietung von ihm abschleppen lassen, dann überschätzte er sich gewaltig.

»Es gibt da diesen tollen kleinen Pub gleich auf der anderen Straßenseite. Die servieren ein echtes Irisches Frühstück.«

Ich erhob mich und hielt seinen Blick fest, hocherfreut über diese Gelegenheit, ihn seine eigene Zurückweisung schmecken zu lassen. »Es war mir ein Vergnügen, Mr Landon, aber es gibt Leute, die müssen arbeiten.«